读客

读客外国小说文库

激发个人成长

THE TERROR

极地恶灵 上

[美] 丹·西蒙斯 著
DAN SIMMONS
左惟真 译

江苏凤凰文艺出版社
JIANGSU PHOENIX LITERATURE AND
ART PUBLISHING, LTD

目　录

我以爱，将本书献给肯尼斯·托比、玛格丽特·谢尔登、罗伯特·科斯威特、道格拉斯·斯宾塞、杜威·马丁、威廉·瑟夫、乔治·芬拿曼、德米特里·迪奥姆金、查尔斯·莱德勒、克里斯蒂安·尼比、霍华德·霍克斯与詹姆斯·阿尼斯，非常谢谢他们给了我永不褪色的北极记忆。

正因白色难以捉摸的特质，其概念一旦脱离和善的联想，而与恐怖的事物结合，就会把恐怖推向极致。亲眼去看看极地的白熊、热带的白鲨吧，不就是它们平滑、鳞片的白，使它们成为可怕绝伦的动物吗？正是那死人般的白，为它们无声且意气洋洋的表情增添一股可憎，甚至比恐怖更令人厌恶的柔和感。也因此，即便是凶猛、露出尖牙的老虎穿着它色彩鲜明的外衣，也无法像全身被白色包裹的熊或鲨一样撼动人们的勇气。

——梅尔维尔《白鲸记》

（Herman Melville, *Moby Dick,* 1851）

1
克罗兹

北纬七十度五分，西经九十八度二十三分
一八四七年十月

克罗兹船长登上甲板，发现来自天空的幽灵正在攻击他的船。在“恐怖”号上方有几十道隐隐闪现的光束向他直刺而来，却又倏地缩了回去，仿佛恶狠狠的幽灵伸出绚烂的手臂准备发动攻击，最终却下不定决心。幽灵骨骼分明的手指伸向“恐怖”号，张开，准备捕攫，然后又收了回去。

外面的温度是零下五十华氏度，而且还在迅速下降中。稍早之前，就在一天中仅有的一小时微弱晨光出现之际，起了一场大雾。为了降低船上人员被落冰击中以及船因覆冰过重而翻覆的风险，三根中桅和更上方的上桅、上索具、最高桅都已被拆下收起。如今雾已散去，短了一大截的船桅看起来就像被粗暴修剪过的树枝，枝叶落尽，包覆着冰雪，反射出从昏蒙地平线一端舞动到另一端的北极光。

克罗兹注视着眼前的景象，在极光下，船四周锯齿状的冰原先变成蓝色，接着释出血光般的紫红，最后发出翠绿的光，颜色像极了他童年时见过的北爱尔兰山丘。在距船首右舷约一英里远处，遮挡住姐妹船“幽冥”号的巨无霸冰山也一度如幻象般绽放光彩，好似内部有团冰冷的火焰在燃烧。

克罗兹拉起衣领，仰起头——他四十年来检查船桅及索具时养成的习惯，注意到头顶上的星光冰冷而稳定，但靠近地平线的星光不只在摇曳，还会移动，时而左蹦右跳，时而上下轻摇。

克罗兹不是第一次见到这番景象，上次与罗斯到南极，以及前几次在北极水域探险时他都看到过。参与那次南极之旅的一名科学家（他在冰雪中度过第一个冬天时一直忙着磨制并擦亮自己的望远镜镜片）就曾经跟克罗兹说，冰封的海面及看不见的冰冻陆块上方，覆盖着一层厚重但不稳定的冷空气，当光线在其中不断快速折射时，就可能造成星光扰动。他口中的冰冻陆块，指的是人类尚未亲眼见过的新大陆。或者，克罗兹心想，是白人未曾见过的北极圈内新大陆。

克罗兹和他的朋友、当时的探险队总指挥詹姆斯·罗斯发现一个过去没人知晓的大陆——南极洲，也不过是将近五年前的事。他们用罗斯的名字为那里的海洋、峡湾及陆地命名，用赞助者和朋友的名字为山岭命名，用他们的两艘船（现在这两艘船）的名字，为两座能从地平线上看见的火山命名，于是那两座冒着烟的山就叫作“幽冥”和“恐怖”。克罗兹很讶异，他们没有用船上那只猫来为重要的地形或地物命名。

也没有用他的名字来命名。截至一八四七年十月这个天色昏暗的冬日傍晚，没有任何一块北极或南极的陆地、岛屿、海湾、峡湾、群山、冰棚、火山，或他妈的随便一座浮冰山叫作弗朗西斯·罗登·摩伊若·克罗兹。

克罗兹一点儿也不在乎。其实他想这些的时候，就知道自己有点醉了。好吧，他想，同时调整脚步，让自己在这船身朝右舷倾斜十二度、船首下垂八度的结冰甲板上保持平衡。这三年来我经常喝醉，不是吗？一直没清醒过来，自从苏菲……不过，跟那可怜又不幸、再怎么清醒也没用的废物富兰克林比起来，我就算是喝醉，也是比他强得多的海员及船长。他那头脸颊红润、口齿不清的宠物卷毛狗菲茨詹姆斯也一样，跟我没的比。

克罗兹摇摇头，踏着结冰的甲板朝船首走去，走向在摇曳闪烁的极光下唯一看得到的守卫。

这守卫身材短小，长得像老鼠，名叫科尼利厄斯·希吉，是名副船缝填塞匠。在这里担任守卫的每个人在黑暗中看起来都一样，因为他们领到的是同样款式的御寒衣物。他们都裹着一层层法兰绒和羊毛衣，外头罩着厚重的防水大外套，肥大的袖口下，露出臃肿的连指手套；他们都用威尔斯假发——一种有耳罩的厚重值班风帽紧紧包住头，还用长长的保暖巾缠住整颗头，只露出冻僵的鼻尖。不过每个人打理或穿上御寒衣物的方式仍有些不同：有人多围了一条从家乡带来的保暖巾，有人硬是多罩上一顶威尔斯假发，有人的皇家海军定制手套下，则隐约可见他的母亲、妻子或爱人亲手编织的彩色手套。所以，即使他们人在外头被黑暗包围住，离克罗兹还有一段距离，克罗兹还是能够借此辨认出船上尚存的五十九名军官与船员。

希吉这时正顺着被垂冰包覆的船首斜桅方向往船外眺望。皇家海军“恐怖”号受到冰层推挤，现在是船尾向上、船首向下，船首斜桅最前端的十英尺埋在海里，形成一道冰脊。不知是这位副船缝填塞匠完全迷失在自己的思绪还是天太冷，直到克罗兹走到他身旁的护栏前，他才注意到船长过来了。护栏宛若一座冰雪筑成的祭坛，而守卫的霰弹枪就靠在祭坛上。在酷寒的室外，就算戴着连指手套，也没人想碰一下金属物品。

克罗兹倾身接近在护栏附近的希吉时，希吉惊了一下。“恐怖”号的船长看不见这位二十六岁小伙子的脸，倒是看见他呼出的气立时变成一朵可以反射北极光的冰晶云，从被威尔斯假发及层层保暖巾缠裹住的脸上飘出。

在冰天雪地的冬季，军人无须行礼，连航海中常用的手指触额礼也可以省略。不过裹着厚重衣物的希吉，还是行了甲板人员为了感激船长访视所行的古怪小曳步——耸肩——点头礼。

因为天气实在太冷，守卫的值班时间已从四小时缩短为两小时（克罗兹心想，在这艘太过拥挤的船上，我们不仅有足够的人员可以轮班，守卫人数再加倍也没问题），而且从希吉慢吞吞的动作可以看出他已经快冻僵了。虽然克罗兹告诉过他们很多次，在甲板上要不时活动筋骨，走动一下或原地跑步，必要时还可以上下跳，只要随时注意冰上的情况即可，但他们却宁可不动如山，仿佛自己是在南海海面上，穿着热带休闲衣全神贯注地观察追寻美人鱼的踪迹。

“船长。”

“希吉。什么事？”

“长官，他们开枪后……就那一声枪响……差不多两小时后，一切正常。但刚刚我听到，应该是……也许是一声尖叫，是有个东西，船长……从那冰山后面发出来的。我跟厄文中尉报告过了，不过他说，那大概只是冰在作怪。”

“幽冥”号方向一传来枪响，克罗兹就得到了通知，并在两小时前登上了甲板，不过枪响没有再出现，他也因此没派人到另一艘船上去通报或到冰原上去调查。摸黑到冰冻的海里本身就很危险，更何况现在在满布陡峭冰脊及高大雪脊的蛮荒冰原里，还有那只……东西……在等着，派人出去根本等于要他们去送死。现在两艘船唯一能互通信息的时间，只有接近正午那段一天比一天短的微亮时光。再过不了几天就不再会有真正的白昼了，只有北极的永夜。二十四小时的夜。一百天的夜。

“也许是冰，”克罗兹说，心里想着厄文为何没跟他报告有尖叫声这回事，“还有枪响，那也是冰在作怪。”

“是，船长。是冰没错，长官。”

两个人心里却都不相信。毛瑟枪或霰弹枪的枪响都非常独特，即便是从一英里外传来也不容易听错。在如此接近北极之地，声音更传得异常遥远而清晰。不过，浮冰确实比先前更紧迫地压挤着“恐怖”号，并且不时隆隆作响，呜咽、破裂、折断、怒吼，或尖叫。

最困扰克罗兹的是尖叫声，他每晚仅约一小时的熟睡时光经常会被打断。这种声音像极了他母亲临终前几天的哭号……也像他老姨妈说的故事中，女巫在夜里预测家人死期已近时发出的哀号。而这两种声音都让当时年幼的他辗转难眠。

克罗兹慢慢转过身。他的睫毛上挂着冰霜，呼出的气与鼻涕也在上唇结了一层硬壳。船上的人已学会把胡子塞进保暖巾和毛衣里，塞得愈深愈好，即便如此，他们还经常被迫剪掉与衣物冻成一团的毛发。跟大多数军官一样，克罗兹每天刮胡子——为了节省燃料，侍从送来的“热水”通常只是勉强融化的冰——这让刮胡子成为一件苦差事。

“沉默女士还在甲板上吗？”克罗兹问。

“哦，是的，船长，她几乎一直在。”希吉压低了声音，但其实根本没有必要。即使“沉默”听见他们的对话，也不可能听得懂他们的语言。可是船上的人却相信——随着冰原里那只东西潜伏在他们附近的日子一天天过去，他们更加相信——这位年轻的爱斯基摩女人是拥有神秘力量的女巫。

“她跟厄文中尉一起待在左舷的哨站。”希吉加了一句。

“厄文中尉？他不是一小时前就下哨了吗？”

“对，长官。不过这几天，不管沉默女士在哪里，中尉都跟到哪里。长官，希望您不会怪我直说。她不下到船舱，他也不下去，除非他不得不下去。我的意思是……我们没有人能像那个巫……女人，在外面待那么久。”

“盯着冰原，专心顾好你的工作，希吉。”

克罗兹粗哑的声音又把这名副船缝填塞匠吓了一跳，但他还是尴尬地行了耸肩礼，然后转过头去，雪白的鼻子再次朝向船首外的黑暗。

克罗兹大步朝左舷的守望哨走去。八月时，他们以为有机会脱困，足足兴奋了三个礼拜。上个月希望破灭后，他准备让船在此过冬。克罗兹再次下令把下桅绕着船的平行轴转上去，形成一道主梁，接着他们搭起金字塔形的帐篷，把大部分主甲板盖住，并重新把在空欢喜中拆下并收好的木制屋椽装回去。可是，即使大伙儿每天都花好几个小时的工夫在雪中铲出几条厚约一英尺的通道，用尖嘴锄、冰凿等工具除冰，清掉落在帐篷里的雪沫，最后撒上一道道的沙来增加走道摩擦力，甲板表面仍然结着一大片冰。在前后左右都倾斜的甲板上，克罗兹的移动方式与其说是大步走，还不如说是在做优雅的滑冰动作。

这时段的左舷守卫是准少尉詹姆斯·伊凡斯。他是船上最年幼的船员，大家叫他汤米或汤姆，他总是把他母亲织的一顶怪模怪样的绿色针织帽整个紧罩在他笨重的威尔斯假发上，克罗兹一眼就能认出他来。伊凡斯向船尾移动了约十步，让第三中尉厄文及沉默女士保有一点隐私。

克罗兹想踢人，踢每个人的屁股。

爱斯基摩女人身穿毛茸茸的毛皮外衣、连衣帽及裤子，看起来就像一头矮小圆肥的熊。她的后背半对着身材高大的中尉，厄文顺着护栏紧靠着她，没有碰到她，但比起军官与绅士们在露天派对或游艇上与淑女们保持的距离来说，他们两人的距离近多了。

“厄文中尉。”克罗兹并非有意要在问候中加入强烈的呵斥，可是这个年轻人的直觉反应还是让克罗兹有点得意。厄文当下吓得魂不附体，像被一把利刃刺了一下，几乎失去平衡。他用左手抓住冻结的护栏，然后——虽然他明知船困在冰中时的行礼规定，还是坚持举起了右手，行了正式军礼。

这礼行得还真荒唐，克罗兹心想。穿戴着臃肿的连指手套、威尔斯假发，以及层层御寒衣物的年轻厄文，原本就很像一头在行礼的海象了，再加上这小子并没有用保暖巾盖住他刮干净的脸——也许是想让沉默女士看看他有多英俊——鼻孔下方挂上了两根长长的垂冰，看起来就更像了。

“不用多礼。”克罗兹半斥责地说。你这白痴，他心里补上一句。

厄文僵直地站着，注视着沉默——至少是注视着她毛茸茸的连衣帽，然后张口想说话。但是，他很显然根本不知道要说什么，于是又闭上嘴。他的嘴唇和他冻僵的皮肤一样惨白。

“现在不轮到你值班，中尉。”克罗兹说。他再次从声音里听出自己的权威。

“是，是，长官。不对，长官，我的意思是，船长您是对的。我的意思是……”厄文再次闭上嘴，不过嘴里的牙齿还在不断打战。在这酷寒天气里，牙齿可能会在两或三小时后碎掉——准确来说是爆裂开来，碎掉的骨头及珐琅质碎片会嵌进两颚紧合后形成的空穴中。根据克罗兹的经验，有时候还可以在牙齿爆裂前先听到珐琅质的龟裂声。

“你为什么还待在这里，约翰？”

厄文想要眨眼，但他的眼皮已经被冻僵，只能睁着。“您命令我看好我们的客人……要留心……要照料沉默，船长。”

克罗兹叹出的一口气变成冰晶，在空中飘了一秒后，掉在甲板上，仿佛许多粒小钻石落在地上。“我不是指每一分钟，中尉。我要你看好她，向我报告她做了什么事，让她远离船上的不幸与伤害，而且不要让船上任何人做出……占她便宜的事。你觉得她现在待在外面甲板上比被人占便宜更危险吗，中尉？”

“没有，船长。”厄文的话听起来不像是回答，反倒像是问句。

“你知道一块肉直接摆在外面多久会冻结吗，中尉？”

“不知道，长官。我的意思是，知道。我想应该非常快。”

“那你应该要知道，厄文中尉，你已经冻伤六次了，而且现在还不算是真正的冬天。”

厄文中尉忧愁地点了点头。

“不到一分钟，没有衣物保护的指头或拇指，或躯干的任何部位，就会被冻成冰棒。”克罗兹继续说，他知道自己根本在胡诌。在温度只有零下五十华氏度的情况下，肉还需要更长的时间才会结成冰，不过他希望厄文不知道。“在那之后，暴露在外面结成冰的地方会像冰柱一样断掉。”克罗兹补了一句。

“是的，船长。”

“那么你真的认为我们的客人有可能会……被人占便宜……在甲板上，厄文？”

在回答之前，厄文似乎在思考。克罗兹明白，这名第三中尉花了很多时间在思考其可能性。

“到下面去，约翰。”克罗兹说，“请麦克唐纳德医生看看你的脸和手指。我对上帝发誓，如果你又严重冻伤，我一定会扣你一个月的皇家探索队薪水，并写信告诉你母亲。”

“遵命，船长，谢谢您。”厄文再次敬礼，他知道自己得识相些。低身钻入帐篷里，朝主梯道走去的时候，他的一只手仍半举在空中敬礼。他没有回头看沉默。

克罗兹又叹了口气。他喜欢约翰·厄文。这小子志愿来参加探险，跟他一起来的还有另外两个他在皇家海军“优良”号服役时的伙伴——第二中尉哈吉森及大副霍恩比。不过“优良”号是艘糟透了的三舱层船，在诺亚忙着制造他的方舟之前就已经是艘老船了。那艘船没有任何船桅，而且永久停泊在朴茨茅斯，用作皇家海军训练新秀炮手的训练船。克罗兹知道它停在那里已经超过十五年了。很不幸，先生们，他们第一天上船时，克罗兹曾告诉这几个男孩——他那天醉得比平常还厉害。“你们四周看看，会注意到虽然‘恐怖’号和‘幽冥’号都设计成炮舰，先生们，但是两艘船加起来连一门炮都没有。从‘优良’号来的年轻志愿者啊，除非把储藏在粮食库的霰弹枪及陆战队的毛瑟枪也算成炮，否则我们就和刚出生的婴儿一样毫无武装！跟那个贱亚当出生时一丝不挂的贱样一样，毫无武装！换句话说，先生们，你们这些火炮高手对这次探险一点也没用，就像公猪的乳头一样，完全没用。”

克罗兹那天的挖苦并没有浇凉这几名年轻炮兵军官的热情，厄文和两个同伴甚至更迫切想到冰雪中冻上几个冬天。当然，那时是在一八四五年，英格兰一个温暖的五月天。

“现在这个可怜的毛头小子竟爱上了爱斯基摩女巫。”克罗兹嘀咕出声。

沉默缓慢地朝他转过身来，仿佛听懂了。

平常她的脸藏在连衣帽下，五官也被连衣帽的狼毛宽饰边遮住。不过今晚，克罗兹倒是看见了她的小鼻子、大眼睛以及整张嘴。北极光的脉动在她的黑眼睛里闪烁。

对克罗兹船长来说，她并不迷人。她有太多野蛮人的特征，所以不太能被视为完全的人类，更别说她的身体会有什么吸引力了——即便他是一个信奉长老会的爱尔兰人。此外，他的心与他的下半身仍然对苏菲·克瑞寇记忆鲜明。不过克罗兹看得出来，为何远离家乡、亲人及心上人的厄文会爱上这未开化的女人：她本身就非常奇特，再加上她的出现及她男伴惨死的凄凉景象又正好与外头黑暗中那只怪兽发动首次攻击诡谲地交织在一起，足以像一团火焰，召唤无可救药的年轻浪漫主义者——第三中尉约翰·厄文如飞蛾般振翅疾疾地扑去。

另外早在一八四零年，在范迪门陆块探险时，克罗兹就发觉——起航前几个月，他在英格兰又确认了最后一次——他已经太老，爱尔兰特征太明显了，太平凡了，不该再谈恋爱了！

现在他只希望这个年轻女人到外面黑漆漆的冰原里走走，不要再回来。

克罗兹还记得四个月前的那天。跟她在一起的爱斯基摩男人噎死在自己血里的那个下午，麦克唐纳德医生检查过她之后，向富兰克林和他报告。麦克唐纳德说，根据他的医学判断，这名爱斯基摩女孩大约在十五到二十岁之间——原住民的年龄实在很难判断，初潮已经来过，不过从各种征象来看，她还是处女。麦克唐纳德医生还说，这个女孩从不说话或发出声音，即便目睹了不知是她父亲还是她丈夫的男人被枪杀后躺着等死也不开口的原因是，她根本没有舌头。根据麦克唐纳德医生的看法，她的舌头不是被割掉的，而是从舌根处整个被咬掉。不是被她自己咬掉，就是被其他人或其他东西。

克罗兹相当吃惊。主要不是因为得知她没有舌头，而是因为听到这个爱斯基摩姑娘是个处女。他在北极圈附近待的时间够长了，尤其是参加培瑞的探险时，他们还曾待在一个爱斯基摩村落附近过冬。他很清楚此地原住民把性交看得很随便，男人们常会拿太太或女儿来跟捕鲸人或皇家探索队的探险者换取不值钱的小东西。克罗兹知道，这些女人还会为了乐趣自己送上门来。当那些船员正绷紧神经、气喘吁吁、哼哼唧唧地在她们两腿间办事时，她们还能咯咯笑闹，或是跟其他女人或小孩闲聊，跟动物没两样。在弗朗西斯·克罗兹眼中，她们穿的毛皮或带毛的皮衣根本可以看成她们自己野兽般的外皮。

船长举起戴着手套的手轻触帽檐。由于帽子被两圈厚重的保暖巾紧紧裹住了，他此时不可能脱帽或抬帽致意。“向你致意，女士，而且我建议你尽快回到自己的舱房里。外面变得冷飕飕的。”

沉默盯着他看，她没有眨眼，尽管不知为什么她的长睫毛上完全没有结冰。当然，她也没有开口说话，只是看着他。

克罗兹再次象征性地把帽子往上提了一下，然后继续在甲板上巡行。他爬上被冰挤高的船尾，然后顺着右舷那一侧甲板向下走，中途还停下来跟另外两个轮值的人说话，给厄文足够的时间到下面的船舱脱下御寒外装，以免让人觉得，船长喜欢紧跟在他的中尉后面。

正当他准备结束跟最后一位冷得发抖的守卫——一等水兵宣克斯的谈话时，二兵威吉斯，船上最年轻的陆战队士兵从帐篷里冲了出来。威吉斯只在制服上套了两件宽松的衣服，还没开口传递讯息，牙齿就已经在打战了。

“我代汤普森先生向您致意，长官，工程师说您应该去底舱看看，愈快愈好。”

“怎么了？”如果锅炉终于坏掉了，克罗兹知道，他们就全完蛋了。

“船长，对不起，不过汤普森先生说您必须下去，因为水兵门森几乎在抗命了，长官。”

克罗兹把身体站直：“抗命？”

“汤普森先生是说‘几乎抗命’，长官。”

“把话说清楚，二兵威吉斯。”

“长官，门森拒绝再扛煤炭经过死人房。他也不愿意再下到底舱去。他说他并无冒犯之意。他不上来，就坐在主梯道最底层，不会再扛煤炭回锅炉间。”

“他在搞什么鬼？”克罗兹感到一股熟悉又阴沉的爱尔兰脾气已经蓄势待发。

“是那些鬼在作怪，船长。”陆战队二兵威吉斯透过打战的牙齿说，“我们在搬运煤炭或从更里面的储藏室拿东西的时候，都听得到它们的声音。所以除非有命令，不然大家都不愿意到下舱去。底舱有东西，躲在黑暗里，一直在乱抓、乱撞。长官，那可不是冰。门森很确定那是他的老伙伴沃克，他……它……和其他堆在死人房里的尸体，用手指东抓西抓想跑出来。”

克罗兹克制住冲动，打算用一些事实来安抚这名陆战队二兵。年轻的威吉斯不见得会因为他的话而宽心。

第一个简单的事实是，死人房中乱抓乱翻的声响，几乎可以确定是成千上百只啃咬威吉斯同伴们冷冻尸体的大黑鼠发出的。克罗兹比年轻水兵更了解挪威的老鼠，他知道，这种夜行动物，在漫长的北极冬天，从早到晚都在活动。这些该死的害虫牙齿越长越长，意味着它们得一直咀嚼东西。他看过它们咬穿皇家海军的橡木桶、一英寸厚的锡板，甚至镀铅的板子。老鼠在下面对付水兵沃克和他五个可怜同伴（包括克罗兹的三名优秀军官）的冷冻尸体，比一般人咀嚼一条盐腌的冰牛肉片还容易。

其实克罗兹并不认为门森和其他人听到的只是老鼠的声音。

根据克罗兹在雪地度过十三个冬天的悲惨经验，老鼠在吃尸体时又轻又快。只有当这些疯狂嗜血、狼吞虎咽的害人精自相残杀时，才会发出频繁的尖叫声。

在底舱制造出乱抓乱撞怪声音的，另有其物。

克罗兹决定不去提醒二兵威吉斯第二个简单的事实：虽然船舱最底层由于处于水位线或冬季海水冻结线下方，温度通常很低，也比较安全，但冰的压力迫使“恐怖”号的船尾抬高到了比正常位置高了十来英尺的地方。这部分船身虽然还封在冰中，但封住它的不过是几百吨参差积叠的海冰堆，以及船员为了增加船身隔冷效果而额外堆进去的几吨雪。雪被堆高到离船护栏只有几英尺。

克罗兹怀疑，某个东西已经向下挖穿几吨雪，并且像挖隧道般挖穿了像铁一样硬的冰板，来到船身外。那东西用某种方法察觉出船身内部哪里贴有铁板（例如储水槽），然后再从储藏间外侧少有的没有加固的房间中选出一间——死人房，借此直接进入船里。而它此刻正在撞打、刨抓，想进到船内来。

克罗兹知道，世界上只有一种东西像那样力大无比，而又极其耐心、狡猾——冰原上那只怪兽，正试着从船下方攻击他们。

克罗兹船长没有再跟陆战队二兵威吉斯多说一句，就下船舱解决问题去了。

2
富兰克林

北纬五十一度二十九分，西经零度零分

伦敦，一八四五年五月

他曾经是，而且永远都会是那个“吃自己鞋子”的人。

在起航的四天前，约翰·富兰克林爵士船长染上了早在蔓延的流行感冒。他很确定，将感冒传染给他的，不是水手或伦敦的码头工人，也不是他那一百三十个船员与军官（他们都和拖车的马一样强壮健康），而是简夫人社交圈中的某位令人作呕的马屁精。

吃自己鞋子的人。

依照传统，北极探险英雄的妻子都会织一面旗，让丈夫带去插在他们到达的最北点。而这一次，旗子会在完成走通西北航道的使命后高高升起。富兰克林回家时，他的妻子简已经快要完成她的丝质国旗了。约翰爵士一走进客厅，就在马鬃沙发上找了个挨着她的地方半瘫着。他不记得自己把鞋子脱掉了，不过显然，不是简，就是他的仆人，在他躺在沙发上不久，整个人半昏半睡、头痛恶心、皮肤发烫时帮他脱掉了鞋子。简对着他絮叨着她忙碌的一天，连顿都没顿一下。约翰爵士努力去听，但是他的高烧却像起伏不定的潮水带走他的意识。

他是吃自己鞋子的人，已经二十三年了。自从他第一次走陆路横越加拿大北部寻找西北航道的任务失败，于一八二二年回到英格兰后，这称谓就跟着他了。他还记得他回来时，人们的窃笑及对他开的玩笑。富兰克林吃了他的鞋子，在历时三年的凄惨行程里，他还吃过更糟的东西，包括岩粥——从岩石上刮下的苔藓煮成的恶心稀粥。在外面待了两年后，他们没有东西吃了，他和他的人（富兰克林在茫然之下把他的军队分成三组，自己带一组，然后让另外两组人自生自灭）为了生存，就把靴子和鞋子上面的部分煮来吃。约翰爵士——他那时候还只是约翰而已，是在后来又进行了一趟长途内陆航行和一次糟糕的海路北极探险后被封为爵士的——在一八二一年，除了咀嚼没有鞣过的皮革碎片外，什么都没的吃。他的手下们连水牛皮睡毯都吃了。接着有些人继续去吃其他东西……

不过他从来没有吃过人。

直到今天，富兰克林还是怀疑他那支探险队里的其他人，包括他的好友及首席中尉约翰·理查森医生，是否也和他一样成功抗拒了诱惑。当他们分成几组各自挣扎，想尽办法穿过北极的荒地及林地，回到富兰克林临时搭建的小要塞——冒险堡，以及真正能被称得上营地的天佑堡与决心堡时，发生了太多事。

九个白人和一个爱斯基摩人死了。一八一九年，三十三岁却已经开始发福、秃头的年轻中尉约翰·富兰克林从决心堡带了二十一个人出来，但后来死了九个，沿途吸收的当地向导也死了一个——富兰克林先前不愿意让这个人离开探险队自己找粮食的。两个人被残忍地谋杀，当中至少有一个人毫无疑问是被其他人吃掉的。但是只死了一个英格兰人，只死了一个真正的白人，其他人都是法国船工或印第安人。

探险算是成功了——只死了一个英格兰白人，即使其他人几乎都变成讲话含糊不清、满脸胡子的枯瘦骨架。他们之所以能活下来，都是因为那可恶、性欲过剩的准少尉乔治·贝克穿着雪鞋走了一千两百英里路把补给品带回来，而且带来更多比补给品还要重要的印第安人，让富兰克林和他这帮快死掉的同伙有东西吃，而且有人照顾。

那可恶的贝克，完全不是个好基督徒，他自以为是，不是真正的绅士，虽然后来因为指挥现在由富兰克林爵士指挥的皇家海军“恐怖”号做过一次北极探险，而被册封为爵士。

在那次探险，也就是所谓的贝克探险中，“恐怖”号被一座突然耸起的冰塔抛向空中约有五十英尺高，然后再猛烈摔下，造成船身每块橡木板都开始渗水。乔治·贝克驾着会渗水的船一路来到爱尔兰海岸，在船即将沉没的几小时前将船拖到岸上。船上人员用链子缠绕住船来挤压船舷，让船板在返航途中能暂时凑在一起。所有的人都得了坏血病——牙龈变黑、眼眶流血、牙齿掉落——还有伴随着坏血病而来的精神失常及妄想。

当然，贝克在那之后就被封为爵士。当你到极地探险而且失败得相当凄惨，并且赔上了许多条人命，回来之后，英格兰皇室及海军部就会册封你；如果你还活着，他们会给你一个官衔并为你举办游行。一八二七年，富兰克林到北美洲的高纬度区域完成他的第二次海岸线地图绘制之旅后，乔治四世亲自册封他为爵士。巴黎地理学会颁给他金质奖章。他被任命为配备二十六门大炮、小巧精致的快帆船皇家海军“彩虹”号的船长，而且衔命开往每个皇家海军船长日夜企盼被派往的目的地——地中海。他还向已故妻子伊莲娜最要好的朋友——精力充沛、美丽外向的简·葛瑞芬求婚。

“于是在喝茶时，我向詹姆斯爵士解释，”简说，“约翰爵士的信誉和名声对我而言，比我亲爱的丈夫与我同在带给我的任何快乐都还珍贵无限倍，即使意味着他必须离开四年……或五年。”

那个十五岁的黄刀印第安[1]女孩叫什么名字来着？在冒险堡的冬季营房里，贝克还曾经为了她要去决斗。

绿袜子。没错。绿袜子。

那女孩很邪恶。美丽，但邪恶。她毫无羞耻心。富兰克林虽然想尽办法不去看她，却还是在一个月色皎洁的夜里，看见她脱下充满异教风的外袍，光着身子走过半个船舱。

他那时三十四岁，却还是第一次看见女人的裸体，而且是迄今为止他所见过的最美丽的裸体。她的裸体肤色暗黝，双乳如球形水般饱满，却还带着少女的生涩。乳头还没挺起，乳晕则是几圈奇特、平滑的暗褐色环圈。在之后的二十五年里，这景象一直无法从约翰爵士的记忆中抹去，即使他试着忘记，也为此祈祷过。这女孩的阴毛并不像他后来在第一任妻子伊莲娜身上看到的古典V字形——他只有在某次她准备入浴时不小心瞥见过一次，因为伊莲娜难得与他做爱一次，而且不容许有一丝光线照上她的身

1　居住在加拿大西北地区的印第安部落。（如无特殊说明，本书注释均为译注。）

躯，也不像现任妻子简年华已逝的胴体上，那片稍微稀疏也稍微宽松的麦色窝巢。都不是！在印第安女孩绿袜子的性器官上方，只有一道窄而纯黑的垂直阴毛。像乌鸦羽毛一样纤柔，像罪恶一样漆黑。

他们在富兰克林称作冒险堡的木屋里度过第一个似乎永无止境的冬天时，苏格兰准少尉罗伯特·胡德就跟一个印第安女人生了一个小杂种，但是他很快又爱上十来岁的黄刀印第安女子绿袜子。这女孩先前就跟准少尉乔治·贝克有过一腿，但是贝克出去打猎后，她就转而忠贞于胡德，只有异教徒和原始人才能如此自然地更换性伴侣。

富兰克林还记得在长夜中传来的充满激情的呻吟，不是他与伊莲娜那种几分钟的激情（当然，她从来不会呻吟或发出任何声音，因为淑女本来就不该），也不是他跟简度蜜月时，在那值得纪念的夜晚里体验到的两回合短暂激情。都不是！胡德和绿袜子的激情声浪可以有六七回。在紧邻木屋的斜顶小屋里，胡德和那女孩的呻吟声才稍有停止迹象，就又开始传来欢乐的笑声、咯咯低笑声，接着是轻柔的喘息，最后在那毫无羞耻的女孩对胡德的连番催情下，再次引发一阵狂野的嘶吼。

简·葛瑞芬在一八二八年十二月五日，芳龄三十六岁时，嫁给刚封爵的富兰克林爵士。他们到巴黎去度蜜月。富兰克林并不特别喜欢那城市，也不喜欢法国人，但是他们下榻的旅馆倒是相当高级，食物也很棒。

富兰克林一直有点害怕他们到西欧大陆旅行时会碰上那个叫罗热的家伙——彼得·马可·罗热，就是那个因为打算出版一本鬼扯的字典或什么的，而得到文学界关注的人。他曾经向简·葛瑞芬求婚，但是和其他她年轻时的求婚者一样被她拒绝了。富兰克林后来曾经偷看过简在那时期写的日记（他还为自己的罪行找了借口：她希望他去找出并且浏览她用小牛皮装订的一本本日记，不然为什么要把它们放在那么显眼的地方？），读到她在罗热最后娶了别人后，用细密、娟秀的笔迹写下的一段话："我一生的罗曼史已经结束了。"

乔治·贝克准少尉和一群印第安人打猎回来时，他的伙伴罗伯特·胡德准少尉和绿袜子已经连续在六个几无止境的北极夜里发出做爱的声音。于是两个人安排在隔天日出时（大约早上十点）来场一决生死的决斗。

富兰克林不知道要如何处理。这位肥胖的中尉连粗野的船工和态度轻蔑的印第安人都没办法约束，更别说去管束顽固的胡德或冲动的贝克了。

两位准少尉都是艺术家，也都是地图绘制专家。因此，从那时候起，富兰克林就不再相信艺术家了。巴黎雕塑家为简夫人做手部雕塑时，或伦敦一位爱洒香水、有性怪癖的人花了将近一个月时间为她画油画时，富兰克林都不让他们单独与简相处。

贝克和胡德在晨光乍现时要一决生死，富兰克林却无能为力，只好躲在木屋里，祈祷最终的伤亡不会让已经做了许多妥协的探险变得毫无原则。他的任务指示并没有明确告诉他，在这趟长达一千两百英里的内陆、沿海岸、顺河流的北极之旅中，他应该要携带食物。他只好自掏腰包，提供食物喂饱十六个人。他原以为印第安人接下来会为他们打猎，好提供给他们充足的食物，就像向导们会帮他背袋子，并且替他划桦树皮独木舟一样。

事情过了二十三年，他终于愿意承认——至少对自己承认，选择采用桦树皮独木舟是个错误决定。进入有冰块阻碍的水中，沿着北边海岸线才走没几天，脆弱的船就开始解体了。那时他们离开决心堡已经超过一年半。

富兰克林双眼紧闭、前额发热、脑袋阵阵作痛，一面听着简喋喋不休的闲扯，一面回想那个早晨，当贝克和胡德在木屋外各走了十五步，然后转身要开枪时，他躺在厚重的睡袋里，用力把眼睛闭起来。该死的印第安人和该死的船工，他们原始野蛮的天性把生死决斗看成余兴表演。富兰克林还记得，绿袜子那天早晨容光焕发，全身闪现出性爱的光芒。

即使躺在睡袋里，双手捂住耳朵，富兰克林还是听得到起步、转身、瞄准、发射的口令。

接着两下扳机声，然后是群众大笑。

负责下决斗口令的苏格兰老水兵约翰·黑本个性难搞，没半点绅士风度，他在前一天晚上就将两把特别预备的手枪里的火药和子弹取走了。

在拍腿大笑的印第安人及一帮船工的不断取笑下，泄了气的胡德与贝克分道扬镳。不久后，富兰克林命令乔治·贝克回决心堡去，向哈得逊湾公司买更多生活必需品。贝克一去几乎是一整个冬天。

富兰克林吃了自己的鞋子，也靠着从岩石上刮下来的苔藓维生，这种黏滑食物连有教养的英格兰狗吃了都会吐。不过，他从没吃过人肉。

在那场决斗后，又过了漫长的一年。与富兰克林的小组分头出发后，理查森的小队发生了一件事。探险队里有点疯癫的易洛魁族印第安人麦可·泰罗霍射杀了艺术家兼地图绘制员罗伯特·胡德准少尉，子弹正中额心。

在谋杀案发生的一礼拜前，印第安人带回一块味道浓烈的腰腿肉给那群饥饿的人吃，坚称这是一块狼肉，那只狼不是被驯鹿用角刺死的，就是被泰罗霍用鹿角刺死的，印第安人说的话总是变来变去。一小队饿坏的人将那块肉煮熟吃了，不过理查森医生还是在肉被吃光之前发现，那块肉的皮上有些刺青。医生后来告诉富兰克林，他可以确定泰罗霍带回来给他们吃的，是那礼拜死在途中的一名船工的尸体。

理查森在刮岩石上的苔藓时听到了枪声，那时，饿坏的印第安人刚好与被枪射死的胡德单独在一起。是自杀，泰罗霍坚称，但是理查森医生之前处理过不少起自杀案，知道子弹射进罗伯特·胡德脑中的方式，不会是自己开枪造成的。

现在这名印第安人拥有的武器包括一把英国刺刀，一支毛瑟枪，两把装满火药，随时可以发射的手枪，以及一把和他前臂一样长的刀子。还活着的两个非印第安人黑本和理查森，总共只有一把小手枪和一支不可靠的毛瑟枪。

英格兰当今最受人尊敬的科学家与医生，诗人罗伯特·彭斯的朋友理查森，当时只是一位有潜力的探险队医生与自然学者。他一直等到麦可·泰罗霍某次从外面搜寻粮食回来，确定他的双手都抱着柴火时才举起手枪，冷血地把子弹射入那印第安人的脑袋里。

理查森医生后来承认他吃了胡德的水牛皮毯，但不论他还是黑本——那小队唯一存活的两个人——都没提到之后那个礼拜，在艰苦跋涉回冒险堡的路上，他们还吃了些什么东西。

在冒险堡里，富兰克林和他那组人已经虚弱到无法站立或走路。相较之下，理查森和黑本看起来有精神多了。

约翰·富兰克林可能是个吃自己的鞋子的人，但是他从来没有……

“厨师今天会准备你最喜欢的烤牛肉。她是新来的——我可以确定之前那个爱尔兰女人虚报了斤两，偷窃对爱尔兰人来说和喝酒一样自然——我就提醒她，你的牛肉一定不能太熟，牛排刀碰到时要能渗出血来。”

富兰克林在逐渐退逝的热潮中浮沉，尝试理出思绪来回答她，但是头痛、恶心及高热的巨浪还是令他无法招架。汗水穿透他的贴身衬衣及固定的衣领。

“海军上将托马斯·马丁的夫人今天寄来一张可爱的卡片和一束很美的花，我完全没料到，但我必须承认那些玫瑰放在玄关真的很漂亮。你看到那些花了吗？你参加酒会时有时间跟马丁上将说话吗？当然，他也不是那么重要，不是吗？即使他的身份是海军总司令？他当然没有部长或首席参谋们优秀，更不能与你那些北极议会的朋友相比了。”

约翰·富兰克林爵士船长有很多朋友。每个人都喜欢他，却没有人尊敬他。几十年来，富兰克林很清楚前面那点，却避免去想后面那点，不过现在他知道了：每个人都喜欢他，但没有人尊敬他。

在范迪门地之后就没人尊敬他了。在塔斯马尼亚监狱事件以及他拙劣的处理方式之后，就没人尊敬他了。

他的第一任妻子伊莲娜在他离开，去进行第二次重要探险时，开始走向死亡。

他知道她即将死去，她也知道她即将死去。早在结婚典礼上，她的肺病、她会在丈夫死于战争或探险前病死的念头，就伴随着他们。在他们二十二个月的婚姻中，她为他生了一个女儿，他唯一的小孩，小伊莲娜。

他的第一任妻子身材娇小、脆弱，却拥有惊人的意志力及精力，她要求他继续第二次探险，去寻找西北航道，还说这趟海陆路并用的探险要沿着北美洲的海岸线走。她说这话时嘴里已经咳出血来，她也知道人生快到终点了。她说，在她人生结束时，如果他身在别的地方，对她而言会比较好一点。他相信她了。或者说，至少他相信对自己会比较好一点。

约翰·富兰克林是个非常虔诚的信徒。他祈求上帝让伊莲娜在他出发前就先过世，但她撑过去了。他在一八二五年二月十六日出发，在前往大奴湖的途中写了很多封信给他的爱妻，在纽约市及奥尔巴尼市把信寄出。四月二十四日，他在彭圭森英国海军基地得到她过世的消息。她在他的船离开英格兰后没多久就过世了。

一八二七年，他结束探险回来，伊莲娜的朋友简·葛瑞芬已经在英国等他了。

海军上将的酒会到今天还不满一个礼拜——不，是刚好一个礼拜，在他得了这该死的感冒之前。当然，约翰·富兰克林爵士以及“幽冥”号与“恐怖”号的所有军官和副官都参加了酒会。此外，参与这次探险的一些非军职人员——“幽冥”号的冰雪专家詹姆斯·瑞德，“恐怖”号的冰雪专家托马斯·布兰吉，以及几位发饷官、船医及主计官也参加了酒会。

那一天，富兰克林穿着崭新的蓝色燕尾服及蓝色金边长裤，配上饰有金穗的肩章、典礼佩剑，以及纳尔逊时代的三角礼帽，看起来相当风光。他的旗舰“幽冥”号的船长詹姆斯·菲茨詹姆斯常被称为全皇家海军最英俊的人，当时看起来就和这位战争英雄一样抢眼、有礼。菲茨詹姆斯当晚几乎迷倒众生。弗朗西斯·克罗兹则和平常一样，看起来僵硬、笨拙、忧郁，并且带着一点醉意。

但是简弄错了，北极议会的会员们并不是富兰克林的朋友。事实上，北极议会根本不存在。它只是个名誉学会，不是真正的组织，不过它还是全英格兰最难入会的“老男孩”俱乐部。

酒会时，富兰克林、他的领导军官们，以及传奇的北极议会里那些高个儿、消瘦、灰发的成员全混在一起。

要成为这个议会的会员，基本条件就是带领一支探险队走向北极圈的最北端……而且活着回来。

拥有会员资格的那一长排人当中，富兰克林的排名算是落在最后。他只能为自己的毫不起眼感到汗颜及结舌。梅尔维尔子爵在其中最值得注目。他曾经是海军部的部长，也是这次探险的赞助人约翰·贝罗从前的赞助人。不过梅尔维尔并不是北极探险老手。

那天晚上的富兰克林有点紧张。北极议会中真正传奇的人物，大多七十多岁。对他而言，这些人与其说是活着的男人，不如说更像是《麦克白》里的十三个女巫，或群聚的灰色幽灵。他们当中的每一位都比富兰克林更早去寻找西北航道，而且都活着回来了，不过都只剩半条命。

那天晚上富兰克林在想，在北极圈过冬后，真的有人还能活着回来吗?

约翰·罗斯爵士的苏格兰脸上，布满了比冰山还要多的棱面，眉毛向外突出，就与他的侄儿詹姆斯·克拉克·罗斯从南极旅行回来后所描述的企鹅颈毛与羽毛一样。罗斯的声音粗哑，像拖着一块沙石划过破裂甲板的声音。

约翰·贝罗爵士比上帝还老，而且权力是他的两倍。他是英国专业极地探险之父。和他比起来，当晚在场的所有人，即使是白发的七十几岁老人，都只能算是男孩——贝罗的男孩。

即使与皇室成员相比，威廉·裴瑞依然是绅士中的绅士。他曾经四次试图穿越西北航道，结果却只能目睹船员们死亡，他的“怒气”号被冰挤压、碎裂、沉没。

刚被册封为爵士的詹姆斯·克拉克·罗斯适逢新婚。他的妻子要他发誓不再从事探险。如果他愿意，这次探险的总指挥会是他，而不是富兰克林，他们两个人都心知肚明。罗斯和克罗兹站在一起，离其他人有些距离，他们喝着酒，谈话声却轻柔得像在密谋似的。

那可恶的乔治·贝克爵士！对于要与曾经是他手下的小小准少尉（还是个好色之徒）同享爵士头衔，富兰克林一直无法释怀。在这欢庆的夜晚，约翰·富兰克林爵士船长简直希望黑本在二十五年前没把火药及子弹从决斗用的手枪里取走。贝克是北极议会中最年轻的成员，即使经历了皇家海军“恐怖”号被猛烈撞击、险些沉没的悲惨事件，他看起来还是比其他人都快乐且自鸣得意。

约翰·富兰克林爵士船长本身滴酒不沾。在喝了三小时的香槟、葡萄酒、白兰地、雪利酒及威士忌之后，其他人都开始放松，他身旁的笑声愈来愈大，大厅里的谈话也愈来愈不正经。富兰克林却变得更加镇定，他明白，这次酒会，以及这些金质纽扣、丝绸领结、闪亮肩章、精致美食、雪茄及笑容，都是为了他而准备的。这一次，全部都是为了他。

所以，当老罗斯冷不防把他拉到一旁，在雪茄的烟幕及水晶酒杯反射的闪闪烛光中，咆哮着向他发问时，他吓了一大跳。

“富兰克林，你是根据什么鬼理由要带一百三十四个人去啊？”他的声带像沙石磨过粗糙的木板，发出刺耳的声音。

约翰·富兰克林爵士船长眨了眨眼：“这是一次重要的探险，约翰爵士。”

“天杀的十足重要哪！如果发生状况，光是带三十个人横越冰地，坐进船里，然后回到文明世界就已经够难了。何况一百三十四个人……”老探险家发出粗鲁的声音，像要吐痰似的清了清喉咙。

富兰克林微笑点头，希望这老人不要再缠他。

“而且你的年纪，”罗斯继续说，“你已经六十了，知不知道啊？”

“五十九，”富兰克林生硬地说，“爵士。”

老罗斯浅笑着，看起来比之前更像一座冰山。“‘恐怖’号的吨位是多少？三百三十吨？‘幽冥’号大约是三百七十？”

“我的旗舰是三百七十二吨，”富兰克林说，“‘恐怖’号是三百二十六吨。”

“两艘船的吃水都是十九英尺，对吗？”

“是的，爵士。”

“真他妈的疯了，富兰克林。你这两艘船是有史以来到南北极探险的船舰中吃水最深的。所有关于这两个区域的证据都显示，你们要去的地方水并不深，而且到处都是浅滩、岩石及暗冰。我的‘胜利’号吃水只有一英寻[1]半，九英尺而已，已经驶不

1　1英寻为6英尺，约合1.8288米。

出我们过冬时待的浅水湾了。乔治·贝克指挥你那艘‘恐怖’号时，还把他的屁股都摔到冰上去了呢。”

“两艘船都已经加固过了，约翰爵士。”富兰克林说。他感觉汗水正从他的肋骨和胸部流到他凸起的肚皮上。“它们是目前世界上最坚固的履冰船。”

“那么关于蒸汽机及动力引擎的那些胡扯又是怎么一回事？”

“那并不是胡扯，爵士。”富兰克林说，他可以听到自己声音中的压抑。他完全不懂蒸汽机，不过他的探险队里有两位优秀的工程师，还有菲茨詹姆斯——新成立的蒸汽海军部门中的一名成员。“这些引擎有非常强大的动力，约翰爵士。它们能让我们在船帆失效时破冰前进。”

约翰·罗斯爵士哼了一声：“你的蒸汽机甚至不是航海用的引擎，我没说错吧，富兰克林？”

“确实不是，约翰爵士。但它们是伦敦与格林威治铁路公司能卖给我们的最佳引擎，而且已经改装成船用引擎。它们是两头威力强大的野兽啊，爵士。”

罗斯啜了一口威士忌：“是啊，威力强大，除非你打算在西北航道上架设铁道，在上面开他妈的火车。”

听到这里，富兰克林耐着性子轻笑了几声，但是他听不出这评语有何幽默之处，而且粗俗的言语对他而言是莫大的侮辱。他常常无法分辨别人的玩笑话，一点幽默感也没有。

“但也不是真的那么威力强大。”罗斯继续说，“他们塞进你的‘幽冥’号船舱的那部一点五吨重的机器，只能产生二十五匹马力。至于克罗兹的那部引擎更没有效率……顶多二十四马力。但是，要把你们拖离苏格兰的那艘‘拖运者’号，它的蒸汽引擎较小却可以产生两百二十四马力。为什么？因为那是一部船用引擎，是专为航海设计的。”

对于这点富兰克林不置可否。他笑了笑，为了填补片刻的沉默，他向身旁端着香槟经过的侍者招手，拿了一杯酒。因为喝酒有违他的原则，他之后就一直拿着杯子站在那里，偶尔望着气泡渐稀的香槟，想找机会在没人注意时把酒处理掉。

“想想看，如果没有那两部引擎，你那两艘船的底舱还可以多塞进多少补给品啊！”罗斯抓着话题不放。

富兰克林环顾四周，想要找个救兵，但是每个人都兴高采烈地在跟人交谈。“我们已经有足够三年用的存货了，约翰爵士。”他最后说，“如果缩减每日的配额，我们还可以撑上五到七年。”他再次露出微笑，试着软化罗斯僵硬的表情，“而且‘幽冥’号和‘恐怖’号都有中央空调系统，约翰爵士。我确信你会希望你的‘胜利’号也有这种装备。”

约翰·罗斯爵士暗淡的眼神中发出一道冷光：“‘胜利’号像一颗蛋一样被冰层压碎了，富兰克林。你那先进的蒸汽中央空调对此也没辙，不是吗？”

富兰克林再次环顾四周，希望菲茨詹姆斯能看见他，甚至克罗兹，谁来解救他都行。只是，似乎没人注意到老约翰爵士和胖约翰爵士正在此热烈地（或是单向地）对谈。一位侍者经过，富兰克林把没动过的香槟放回托盘上。罗斯眯起眼睛打量富兰克林。

“光是要让其中一艘船在北极有一天的暖气，就要烧掉多少煤炭，你知道吗？”这位苏格兰老人继续追问。

“嗯，这我真的不清楚，约翰爵士。”富兰克林带着一丝胜利的微笑。他真的不知道，也不特别在乎。工程师们会去负责蒸汽引擎和煤炭的事，海军部事先就会帮他们计划好。

“我知道，”罗斯说，“光是要让热水保持流动，使船员们的起居区有暖气，你一天就需要用掉一百五十磅的煤。而光是要让蒸汽引擎保持运转，你一天就要用掉半吨宝贵的煤炭。假设这两部丑陋的炮舰能有四节的速度，那么你一天就要用掉两到三吨的煤。如果你还要船破冰而行，你要用掉比这多得多的煤。你船上带了多少煤，富兰克林？”

约翰爵士船长摆了摆他的手，才发觉那动作有点轻蔑，甚至没有男子气概。“哦，差不多是两百吨吧，爵士。”

罗斯再次眯起眼看他：“准确地说，‘幽冥’号和‘恐怖’号各九十吨。”他粗声地说，“而且那是在你刚离开格陵兰，还没穿过巴芬湾，根本还没碰到真正的冰之前。”

富兰克林笑而不答。

“假设你到了要过冬的冰封之地，而九十吨煤炭的百分之七十五还没有烧掉，”罗斯继续说，就像船穿过软冰一样向前逼近，“先不说冰封的情况，你的蒸汽机在正常情况下，可以再运转多少天？十二天？十三天？还是十四天？”

约翰·富兰克林爵士船长完全没有概念。他虽然专业而且熟悉航海，但基本上不会去考虑这种事。或许他的眼神反映出他一时的恐慌，不是由于煤炭，而是由于他在约翰·罗斯爵士面前表现得像个白痴，因为那个老海员正用钢钳般的手指抓住他的肩膀。罗斯倾身靠近时，约翰·富兰克林爵士船长闻得到他口里喷出的威士忌味。

“海军部计划怎么搜救你，富兰克林？”罗斯粗声问。他的声音很低，四周都是宾客们在酒酣耳热之际的笑声及闲聊声。

“搜救？”富兰克林眨了眨眼。两艘全世界最先进的船只，为了在冰中航行，船身做过结构强化，以蒸汽为动力，装载了五年或更多冰地所需的补给品，船上人员全都是约翰·贝罗爵士亲自挑选的，会需要或有可能需要别人的救援？富兰克林做梦也没想过，这想法实在太夸张了。

“你有没有打算在沿途经过的岛上贮藏一些东西，设立补给站？”罗斯轻声说。

“贮藏？”富兰克林说，“把我们的生活必需品留在沿途？我怎么可能做这种事？”

“如果你必须走冰地来脱困，你的人员和小船就会有食物和庇护所。”罗斯口气强硬，眼睛闪着光。

“我们为什么要走回巴芬湾？”富兰克林问，“我们的目标是走通西北航道啊！”

约翰·罗斯爵士将头收了回去，把富兰克林的上臂抓得更紧了。“所以，根本就没有什么搜救船或搜救计划？”

“没有。”

罗斯抓住富兰克林的另一只手，使劲捏压，让庄重的约翰爵士船长几乎皱了眉头。

“那么，小伙子，”罗斯轻声说，“如果我们在一八四八年还没有听到你的消息，我一定会亲自去找你。我发誓。”

富兰克林猛然醒来。

他全身被汗浸湿。他觉得晕眩而虚弱，心脏怦怦跳，随着每声心跳，头就痛得宛如教堂大钟在他头颅里撞击。

他惊骇地看着自己。他的下半身正盖着一条丝巾。

“这是什么？”他紧张地大叫，“这是什么？有一面旗子盖在我身上！”

简女士站在一旁吓呆了：“你看起来很冷，约翰。你一直在发抖，我就拿它当毯子帮你盖上。”

“我的天啊！”约翰·富兰克林爵士船长大喊，“天啊，女士，你知道你在做什么吗？你难道不知道国旗是盖在死人身上的吗！”

3
克罗兹

北纬七十度五分，西经九十八度二十三分

一八四七年十月

克罗兹船长顺着短梯下到主舱，推开密闭的双重门，迎面扑过来的热气让他差点儿打了个趔趄。虽然靠热水循环运作的暖气系统已经停机几小时了，五十几个人的体温及烘焙食物残余的热气，还是让主舱达到了接近冰点的温度，比外面高了八十华氏度。对在甲板上待了半小时的人来说，来这儿相当于全身裹着衣服去洗蒸汽浴。

因为待会儿还要继续往下走到没有暖气的下舱与底舱，所以克罗兹没把御寒外套脱掉。也因此，他不能在温热的主舱里待太久。不过他还是做了每个船长都会做的事：停了一会儿，四周看看，确定他上甲板去的半小时里，一切都还正常。

虽然这里是船上唯一可以睡卧、饮食及起居的船舱，却和开采中的威尔斯矿坑一样黑暗，舱顶的小天窗在白天及现在长达二十二小时的夜里都被雪覆盖住。鲸油灯、提灯及蜡烛东一个，西一个，照亮小小的圆锥形区域，不过大部分人都是凭记忆在黑暗中移动，记住如何避开那数不胜数、若隐若现、堆积在地上或悬挂在空中的食物、衣物、帆具，以及睡在吊床上的人。所有吊床都挂起来时——每张十四英寸宽——除了船身两侧那两条十八英寸宽的走道之外，船舱里就完全没有走路的空间了。不过现在只有几张吊床挂了起来，是值夜班的卫兵在上哨前补觉。谈话、笑闹、咒骂、咳嗽等声音，以及被惹毛的狄葛先生的锅铲声与粗野谩骂，嘈杂到能盖过冰层的挤压声与呜咽声。

这艘船在设计图上标示挑高七英尺[1]，但实际上，头顶上有厚重的横梁，横梁下悬挂着置物架，上面还储放了数以吨计的杂物与多余的木材，对船员来说主舱高度不到六英尺。因此，“恐怖”号上少数特别高的人，比方说此刻躲在下层船舱的门森，就得一直保持驼背的姿势。弗朗西斯·克罗兹没那么高。即使他戴着帽子而且围着保暖巾，在走动时也不需要低头。

在他右手边，一条走道从他所站之处向船尾延伸，看起来低矮、阴暗、狭窄，其实是通到“军官区”的舱道。军官区由十六个有隔间的小卧铺及两间狭窄的军官用餐房构成，是专供军官及士官长们使用的拥挤空间。克罗兹的房间和其他人的一样大，长六英尺，宽五英尺。舱道很暗，而且只有两英尺宽，只能容许一个人走，并且人要低下头避免撞到悬垂的货架，壮实的人必须侧身才能在狭窄的通道中前进。

军官寝室占去船身长度九十六英尺之中的六十英尺。此外，

1　1英尺等于12英寸，合0.3048米。

因为“恐怖”号的主舱只有二十八英尺宽，狭窄舱道就成为通往船尾的唯一一条直线通道。

克罗兹可以看到位于船尾的会议室溢出的光。那里虽然像阴间一般寒冷黑暗，但还是有几位还活着的军官在会议长桌旁边一派轻松地抽烟斗，或是从藏书一千两百册的书架上拿书来读。船长听见演奏音乐的声音：一张金属碟片正在播放用手风琴演奏的五年前在伦敦音乐厅相当流行的旋律。克罗兹知道是哈吉森在播放音乐，这首曲子是他的最爱，而且总是会惹火爱德华·利铎中尉——克罗兹的执行长暨古典音乐迷，让他气得几乎要发疯。

军官区那边看来很不错，克罗兹转过身来看这一面。普通船员的起居区占了剩余三分之一的船身长度——三十六英尺，却挤进了四十一名船员及见习生——原本有四十四人，这四十一名是还活着的。

今天没有安排课程，而且一小时之内，他们就要打开吊床，钻进去休息了，所以大部分人都坐在他们的储物箱上或是一堆堆收起来的东西上，在昏暗的灯光下抽烟或说话。起居室中央是费兹尔专利火炉，狄葛先生就是在这里烘烤他的饼干。对克罗兹而言，狄葛是全舰队最棒的厨师，而且是个战利品，因为就在探险起航之前，克罗兹才从约翰·富兰克林爵士船长的旗舰上把这位难以驯服的厨师偷过来。他无时无刻不在烤东西，通常是烤饼干，同时诅咒、拍打、狠踢及痛骂他的助手。船员们在靠近这个超大的火炉时总会加快脚步，从附近的一个舱孔走到更下层的船舱去把存货带上来，而且动作必须非常快，以免被狄葛先生满口的怒气扫中。

在克罗兹眼中，费兹尔专利火炉看起来就和底舱的蒸汽引擎一样大。除了有个超大的烤箱及六个大炉火座外，这个大型铁制新玩意儿的内部还装了一部脱盐机及一部巨大的手动抽水机，可以直接从海里或底舱中一排巨大的贮水槽中汲水上来。但是，现在外面的海水和底舱的水全都冻结了，所以狄葛先生炉火上几口直冒泡的大锅，正忙着融化从底舱水槽里切下再搬过来的大冰块，以供应船上所需的水。

在狄葛先生的置物架和壁橱（原本前方舷墙的所在）再过去一点，能看见船首舱的病床区。船上过去两年都没有病床区。这区域本来从地板到天花板都堆满了板条箱与木桶，需要看船医或助理船医的船员就只能在船上时间早上七点半到狄葛先生的火炉附近看病。现在船上的存货愈来愈少，生病或受伤的人愈来愈多，木匠就在船首舱隔出独立空间来当病床区。不过，船长还是可以看到穿过板条箱那条类似隧道的通道，里面的空间是他们留给沉默女士睡觉的地方。

在六月的某天，他们花了不少时间讨论——富兰克林坚持不让这名爱斯基摩女人待在船上，克罗兹接纳了她，但是他和他的执行长利铎中尉对于该让她住在哪里有过一番荒唐的讨论。他们知道，即使是爱斯基摩女巫，住在甲板上或者最底下两层的船舱里也一定会冻死，所以他们只剩下主舱可以选择。她当然不能住在船员的起居区，虽然拜冰上那只东西所赐，那里的确有些空的吊床。

在克罗兹十来岁还没当船员前，以及后来他当准少尉在船上实习的时期，偷渡上船的女人都是被送到船的最底层、最前方的锚缆收置间里。那里没有一丝光线，也几乎没有新鲜空气，散发着恶臭，离水手舱倒还不算远——偷偷带她们上船的幸运儿就住在这里。但是即使是在六月，也就是沉默女士出现的时候，皇家海军“恐怖”号锚缆间的温度也低于零度。

不行，让她跟船员在同一个区域起居，不能列入考虑范围。

军官区？也许可以！那里有空房间，因为有几个军官已经死了，甚至被撕碎了。但是利铎中尉和他的船长很快就认为，男人睡觉时，如果在薄隔间及滑动房门外有个女人，那样很不健康。

那怎么办？他们不可能特别为她安排睡觉的地方，然后派一名武装守卫随时保护她。

最后的点子是爱德华·利铎想到的：在原本该是病床区的船首舱中移动一些储藏箱，制造出能让她在里面睡觉的小洞窟。船上唯一一个整晚、每晚都醒着的人就是狄葛先生，他总是在尽责地烘烤他的饼干及煎早餐要吃的肉。即使狄葛先生曾经对女人感兴趣，但至少那已经是很久以前的事了。此外利铎中尉和克罗兹船长还考虑到，住在靠近费兹尔专利火炉的地方，会让客人感到温暖。

安排很成功，没错。但是沉默女士受不了闷热，她在隐藏在板条箱及木桶间的小洞穴里睡觉时，只好全身赤裸地躺在毛皮上。船长无意间发现了，那影像就此停留在他脑海里。

在自己和火炉上的大冰块一样开始融化前，克罗兹赶紧从钩子上取下一个提灯点亮，把舱口盖打开，爬梯子到下舱去。

在还没到极地航行之前，克罗兹常常用“很冷”来形容下舱，但其实“很冷”这个词过于轻描淡写。实际上，光是从主舱爬六英尺长的梯子下去，温度就下降了至少六十华氏度。这里是绝对的黑暗。

克罗兹履行船长的例行职责，花了一分钟四处看了看。提灯发出的光很微弱，大约只能把他呼出的雾气照亮。他四周是由板条箱、大桶、锡罐、酒桶、木桶、煤炭袋及被帆布盖住的一堆堆东西布成的迷阵，这些东西是船上仅剩无多的补给品，从地板一直堆到舱顶。

即使没有提灯，克罗兹也能在这黑暗、到处有老鼠尖叫的地方走动，他熟悉船上的每一英寸。有时候，尤其在深夜，当冰块在呜咽作响时，克罗兹会发觉“恐怖”号就是他的妻子、母亲、新娘及妓女。如此亲密地认识由橡木与铁条、麻絮与压舱物、帆布和铜框所构成的女人，将会是他唯一能够拥有，且会拥有的婚姻经验。他对苏菲还能有别的想法吗?

在夜更深，冰的呜咽转为尖叫时，克罗兹甚至会认为船已经成为他的身体及心灵。外面，在甲板及船舱之外，死亡正在等待，永恒的冷在等待。但是在这里，虽然被冻结在冰里，带着温暖、谈话、动作及神志的心跳仍然持续，即使已经非常微弱。

克罗兹明白，当他进到船里更深的地方，就仿佛走入一个人身体或心灵的更深处，在那里遭遇的事物不见得都会美好。下舱是肚腹，是贮藏食物及生活必需品的地方，每件东西都依照其需求的急迫性来储放，让那些被狄葛先生用叫骂及捶打差派来的人很快拿到他们要的东西。再下面一层，就是他现在要去的底层，是更深处的内脏及肾脏。几个大水槽、大部分的煤炭和更多补给品就摆放在这层。不过最困扰克罗兹的是与三层船舱相对的他的心灵状态。

在他一生中大半时间里，忧郁一直像鬼魅或瘟疫一样缠着他。他知道成年后在极地黑暗中度过的十二个冬天，使他的秘密弱点变得更糟了。他还觉得，因为苏菲·克瑞寇拒绝他，所以内心的苦楚最近又更加剧烈地发作着。克罗兹认为，有些许光亮、偶尔过于温暖但还能居住的主舱，相当于他心灵中的清醒部分；至于与下舱对应的，则是愁云笼罩的心灵世界。这些日子他经常栖身在此，听着冰的尖叫，等着金属栓锁及木梁固定架因为过冷而爆炸；最后，最下方的底舱，带着可怕味道及死人的房间，对应的就是疯狂。

克罗兹摇头甩开思绪。在堆积如山的木桶与板条箱之间，有条直通船首的下舱走道，他顺着它望下去。提灯的弱光被前方粮食房的舱壁挡住，而两侧的走道变得比主舱通往军官区的舱道还窄。人必须跻身在粮食房与置放“恐怖”号仅存的煤炭袋的储放区之间，才能通过这两条狭窄的走道。木匠的储藏间在前方的右舷侧，水手长的储藏间则在左舷侧。

克罗兹转过身来，用提灯照向船尾。一些老鼠懒懒地从灯光照到的地方逃离，消失在装盐腌食物的木桶和装罐头食物的板条箱之间。

即使只靠提灯的微光，船长也可以看到烈酒房的挂锁还锁得好好的。克罗兹手下的军官每天都会到这里来取朗姆酒，加水调出当天中午船员的饮酒配额——四分之一品脱酒精度一百四十的朗姆酒，配上四分之三品脱的水。烈酒房里还储藏了军官们的葡萄酒与白兰地，以及两百支毛瑟枪、餐刀及军刀。皇家海军的惯例向来是从主舱的军官区及会议室开一个舱窗，直接通到位于正下方的烈酒房。一旦有叛变发生，军官们也能先一步拿到武器。

位于烈酒房后方的是弹药储藏室，里面有一桶桶火药及子弹。在烈酒房两侧则有各种储藏间及储物室，包括一些链索储置室；船帆间，里面放了一堆冰冷的帆布；御寒衣间，船上主计官黑帕门先生从这里发御寒外衣给船员。

烈酒房和弹药储藏室的更后方是船长的储藏室，放的是船长个人的，而且是自费的火腿、奶酪及其他奢侈品。船长偶尔会有摆桌宴请军官的习惯。虽然和已故富兰克林船长塞满了“幽冥”号储藏室的高级食物相比，克罗兹储藏室里的收藏毫不起眼，但是克罗兹现在几乎空了的食物储藏室至少已经在冰雪中维持两个夏天及两个冬天了。此外——想到这里，他脸上露出了微笑——里面有个不错的酒窖，军官们到现在都还蒙受其利，里面还有他不可或缺的无数瓶威士忌。“幽冥”号上可怜的船长、中尉和非军职人员已经两年没有烈酒可喝了。约翰·富兰克林爵士本人滴酒不沾，所以他还活着的时候，他的军官们用餐时也不碰酒。

这时，在那条从船首通过来的狭小走道中，有个提灯向克罗兹浮动过来。克罗兹马上转过身，看到一只毛茸茸像黑熊的东西，巨大的身躯正塞挤在储煤区与粮食房的舱壁之间。

“威尔森先生吗？”克罗兹问。从他的圆胖身材以及穿戴的海豹皮手套与鹿皮裤——都是起航前发给每位船员的装备，但是很少有人穿在法兰绒与毛质制服外面——克罗兹认出这位木匠副手。他们还在外海航行时，这名副手利用他们在迪斯科湾丹麦人的捕鲸站里获得的狼皮，缝制了一件宽大并坚称很温暖的外衣。

“船长。”威尔森是船上最肥胖的人之一，一只手提着提灯，另一条手臂的腋下夹着好几箱木匠工具。

“威尔森先生，替我向哈尼先生问好，你能请他和我一起下底舱吗？”

“是，长官。底舱的哪里，长官？”

“死人房，威尔森先生。”

“是，长官。”威尔森好奇的眼神才多停了一秒，提灯的光马上在他眼里产生反光。

“还要请哈尼先生带一根撬杆，威尔森先生。”

“是，长官。”

克罗兹站到一旁，跻身在两个小木桶之间，让这位较胖的人可以跟他错身而过，然后爬梯子上到主舱去。船长知道自己可能是在无端打扰他的木匠——要这位先生在寝室即将熄灯之前再费一番工夫把御寒衣物全都穿上，却没给他一个好理由。但是他有个直觉，宁可现在去打扰他，而不是再晚一点。

在威尔森肥大的身躯挤过通往主舱的舱口盖后，克罗兹船长把下面的舱口盖也打开，往下进入底舱。

整个底舱比船外冰平面还低，所以几乎和船身外的陌生世界一样冰冷，而且更加黑暗，没有北极光、星光或月光来柔化黑暗。空气中弥漫着沉重的煤屑及煤烟味，还混杂着污物、污水的臭味。克罗兹看得见黑色煤粒在嘶嘶响的提灯四周翻转飞舞。从后方黑暗里传来刮抓、滑动、急走的声音，克罗兹知道这只是锅炉房里有人在铲煤。锅炉残余的热气足以让梯子底部不时溅起的三英寸高的污水不至于结成冰。

更前方，也就是船首深埋在冰里的位置，积了几乎一英尺深的冰水，虽然船员每天都会花六小时或更多时间来把水汲走。“恐怖”号与任何生命体一样，会透过一些机体呼出水汽，其中包括了狄葛先生从不休息的火炉。虽然主舱的湿气一直很重，到处都结着冰，下舱维持在冻结状态，底舱却像个地牢，每根横梁下都垂着冰柱，融化的水落到地板积水上，溅得比脚踝还高。沿着船身两侧整齐排列了二十一个铁储水槽，其扁平的黑色表面又为底舱增添几许寒意。探险队起航时，储水槽里装满了三十八吨的清水，现在却成为穿着盔甲的冰山，碰上它的铁皮，你就会失去自己的皮肤。

马格纳·门森就如二兵威吉斯所言，在梯子底部等候，不过这个大块头一等水兵站着，而不是坐在梯子上。这里的横梁不高，这个大块头的头和肩膀被迫弯下。他苍白、凹凸不平的脸以及布满短须的下颚，让克罗兹觉得他很像一颗去了皮的、塞在威尔斯的假发里的白色土豆。在刺眼的提灯照射下，他的眼神并没有遇上船长的瞪视。

“出了什么状况，门森？”克罗兹的语气里没有刚才对守卫及中尉的责备。他的音调平和、冷静、确定，但每个音节背后都带有教训与责骂的力道。

“是那些鬼魂，船长。”人虽然长得非常高大，但是马格纳·门森的声音却像个小孩，音调高而微弱。

一八四五年七月，“恐怖”号与“幽冥”号在迪斯科湾，格陵兰的西岸暂时停靠，当时约翰·富兰克林爵士船长就已经觉得他该把探险队中的两个人开除，一名陆战队二兵及“恐怖”号上的制帆匠。克罗兹建议将他船上的水兵约翰·布朗及二兵艾特肯也一起开除，他们几乎没有用处，一开始就不该让他们参加这次旅程。不过在那之后，克罗兹偶尔会希望他当时就把门森跟那四个人一起送回家。即使这个大块头还不算低能，但也相去不远，无甚差别。

“你知道‘恐怖’号上并没有鬼魂，门森。”

“是的，船长。”

“看着我。”

门森仰起脸来，却没有去面对克罗兹的目光。船长相当讶异，在巨大的一张脸上，门森暗淡的眼睛竟然非常渺小。

“你是不是违抗了汤普森先生的命令，不愿意把煤炭搬到锅炉间，水兵门森？”

“不是，长官。是，长官。”

“你知道在船上违抗任何命令的后果吗？”克罗兹觉得自己在跟小孩子讲话，虽然门森应该至少三十岁了。

大水手的脸突然亮了起来，因为他知道问题的正确答案。“哦，是的，船长。鞭刑，长官，抽打二十下。如果我抗命超过一次，那就是一百下。如果我抗命的对象是真正的军官，而不只是汤普森先生，就要被吊死。”

“你答对了。”克罗兹说，“但是你知道只要船长认为合适，他想要怎样处罚抗命的人都可以吗？”

门森的眼睛向下看着他，暗淡的眼神透露出困惑。他听不懂这个问题。

“我的意思是，只要我觉得合适，我要怎么处罚你都可以，水兵门森。”船长说。

困惑的表情在那张愚笨的脸上纾解开来：“哦，是的，当然，船长。”

“我可以不抽你二十鞭，”弗朗西斯·克罗兹说，“而选择把你关到暗无天日的死人房里二十小时。”

门森原本就冻僵、没有血色的五官这下失去更多血，克罗兹已经准备好要在他昏倒前躲到一旁。

“你……不会……”男孩般的嗓音像是在震动。

四下冰冷，只有提灯嘶嘶作响，克罗兹沉默了许久。他让这名水手去体会他的表情。最后他说：“你认为你听到了什么声音，门森？有人说鬼故事给你听吗？”

门森张开嘴，似乎很难决定该先回答哪个问题。他肥大的下唇结了冰。“沃克。”他终于说。

“你怕沃克？”

詹姆斯·沃克是门森的朋友，年纪与这白痴差不多，也不比他聪明到哪里去。他最近才死在冰上，至今才一个礼拜。船上的规定是，船员要在船附近的冰上挖一个洞，即使冰层像现在厚达十到十五英尺。如此一来，一旦船上失火，他们才有水灭火。沃克和他的两个伙伴先前就被派到黑暗的冰上去执行挖洞任务。他们要把先前挖好的洞再凿通，如果不用大铁钉去撞，这种洞不到一小时会再封冻起来。当时那只白色的“恐怖”突然出现在一道冰脊后面，撕扯掉那水兵的一只手，并且一下子就将他的肋骨撞成碎片。在船上的武装守卫还来不及举枪瞄准前，它又消失得无影无踪。

“沃克讲鬼故事吓你？”克罗兹问。

“是，船长。不是的，船长。是他说的那些话。在那个东西杀死他的前一天，他跟我说：‘马格纳，如果哪一天冰上那只地狱来的鬼东西抓走我，我会穿着白寿衣回来，在你耳边告诉你地狱有多冷。’所以，天啊，帮帮我，船长，詹姆斯跟我说了这些。现在我听见他正想从死人房里出来。”

仿佛事先安排好似的，这时船身突然吱嘎作响，他们脚下寒冷的舱板发出呻吟，横梁上的金属托架也用呻吟回应，而且在四围的黑暗里有刮与抓的声音，似乎从船尾传到船头。船外的冰仍然不太安分。

“这是你听到的声音吗，门森？”

“是，船长。不是的，长官。”

死人房位于船尾方向的右舷侧，离他们约有三十英尺，就在最后一个发出呜咽声的铁水槽再过去一点。但是当船身外的冰停止作声时，克罗兹只隐约听到从更后面的锅炉间传来铲子推送声及刮扒声。

克罗兹受够了门森的无稽之谈：“你知道你朋友不会再回来了，马格纳。他被牢牢缝在他的吊床里，和几个冻得硬邦邦的死人在一起，用三层最厚重的帆布缠裹起来，放在多出来的船帆储藏室里。如果你听到那里有任何声音，那是该死的老鼠在打他们尸体的主意。你明明知道，马格纳·门森。”

“是，船长。”

“在这艘船上不准有任何抗命行为，水兵门森。你现在必须做选择。汤普森先生要你搬煤炭，你就搬煤炭。狄葛先生要你下来拿存粮，你就来拿存粮。立刻而且有礼貌地听从命令，否则，你要面对审判……面对我……并且准备自己一个人在阴冷、没有提灯的死人房里待上一整夜。”

门森没再说一句话，只用手指触额行了一个礼，然后提起先前放在梯子上的一大袋煤炭，搬运到船尾的暗处。

工程师只穿着一件长袖汗衫及灯芯绒裤，和四十七岁的老炉工比尔·乔纳森一起在铲煤。另一个炉工路可·史密斯正趁着两次轮值中间的空当，待在主舱睡觉。“恐怖”号的炉工班长，年轻的约翰·托林顿，是探险队第一个过世的人，他死的那天正好是一八四六年的元旦，不过他是自然死亡。这名十九岁男孩很可能是听从了医生的建议，到海上航行来治疗肺结核。可是当船在第一个冬天被冰困在比奇岛的港湾里时，他就在病了两个月之后向死神投降了。培第医生与麦克唐纳德医生告诉克罗兹，这男孩的肺就和扫烟囱人的口袋一样，结结实实地塞满了煤屑。

“谢谢你，船长。”年轻的工程师在两次铲煤间的空当停了片刻。水兵门森才刚把第二袋煤炭放下，又回去搬第三袋了。

“不用客气，汤普森先生。”克罗兹看着炉工乔纳森。他比船长年轻四岁，看起来却比他还老三十岁。在他饱受岁月雕刻的脸上，每条深浅不一的皱纹都被黑煤与尘垢装点得更清晰。连他没有半颗牙齿的牙床也被煤灰弄成灰黑色。克罗兹并不想当着炉工的面去责备工程师——他也算是个军官，虽然不是军职人员，不过他说：“我希望，将来如果还有类似事件发生，我们不会再叫陆战队士兵去传递消息。”

汤普森点头，用铲子把锅炉的铁炉栅铿锵关上，接着身体倚着铲子，要乔纳森到上面去跟狄葛先生要些咖啡。克罗兹很高兴炉工走了，不过他更高兴炉栅关上了，在走过冰冷的地方后，这里的温度让他有些恶心。

船长必须为这位工程师的命运抱屈。士官长詹姆斯·汤普森是一级工程师，毕业于伍立奇的海军蒸汽机工厂——全世界训练新一代蒸汽动力工程师的最佳机构。但是在这里，在这艘封冻在冰里、一年多来没靠自己动力移动过半英寸的船上，他只穿着一件肮脏的汗衫，和普通炉工一起在铲煤。

“汤普森先生，”克罗兹说，“很抱歉，你今天从‘幽冥’号回来后，我一直没有机会跟你说话。你有机会跟葛瑞格先生谈话吗？”

约翰·葛瑞格是旗舰“幽冥”号上的工程师。

“是的，船长。葛瑞格先生认为等到真正的冬天来了之后，他们就不可能再去修复受损的驱动轴了。即使他们能够钻一条通道到冰下面去，把最后一根螺旋桨换成临时赶工出来的那根，‘幽冥’号在蒸汽动力下仍然哪里都去不成，因为新换上的驱动轴本身也弯曲得很厉害。”

克罗兹点头。一年多前，“幽冥”号拼命要在冰里前进时，弄弯了第二根驱动轴。在那个夏天，这艘吨位较重、引擎也较有力的旗舰带头在冰堆中前进，让两艘船有水道可走。但是在他们后来被冰困住长达十三个月以前碰到的最后一块冰，竟然比尚未接受考验的螺旋桨及驱动轴上的铁还硬。那年夏天潜到水里的船员全都冻伤，而且到鬼门关前走了一回。根据他们的说法，不只螺旋桨破裂，连驱动轴也弯曲、断裂。

“煤炭呢？”船长问。

“每天只让热水在主舱流通一小时的话，‘幽冥’号有足够的煤来提供……大概……四个月的暖气，船长。明年夏天就完全没有煤炭来发动蒸汽引擎了。”

如果我们明年夏天能脱困的话，克罗兹想。有了今年夏天的经验（冰没有任何一天有融化的迹象），他现在是个悲观主义者。在一八四六年夏天，他们还能自由行动的最后几周里，富兰克林以非常惊人的速度消耗“幽冥”号的煤炭存量，他很确定只要能把最后几英里的堆冰撞碎，探险队就可以到达沿着加拿大北岸的西北航道，而在晚秋时，他们就可以在中国喝茶了。

“那么，我们自己的煤炭使用状况呢？”克罗兹问。

“也许足够提供六个月的暖气，”汤普森说，“但前提是，我们把供暖时间从两小时缩短为一小时，而且我建议尽快在十一月之前开始执行。”

那只剩不到两个礼拜。

“蒸汽引擎呢？”克罗兹问。

如果明年夏天冰有软化的迹象，克罗兹打算叫“幽冥”号上所有还活着的人都挤到“恐怖”号上来，然后孤注一掷，全力沿着来时路线撤退，顺着布西亚半岛与威尔士亲王岛中间那条无名海峡往上走。两年前他们匆促地从那里航行下来，然后经过沃克角及巴罗海峡，再像软木塞从瓶口被拔出来一样，从兰开斯特海峡退出，接着装上所有的帆并燃烧剩余的煤，“如烟如絮地”前进，向南冲入巴芬湾，必要时连多余的帆桁及家具也拿来烧，以得到最后需要的蒸汽动力，并且尽可能让船行驶到格陵兰周边的开放水域，捕鲸船就可以发现他们。

不过即使奇迹发生，他们真能从冰中脱困，还是需要蒸汽引擎动力来对抗向南流动的冰，以便向北走到兰开斯特海峡。克罗兹和詹姆斯·罗斯曾经指挥“恐怖”号与“幽冥”号从南极的冰里脱困，不过他们当时是顺着洋流与冰山航行的。但现在，在该死的北极里，两艘船却得逆着从北极下来的冰流航行，才能到达可以让他们逃离北极圈的海峡。

汤普森耸了耸肩，看起来筋疲力尽：“如果我们从明年一月一日就关掉所有暖气而勉强活到了夏天，就可以在无冰的状况下……有六天蒸汽动力？或者五天？”

克罗兹又点了点头。汤普森几乎给他的船宣判死刑了，不过，这并不表示两艘船上的人只有死路一条。

外面黑暗的走廊传来一些声音。

“谢谢你，汤普森先生。”船长从铁钩上把提灯提起来，离开光亮的锅炉房，踏着积水及黑暗向前走去。

托马斯·哈尼在走廊上等着，他的烛光提灯在气味很差的空气中噼啪燃烧。他隔着很厚的手套，把铁杠杆像毛瑟枪般握在前方，还没动手把死人房的门闩打开。

“谢谢你来这里，哈尼先生。”克罗兹跟他的木匠说。

没有任何解释，船长就把门闩撬开，进入冷到会把人冻死的储藏室。

克罗兹忍不住把提灯举高，去照亮后面的舱壁，也就是堆放六个用帆布包裹的尸体的地方。

那堆尸体正在扭动。克罗兹早猜到了，他预期会看见帆布下面有老鼠在动，不过他发现帆布裹尸布上面竟也有一大堆老鼠。有一大堆老鼠在舱板上方，组成了一个边长超过四英尺的立方体，足有几百只之多，正忙着抢好位置去吃冰冻的死人，尖叫声非常响亮。更多老鼠在脚下，在他和木匠的脚间急速钻来钻去。它们正赶着去吃大餐呢，克罗兹心想。它们一点也不畏惧提灯的光。

克罗兹把提灯照回船身，在随着船身而倾斜的舱板上朝左舷走去，并且开始沿着倾斜的墙巡行。

在那里。

他把提灯拿近了一点。

“啊，我会被诅咒到下地狱，还会被当成异教徒吊死。”哈尼说，“对不起，船长，但是我没想到冰移动得这么快。”

克罗兹没有回答他。他弯腰低头，仔细察看船身弯起而凸出的木板。

船身厚木板被挤得向内弯起，与其他地方优雅的弧形相比，这里的木板几乎多凸出一英尺。最内层的木板已经裂开，至少有两条厚木板的一头已经松落。

“天哪！”木匠也弯身站在船长旁边，“这些冰还真是他妈的怪兽，对不起，船长。”

“哈尼先生，”克罗兹呼出的气在厚木板的冰上多撒了些冰晶，反射着提灯的光，“除了冰，还有什么东西能造成这样的破坏？”

木匠大声笑起来，然后突然停止，因为他发现船长并不是在开玩笑。哈尼的眼睛张大，接着眯了起来：“再跟您说一次对不起，船长，不过如果您的意思是……那是不可能的。”

克罗兹没有说话。

“我的意思是，船长，船身是用最好的英格兰橡木做的，厚达三英寸，长官。而且为了这次探险——我的意思是，因为这里的冰，长官——他们还用了两层非洲橡木，每层有一点五英寸厚，把它的厚度加倍了，长官。而且非洲橡木板是沿着对角线方向加上去的，长官，比单单是直条加厚还来得坚固。”

克罗兹着手检查两条松脱的厚板，试着不去注意他们身后及身边像河水般翻涌的老鼠，以及从后方舱壁方向传来的啮噬声。

“而且，长官，”哈尼继续说，声音在寒冷中更显沙哑，呼出的朗姆酒气在空气中瞬时冻结，“在三英寸的英格兰橡木和三英寸沿对角线加上去的非洲橡木上，还补加了两层加拿大榆木板，长官，各有两英寸厚。这让船身厚度又多了四英寸，船长，而且这两层木板与非洲橡木成斜对角交叉。也就是总共有五层木板……在我们与海之间隔着十英寸厚的全世界最坚固的木材。”

木匠突然把嘴闭起来。他想起刚才说明的船体结构细节，船长其实都知道，因为在船起航前的几个月里，克罗兹就亲自在造船厂监工。

船长站着，用他戴着连指手套的手去触摸最内层木板脱落的地方。那里的间隙超过一英寸。“把提灯放低一点，哈尼先生。用你的杠杆撬开松落的地方。我要看看冰对外面那层船身橡木做了什么。”

木匠照做了。铁杆撬开和铁一样冷的木板所发出的声音，以及木匠的出力声，几乎盖过身后老鼠狂野的咬啮声有几分钟之久。弯曲的加拿大榆木被撬开、掉落，两层裂开的非洲橡木也被撬掉，只保留船身原有的那层、现在向内折弯的英格兰橡木。克罗兹走得更靠近一点，提着他的提灯，让两个人看得见现在的状况。

船身有个约一英尺长的裂缝，里面的冰碎片及冰柱反射出提灯的光。但是在裂缝中央，有个远比前者更令人害怕的东西——黑暗。没有东西。在冰里有一个洞，一条隧道。

哈尼把一根碎裂的橡木再向里面扳一点，让克罗兹可以用提灯把洞照亮。

“他妈的耶稣基督，他妈的老天。”木匠喘着气。这次他没跟船长说对不起了。

克罗兹很想舔舔发干的嘴唇，但是他知道，在零下五十华氏度的黑暗里这样做会有多痛。他的心剧烈跳动着，他也很想和木匠一样，用一只手去扶船身，使自己镇定下来。

一阵能将人冻僵的空气从外面冲进来，差点儿将提灯吹灭。克罗兹只得用另一只手挡住风，让火苗继续抖摇，让两个人的影子在舱板、舱梁及舱壁上乱舞。

船身最外层的两片长木板已经被某种无法想象、无法抵挡的力量撞碎，而且向内折弯。透过微微抖动的提灯发出的光，他们清楚看到裂开的橡木上留有巨大的爪痕，以及一条条已经冻结却依然鲜艳的血迹。

4
古德瑟

北纬七十五度十二分，西经六十一度六分

巴芬湾，一八四五年七月

哈利·古德瑟医生的私人日记：

一八四五年四月十一日

今天我写了一封信给我哥哥，我是这么写的：“军官们对于走通西北航道都抱有相当高的期望，还希望在明年夏季结束前就到达太平洋。”

但是我必须承认我自己对这次探险的期望（也许有人会觉得我很自私）：我们能多花一点时间才航行到阿拉斯加、俄国、中国及太平洋的温暖海域。虽然我受的是解剖学训练，而且只是以助理船医的身份被约翰·富兰克林爵士船长招募上船，但事实上我不只是外科医生，我是个研究者。而且我承认，虽然我是以业余身份参与这次探险，但我希望能在这趟旅程里成长为一名自然学者。我个人从来没有接触过极地的植物与动物生态，但我计划亲身去熟悉下个月就将起程前往的冰雪国度的生态。我特别有兴趣去了解北极熊，因为从捕鲸船及极地探险的老前辈那里听到的说法，大多数都太像神话了，让人难以置信。

我认为这本私人日记非常非常特别。虽然下个月起航后，我就会开始写正式的航海日志，把所有跟我的专业有关的事件，以及身为助理船医及约翰·富兰克林爵士船长开通西北航道的探险队员，在皇家海军“幽冥”号上观察到的事全都记录下来。但是我觉得这还不够，我还需要做另一种记录，更私人的记录（即使回国后，我也不会让别人读），这是我的责任。如果不是为别人，至少也是为我自己去留下记录。

到目前我唯一知道的是，我与约翰·富兰克林爵士船长一起参与的探险，绝对会成为我人生最重要的一趟经历。

一八四五年五月十八日，礼拜日

所有人员都上船了，为了明天的起航，还有最后一些准备动作正二十四小时不断地进行着，尤其要把超过八千罐（菲茨詹姆斯船长这么跟我说）在最后一刻才会送到的罐头食物装上船。今天，约翰爵士为我们“幽冥”号上的船员和“恐怖”号上愿意过来参加的人主持了一场礼拜。我注意到，“恐怖”号的船长，一位名叫克罗兹的爱尔兰人，并没有来参加。

没有一个人在参加过这场历时颇长的礼拜，并且听了约翰爵士非常长的讲道后会不深受感动。我怀疑全世界没有任何一支海军的任何一艘军舰，会有如此虔诚的船长。在未来的旅程中，我们毫无疑问会安全无虑，而且一直受到上帝圣手的保护。

一八四五年五月十九日

多完美的起航！

因为从来没在海上旅行过，更别说是身为受人瞩目的探险队的一员，我完全不知道该期待什么，不过再怎么准备，我也料想不到这一天会是如此光荣。

菲茨詹姆斯船长估计，会有超过一万个诚心为我们祝福的人及各界重要人士挤在格林海瑟码头为我们送行。

演讲一个接一个，直到我觉得只要夏日的天空还充满阳光，人们就不会愿意让我们起航。乐队不时演奏着音乐。简夫人——她先前与约翰爵士一起待在船上——从梯板走下船，“幽冥”号六十几名人员兴奋地对她欢呼。乐队又开始演奏。接着，当船缆全都解开时，欢呼声如雷响起，而且持续了好几分钟，这时即使是约翰爵士亲自在我耳边大喊，我也听不见他的命令。

昨天晚上，格尔中尉和史坦利总船医好心告诉我，在扬帆时军官照例不该表现出任何情绪。虽然我只是职务上相当于军官，但也适用于这条准则。当我与几名穿着帅气蓝色外套、排成一列的军官站在一起时，即使心里觉得很威风，我还是努力克制自己不要表现出来。

不过只有我们得这样。水手们肆意放声喊叫，挥舞着手帕，甚至还让自己悬挂在梯索上，我还看到许多浓妆艳抹的码头妓女在跟他们挥手道别。连约翰·富兰克林爵士船长也向简夫人、女儿伊莲娜和他的外甥女苏菲·克瑞寇挥舞一条红绿相间的手帕。她们也对他挥手，直到跟在我们后面的“恐怖”号挡住望向码头的视线。

我们被蒸汽拖船拖着走。在刚开始的一段旅程中，有强大动力的全新蒸汽快帆船皇家海军“拖运者”号，以及一艘租来帮我们携带部分必需品的货船“小巴瑞多”号，会跟在我们后面航行。

就在“幽冥”号要离开码头时，一只鸽子停在主桅高处。约翰爵士第一次婚姻所生的女儿伊莲娜正在大声喊叫，但她的声音被欢呼声与乐队声淹没了。她那时穿着亮绿色的丝质洋装，撑着翠绿色的洋伞，非常引人注目。接着她用手指向鸽子，约翰爵士和许多军官顺着她手指的方向朝上看，露出微笑，然后也指给船上其他人看。

我必须说，与昨天做礼拜时的讲道内容比起来，鸽子的出现可以说是上帝会保护我们的最佳保证。

一八四五年七月四日

横越北大西洋到格陵兰的旅程实在惊险。

虽然我们被另一艘船拖着前进，但在那三十个暴风雨的日子里，我们的船还是不断上下摆动、左右摇晃、翻滚，摇晃到最低点时，船两侧密封起来的炮座离水面不到四英尺，有时船甚至无法前进。过去这三十天中，我有二十八天在晕船，而且晕得很厉害。维思康提中尉告诉我，我们的速度从来没超过五节。他向我保证，这种状况对只能靠帆来前进的船来说相当可怕，但是对最新科技的梦幻产物“幽冥”号及我们的伙伴船“恐怖”号（两者都能靠隐藏在船下的蒸汽动力推进器前进）来说，就构成不了太大威胁。

三天前我们绕过位于格陵兰南端的送别角。我必须承认，看到这块大陆，以及它直逼到海的陡峭岩壁与看不见源头的冰河时，我的心灵受到极大震撼，这震撼强度与海上颠簸对我的肠胃的折磨强度有的比。

老天啊，真是个寒冷的不毛之地！而且现在还是七月呢。

不过，我们的士气非常高昂，船上所有人对约翰爵士的经验和判断力都很有信心。昨天，最年轻的中尉费尔宏中尉信心十足地跟我说："在以前的航行里，我从来不曾像这次一样觉得船长就是我的同伴。"

今天我们来到丹麦人的捕鲸基地迪斯科湾。数以吨计的补给品从"小巴瑞多"号搬到我们的船上，下午我们把船载来的十头牛宰了。今天晚上，两艘探险队船上的所有人员都有新鲜的肉可吃。

根据我们四位船医的建议，今天有四个人被探险队开除，他们会随着拖船和货船回到英格兰。其中包括"幽冥"号的军械匠托马斯·伯特，以及三名"恐怖"号上的人：陆战队二兵艾特肯、水兵约翰·布朗，以及"恐怖"号主要制帆匠詹姆斯·伊烈特。两艘船上人员的清单上只剩下一百二十九人。

下午，随处可见丹麦人的鱼干和煤灰形成的云。好几百袋煤炭要从"小巴瑞多"号搬上我们的船，而在军官们的鼓励声中，"幽冥"号上的船员正忙着用侧面光滑的石头——他们称之为"圣石"——反复摩擦甲板，要将它磨干净。虽然有这件额外工作，大家的心情还是很好，因为大家都知道，今晚可以大吃大喝一顿。

除了四个要被送回家的人以外，约翰爵士还会把六月的人员名册、正式公文和私人信件一起交由小巴瑞多号带回去。接下来几天，每个人都会忙着写信。

过了这礼拜，下一封写给家人的信就要等我们到达俄国或中国以后才能寄出去了。

一八四五年七月十二日

另一次起航，也许是走通西北航道之前的最后一次起航了。今天早上我们解开船缆，扬帆西行，离开格陵兰，“小巴瑞多”号上的船员们发自心底地为我们喊了三声加油！并挥舞着他们的帽子。在我们抵达阿拉斯加之前，我们不会再见到其他白人了。

一八四五年七月二十六日

我们停泊在一座漂浮的冰山旁，有两艘捕鲸船——“威尔士亲王”号和“冒险”号在我们附近下锚。我很高兴有机会与那两艘船的船长和船员聊了好几个小时北极熊。

今天早上我爬上那座大冰山，经历十分恐怖，绝无享乐可言。昨天一早水手们就爬上了冰山，用斧头在垂直的冰壁上砍出一些踩脚的洞，接着把绳索固定上去，让动作不太敏捷的人也可以爬上去。约翰爵士下令在大冰山上面设一个观测站。这冰山比我们船桅最高处还要高一倍以上，当格尔中尉和“恐怖”号的几位军官在上面做大气与天文测量时——他们在陡峭的冰山上面搭了一座帐篷给必须留下来过夜的人使用——“幽冥”号的瑞德先生及“恐怖”号的布兰吉先生这两位探险队冰雪专家，就趁着白天，用铜制望远镜向西及向北眺望。后来才有人告诉我，他们是在找一条最好的路，让我们可以从附近这片几乎冻结的冰海里走出去。我们最可靠而且最健谈的二副爱德华·考区告诉我，就北极的时令来说，现在才找船道太迟了，更别说是去找传说中的西北航道了。

我站在冰山上，往下看着下锚在冰山附近的“幽冥”号与“恐怖”号，只见一团由缆绳——我现在已经算是航海老手了，应该要记得称它为“缆索”——构成的迷阵，把两艘船紧紧系在冰山上。我脚步不稳地栖身在比什么都高的冰山上，看到两艘船最高处的瞭望台正在我下方，体内有种想呕吐及惊悚的晕眩感。

站在比海面还高出几百英尺的冰山上的确很振奋。冰山顶端大概有一个板球投打区那么大。地质观测站的帐篷在蓝色冰上看起来很不协调。我期望能在这里安静地遐想，但是冰山顶端到处都有人拿着霰弹枪朝数以百计的鸟（他们跟我说那是北极燕鸥）射击，此起彼落的枪声不断打散我的思绪。一堆又一堆刚被射下来的鸟会先用盐腌好，再储存在木桶里，虽然天晓得这些额外的木桶该收藏在哪里。我们的两艘船早就因为装载的存货过多而吃水很深，并且船身吱嘎作响。

“恐怖”号上的助理船医麦克唐纳德医生——和我的位阶一样——有他的一套理论。他认为，用盐腌的食物在对抗坏血病上，效果比不上新鲜或没加盐的贮藏食物。因为比起其他食物，两艘船上的水手大都爱吃盐腌猪肉，麦克唐纳德医生很担心用盐腌的鸟肉并不能增加对坏血病的抵抗力。不过，我们“幽冥”号上的船医史蒂芬·史坦利把这些担忧视为无稽之谈。他指出，除了“幽冥”号上有一万份煮熟后贮存起来的肉之外，光是罐头食品就包括了煮过及烤过的羊肉、小牛肉，以及各种蔬菜，比如马铃薯、胡萝卜、防风草根，还有混合蔬菜、各种汤和九千四百五十磅的巧克力。九千三百磅的柠檬汁也被带上船，作为对抗坏血病的主要食物。史坦利曾经告诉我，即使可以在果汁里添加糖，一般人还是不喜欢喝他们的每日配给柠檬汁，而身为探险队的随队船医，我们的主要工作之一就是确定每人每天都吃了他们当天该吃该喝的分量。

令我觉得相当有意思的是，两艘船上的军官和船员在打猎时几乎都使用霰弹枪。格尔中尉曾跟我保证，两艘船上都带了一整个军械库的毛瑟枪。当然，要像今天这样打下数以百计的鸟，理所当然要用霰弹枪，但是，回想在迪斯科湾时，我们分成几小队出去猎驯鹿和北极狐，即使是受过毛瑟枪射击训练的陆战队士兵都还是选择带霰弹枪。除了因为个人偏好，当然也因为习惯。一般而言，军官们都是没用过毛瑟枪或步枪打猎的英国绅士，除了在近距离海战中需要使用单发射击的武器外，陆战队士兵过去也几乎全都是用霰弹枪来打猎。

霰弹枪能让我们捕获大白熊吗？到目前我们还没有见过任何一只这种奇特的动物，虽然每位经验丰富的军官及船员都跟我说，一旦进入堆冰中就会碰到它们，即使那时没碰到，要在那里过冬（如果被迫如此）时也肯定会碰到。这里的捕鲸人传述的白熊的故事令人难以捉摸，实在是既美妙又恐怖。

当我在记录时，有人告诉我，也许是因为洋流，也许是因为风，也许是因为必须去捕鲸，两艘捕鲸船“威尔士亲王”号和“冒险”号已经离开我们在冰山附近的停泊处了。约翰爵士船长看来是无法按照原先计划，跟其中一艘捕鲸船的船长——应该是“冒险”号的船长马丁——用餐了。

或许更重要的是，大副罗伯特·沙金刚刚告诉我，大伙儿已经把天文及地质仪器搬下来，拆掉帐篷，将今天稍早帮我爬上冰山的几百码固定绳索——缆索——缠绕起来。

显然，两位冰雪专家、约翰爵士船长、菲茨詹姆斯中校、克罗兹船长和其他军官，已经找到了从这反复无常的浮冰中走出去的最佳水道。

几分钟后我们将解开船缆，离开曾经暂居的冰山。只要看似永不消逝的北极微光一直伴随，我们就会持续航向西北。

这次起航后，即使是最坚固的捕鲸船也不会再见到我们了。至于这趟英勇探险之外的世界，就如哈姆雷特所说：唯余沉默。

5
克罗兹

北纬七十度五分，西经九十八度二十三分

一八四七年十一月九日

克罗兹梦到在鸭嘴兽池畔野餐，还有苏菲在水里抚摸他的身体的场景。然后他听到一声枪响，猛然醒来。

他在卧铺上坐起来，不知是几点，也不知是白天还是夜晚，虽然白天与夜晚早就没有区别，因为太阳从今天起开始消失，直到二月前都不会再出现。不过，在还没点亮舱房内的小提灯看表之前，他就知道时间很晚了。船上出奇的安静；除了受压挤的木头及被冻在冰里的金属发出嘎吱声外，非常安静；除了熟睡船员的鼾声、屁声、咕哝声，以及厨师狄葛先生的咒骂声外，非常安静；除了船外冰原几无间断的呻吟、撞击、断裂、翻涌声外，非常安静；除了这些与安静相违的声音外，还要加上强风发出的女妖尖叫声。

但吵醒克罗兹的不是冰声或风声，而是枪声，霰弹枪声。穿过层层橡木板及覆盖在外面的冰与雪，声音有些模糊，但百分之百是霰弹枪声。

克罗兹睡觉时，大部分衣服都还穿在身上，现在他已经把其他衣服都套上了，只差穿上御寒外套。侍从托马斯·乔帕森这时正用他独特的轻声三连敲在敲门。船长把门拉开。

“甲板上有状况，长官。”

克罗兹点点头：“今天晚上轮到谁站岗，托马斯？”他的怀表告诉他现在几乎是民用时间的凌晨三点了。在乔帕森大声把名字念出来的前一刻，他脑中的每月及每日轮值表已经让他想起了人名。

“比利·史特朗和二兵海勒，长官。”

克罗兹再次点头。他从壁橱中拿出手枪，检查火药，把枪塞进腰带，然后挤过侍从身旁，从位于右舷侧的船长小舱房里走出来，穿过隔壁的军官用餐房，接着很快地穿过另一道门，向前走到主梯道。在清晨的这个时刻，主舱大半在黑暗中，狄葛先生的火炉除外。但是当克罗兹在主梯道底部停下脚步，从钩子上取下他的厚重御寒外套费力地穿上时，几间军官、副官及职员卧舱里的灯也开始亮起。

有的门拉开了。大副霍恩比向后走到梯子旁，站在克罗兹身边。第一中尉利铎匆匆从舱道向前跑，带着三把毛瑟枪及一把军刀。跟在他后面的是哈吉森中尉与厄文中尉，也各自带着武器。

在梯子前方，水兵们还在吊床里发着牢骚，但是有个二副已经把一些人赶出来了——让睡梦中的人从吊床上滚下来，然后推他们到后面去拿御寒外套及武器。

“有人到甲板上去看那枪声是怎么回事了吗？”克罗兹问他的大副。

“梅尔先生在负责，长官。”霍恩比说，“他叫你的侍从去找你后，就到甲板上了。”

鲁本·梅尔是水手舱班长，一个沉稳的人。至于在左舷担任守卫的水兵比利·史特朗，克罗兹知道他曾经随皇家海军“百瑞德”号出海过，他不会朝鬼影子开枪的。另一个值班的卫兵威廉·海勒是目前陆战队士兵中最老的一个，而且照克罗兹估算也是最笨的一个。他三十五岁了，却还是个二兵，常生病，也常喝醉，更常是一副无用的模样。两年前，他最要好的朋友比利·艾特肯在狄斯可岛遭开除、被皇家海军“拖运者”号载送回家时，他差点儿也有同样的命运。

克罗兹把手枪塞进厚重毛外套的大口袋，从乔帕森手上接下一个提灯，用一条保温巾缠住自己的脸，然后带头爬上倾斜的梯子。

船外就和鳗鱼肚里一般黑，没有星光，没有北极光，没有月光，而且很冷。厄文中尉六小时前被派上来量温度时，甲板的温度是零下六十三华氏度，而现在，狂风咆哮着刮过残根般的船桅，扫过结冰的倾斜甲板，带来大量的雪。罩在主梯道舱口盖上方的帆布帐篷已经冻结，克罗兹从里面走出来，用戴着连指手套的手贴住脸来保护眼睛。他看到右舷闪烁着提灯的微光。

鲁本·梅尔一只脚跪着，在照料仰躺在地上的二兵海勒。海勒的帽子和威尔斯假发都掉了。克罗兹还看到，他的半颗头颅也不见了。他头上似乎没有血迹，不过克罗兹看到陆战队士兵的脑袋在提灯光的照射下闪闪发亮，浆状的灰色东西上已经结了一层光亮华丽的冰晶。

“他还活着，船长。”水手舱班长说。

“他妈的耶稣基督。”挤在克罗兹背后那群船员中有人说。

“行了！”大副喊出声来，“别他妈的亵渎神。没人问你，你就他妈的别说话，克里斯普。”霍恩比的声音介于獒犬的咆哮与牛的鼻息之间。

“霍恩比先生，”克罗兹说，“派水兵克里斯普用最快的速度到下面去，拿他自己的吊床来把二兵海勒抬下去。”

“是，长官。”霍恩比和那水兵同时回答。快跑的皮靴在甲板上砰砰作响，不过很快就被尖叫的风声淹没了。

克罗兹站着，让提灯绕圆圈晃动。

二兵海勒在结了冰的梯索下方站岗，旁边的粗厚护栏已经被打碎。克罗兹知道，在缺口之外，冰雪堆积得像雪橇的滑坡道，向下延伸三十英尺或更长的距离。只是在一片炫目的雪中，斜坡的大半部分是看不见的。在克罗兹用提灯照亮的一小圈雪上，并没有任何明显的足迹。

鲁本·梅尔举起海勒的毛瑟枪：“没发射过子弹，船长。”

“风雪这么大，二兵海勒可能是在那东西发动攻击时才看到它的。”利铎中尉说。

“史特朗呢？”克罗兹问。

梅尔指着船的另一边：“不见了，船长。”

克罗兹对霍恩比说：“找一个人留下看着二兵海勒，等克里斯普带着他的吊床上来时，把他抬下去。”

两位船医——培第和他的副手麦克唐纳德突然出现在灯光圈中，麦克唐纳德只穿着几件轻薄的衣服。

“老天保佑。”跪在陆战队士兵旁边的总船医说，“他还在呼吸。”

“尽你所能照料他，约翰。”克罗兹说，然后指着梅尔和挤在旁边的水兵，“你们其他人都跟我来。把武器调整到随时可以发射的状态，即使得脱下连指手套也都给我准备好。威尔森，把两个提灯都拿在手上。利铎中尉，请到下面去再选二十个人，要他们穿上全副御寒衣物，给他们毛瑟枪。不是霰弹枪，是毛瑟枪。”

“是，长官。”利铎在风中大声回答，但克罗兹已经带着那一群人向前走，绕过积雪及帐篷，沿着倾斜的甲板向上朝左舷的哨站走去。

威廉·史特朗不见了。他那条长长的毛质保暖巾被撕碎了，碎片散挂在缆索上剧烈飘舞。在这里站岗的人常喜欢缩在左舷厕所的背风面来躲避强风，而史特朗的大外套、威尔斯假发、霰弹枪，以及一只手套就掉在厕所背面的护栏附近。不过这里看不到威廉·史特朗的人影。护栏的冰上有些红色污渍，他一定是站在这里，然后突然看到巨大的身影从呼啸的风雪中冒出来攻击。

克罗兹没说半句话，就叫两个带着武器的水兵提着提灯继续往船后方走，三个朝船首去，另一个带着提灯到位于船中央的帐篷下面去看看。“请把梯子拿过来，包伯。”他跟二副说。二副的肩膀上扛着一团他刚从下面带上来的新鲜（也就是还没冻结的）绳索。绳梯很快就挂在船边了。

克罗兹带头爬下绳梯。

左舷侧的船身露在冰海外，沿着船身堆积的冰和雪上面有更多血迹。一道道在提灯照射下看起来黑漆漆的血痕，从炮口位置向外延伸至由冰脊及冰塔构成、随时在改变阵型的冰原迷宫。在黑暗中，这一切只能“感觉”而无法“看见”。

“它希望我们跟到外面去，长官。”第二中尉哈吉森说，他边说边倾身靠向克罗兹，让他的声音在狂风呼号中也清晰可闻。

“当然，它就是这么想的。不过我们还是要跟下去，史特朗有可能还活着。那东西干过相同的勾当。”克罗兹看了看背后。除了哈吉森，只有三个人跟着他从绳梯上爬下来。其他人不是在甲板上搜寻，就是忙着把二兵海勒搬运到甲板下面去。船长之外，只有另一个人带着提灯。

“阿米提，”克罗兹对白胡子里已经塞满雪的弹药士说，“把你的提灯交给哈吉森中尉，然后跟着他走。吉伯森，你留在这里，等利铎中尉带着主力搜索队下来时，告诉他我们往哪里去了。跟他说，千万不要让他的人随便开枪，除非他们能确定枪口不是在对着我们。”

“是的，长官。”

克罗兹跟哈吉森说：“乔治，你和阿米提先朝船首走大约二十码。接着和我们保持平行，一起向南搜索。尽可能让我们随时都能看见你的提灯。”

“是，是，长官。”

“汤姆，”克罗兹对最后剩下的年轻人伊凡斯说，“你跟着我走。把你的贝克步枪准备好，不过击铁先扳到一半就好。”

“是的，长官。”这男孩的牙齿在打战。

克罗兹先等哈吉森走到他们右方二十码处——他手中提灯的光在大风雪中看起来非常微弱——才领着伊凡斯走进由冰峰、冰塔、冰脊构成的迷宫里，追踪冰上间歇出现的血痕。他知道，再迟个几分钟，血迹可能就会被雪盖住。这位船长甚至连将手枪从大外套口袋里取出来都嫌麻烦。

在离船将近一百码时，皇家海军“恐怖”号甲板上提灯的光已经看不见了。克罗兹看到一道冰脊——因为冰板在海平面下彼此碾压与翻挤而被推出表面的长条冰堆。到现在，克罗兹和已故约翰·富兰克林爵士探险队的每个人已经在冰雪中度过两个冬天了，他们都见识过冰脊在巨大的轰隆声及撕裂声中，魔术般地向上升起，接着还横越冰冻的海面快速延展，速度有时快得让人追不上。

这道冰脊至少有三十英尺高，垂直的冰砾堆由许多大块冰岩叠成，每块冰岩至少都有汉萨姆双人座马车一样大。

克罗兹沿着冰脊走，把提灯尽可能举高。西边哈吉森的提灯已经看不见了，“恐怖”号附近也都看不清楚。到处有雪峰、漂冰、冰脊、冰塔挡住视线。在“恐怖”号与“幽冥”号相距的一英里间有座巨大冰山，在有月光的夜晚还可以看到另外五六座。

但是今晚竟看不到冰山，只看到这三层楼高的冰脊。

“在那里！”克罗兹在风中大叫。伊凡斯靠了过来，举起他的贝克步枪。

白色冰墙上有一道黑色血痕。那东西已经把威廉·史特朗带到冰砾构成的小山上面了，而且选择了一条近乎垂直向上的路。

克罗兹开始攀爬，右手拿着提灯，用空出来的手戴着连指手套去摸索，试着找出裂缝与破口，可以把冻僵的手指及结冰的靴子放进去。乔帕森曾经在他一双靴子的鞋底钉上长钉，以增加在冰上的抓地力，但他刚才并没花时间去穿上那双靴子。他现在穿的普通水兵靴在冰上很容易踩滑，或直接刮过冰面。但他发现，上方二十五英尺高的地方还有更多冰冻的血迹，就在冰脊顶端的乱冰下方，所以克罗兹右手拿稳提灯，左脚反复猛踩一片倾斜的冰板。尽管大外套的羊毛因此一直戳刺着他的背，他还是用这种方式爬到冰脊上方。船长的鼻子失去知觉，手指也都麻木了。

“船长，”伊凡斯从底下的黑暗中问，“您要我也上去吗？”

克罗兹喘得厉害，一时说不出话来。等他的呼吸稍微顺一点后，他对下面说：“不用……你在下面等。”他现在看到哈吉森的提灯光出现在西北方，离这座冰脊还有三十码以上。

他挥动手臂以便在风中保持平衡，整个身体倾向右边，因为强风的气流把他的保暖巾向左拉直，几乎随时都能把他直接推倒。克罗兹将提灯伸出去，照亮冰脊南边。

这一面几乎是垂直陡降三十五英尺。没有威廉·史特朗的人影，冰上也没有黑色的血痕，完全没有任何活物或死物来过的迹象。克罗兹无法想象有东西能顺着如此陡峭的冰面走下去。

他摇了摇头，发现睫毛几乎已经冻在脸颊上了，克罗兹开始顺着上来时的路爬下去，有两次还差点儿跌在突出的冰刺上。最后还因为踩滑而直接从将近八英尺的高度，摔到伊凡斯所在的冰原表面。

但是伊凡斯不见了。

贝克步枪躺在雪上，击铁还是扳到一半。旋涡状的雪上并没有足迹，没有人或其他东西的足迹。

“伊凡斯！”克罗兹船长发号施令已经超过三十五年了。他可以在西南风中狂吼，或是船在冰风暴中吐着白泡沫穿过麦哲伦海峡时，让士兵们听见他的声音。现在他把他能运用的所有音量全都贯注于一气：“伊凡斯！”

除了风的呼啸外，没有回音。

克罗兹举起贝克步枪，检查里面的火药，朝空中开了一枪。那爆裂声连他自己都觉得不甚响亮，但是他看到哈吉森的提灯突然转向他，从“恐怖”号方向来的另外三个提灯也变得隐约可见。

离他不到二十英尺处有东西发出吼声。当然这有可能只是因为风找到了穿过或绕过冰峰或冰塔的一条新通道，但是克罗兹很清楚并非如此。

他放下提灯，在口袋里摸索着拿出手枪，用牙齿把连指手套脱下，只隔着一层很薄的羊毛手套抵着金属扳机，然后他将这把毫无威慑力的武器举在胸前。

“出来吧，你这对贱眼睛！”克罗兹大叫，“你出来，有种就来找我，不要找一个小男孩，你他妈就是个染梅毒的海盖特妓女生的、只会舔人屁股、喝人尿水、强奸老鼠的毛茸茸小鱼卵！”

除了风的呼啸外，没有回音。

6 古德瑟

北纬七十四度四十三分二十八秒，西经九十度三十九分十五秒
比奇岛，一八四五—一八四六，冬天

哈利·古德瑟医生的私人日记：

一八四六年一月一日

皇家海军“恐怖”号的炉工约翰·托林顿今天一早过世了。新年第一天，我们被困在比奇岛的冰里已经进入第五个月了。

他的死是预料中的事。几个月前我们就已经很清楚，托林顿在参加这次探险时，肺结核就已经到了末期。如果去年夏末他的症状早几个礼拜出现，他就会被“拖运者”号送回家；甚至在那之后，我们还可以请两艘捕鲸船将他送走——我们在往西航行横越巴芬湾，并穿过兰开斯特海峡，进入目前过冬的北极荒原之前遇到的那两艘船。讽刺而可悲的是，托林顿的医生告诉他，出海航行有益于健康。

当然，托林顿是由“恐怖”号的培第总船医与麦克唐纳德医生负责治疗的，在诊疗时，我有好几次也在场，而且今天早上这位年轻炉工死了之后，几位“幽冥”号的船员就护送我到他们的船上去。

十一月初，他的病情开始加重，克罗兹船长就免去这位二十岁小伙子到通风不良的底舱当炉工的职责。在底舱，光是空气中的煤灰就足以让一个肺部功能正常的人窒息。托林顿从做炉工开始，就走上肺结核呈螺旋式不断恶化的不归路了。不过，要不是另有因素在促成，托林顿还有可能多活几个月。

亚历山大·麦克唐纳德医生告诉我，托林顿最近几个礼拜已经非常虚弱，连由同伴搀扶着在主舱稍微走动一下都没办法，却又不幸在圣诞节得了急性肺炎，从那时开始就一直病危。今天早上我看到他的尸体时吓了一跳，约翰·托林顿的尸体竟然那么消瘦。不过培第和麦克唐纳德医生都解释说，他这两个月胃口越来越差，即使在他的饮食中提高罐头汤和蔬菜的比重，他还是持续消瘦。

今天早上我看着培第与麦克唐纳德整理尸体。托林顿穿着干净的条纹衬衫，头发最近才剪过，指甲也很干净。他们用干净的布条缠绕他的头，以免下巴掉下来，再用更多白棉布条缠住他的手肘、手、脚踝及大脚趾。这样做是要把四肢固定在躯干上，以便量出这可怜男孩的体重——八十八磅！——也是为尸体下葬做准备。我们完全没有考虑要解剖尸体检验，因为肺结核并发急性肺炎很显然就是这小伙子的死因，不解剖也就不用担心其他船员会受到尸体内脏污染。

我协助两位“恐怖”号的船医同事，把托林顿的尸体抬起来放进棺材里。棺材是他们船上能干的木匠托马斯·哈尼和他的副手，一个叫威尔森的人，用心制作的。尸体还没有出现尸僵。两位木匠在用桃花心木制成的棺材底部铺了一层木屑，又在托林顿头部下方垫了一层特别厚的木屑。因为目前尸体腐败的味道还不重，所以空气中主要都是木屑的味道。

一八四六年一月三日

我一直在回想昨天约翰·托林顿的葬礼。

包括我在内，“幽冥”号只有几个人来参加葬礼，我和约翰爵士、菲茨詹姆斯中校，以及几个军官，徒步从我们的船走到他们的船，然后又往比奇岛岸边走了两百码。

我一直无法想象，有哪年冬天会比今年正折磨我们的冬天还糟糕。我们在面积不小的德文岛西南端、比奇岛的背风岸下锚，但被冻结在这个小湾里。即使有变化无常的冰脊、恐怖的黑暗、呼号的暴风，以及不断威胁我们的冰，菲茨詹姆斯中校和其他人却跟我说，这里的情况已经不错了，如果我们离开这个停泊处，状况还会糟上一千倍：在停泊处外，会遇到冰从北极直流而下，仿佛遭遇北方之神派出万火奔窜的大队敌军。

约翰·托林顿的同船伙伴把覆盖着蓝色毛质宽巾的棺材搬过船的护栏（护栏被冰柱撑得比平常还高），再轻轻垂放到船外。“恐怖”号的水兵则把棺材绑在一个大雪橇上。约翰爵士在棺材上覆盖一面国旗，接着托林顿的朋友和同桌同伴装好背带，拉着雪橇走了大约六百英尺，到达比奇岛尽是冰与沙砾的岸上。

当然，一切都在近乎完全黑暗的情况下进行，因为即使在一月的正午，太阳也不会出现，而且已经连续三个月不见太阳了。

他们告诉我，还要一个多月，那颗“亮星”才会再度出现在南方地平线上。照亮整个行列——棺材、雪橇、人力纤夫、军官、船医、约翰爵士、穿着全套制服（外面却套着和其他人同款的外套）的皇家海军陆战队士兵——的，就是一路伴随我们从冰海走到冰岸的忽闪忽闪的提灯光。最近有几道冰脊在我们与比奇岛的沙岸之间隆起，不过“恐怖”号上的人已经事先劈砍并铲走了一些冰，让我们在走这段伤心路时无须绕太多路。刚进入冬天时，约翰爵士下令在连接两艘船与沙砾地峡的最短路线沿路架设一些坚固的桩，牵起绳索，并挂上提灯，因为我们已经在地峡上盖了一些建筑物，其中一间（如果船不幸被冰毁掉的话）可以让我们存放两艘船上的大部分存货；另一间可以当临时宿舍，兼做科学观测站；第三间是军械锻造室，设在这里可以避免易燃的船舱因火焰和火星失火。我已经知道，水手们在海上最害怕的就是火。不过，这一路的木桩及提灯后来还是被废弃不顾，因为海中的冰层不断在移动、隆起，将我们的东西抛散或摧毁。

葬礼进行时在下雪。在这片连上帝都弃之不顾的北极荒原上，风势和平常一样强劲。埋葬地北边耸立着一道全黑的峭壁，就像月球上的山岭一样遥不可及。“幽冥”号和“恐怖”号的提灯在狂刮的风雪中仅仅发出一点点非常微弱的光。偶尔在快速移动的云层间可看见一小片冰冷的月，但即使是薄而淡的月光，也很快就再度消失在风雪与黑暗中。亲爱的上帝，这真是冥府般的荒凉之地。

在托林顿死后几小时，“恐怖”号上几个最强壮的人就不停工作，用鹤嘴锄和铲子帮他挖坟墓。按照约翰爵士的命令，坟墓规定得有五英尺深。洞是在冻得最硬的冰及岩石地上挖出来的，我才看了一眼，就知道这项挖掘工程有多艰巨与费力。旗子被移开，棺材被小心地，甚至是恭敬地放进窄坑里。棺材上很快就盖满了雪，在提灯的照射下闪闪发亮。克罗兹的一名军官把木制的墓板摆在适当位置，然后一个巨人般的水兵抡起一把特大号木锤，猛力几锤将它打入冰冻的沙砾地里。这面精心雕刻的木制墓碑上写着：

纪念
约翰·托林顿
他于主后一八四六年
一月一日
在皇家海军“恐怖”号上
离开了这世界
年仅二十

约翰爵士主持礼拜，并念颂了悼文。葬礼进行了很久，他的声音轻而单调，只有风声及与会人士为了避免脚趾冻伤而跺脚的声音偶尔干扰他的讲话。我必须承认，在狂号的风和我的胡思乱想之间（想到这地方如此孤寂，记忆中又浮现出那穿着条纹衬衫的尸体及被缠起来的四肢，这具尸体刚刚才被放进那冰冷的洞里，这些都在令我郁闷，最令我感到压抑的是沙砾地峡上方那道永黑的峭壁），约翰爵士的悼词我几乎没听进去几句。

一八四六年一月四日
又有一个人过世了。

这次是我们“幽冥”号上的人，二十五岁的一等水兵约翰·哈特内尔。在我以为是下午六点的时候，我们把桌子顺着链条放下，正准备吃晚饭，哈特内尔踉跄地撞在他弟弟托马斯身上，然后摔倒在舱板上咳出血来，没过五分钟就死了。他在主舱前方的病床区咽下最后一口气时，史坦利船医和我都在他身旁。

他的死让我们很震惊。哈特内尔完全没有出现坏血病及肺结核的症状。菲茨詹姆斯中校当时也和我们在一起，他惊愕的表情全写在脸上。如果这表示瘟疫或坏血病正开始在船员间蔓延，我们得马上了解状况。我们当下（趁布帘还没拉开，也还没有人来为哈特内尔做安葬准备）就决定要解剖尸体，做进一步检验。

我们把病床区的桌子清理干净，搬来一些板条箱，把外围的人和我们隔开，还用布帘尽可能将验尸区围起来，以免我们的动作受到干扰。我也拿来我的工具。史坦利虽然是总船医，却建议由我来解剖，因为我受过解剖学的专业训练。我划了第一刀，开始解剖。

匆忙之间我采用了“倒Y字”切开法，那是我在受训期间快速解剖尸体时习惯采用的切开法。常见的Y字切开法是从两个肩头斜向下切，让Y字的两臂在胸骨下方会合。而我用了倒Y字切开法，Y字的两臂是从靠近髋关节的地方开始，斜着向上在哈特内尔的肚脐附近会合。史坦利批评了我一下，让我觉得有点难堪。

“速度最重要。”我轻声跟船医伙伴说，“我们要尽快完成工作，船员们一定不希望知道他们的同伴正在被我们开膛剖肚。”

史坦利船医点点头，我继续做下去，仿佛要证明我刚才的说法没错，哈特内尔的弟弟托马斯这时开始在布帘另一面大哭大叫。哈特内尔的死和托林顿的死很不一样。托林顿是在“恐怖”号上慢慢走向死亡，同伴们有时间调整心态面对他的死亡，也有时间将他的个人物品打包，并且帮他写信给母亲。但是约翰·哈特内尔突然倒下就死去，把船上的人全吓坏了。没人能忍受船医们在他的尸体上动刀。现在，只有菲茨詹姆斯中校以他的身躯、地位与风度挡在愤怒的弟弟、慌乱的船员和我们的病床区之间。我可以听得出，要不是托马斯的同桌同伴拉住他，而且菲茨詹姆斯也在场，他早就冲进来了。当我用解剖刀划过肌肉组织，并用刀子及肋骨撑开器把尸体打开时，我还是听得见布帘外几码处的抱怨与怒气。

我先把哈特内尔的心脏取出来，截掉几根连在上面的血管。我把心脏拿到提灯光下，史坦利接过去，用一块布把上面的血洗掉。我们两个人都盯着它。它看起很正常，没有明显病变。史坦利继续把器官拿到光源下，由我在右心室及左心室各划了一刀。把坚韧的心肌向后剥开后，史坦利和我一起检查里面的瓣膜。看起来也很健康。

把哈特内尔的心脏丢回他的腹腔后，我用手术刀快速一划，将这名一等水兵的肺下叶割开。

“在那里。”史坦利说。

我点了点头。那里不仅有明显的伤痕及肺结核的征兆，也有症状说明，这名水兵最近还饱受急性肺炎之苦。约翰·哈特内尔和约翰·托林顿一样都得了肺结核，不过这位年纪较大、较强壮、（照史坦利的说法）较粗野、嗓门儿也较大的水手隐瞒了他的症状，甚至连自己也隐瞒了。直到今天，他才晕倒并且死去，差几分钟就可以吃到晚餐的腌猪肉。

拉起他的肝并且割下后，我拿到灯光下观察，史坦利和我都相信，除了看到足以确认他得了肺结核的迹象外，我们也看到哈特内尔是个大酒鬼的证据。

就在隔着一层布帘的几码外，哈特内尔的弟弟托马斯怒气冲冲地吼着，在菲茨詹姆斯中校的严厉呵斥下才勉强制止住。我可以从声音中听出其他几位军官——格尔中尉、维思康提中尉、费尔宏中尉，甚至德沃斯，船上的二副——也都出面安抚并威吓这一群近乎暴民的水手。

“可以了吗？”史坦利低声问。

我再次点头。哈特内尔的身体上、脸上、嘴里、器官中都没有任何坏血病征兆。虽然我们仍然无法得知，肺结核或急性肺炎或两者并发，怎么可能让这名一等水兵这么快死去，但至少很明显的是，我们不必担心他的死是瘟疫造成的。

从船员起居区传来的声音愈来愈大，所以我很快把一小块肺、肝和一些器官放进腹腔里，就放在心脏旁边。我没花时间去将器官归回原位，只是大约把它们塞成一团。接着我将哈特内尔的胸腔板大致放回原位（后来我才发现，我把上下弄颠倒了）。接着史坦利总船医用一根大针及粗帆线把倒Y字切口缝起来，他的动作又快又自信，任何制帆匠都会羡慕他的好身手。

在接下来一分钟，我们帮哈特内尔把衣服穿回去，僵硬的尸体已经开始为我们带来麻烦了，然后我们推开布帘。史坦利的声音比我低而且有磁性，他向哈特内尔的弟弟及其他人保证，我们只剩下一件事要做，那就是清洗这位同伴的尸体，之后就可以准备下葬了。

一八四六年一月六日

这次的葬礼对我而言其实比前一次更难过。我们再次庄严地从船上走到墓地，这次的主角是“幽冥”号和其船员，虽然麦克唐纳德医生、培第船医和克罗兹船长也从“恐怖”号过来加入了我们的行列。

棺材再次覆盖上旗子。他们为哈特内尔的上半身穿了三件衣服，包括他弟弟托马斯最好的衬衫，却只用一条裹尸布把他赤裸的下半身包起来。棺材放在挂着黑绉纱的主舱病床区时，上半部的盖子没盖上，几个小时后举行葬礼时才会钉上。雪橇再次缓慢地从冰海走上冰岸，提灯飘动在漆黑的夜里。今晚有些许星光，也没下雪。陆战队士兵们有事要处理，因为有三只大白熊正在冰中四处嗅闻，朝我们走近，就像几具白色幽灵浮现在巨大冰墙之间，士兵们得发射毛瑟枪将它们赶走——看得出他们射中了其中一只熊的侧面。

约翰爵士再次念颂悼文，不过这次比上一次短，因为哈特内尔不像年轻的托林顿那么讨人喜欢。我们又一次穿过吱嘎作响、刺耳、呜咽的冰原，走回船上，只是这次在冰冷之中有轻舞的星光为伴。我们身后唯一的声音，就是铲子及鹤嘴锄等工具渐趋微弱的刮地声，几名船员正在将冰冻的土填入新挖的洞里，洞就在托林顿那座完美的坟墓旁。

或许是那道俯视全局的黑色峭壁，破坏了我在第二次葬礼中的情绪。这次我故意选择站在背对峭壁的位置，并且尽可能靠近约翰爵士，以便听到他带着希望与安慰的话，但我还是不断感觉到那一整片冰冷、全黑、垂直耸立、毫无生命、不带一丝光线的无情厚石就在我身后，仿佛它是通往“从来没人能从那里活着回来的国度”的一道大门。相较于那块黑色、看不见表情的石头呈现的冰冷现实，约翰爵士充满同情与勉励的安慰话语几乎没有发挥效果。

两艘船上的气氛都很低迷。进入新的一年还不到一个礼拜，我们就死了两个伙伴。明天我们四个医生已经约好要在一个隐秘处——“恐怖”号主舱的船长室——讨论该做什么，来避免在这看似受诅咒的探险中失去更多人命。

第二座坟墓的墓碑上写的是：

纪念

约翰·哈特内尔

皇家海军“幽冥”号一等水兵

他死于主后

一八四六年一月四日

年仅二十五

“万军之耶和华如此说：‘你们要省察自己的行为。’”

《哈该书》第一章七节

在今天的最后一小时，刮起风来。时间将近午夜，“幽冥”号主舱里大部分的灯都熄了。听着风的呼啸，我想到在黑暗、刮着大风的沙砾地上，那两堆由石砾堆成的冰冷矮石堆，我想到两个躺在冰冷坑洞里的死人，想到那片看不出表情的黑色岩面，还可以想象如排枪齐发的雪粒已经开始猛力击打在两面木制墓板上，要把上面的字全毁掉。

7
富兰克林

北纬七十度三分二十九秒，西经九十八度二十分
约在威廉王岛西北偏北方二十八英里处
一八四六年九月三日

约翰·富兰克林爵士船长很少对自己这么满意。

前一个冬天，船困冻在比奇岛（大约是目前所在位置东北方数百英里处）相当令他难堪。他很愿意向自己或同辈朋友承认这点，可惜在这次探险中，他并没有这样的朋友。死了三个队员，先是一月初的托林顿与哈特内尔，接着是四月三日的皇家海军陆战队二兵威廉·布莱恩。全都死于肺结核并发急性肺炎，令人震惊。富兰克林从没听说过，有哪次海军探险，在航行初期就有三个人因为自然原因而死亡。

三十二岁的二兵布莱恩墓碑上的刻字是富兰克林亲自选的，“今日就可以选择所要侍奉的”（《约书亚记》二十四章十五节）。不会有路人经过布莱恩、哈特内尔与托林顿在混杂沙砾与

冰的地峡上的三座孤寂坟墓，所以这段话就像说给不存在的读者看的，也一度像是在对“幽冥”号及“恐怖”号上那些还不到叛变地步但也相去不远的不悦船员发出的挑战。

哈特内尔死后，四位船医就会面商议，判断有可能是初期的坏血病让他们体质变弱，使急性肺炎和肺结核这类先天毛病上升到致命的程度。史坦利、古德瑟、培第与麦克唐纳德四位船医向约翰爵士建议改变大家的饮食。最好有新鲜的食物（除了偶尔会有几只北极熊出现在冬天的黑暗里，他们几乎没有活物可吃，而且他们也发现，吃这种巨大笨重野兽的肝可能致命，但原因不明），没有新鲜的肉和水果时，应该让船员减少他们最爱吃的腌猪肉、腌牛肉或腌鸟肉的分量，多多食用蔬菜汤之类罐头食物。

约翰爵士听从了建议，下令将两艘船上的菜单改成至少有一半食物要取材自库存的罐头。这招似乎奏效了。从四月初二兵布莱恩过世起，到一八四六年五月下旬两艘船重获自由、不再困在比奇岛的小湾为止，不再有人死掉，甚至没有人得重病。

在那之后，冰块快速散裂开来，富兰克林就照两位优秀的冰雪专家为他选择的水道路线，蒸汽机与船帆并用，向南及向西航行。套句富兰克林那一辈喜欢用的话，他们走得“如烟如絮”。

随着阳光回归大地，水面解冻，大批动物、小鸟和水中生物也重新出现了。在那漫长而缓慢的北极夏日里，直到午夜时分，太阳仍然在地平线上，温度有时会超过冰点，天空中则布满成群的候鸟。富兰克林能从水鸭中辨认出海燕，从小海雀中辨认出绒鸭，从所有鸟类中辨认出活泼的小海鹦鹉。在“幽冥”号和“恐怖”号四周愈来愈宽的水道中，有不少会让美洲原住民捕鲸人眼睛一亮的鲸鱼出没，此外还有多得不得了的鳕鱼、鲱鱼和其他小鱼，以及更大型的白鲸与北极鲸。船员们把捕鲸的小船放到海面上出去捕鱼，还经常射杀较小的鲸鱼当消遣。

每天晚上，每支狩猎队回来时都带着新鲜的野味当晚餐。一定会有鸟肉，还有可憎的环斑海豹与竖琴海豹，它们冬天躲在洞里，不可能射得到或抓得到，但现在它们正不知羞耻地待在未冻水域的冰上，成为明显的射击目标。

船员并不喜欢海豹肉的味道，因为它油脂过多而且味道干涩。不过这些流线型动物丰富的皮下脂肪对在冬天里饿坏的胃还是有吸引力的。他们也射击一些通过望远镜看到的大海象，它们吼叫着，用长牙沿着岸边寻找牡蛎。有些狩猎队会带回白北极狐的毛皮与肉。不过大伙儿对缓步而行的北极熊倒是视而不见，除非这些步履蹒跚的野兽准备攻击或杀死他们。没有人真正喜欢白熊的味道，更何况现在有这么多更美味的肉可吃。

富兰克林领受的任务中有一个权宜选项：如果他发现“由南进入西北航道之路为冰或其他障碍物所阻”，他可以转而向北，顺着惠灵顿航道进入“不冻北极海”——其实就是航向北极。不过富兰克林一生所为都是说一不二：他遵照主要指示而行。今年夏天，他们在北极圈的第二个夏天，两艘船就从德文岛向南航行。富兰克林带领着皇家海军“幽冥”号与皇家海军“恐怖”号经过沃克角进入一个岛屿密布、到处是浮冰的未知水域。

前一个夏天的情况差点儿逼他将船航向北极，而不去寻找西北航道。到那时为止，约翰·富兰克林爵士船长大可因为速度及效率自豪。那一年，一八四五年，他们在夏天航行的时间缩短了，他们离开英格兰时已经稍晚，离开格陵兰时更比预定时间晚了许多，他却还是以破纪录的时间横越巴芬湾，穿过德文岛南边的兰开斯特海峡，然后准备穿越巴罗海峡。将近八月底，他们发现绕过沃克角向南走的路已经被冰挡住了。冰雪专家向他报告，北边有开阔水域，要顺着德文岛西侧走，进入惠灵顿海峡。所以富兰克林就照着他的第二优先指示，转而向北走，也许它会是一条通往不冻北极海，甚至是北极点的无冰航道。

结果，并没有一条可以通往传说中不冻北极海的水道。格林内尔半岛（富兰克林探险队的每个人都认为，这块陆地极有可能是尚未被发现的部分北极大陆）挡住了他们的路，逼使他们顺着水道往北偏西，接着几乎是正西的方向走，直到走到半岛最西端。他们再次向北转，却碰到一大片冰墙，显然从惠灵顿峡道一直延伸到无穷远。沿着高耸冰墙航行五天之后，富兰克林、菲茨詹姆斯、克罗兹和两位冰雪专家都相信，惠灵顿峡道北方并没有开敞的北极海。至少在那年夏天是如此。

冰封情况愈演愈烈，迫使他们绕过之前被称为康沃利斯陆块的陆地，转而向南走。现在他们明白，那片陆地其实是康沃利斯岛。约翰·富兰克林爵士船长知道，他的探险队即使在别的方面一事无成，至少解开了一个谜。

一八四五年夏末，大块大块的冰快速冻结，而富兰克林也完成环绕广阔、荒凉的康沃利斯岛一圈的任务，重新进入沃克角北方的巴罗海峡。他们确认经过沃克角继续往南的路还是受到阻挡，已经全部结成坚硬的冰了，所以就在面积很小的比奇岛附近寻找冬天下锚处。他们进入了在两周前勘查过的小海湾。富兰克林知道他们算是及时赶到，因为在海湾浅水处下锚的次日，兰开斯特海峡中最后几条未冻结的水道就不通了，持续移动的堆冰让船无法再航行。像“幽冥”号与“恐怖”号这种用铁与橡木做过结构强化的新科技杰作，是否真能在海峡的冰中度过一个冬天，还很值得怀疑。

不过，现在是夏天，他们已经向南及向西航行好几个礼拜了。他们途中一有机会就补充船上存粮。瞭望员从主桅高处侦察到有未冻结水域的迹象，他们就试着找航道。迫不得已时，他们每天冲撞冰堆，硬挤出一条从冰中穿过的路。

破冰时该由皇家海军“幽冥”号带头，这是旗舰的权利，也是它理所当然的职责，因为在两艘船中，它的吨位较重，蒸汽引擎的动力也较强——多出五匹马力。但该死的是，连接到螺旋桨的长驱动轴已经被水下冰块撞弯了。驱动轴无法运作，也抽不出来，只好改由“恐怖”号领航。

看见威廉王陆块结冰的海岸线就在前方往南不到五十英里处，两艘船脱离了北边巨大岛屿的保护。这座岛挡住他们经过沃克角直接往西南的路——也就是约翰奉命航行的路，迫使他后来向南走，穿过皮尔海峡以及之前没人走过的海峡。走出皮尔海峡后，向南及向西的冰又开始活跃，几乎又要连成一片。他们的行进速度缓慢到像在爬行。冰层变厚了，冰山愈来愈多，可走的水道愈来愈窄且愈分散。

九月三日早上，约翰爵士召集他的船长、主要军官、工程师与冰雪专家开会。这群人走进了约翰爵士舒适的个人舱房。“恐怖”号上与它相对应的位置是军官的大会议室，里面收藏了不少图书及音乐碟片。在“幽冥”号上，整个船尾的宽度都是富兰克林的专属舱区，有十二英尺宽及令人难以置信的二十英尺长，在右舷侧还有个专属的私人洗手间“舒适之座”。富兰克林的私人厕所几乎刚好和克罗兹船长及其他军官的整间卧舱一样大。

约翰爵士的侍从艾德蒙·侯尔把餐桌加长到能容纳所有来参加会议的军官："幽冥"号的菲茨詹姆斯中校、格尔中尉、维思康提中尉与费尔宏中尉，以及"恐怖"号的克罗兹船长、利铎中尉、哈吉森中尉与厄文中尉。除了八位军官坐在长桌两侧之外，约翰爵士坐在长桌一头，靠近右舷舱壁及他私人洗手间入口，长桌另一头还站着两位冰雪专家——"恐怖"号的布兰吉先生与"幽冥"号的瑞德先生，以及两位工程师——"恐怖"号的汤普森先生与旗舰上的葛瑞格先生。富兰克林还请了"幽冥"号的船医史坦利来参加会议。富兰克林的侍从在桌上摆了葡萄汁、奶酪和船上的饼干。在富兰克林宣布会议开始之前，大家还轻松地闲聊了一会儿。

"各位，"约翰爵士说，"我很确定你们都知道为什么要开这次会。感谢上帝，我们过去这两个月的旅程非常顺利。我们已经把比奇岛抛在几乎三百五十英里之后了。根据哨兵及雪橇侦察队的报告，在我们南方及西方稍远处还看得到未冻结的水面反射出的闪光。如果上帝愿意的话，我们还是有能力走到那片水域的，并且在今年秋天就航行在西北航道上。

"不过就我所知，我们西边的冰在厚度及数量上都持续增加。葛瑞格先生说，'幽冥'号的主要转轴已经被冰撞坏，即使我们还能靠蒸汽动力前进，旗舰的效能也已经大打折扣。我们的煤炭存量也在减少。冬天很快就要来临。换句话说，各位，今天我们必须决定该怎么做，以及该朝哪个方向走。我认为我很有理由说：我们这次探险任务的成败，将会取决于今天所做的决定。"

很长一段时间无人作声。

富兰克林向“幽冥”号红胡子的冰雪专家做了个手势。

“或许，在我们大胆说出自己的意见并公开讨论之前，该先听听冰雪专家、工程师及船医的说法。瑞德先生，你可不可以把你昨天跟我报告的关于目前及未来冰况的细节也告诉其他人？”

瑞德和另外四个人站在长桌尾端，站在“幽冥”号这一侧的他清了清喉咙。瑞德向来独来独往，在这么多高层人士面前讲话，让他的脸涨得比胡子还红。

“约翰爵士……各位先生……这不是什么秘密。就冰况来说，自从我们五月从冰里脱困，并且在六月一日左右离开比奇岛的海湾以来，我们算是他妈……我是说……蛮幸运的。在海峡里，我们大多是在海绵状的冰中前进，那完全不成问题。在夜里——一天只会有几个小时被叫作‘夜’的黑暗——我们就挤破饼状冰[1]前进——就是上礼拜海水一直处于快要结冰的状态时，我们看到的那种冰，不过这也不是什么真正的问题。

“我们一直避免去碰触沿岸新结成的冰，那些才比较有威胁性。再来就是快速流动的冰，这些冰能把任何船的船身撞碎，即使是结构经过强化的‘幽冥’号或带头的‘恐怖’号也一样。不过，就像我刚说过的，我们也避开了快速流动的冰……到目前为止。”

瑞德在流汗，他很显然希望自己没扯那么久，他很清楚自己还没回答约翰爵士的问题。他清了清喉咙继续说下去。

“说到会移动的冰，约翰爵士和各位长官，我们到目前都还

1　一种圆盘状的冰，直径一般在0.3米到3米之间，厚度一般约为10厘米。

没有碰到太多浮冰的碎片、厚一点的漂冰和冰山块，以及那些从真正的冰山脱落下来的小冰山。我们之所以能避开，是因为我们一直都能找到没结冰的宽敞水道及开阔水域。但是这一切都要结束了，各位长官。随着夜愈来愈长，饼状冰现在随时都在，而且我们还碰到愈来愈多漂流的小冰山和冰丘。就是这些漂流的冰丘，让我和布兰吉先生非常担心。”

“为什么，瑞德先生？”约翰爵士问。从他的表情看得出来，他和往常一样，对听取各种不同冰况的报告感到无趣。对约翰爵士来说，冰就是冰，是该去冲破、绕过、战胜的东西。

“是雪的问题，约翰爵士。”瑞德说，“在那些东西上面堆积的厚雪，长官，以及在它们侧面的潮位线，都在告诉我们，我们遇见的是陈年的堆冰，真正麻烦的堆冰。就是这种堆冰将我们封冻起来，诸位知道吗？就我们目前所看到，或者乘雪橇向南及向西侦察到的，各位长官，全都是堆冰。除了在威廉王陆块南方的极远处，好像还看得到一些没结冰的水域闪现的微光。”

“西北航道！”菲茨詹姆斯中校轻声说。

“也许！”约翰爵士说，“非常有可能。不过要走到那里，我们必须先穿过超过一百英里，甚至是两百英里的堆冰。我听说‘恐怖’号的冰雪专家有一套理论，可以解释为什么在我们西方的冰况会变得这么糟。布兰吉先生？”

托马斯·布兰吉并没脸红。这位年纪较大的冰雪专家说的话，由一个个断续爆裂的音节组成，声音粗得像毛瑟枪的枪响。

“进到那一堆冰里是死路一条，我们已经走过头了。事实上，自从我们出了皮尔海峡后，就面对了一条冰流，情况恶劣到可以和巴芬湾北方任何一条冰川相提并论的地步。而且冰况一天糟过一天。”

“为什么会这样，布兰吉先生？”菲茨詹姆斯中校问。他自信的声音有点儿吐字不清。“虽然季节已经很晚了，但我知道在海水整个冻结前，我们应该还找得到没冻结的水道，而且在接近大陆的地方，比方说在威廉王陆块半岛的西南方，在一个月左右的时间内，应该都还找得到尚未冻结的海面。”

冰雪专家布兰吉摇摇头：“不，我们现在谈的不是饼状冰或海绵冰，各位先生，我们碰到的是堆冰。它从西北方来。我们可以把它想象成连成一串的巨大冰山，向南直下数百英里，所到之处冰山崩裂，海水冻结。我们只不过是之前一直受到保护，没有直接对上它罢了。”

“受什么保护？”格尔中尉问。他是个相当英俊且讨人喜欢的军官。

回答的人是克罗兹船长，他向布兰吉点点头，示意他先退回原位。“我们向南走的时候，是我们西侧的岛屿在保护我们，格雷厄姆。”这位爱尔兰人说，“就像一年前我们发现康沃利斯陆块其实是一座岛一样，我们现在知道威尔士亲王陆块其实是威尔士亲王岛。这一大块陆地一直在阻挡着冰流的威力，直到我们从皮尔海峡里出来。现在我们看得出，有一整片堆冰向南推挤，穿过我们西北方那些管他叫什么名字的岛，然后很可能就一路移动到我们前方这块大陆。不论顺着大陆海岸往南还能碰到什么未冻结水域，我们是撑不了多久的。如果坚持要向前走，在空旷的堆冰里过冬，结果就是：我们自己也一样撑不了多久。”

“这只是一种意见。”约翰爵士说，“谢谢你提出想法，弗朗西斯。不过我们现在必须决定要采取什么行动。嗯……詹姆斯？”

菲茨詹姆斯中校看起来就像平常一样，神情轻松而且能掌控全局。从参加这次探险以来，他的体重增加不少，纽扣几乎快要从制服上迸开来了。他的面色红润，波浪状的金发留得比他在英格兰时还长。他向长桌边的每个人露出微笑。

“约翰爵士，我赞同克罗兹船长的说法，困在面前这堆冰里绝对会很不妙。但我不认为这就是我们硬向前走的必然后果。我相信我们所领受的命令是，尽我们所能向南走，而不是航行到未冻结水域去完成发现西北航道的使命。我个人认为在冬天来临前可以完成这项任务，要不然就是靠近海岸找个比较安全的水域，也许是个海湾，让我们可以过个舒服一点的冬天，就像我们在比奇岛那样。至少，根据约翰爵士前两次的陆路探险，以及其他人先前几次航海探险的经验，我们知道，沿岸的海水通常会因为河流带来温度较高的水，从而比较晚，甚至很晚才结冰。”

“如果我们朝西南走，却到不了没冻结的水域或岸边呢？”克罗兹轻声问。

菲茨詹姆斯做了一个不以为然的手势：“这么做，至少在明年春天冰融化时，我们会更接近目标。我们还有别的选择吗，弗朗西斯？你该不会真的想建议我们把船再沿着海峡开回比奇岛，或者撤退回巴芬湾吧？”

克罗兹摇头：“现在把船开向威廉王陆块的东边，并不会比开向它的西边难到哪里去。事实上，开往东边还更容易些，因为根据我们的瞭望哨和侦察队的报告，那里还有一大片未冻结的水域。”

“开往威廉王陆块的东边？”约翰爵士的语气透露出诧异，

“弗朗西斯，这是条死路。没错，我们会受到这块半岛保护，但是也可能因此被冻结在东边，在距离这里几百英里、明年春天冰都不见得会融化的一个长峡湾里。”

“也许……”克罗兹说，他环顾长桌旁众人，“也许威廉王陆块也是一座岛。在这种情况下，它可以保护我们，让我们不至于受到从西北方漂来的堆冰的直接冲击，就和过去这个月威尔士亲王岛给我们的保护一样。而且威廉王陆块东边那一片没结冰的水域很有可能会延伸到海岸边。如此一来，我们就可以顺着较温暖的海水往西再多航行几个礼拜，或许还可以找到一个完美的港湾——或许在某条河的河口——如果我们还得在冰里度过第二个冬天的话。”

房间里又是一段很长的沉默。

“幽冥”号的维思康提中尉清了清喉咙：“你相信怪人金恩博士的理论？”他轻声问。

克罗兹皱了皱眉头。他知道理查·金恩博士的理论。金恩根本不是航海人，只是个平民。人们不喜欢他，也不把他的话当一回事，因为他认为——而且非常直言不讳地表达他的意见——约翰爵士这次大型航海探险活动愚蠢、危险，而且耗费惊人。金恩根据他制作的地图，以及几年前参与贝克陆路探险的经验，推测出威廉王陆块其实是座岛，而距他们更远的东方小岛布西亚，其实是个长条形半岛。金恩主张，寻找西北航道最简单又最安全的方法，就是派遣几小队人马在加拿大北边走陆路，顺着沿岸较温暖的海域向西前进。他还认为，北边这数十万平方英里的海洋里布满了迷宫般的岛屿及冰流，足以吞噬一千艘“幽冥”号和“恐怖”号。克罗兹知道在“幽冥”号的藏书中有一本金恩颇具争议性的书——他借了那本书读了，现在还放在“恐怖”号上克罗兹的卧舱里。他也知道，他是这支探险队唯一读过或会去读这本书的人。

“不，”克罗兹说，“我并不接受金恩的理论，我只是提出一个很有可行性的建议。各位想想看，我们过去以为康沃利斯陆块很大，极可能属于北极大陆，但是我们在几天内已经绕行它一周了。我们当中很多人认为德文岛会一直向北及向西延伸，直通到不冻的北极海，但是我们这两艘船走到了它西边的端点，而且还发现了几条通往北边的未结冰渠道。”

“我们领受的任务指示，要我们从沃克角直接向西南方航行，但是我们发现威廉王陆块直接挡住了我们的路。更重要的是，它毫无疑问是一座岛。而我们在向南航行时，往东方瞥见一条冰位较低的冰带，很可能就是把萨默塞特岛与布西亚半岛分开的一条冻结海峡，这证明金恩是错的，布西亚并不是向北直通到兰开斯特海峡的连通半岛。”

“没有任何证据告诉我们，那个冰位较低的海面是一条海峡。”格尔中尉说，“把它想成是被冰覆盖住、地势较低的沙砾地，正如我们在比奇岛所看到的，还比较合理些。”

克罗兹耸肩：“或许吧，但是我们这次探险得到的经验是，之前认为非常大的或是连通的陆块，到头来都被证明只不过是岛屿。我建议掉转航向，避开西南方的堆冰，先向东航行，再向南走，顺着很可能是威廉王岛的东岸前行。这样至少我们可以受它保护，不需要碰上布兰吉先生所谈的那个……在海里漂移的冰川……即使后来发现苗头不对，它其实是条又长又窄的峡湾，我们还是很有机会能在明年再向北绕过威廉王陆块，回到我们现在的位置，而且情况也不会变得比较差。”

“除了燃烧掉的煤炭以及浪费掉的宝贵时间外。”菲茨詹姆斯中校说。

克罗兹点了点头。

约翰爵士搓磨着他圆鼓且刮得很干净的脸颊。

在一阵沉默中，“恐怖”号的工程师詹姆斯·汤普森说话了。“约翰爵士，各位先生，既然大家谈到船上煤炭的库存，我想我要说，我们的库存已经非常非常接近无法再回头的地步了，我是说真的。光是上个礼拜用蒸汽引擎在堆冰边缘硬撞出路来，就用掉了煤炭存量的四分之一以上。现在的库存量只比百分之五十多一点而已……如果蒸汽机正常运转的话撑不到两个礼拜，要像之前那样破冰前进的话，更是只能撑个几天。如果我们再被冰困在这里一个冬天，光是提供两艘船的暖气就会用掉大部分煤炭。”

“我们随时都可以派人上岸去砍树来当柴火。”坐在克罗兹左边的爱德华·利铎中尉说。

除了约翰爵士之外，房间里的每个人都笑开了，大大纾解了紧张气氛。或许约翰爵士想起了他第一次到美洲大陆北部岸边的陆路探险。北美大陆的苔原从岸边向南延伸足足九百英里，才会出现第一棵树或真正的灌木！

“有个方法能最大限度地利用蒸汽动力，让船尽可能走远些。”在大伙儿大笑之后较轻松的沉默中，克罗兹低声说。

大家的头都转向“恐怖”号的船长。

“我们把所有人员及煤炭都从‘幽冥’号搬到‘恐怖’号，然后全力一搏。”克罗兹继续说，“不是硬穿过西南方的冰堆，就是顺着威廉王陆块或是岛的东岸下去勘察。”

“全力一搏。”在大伙儿还因为惊讶而沉默的时候，冰雪专家布兰吉复述了克罗兹的话，“对，这很有道理。”

约翰爵士一时只能猛眨眼。当他终于能再发出声音时，口气还是难掩讶异之情，好像克罗兹刚刚又说了一个无法理解的笑话。“放弃我们的旗舰？”他终于说出口，“放弃‘幽冥’号？”他环顾整间舱房，仿佛只要请军官跟他一起欣赏一下他的舱房，问题就能迎刃而解。舱壁上有一排又一排的陈列架及书籍，桌上有精美的水晶与瓷器，头顶上方的整面舱板里装着三座普雷斯顿专利豪华天窗，能让夏末的光充足地洒进舱房里。

“放弃‘幽冥’号，弗朗西斯？”他又说了一次，声音比之前更强硬，语气却像是想请人为他解释某个他没听懂的隐晦笑话。

克罗兹点头：“它的主驱动轴已经撞弯了，长官。您自己的工程师葛瑞格先生刚才告诉我们，即使是搬到旱地上的造船厂也无法修复，无法被抽出来，更不用说现在我们的船还塞在堆冰里。情况只会愈变愈糟。同时考虑两艘船，那么我们只会有几天或一个礼拜的煤量来破冰。如果失败的话，两艘船都会被冻在海里。如果被冻在威廉王陆块西边那片空旷大海里，我们将完全不知道洋流会把那整块冰和我们带往哪里去。很有可能会被推到陆块背风岸的浅水湾，这意味着完全的毁灭，即使这两艘船是最顶尖的船。”克罗兹一面看着四周的东西和从天窗射进来的光，一面点头。

“但是如果我们把煤炭全都集中在受损比较轻微的船上，”克罗兹继续说，“尤其是如果还很幸运能在威廉王岛东边发现没冻结的水道，我们就会有超过一个月的煤炭量，可以用最快的速度沿着海岸往西航行。‘幽冥’号是被牺牲了，但是我们可能——我们会——在一个礼拜内走到折转点，然后回到我们熟悉的几个沿岸峡角。并且在今年，而不是在明年，就走通西北航道，进入没冻结的太平洋。”

“放弃‘幽冥’号？”约翰爵士又重复了一次。他的声音里没有不悦或怒气，他只是感到困惑，大家正在讨论的想法实在太荒唐了。

“‘恐怖’号会变得非常拥挤。”菲茨詹姆斯中校说。他似乎是认真在考虑克罗兹的提议。

约翰爵士船长转向右边，看着他最喜欢的军官，然后脸上慢慢出现冷冷的笑容，表情就像是大家不只是故意讲了一个他听不懂的笑话，他自己还是那笑话的笑柄。

“没错，会很拥挤，但是只有一个月或两个月，大家应该勉强还能忍受。”克罗兹说，“我船上的哈尼先生和你们船上的木匠维基斯，会监督内部舱壁的拆卸工作。除了大会议室可以改装成约翰爵士在‘恐怖’号上的舱房，军官餐厅或许可以留下之外，所有军官舱房全都拆掉。这样空间就会很充裕，即使还要在冰上待一年或更久。这两艘原本设计来当炮舰的船，别的优点不说，至少船舱空间特别大。”

“把煤炭和船上的补给品全移到‘恐怖’号上要花不少时间。”维思康提中尉说。

克罗兹再次点头：“我已经请我的主计官黑帕门先生初步估算过所需时间。你们可能还记得，这次探险的罐头食物承包商葛德纳先生，直到我们航行前不到四十八小时内才把食物送来，所以那时必须大幅调整安置库存。但我们还是按时完成，使船如期起航了。黑帕门估计，如果两艘船的人员在漫长的白天都全力工作，晚上睡觉时只留一半的卫兵，那么把一艘船所装载的物品全搬到‘恐怖’号上，只需要不到三天的时间。我们大概会像个人口众多的家庭一样，拥挤几个星期，但之后会像是重新出发——煤炭存量充足，食物够我们再吃一年，船的一切功能也正常。”

“全力一搏。”冰雪专家布兰吉又说了一次。

约翰爵士摇摇头，笑了笑，好像他终于受够了这笑话。“嗯，弗朗西斯，这真是一个……很有趣……的想法，但是我们当然不会放弃‘幽冥’号。当然，我们也不会放弃‘恐怖’号，如果你的船遭遇一些小小的不幸的话。好，在今天这个会议上，我还没听到谁提议撤回巴芬湾。我可以假设没有人想提议这么做吗？”

房内又陷入一阵沉默。这时他们头上传来船员们当天第二次磨洗甲板的隆隆声及刮擦声。

“很好，那么决定了。”约翰爵士说，“我们继续向前走。不只是因为任务指示要求，还因为刚刚几位先生也指出，愈靠近大陆岸边我们就会愈安全，即使那块陆地本身就像我们先前经过的可怕岛屿一样不堪居住。弗朗西斯、詹姆斯，可以去把决定告诉你们的船员了。”

约翰爵士站了起来。

大伙儿愣了一秒。船长、军官、冰雪专家、工程师及船医只能瞪大眼睛面面相觑，但是，接着海军军官们很快地起身，行礼，列队走出约翰爵士的大舱房。

这些人沿着狭窄的舱道向前走，用力踩着梯子爬上甲板时，史坦利船医拉住菲茨詹姆斯中校的袖子。

“中校，中校，”史坦利说，“约翰爵士一直没给我机会报告，但是我想要告诉大家，我们发现船上的罐头食品中出现愈来愈多的腐坏状况。”

菲茨詹姆斯微笑着，却将袖子从史坦利手中挣开：“我们会安排一个时间让你私下告诉约翰爵士船长，史坦利先生。”

“但是我已经私下告诉过他了。”矮小的船医还不放弃，“我是想让其他军官知道，这样的话，万一……”

“晚一点吧，史坦利先生。”菲茨詹姆斯中校说。

船医又说了一些其他话，但是从一旁走过的克罗兹并没有听见他在说什么。克罗兹向他的水手长约翰·雷恩招手，要他把小艇准备好，好趁着白天顺着狭窄的水道回到“恐怖”号上。领航船的船首此时正像楔子般夹在厚厚的堆冰间，黑色的烟仍然从烟囱里不断涌出。

两艘船朝西南方走入堆冰。接下来四天，船前进得异常缓慢。皇家海军“恐怖”号以惊人的速率燃烧煤炭，利用蒸汽引擎动力朝愈来愈厚的冰层撞去。即使在有阳光的日子，南方远处那些可能存在的未冻水域的闪光也已经看不见了。

九月九日温度陡降。尾随在后的“幽冥”号后方的狭长水道先是覆了一层薄冰，接着整个被冻结。两艘船周围的海面，成为由小冰山、大冰山及突然隆起的冰脊构成的时而耸起、时而汹涌、时而平静的白色世界。

这六天来，富兰克林试过他能用的每一种极地探险技巧：把黑煤灰撒在前方冰上，让它加速融化；逆风航行；派杂务班日夜带着大型冰锯去把前方的冰一块一块切下来移走；移动压舱物；叫一百个人同时用凿子、铲子、十字镐及棍棒把冰劈开；把小型锚抛到前方远处的厚冰层里，然后利用绞盘把“幽冥”号——前一天，就在冰层突然变厚前，它又开到“恐怖”号前面再次带头冲撞——一码一码地向前拉。最后富兰克林下令，每个身体状况正常的人都爬到冰上，身上都拉着缆索，最强壮的人身上带着雪橇挽具，试着使劲将船往前拉，每次前进的一小英寸路，都是交织着汗水、咒骂、嘶喊，丧人志气、伤人脏腑、损人筋骨的一小段艰苦路。约翰爵士向他们保证，未冻结的沿岸水域就在他们前方，只要再走个二十、三十或者五十英里就可以抵达了。

未冻结的水也有可能是在月球表面。

一八四六年九月十五日，夜已经开始变长，温度骤降到零华氏度以下，冰开始呜咽作响并摩擦两艘船的船身。早上，每个到甲板上的人都亲眼看到，不管望向哪个方向，海都已经成为一整片白色固体，一直延伸到地平线。在几场突如其来的暴风雪之间，克罗兹和菲茨詹姆斯都找到了足够的阳光，根据阳光照射的角度来确定他们的位置。两位船长都算出他们大约是困在北纬七十度五分，西经九十八度二十三分，离威廉王岛——或者是威廉王陆块，就看事实上到底是岛还是陆块，以后再来讨论吧——西北岸约二十五英里的地方。

他们现在位于已经结成冰——会移动的一整块冰的大海之中，直接搁浅在冰雪专家布兰吉所谓的“移动冰川”的前方，受到它全力猛攻。冰河从极区往西北方向一直延伸到难以想象的北极点。就他们所知，在一百英里之内没有任何一个可以庇护他们的港湾，即使有，也没办法前往。

那天下午两点，约翰·富兰克林爵士船长下令停掉“幽冥”号和“恐怖”号上的炉火，也放掉两具锅炉的蒸汽压，只留下足够的压力让热水流过管道，使两艘船的船舱保有一些暖气。

约翰爵士并没有对全员宣布，实际上也没必要。那天晚上，“幽冥”号的船员回到各自的吊床上睡觉，哈特内尔还是一如往常地为他已故的兄长轻声祷告。在他隔壁吊床的三十五岁水兵亚伯拉罕·席立却出声嘘他：“我们现在在一个鸟不生蛋的鬼地方！汤米，你的祷告也好，约翰爵士的祷告也好，都没办法救我们脱离这里……至少，十个月内一点机会也没有！”

8
克罗兹

北纬七十度五分，西经九十八度二十三分

一八四七年十一月九日

距离约翰爵士在“幽冥”号上召开那次重要会议，已经过了一年两个月零八天，两艘船还是冻结在距离一八四六年九月那天所在位置的不远处。从西北方来的洋流会让整个冰层一起移动，但过去这一年里，它让冰海、冰山、冰脊及两艘受困的皇家海军船舰缓慢地绕圈子转。所以两艘船的位置大致上维持不变，还是被困在威廉王岛西北方二十五英里处。它们就像军官会议室中金属音乐盘上的一块铁锈，继续缓慢地旋转着。

在十一月的白天，或者说是在这几小时黑暗里（其间曾经出现过日光），克罗兹船长整天都在寻找失踪的船员威廉·史特朗和托马斯·伊凡斯。当然没人指望这两个人还活着，虽然被冰上那东西抓走的风险很高，但他们还是继续在搜寻。船长和船员完全没有考虑别的做法。

他们同时派出四支队伍，分四个象限去搜索。每队五人，一个人拿两盏提灯，另外四人带着装好弹药的霰弹枪或毛瑟枪。每四小时换一次班。每当一队人冻到发抖从外头回来时，要去换班的一队已经穿好御寒衣物在甲板上等候出发：枪支清理完毕，装好子弹，随时可以发射，提灯里也早装满了油。他们接着就到前一队人刚才停止搜索的地方继续搜索。四支队伍从船所在位置，向外绕着愈来愈大的圆圈搜索那一片混乱的冰原，甲板上的守卫可以从寒雾及黑暗中看见他们的提灯，但是，小冰山、大冰岩、冰脊或过远距离的阻碍，会使它们时隐时现。克罗兹船长和一名提着红色提灯的水兵走过每一个象限，确认每一队的状况，然后回到“恐怖”号，探视船上的人员及状况。

他们搜索了十二个小时。

在暮更[1]二钟响时刻，下午六点，最后一批搜索队全回来了，没有任何一队发现失踪的两个人，但是有几个水兵面带愧色，因为他们朝着乱冰中的狂风，甚至直接朝着冰开枪，把冰塔想成逐渐逼近的白熊。克罗兹是最后一个进来的人，他随着这些人进入主舱。

克罗兹爬下梯子时，大多数船员已经将湿外衣及靴子收好，到船首区用铰链垂放下来的餐桌旁去用餐，军官们也都到船尾区用餐了。侍从托马斯·乔帕森和利铎中尉赶忙过去，协助他将衣襟结了冰的几层外衣脱掉。

“您冻僵了，船长。”乔帕森说，“您的皮肤被冻伤到发白了。请到后面的军官用餐房来吃晚餐吧，长官。”

1　航海术语，午后四至六时为上暮更，六至八时为下暮更。

克罗兹摇头："我必须去找菲茨詹姆斯中校谈谈。爱德华，我不在的时候，有从他们船上来的信差吗？"

"没有，长官。"利铎中尉说。

"请吃些东西，长官。"乔帕森继续催促他。身为一名侍从，他的身材算是相当高大，在恳求船长的时候，他低沉的声音变得像是怒吼，不像是哀求。

克罗兹摇头："麻烦你帮我包几块饼干，托马斯。我可以在去'幽冥'号的路上吃。"

乔帕森看起来对这愚蠢的决定很不以为然，但他还是很快走到正忙着用大火炉烤东西的狄葛先生那里。此时正是晚餐时刻，主舱暖烘烘的，算是一天二十四小时中最温暖的时候，温度可升高到四十几华氏度。这些日子以来，船上只燃烧极少量的煤来产生暖气。

"您想要带几个人一起去？"利铎问。

"不带人，爱德华。大伙儿吃过后，我要你再安排至少八队的人到冰原里做最后四小时的搜寻。"

"但是，长官，您是不是该考虑……"利铎说到一半就没再说下去了。

克罗兹知道他想说什么。"恐怖"号与"幽冥"号之间的距离虽然约莫多于一英里，但这一英里路孤寂又危险，有时甚至要花上好几小时才能走完。碰上暴风雪，或是冰原上的风稍大些，就有可能迷路，或在强风中寸步难行。克罗兹不准船员单独走这段路，必须传信息过去时，他至少会派两个人去，而且命令他们一碰上坏天气就要折返。两艘船间那座高达两百英尺的冰山经常会挡住视线，让他们看不见彼此船上的闪光与火焰，虽然每天都有人去把路铲通铲平些，实际上却可说是个迷宫，一个由不断移动的冰塔、满布冰阶的冰脊、翻倒的小冰山及杂乱的冰阵构成的迷宫。

“没事的，爱德华。”克罗兹说，“我会带着我的指北针。”

利铎中尉露出微笑，虽然在这区域待了三年，这笑话早已不好笑了。根据仪器测量到的结果，两艘困在冰里的船的所在位置差不多正好在地磁北极上方。所以，指北针在这里和占卜杖一样没用。

厄文中尉侧着身子走过来。这个年轻人被冻伤的脸颊上有几块白斑和几片冻坏了的、翻开的皮肤，涂在上面的药膏闪闪发光。“船长，”厄文急促地说，“您有没有在外面的冰上看到沉默？”

克罗兹已将帽子和围巾脱掉，正用手拨掉被汗水和雾气弄湿的头发上的冰屑：“你是说她没在病床区后面让她藏身的小洞里？”

“对，长官。”

“你到主舱其他地方找过了吗？”克罗兹主要是担心，在大部分人都出去搜索或在甲板上守候时，这个爱斯基摩女人去了她不该去的地方。

“是，长官。没看到她的踪影。我问过一些人，不过昨天傍晚以后就没有人看过她。就是在……攻击发生之前。”

“那只东西攻击二兵海勒和水兵史特朗时，她在甲板上吗？”

“没人知道，船长。她有可能在，那时候只有海勒和史特朗在甲板上。”

克罗兹叹了一口气。他想，六个月前，这位神秘客人和这梦魇一起出现，现在如果她被与她的出现息息相关的生物抓走，就真的太讽刺了。

“去搜整艘船，厄文中尉。”他说，“每个偏僻角落、缝隙、壁橱及船缆房都要搜。要用地毯式搜索，并且要假定如果她不在船上，那么她就是……被抓走了。”

“您说得很对，长官。我要找三四个人帮我搜寻吗？”

克罗兹摇头：“就你一个人，约翰。在熄灯就寝前，我要其他人再回冰原去搜寻史特朗和伊凡斯，如果你没找到沉默，就自己选择加入其中一队。”

“是，是，长官。”

这时有人提醒他，病床区有伤患，于是克罗兹向前经过船员用餐区走到病床区。即使在暗无天日的日子，在餐桌上用晚餐的船员通常也会有提振士气的谈话及欢笑，今天却是一片死寂，只有汤匙刮过金属的声音及偶尔的打嗝声打破沉寂。船员们都累坏了，瘫在用来当椅子的贮物箱上。船长从他们身旁挤过去时，只有几张疲倦、无精打采的脸仰起来看他。

克罗兹在病床区帘幕的右侧木柱上敲门，然后走进去。

培第医生正在病床区中央的一张桌子旁，为一等水兵乔治·凯恩的左臂缝合伤口。他抬起头看到克罗兹：“晚安，船长。”他说。凯恩用他没受伤的手碰触前额行礼。

“怎么了，凯恩！”

年轻水手开始发牢骚：“我爬一座他妈的冰山的时候，他妈的霰弹枪管滑进我的袖子，碰到我他妈的光溜溜的手臂，船长，对不起，我讲话很粗。我把枪管抽出来，他妈的六英寸肉就跟着掉出来了。”

克罗兹点头，然后四处看了一下。病床区很小，不过里面已经挤进六张床了。其中一张是空的。三个人正在睡觉，据培第和麦克唐纳德的说法，他们大概是得了坏血病。第四个人，大卫·雷斯，两眼直盯着天花板，他一直有知觉，但不知怎的，已经几乎一个礼拜没反应了。在第五张床上的是陆战队二兵威廉·海勒。

克罗兹从右舷侧的钩子上又拿了一盏提灯，举在海勒上方。这士兵的眼睛闪着光，但是当克罗兹把提灯靠近他时，他并没有眨眼。他的瞳孔看起来一直都是放大的，头颅已经用绷带缠裹起来，但是血和灰质又开始渗漏出来。

“他还活着吗？”克罗兹轻声问。

培第走过来，用一块布抹去手上的血：“是的，很奇怪，他还活着。”

“但是我们在甲板上看见他的脑髓了。我现在还看得见。”

培第疲惫地点点头：“是没错。如果不是在这里，他还有可能恢复健康。当然，他会变成白痴，不过我可以用螺丝把一片金属固定在他原来脑壳的位置，如果他有家人的话，他们可以照顾他，把他当宠物来养。但是在这里……”培第耸了耸肩，“肺炎或坏血病或饥饿会夺走他的生命。”

“有多快？”克罗兹问。水兵凯恩已经穿过帘幕走出去了。

“天晓得！”培第说，“还要再继续搜寻伊凡斯和史特朗吗，船长？”

“是的。”克罗兹把提灯挂回靠近入口的钩子上。阴影再次笼罩陆战队二兵海勒。

“我想您一定知道，”筋疲力尽的船医说，“年轻的伊凡斯或史特朗能活着回来的概率是零。但是，每次搜寻很可能会带来更多的皮肉伤、冻伤及更多需要截肢的状况，许多人已经失去一根或多根脚趾了，而且在慌张中难免会有人开枪打到别人。”

克罗兹平静地看着船医。如果有哪个军官或船员用这种态度跟他说话，他一定会叫人鞭打他。但是因为这个人的社会地位及疲惫状态，船长没跟他计较。麦克唐纳德医生已经因为流行感冒而躺在吊床上三天三夜了，所以培第这几天非常忙碌。

“继续搜寻的风险让我来担心就好，培第先生。你只要担心如何去帮那些笨到会在零下六十华氏度将金属直接放在自己皮肤上的人把皮肉缝起来就好。此外，如果外面那只东西把你抓到暗夜中，你难道不会希望我们去找你吗？”

培第笑得相当无奈：“如果这只北极熊老兄把我带走，船长，我只能希望我当时带着手术刀，这样我可以将它插入自己的眼睛里。”

“那你就随身带着手术刀吧，培第先生。”克罗兹说完，穿过帘幕走到安静的船员用餐区。

乔帕森已经用手巾包好一些饼干，在厨房的微光中等他。

外面的寒冷阵阵逼近，克罗兹觉得脸、手指、腿和脚像被火烧一样，但还是走得相当愉快。他知道这比感觉麻木要好得多。即使脚下及周围的冰在黑暗中不断缓慢呻吟与尖叫，风也不断在呼啸，他也不在意。他很清楚，有东西正在跟踪他。

他有两小时的路程要走。今晚的大半路程与其说是走，倒不如说是攀爬、急走与用屁股向下滑；爬上、翻越与滑下冰脊。走了二十分钟后，云散见月，四分之三个月亮露脸，照亮了幻境般的情景。一轮明月相当清亮，冰晶月晕围绕在四周。后来他发现，那其实是两个同心的月晕，较大那圈的直径足以盖住东方三分之一的夜空。

没有星星。克罗兹把灯弄暗以节省油，然后继续走，用带来的船矛去探测前方的每束黑影，要确定那只是阴影，而不是裂口或冰隙。他已经到达冰山东侧，月亮在这里被挡住了，冰山在冰原上投射出一片长达四分之一英里的、漆黑且扭曲变形的阴影。乔帕森和利铎坚持他应该带支霰弹枪，但是他告诉他们，他并不想带那么重的东西上路。更重要的原因是，他并不觉得霰弹枪对心中想到的敌人有任何作用。

突然出现异常宁静的片刻，一切竟出奇地同时停止作声，让他只听得见自己的喘息。克罗兹突然想起童年时的经历。某个冬夜，他很晚才回家，因为从下午到傍晚他都和朋友们在山丘上玩。一开始他低头快跑，想要越过结霜的石南灌木地，后来在离家还有半英里左右时停下来。他还记得自己站在那里，望着村庄里发亮的窗户。当时，冬季夜空中的最后一点微光已经渐渐褪去，周围的山丘也开始变得模糊、黝黑、难以辨识，对年纪幼小的男孩来说，这幅情景相当陌生。直到在愈来愈弱的光线中，连他原先看见的位于村庄边缘的家也变得模糊不清，失去了立体感。

克罗兹记得，那时雪花开始落下，而他独自一人站在石头围成的羊栏外的一片黑暗中。他知道会因为太晚回家而被甩巴掌，更晚回家只会让他被修理得更惨，但是他不想朝家的光亮走去。他要享受夜风的温柔声音，他知道在这寒风凛凛、芒草冻结的草地上，他是唯一的男孩，或许也是唯一的一个人，这个夜晚透着下雪的味道。他与透着灯光的窗户及温暖的壁炉分属不同世界，他很清楚自己属于这村庄，此时却不属于村庄的一部分。这感觉很恐怖，几乎像是偷尝禁果，因为他发现自己竟然与寒冷及黑暗中的每样东西以及每个人都是分离的。现在他又再次有了相同的感觉，这些年来，他在地球两极从事探险任务时，相同的感觉也曾经多次出现过。

有个东西从高耸的冰脊上下来，跟在他后面。

克罗兹把提灯调亮，放在冰上。金黄色的光圈只能照到十五英尺远，之外是一片黑暗。他用牙齿咬掉厚手套，让它落在冰上，右手只剩下一只薄手套。他把船矛交到左手后，从外套口袋里拿出手枪。冰雪在冰脊上滑动发出的沙沙声愈来愈大，克罗兹也把击铁扳好。冰山的阴影挡住了月光，船长只能看到冰块的巨大黑影似乎在闪烁的光中不断晃动与推移。

接着，有个毛茸茸的、难以辨认身形的东西，沿着他刚刚爬下来的冰脊移动，就在他上方十英尺、西边不到十五英尺远，只要一跃就可以扑到他身上。

“站住！”克罗兹立刻伸出了笨重的手枪，“表明你的身份。”

那身影没有作声，继续移动。

克罗兹没有开枪。他丢下手里的长船矛，拾起提灯拿向前方。

看到这毛茸茸的东西呈波浪般前进时，他几乎要开枪了，但最后一刻他还是克制住了自己。这身影向下滑了一点，然后快速移动，显然已经下到冰地上。克罗兹让手枪的击铁回到原位，把枪放回口袋，然后弯腰去捡他的连指手套，提灯还拿在手上。

沉默女士走进光中，她的毛皮外衣和海豹皮长裤让她看起来像只矮小圆胖的动物。她把连衣帽向前拉得很低来挡风，所以克罗兹看不见她的脸。

“真该死，女人。”克罗兹低声说，“你只差一秒就被我开枪射死了。你到底上哪儿去了？”

她又走近了一些，几乎到了伸手可及的距离，脸还是被连衣帽中的黑暗笼罩着。

他突然感到一阵寒意，从后颈直传下背脊。克罗兹想起他祖母摩伊若曾经描述过，有个透明的骷髅脸就藏在女妖的黑色连衣帽里。于是他把提灯举在他们两人之间。

这位年轻女人的脸是人而不是女巫，她黑色的眼睛大大睁着，反射着光，脸上没有表情。克罗兹想起他从来没看过她脸上有表情，或许只能勉强说看得出她有些好奇吧。即使是他们开枪射死可能是她的丈夫、兄弟、父亲的人，让她亲眼看着那人被自己的血噎死时，她也是毫无表情。

“难怪船员们会认为你是带来厄运的女巫。”克罗兹说。在船上，在船员面前，他总是对这位爱斯基摩女巫很客气，而且照规定行事，但是现在他既不在船上，也不在船员面前。这是第一次也是唯一一次，他和这可恶的女人同时远离他们的船。而他非常冷，也非常累。

沉默女士盯着他，接着伸出一只戴着连指手套的手。克罗兹把提灯放低一些，看到她要拿一样东西给他，一个柔软的灰色物，像是已经去掉了内脏与鱼骨、只剩皮肉的一条鱼。

那是一条船员的毛袜。

克罗兹接过来，用手去感觉在袜子脚尖部位的一团东西，当下确定那是人脚的某个部位，很可能是大脚趾及其他脚趾，还带着血，而且是温热的。

克罗兹到过法国，认识一些派驻过印度的人，他听过狼人及虎人的故事。在范迪门陆块，也就是他认识苏菲·克瑞寇的地方，苏菲告诉他一些当地传说。有些土著可以变成怪兽，他们被称为“塔斯马尼亚恶魔”，这种生物能把人的手脚直接扯下来。

克罗兹摇了摇毛袜，看着沉默女士的眼睛。她的眼睛就和“恐怖”号的船员在冰原里挖的洞一样黑，船上的死人就是被从这些洞投入海中，这些洞最终又会封冻起来。

那是一团冰，不是脚。但是袜子本身并没有被冻硬。毛袜待在零下六十华氏度的户外还不是很久。合理的猜测是，这女人身上带着这只毛袜从船上过来，但克罗兹却不认为是如此。

“史特朗呢？”船长问，“伊凡斯呢？”

沉默对这些名字没有反应。

克罗兹叹了口气，把毛袜塞进外衣的口袋里，然后拾起船矛。“我们现在离‘幽冥’号比‘恐怖’号还近。”他说，“你现在只能跟我一起走了。”

克罗兹转身背向她，再次感到一阵寒意从后颈直传下背脊。在愈来愈强的风势中，他脚下嘎吱作响，朝着“幽冥”号的轮廓走去。一分钟后，他听见后方传来她踩在冰上的轻柔脚步声。

他们攀爬过最后一道冰脊，克罗兹看到“幽冥”号的灯光比他以前所见到的还亮。这艘船正困在冰中，被怪异地举起，船身倾斜得非常厉害，光是在他看见的左舷侧，帆桁上就悬挂了一打甚至更多提灯。非常浪费灯油。

克罗兹知道，“幽冥”号受损的程度比他的“恐怖”号还严重。除了去年夏天那根长驱动轴——这根轴被设计成可以适时收回，以防被海面下的冰碰坏，但是在七月破冰而行时却没有去注意——被撞弯、螺旋桨也不见了之外，这艘旗舰在过去两个冬天里，受损的程度远比它的姐妹船厉害：在勉强能当避风港的比奇岛海湾里，海里的冰严重扭曲、挤裂、压松了船身的板条，而“幽冥”号受伤害的程度甚于“恐怖”号。

去年夏天，他们疯狂地想要在冰里硬冲出一条路来，让旗舰的舵受到了损伤；因为天气严寒而爆裂的螺丝、铆钉、金属支架的数目，也是约翰爵士的船比较多；用来破冰的船身铁皮层脱落或扭曲的程度，也是“幽冥”号较甚。虽然“恐怖”号也被冰层向上推高，受到挤压，但是皇家海军“幽冥”号的情况更严重，在过去两个月（也就是在第三个冬天），它仿佛处于冰制基座上，整艘船被推起，海冰的压力还同时顺着船首的右舷侧、船中央的底部、船尾的左舷侧，在船身上撞出一道长长的裂痕。

克罗兹知道，约翰·富兰克林爵士的旗舰永远无法航行了。它现在的船长詹姆斯·菲茨詹姆斯和船员也都明白。

在走进船上提灯照亮的区域前，克罗兹躲到一座十英尺高的冰塔后面，把沉默拉到身后。

“喂，船上的人！”他用能让整座造船厂都听得见的声音大吼着。

霰弹枪声轰然响起，离克罗兹五英尺远的一座冰塔应声碎裂成四散的冰屑，反射出提灯的微光。

“停止射击，该死的瞎了眼睛，你他妈的笨蛋，蠢货白痴！”克罗兹咆哮着。

某个军官从脑袋进了屎的白痴守卫手上夺下霰弹枪时，“幽冥”号上起了一阵骚动。

“没事了。”克罗兹对畏缩的爱斯基摩女孩说，“我们现在可以走了。”

他停下脚步，不只是因为沉默女士没有跟他走进光里。这时他可以借着反射的光看见她的脸，她正在微笑。她那两片从来没移动过的丰润嘴唇正轻微地弯起，微笑。好像她明白，而且很喜欢他刚才那场暴怒。

但是，在克罗兹能确认她真的在微笑之前，沉默又回到杂乱的冰堆阴影里，消失了踪迹。

克罗兹摇了摇头。如果这个疯女人想被冻僵，就由她去吧。他有事要和菲茨詹姆斯船长讨论，随后还要在黑暗中走一段漫长的路回到自己船上，然后才能躺下来睡觉。

疲累的他这才发现，至少在过去半小时内，他完全没感觉到自己的脚的存在。他蹒跚的脚步踩在肮脏的冰雪坡道上，朝着已故约翰爵士残败不堪的旗舰甲板走去。

9
富兰克林

北纬七十度五分，西经九十八度二十三分

一八四七年五月

一八四七年四月、五月和六月，春天和夏天根本没来。约翰·富兰克林爵士船长也许是两艘船上唯一一位外表看起来还很平静的人。

一开始，约翰爵士并没有向大家正式宣布他们至少会在这里再受困一年，他没必要这样做。去年春天他们还在北方的比奇岛时，船员及军官们全都充满期待地看着太阳重新出现，整层封冻的冰开始分裂成大块浮冰和雪泥状的碎冰片，水道开始出现，冰也不再紧紧抓住他们的船。一八四六年五月底，他们再度起航了。

去年春天，船员和军官们看到许多鸟、鲸、鱼、狐、海豹、海象及其他动物再次现身，六月初在他们航向的岛上，更看得到发青的苔藓及低矮的石南丛。但是今年不一样。海上的冰没有融化，意味着没有鲸鱼、没有海象，也几乎没有海豹——他们看到过少数几只环斑海豹，就和初冬一样很难捉到或射到。现在放眼望去，除了脏雪与灰冰外，什么都没有。

每天的日照时间都很长，温度却还是很低。虽然富兰克林在四月中旬就已经下令把船桅全竖立起来，重新装上帆桁、系好索具，两艘船也都装上新帆，但一切都是白费工夫。蒸汽锅炉除了偶尔将温水推送进暖气管之外，根本没在燃烧。瞭望员的报告是，朝各个方向望去都是结实的、整片的白。几座冰山都还在去年九月间冻结的地方。

菲茨詹姆斯、格尔中尉，以及“恐怖”号的克罗兹已经借由观测星象确定，洋流正以每个月一英里半的慢速将冰往南推，但是将他们整个卡住的冰自入冬以来却一直在逆时针旋转，把他们又送回原先的位置。冰脊还是继续像白色土拨鼠洞穴一样从地底冒出来。冰层变薄了些，防火洞挖掘队现在已经可以锯穿冰层，但冰层还是超过十英尺厚。

在这种状况下，约翰·富兰克林船长爵士还能保持冷静，因为他有两样东西：信仰和妻子。职责上的重担及逆境中的挫折联合起来想要将他压倒在地时，约翰爵士虔诚的基督教信仰总是能让他看到希望。每一件会发生的事都是——他明白而且深信——上帝的旨意。别人认为无可避免的下场，在关心世人、充满怜悯的上帝统治的宇宙中不见得会发生。冰层有可能在盛夏（也就是不到六个礼拜之后）突然散裂开，只要几星期的顺风航行或蒸汽动力航行，他们就可以成功航行到西北航道。只要还有煤炭，就可以利用蒸汽动力向西顺着海岸航行，并且在九月中旬左右，也就是薄冰又要开始冻结的时候，逃离高纬度的北极区，接着就可以全靠风力航行到太平洋。富兰克林一生还经历过更大的奇迹。

年达六十、受过范迪门陆块的羞辱，之后还被任命为这次探险队的总指挥，本身就是个很大的奇迹。

约翰爵士对上帝的信心深厚真诚，但他对妻子的信心比前者更大，甚至可说是更骇人。简·富兰克林女士的个性不屈不挠……不屈不挠是唯一能形容她的词。她的意志没有止境，而且几乎在每件事上，简·富兰克林女士都能矫正这世界的谬误及妄为，让世界臣服在她钢铁的意志之下。他想，他的妻子整整两个冬天都得不到他们的任何消息后，一定已经开始运用她庞大的私人资产、丰富的人脉和无限大的意志力，去说动海军总部、国会，以及只有天晓得的一些单位来搜寻他。

最后这件事确实有点困扰约翰爵士。他再怎样也不希望被人“搜救”，不管那支仓促成军、趁夏天短暂雪融到来的搜救队是走陆路还是海路，也不管带队的总指挥是那满口威士忌味的约翰·罗斯爵士，还是年轻的詹姆斯·罗斯爵士（虽然他已经不再从事极地探险，但是约翰爵士相信简女士一定会逼他复出），对他来说都是羞愧与耻辱。

但约翰爵士还是能保持冷静，因为他知道，海军总部不会那么快就被说动，即使有他妻子简从旁推动也不行。约翰·贝罗爵士和传奇的北极议会的成员，更不用说约翰爵士在皇家海军探索队总部的长官们，都很清楚“幽冥”号与“恐怖”号带了三年的存粮，如果减少每日配额，还可以撑更久。何况船员们还有捕鱼及打猎的能力，只要他们看得见猎物。约翰爵士知道他的妻子，他那位不屈不挠的妻子，碰到这种情形一定会尽一切努力组织搜救队。但是几乎可以确定，皇家海军可怕而绝妙的惰性会保证这支搜救队到一八四八年的春天及夏天，甚至更晚，才组织得起来。

也因此，约翰爵士在一八四七年五月底组织了五支雪橇队，朝几个方向的地平线出发，去了解状况。其中一支奉命沿着来时的路，找找看有没有未冻结的水域。他们在五月二十一、二十三及二十四日三天出发，而格尔中尉那一队——最重要的一队——最后出发，朝着东南方的威廉王岛去。

除了勘察外，第一中尉格雷厄姆·格尔还有另一项重要任务：把这次探险开始以来，约翰爵士写的第一份现况报告存放在陆地上。

这件事是富兰克林的海军军旅生涯中最接近违命的一次。海军总部给他的命令是，在探险中要随处堆起锥形石碑，在其中存放现况报告。如果他们的船没有如期出现在白令海峡，皇家海军搜救队将会知道富兰克林朝哪个方向走，以及知道他们可能延迟的原因。但是富兰克林并没有在比奇岛留下信息，虽然他有整整九个月的时间可以准备一份。

事实上，约翰爵士很不满意他们第一个冬天在那么冰冷的地方下锚，那年冬天有三个船员死于肺结核及急性肺炎，也令他相当羞愧，所以他私下决定只把坟墓留在那里，当作他唯一要传递的信息。幸运的话，在世界各地大幅报道他成功走通西北航道这项伟大事迹的多年之后，才会有人发现这几座坟墓。

但是现在距他上次传送急件公文给上级几乎有两年了，所以他口述了一份现况报告让格尔记下，放在一个密封的铜罐里。他总共有两百个铜罐子。

他亲自告诉格尔中尉及二副查尔斯·德沃斯信息要放在哪里。大约在十七年前，詹姆斯·罗斯爵士的探险队曾经到过威廉王陆块，他们在旅程最西点堆了一个六尺高的锥形石碑，铜罐就是要放入那个石堆里。富兰克林知道，皇家海军要找这次探险的消息时，一定会先去那里，因为那是每张地图上的最后一个地标。

那天早上，在格尔、德沃斯及六个船员出发前，约翰爵士在他的专属舱房里看着自己地图上那一处用潦草字迹写的最后地标，忍不住露出微笑。十七年前，罗斯为了表示对他的尊敬——就别提它现在的反讽效果了——将沿岸最西边的岬角取名为胜利角，并把附近的高地取名为简·富兰克林岬与富兰克林角。现在约翰爵士看着因天候侵蚀而变成暗褐色的地图，在画得非常仔细的胜利角西方，只有一些黑线及一大片没有标示的区域，他觉得，他和这些人好像是被命运或上帝故意带到这里来的。

约翰爵士自认为他的口述信息——格尔中尉用笔录下来——简洁有力：

> 一八四七年五月___日。皇家海军“幽冥”号及“恐怖”号……在北纬七十度五分，西经九十八度二十三分的冰上过冬。一八四六到一八四七年冬天，先顺着惠灵顿海峡向上走到北纬七十七度，再沿康沃利斯岛的西岸回航，最后在北纬七十四度四十三分二十八秒，西经九十度三十九分十五秒的比奇岛过冬。约翰·富兰克林指挥这支探险队。一切状况良好。由两位军官及六个船员组成的侦察小队，于一八四七年五月二十四日离开船的所在地。葛·格尔中尉。查·德沃斯二副。

富兰克林告诉格尔及德沃斯，把铜罐封起来并塞进詹姆斯·罗斯的石碑之前，要记得在纸上签名并填上日期。

富兰克林口述信息时没有注意到——格尔也没有更正——他把他们在比奇岛过冬的年份讲错了。去年，他们受困在有陆地遮蔽的比奇岛冰冻海湾，那是第一个冬天（一八四五到一八四六年）；今年，他们被困在一望无际的堆冰中，这才是一八四六到一八四七年冬天。

没关系。约翰爵士相信他现在只是在给后代人留下一份次要信息，有可能只是留给某个皇家海军历史学家，他也许很想在约翰爵士未来的探险报告中（约翰爵士已经计划好还要再写一本书，书的出版会让他的私人财产能和他太太的财产相提并论）多加一点佐证史料，而不是在口述一份不久就会被每个人读到的报告。

格尔中尉的雪橇队出发的那天早上，约翰爵士穿着厚重的衣物到冰上去送行。

“各位，你们需要的东西都带了吗？”约翰爵士问。

第一中尉格尔点了点头，他在所有领导军官中排第四，仅次于约翰爵士、克罗兹船长及菲茨詹姆斯中校，他的下属二副德沃斯脸上闪现一道笑容。太阳非常明亮，几个人已经戴上“幽冥”号补给官欧斯莫先生发的格子网护目镜，以防眼睛被炫目的日光照射而看不见东西。

“是的，约翰爵士。谢谢您，长官。”格尔说。

“一大堆羊毛吧？”约翰爵士开了个玩笑。

“是，长官。”格尔说，“八层织得密实的高质量诺桑伯兰新剪羊毛，约翰爵士，把内裤也算进去的话，那就有九层。”

听到两位军官开玩笑，五个船员都笑了。约翰爵士知道，这些人很喜欢他。

“准备好在外面的冰上扎营了吗？”约翰爵士问其中一人，

查尔斯·贝斯特。

“哦，是，约翰爵士。”矮小但粗壮的年轻水兵说，“我们有荷兰帐篷，长官，还有八张可以垫也可以盖的狼皮毯。还有补给官用上等哈得逊湾牌毛毯帮我们缝的二十四个睡袋，约翰爵士。我们在冰上会比在船上还温暖呢，长官。”

“很好，很好。”约翰爵士心不在焉地回答。他望着东南方的威廉王陆块——或是岛（如果弗朗西斯·克罗兹那离谱的理论可信的话）。它看起来只是地平线之上的天边一小片较暗的区域。约翰爵士向上帝祷告，他真的很希望格尔和他的手下能在岸边发现没冻结的水域，不管是在把信息藏好之前或之后。约翰爵士已经不惜在他的权力范围之内（甚至之外）强迫这两艘船（即使“幽冥”号已经损坏得相当严重）穿越前方变软的冰层（但愿它真的变软了），进到能给他们更多保护的沿岸水域，以及能给他们带来获救希望的陆地。在那里，他们可以找个安静的海湾或碎石沙洲停留，木匠与工程师可以为“幽冥”号做些必要修复：把驱动轴弄直，换上新的螺旋桨，用支柱撑起已扭曲的内部强化铁条，或许也换掉一些脱落的铁皮——好让他们继续前进。

如果无法修复，那么约翰爵士认为——但他还没跟任何一位军官提过——就要照克罗兹前一年提议的凄惨计划，让“幽冥”号下锚，把船员和即将告罄的煤炭一起移到“恐怖”号，然后这艘拥挤（却兴致高昂，没错，约翰爵士很确信，兴致高昂）的船就会顺着海岸向西航行。

在最后一刻，“幽冥”号的助理船医古德瑟请求约翰爵士让他加入格尔的小队。虽然格尔中尉和德沃斯二副都没有对此表示热烈的欢迎，因为在军官或船员中，古德瑟并不太受欢迎，但是约翰爵士同意了。助理船医要求参加的理由是，他需要收集更多关于可食野生动植物的信息，来对抗极地探险队最怕的坏血病。他特别感兴趣的是白熊的生活习性，在这怪异又不像夏天的北极夏天里，他们唯一看得到的动物就是白熊。

现在，约翰爵士正看着这些人把装备绑到沉重的雪橇上，矮小的医生——他个子小，脸色苍白、看来虚弱、下巴后缩，两颊留着怪异的胡须，还带着一种奇怪、连对人通常很和善的约翰爵士也不敢领教的阴柔目光——悄悄靠过来跟他谈话。

“再次谢谢您让我参加格尔中尉这一队，约翰爵士。”矮小的医生说，“这趟出去，对于从医学上来评估各种抗坏血病性质的动植物，包括威廉王陆块的陆地上肯定有的苔藓在内，可能无比重要。”

约翰爵士不自觉地吐了吐舌头。这名船医不可能知道，他这位总指挥曾经靠这种苔藓煮的稀汤维生好几个月。“非常谢谢你，古德瑟先生。”他冷冷地说。

约翰爵士知道这只笨手笨脚的年轻鹦鹉喜欢人家称他“医生”而非“先生”。但这称呼有问题，虽然古德瑟的家世不错，但他毕竟只受过解剖员的专业训练。照理他的位阶只相当于两艘船的士官长，所以在约翰爵士看来，这位非军职助理船医只能被称为“古德瑟先生”。

刚刚还轻松地和船员开玩笑的指挥官，这时突然变冷淡，让这位年轻船医难堪得脸都红了。他把帽子戴紧，笨拙地向后退了三步，回到冰上。

“哦，古德瑟先生。”富兰克林补上一句。

“是，约翰爵士？”这位年轻新贵满脸通红，几乎尴尬到舌头打结。

“你要原谅我，那份要塞进威廉王陆块詹姆斯·罗斯碑里的正式公报上只提到格尔中尉侦察队有两个军官和六名船员。”约翰爵士说，“我在你请求加入之前口述完那份文件。如果我事先知道你也会加入，那我就会说：两个军官、一个助理船医和五个船员。”

古德瑟看来一时有些困惑，不太确定约翰爵士的意思，但他还是鞠了躬，又拉了一下帽子，喃喃地说：“很好，没有问题，我了解，谢谢您，约翰爵士。”然后又向后退开了。

几分钟后，约翰爵士看着格尔中尉、德沃斯、古德瑟、莫芬、法瑞尔、贝斯特、哈特内尔及二兵皮金登穿越冰原，消失在东南方。在愉悦的表情及表面的冷静下，他其实正在思索失败的可能性。

在冻结的冰海里再过一个冬天，再过整整一年，足以让他们弹尽粮绝了。探险队的粮食、煤炭、油料、充当油灯燃料的焦木醚，以及朗姆酒，都会告罄。最后一件东西消失时，很可能就是船员发动叛变之际。

不只如此，已经可以预期一八四七年的夏天将会非常寒冷，而且没有半点融冰迹象。如果一八四八年的夏天也和今年一样，在冰里再多待一整个冬天或一整年，绝对会把他们一艘或两艘船全部摧毁。就如同之前的失败探险，那时约翰爵士和船员们必须弃船逃命，拖着长舟、捕鲸船及匆忙拼凑起来的雪橇，穿越不甚结实的冰原，祈祷上帝让他们看到未冻结的水道。即使有幸发现水道，一旦雪橇不小心撞破薄冰层而落入海中，或是逆风又把沉重的小舟再吹到堆冰上时，他们又会死命诅咒这些水道。而且找到水道也意味着，饿得没有力气的船员接下来要夜以继日地不断划桨。约翰爵士知道，接下来就是陆路的逃命之旅：八百英里或更长的路途，看起来千篇一律的岩石与冰；湍急的河流，里面到处是巨石，每颗都足以把小舟撞碎（根据他的经验，再大一点的船就没办法在加拿大的河里航行）；还有那些怀着敌意的爱斯基摩土著。即使看起来很友善也是骗人的，其实他们另有所图。

约翰爵士继续看着格尔、德沃斯、古德瑟、五个船员及一部雪橇，消失在东南方的冰眩光中，他意兴阑珊地想着，当初是不是应该带狗来。

约翰爵士从来就不觉得带狗到极地探险是个好想法。这种动物有时候有助于提振船员士气——至少到了它们要被射杀然后被吃掉的时候——但是整体分析起来，它们肮脏、吵闹又好斗。如果要在甲板上运载数量多到能完成任务的狗，也就是说，能像爱斯基摩人一样让它们背上肩带把雪橇拖到格陵兰，甲板上就会充斥拥挤的狗窝、不断的吠叫声以及随时都闻得到的粪臭味。

他摇摇头，露出微笑。这次探险他们只带了一只名叫涅普顿的野狗，还有一只叫乔可的小猴子。对约翰爵士这艘方舟来说，有这些动物就够了。

对约翰爵士来说，格尔离开后的那礼拜过得像乌龟慢爬一样。其他几支侦察队陆续回来了，队员们疲惫不堪，而且几乎冻僵。因为他们得自己拖着雪橇横越或绕过无数冰脊，所以层层的羊毛衣都被汗水浸湿了。他们的报告内容都一样。

东小队的目的地是布西亚半岛：没有未冻结水域，连一丝狭小水道也没有。

东北小队的目的地是威尔士亲王岛及他们来这片荒凉冰原时走的路：没有未冻结水域，水平线外也没有能预示未冻水域存在的黑暗天空。这一队的人辛苦地拉了八天雪橇，还是没能到达威尔士亲王岛，连岛的影子都没看到。他们从来没想过，冰脊及冰山能把冰原扭曲到这地步。

西北小队的目的地是引导冰河绕过威尔士亲王岛西岸及南端、向南冲向他们的无名海峡：除了白熊和冰冻的海以外，什么都没看见。

西南小队的目的地是推定的维多利亚陆块，以及岛屿与大陆之间的理论通道：没有未冻结水域。除了可恶的白熊没有其他动物，只有数以百计的冰脊和许多冻结在原地的冰山。根据皇家海军"恐怖"号的军官利铎中尉——富兰克林指派他负责这支全由"恐怖"号船员组成的雪橇侦察队——的说法，他们好像在本该是海洋的地方，挣扎着往西翻越一座又一座的冰山。在旅程最后，天气恶劣到八个人当中有三个脚趾严重冻伤，八个人也都有某种程度的雪盲。利铎中尉自己在过去五天里完全看不见东西，而且头痛得非常厉害。约翰爵士知道，极地探险老手利铎曾经在八年前跟随克罗兹与詹姆斯·罗斯到南极去，但这次他被装在雪橇上，由几个还勉强看得见路的人拖着回来。

在他们探勘过、直线距离大约二十五英里以内的地方（他们实际绕行及跨越障碍地走了约有一百英里长的路），都没有未冻水域。没有北极狐、野兔、驯鹿、海象或海豹。很显然也没有鲸鱼。这些人已经准备好要拉着雪橇绕过裂缝及小水道，来寻找真正的未冻水域，但是利铎说，海的表面是一整块白色固体——他被晒伤的皮肤从他鼻子及白绷带下方与上方的太阳穴脱落了。在他们西行冒险的最远处，或许离船有二十八英里，利铎命令还保有最好视力的船员，叫乔纳森的副水手长，爬到附近最高的一座冰山上。乔纳森用鹤嘴锄砍劈出踩脚的狭缝，然后把补给官钉在皮靴底部的防滑钉插进去，花了好几小时才爬上去。到了上面后，他用利铎中尉给他的望远镜向西北方、西方、西南方、南方观察。

他的报告令人沮丧。没有未冻水域，没有陆地。在遥远的白色地平线那端只有冰塔、冰脊和冰山在喧闹。有些白熊，其中两只后来被他们射杀来当新鲜的肉吃，不过他们已经发现这种动物的肝脏与心脏对人体健康有害。他们早就因为拉雪橇越过那么多道冰脊而精疲力竭，所以他们只割下不到一百磅这味道重、肌肉结实的肉，包裹在防水帆布里，用雪橇载回船上。接着他们剥了较大那只熊的皮毛，剩余的熊尸就留在冰上任它腐烂。

五支侦察队中的四支都带回坏消息和许多被冻伤的脚，但是约翰爵士最殷切期盼的是格雷厄姆·格尔的归来。他们最后的希望，同时也是最好的希望，一直是在东南方，在威廉王岛上。

最后，在六月三日，也就是格尔出发十天后，船桅高处的瞭望员向下喊说有支雪橇队正从东南方接近。约翰爵士把他的茶喝完，穿上合宜的衣服，加入一大群已经冲上甲板好奇观看的船员。

现在连甲板上的人也看得见冰面上的队伍了，约翰爵士举起他漂亮的铜制望远镜——十五年前，富兰克林曾经在地中海指挥一艘有二十六门炮的快帆船，望远镜就是那艘船的军官与船员合赠他的礼物——看过之后，他就知道为什么瞭望员先前的口气听起来有些困惑了。

第一眼望去一切好似都没问题。五个人拖着雪橇，就和格尔中尉出发时一样。三个人跟在雪橇旁边或后面跑，也和格尔离开那天一样。那时的八个人，现在一个不少。

但是……

其中一个奔跑的身影看起来并不像是人。这些身影距离他们还有一英里以上，而且是在冰塔和突起的杂乱冰堆间（那里原本该是一片平静的海面）若隐若现，所以实际状况还不明朗，不过，看起来很像有个短小、肥胖、无头，但毛茸茸的动物在雪橇后面追赶。

更糟的是，约翰爵士看不到格雷厄姆·格尔高大的身影在带头，也看不到他常喜欢围的那条鲜艳的红色保暖巾。其他几个人在拉雪橇或在跑——当然，当属下身体状况没问题时，中尉不可能会去拉雪橇，那似乎太矮小、腰弯得太低，而且太低等了。

最糟的是，雪橇在回程时似乎载了远超过负荷的重物，他们在去程多带了一个礼拜分量的罐头，但是他们现在比原本预估的来回时间上限晚了三天。有一分钟之久，约翰爵士满心以为这几个人猎杀了驯鹿或大型陆上动物，想把新鲜的肉带回来。但是等远处身影从最后一个大冰脊后面出现，虽然还是离他超过半英里，约翰爵士的望远镜已经揭露出一个可怕的事实。

在雪橇上的不是驯鹿肉，而是两具被绑在装具上像是人类尸体的东西，一具叠着一具，叠法相当草率，这只能意味着死亡。约翰爵士现在可以看到两颗突出来的头，一边一颗。上面那具尸体的头留着长长的白毛，但两艘船上没有任何人有这样的发型。

船员们从倾斜的“幽冥”号的侧边护栏把绳索垂下去，方便他们肥胖的船长走下斜冰坡。约翰爵士下到主舱，把礼刀佩带在制服上，然后在制服、勋章、佩刀外面套上御寒外套。他上到甲板，翻过护栏，呼着气、喘着气，让侍从协助他走下斜坡。不管来者是何人或是何物，他都要去迎接。

10
古德瑟

北纬六十九度三十七分四十二秒，西经九十八度四十一分
威廉王陆块，一八四七年五月二十四日至六月三日

哈利·古德瑟医生坚持加入这支侦察队的一个原因是，他要证明他和大多数船员一样强壮与能干。但他很快就发现事实并非如此。

即使格尔中尉和德沃斯先生都反对，但他第一天坚持要和船员一样轮流拉雪橇，好让五个该拉雪橇的船员中有一个可以跟在旁边稍做休息。

古德瑟根本无法达成所愿。制帆匠和补给官制作的皮质和棉质挽具，对古德瑟的窄肩及凹胸来说太大了。这件挽具用一个结巧妙地系在拉绳上，水手们可以在一秒钟之内打出或解开，古德瑟却一辈子都学不会。即使把挽具前面的腰带绑到最紧，挽具还是会从他身上滑落。接着他会在冰上踩滑，一再跌倒，让其他人不得不停下拉雪橇的脚步，暂停片刻，喘喘气，再重新拉。古德

瑟医生以前从没穿过船上发的冰靴，那些穿过鞋底的鞋钉常让他绊倒。

戴着沉重的网格护目镜时看东西会有困难，但如果把护目镜推到前额上，照射在北极冰原上的太阳光又会在几分钟内几乎让他瞎掉。他穿了很多层羊毛衣，其中好几层已经被汗水浸湿，就算他的身体正因激烈运动而过热，他还是在发抖。挽具压迫他的神经，让血液不易流到他瘦小的手臂及冰冷的手上。他的连指手套不时掉落在地上。他的呼吸急促，喘气声愈来愈大而且持续不断，让他觉得很丢脸。

如此荒谬地度过一小时后，鲍比·法瑞尔、汤米·哈特内尔，约翰·莫芬和陆战队二兵比尔·皮金登这四个拉雪橇的人——查尔斯·贝斯特这时跟在旁边走——都停下来拨掉连帽外套上的雪，彼此对望。古德瑟一直没办法跟上拉雪橇的节奏，但没人说半句话。在某次暂停时，他接受了贝斯特接替他拉雪橇的提议，从挽具里脱身，让真正的船员来拉那辆沉重、货品高堆的雪橇——雪橇的木制滑板随时都可能冻结在冰上。

古德瑟精疲力竭。这才是在冰上的第一天早上，他已经因为拉了一小时雪橇而累得要命，如果现在可以把睡袋放在狼皮毯上摊开，然后倒头睡到隔天，他会非常高兴。

这一切发生在碰上第一道真正的冰脊之前。

放眼望去，船东南侧的冰脊在刚开始两英里内算是最矮的，仿佛是因为“恐怖”号在那里，所以背风面的冰就平缓许多，把冰脊都逼到更远的地方去了。但是第一天傍晚，真正的冰脊就升起，挡住了他们的去路。这些冰脊可是比两艘船在冰上过冬时阻隔在它们之间的冰脊还高，仿佛愈靠近威廉王陆块，冰层下方的压力就愈大。

碰上前三个冰脊时，格尔中尉领他们朝西南方走，去找冰脊上的较低点或向下倾斜的地方，让他们可以不费太大力气就爬过去。虽然会让他们多走不少路，也多花些时间，但总胜过把雪橇上的货物全卸下。不过，第四道冰脊他们就绕不过去了。

只要暂停的时间超过几分钟，他们当中一个人——通常是年轻的哈特内尔——就必须从雪橇上绑得好好的货物里拿出一罐焦木醚燃料，点燃一个酒精炉，用锅子把雪融化成热水，不是用来喝——要解渴的话，他们随身塞在外套内以防冻结的水壶里就有水——而是要把温水浇在雪橇的滑板上。疾行的滑板会在宛如粗织布的冰雪表层上割出辙痕，如果雪橇停下来，辙痕会自动冻结。

这辆雪橇的移动方式，完全不同于古德瑟在他养尊处优的童年看过的平底雪橇及轻雪橇。大约两年前，他第一次到堆冰上冒险时就发现，即使穿着真正的皮靴，也根本没办法像他在家乡结冰的河面或湖面玩耍一样，在这里的冰海上快跑或滑冰。海冰的某种特性——可以确定是它的高含盐量——会增加摩擦力，使滑行的轻松度降到几乎是零。对希望像小男孩滑冰般在冰上快跑的人来说也许有点扫兴；对于去拉、推，以及用人力拖曳满载数百磅物品、本身也重达数百磅的雪橇横越冰原的队伍来说，必须多花上许多力气来应付。

这就相当于要拖曳数千磅笨重的木材与货物经过粗糙的岩石地。而翻越一道冰脊的难度，可能就相当于翻越四层楼高的巨石与沙砾堆。

放眼望去，第一道挑战不过是横阻在往东南方路上无数冰脊中的一道，应该有六十英尺高。

他们解开绳子，把固定住的上层食物、装燃料罐的箱子、狼皮毯、睡袋、厚重的帐篷拿了下来。雪橇的负荷量减轻了，地上就多了五十至一百磅捆起来的东西及箱子。他们得先将这些东西拉到陡峭、倾斜、锯齿状的冰脊上，然后才能来谈如何移动雪橇。

古德瑟很快就发现，如果冰脊只是个别凸起，也就是说，只是从较平坦的海冰上直接凸起的一条脊，爬上冰脊就不会是令人丧志的苦差事。没有一片冻结的海是平滑的，但怪异的是，每道冰脊周围五十至一百码内的海冰，都成为由崎岖的雪堆、倾倒的冰塔、巨大的冰岩所构成的迷宫。在开始真正攀爬冰脊之前，你必须先解开并走过这迷宫。

攀爬冰脊从来就不是沿直线前进，它是一种折磨：你得一下子往前，一下子往后，不断在看似坚固却一踩即破的冰面寻找踏脚处，或在一块随时可能脱落的大冰块上寻找扶手处。八个人就是从锯齿状的路径向上攀爬，还经常直接沿对角线斜移，同时把重物向上传给另一个人。他们用鹤嘴锄在冰丛上劈砍，来制造踩阶及架子，尽可能不让自己摔下去或被摔落的人撞到。从结了冰的连指手套中滑脱而摔落地面的行李，会引来下面五个船员的咒骂。在格尔或德沃斯叫他们住口之前，他们咒骂时吐的气早已变成几朵冰晶云了。每件东西都必须打开再打包，至少重复十次。

最后终于轮到沉重的雪橇了，大约有一半的东西还绑在上面。他们必须拉，推，抬，撑，把困在冰塔中的雪橇移出来、调整角度、再次抬起，然后拖到陡峭的冰脊顶端。即使到了冰脊顶端，这些人也不能休息，一旦放松一分钟，就会让八层被汗水浸湿的外衣与里衣开始冻结。

把新缆索绑在雪橇后方的垂直柱与十字支架上后，几个人就到前面去扶着雪橇让它向下降。通常是由身材壮硕的陆战队员皮金登，以及莫芬和法瑞尔负责，其他人则扣好他们的索扣，让雪橇在四处喘息、呼叫、警告声及更多咒骂声所编成的切分音合唱中，往下移动。

接着，他们会小心翼翼地把行李重新装上雪橇，检查绳索有没有绑好，把雪煮沸，倒在冻结在辙痕里的滑板上，然后重新出发，在冰脊另一面的杂乱冰阵中奋力向前。

三十分钟后，他们会再碰上另一道冰脊。

对哈利·古德瑟而言，在冰原上过的第一夜是场可怕的回忆。

这位船医一辈子没露营过，但是他知道格雷厄姆·格尔说的是真的。格尔笑着说，在冰上做每件事都比平常多花五倍的时间：解开行李、点燃酒精灯及酒精炉、架好褐色的荷兰帐篷、把螺丝钉固定在冰上当锚桩、摊开许多捆毛毯及睡袋，尤其是加热带来的猪肉与汤罐头。

还有，他们得不停地动——挥手、抖脚及跺脚——不然四肢会冻僵。

德沃斯先生提醒古德瑟，正常的北极夏天（去年夏天从比奇岛向南破冰而行就是一例）在这纬度上的无风六月阳光天，温度可以高达三十华氏度。不过今年例外。格尔中尉在晚上十点测量气温——他们在这时停下工作准备就寝，太阳还在南方的地平线上，天空也还很明亮——温度计的读数是零下二华氏度。他们中午停下来喝茶及吃饼干时，是正六华氏度。

荷兰帐篷很小。在暴风雪中，这顶帐篷可以救他们的命，但是在冰上的第一夜天气晴朗，而且几乎无风，所以德沃斯和五位船员决定到帐篷外，睡在狼皮毯及防水帆布上，只盖哈得逊湾牌的毛毯睡袋。如果天气突然变坏，他们会退到拥挤的帐篷里。在经过一番思想斗争后，古德瑟决定和船员一起睡外面，而不单独与格尔中尉睡在帐篷里，即使格尔既能干又和蔼可亲。

日光近乎令人发狂，将近午夜才稍微变暗，但天空亮度还是像伦敦夏天晚上八点左右，古德瑟睡得着才怪。他一生中从来没有像今天这么累过，但他无法入睡。他发现，劳累一天之后的疼痛和酸痛让他更难入眠。他多希望自己带了镇痛剂。只要服用少数剂量，就可以减轻不适感，让他睡着。古德瑟和那些有医师证书可以开药的船医不一样，他并没有药瘾，只使用鸦片让自己容易入睡，或让自己在需要专心时能集中注意力。一个礼拜顶多一次或两次。

天气很冷。吃完加热过的罐头汤与罐头牛肉，又在乱冰堆中找到一个较隐秘的地方解放了一下——这也是他生平的第一次，而且他知道动作得快，不然身体某些重要部位会冻伤。之后古德瑟就到长六英尺、宽五英尺的大狼皮睡毯上，摊开睡袋钻进去。

不过，他并没有钻到让自己觉得温暖的深度。德沃斯跟他说，他得把皮靴脱下来一起塞在睡袋里，这样皮革才不会被冻硬——古德瑟的脚底曾被一只皮靴靴底的钉子刺到——睡觉时必须穿着所有衣物。羊毛衣（所有的羊毛衣，古德瑟今天已经很有经验了）全被他整天的汗水和呼出的热汽浸湿了。好个没完没了的一天。

大约在午夜，光线有一阵子变得昏暗，让他看见了一些星星。两年前在冰山上做特别观测时，有个军官私下为他解释过，其中有些其实是行星。不过，日光一直没消失。

寒冷也没有消失。不再移动或活动后，古德瑟瘦小的身体对寒冷更是毫无招架之力，只能任由寒气从睡袋过宽的开口跑进来，也任由寒气从冰地上穿过垫在下面毛已落光的狼皮毯偷偷爬上来。寒气也像手指冰冷的掠食者，爬穿哈得逊湾公司制的厚毛毯。古德瑟开始发抖，他的牙齿在打战。

在他周围有四个人在睡觉，另外两个人担任守卫，呼噜声大到让船医不禁怀疑，在他们西北方几英里远处，在无数道冰脊之外——亲爱的上帝啊，我们回程时还要再翻越这些冰脊一次——冰上那两艘船上的船员们会不会也听得见这些粗重、充满鼻音的打鼾声。

古德瑟在发抖。照这样下去，他很确定他撑不到早上。他们会把他从皮毯与睡袋里叫醒，结果却只发现一具冻僵、蜷曲的尸体。

他尽可能钻到毛毯缝成的睡袋深处，把已经结了一道冰的开口在头上方封起，在睡袋里面吸着自己的酸汗味和呼出的气，不再让自己暴露在冰冻的空气中。

除了阴险的光，以及那潜伏着、更阴险的冷——致命的冷，在比奇岛几个墓碑上方黑色峭壁的冷，坟墓的冷——之外，古德瑟知道还有那些声音。这位船医原以为自己已经很习惯过去两个黑暗冬季里，船上横梁的呜咽声、船上过冷的金属偶尔发出的嘎吱声与噼啪声，以及仿佛用老虎钳紧钳住两艘船的冰发出的怪声。但是在这里，在他和冰之间除了几层羊毛及狼皮外一无他物，所以在他身体下面的冰的呻吟及动作，就变得更可怕，好像他睡在一只活生生的野兽肚子上。即使是夸大其词，冰在下面移动的感觉也异常真实，让他在将自己像胎儿般紧紧蜷曲起来时感到头晕。

大约在凌晨两点——他靠着从睡袋口透进来的光看怀表——

哈利·古德瑟开始陷入类似睡眠的半睡状态。然后他被两声震耳欲聋的爆炸声吵醒。

睡袋因为他的汗水而被冻得僵硬，他像新生儿要咬破胎膜一样与它奋战，终于，古德瑟让头与肩膀从睡袋里露出来。夜里冰冷的空气向他脸上袭来，温度低得足以让他停止心跳。现在天空被日光照得更亮了。

“怎么了？”他大叫，“发生什么事了？”

二副德沃斯和三个船员站在他们的睡袋上，戴了手套的手拿着睡觉时也握着的长刀。格尔中尉从帐篷里冲出来，全身衣服都穿好了，空手拿着一把手枪，没戴手套！

“快向我报告！”他对着查理·贝斯特——两名守卫之一大吼。

“中尉，是熊。”贝斯特说，“有两只很大的家伙，整晚都在这里窥探。您还记得我们停下来扎营之前，在离这里大概半英里的地方就看到过它们。不过它们愈来愈靠近我们，不断在绕圆圈，最后约翰和我只得开枪，把它们赶走。”

古德瑟知道，约翰指的就是二十七岁的约翰·莫芬，今晚的另一个守卫。

“你们两个都开枪了？”格尔问。中尉爬上附近冰雪堆最高点，用铜望远镜在这一区域搜寻。古德瑟很纳闷儿，为什么格尔的手还没有冻在金属上。

“是，长官。”莫芬说。他正重新把弹药从后膛装填到霰弹枪上，戴着羊毛手套处理弹药显然很不方便。

“你们射中它们了吗？”德沃斯问。

“射中了。”贝斯特说。

“不过没什么用。”莫芬说，“只是霰弹枪，距离又超过三十几步。熊的毛皮很厚，头颅更厚。不过至少我们让它们负伤逃走了。”

“我没有看到它们。”格尔中尉站在比他们高十英尺的冰丘上说。

“我们猜它们是从冰上那几个开口不大的洞里出来的。”贝斯特说，“约翰开枪的时候，比较大的那只就是朝那里跑的。我们原本以为它快要死了，但是等我们追得够远，才发现那里并没有尸体。它不见了。”

雪橇队先前就注意到冰上有些较松软的区域，不规则形状的洞，直径大约有四英尺。环斑海豹挖的呼气孔可没这么大，对白熊来说却太小，而且间隔太远。洞上面总是结了一层几英寸厚的软冰。刚开始他们看到这些洞，还燃起了找到未冻结水域的希望，但后来发现这样的洞太少，而且彼此距离太远，只不过是一些容易陷落的冰层。前一天下午稍晚时，走在雪橇前方的水兵法瑞尔就差点儿掉进一个洞里。他的左脚踩了进去，连膝盖都没入了。一行人因此停下来，让这发抖的水手换穿羊毛衣、靴子、袜子与裤子。

“好吧，反正也差不多该换法瑞尔与皮金登担任守卫了。”格尔中尉说，“鲍比，到我的帐篷去拿毛瑟枪。”

“我比较会使用霰弹枪，长官。”法瑞尔说。

“我可以用毛瑟枪，中尉。”那个壮硕的二兵说。

“那么就去拿毛瑟枪，皮金登。用霰弹枪的小弹丸乱射只会激怒它们。”

“是，长官。”

贝斯特和莫芬两人显然不是因为紧张发抖，而是因为在外面站了两小时的岗冷得发抖。他们带着睡意脱下皮靴，爬进已经在等他们的睡袋里。二兵皮金登和鲍比·法瑞尔则将他们肿大的脚硬塞进刚从睡袋里取出的皮靴，无精打采地朝附近的冰脊走去，开始站岗。

古德瑟抖得更厉害了，现在他的鼻子与脸颊也和手指与脚趾一样失去知觉。他曲身躲到睡袋更深处，祈祷上帝让他入睡。

但他并没有睡着。两个多小时后，二副德沃斯开始叫醒大家，要他们从睡袋里出来。

“我们还有一整天的事要做，小伙子们。”二副很有活力地大叫。

他们离威廉王陆块的岸上，还有超过二十二英里的路程。

11
克罗兹

北纬七十度五分，西经九十八度二十三分
一八四七年十一月九日

“你整个人都冻僵了，弗朗西斯。”菲茨詹姆斯中校说，“到后面休息室去喝杯白兰地吧。”

克罗兹比较喜欢喝威士忌，但是有白兰地总比没有好。他走在“幽冥”号的船长前面，通过又长又黑的舱道，前往原本是富兰克林的专属舱房，现在已经是“恐怖”号的会议室。这里是图书室，也是没事的军官休憩的场所，必要时他们还会在这里开会。克罗兹认为，这能让人看出菲茨詹姆斯的难能可贵之处，在约翰爵士死后，他还是继续住在自己的小舱房里，而把这间宽敞的房间改装成大家的休息室，有时也充当手术房。

除了从休息室透进来的一点光外，舱道全暗。“幽冥”号的舱板比“恐怖”号倾斜得更厉害，不过倾斜方向刚好相反，倾向左舷而非右舷，船尾下陷而非船首。虽然两艘船设计上几乎完全相同，但克罗兹总是会注意到两者间的差异。“幽冥”号的味道闻起来不太一样。除了同样有由提灯里的鲸油、肮脏的身体、污秽的衣服、经年累月的煮食、煤炭的灰渣、一桶桶的尿，以及船员的呼吸等混合而成悬浮在冰冷阴湿空气中的臭味外，还有别的味道。因为某种原因，“幽冥”号发出更多源于恐惧与绝望的恶臭。

维思康提中尉和费尔宏中尉两位军官正在休息室抽烟斗，但是两个人都站起身来，向两位船长点了个头后就退出去，并在身后把滑动门拉上。

菲茨詹姆斯打开一个厚重的壁柜，拿出一瓶白兰地，在约翰爵士的水晶杯里倒了一大杯给克罗兹，也为自己倒了一小杯。已故的探险队总指挥带上船来供自己及军官们使用的精美瓷器与水晶器皿中，并没有白兰地酒杯。富兰克林是个虔诚的禁酒主义者。

克罗兹不品酒。他三口就把白兰地喝光，要菲茨詹姆斯帮他再倒酒。

“谢谢你这么快就给我们回复。”菲茨詹姆斯说，“我是在等‘恐怖’号的回复，但没想到你会亲自过来。”

克罗兹皱了皱眉头：“回复？我已经超过一个礼拜没有从你这边听到任何消息了，詹姆斯。”

菲茨詹姆斯眼睛瞪大了好一阵子：“你今天傍晚没收到我给你的信息？五个小时前我派二兵里德到你们船上送信，我以为他今晚在你们那边过夜。”

克罗兹慢慢地摇了摇头。

“啊……可恶。”菲茨詹姆斯说。

克罗兹从口袋里拿出毛袜，放在桌子上。这里有舱壁灯照射，光线比较充足，但毛袜上还是看不出暴力攻击的迹象。“我在路上发现的。离你的船比离我的要近些。”

菲茨詹姆斯拿起毛袜，略带悲伤地端详着：“我会问问船员，看看他们认不认得。”他说。

“也有可能是我手下的。”克罗兹轻声说。他简短地把他们遭遇的攻击告诉菲茨詹姆斯。二兵海勒的重伤几乎致命，威廉·史特朗和年轻的汤姆·伊凡斯也失踪了。

“一天四个人。”菲茨詹姆斯说。他为两人再多倒了一些酒。

“是的。你要派人告诉我什么？”

菲茨詹姆斯解释说，瞭望员发现整天都有巨大的东西在乱冰中移动，就在提灯光照射范围之外。船员开了好几次枪，但是被派到冰原上的船员都没看到血迹或任何足迹。“所以我跟你道歉，弗朗西斯，那个白痴鲍比·强斯几分钟前朝你开枪。船员们的神经都绷得很紧。”

“我希望他们不会绷紧到以为冰原上那东西已经学会用英语对他们大喊！”克罗兹讥讽地说，又喝了一口白兰地。

“不，不，当然不，是我自己太愚蠢。接下来两个礼拜我会处罚约翰，不让他喝朗姆酒。我再次道歉。”

克罗兹叹了口气：“别这样。如果你想惩罚他，将这个讨厌鬼破口大骂一顿就行了，但是不要拿走他的朗姆酒。这艘船的气氛已经够差了。沉默女士刚刚跟我在一起，穿着她那件天杀的毛茸茸外衣。强斯可能是看到她了。如果他真的把我的头轰掉，那也是我不够机警。”

“沉默跟你在一起？”菲茨詹姆斯挑起眉毛。

“我不知道她到底在冰上搞什么玩意儿。”克罗兹粗哑地说。受了一天冰寒，又经过一阵大喊，他的喉咙很痛。“在离你这里大约四分之一英里的地方，她悄悄地靠近我，那时我也差点儿向她开枪。我们现在在这里说话，年轻的厄文很可能正把‘恐怖’号整个翻过来找她呢。我派这小子负责留意这个爱斯基摩荡妇，一开始就是个错误的决定。”

“船员们认为她会带来厄运。”菲茨詹姆斯的声音非常非常轻。在狭小的主舱里，声音很容易就穿过隔间。

“嗯，他们不这么认为才奇怪呢！”克罗兹感觉到酒精的作用了。从前一天晚上起，他就没再喝酒了。现在酒精让他的肚子及疲累的大脑很舒服。“这女人在恐怖事件开始发生的那一天和她的巫师老父或丈夫一起出现。她的舌头被某个东西从根部咬掉。船员难道不该把她视为罪魁祸首吗？”

“但是你让她待在‘恐怖’号上超过五个月？”菲茨詹姆斯说。这位年轻船长并没有责怪之意，他只是好奇。

克罗兹耸耸肩：“我不相信巫术，詹姆斯，也不相信会有什么带来厄运的人。但是我相信如果我们把她放到冰原上，那家伙会吃掉她的内脏，就像它现在正在吞吃伊凡斯与史特朗的内脏，也许还有你那二兵里德的内脏一样。他是不是比利·里德，那个红头发的陆战队士兵，老爱跟人谈论那个作家狄更斯的？”

“威廉·里德，是的。”菲茨詹姆斯说，“两年前在狄斯可岛船员们赛跑的时候，他跑得非常快。我想或许派个跑得快的人……”他停下来，咬了咬嘴唇，“我应该等到白天才让他出发。”

“为什么？”克罗兹问，“白天也不会比较亮。说实在的，即使在正午，天空也不会亮到哪里去。白天或晚上已经没差别了，接下来的四个月也一样。外面那东西不会只在晚上出来狩猎……或是只在黑暗中发动攻击。搞不好你的里德不久后就会出现。我们派出的信差之前也曾经在外面的冰原里迷路，过了五六个小时，才一面发抖一面咒骂地回到船上。”

“或许吧。”菲茨詹姆斯的语气反映出他的怀疑，“我会在白天派搜索队去找他。”

“这正是那东西希望的。”克罗兹的声音非常疲倦。

“或许吧，”菲茨詹姆斯回答，“但是你刚刚不是才跟我说，昨天晚上和今天一整天你都派人在冰原里找史特朗与伊凡斯吗？”

“如果我一开始没带伊凡斯出去找史特朗，那个男孩现在还会活着。”

“托马斯·伊凡斯。”菲茨詹姆斯说，“我记得他，块头很大。他不能算是男孩吧，弗朗西斯？他应该……已经有……怎么说？二十二或二十三岁了吧？”

“汤米今年五月满二十岁。”克罗兹说，“他在船上过的第一个生日，正好是我们起航的次日。船员们心情都很好，帮他剃了光头庆祝他的十八岁生日。他好像也不在乎。认识他的人都说他看起来比实际年龄大。他曾经在皇家海军‘山猫’号上服役过，之前则是在一艘东印度公司的商船上工作。他十三岁时就到海上航行了。”

“我记得没错的话，就跟你一样。”

克罗兹笑得有些悲哀：“和我一样。看看这带给我的好处。”

菲茨詹姆斯把白兰地放回壁柜锁起来，回到长桌：“告诉我，弗朗西斯，在……是一八二四年吗？……你们被冻在这里的时候，你真的扮成贵妇人老侯普纳的黑人仆役？”

克罗兹又笑了，不过这次轻松许多："没错。一八二四年裴瑞的'黑克拉'号与侯普纳的'怒气'号一起向北航行，也是要来找这条可恶的西北航道，那时我只是'黑克拉'号上的一名准少尉。裴瑞的计划是让两艘船穿过兰开斯特海峡，然后顺着摄政王子峡湾向下走。但我们那时并不知道布西亚是个半岛，直到一八三三年，约翰和詹姆斯·罗斯那次探险后才明白。裴瑞认为他可以向南航行，绕过布西亚，然后拼命直航到富兰克林在六七年前经由陆路探勘过的海岸线。但裴瑞出发太晚了。为什么这些笨头笨脑的探险队总指挥老是出发太晚？还好我们很幸运，在九月十日，也就是一个月后抵达兰开斯特海峡。但是冰在九月十三日就开始作怪了，我们完全没有机会穿越海峡，所以'黑克拉'号的裴瑞和'怒气'号的侯普纳中尉只好叫我们夹着尾巴向南逃。"

"一场强风把我们吹回巴芬湾，我们算很走运，在摄政王子峡湾附近找到一个非常小的停泊港，在那里过了十个月，把我们的乳头都冻掉了。"

"但是，"菲茨詹姆斯露出一丝微笑，"你扮成了小黑童？"

克罗兹点头，喝了一口酒："在冰中过冬时，裴瑞和侯普纳两人是喜欢叫大伙儿穿着奇装异服办化装舞会的狂热分子。举办化装舞会是侯普纳的点子，他称为'大威尼斯嘉年华'，时间是十一月一日，刚好是太阳接下来会消失几个月而船上士气开始低迷的时候。裴瑞穿着一件大斗篷从'黑克拉'号走下来时，所有人早已经聚集好，大多数人都变了装，因为两艘船上都有一大箱各式服装。他一直没把斗篷脱掉，当他终于丢掉斗篷时，我们看到裴瑞扮成那个老船员。你还记得在查腾附近，会为了半分钱而演奏小提琴的那个装了义足的家伙吗？哦，你当然不记得，你太年轻了。

“我认为裴瑞这个老家伙想当演员胜过当船长，他每个地方都学得很像。他演奏起小提琴，用假的义肢单脚跳来跳去，然后大叫：‘大老爷们，给可怜的乔一个铜板吧，他为了保卫他的国王及国家，失去了他的谋生工具！’”

“结果船员们笑得东倒西歪。侯普纳对于弄假成真的无聊玩意儿可是比裴瑞还热衷，他扮成一名尊贵女士来到化装舞会，穿着当年巴黎最时髦的款式，胸线放得很低，用硬衬布撑起的大褶裙蓬比他的屁股还高。至于我，因为那时候还精力过盛，更别说还笨到很多事都不懂，也就是说，才二十几岁。我打扮成侯普纳的仆役，亨利·帕肯·侯普纳这老头，曾经在某家讲究衣着的人喜欢去的伦敦服饰店，买了一件正统的仆役衣服，他把那件衣服带来北极，只为了让我穿一次。”

“船员们看了有没有笑？”菲茨詹姆斯问。

“哦，船员再一次笑得东倒西歪，这时已经不太有人注意裴瑞和他的义肢了，大家都在看老亨利慢慢走进场，我跟在他后面帮他捧高丝绸的下摆。他们怎么可能不笑呢？扫烟囱的人与穿着缎带衣的女孩，拾荒者与鹰钩鼻的犹太人，砌砖工人与苏格兰高地勇士，土耳其舞者与伦敦卖火柴的女孩？你看！这就是年轻的克罗兹，那个年纪愈来愈大的准少尉，自以为将来会成为海军上将，但是到现在连中尉都还没升成呢。他大概忘记，他不过是另一个肤色黝黑的爱尔兰黑鬼。”

菲茨詹姆斯有一分钟之久没说话。克罗兹可以听到黑暗的船首那边吱嘎作响的吊床上传来此起彼落的鼾声与屁声。就在头顶上甲板某处，有个守卫正在跺脚以防脚冻僵。克罗兹有些不好意思，他竟然这样结束他的故事。他清醒的时候绝对不会跟人这样讲话，但另一方面，他还是希望菲茨詹姆斯会再拿出白兰地，或者威士忌。

“‘怒气’号和‘黑克拉’号什么时候才从冰里脱困的？”菲茨詹姆斯问。

“隔年夏天的七月二十日。”克罗兹说，“但是后来的事你大概知道了。”

“我知道‘怒气’号后来被撞毁了。”

“没错。”克罗兹说，“在冰开始软化后五天。我们先前沿着萨默塞特岛的岸边缓慢前行，希望不要与堆冰正面接触，也避开老是会从海岸峭壁落下的石灰岩。有一阵强风把‘怒气’号吹到一处满是沙砾的沙洲上。我们靠人力拉，用冰螺丝钻。流了很多汗，想把船弄出来，但是，接着两艘船都被冻住了，一座可恶的冰山，就像蹲踞在‘幽冥’号和‘恐怖’号之间的这个贱货一样大，推挤着‘怒气’号去撞向岸边的冰，把舵扯掉，把船骨撞成碎片，把船身木条压弯折断，害得船员们只能日夜不停地用四个抽水泵轮流把水汲到船外，让船勉强浮在水面上。”

“而你们也真的撑了好一阵子。”菲茨詹姆斯很快地回答。

“撑了两个礼拜。我们甚至用缆索把船绑在一座冰山上，但是他妈的那条缆索断了。接着侯普纳试着把船抬高来修理龙骨，就像约翰爵士对‘幽冥’号的打算，但是那场暴风雪破坏了这个点子，而且两艘船都有被推挤到岬角背风岸的危险。船员们最终在抽水时累倒了，累到听不懂我们的命令，而在八月二十一日，裴瑞下令所有人都到‘黑克拉’号上，然后解开船缆，让船不致被推挤到岸上，而可怜的‘怒气’号被挡住去路的冰山一股气推上岸，直接被推挤到海滩上。我们连将它拖离岸边的机会也没有，眼睁睁地看着冰将它撞成碎片。最后我们终于在惊险之中让‘黑克拉’号脱离困境，每个人夜以继日地把水汲出船外，木匠也二十四小时抢修船身。

“所以我们从来就没接近过西北航道，也没发现什么新陆地，还损失了一条船。侯普纳后来被送交军事法庭，裴瑞也把那看成是对自己的审判，因为侯普纳一直在他的指挥下。”

“每个人都被判无罪。”菲茨詹姆斯说，“甚至得到舆论的称赞，我记得。”

“只有称赞，并没有晋升。”克罗兹说。

“但是你们全都活下来了。”

“是的。”

“我想要在这次探险中活下来，弗朗西斯。”菲茨詹姆斯的语气轻而坚定。

克罗兹点了点头。

“我们早在一年前就该照裴瑞的做法，将两艘船上的船员全都安置在‘恐怖’号上，向东绕过威廉王陆块。”菲茨詹姆斯说。

这次轮到克罗兹扬起眉头。不是因为菲茨詹姆斯认同威廉王陆块是一座岛——他们在今年夏末派出的雪橇侦察队就已经确定这是事实了——而是因为他竟然会同意他们去年晚秋就应该放弃约翰爵士的船，全力逃跑。克罗兹知道，对任何一国的海军的任何一位船长来说，最困难的事就是放弃自己的船，对皇家海军来说尤其困难。虽然“幽冥”号的总指挥是约翰·富兰克林爵士，但是詹姆斯·菲茨詹姆斯才是真正的船长。

“现在为时已晚了。”克罗兹身体有点不适。休息室有几面舱壁靠近船身，上方有三扇普雷斯顿专利豪华天窗，虽然里面很冰冷，却还是比冰原上的温度高出六十或七十华氏度，两个人可以看到他们呼出的气、克罗兹的脚，特别是脚趾，正在解冻，感觉就像有锯齿般的别针及灼热的针头猛刺着他。

“是的，”菲茨詹姆斯同意，“但是你够聪明，在八月就用雪橇把一些装备和粮食运到威廉王陆块上了。”

“那只不过是一小部分补给品，如果我们真的决定要以那里作为我们的存活基地，需要运送的东西还要多很多。”克罗兹粗声说。他先前下令从船里搬出两吨的衣物、帐篷、求生装备、罐头食物，贮藏在岛的西北岸上——如果他们入冬后很快就必须放弃两艘船的话。但是运送动作不只慢得夸张，而且相当危险。几个礼拜辛苦的雪橇运送，只搬了一吨左右的货粮——帐篷、额外的御寒衣物、工具和几礼拜的罐头食物。没有其他东西。

“那东西不会让我们待在那里。”他低声说，“我们早在九月就可以全都搬到帐篷里住，我已经派人在陆地上做了准备，我们可以搭起二十来个帐篷，你还记得吧！但是帐篷营地对我们的保护比不上船。”

“是比不上。”菲茨詹姆斯说。

“前提是两艘船撑得过这个冬天。”

“对。”菲茨詹姆斯说，“弗朗西斯，你有没有听说过，有些船员把那只生物称作‘恐怖’？两艘船都一样。”

“没有！”克罗兹觉得受冒犯。他不希望他的船名用在邪恶事物上，即使那只是船员们在开玩笑。但是他看着詹姆斯·菲茨詹姆斯褐绿色的眼睛，发现这位船长很认真，所以船员们想必也是认真的。“恐怖？”克罗兹把怒气吞了下去。

“他们认为它不是动物。”菲茨詹姆斯说，“他们认为它的狡猾来自别处，不属于自然界……是超自然……他们认为在外面黑暗冰原里的东西是个恶魔。”

克罗兹几乎要吐口水来表达不以为然。“恶魔？”他轻蔑地说，“这批船员也相信鬼魂、仙女、灾星、美人鱼、诅咒，以及海怪。”

“我看过你刮船帆召风。”菲茨詹姆斯带着微笑说。

克罗兹没有说话。

“你活得够久，也到过够远的地方，所以你看过一些其他人不知道存在于这世上的东西。”菲茨詹姆斯补上一句，显然想缓和气氛。

“对。”克罗兹大笑一声，“企鹅！我多么希望它们是这里最大的野兽，但它们只待在南方。”

“南极那里没有白熊吗？”

“我们没看过半只。七十年来向南航行的捕鲸队或探险队中，也没有人曾经在朝向或绕着那雪白多火山的冰冻陆地航行时看过半只。”

“你和詹姆斯·罗斯是最早发现那个大陆，还有那些火山的人。”

“对，是我们没错。而且詹姆斯爵士因此而得到很多好处。他娶了一个美娇娘，封为爵士，幸福快乐，不需要再到寒地受冻。而我……我……还在这里。”

菲茨詹姆斯清了清喉咙，似乎要改变话题：“你知道吗，弗朗西斯，在这次航行之前，我还真的相信有未冻结的北极海存在。

我还很相信国会听从那些所谓‘北极专家’的预测是对的。就在我们起航前的那年冬天，你还记得吗？就刊登在《泰晤士报》。那些专家谈热压障碍，谈在冰层下方流动的墨西哥湾流会向上将暖流带到不冻结的北极海，以及确信在这里的某处有大陆，虽然我们还没看见。他们非常确定有大陆存在，甚至提案并通过法律，派遣南门及其他监狱的囚犯到北极圈来铲煤。在离这里只有数百英里远的北极大陆一定有储量丰富的煤。”

克罗兹这次真的幽默地大笑起来：“对，最晚到十九世纪六十年代，蒸汽船就会定期搭载旅客做横越不冻北极海之旅，到时这些人铲的煤炭，可以让旅馆有暖气，也可以让蒸汽船的燃料补给站有充足的煤。哦，老天啊，让我成为南门监狱里的囚犯吧！根据法律规定，也基于人道考量，他们的囚房是我们舱房的两倍大啊，詹姆斯。而且我们的未来既温暖又有保障，只需要在那样奢侈的环境里，轻松地等待北极大陆被人发现并且成为了殖民地的好消息。”

这次两个人都哈哈大笑。

这时上方甲板传来砰砰的重击声，是快跑的脚步，而不只是跺脚声。接着传来更多声音，而且有一阵冷空气滑过他们脚边。有人把在舱道远端的主梯道舱口盖打开，接着就是好几双脚匆忙爬下阶梯的声音。

敲门声在休息室的薄门上轻轻响起时，两位船长正静静地等候。

“进来。”菲茨詹姆斯中校说。

一个“幽冥”号船员带了两个“恐怖”号的人进来：第三中尉约翰·厄文与一个叫宣克斯的水兵。

“很抱歉打扰，菲茨詹姆斯中校，克罗兹船长。”厄文说话时牙齿略微颤抖着，他的长鼻冻得发白。宣克斯还拿着毛瑟枪。“利铎中尉派我用最快速度来向克罗兹船长报告。”

“继续说，约翰。”克罗兹说，“你现在没在找沉默女士了吧？”

厄文失神了一秒钟：“最后一支搜索队回来时，我们看到她还在外面的冰上。不是的，长官，利铎中尉要我请您马上回去，因为……”年轻中尉停了下来，好像一时忘掉了利铎要他来报告的事。

“考区先生，”菲茨詹姆斯对带领两个“恐怖”号人员进来的“幽冥”号值班大副说，“麻烦你退到外面舱道上，出去时顺便把门关上，谢谢。”

克罗兹也注意到这时出奇的安静，打鼾声及吊床的嘎吱声似乎突然都停了。在船首方向的船员睡卧区里有太多只耳朵已经醒来，在聆听他们对话。

门关起来后，厄文说：“是威廉·史特朗和汤米·伊凡斯，长官。他们回来了。”

克罗兹眨了眨眼：“你在讲什么鬼话，回来了？还活着？”他感觉到几个月以来第一次涌起的希望。

“哦，不，长官。”厄文说，“其实……只是……一个身体。所有搜索队都回来要准备休息的时候，有人看到它被船尾的护栏撑住……大概在一个小时前。值班的守卫什么都没看见。但它已经在那里了，长官。照利铎中尉的命令，宣克斯和我用最快的速度穿过冰原来向您报告，船长。徒步跑过来。”

“它？”克罗兹怒声说，“一个身体？回到船上？”对“恐怖”号的船长来说这完全说不通，“我记得你刚刚说的是，史特朗和伊凡斯都回来了。”

第三中尉厄文的整张脸已经冻成白色：“他们是都回来了，船长。或者，至少是他们的一半。当我们到船尾去检查靠在那里的身体时，它就倒下去了，然后……嗯……分成两半。就我们所看到的，腰部以上是比利·史特朗，腰部以下是汤米·伊凡斯。”

克罗兹和菲茨詹姆斯只能彼此对望，说不出别的话。

12
古德瑟

北纬六十九度三十七分四十二秒，西经九十八度四十一分
威廉王陆块，一八四七年五月二十四日至六月三日

经过五天辛苦横越冰原之旅后，格尔中尉的信息贮置队终于在五月二十八日晚上到达威廉王陆块的詹姆斯·罗斯碑。

他们接近时，直到最后一刻才看见岛的身影，并且发现一个好消息：靠近岸边有些水滩里有可以饮用的淡水。但也有一个坏消息：这些水滩大多是从一列几乎没有缺口的冰山底部渗出来的，有些冰山高达一百英尺或更高。冰山被海上的冰推挤到浅滩上及岸边，看起来就像是一道白色的城堡围墙，顺着视线所及的海岸线伸展下去。他们花了一整天才翻越这道障碍，而且不得不将一些毛毯、燃料及补给品留在海面的冰上，以减轻雪橇的负载。困难及麻烦的事还有一件，他们在来的路上打开的某些汤罐头与猪肉罐头根本是坏的，必须直接丢掉，使得回程只剩不到五天的食物量——如果其他罐头没坏掉的话。除此之外还要加上一

点，这地方显然已经是海边，冰却还有七英尺厚。

对古德瑟而言最糟的是，威廉王陆块（他们后来知道的威廉王岛）是这辈子最让他失望的地方。

在北边的德文岛和比奇岛常有强风，即使在最佳状况下也不适合生存，除了偶尔看得到一些苔藓及低矮植物外，几乎算是不毛之地，但是跟目前威廉王陆块的景象比起来，那里算是伊甸园了。比奇岛有裸露的地面，有沙与泥土，有雄伟的峭壁和海滩，这些在威廉王陆块全都没有。

在他们翻越冰山屏障后的半小时里，古德瑟还无法确定他是不是踩在结实的土地上。他已经准备好要和同伴一起庆祝登陆成功，因为这是他们一年多以来第一次脚踩在陆地上。但是在过了冰山之后，海中的冰就换成杂乱的岸边冰。几乎没办法判断岸边的冰在哪里结束，海岸从哪里开始。到处都是冰、脏雪、更多的冰、更多的雪。

最后他们终于到了一个被风刮到没有积雪的区域，古德瑟和几名水兵扑向那块沙砾地，四肢跪在结实的地面上，像是在向上帝献上感恩。但是地上的小圆石还是被冻得相当僵硬，和伦敦冬天的圆石一样坚硬，却冷上十倍。这股寒意穿透他们的裤子及几层盖住膝盖的衣物，进入骨头，也向上穿过他们的连指手套，传到手掌及手指，仿佛是地底深处冰冻的阴间正向他们发出沉默的邀请。

他们又花了四个小时才找到罗斯碑。理应有六尺高的石堆，在胜利角或附近应该很容易找到——格尔中尉先前是这么告诉他们的。但是在这片空旷的岬角地，冰堆经常高过六尺，而且强风早就把石碑最上方的一些小石块吹到地面了。五月底的天空并不会有夜空该有的黑暗，天空不断发出微光，很难看出东西的立体形状或判断距离。唯一看得比较清楚的是熊，因为它们会走动。五六只饥饿好奇的熊已经若即若离地跟踪他们一整天了。除了偶尔看得到熊步履蹒跚的笨拙动作外，其他东西在灰白的光中都看不真切。一座看起来高五十英尺、离他们半英里远的冰塔，实际上只位于二十码外，而且只有两英尺高。一片裸露的砂石地看起来只有一百英尺远，竟位于被风不断吹蚀、没有突出特征的岬角上，离他们有一英里之遥。

不过他们最后还是找到了石碑，根据古德瑟那只还在走的表，当时已经将近晚上十点了。所有人都累到两臂下垂，模样和水手们说的猿类没两样。每个人也都累到不想讲话。雪橇还留在他们刚上岸的地方，离这里大约半英里。

格尔把两份信息（他遵照约翰爵士的指示多抄了一份）中打算贮放在更南边的岸上的一份拿出来，填上日期，把自己的名字签上去。二副查尔斯·德沃斯也签了名。他们把纸卷起来，装进带来的两个密封铜罐的其中一个。将铜罐丢入空无一物的石碑里面后，他们把先前移开的石块放回原处。

“嗯。”格尔说，“就是这样了，对吧！”

他们走回到雪橇，正准备吃午夜的晚餐时，夹带闪电的暴风雪就来了。

在翻越冰山时为了减轻背负的重量，他们把厚狼皮毯、铺地的防水帆布，以及大多数罐头都堆放在冰上。他们想，食物既然是装在密封且焊合起来的罐头里，一直东闻西嗅的白熊就不会感兴趣，即使感兴趣，也吃不到罐头里的东西。他们的计划是，在陆地前进时只带两天份减量的食物，而且所有人都睡在荷兰帐篷里。如果在路上看到而且射到猎物，也可以拿来打牙祭，不过，在他们看到这地方的荒凉景象时，就自动打消这想法了。

德沃斯指导他们预备晚餐。他把炉具组从设计精巧、层层收纳的一系列藤篮里拿出来。不过，他们打算在登陆后第一顿晚餐里吃的四个罐头中有三个坏掉了。于是他们只剩周三配额减半的腌猪肉——这一直是船员们的最爱，因为它有许多脂肪，不过在一天的辛劳后，这分量根本不能解除饥饿感，而最后那罐没坏掉的罐头上标示的是“特级清乌龟汤”，没有人喜欢吃。根据经验，它既非特级也不清，而且很可能与乌龟一点关系也没有。

在过去一年半里，也就是从托林顿死于比奇岛之后，“恐怖”号的麦克唐纳德医生非常在意船上的储粮。在几位船医的协助下，他不断忙着实验，想找出什么样的食物摄取比例最能避免坏血病。古德瑟听这位年纪较大的医生说，这次探险队的食物承包商来自猎狗沟，名叫史蒂芬·葛德纳，他用非常低的投标金额取得了这份合约。可以确定的是，女王陛下的政府和女王陛下的皇家海军探索队总部，都被他用还没处理好的，而且很可能是有毒的食物瞒骗过去。

听到罐头里装的是腐坏的食物，几个船员的下流言辞在冰冷空气中此起彼落。

“冷静下来，小伙子们。”格尔中尉忍受了一两分钟水手们用最粗俗下流的言辞连番乱骂之后说，“你们听听我这个建议：我们现在就把明天那份罐头也打开来吃，吃到我们满意为止，然后再想办法在明天晚餐前回到存放食物的冰上，即便明天我们要到午夜才有的吃。”

大伙儿发出欢呼声表示赞同。

他们接下来开的四个罐头里有两罐没坏掉，其中一罐很奇怪，是没有肉的“爱尔兰炖肉”，平时这种罐头大家只会勉为其难地吞下肚；另一罐是听起来很好吃的“牛颊与蔬菜”。他们觉得牛肉应该是来自鞣皮厂，蔬菜则是来自某个存放根菜的荒废菜窖。不过总比没的吃好。

他们刚把帐篷架好，将睡袋摊开，放在帐篷里当床垫，在酒精炉上把食物热好，把温热的金属碗盘传到每个人手上，天空就开始电闪雷鸣。

第一道电光打在距离不到五十英尺的地方，让每个人手上的牛颊、蔬菜与炖汁全都洒了出来。第二道闪电的落点更接近了些。

他们冲向帐篷。闪电从天划下，击打在他们四周，就像连珠炮在攻击。直到他们在帐篷里叠成一堆，八个人挤在原本设计来容纳四个人及一点轻装备的帐篷里。水兵鲍比·法瑞尔看着支撑帐篷那几根包铁条的木支柱骂道：“哦，他妈的。”随即抢着去找出口。

和板球一样大的冰雹正从天坠落，把碎冰片弹飞到三十英尺的高空中。闪电的爆裂火光破坏了午夜的北极微光。一道道闪电相去不远，彼此重叠，闪光在天空中划出烈焰，让他们的双眼因为光影残留而暂时失明。

“不，不！”格尔大叫，声音压过雷声。他将法瑞尔从帐篷出口拉回来，把他推倒在拥挤的帐篷里。“在这岛上不管走到哪里，我们都是最高的东西。你当然可以使尽全力把包着金属的帐篷支柱丢得远远的，但还是要待在帆布下面。进到你的睡袋里，然后躺平。”

他们争相照着做。在威尔斯假发或帽檐下面，在缠裹很多圈的保暖巾上面，他们的长发像蛇一样扭曲着。暴风雪愈来愈猛烈，各种声音震耳欲聋。透过帆布与毛毯打在他们背上的冰雹，就像一个个大拳头把他们揍得青一块紫一块。古德瑟在被冰雹痛殴时大声呻吟。不过害怕的成分还是大于疼痛，这次连续痛打，已经算是他从中学以来被打得最痛的一次。

“他妈的神圣耶稣啊！”托马斯·哈特内尔大叫，冰雹与闪电愈来愈严重。稍有头脑的人都躲在哈得逊湾牌毛毯下面而不是躺在上面，试着拿毛毯来缓冲冰雹的威力。帐篷的帆布几乎让所有人都窒息了，在他们下面的薄帆布一点也没办法阻止寒冷向上流到他们身上，还把所有人的气息全都取走。

“天气这么冷怎么还会有闪电暴风雪？”古德瑟向格尔大叫，在这窝惊骇的人中，他们两个恰好躺在一起。

“这种事偶尔会发生。”中尉喊回去，“如果我们决定离开船到陆地上扎营，就得把一大堆讨厌的避雷棒带过来。”

这是古德瑟第一次听到弃船的想法。

先前在吃晚餐时，他们聚集在离帐篷不到十英尺的一块巨石旁，而这时候闪电碰巧打在那块石头上，然后反弹飞过他们被帆布盖住的头部上方，击打到另一块离他们不到三英尺的巨石。接着每个人把头压得更低，试着抓住下面的帆布，让自己能躲到岩石旁边。

“天哪，格尔中尉，”约翰·莫芬大叫，他的头最靠近已经塌下来的帐篷开口，“情况这么糟，外面竟然还有东西在走动。”

格尔大喊：“熊吗？这时候还在四处走动？”

“太大了，不可能是熊，中尉。”莫芬喊着回答，“那是……”这时闪电再次打中那块巨石，然后在他们身旁爆炸，产生的静电让帐篷的帆布在空气中跃起，每个人都畏缩地把身体压得更平，脸部紧贴着地上冰冷的帆布，只顾着祷告，不愿再多说话。

这次攻击持续了一个小时之久。古德瑟只能将它想成攻击，就好像是希腊诸神因为他们擅自在北风之神的管辖区过冬而大发雷霆。在最后一声雷响之后，闪光开始变得断断续续，接着朝东南方逝去。

格尔第一个从帐篷里出来，不过即使是古德瑟心目中毫无所惧的中尉，在这阵轰炸停止后，也整整停了一分钟之久才站起来。其他人也跟着双膝跪地爬出来，而且停下四下张望，好像四肢还在麻痹之中或是在向人求饶。东方的天空是由云对云，或云对地面的放电形成的一幅晶格图案。雷声隆隆地传过这平坦的岛，震度大到足以在皮肤上产生实际压力，让他们忙着捂起耳朵，不过冰雹已经停了。放眼望去，撞击到地面上的小白球，堆积了两英尺高。一分钟后，格尔起身，开始四处察看。其他人也僵硬地站起来，缓慢地移动，试着活动四肢，古德瑟猜他们的手脚也都被打出瘀血了，因为他将自己的疼痛视为他们集体被上天惩罚的指标。午夜的微光被南方一整片厚云层挡住，看来，真正的黑暗已经来临。

“快来看这个。”查尔斯·贝斯特在呼叫。

古德瑟和其他人都聚集到雪橇旁边。在晚餐被中断之前，罐头食物和其他东西都已经拆封，堆积在煮食区附近。闪电好像刻意去击打由罐头堆成的矮金字塔，而避开雪橇。葛德纳的罐头食物全被闪电击得四散，就像保龄球一次全被击倒一样。焦黑的金属，以及还冒着蒸汽的劣质蔬菜与腐败的肉，散落在半径二十码的范围内。在船医的左脚附近，有一个烧焦、扭曲、变黑的容器，侧面的“厨具”字样还看得很清楚。那是他们旅行膳食工具组中的一件，在他们忙着去找掩蔽处的时候，它正好放在酒精炉上热东西。它旁边装有一品脱焦木醚燃料的金属罐爆炸了，破裂的碎片朝四面八方飞去，显然在他们挤在帐篷里的时候，碎片刚好从他们头上飞过。假如闪电把放在木箱中的燃料罐——雪橇上的两把霰弹枪与弹药就在它们旁边几英尺——点燃了，他们全都会被烧死。

古德瑟有股想笑的冲动，但是他又怕自己会同时哭出来。一时之间大家都没有说话。

约翰·莫芬爬到帐篷附近，在一道刚被冰雹摧残过的低矮冰脊上。他大叫：“中尉，来看这个。”

大家也爬上去看他在注视的东西。

就在矮冰脊背面，有一些几乎不可能有的足迹。足迹从南方的乱冰堆附近开始出现，一直延伸到西北方的海面才消失。这些是不可能的足迹，因为它们比地球上现存所有动物的足迹都还大。这五天来，他们已经看过白熊在雪地上留下的脚印，那些脚印有时也非常大，有些还长达十二英寸，但是这些不清楚的足迹却比那些还要再大一半，有些看起来甚至和人的手臂一样长。而且这些足迹毫无疑问是新的，因为凹痕不是在原先的雪中，而是被压入厚厚的新鲜冰雹上。

不论行经营地的是什么，都是在闪电与冰雹风暴正大的时候来的，正如莫芬所说。

“这是什么东西？”格尔中尉说，“这不可能啊。德沃斯先生，麻烦你到雪橇上帮我拿一支霰弹枪和弹药过来，谢谢。”

“是，长官。”

二副还没把霰弹枪拿回来，格尔中尉就已经迈步朝西北方去追踪足迹了，而莫芬、陆战队二兵皮金登、贝斯特、法瑞尔和古德瑟也步履维艰地跟在后面。

“这些脚印太大了，长官。”陆战队士兵说。古德瑟知道皮金登会被选进侦察队的主要原因，他是两艘船上少数曾经猎捕过比鹅还大的猎物的人。

“我知道，二兵。”格尔说。他从二副德沃斯手中接过霰弹枪，冷静地装填了一发弹药，然后七个人继续大步踩在冰雹堆上，朝着被冰山保护的海岸线外的黑云走去。

“或许不是脚印，而是某种……北极兔或是会在融雪上蹦跳的东西，用整个身体留下的凹痕。”德沃斯说。

“对。”格尔心不在焉地说，“或许是这样，查尔斯。”

但是，它们确实是脚印。哈利·古德瑟医生很清楚，每个走在他旁边的人也都知道。虽然古德瑟从来没有猎过比兔子或鹧鸪大的东西，但他看得出来，这并不是某种小动物用整个身体反复地先向左跳、再向右跳产生的凹痕，而是某只动物先用四条腿走路，然后——如果足迹可信——近乎是用两条腿走了将近一百码所留下的足迹。从那里开始的足迹就像是人的足迹，如果有个人的脚和他的前臂一样长、步幅将近五英尺，而且没留下趾痕、反倒是留下爪痕的话。

他们到达饱受强风侵袭的砂石地，在好几个小时前，古德瑟还曾经高兴得在此四肢跪地。这里的冰雹撞碎成无数的小碎冰片，整个区域还是光秃秃。足迹到这里就停了。

“大家散开。”格尔说，不过他的霰弹枪还是轻松地夹在手臂下，仿佛这里是艾塞克斯，而他正在自家庄园里散步。他用手去指每个人，指出要人去勘察的地方。这个多石区域不比一个板球投打区大多少。

看不出有任何离开沙石地的足迹。他们慢吞吞地前进，不希望岩石区外还没被破坏的雪被自己的脚印破坏掉，前后搜索了几分钟，检查了一遍又一遍。接着所有人都站着不动，互看着彼此。他们几乎站成一个圆圈。没有任何离开这块岩石区的足迹。

“中尉……”贝斯特开口说。

“再安静一分钟。”格尔很快地说，语气还算温和，“我还在思考。”他是唯一在移动的人。他大步走过所有人身旁，望着四周的雪、冰、冰雹，模样像是要找出对他们搞恶作剧的小男孩。暴风雪已经向东走得更远，光线变得更强了。现在已经将近凌晨两点，在石头外侧的雪和冰雹层都没有被碰过的迹象。

“中尉。”贝斯特还是忍不住开口，“是汤姆·哈特内尔。”

“他怎么了？”格尔骂了一声。他正开始要绕第三圈。

“他不在这里。我刚刚才想到，我们从帐篷里出来后，他就没跟我们在一起。”

古德瑟猛然抬头，然后和其他人同时回头看。身后三百码左右的矮冰脊挡在那里，使他们看不见坍塌的帐篷和雪橇。在一整片白色与灰色的空间里，没有别的东西在移动。

他们全都拔腿往回跑。

哈特内尔还活着，但他失去了知觉，人躺在帐篷帆布下面。

厚帆布被拳头大的冰雹撕破了，冰雹就从破口处打进帐篷，头的一边被打得红肿，左耳在流血，但古德瑟很快就发现他还有微弱的脉搏。他们从坍塌的帐篷里把这个昏迷的人拉出来，同时拿了两个睡袋，尽可能让他保持温暖及舒适。黑云又开始飘到他们头上。

“情况有多严重？”格尔中尉问。

古德瑟摇了摇头：“不知道，要等他醒来……如果他还醒得过来的话。我很讶异我们当中没有更多人被打昏，刚才可是有许许多多坚硬物体倾泻而下啊。”

格尔点头：“他哥哥约翰去年死了，我很不希望我们在那之后再失去汤米。他们的家人会承受不了打击。”

古德瑟记得他在准备约翰·哈特内尔的葬礼时，为他穿上他弟弟托马斯最好的法兰绒衬衫。他想到在北方数百英里远的地方，那件被埋在冻土底下的衬衫，以及被雪覆盖的沙砾地，在黑色峭壁下方，冷风正吹过两座木制墓碑。古德瑟忍不住发抖。

“我们都快冻坏了。”格尔说，“我们要补点觉。二兵皮金登，去找一些可以当帐篷支柱的杆子，然后帮贝斯特与法瑞尔再搭起帐篷。”

“是，是，长官。”

两个人在找帐篷杆子时，莫芬就把帆布拉高。帐篷已经被冰雹摧残得看起来就像是一面战旗。

“我的老天。”德沃斯说。

“睡袋全都湿透了。”莫芬说，“帐篷里面也湿了。”

格尔叹了口气。

皮金登和贝斯特带回两截焦黑、弯曲的铁骨木杆。

“支柱被雷击中了，中尉。”陆战队二兵报告，“看起来是木头里的铁骨引来闪电，长官。它现在已经不能当帐篷的中央支柱了。”

格尔只是点点头：“我们的斧头还在雪橇上。把斧柄拆下来，再拿多出来的霰弹枪，用两样东西一起当支柱。需要的话，可以融掉一些冰来做支架。”

“酒精炉已经爆裂了。”法瑞尔提醒，“短时间之内我们没办法将冰融化。”

“雪橇上还有两座酒精炉。”格尔说，“我们的水壶里也有些饮用水。它现在是冻结的，可以放进衣服里让它融化。把水倒进在冰地挖出来的洞里，很快就会冻结。贝斯特先生？”

“是的，长官？”年轻矮胖的水兵回答。他努力忍住一个哈欠。

“尽你所能将帐篷打扫干净。用刀子把两个睡袋的缝线割断，今晚我们可以挤在一起取暖，然后用它们来当‘垫被’与‘盖被’。我们需要一些睡眠。”

古德瑟端详着昏迷的哈特内尔，想看看他有没有苏醒的迹象，但是这个年轻人还是像一具尸体，得检查他的呼吸好确定他还活着。

“我们一早就要往回走了吗，长官？”约翰·莫芬问，“我的意思是，去拿贮放在冰上的物品，然后回到船上？我们已经没有足够的食物在回程上充饥了。”

格尔笑着摇了摇头：“几天不吃不会怎样，老兄。既然哈特内尔受伤了，我会派你们四个人把他放到雪橇上，然后到贮放东西的地方去。尽可能把那里弄成最好的营地，我会带另一个人照着约翰爵士的指示再往南走。我必须把给海军总部的第二封信放好。更重要的是，我们要尽一切可能往南走，看看那里有没有未冻结水域的迹象。如果不去，我们这趟就白来了。”

“我自愿和你一起去，格尔中尉。”古德瑟说，听到自己的声音时他还觉得有点讶异。基于某种原因，一直和这位军官在一起对他而言很重要。

格尔看起来也很讶异。“谢谢你，医生，”他轻轻地说，“但是，也许你和受伤的同胞在一起比较好吧？”

古德瑟耳根都红了。

“贝斯特会和我一起去。”中尉说，“在我回来之前，二副德沃斯负责指挥返回冰上的队伍。”

“是，长官。”两个人同声说。

“贝斯特和我大概在三小时后出发，我们会尽可能向南走，只带一些腌猪肉、装信息的罐子、一个水壶，以及一些毛毯，还有一把霰弹枪。我们大概会在午夜时掉头回来，并且试着在明天早上四点前到冰上和你们会合。在回船的路上，雪橇装载的物品重量会比先前轻，除了，嗯，哈特内尔，而且我们已经知道翻越冰脊的最佳位置了，所以我跟你们打赌，我们在三天，而不是五天内，就可以回到船上了。”

“如果到了后天午夜，贝斯特和我还没有回到冰上的营地，德沃斯先生就带着哈特内尔回船上。”

“是，长官。”

“二兵皮金登，你会不会觉得特别累？”

“是的，长官。”三十岁的陆战队士兵说，“我的意思是不会，长官。我可以做任何您要求的任务，中尉。”

格尔微笑着：“很好，你负责接下来三个小时的守卫。我唯一能答应你的是，等雪橇队在今天稍晚到达放粮食的地方时，你可以第一个去睡觉。去把没当帐篷支柱的毛瑟枪拿在手上，但是人留在帐篷里，偶尔把头伸到外面观察一下动静就好。”

“没问题，长官。”

“古德瑟医生呢？”

船医把头抬起来。

“可不可以请你和莫芬先生把哈特内尔先生带到帐篷里，让他舒服一点？我们要将汤米放在我们的正中间，让他温暖一点。”

古德瑟点点头。他走过去，没将他的病人从睡袋里移出来，直接抬起病人的肩膀。昏迷的哈特内尔头上的肿块，就和医生苍白的小拳头一样大。

“好了，”格尔看着正被撑起来的破烂帐篷，透过打战的牙齿说，“其他人现在可以把毛毯摊开，大家就像孤儿一样挤靠在一起，试着睡一两个小时吧。”

13
富兰克林

北纬七十度五分，西经九十八度二十三分
一八四七年六月三日

约翰爵士无法相信眼前所见。和他预期的一样，总共有八个人，但是这些人……不太对劲。五个疲惫不堪、满脸胡子、戴着护目镜拉雪橇的人当中，有四个没问题——水兵莫芬、法瑞尔、贝斯特，以及带头的高大二兵皮金登——但是第五个拉雪橇的是二副德沃斯，他的表情透露出他刚到鬼门关走了一趟。水兵哈特内尔走在雪橇旁边。这个瘦弱的水兵头上缠裹着好几层布，走路摇摇晃晃，就像是从莫斯科撤退的一名拿破仑军队成员。船医古德瑟也跟在雪橇旁边走，而且在照顾躺在雪橇上的人，或某个东西。富兰克林在找格尔中尉那件非常独特的红色羊毛围巾，那条保暖巾几乎有六尺长，不可能看不见。怪异的是，几个跌跌撞撞的黑影看起来好像都围着缩短版的格尔围巾。

最后，跟在雪橇后面的是个矮短、被毛茸茸毛皮外衣包裹起来的生物，富兰克林看不见被连衣帽遮住的脸，但是，那生物只可能是个爱斯基摩人。

约翰·富兰克林爵士船长看到雪橇之后大叫：“我的天啊！”

要让两个男人并排躺在上面，这雪橇的确是太窄了，约翰爵士的望远镜也没欺骗他，雪橇上的两个人是一个叠一个。在上面的是个爱斯基摩人，一位睡着或昏迷的老人，褐色的脸上有些皱纹，流线般的白发倾泻在那顶向后翻、塞在头下方当枕头的狼皮连衣帽上。雪橇朝着“幽冥”号驶来，古德瑟在照顾的就是这位老人。躺在爱斯基摩人仰躺身体下面的，是格雷厄姆·格尔中尉变黑、扭曲、无疑已死的脸与身躯。

富兰克林、菲茨詹姆斯中校、维思康提中尉、大副罗伯特·沙金、冰雪专家瑞德、总船医史坦利，以及一些士官，例如副水手长布朗、主桅台班长约翰·沙利文，以及约翰爵士的侍从侯尔先生，全都冲向雪橇。还有四十来个听到瞭望员大喊爬上甲板的船员，也一起跑向雪橇。

还没与雪橇队的人员会合，富兰克林他们就在半路停下来。在望远镜里看来像是围在拉雪橇人脖子上的几截红色保暖巾，原来是深色大外套上的一大片血污。这些人身上沾了不少血。

大伙儿顿时一阵哗然。几个拉雪橇的船员拥抱住冲向他们的朋友。托马斯·哈特内尔昏倒在冰地上，几个人将他团团围住，试着帮助他。一时之间，所有人都在说话与大叫。

约翰爵士只去注意格雷厄姆·格尔中尉的尸体。他的身体被睡袋盖住，但是部分睡袋已经滑开，所以约翰爵士看得到格尔英俊的脸。他脸上有些地方因为失血而苍白，其他地方则被北极的太阳晒黑。他的五官扭曲，眼皮略为张开，露出的眼白因为结冰而晶亮。他的嘴巴张开，下颚下垂，舌头伸了出来，双唇向后咧开，离牙齿有一段距离，像是龇牙发怒或是受到极度惊吓。

“把那个……野蛮人……从格尔中尉身上移开。”约翰爵士下令，“现在就动手！”

几个人赶紧听命行事，抓住爱斯基摩老人的肩膀与脚，将他抬起来。老人呻吟着，而古德瑟医生大叫：“小心！动作轻点！他的心脏旁边有一颗毛瑟枪的子弹。请将他抬到病床区，谢谢！”

另一个爱斯基摩人毛皮外套上的帽子向后翻开了，富兰克林发现那是个年轻女人时吃了一惊。她靠到受伤老人的旁边。

“等一下！”约翰爵士对着助理船医挥手大叫，“病床区？你真的建议我们让这个……原住民……进到船上的病床区？”

“他是我的病人。”古德瑟说话时带着强硬的、倔强的语气。约翰爵士完全没料到这个矮小的船医竟会如此顽固。“我必须把他弄到可以动手术的地方，尽可能把子弹从他身体里取出来。不行的话，至少也该将血止住。把他抬进去，谢谢各位。”

抬着爱斯基摩人的船员看了看他们的探险队总指挥，想知道该怎么办。约翰爵士一时困惑到说不出话来。

“赶快行动啊。”古德瑟用自信的口气命令着。

船员们显然把约翰爵士的不作声当成了默许，抬着灰发的爱斯基摩人爬上由雪堆成的坡道，进到“幽冥”号的甲板上。古德瑟、爱斯基摩姑娘及几位船员跟在后面，其中一些人扶着年轻的哈特内尔。

富兰克林几乎隐藏不住惊吓与恐惧，还站在原地低头注视着格尔中尉的尸体。二兵皮金登与水兵莫芬正在解开将格尔固定在雪橇上的绳索。

“看在老天的分上，”富兰克林说，“把他的脸盖起来。”

“好的，长官。”莫芬说。在冰原及冰脊上颠簸，赶了一天半的路之后，哈得逊湾牌的毛毯已经从格尔脸上滑开，现在这名水手才将它拉起来。

约翰爵士还是可以通过红毛毯的凹陷处，看到这位英俊中尉嘴巴大张的凹洞。“德沃斯先生。”富兰克林急促地说。

“是，长官。”二副德沃斯移步过来，用手指触前额，他先前一直在监督船员们解开绑住中尉身体的绳索。富兰克林看得出，这位脸被晒伤成肉红色又被风刮得伤痕累累、络腮胡杂生的二副，已经累到只能行举手礼了。

“一定注意将格尔中尉的遗体带到住处，然后你和沙金先生在费尔宏中尉的监督下，为安葬做准备。”

“是的，长官。”德沃斯和费尔宏同声回答。

法瑞尔与皮金登虽然疲累不堪，却还是拒绝其他人协助，两人把中尉的遗体抬起来。格尔的尸体就和木柴般僵硬。他的一只手弯曲着，伸出来的那只手掌因为日晒或腐坏而变黑，看起来就像冻结在空中、作势要攫抓猎物的一只爪子。

“等一下。”富兰克林说。他突然想到，如果派德沃斯去处理，他得等上好几小时才能听到队伍的副领队向他正式报告，而那可恶的船医已经带着两个爱斯基摩人走了。“德沃斯先生，”富兰克林说，“你大致安置好格尔中尉的遗体后，就到我的舱房来找我。”

“是的，长官。”二副疲累地回答。

“不过，你可以先回答我，格尔中尉最后和谁在一起？”

“我们全部的人，长官。”德沃斯说，“不过，我们在威廉王陆块上或在它附近的最后两天，是水兵贝斯特和他在一起，只有他们两个人。查理知道格尔中尉做的每件事。”

“很好。”约翰爵士说，“去办你该办的事吧，德沃斯先生。我很快就能听到你的报告了。贝斯特，你现在就跟我和菲茨詹姆斯中校一起走。”

“是，是，长官。”这名水手边说边把挽具上的最后一条皮绳割断，因为他已经没力气去解开结了。他连举手行礼的力气都没有。

水兵查尔斯·贝斯特站着，向座位上的约翰·富兰克林爵士、菲茨詹姆斯中校与克罗兹船长（这位皇家海军“恐怖”号的船长在雪橇队登上“幽冥”号后的几分钟内，碰巧为了其他事来拜访）报告，他们头顶上的三扇普雷斯顿专利豪华天窗，因为有终日不断的阳光的照射，呈现乳白色。富兰克林的侍从艾德蒙·侯尔偶尔也当秘书，坐在军官后面做记录。贝斯特理所当然是站着，克罗兹建议让这疲惫的人喝一点白兰地提神。约翰爵士露出不以为然的样子，但他还是同意请菲茨詹姆斯中校从他私人收藏中拿一点酒出来。烈酒似乎让贝斯特重新有了活力。

微微晃动的贝斯特在报告时，三位军官不时用问题打断他。当他事无巨细地描述到威廉王陆块的艰辛路程时，约翰爵士忍不住催他赶快跳到最后两天发生的事。

“是，长官。嗯，第一天晚上在石碑附近被闪电与雷声攻击后，我们发现……脚踪，足迹……在雪地上，我们想睡个几小时，但是没能如愿，格尔中尉和我带着一点食物出发向南走，德沃斯先生则带雪橇和帐篷里剩下的东西，以及当时被冻得冷冰冰的可怜的哈特内尔往另一个方向走。我们彼此说了‘明天见’后，中尉和我向南，德沃斯先生和他的人朝海上的冰走。”

“你们身上有没有带武器？”约翰爵士问。

“有的，约翰爵士。”贝斯特说，“格尔中尉有手枪，我拿了一把霰弹枪。另外一把在德沃斯先生那一队人手上，二兵皮金登还有一把毛瑟枪。”

“告诉我们，为什么格尔中尉要把你们分成两队。”约翰爵士说。

贝斯特一时不知如何回答，但是接着就开窍了：“哦，他告诉我们他要遵照您的吩咐，长官。石碑附近的营地被闪电摧毁，帐篷也受损之后，大多数队员必须回到先前设在海冰上的临时营地。格尔中尉和我继续走，打算把第二个信息筒存放在更南边的沿岸某处，并且顺便看看南方有没有未冻结水域。结果一点都没有，长官。我是说，未冻结的。一点影子都没有，您连想都别想……在黑暗的天空下看不到一丝水的反光。”

“你们两个走了多远，贝斯特？”菲茨詹姆斯问。

“我们到达大海湾时，格尔中尉估算我们已经向南跨越雪地及冰冻的沙砾地走了四英里路。那海湾很像我们一年前过冬的比奇岛海湾。但是你们知道，即使我们是在陆地上，要在雾里、风中、冰上走四英里有多辛苦，长官。我们可能实际上走了至少十英里，才前进这四英里。海湾被冻得很结实，和这里的堆冰一样坚固。这里夏天时，海湾里的冰和海岸之间经常会出现一小片没冻结的水，但是那里连一点点水也没有。所以我们穿越海湾的开口处，长官，沿着一个突起的海岬又走了四分之一英里左右，然后格尔中尉和我在那里立了一个石碑，没有罗斯船长的那么高或漂亮，这点我很确定，但是很坚固，而且够高，可以一眼就看到。我们把石头堆到和眼睛一样高，把装在精巧铜罐里的第二封信息放了进去，中尉跟我说内容和第一封完全相同。”

“然后你们就掉头回来了？”克罗兹问。

“不是的，长官。”贝斯特说，“我承认我那时候已经没力气了，格尔中尉也一样。那一整天我们走得实在很辛苦，连雪脊都觉得很难跨越，当时还有大雾，我们只有在雾稍稍散去时才偶尔瞥见海岸。我们搭好石碑，把信息放进去时，已经是下午了，但格尔中尉还是要继续沿着海岸向南走六或七英里。有时候我们看得见东西，但大多数时候看不见。不过，我们可以听见。”

“听见什么，小伙子？”富兰克林问。

“在跟踪我们的东西，约翰爵士。有只个头很大的东西，在呼吸，有时候会低声吠叫……你们知道的，长官，就像那些白熊，好像它们在咳嗽。”

“你认得出那是熊的声音？”菲茨詹姆斯问，“你说过你们是在那块陆地上放眼望去最大的东西。假如有只熊在跟踪，在雾稍稍散去时，你一定会看到它。”

“是的，长官。”贝斯特说。他眉头紧皱，好像快要哭出来：“我的意思是，不，长官。我们不能确定那是不是熊，长官。在正常情况下，我们可能可以看到，也应该会看到。但是事实上我们没看到，也看不到。有时候我们听到它就在我们背后咳嗽，在雾中，离我们才十五英尺，我拿霰弹枪对准它，格尔中尉也在手枪里装好弹药。我们等着，几乎屏住呼吸。但是雾散以后，我们可以看到一百英尺远，却看不到任何东西在那里。”

“那一定是幻听的现象。”约翰爵士说。

“是的，长官。”贝斯特表示同意，但语调透露出他其实不了解约翰爵士的用语。

“岸上的冰会发出怪声。”约翰爵士说，“也可能是风。”

“哦，是的，是，长官，约翰爵士。”贝斯特回应，“只不过那时候没有风。但是冰……那就有可能，长官。总是有这个可能。”他的语气却像是在说这是不可能的。

约翰爵士转移话题，似乎有点恼怒：“你进来前，提到你和另外六个待在海冰上的人会合后，格尔中尉就死了……被杀了。你就直接讲这一段吧。”

“是，长官。是这样的，当我们向南走到我们所到的最远处时，应该接近半夜了。我们前方的天空已经看不见太阳了，但是天空发出金色光芒……这里的半夜您应该很清楚，约翰爵士。有一阵子雾变得很薄，我们爬上一个满是岩石的小山丘……其实也不算山丘，只是一个比四周平坦冰冻沙砾地高约十五英尺的高地……我们可以看到海岸蜿蜒着向南延伸到模糊的地平线，也常常瞥见沿着海岸线堆积的冰山突出在地平线上。没有水。一路下去一切都冻成固体。所以我们掉头往回走。我们没有帐篷与睡袋，只有冰冷的食物可以嚼。我还因为这样掉了一颗牙。我们两个都很渴，约翰爵士。我们没有炉子来把雪或冰融化，而且又只有格尔中尉放在外套和背心里面水壶里的一点点水。”

“所以我们整晚赶路。先是在勉强可算夜晚的微光时段走了一两个小时，然后又继续走了好几个小时，有五六次我走路走到睡着，根本只是在绕圆圈，直到最后跌倒在地上。格尔中尉抓住我的手臂，摇摇我，带我朝正确的方向走。我们经过刚堆好的石碑，越过海湾。差不多在第六钟响的时候，太阳爬上高空，我们就走到前一晚扎营的地方，就是靠近第一个石碑的地方，我是指詹姆斯·罗斯爵士纪念碑。其实那应该是两天前的晚上，就是我们被第一场雷电交加的暴风雪侵袭的时候。我们又继续向前走，沿着岸边冰山上的雪橇痕迹，然后再次走到海冰上。”

“你说，‘第一场雷电交加的暴风雪’，”克罗兹打断他的话，“意思是还有其他暴风雪吗？你们不在的这段时间，这里也有好几场暴风雪，不过最猛烈的那场好像是在南方。”

“哦，是的，长官。”贝斯特说，“即使雾很浓，雷声每隔几小时又会隆隆响起，我们的头发被吹乱，好像想脱离我们的头，而我们身上带的任何金属——皮带扣、霰弹枪、格尔中尉的手枪——会开始发出蓝光。我们在沙砾地上找个可以蹲坐的地方躺下来，试着让自己成为地面的一部分，而世界就在我们四周爆炸，就像特拉法加的炮火一样，各位长官。”

“你那时也在特拉法加，水兵贝斯特？”富兰克林冷冷地问。

贝斯特眨了眨眼：“不是的，长官。当然不是，长官。我只有二十五岁，长官。”

“我当时人就在特拉法加，水兵贝斯特。”约翰爵士口气强硬地说，“那时我担任皇家海军‘贝勒冯’号的信号官，船上四十个军官中有三十三个在那次行动中殉职。请你克制一下自己，在接下来的报告里，别用你没经历过的事做比喻，不管是明说或暗喻。”

“是，是，长……长官。”贝斯特结巴地说，语气里不只有疲累与悲伤，还夹带着说错话的恐惧，“对不起，约翰爵士。我的意思不是……我的意思是……我不应该……也就是说……”

“继续说下去，水兵。”约翰爵士说，“不过，直接跟我们说格尔中尉死前几小时发生的事。”

“是的，长官。嗯……如果没有格尔中尉帮忙——愿上帝祝福他——我没办法爬过那一片挡路的冰山，不过我们最终还是办到了，然后直接走到海冰上，朝离我们大约只有一英里或两英里的海上营地走去，德沃斯先生和其他人在那里等我们。可是没多久我们就迷路了。”

“你们怎么可能会迷路？”菲茨詹姆斯中校问，“你们不是跟着雪橇的辙痕走吗？”

“我也不知道，长官。”贝斯特说，他的声音因疲累与悲伤而无精打采。

“当时有雾。雾非常大。大半时候，我们往任何方向都看不到十英尺远。阳光让每件东西都闪闪发亮，让每件东西看起来都是平的。我猜同一座冰脊我们可能就爬了三四次，而每爬一次，我们的方向感就变得更混乱。而且在海冰上，有些地方的雪被风刮走，使得雪橇的滑板没留下任何痕迹。不过事实上，各位长官，我认为格尔中尉和我两个人在半路上睡着了，所以不知不觉跟丢了雪橇的辙痕。”

“嗯，”约翰爵士说，“继续说。”

“好，接下来我们听到枪声……”贝斯特接着说。

“枪声？”菲茨詹姆斯中校说。

“是的，长官。有毛瑟枪声，也有霰弹枪声。在大雾中，枪声在四周的冰山与冰脊间产生回音，听起来就像四面八方同时传来枪响，但是枪声很靠近我们。我们开始在雾中大声打招呼，很快就听到德沃斯回应我们的招呼声。三十分钟后——雾过了这么久才稍稍散去——我们跌跌撞撞走到海上营地。队员利用我们不在的大约三十六个小时已经把帐篷补好了，大致修补好了，就搭在雪橇旁边。”

“枪响是要导引你们找到他们吗？”克罗兹问。

“不是的，长官。”贝斯特说，“他们是在射熊和爱斯基摩人。”

“解释清楚。”约翰爵士说。

查尔斯·贝斯特舔了舔他破裂而且凹凸不平的嘴唇：“德沃斯先生可以解释得比我清楚，各位长官。大致的情况是，他们前一天回到海上营地，然后发现罐头都被打开，而且散落一地，全被糟蹋了。他们认为这是熊干的好事，所以德沃斯先生和古德瑟医生决定开枪射击在营地四周嗅来嗅去的熊。就在我们到达之前，他们刚射中一头母熊和它的两只小熊，正在处理那些肉。但是他们听到有东西在周围移动，各位长官，很像我先前提到的在雾中的咳嗽声与呼吸声。然后，我猜就是那两个爱斯基摩人，那个老人和他的女人越过冰脊走来，但在雾中看起来只是出现了更多的白色毛皮。二兵皮金登发射他的毛瑟枪，鲍比·法瑞尔发射他的霰弹枪。法瑞尔两个都没打中，但是皮金登正中了那男人的胸膛，他倒了下来。”

“等我们到那里时，他们已经把被射中的爱斯基摩人、那女人以及一些白熊肉带回海冰上的营地，在冰上留下一道道血迹。长官，我们最后一百码左右的路程就是跟着血迹走的，而古德瑟医生正在挽救爱斯基摩老人的生命。”

“为什么？”约翰爵士问。

贝斯特不知道该怎么回答，其他人也没说话。

“很好。”约翰爵士最后说，“你们和二副德沃斯，以及其他几个营地的人会合之后又过了多久，格尔中尉才受到攻击？”

“不会超过三十分钟，约翰爵士，很可能还更短。”

“是什么东西挑动对方攻击？”

“挑动？”贝斯特重复了一下。他的眼神看起来已经不集中了：“您的意思是，比方说开枪射杀白熊？”

“我的意思是，攻击发生当时到底是什么情况，水兵贝斯特？”约翰爵士说。

贝斯特摸摸自己的前额，嘴巴张开好一阵子才开始说话。

“没有东西挑动它。我那时在跟汤米·哈特内尔说话，他在帐篷里，头上缠满绷带，不过已经清醒，从第一场闪电暴风雪之前某个时刻开始，他就不记得任何事了。德沃斯先生在监督莫芬与法瑞尔把两个酒精炉装好，以便煮些熊肉来吃。古德瑟先生当时已经把老爱斯基摩人的毛皮外套脱掉，正打算在老人的胸部挖一个可怕的洞。那女人一直待在旁边观看，不过我当时没看出她到底站在哪里，因为雾又变厚了。二兵皮金登则是拿着毛瑟枪站在一旁守候。突然间格尔中尉大叫：‘安静，大家安静！’我们全都闭起嘴巴，停止说话或工作，只剩下两个酒精炉的嘶声，以及大锅上融雪冒泡的声音，我猜我们想炖白熊肉来吃。接着格尔中尉拿出手枪、装上火药、扳好击铁，然后离开帐篷走了好几步，然后……”

贝斯特停了下来。他的眼神已经完全无法集中了，嘴巴还是张着，附着在下巴的唾液闪闪发光。他看着某个不属于约翰爵士舱房里的东西。

“继续说。”约翰爵士说。

贝斯特的嘴巴在动，但是没发出声音。

“继续说吧，水兵。”克罗兹船长用较温和的声音说。

贝斯特把头转向克罗兹，眼睛还是注视着远处某个东西。

“接着……”贝斯特开始说，“接着……冰就直接升起来，船长。就升起来，然后包围住格尔中尉。”

“你在胡扯什么？”在一阵沉静之后，约翰爵士发出斥责，“冰不可能直接升起来。你到底看到了什么？”

贝斯特没有把头转向约翰爵士：“冰直接升起来，就像我们看过那些突然升起的冰脊一样。只不过那不是冰脊，不是冰，它直接升起来而且有个……形状。一个白色的形状，一种体形。我记得它有……爪子，没有手臂，至少一开始时没有，但是有爪子，非常大，还有牙齿。我还记得那些牙齿。”

“那是一只熊。”约翰爵士说，“一只北极白熊。”

贝斯特只是摇了摇头：“很高。那东西似乎就从格尔中尉下面升起来……将格尔中尉围住。它实在……很高。比格尔中尉还高两倍，你们知道他跟一般人比起来算是很高大，但那东西比他更高大。那东西……围住他……的时候，格尔中尉就好像消失了。我们放声大叫，莫芬趴在地上找霰弹枪，二兵皮金登边跑边把毛瑟枪对着那东西，但是他不敢开枪，因为那东西和中尉现在已经合而为一，然后……然后我们听到压碎与断裂的声音。”

“那只熊在咬中尉？”菲茨詹姆斯中尉问。

贝斯特眨眨眼，看着脸色红润的中校：“咬他？不是的，长官。那只东西没咬他。我连它的头都没看到……不能算看到。只有两个黑色的圈圈浮在十二三英尺的空中……是黑的，但又是红的，你们知道，就像一只狼转头对着你，而太阳光刚好照到它的眼睛一样。压碎与断裂的声音是格尔中尉的肋骨、胸部、手臂与骨头断裂的声音。”

“格尔中尉有没有大声呼救？”约翰爵士问。

“没有，长官。他没发出半点声音。”

“莫芬和皮金登有没有开枪？”克罗兹问。

“没有，长官。”

“为什么没有？”

贝斯特露出怪异的微笑：“为什么？根本没东西可射啊，船长。前一秒，那东西还在那里，上升到格尔中尉上方，把他捏碎，就像你或我把一只老鼠捏碎一般。但后一秒，它就不见了。”

“你说不见了是什么意思？”约翰爵士追问，“它要逃回雾里的时候，莫芬和陆战队二兵难道不能朝它开枪吗？”

“逃回？”贝斯特跟着说了一遍。他那诡异、令人不舒服的笑容更明显了：“那个形状并没有逃走，它只是再回到冰里，就好像太阳走到云的背后，东西的影子就突然不见了。等我们到格尔中尉那里时，他已经死了。他的嘴巴张得大大的，却连尖叫的时间都没有。那时雾已经散去。冰上没有洞，也没有裂缝。连竖琴海豹用来换气的呼吸孔都没有。只有格尔中尉躺在那里，整个人被压碎了。他的胸部整个向内凹，两只手断了，耳朵、眼睛、嘴巴都在流血。古德瑟医生把我们全都推开，但是他也无能为力。格尔已经死了，而且开始变得和他下面的冰一样冷。”

贝斯特那诡异、惹人厌的笑容时隐时现，他破裂的嘴唇在颤抖，但还是张开到露出牙齿，眼睛比先前更无法集中注意力了。

“你……”约翰爵士才开口就停了下来，因为查尔斯·贝斯特昏倒在舱板上了。

14
古德瑟

北纬七十度五分，西经九十八度二十三分
一八四七年六月

哈利·古德瑟医生的私人日记：

一八四七年六月四日

当史坦利和我将受伤的爱斯基摩男人身上的衣物脱光时，史坦利提醒我，这人身上还有个护身符。一块扁平光滑的石头，比我的拳头还小，形状像白熊，看来不是雕刻出来的，而是天然形成的，表面被拇指抚摸得相当光滑，像极了一只有着小小的头、长长的脖子、粗壮而伸直的腿、正迈步向前的活熊。当初在冰原上检查这受伤的男人时，我就看见这个护身符了，不过当时我不觉得有问题。

二兵皮金登毛瑟枪射出的子弹，就从护身符下面不到一英寸的地方进入原住民的胸膛，打穿他第三与第四肋骨间的肌肉，稍微擦撞到上方的肋骨，然后穿过左肺，卡在他的脊椎，使他的神经受损。

我没办法救活他。根据先前的检查，如果我试着取出子弹，他一定会马上死掉；另一方面，我又无法止住他肺里的出血，但是已经尽我所能把这个爱斯基摩人抬到史坦利船医和我在病床区搭设的手术室内。昨天回到船上后，史坦利和我用最冷酷无情的工具在他前方与后方的伤口探查半小时之久，并且用力割开伤口，直到在脊椎里找到子弹，并且确认他正如我们所预料，不可能活太久。

但是这个异常高大、体格强健的灰发野蛮人，显然还不想让我们的预料成真。他还活着，继续让气息从他破裂、血淋淋的肺里呼出来，也不断咳血。他继续用他那对令人不安的浅色眼睛瞪着我们，看着我们的一举一动。

照史坦利的建议，麦克唐纳德医生也从“恐怖”号过来，把爱斯基摩女孩带到病床区后方的凹室里去检查，我们用一条毛毯做帘幕，将两区隔开。我相信史坦利船医并不是真的想叫麦克唐纳德去检查这女孩，他只是希望当我们忙着检查她丈夫或父亲血淋淋的伤口时，她能被请到病床区外……看起来这病患和女孩对足以让任何一位伦敦淑女以及还在受训的外科医生马上晕过去的鲜血或伤口，没什么特别感觉。

说到晕倒，史坦利和我刚检查完垂死的爱斯基摩人的伤势时，约翰·富兰克林爵士和两个搀扶着查尔斯·贝斯特（听说他在约翰爵士的舱房里晕倒了）的船员正好走进来。我们叫那两个人把贝斯特放在一旁的病床上，我只粗略检查了一分钟就列出他晕倒的原因：一、极度疲累，我们每个参与格尔侦察队的人，在持续奔波、挨饿十天之后（在冰上最后两天两夜除了生熊肉外，几乎没的吃），都会有这样的状况；二、体内水分丧失殆尽（我们没有时间停下来用酒精炉融雪来喝，所以用直接嚼冰与雪的笨方法，不但没补充到水分，反倒还消耗了身体原有的水分）；三、还有一个在我看来非常明显的原因，但是询问他的军官们竟然没看出来。可怜的贝斯特站着向船长们报告，而且他的八层羊毛衣有七层还穿在身上，他们只给他一点时间去脱掉沾了血迹的大外套。连续十天十夜在平均温度接近零度的冰上活动后，“幽冥”号的温暖对我来说已经难以忍受，到病床区后我就把衣服脱到只剩两层。对贝斯特来说，船舱的温度当然更快令他支撑不住。

我们向约翰爵士保证贝斯特会康复，给他闻闻嗅盐，他几乎就能起来走动了，之后约翰爵士用略显嫌恶的眼神看着那位爱斯病患，当时他人趴在床上，血迹斑斑的胸部与腹部朝下，因为史坦利和我在探刺他的背部，要把子弹找出来。我们的总指挥问，他会存活吗？

“不会太久，约翰爵士。”史蒂芬·撒母耳·史坦利说。

听到他们在病人面前这么说，我的脸扭动了一下。在将死的病患面前提到最不乐观的评估时，医生通常会用中性的拉丁文来表达，但是我马上就明白，这个爱斯基摩人不可能听得懂英语。

“帮他翻身，让他正面朝上。”约翰爵士下令。

我们很小心地照着做，虽然对这灰发的原住民来说，这样的疼痛比施以酷刑还难受，但他没有发出半点声音。我们用探针挖刺他时，他一直是清醒的。他的目光定在我们探险队总指挥的脸上。

约翰爵士倾身靠向他，提高音量，放慢语速，好像对方是个耳聋的小孩或白痴。他大声问：“你……是……谁？”

爱斯基摩人仰脸看着约翰爵士。

“你……叫什么……名字？”约翰爵士大喊，“你……哪……族？”

垂死的人没有回答。

约翰爵士摇了摇头，露出厌恶的表情，虽然我并不清楚是爱斯基摩人胸部裂开的伤口，还是他那土著特有的顽固，使约翰爵士厌恶。

“另外一个原住民呢？”约翰爵士问史坦利。

总船医正忙着用两只手压住伤口，用沾满血的绷带包扎，就算不能完全止血，也希望能减少从这野蛮人肺里涌出来的血。他朝着凹室帘幕点了点头。“麦克唐纳德医生和她在里面，约翰爵士。”

约翰爵士粗率地穿过毯子帘幕。我听到结结巴巴的声音和几个零星的词语，接着我们的总指挥又出现了。他退了出来，脸上红得发亮，让我差点儿以为我们这位六十一岁的总指挥中风了。

接着约翰爵士的红脸因为震惊而显得苍白。

这时我才想到，里面那年轻女人刚才一定全身赤裸。几分钟前我曾经顺着半开的帘幕瞥见凹室里的情形，我注意到，麦克唐纳德用手势要她脱去外衣（她的熊皮毛衣）时，那女孩点了点头。在脱掉厚外套后，她的腰部以上就没有任何衣物了。

当时我正忙着在桌子上打点那垂死的人，但还是留意到，这不失为在宽松毛皮下保暖的好方法，相较于可怜的格尔中尉的每个雪橇队成员都穿了许多层羊毛衣，这种保暖效果好多了。在毛皮或动物的毛发底下不穿任何东西，可以让身体变得温暖，必要时（例如在费力工作时）也可以让身体变得够凉，因为汗水能很快从身体释出而被狼皮或熊皮的毛吸收。相反的，我们这些英格兰人穿的毛衣几乎都是一下子就被汗水浸湿，而且从没机会真正变干。只要我们不再走路或拉雪橇，毛衣很快会冻结，失去隔冷效果。我们回到船上时，我已经很确定回程时背上的重量，差不多是去程时的两倍。

"我会再……再找个更合适的时间来看她。"约翰爵士结结巴巴地说，然后从旁边退了出去。

约翰·富兰克林爵士船长看起来在发抖。让他发抖的，是这年轻女人一丝不挂、挑动他感官的伊甸园胴体，还是他在病床区的凹室里看到别的东西，那我就不确定了。他没再说半句话就离开了手术室。

一会儿之后，麦克唐纳德把我叫到后面的凹室里。那女孩——年轻女人，我先前已经注意到她的性征了，虽然科学上早已证明，野蛮部落的女性会比文明社会的年轻女士更早进入青春期，而且早很多。她已经穿上她的厚毛皮外套，以及海豹皮长裤了。麦克唐纳德医生看起来有点焦虑，甚至有些烦躁，当我问他有什么问题时，他用手势叫爱斯基摩姑娘把她的嘴张开。接着他举起提灯，用一面凸透镜来聚光，要我自己看。

她的舌头在接近舌根的地方被截断。不过还留下一小截，我觉得这已经足以让她勉强吞咽及嚼食大多数食物，麦克唐纳德也附和我的意见。但是，如此看来，她绝对无法发出复杂的声音（如果任何一种爱斯基摩语言可以算是复杂的话）。那是旧疤痕，不是最近才造成的。

我承认自己那时害怕得把头转开。谁会对一个小孩子做这种事？为什么要这样做？但是当我用"截断"这个词时，麦克唐纳德医生轻声纠正我。

“你再看一次，古德瑟医生。”他的声音非常轻，“它并不像是用环形切割手术截断的，也不像是用石刀这类原始工具切的。这个可怜小姑娘的舌头是在她还很小的时候就被咬掉的，断的地方那么接近舌根，不可能是自己咬的。”

我从那女人身旁走开一步。“她还有其他地方有问题吗？”按照我过去的习惯，我用的是拉丁语。我读过关于黑暗大陆一些野蛮习俗的报道，据说他们会拙劣地仿照希伯来人对男孩子做的事，对他们的女人行使残忍的割礼。

“没有。”麦克唐纳德回答。

我当下明白约翰爵士为什么突然脸色苍白，而且显然受到惊吓。但是当我问麦克唐纳德他有没有把这项观察告诉总指挥时，这位船医却跟我保证他没有。他说约翰爵士进到凹室，看到那个爱斯基摩女孩一丝不挂后，就略显激动地离开了。接着，麦克唐纳德开始把他刚为这位俘虏（或客人）做的快速体检结果告诉我，后来史坦利船医进来打断了我们的谈话。

我的第一个想法是，那个爱斯基摩男人死了，但是事情并非如此。原来是有个船员来找我，要我到约翰爵士与另外两位船长跟前报告。

我看得出来，约翰爵士、菲茨詹姆斯中校及克罗兹船长，对我关于格尔中尉的死做的报告感到失望。虽然通常我会因此感到难过，但是这一天也许是因为极度疲累，也因为我在加入格尔中尉的冰上侦察队后，心态有了改变，长官们的失望没有影响我的情绪。

我先把垂死的爱斯基摩男人的情形报告了一次，接着提到那女孩失去舌头的怪事。三位船长喃喃讨论起来，但只有克罗兹船长发问。

“你知道为什么会有人这样对待她吗，古德瑟医生？”

“我完全不知道。长官。”

“有可能是动物干的吗？”他追问。

我停了一下。我压根儿没想过这个可能性。“有可能。”我最后说，虽然我很难想象什么北极肉食性动物会咬掉一个小孩的舌头，却留下她的性命。但是话说回来，很多人都知道爱斯基摩人有习惯和凶恶的狗住在一起。在迪斯科湾我就亲眼见过一次。

他们不再针对这两个爱斯基摩人发问。

他们想知道格尔中尉被杀的细节，也想知道杀死他的是什么生物，我告诉了他们真相。我当时正在挽救爱斯基摩老人的性命，他出现在雾中，被二兵皮金登开枪击中。在格雷厄姆·格尔临死前的最后一刻，我才抬头看了他一下。我还解释说，不断移动的雾气、各种尖叫声、让人分心的毛瑟枪响、中尉手枪走火的声音、跪在雪橇边的我受限的视界、快速移动位置的人与光，都在干扰我，根本无法确定自己看到什么，我只看到有个很大、白色的形状围绕着倒霉的军官，他手枪的火光，还听到更多枪响，接着雾又把一切笼罩住了。

“不过，你可以确定那是只白熊吗？”菲茨詹姆斯中校问。

我迟疑了一下：“如果真的是白熊的话，”最后我说，“它就是只大得超乎寻常的北极熊。在我印象中，那是只像熊的肉食性动物，巨大的身躯、巨大的手臂、小小的头、黑曜石般的眼睛，但是细节可不如这些描述那么清楚。大致来说，我记得的是，那东西似乎是凭空出现，直接升起来环抱住格尔中尉，而且它站立起来的高度是格尔中尉的两倍。那真是恐怖。”

“这我相信。”约翰爵士冷冷地说，我甚至觉得像是在刻意挖苦，“但是，古德瑟先生，如果它不是熊的话还能是什么？”

我先前就注意到了，约翰爵士从没有按我正式的职级称我为医生。他用“先生”称呼我，就和他称呼任何一个副官或没受军官教育的士官长一样。我经过了两年才明白，这位我相当尊敬、日渐衰老的探险队总指挥，不会用同样的尊敬来回报只不过是个船医的我。

“不知道，约翰爵士。”我说。我只想赶快回去看我的病人。

“我知道你曾经表示过你对白熊很有兴趣，古德瑟先生。”约翰爵士继续说，“原因是什么？”

“我受过解剖学的专业训练，约翰爵士。而且在这次探险起航前，我还梦想成为自然学家。”

“现在不想了吗？”克罗兹船长用他温柔的爱尔兰腔问。

我耸了耸肩：“我发现田野调查不是我的强项，船长。”

“但是你曾经解剖过我们在比奇岛及这里打到的白熊，”约翰爵士紧抓着话题，“研究它们的骨骼与肌肉组织，而且和我们一样在冰上观察它们。”

“是的，约翰爵士。”

“你觉得格尔上尉身上的伤口，和这种动物制造的伤痕吻合吗？”

我迟疑了一秒。在我们把可怜的格雷厄姆·格尔的尸体搬上雪橇，然后像噩梦般穿过堆冰回来之前，我已经检查过伤口了。

“是的，约翰爵士。”我说，“就我所知，这区域的北极熊是世界上体形最高大的掠食者。和北美洲最大型且最凶猛的灰熊比较，它只有灰熊的一半体重，用后脚站立起来却可以比灰熊高出三英尺。它的力气也非常大，可以轻易把一个人的胸部压碎，破坏他的脊椎，就像可怜的格尔中尉的遭遇。不仅如此，北极白熊是唯一惯于把人类当成猎物的掠食者。”

菲茨詹姆斯中尉清了清喉咙。“我说啊，古德瑟医生。”他轻声说，“我在印度曾经看过一只非常凶猛的老虎，根据村落里的人的说法，它已经吃下十二个人了。”

我点点头，在那时刻我突然发现自己非常虚弱。疲累对我身体的影响就好比浓度极高的酒。“长官……中校……各位先生……你们的人生阅历都比我丰富得多。不过根据我大量阅读跟这主题相关的书籍得到的心得，陆地上其他肉食性动物，狼、狮、虎，还有别种熊，有可能在受到挑衅时咬死人，而且其中某些动物，比方说您提的老虎，菲茨詹姆斯中校，如果因为生病或受伤而无法猎捕到平常的猎物，就会改变习惯吃人肉。但是只有在北极的白熊，北极熊，平常就把人类当猎物来跟踪、猎捕。”

克罗兹点了点头：“你是从哪里学到这些的，古德瑟医生？在书里读到的？”

“在一定程度上是，长官。但是在迪斯科湾的时候，我大半时间都花在与当地人讨论熊的行为，当我们靠近巴芬湾停泊时，我还到‘冒险’号及‘威尔士亲王’号上请教马丁船长与达拿特船长。这两位先生不仅回答了我关于白熊的问题，还带我认识他们几个船员，其中包括两个年老的美国捕鲸人，他们在冰上待过十多年。他们都知道许多白熊潜伏攻击爱斯基摩原住民的故事，甚至提到人们受困在冰海时，白熊将他们从船上直接抓走的逸事。其中一位老人，我记得他叫康诺斯，他说一八二八年他们船上就有两个厨师被熊杀死，其中一个是在主舱遭到攻击，当时其他人都在睡觉，而他正在靠近火炉的地方忙碌。”

克罗兹听了之后，露出微笑：“或许我们不该听信一个老水手说的每一句话，古德瑟医生。”

“是的，长官。当然不能完全听信，长官。”

“好，那就这样了，古德瑟先生。”约翰爵士说，“如果还有别的问题，我们会再请你回来。”

“是，长官。”说完，我疲惫地转身，准备回船首方向的病床区。

“哦，古德瑟医生。”我还没走出约翰爵士舱房的门，菲茨詹姆斯中校就叫住我，“我有一个问题，虽然我很不好意思承认我不知道这问题的答案。为什么白熊要被称为海熊？应该不是因为它喜欢吃水手吧？”

“不是的，长官。”我回答，“我想是因为它比起陆地动物，更像是海洋哺乳动物。我读过一些报道，上面说有人曾经在离岸几百英里的海里看过它，而‘冒险’号的马丁船长也亲自跟我说，这种熊在陆上或冰上发动攻击的速度很快，能以超过二十五英里的时速冲向你，在海里也是最善于游冰的生物之一，游程可达六十或七十英里，而且中途不用休息。达拿特船长说，有一次他的船在离陆地很远的海中，以八节的速度乘风航行，竟然有两只白熊和船并肩游了十海里左右，最后索性把船抛在身后，以白鲸般的自在速度游向远方的浮冰。所以有了这个学名……海熊……虽是哺乳类，却大致上算是海里的生物。”

“谢谢你，古德瑟先生。”约翰爵士说。

“不客气，长官。”说完我就离开了。

一八四七年六月四日　续

爱斯基摩男人在午夜刚过没几分钟就死了。不过他死前说了一些话。

当时我正坐着睡觉，背就靠在病床区的舱壁上，史坦利把我叫醒。

灰发男人正躺在手术台上垂死挣扎，手臂晃动的方式看起来像是想游泳到空中。他穿孔的肺正大量出血，血也从他的下巴涌流到缠裹了绷带的胸膛。

我把提灯光调亮时，爱斯基摩女孩从她先前睡觉的角落爬起来，我们三个人倾身向前看着这垂死的人。

老爱斯基摩人弯起一根强壮的手指戳自己的胸部，在相当靠近弹孔的位置。他每喘一口气就汲出更多鲜红的动脉血，但是他咳嗽带出的声音可能只是一些字。我用一根粉笔把他的发音写在石板上，那块石板是有病患在睡觉时，史坦利和我沟通的工具。

“安卡库特·图库路克！夸鲁伯维酋……安卡库特·图库克……帕尼格……通拔克！塔尼克……拿努阿巴苗·图库脱亚西路……尤米阿帕·图库脱亚西路……纳努克·图库卡！帕尼格……通拔克·纳努克……安卡库特·库库路克！”

接着出血状况严重到让他无法再说话。血像喷泉般从他身体里涌出来，让他呛到，即使史坦利和我将他撑起来，试着帮他清通呼吸道，他还是只能呼吸到自己的血。在经过最后一段恐怖挣扎后，他的胸部不再起伏，躺回我们的手臂里，原本瞪视的眼神变得僵直、没有生气。史坦利和我让他躺回平台上。

“小心！”史坦利大叫。

一开始我不知道这位船医在警告我什么。老人已经死了，不会动了，我靠到他身边时也测不到脉搏和呼吸。不过，接着我转身看到那个爱斯基摩女人。

她从手术台上拿了一把沾满鲜血的手术刀，走近我们，举起那把武器。我一眼就察觉，她根本没在注意我。她的眼神固定在那人死后的容颜及他的胸膛上，他可能是她的丈夫、父亲或兄长。在那几秒钟内，由于完全不知道她的异邦部落有什么习俗，我脑海里浮现出一些疯狂行径的影像：女孩把男人的心脏挖出来，也许还进行可怕的仪式，然后把心脏吃掉；或者把他的眼珠子挖出来；或者切下他的一根手指；或者在他身上那些类似水手文身图腾的网状旧疤上，再多加几道。

她没有满足我的疯狂想象。在史坦利还来不及抓住她，而我只想得到防卫性地蜷缩在那死人身上时，爱斯基摩女孩使出外科医生般伶俐的刀术，让手术刀灵巧地向前移——她显然经常使用锋利无比的刀子，切断了系在老男人胸前护身符的牛皮绳。

她取走那块扁平、白色、沾了血迹的熊形石块及被切断的牛皮绳后，将它们隐秘地藏在毛皮外套里、她身上某个地方，然后把刀子放回手术台。

史坦利和我面面相觑。接着这位“幽冥”号的总船医就叫醒担任病床区助手的年轻水手，要他去通知当班的轮值军官，请对方转告船长：老爱斯基摩人死了。

六月四日　续

我们在凌晨一点半，也就是三钟响左右，埋葬了爱斯基摩人。我们把他的尸体用帆布包起来，塞进冰上离船只有二十码的防火洞里。这个防火洞让我们可以汲取到冰下十五英尺深处的活水，是这寒冷夏天唯一还保持畅通的洞。就如我先前说过，水手们最怕的莫过于火了。约翰爵士的命令是把尸体丢到这个洞里。当史坦利和我努力想用船矛把尸体塞进狭窄的洞里时，我们听见东方几百码处的冰原里传来砍凿声及偶尔的咒骂声。二十人组成的工程队正在连夜赶工，想挖出一个更像样的洞，以供隔天或是同一天稍晚格尔中尉的葬礼使用。

现在在深夜里，还有足够的光线可以读《圣经》——如果有人带到冰上来读的话，但实际上没人会这么做——微弱的光让我们两个船医及两个被叫来帮忙的船员更容易戳、刺、推挤并让尸体滑动，将爱斯基摩人的尸体深深塞进蓝色的冰里，最后让它落入下面的黑水中。

爱斯基摩女人安静地站着、看着，依然没有任何表情。有一阵风从西北偏西的方向吹来，让她的黑发从有污渍的连衣帽中扬起，就像乌鸦颈毛一样横飘在她脸上。

执行埋葬任务的原本只有我们几个人，史坦利船医，两个喘着气、轻声咒骂的船员，原住民女人，还有我。但是后来，克罗兹船长和一名高瘦的中尉也出现在风雪中，看我们做最后阶段的打点，或最后两个阶段的使劲猛推。终于，爱斯基摩男人的身体滑过最后五英尺，消失在冰下十五英尺的黑色洋流里。

“约翰爵士的命令是，不准这女人在‘幽冥’号上过夜。”克罗兹船长轻声说，“我们来带她回‘恐怖’号。”克罗兹对着那个高大的中尉（他的名字我现在想起来了，叫厄文）说，“约翰，她就由你负责了。帮她找个船员们看不到她的地方，或许是病床区前方的货物堆里，并且确保她不受到任何伤害。”

“是，长官。”

“对不起，船长，”我说，“但是为什么不让她回到她族人那里呢？”

克罗兹听后笑了笑：“通常我会同意你，医生。但是就我们所知，在方圆三百英里内没有任何爱斯基摩人的聚落，连个小村落也没有。他们是迁徙的民族，尤其那些我们称为北方高地人的部族。但是，这位老人和这年轻女孩怎么会在夏天来到这么北方的堆冰呢？这片堆冰上没有鲸鱼、没有海象、没有海豹、没有驯鹿，除了白熊和冰上那只凶手外，也没有其他生物。”

我不知道该怎么接下去，听起来似乎不是在回答我的问题。

“也许有一天，”克罗兹说，“我们存活的关键在于能不能找到爱斯基摩原住民，并且和他们交朋友。难道我们要在还没和她成为朋友之前就让她走吗？”

“我们开枪打死她的丈夫或父亲。”史坦利船医说。他的眼睛注视着那年轻女人，她依然盯着现在空无一物的防火洞。“这位沉默女士可不见得会对我们宽宏大量。”

“没错。”克罗兹船长说，“我们的问题已经够多了，可不希望再看到小姑娘带着一队愤怒的爱斯基摩战士回到我们船上，趁我们睡觉的时候谋杀我们。不，我认为约翰爵士是对的……在我们知道该如何处置她，以及处理自己的问题前，应该把她留下来。”克罗兹对着史坦利笑。这两年来，这是我第一次对克罗兹船长的笑留下印象。“沉默女士。这名字很好，史坦利。太好了。走吧，约翰，走吧，女士。”

他们向西顶着风雪，往第一道冰脊走去。我顺着雪堆爬上“幽冥”号。我要回到我的小卧舱，对现在的我来说它就像最完美的天堂。我要好好睡一整晚实实在在的觉，自从十几天前格尔中尉带我们朝东南偏南的冰原走去以来，我就没好好睡过觉了。

15
富兰克林

北纬七十度五分，西经九十八度二十三分

一八四七年六月十一日

约翰爵士过世那天，他差不多已经从撞见爱斯基摩姑娘一丝不挂的惊吓中恢复过来了。

根本是同一个年轻女子，同样一个十来岁的黄刀印第安妓女。在一八一九年他命运多舛的第一次探险中，魔鬼就派她——爱拈花惹草的罗伯特·胡德的十五岁姘头绿袜子来引诱他，这一点约翰爵士非常确定。现在引诱他的女人，同样拥有在黑暗中也能发光的咖啡色皮肤、同样的身高、同样的那种女孩子的圆形乳房、同样的褐色乳晕，在性器官上方也同样有像乌鸦羽毛般漆黑的暗色阴毛。

同样一个在梦中勾引男人与她交媾的女妖。

约翰·富兰克林爵士船长看到她光着身体躺在病床区、麦克唐纳德船医的桌台上——就在他的船上——一时大惊失色。但是约翰爵士很确定，在那天似乎永无止境、令人不知所措的剩余时间里，他并没有让船医们及另外两位船长察觉出自己的异常反应。

格尔中尉的葬礼在六月四日礼拜五当天很晚才举行。一支人数众多的工程队花了二十四小时才挖穿冰层，让他的遗体可以葬到海里。要完成这件工程，他们必须先用黑色炸药把如岩石般坚硬的冰层最上方的十英尺炸掉，再用鹤嘴锄、铲子挖出一个宽口坑洞，以便能把剩下五英尺左右的冰打穿。他们在中午完成工作时，“幽冥”号的木匠维基斯先生与“恐怖”号的木匠哈尼先生，已经做好一个精巧的木制平台，搭在十英尺长、五英尺宽的直通暗黝之海的洞口上。带着长鹤嘴锄的工程队人员留驻在坑里，随时注意不让平台下方的冰再次冻结。

船上的温度较高，格尔中尉的身体开始快速腐败，所以木匠们先用桃花心木做了一个非常结实的棺材，里面衬了一层馨香的香柏木。

两层木料之间还加装了一层铅，而非一般在帆布埋葬袋里装入两颗铁球，以确保尸体会沉到水里。铁匠史密斯先生铸造，锤打，并且镌刻了一面漂亮的纪念铜牌，用螺丝锁在桃花木棺材上。因为这次葬礼兼具岸边土葬与一般海葬的性质，约翰爵士特别要求棺材一定要做得够重，好让它马上沉下去。

在八钟响，暮班第一段刚开始不久——下午四点——两艘船的人员聚集在离“幽冥”号四分之一英里的埋葬地。约翰爵士下令，船上除了留下基本数目的守卫外，所有人都要参加葬礼。他还规定制服外面不可以套上别的衣物。所以时间一到，一百多位穿着正式却一直在发抖的军官与船员就聚集在冰上。

格尔中尉的棺材从“幽冥”号船侧放到冰上，然后绑在为了今天悲惨任务而强化过的大型雪橇上。约翰爵士将国旗覆盖在棺材上。接着，三十二个水兵，二十个来自“幽冥”号，十二个来自“恐怖”号，慢慢拉着棺材雪橇走了四分之一英里到达埋葬地点。当中最年轻的四个人在船员名单上还是见习生：“幽冥”号的乔治·钱伯斯与大卫·杨格，以及“恐怖”号的罗伯特·高汀与托马斯·伊凡斯，在蒙着黑布的鼓上敲奏着慢版的进行曲。这支严肃队伍由二十个人护送，包括约翰·富兰克林爵士船长、菲茨詹姆斯中校、克罗兹船长，以及其他军官与副官（留守在两艘人几乎走空了的船上的指挥官除外），每个人都穿着正式的军服。

在埋葬地点，穿着红外套的皇家海军陆战队火枪队已经站着等候了。他们由“幽冥”号三十三岁的中士大卫·布莱恩带队，队员包括下士皮尔森、二兵哈普魁、二兵皮金登、二兵希里，以及二兵里德，这些人全都来自“幽冥”号。旗舰上的陆战队只有二兵布莱恩缺席，因为他去年冬天就过世了，被埋在比奇岛。此外还有中士妥兹、下士黑吉斯、二兵威吉斯、二兵黑蒙、二兵海勒、二兵达利，他们都来自皇家海军“恐怖”号。

接掌格尔中尉的指挥任务的维思康提，他拿着格尔的三角礼帽与军刀走在雪橇后面。在维思康提旁边的是费尔宏中尉，他拿着一个蓝色丝绒垫，上面放着年轻格尔这些年来在皇家海军服役期间得到的奖章。

雪橇队接近下葬坑洞时，原本排成一列的十二个陆战队员分成两列，让出一条通道来。陆战队员转身面向通道，枪口倒转朝下，让拉雪橇的人、灵柩雪橇、高阶护卫群及哀悼者的队伍从中间通过。

军官围着坑洞站着，而一百一十个船员就在军官之间找自己的位置。有些水兵为了看得更清楚，还站在冰脊上。约翰爵士则是带着两位船长站在坑洞东侧一个临时搭建的平台上。只见三十二个拉雪橇的人缓慢、小心翼翼地合力把沉重的棺材卸下来，让它顺着角度调得刚好的木板，滑到搭建在长方形黑水池上方的木制平台上，暂时停放在那里。棺材就位时，除了有几条厚木板支撑之外，还有三条坚固的船缆帮忙撑住重量，由拉雪橇的水兵从两侧拉着。

鼓声停止时，所有人都脱帽，冷风吹拂着船员们的长发。为了这场葬礼，每个人的头发都洗过、分边而且用丝带绑住了。这天相当冷，在六钟响时量的温度不超过五华氏度。但是这满布冰晶的北极天空，就像是由金色光芒构成的坚实圆顶。仿佛是要纪念格尔中尉，被冰封住的太阳旁边多了三个太阳，在南方真正太阳的上方及左右两侧各飘着一轮幻日，全都被七彩的日晕环带连接起来。在场许多船员都向眼前完美的景象低头行礼。

葬礼由约翰爵士主持，一百一十个围绕的船员可以轻易听见他洪亮的声音。大家都已经很熟悉这种仪式。他说了一些安慰勉励的话，会众的回应也可以预期。在葬礼后段，冰上又回响起熟悉的话语时，大家忘了强风的存在。

“因此，我们把他的身体交给深海，任其毁坏，期待在海交出它吞噬的死人那天，尸体会再复活，并且得到我们的主耶稣基督赐予的来世。他要按着那能叫万有归服的大能，改变我们卑贱的身体，与他荣耀的身体相似。”

“阿门。”众人说。

接着皇家海军陆战队十二人组成的火枪队举起毛瑟枪，发射了三次排枪，最后一次只发射三枪，而不是前两次的四枪。

在发射第一次排枪时，维思康提中尉点了点头，撒母耳·布朗、约翰·威吉斯，以及詹姆斯·瑞吉登三人便将沉重棺材下面的厚木板抽掉，让它悬在三条船缆上。发射第二次排枪时，棺材往下放，直到碰到黑水。发射最后一次排枪时，水兵们慢慢松开拉船缆的手，让沉重的棺材和上面的铜牌——格尔中尉的奖章，军刀现在也停放在桃花心木棺材上——消失在水面下。

冰冷的水翻搅了几下，船缆被拉起来丢置在一旁，长方形的黑水区看起来空空如也。在南方，幻日和日晕都不见了，只有一轮红日还在天空的圆顶下散发光芒。

船员们默不作声地散开，回到各自的船上。现在不过是暮班第一段的二钟响时分而已，对大多数船员来说，这是吃晚餐及喝第二次配额酒的时刻。

第二天，六月五日礼拜六，两艘船上的船员们全挤在船舱里，因为又有一个北极夏天的闪电暴风雪在上空发作。原先在主桅高处瞭望的人被叫下来，留在甲板上担任守卫的人也都离金属和船桅远远的，因为闪电正穿过浓雾从高空打下来。雷声隆隆，大型闪电不断击打着装在船桅和舱顶的避雷棒，圣艾尔摩之火[1]的蓝色手指沿着帆桁爬窜，滑过索具。值完班下到船舱来的憔悴瞭望员，告诉那些眼睛还睁得大大的同胞，他们看见一个接一个的闪电球在冰上滚动与跳跃。那天稍晚，闪电与天空的电光图案闪烁得更激烈，暮班的

1 圣艾尔摩之火是一种自古以来就常在航海时被海员观察到的自然现象，经常发生于雷雨中，在如船只桅杆顶端之类的尖状物上，产生如火焰般的蓝白色闪光。

瞭望员报告说，有只很大的东西，大到不可能是只白熊，在雾中沿着冰脊徘徊踱步，一会儿看不见，一会儿又被闪电的光照亮，但是不到一两秒就又不见了。他们说，有时候那只东西像熊一样用四只脚走路。另一些时候，他们发誓，它轻松地用两条腿走路，就和人一样。他们说，那只东西绕着船走。

虽然水星就要落下，礼拜天的黎明却相当晴朗，而且比前一天冷了三十华氏度，中午的温度是零下九华氏度。约翰爵士发布消息说，当天大家都要参加“幽冥”号上举行的主日礼拜。

约翰爵士船上的船员和军官每个礼拜都得参加主日礼拜。在暗无天日的几个冬天月份里，他就在主舱里主持礼拜。不过，只有最虔诚的“恐怖”号船员会越过冰原来参加礼拜。因为主日礼拜是皇家海军的要求——与其说是规定，不如说是传统——克罗兹船长在礼拜天也会安排礼拜，但是因为船上没有牧师，所以礼拜变得徒具形式，有时只是读读船上法规，而且时间只有二十分钟，不像约翰爵士那样热切地让礼拜进行九十分钟或两个小时。

但是这个礼拜天，大家都没有别的选择。

在三天内，克罗兹船长第二次带着他的军官、副官及船员们越过冰原到这边来，这次大家都在制服外面套上大外套并戴着手套。他们到达“幽冥”号时才惊讶地发现，礼拜竟然要在甲板上举行，约翰爵士则是要站在后甲板区讲道。虽然上方的天空是淡蓝色的，今天没有冰晶的金色圆顶，也没有具有象征意义的幻日，但是风非常冷，在后甲板区下方的船员们挤在一起，自我安慰地想要借此取暖，而两艘船的军官仿佛一整队穿着大外套的侍从，全都站在约翰爵士后面，站在甲板饱受风霜洗礼的那一面。十二个陆战队士兵再次排成一列，站在甲板背风面，中士布莱恩站在最前面，士官们则聚集在主桅前方。

约翰爵士站在罗盘箱上，箱子上罩着先前覆盖在格尔中尉棺材上的国旗，以符合“神圣讲道坛”的规定。

他只讲了一个小时左右，所以没有人冻坏脚趾或手指。

约翰爵士的本性与倾向都偏好《旧约》胜过《新约》，所以他带着大家回顾了几个旧约先知的预言。他的讲道一度集中在先知以赛亚关于地球的预言：“看啊，耶和华使地空虚，变为荒凉；又翻转大地，将居民分散。”随着愈来愈多经文及解说出现，连主甲板上穿戴大外套、围巾、连指手套那群人中最迟钝的船员也慢慢开始明白，总指挥在讲这次寻找西北航道的探险，以及目前受困在北纬七十度五分、西经九十八度二十三分的窘境。

“这土地将全然空虚，全然荒凉：因为上主已经这么说了，”约翰爵士继续说着，“地上的居民啊，恐惧、陷坑、网罗都临近你……躲避恐惧声音的必坠入陷坑；从陷坑上来的必被网罗缠住。因为天上的窗户都开了，地的根基也震动了……地全然破坏，尽都崩裂，大大地震动了。地要东倒西歪，好像醉酒的人……”

仿佛是要证实这悲惨预言，“幽冥”号四周的冰原上突然传来大声的呜咽，船员脚下的甲板也开始移动。上方结了冰的船桅及帆桁似乎在震动，在淡蓝色天空中轻轻旋转。没有人离开队伍或发出声音。

约翰爵士从《以赛亚书》跳到《启示录》，让他们看到还有更多悲惨景象在等待背弃上主的人。

“但是如果他们……我们……不违背与上主所立的约呢？”约翰爵士问，“请你们看约拿的例子。”

几个船员一时轻松地呼了一口气。他们很熟悉约拿的故事。

“上帝差派约拿到尼尼微城去大声责备那地方的人，因为他们罪恶满盈。”约翰爵士大声地说，他一度过于微弱的声音此时突然变大，强度与抑扬顿挫甚至可以和受神感召的国教派牧师媲美，“但是约拿——你们都知道这件事，伙伴们——他逃离上主给他的使命，也逃离上主的同在，反倒往约帕去，跳上第一艘驶离的船，那艘船恰好要开往他施，在当时世界的尽头之外。约拿愚笨地以为自己可以搭乘这艘船到远离上主国度的地方。”

“‘然而耶和华使海中起大风，海就狂风大作，甚至船几乎破坏。’接下来的事你们都知道了……你们知道那些船员如何大声呼喊，想知道为什么会有这样的厄运降临在身上，然后他们做了签，抽出约拿来。‘他们问他说：我们怎样做，使海浪平静呢？……他对他们说：你们将我抬起来，抛在海中，海就平静了。我知道你们遭这大风是因我的缘故。’”

“但是一开始船员们并没有把约拿抛出船外，他们有这么做吗，伙伴们？没有。他们是勇敢的人也是很好的水手，擅长航海，所以他们竭力划桨，要让快沉没的船靠岸。但是最终他们没有力气了，所以向上主呼喊，然后牺牲约拿，把他抛出船外。”

“但《圣经》上说，‘耶和华安排一条大鱼吞了约拿，他在鱼腹中三日三夜。’”

“请注意，伙伴们，《圣经》并没说约拿是被一条鲸鱼吞下肚。没有！并不是我们在正常夏天会在这附近北极圈海域或巴芬湾看到的白鲸、露脊鲸、须鲸、抹香鲸、杀人鲸或长须鲸。不是的，约拿是被上主特别为他预备的一条‘大鱼’吞下肚，也就是说，那是上主耶和华特别为了这目的创造的一只深海怪兽。在

《圣经》里，这只怪兽般的大鱼有时被称为利维坦。”

“我们也像这样，被派遣到目前所知的世界尽头，伙伴们，这里比他施还远，那里其实不过是在西班牙罢了。我们被派到连平常事物都会起来反叛我们的地方，这里的闪电会从冰冻的天空打下来，这里的寒冷从来不会变温和，这里的白色野兽会在冻结的海上行走。没有任何人，文明人或未开化的人，会把这地方称为家。”

“但是，我们仍然在上帝的国度里，伙伴们！约拿并没有因他的厄运而抗议，也没有因他受的处罚而诅咒，反倒是三天三夜在鱼腹内向上主祷告，所以我们不应该抗议，而是要接受上帝的旨意，他把我们放逐在冰海的肚子里，过了连续三个漫长的冬夜。我们应该和约拿一样，向上主祷告：‘我从你眼前虽被驱逐，我仍要仰望你的圣殿。诸水环绕我，几乎淹没我；深渊围住我，海草缠绕我的头。我下到山根，地的门将我永远关住。耶和华我的上帝啊，你却将我的性命从坑中救出来。’”

“我心在我里面发昏的时候，我就想念耶和华。我的祷告进入你的圣殿，达到你面前。那信奉虚无之神的人，离弃怜爱他们的主；但我必用感谢的声音献祭与你。我所许的愿，我必偿还。救恩出于耶和华。”

“耶和华吩咐鱼，鱼就把约拿吐在旱地上。”

“亲爱的伙伴们，请记得我们已经，而且必须继续以感恩的声音为祭品献给上主。我们必须偿还我们许的愿。我们在基督里的朋友及弟兄，格雷厄姆·格尔中尉发现今年夏天我们是不可能从利维坦的肚腹中被释放了，但愿他此时就睡在上主的怀中。今年我们是无法从这片奇冷无比的冰海肚子中逃离了。如果他能活着回来，这是他原本要带给我们的信息。”

“但是我们的两艘船都还完好无缺，伙伴们。我们这个冬天，甚至过了这个冬天，如果需要的话……还能持续更久，都还会有足够的存粮。我们还有煤炭可以燃烧来取暖，有同伴之谊给我们更深的温暖，而最深层的温暖则来自我们确知的事：我们的上主未曾放弃我们。”

“在利维坦的肚腹中，再过一个夏天，接着再一个冬天，伙伴们，我向你们发誓，上帝的恩典怜悯就会帮助我们离开这可怕的地方。西北航道是存在的，就在西南方地平线的方向，离我们没有多少路程，格尔中尉一个礼拜前几乎亲眼看到它。我们在几个月后，在这拖得异常悠长的冬天结束后，就会航向它、行经、驶出，然后远离，因为我们会为了遭受的苦难而向他大声祈求，而他也会在这地狱般的肚子之外垂听我们的祷告，他已经听到我和你们的声音。”

“现在，伙伴们，我们正因为利维坦恶灵化身成怀有敌意的白熊而苦恼。不过那东西毕竟只是白熊，不管它想怎么效忠我们的敌人，它都只是一只没头没脑的野兽。和约拿一样，我们要向上主祷告，让这恐怖的东西离开我们。而且可以确定的是，上主会听我们的祷告。”

“杀掉这只不过是野兽的东西吧，伙伴们，在成功的那一天，不论是我们当中哪个人下手杀掉，我发誓我会自掏腰包付给你们每人十英镑金币。”

挤在船腰的船员开始窃窃私语。

“每个人十英镑金币。”约翰爵士重复了一次，“不是只给像大卫杀死歌利亚一样杀死野兽的人奖赏，而是每个人都有奖赏，大家都有份，而且得到同样多。此外，你们还会继续领到皇家探索团的薪水，还有我承诺将来再多付给你们津贴，多给和你们签约金一样多的津贴，只为了报答你们愿意再多待一个冬天在这里吃好吃的食物、吹暖气、等待雪融！”

如果做礼拜时可以笑出声的话，当时肯定会有人笑出来。但事实上，船员们只是互看彼此面色苍白、几乎冻伤的脸。一个人十英镑金币，约翰爵士还答应回去后再额外给和签约金一样多的津贴。许多人一开始就是看在高额签约金的分上才参与这次探险，大多数人都能拿到二十三英镑！当时一个人一礼拜的房租只要六十便士，租一整年只要十二镑。这还只是加在皇家探索团一般水兵一年六十镑薪水之上的福利而已，却已经超过岸上任何工人薪水的三倍。木匠的薪水是七十五镑，水手长是七十镑，工程师可以拿到整整八十四镑。

船员们面露微笑，并且偷偷在甲板上跺脚，以防脚趾冻坏。

“我已经命令‘恐怖’号上的狄葛先生和‘幽冥’号上的沃尔先生，今天为我们预备一顿节庆晚餐，来预祝我们必能战胜的不幸，这次探险任务必然成功。”约翰爵士从装饰国旗的讲道坛上向下喊，“我也准许两艘船上的人今晚多喝一份朗姆酒。”

“幽冥”号的船员只能垂着松垮垮的下巴彼此对望。约翰·富兰克林爵士会容许大家在礼拜天喝酒，而且还多喝一份?

“大家和我一起来祷告吧，伙伴们。”约翰爵士说，“亲爱的上帝，再次转眼向着我们，哦，上主，赐恩典给你的仆人。求你使我们早早饱得你的慈爱，好叫我们一生一世欢呼喜乐。”

“求你照着你使我们受苦的日子和我们遭难的年岁，叫我们喜乐。”

“愿你的作为向你仆人显现；愿你的荣耀向他们子孙显明。”

“愿主我们上帝的荣美归于我们身上；愿你坚立我们手所做的工；我们手所做的工，愿你坚立。”

“荣耀归于圣父、圣子、圣灵。”

“起初、现在、直到永远，阿门。”

“阿门。”一百一十五个声音回应。

约翰爵士讲道后的四天四夜里，有一场六月暴风雪从西北方来，让可见度变得很差，活动起来也很不方便，但是在冰冻的海面上却不时传来霰弹枪的砰砰枪响和毛瑟枪的嗒嗒声。每个可以找到理由到冰原上的人（狩猎队、防火洞维护组、两艘船间的信差、测试新雪橇的木匠、获准带船狗涅普顿出去散步的水兵）都带着武器，朝着任何移动中或是在风雪或雾里看起来像是会移动的东西开枪。没有人被误射致死，但是有三个人得去找麦克唐纳德医生或古德瑟医生，请船医帮忙把射在大腿、小腿及臀部的霰弹枪子弹碎片取出来。

礼拜三，一支狩猎队真的带回一只白熊尸体——绑在两部连在一起的雪橇上——以及一只和小牛一样大的小熊。

有些人开始大喊大叫，要求付给每个人十英镑金币，但即使是到船北方一英里射死野兽的人也不得不承认它太小了。他们有两把毛瑟枪与三把霰弹枪，总共开了十二枪才射倒这头熊，熊瘫在满是血迹的冰上，还不到八英尺长，而且还太瘦，是母的。他们杀死母熊，但留小熊活口，拉着它跟在雪橇后面回来。

约翰爵士下船来检查这头已死的动物，夸赞那几个人为大家找到了食物。虽然每个人都不喜欢吃煮熟的熊肉，而这只瘦熊的肉看起来肯定比以前的更多筋更难嚼，但是他指出，这并不是利维坦化身杀死格尔中尉的怪兽。约翰爵士解释说，所有亲眼见到中尉之死的人都很确定，就在临死之前，这位英勇的军官还朝着那只怪兽的胸膛发射了手枪。这只母熊虽然身上满是弹孔，但它胸部却没有手枪的旧伤口，也找不到手枪的子弹。真正的白熊怪兽，约翰爵士说，要根据这样的特征来辨认。

有几个船员想把小熊当宠物养，因为它已经断奶了，可以吃解冻的牛肉，而另一些人则当下想把它宰了。约翰爵士听从陆战队中士布莱恩的建议，下令让小熊活着，用项圈和链子将它系在冰上的一根桩上。就在礼拜三晚上，六月九日，中士布莱恩和妥兹，还有大副爱德华·考区，以及这趟旅程仅剩的制帆匠老约翰·莫瑞，请求到约翰爵士的舱房报告。

“我们在这件事上的做法不对。”中士布莱恩说，他是这一小群人的发言人，“我是指猎杀野兽。”

“错在哪里？”约翰爵士问。

照布莱恩的手势来看，他指的是外面满是血迹的冰上正被屠宰的母熊。“船员们不是猎人，约翰爵士，我们两艘船上没有半个真正的猎人。我们出去打猎的人以前在陆地时只是偶尔猎猎小鸟，不是猎大型动物。嗯，也许我们可以射倒鹿，或是北极驯鹿，如果我们能碰上一只的话。但白熊是可怕的敌人，约翰爵士。我们先前能射杀白熊，多半是因为运气好，而不是猎技高超。白熊的头颅厚到能挡住毛瑟枪的子弹。它身上有非常多脂肪与肌肉保护，就像古代骑士受甲胄保护。它是强而有力的动物，即使是体形较小的熊，您自己也看过，约翰爵士，用霰弹枪打它的肚子，或用步枪射它的肺，也不会让它倒下来。还有，很难找到它们的心脏。这只瘦巴巴的母熊需要霰弹枪与毛瑟枪合计开十二枪，而且都是近距离发射才能射倒。即使是这样，它还是很有机会逃脱，如果它不是要留下来保护幼子的话。”

“那么你如何建议，中士？”

“建一个隐匿棚，约翰爵士。”

“隐匿棚？”

“就好像我们要猎鸭一样，约翰爵士。”妥兹中士说。这名陆战队士兵苍白的脸上有一道紫色胎记。“莫瑞先生知道如何制造。”

约翰爵士转身对着“幽冥”号的老制帆匠。

“我们可以使用原本要做驱动轴替换品多出来的几根铁棍，约翰爵士，然后把它们弯成我们要的护栏形状，”莫瑞说，“当成隐匿棚的轻框架，就像帐篷。您知道的。”

“只是它不像我们的帐篷一样呈金字塔形，”约翰·莫瑞继续说，“反倒是长而矮，上方是一道突出的遮棚，差不多就像村郊市集的帆布棚架，长官。”

约翰爵士露出微笑：“难道我们的熊不会注意到冰上多出一个村郊市集的帆布棚架吗，先生们？”

“不是的，长官。”制帆匠说，“我会在晚上，或我们称为夜的微明时光来临前，把帆布剪好、缝接好，将它漆成像雪一样白。把这隐匿棚靠在一个矮冰脊上，让它们融为一体。只有细长的枪支发射狭缝会稍微被看见。维基斯先生会用葬礼时平台上的木头在棚架内装设一条长椅，让射手们可以脚离冰地、温暖地坐在板凳上等候。”

“你预计要安排几个射手在这个……猎熊隐匿棚？”约翰爵士问。

“六个，长官。”布莱恩中士回答，“我们需要一起发射排枪，才能射倒野兽，长官，就好像在滑铁卢，要数千个人才能打倒拿破仑的手下。”

“万一这只熊的嗅觉比在滑铁卢时的拿破仑还好呢？”约翰爵士问。

有些人在窃笑，但是中士妥兹说：“我们考虑过，约翰爵士。最近这些日子，风大多是从西北偏北方向吹来。如果把隐匿棚放在可怜的格尔中尉下葬处附近的矮冰脊上，长官，我们就可以把西北方一整片空旷的冰原当成杀戮区，那里有将近一百码的开放空间。白熊很可能会从上风处较高的冰脊上爬下来，约翰爵士。当它到了我们设定的地方，一排接一排的米尼式子弹会射入它的心和肺，长官。”

约翰爵士在考虑。

“但是得叫大家不要随便走动。”二副爱德华·考区说，“如果冰原上有一大堆人晃来晃去，而且随时听得见他们和侦察兵对着冰塔和阵风胡乱开枪，不会有任何一只识相的熊走进船周围五英里内，长官。”

约翰爵士点点头：“你们打算用什么引诱熊进到杀戮区呢，先生们？你们考虑过用饵吗？”

“是的，长官。”中士布莱恩的脸上现在带着微笑，“我们要用新鲜的肉引诱凶手进来。”

“我们并没有新鲜的肉，”约翰爵士说，“连只环斑海豹都没有。”

“不，长官。”这名脸部轮廓鲜明的陆战队中士说，“但是我们有那只小熊。等到隐匿棚搭建完成，我们就把小熊宰了，血流得愈多愈好，长官，然后把肉放在离射击区不到二十五码的冰上。”

约翰爵士说：“所以，你们认为我们这只动物会吃同类的肉？”

“哦，是的，长官。”中士妥兹说，他紫色胎记下方的脸变红了，“我们认为，这只动物会吃任何在流血或闻起来像肉的东西。当它来的时候，我们就把成排子弹射到它身上，长官，接着每个人就可以得到十英镑，然后过完冬天，获得胜利，然后回家。”

约翰爵士慎重地点了头说：“就这么做吧。”

礼拜五下午，六月十一日，约翰爵士和维思康提中尉到外面去检查猎熊的隐匿棚。

两位军官不得不承认，即使近到三十英尺，隐匿棚还是几乎看不见，它的底面和背面直接贴在一道矮冰脊上，约翰爵士几天前就是在这里诵读悼词的。白色的帆布交叠得相当完美，在枪支发射的狭缝上，帆布条间隔不等地垂着，将结实的水平置枪架分成好几段。制帆匠兼军械匠巧妙地将帆布固定在铁制的长杆与肋条上，即使风像现在这般猛烈，把雪刮得在冰原上狂飞，帆布还是纹丝不动。

维思康提领着约翰爵士沿着冰脊背面一条冰滑的小径走——射击区看不到这地方——接着越过矮冰墙，从帐篷后面一个狭缝进入隐匿棚。中士布莱恩和几个“幽冥”号的陆战队士兵——下士皮尔森、二兵希里、里德、哈普魁和皮金登——在里面。探险队总指挥走进来时，几个人站起来迎接。

“哦，不，不，各位，坐着就好。”约翰爵士非常小声地说。在这窄长帐篷两侧的铁护栏上，有些弯曲的铁制镫具，馨香的厚木条架在上面，让陆战队员即使不站在狭窄的射击狭缝旁边，也可以坐着达到射击高度。另外还有一层木条让他们的脚可以不踩在冰上，而毛瑟枪就摆在前方触手可及的地方。这拥挤空间里弥漫着新木材、湿羊毛及枪支润滑油的味道。

“你们在这里等多久了？”约翰爵士小声地问。

“还不到五个小时，约翰爵士。”中士布莱恩说。

“你们一定很冷吧。”

“一点也不冷，长官。”布莱恩低声说，“棚子够大，我们可以偶尔在里面走来走去，而且木条能让我们的脚不被冻坏。‘恐怖’号的陆战队会在妥兹中士的指挥下，在二钟响时来接替。”

“有没有看见什么？”维思康提中尉小声问。

“还没有，长官。”布莱恩回答。这位中士和两位军官倾身向前，直到脸碰到从射击狭缝吹进来的冷空气。

约翰爵士看见那头小熊的尸体，它的肌肉在冰上异常鲜红。除了小小的白色头颅外，他们把它身上的皮全剥掉，让血流出来，再用桶子盛起来，把血洒在四周。风吹着雪横越过宽广的冰原，在一整片白色、灰色、淡蓝色的背景中，鲜红的血令人感到不安。

“还得看看我们的敌人会不会吃同类。”约翰爵士小声地说。

“是的，长官。”中士布莱恩说，“约翰爵士，要跟我们一起坐到长板凳上吗？长官，这里还有很多空间。”

其实没有多少空间，尤其是原先就在木条上排排坐的几个胖屁股外，还要加上约翰爵士的大屁股。由于维思康提中尉还站着，陆战队士兵尽可能把身体往前移，所以木板凳上可以挤坐七个人。约翰爵士发现，坐在这高高的位置上，冰原上的情形一目了然。

约翰·富兰克林爵士船长觉得，他和其他男人从来没有这么愉快相处过。约翰爵士花了很多年才明白，他和女人——包括有艺术气质、容易紧张的女人，例如他的第一任妻子伊莲娜，以及强势、不屈不挠的女人，例如他的现任妻子简——在一起时，会比和一群男人在一起自在得多。但是在上礼拜天的主日崇拜后，他的军官与船员给他的微笑、点头，以及真诚注视表达的认可，胜于他四十年军旅生涯的任一时期。

没错，他是一时兴起答应给每个人十英镑金币，更不用说将相当于普通水手五个月薪水的签约金再加倍了。约翰爵士的财源宽裕，即使钱在他离家三年多的时间里变少了，他还是很确定，简女士的私人财产可以支付因荣誉而产生的新债款。

不管怎么说，约翰爵士认为，答应给赏金，以及出人意料地容许船员们在他禁酒的船上喝酒，都是神来之举。约翰爵士和其他人一样，因为探险队中最有前途的年轻军官之一格尔中尉突然去世而心情沮丧。冰原上找不到任何未冻结水域的坏消息，以及还得在冰上过黑暗冬天的悲惨宿命，对每个人来说都是沉重打击。但是答应给每个人十英镑金币，并容许两艘船上的人大吃一餐，让他暂时克服了这难题。

当然还有一个问题，四个船医上礼拜才告诉他：有愈来愈多罐头食物已经腐坏，很可能是因为罐头焊接不够严密。约翰爵士目前只能暂时把这事搁在一旁。

风吹着雪横越广大冰原，让那具小尸体在它凝结并且冻结的X字形血迹中忽隐忽现。没有任何东西从附近冰脊及冰塔走过来。约翰爵士右边的人轻松地坐着，其中一个嚼着烟草，其他人把戴着连指手套的手扶在竖立的毛瑟枪枪口上。约翰爵士知道，只要他们的复仇者一在冰上出现，连指手套会在一瞬间全脱掉。

他边想边微笑。他发现自己正试着记住这场景、这时刻，使它变成一桩逸事趣闻，好在将来说给妻子简、女儿伊莲娜，还有可爱的外甥女苏菲听。他最近经常把他们在冰上的窘境看成一系列逸事，甚至用文字记录下来，他没写太长，差不多就是能让对方专心听完的地步，以便将来与那些可爱的女士们分享，或是作为和其他人外出吃晚餐时闲聊的话题。这一天，可笑的猎熊隐匿棚，一群挤在里面的人，愉快的感觉，枪支润滑油、羊毛、烟草的气味，甚至是压得很低的灰色雪层、吹刮的雪，以及等待猎物时的张力，在未来几年会对他很有用处。

约翰爵士的目光突然转向最左边，越过维思康提的肩头，他看着距离隐匿棚南端不到二十英尺的葬坑。那天葬礼后，黑水区的开口又冻结起来了，坑洞本身也被雪填满了。即使只看到冰上的凹陷，也会让多愁善感的约翰爵士因为想起年轻的格尔而再度难过起来。不过，那场追思礼拜确实办得不错。他是带着尊严及军人的风范来主持礼拜的。

约翰爵士注意到，在那冰坑最底部有两个靠得很近的黑色东西躺在那里。黑色的石头，还是纽扣或硬币？也许是一个礼拜前某个刚好站在坑洞旁边的水兵故意留下来纪念格尔中尉的？在暴风雪即将来临前时时变化的昏暗光芒中，两个小黑圈仿佛带着悲伤责备的眼神回瞪约翰爵士——除非你知道要往哪里找，否则几乎看不见。他想，会不会是天候让海中两个小洞阴错阳差地在经历冰冻与风雪的交互作用后没被封起来，因此在灰色的冰上露出两个由黑水形成的小圆圈？

那两个黑色圆圈在眨眼。

“啊……中士……”约翰爵士开口说。

葬坑的整块冰板似乎突然爆裂，开始移动。某个巨大、白色、灰蒙且强有力的东西以迅雷不及掩耳之势朝他们卷了过来。它升到冰面上，冲向隐匿棚，接着消失在南侧帆布外，消失在发射狭缝的视界外。

几个无法确定刚刚看到什么的陆战队士兵完全来不及反应。

相当强劲的力道冲击离维思康提和约翰爵士不到三英尺的隐匿棚南端，把铁棍折断，把帆布撕碎。

陆战队士兵与约翰爵士急忙跳到地上，上方、后方及侧面的帆布都被撕开了，长猎刀一样的黑爪子划破了厚帆布。每个人都在大叫，接着传来一阵可怕的腐尸臭味。

中士布莱恩举起毛瑟枪。那东西就在隐匿棚里面，就在里面，和他们在一起，在他们身旁，用非人的手臂环绕他们。他还没来得及开枪，那只掠食者呼出的腐臭味就冲出一道气流，中士的头随即从肩膀上脱落，穿过射击狭缝，飞掠过冰原。

维思康提大叫起来，有人发射了毛瑟枪，子弹只打到他旁边的陆战队同胞。帆布隐匿棚的顶部已经不见了，在原本该看见天空的开口处，有个很大的东西挡住了。正当约翰爵士转身，想要冲出破裂的帆布帐篷时，他感觉膝盖下面一阵剧痛。

接着他眼前的东西开始变得模糊且怪异。他似乎是整个人上下颠倒地看着船员们从破帐篷中被抛出来，然后看着他们像十柱球戏中的球柱一样，被撞散在冰原上。另一支毛瑟枪也发射了，不过那是某个士兵把枪丢在地上想四肢并用爬离时不小心击发的。这一切约翰爵士都看在眼里，不可思议且诡异地从一个颠倒、摇摆的角度看着。他腿部的疼痛变得难以忍受，接着他听到类似小树折断的声音，然后他被往前抛，掉进那个葬坑里，朝等着他的一圈新黑水滚去，他的头撞穿薄冰，就像一颗板球撞破玻璃窗。

冰冷的水让约翰爵士激烈跳动的心脏暂时停歇。他想大叫，却只吸进咸咸的海水。

我在海里面。我有生以来第一次在海里面。多么奇妙啊！

接着他挥舞双手，身体不断翻转，感觉自己的大外套已被撕碎，碎片和破布正从他身上剥离。现在他完全感觉不到他的腿，脚在冰冻的水中踩不到东西。约翰爵士拼命用手臂和手掌抓水、划水，尚不知道自己在这片可怕的黑暗中是在努力游向水面，还是把自己推到更幽深的黑水里。

我快淹死了。简，我快淹死了。参加探险队这么多年来，我考虑过各种最终死法，亲爱的，但是我从没认真想过我会淹死。

这时约翰爵士的头撞到坚硬的东西，几乎把他撞得不省人事。他的脸再次被压到水面下，咸咸的水再次充满他的嘴和肺。

接着，亲爱的，上帝的保佑带领我到水面，或至少让我呼吸到那一英寸夹在海面与上方十五英尺厚冰之间的空气。

约翰爵士的手慌乱挥动着，身体翻转成背部朝下，腿还是没有任何用处，手指在上方的冰上乱刮。他强迫自己让心脏和四肢平静下来，他需要克制自己的动作，好让鼻子在冰层与冰冷的水之间找到一丝丝空隙。他在呼吸。他抬高下巴，把海水咳出来，并且用嘴巴呼吸。

谢谢，亲爱的耶稣，上主……

约翰爵士压住想要大叫的冲动。他沿着冰层底部爬，像是在爬墙。冰层的底部不太规则，有时向下突然进入水里，让他得不到一丝空气，有时却又向上升起五六英寸甚至更高，他几乎能让整张脸浮出水面。

虽然在他上面有十五英尺厚的冰，却还是有微弱的光线——蓝色的光，上主的光——在离他眼睛仅几英寸的粗糙冰切面上折射。部分日光从那个洞——格尔的葬坑射进来，他刚才是从那里被丢进来的。

我唯一要做的事，我亲爱的女士们，我亲爱的简，就是找到回冰上那窄洞的路，也就是说，确认自己所在位置，但是我知道我只有几分钟……

不是几分钟，是几秒钟。约翰爵士可以感觉到冰冷的水快要将他冻到失去生命了，而且他的脚显然状况严重。他不仅无法感觉到脚的存在，还感觉到它们并不存在。海水中有他的血的味道。

接着，女士们，全能的上帝，我看到了光……

在他左边。开口在他左手边十码或不到十码的地方。

这里的冰比黑色的水面高，空间足够让约翰爵士把头抬起来，用他秃而冰冷的脑门儿顶着粗糙的冰喘气，水和血从眼睛里流出来，并且看见救赎主的光辉就在不到十码远的地方。

某个巨大而潮湿的东西在他与那片光之间升起，四周变得完全黑暗。他原先可以呼吸的几英寸空气突然被夺走，取而代之的是难闻至极的腐败口臭扑面而来。

“救救……”约翰爵士气急败坏地开口，边说边咳。

潮湿的恶臭味接着环绕住他，巨大的牙齿在他脸的两侧合起，他的头两侧、耳朵正前方的骨头和头颅整个被咬碎。

16
克罗兹

北纬七十度五分，西经九十八度二十三分
一八四七年十一月十日

五钟响，清晨两点半，从“幽冥”号回来的克罗兹船长已经检查过威廉·史特朗和托马斯·伊凡斯的尸体。冰原上那只东西将它们靠在船尾后甲板区的护栏上，并且看着它们被搬进船舱下面的死人房存放。现在克罗兹坐在他的舱房里，看着桌上的一瓶新威士忌及一把手枪，陷入沉思。

克罗兹的小舱房有将近一半的空间被嵌在右舷船身的卧铺占去。卧铺看起来很像小孩子的床，侧边加高、刻了图案，下方有几个内嵌橱柜，凹凸不平的马毛床垫的位置差不多和他的胸部一样高。克罗兹在真正的床上从来就睡不好觉，他常常希望能再睡他还是资浅军官、准少尉以及船上见习生那些年里睡的摇晃吊床。固定在船身的卧铺，可说是整艘船最冷的睡卧处，比士官长们的卧铺还冷，因为他们的小舱房在主舱船尾区中央。跟船首区幸运的船员睡的吊床相比，他的卧铺更冷。吊床悬挂在船员用餐区，旁边就是散发光热的费兹尔专利火炉，狄葛先生每天都在那里煮食二十个小时。

嵌在升高而内倾的船身上的几个书架上摆了一些书。就克罗兹的卧榻来说，这些书或多或少发挥了隔冷效果，虽然效果不大。天花板下方还有更多本书塞在垂挂在弧形木梁下方长约五英尺、几乎和舱房同宽的书架上，书架下方三英尺左右就是位于卧铺与走道间的外翻式书桌。普雷斯顿专利天窗的黑色圆孔在舱房正上方，凸而不透明的玻璃嵌在被三英尺高的积雪及帆布覆盖住的甲板里，无法为舱房带来一丝光线。冰冷的空气不断从天窗流进来，就像死了很久却还挣扎着想呼吸的生物呼出的冰冷气息。

克罗兹的书桌对面是装设洗脸盆的窄架，脸盆里没有水，因为水会冻结，克罗兹的侍从乔帕森每天早上会从火炉那里为他取热水来。在书桌与洗脸盆之间，小舱房只剩下一点点空间让克罗兹站立，或者像现在这样坐在书桌前一个没有椅背、不用时可以收到洗脸盆下的凳子上。

他继续看着他的手枪和威士忌。

皇家海军“恐怖”号的船长常觉得他对未来一无所知，除了他的船和“幽冥”号将永远不能再靠帆或蒸汽动力航行之外。但是他提醒自己有件事可以确定：在他的威士忌告罄时，弗朗西斯·罗登·摩伊若·克罗兹就会开枪把他的脑袋轰掉。

在已故的约翰·富兰克林爵士船长的储藏室里装满贵重的瓷器（当然全都有约翰爵士名字的缩写与家族徽章），以及切工精细的水晶容器、四十八只牛舌、同样刻有他徽章的漂亮银制品、好几桶烟熏的威斯特伐利亚火腿、双层格洛斯特郡奶酪塔、从住在大吉岭的亲戚的农场特别进口的一袋袋茶叶以及许多瓶他最喜欢的覆盆子果酱。

克罗兹也带了一些特别的食物，以便偶尔宴请军官，但他的钱和专属船长的储物空间，大多献给了三百二十四瓶威士忌。不是什么高级的苏格兰威士忌，但对他来说已经够了。克罗兹知道，自己早就是重量不重质的酒鬼了。有时候，就像夏天特别忙的时候，一瓶酒可以让他喝上两个礼拜或更久。其他时候，譬如过去这礼拜，他一个晚上可以喝掉一整瓶。自从去年夏天越过两百瓶的门槛后，他就不再数空瓶了，不过他知道他的威士忌存量已经所剩不多。在他喝完最后一瓶的最后一滴酒，侍从告诉他已经没有酒时（克罗兹知道那一定会是晚上），他计划好要扳起手枪击铁，让枪口对准太阳穴，然后扣下扳机。

他知道，一个重实际的船长会提醒自己，烈酒房里还有为数不少的烈酒，四千五百加仑浓缩的西印度朗姆酒，每一瓶酒标示的酒精强度都在一百三十到一百四十之间。这些朗姆酒每天以“及耳”（四分之一品脱的酒用四分之三品脱的水稀释）为单位，分配很少的量给船员们喝，船上剩下的已稀释与未稀释的朗姆酒，多到能让人在里面游泳。一个比较不挑肥拣瘦而习惯豪饮的酒鬼船长可能会把船上的朗姆酒当成自己的备用酒，但是弗朗西斯·克罗兹不喜欢朗姆酒。威士忌才是他的酒，没有威士忌，他就差不多完蛋了。

看到年轻的汤米·伊凡斯身体被拦腰截断，还穿着裤子的腿看似一个滑稽的Y字，靴子则被鞋带紧紧系在脚上。这让克罗兹回想起，他被叫去看离“幽冥”号四分之一英里处的残破猎熊隐匿棚的那天。他知道，再过不到二十四小时，就是六月十一日那场灾难满五个月的日子。一开始，克罗兹和几个跑去察看的军官搞不清楚隐匿棚到底出了什么惨事。隐匿棚的结构被撕成破片，用来当框架的铁棒被弄弯且撞坏，长板凳也被撞成碎片，而在碎片之中躺着中士布莱恩的无头尸体，他是探险队军阶最高的陆战队士官。他的头——克罗兹到达时还没被找到——被打落后在冰原上滚了三十码，才停在那具被剥了皮的小熊尸体旁边。

维思康提中尉断了一条手臂，但不是被白熊怪兽弄断，而是他自己在冰上跌断的，二兵威廉·皮金登的左肩被他身边的陆战队士兵二兵罗伯特·哈普魁开枪射中。哈普魁的肋骨断了八根、锁骨粉碎、左手臂脱臼，他后来说他被怪兽的大爪斜斜猛力一击。二兵希里和里德都活了下来，没受到严重的伤，不过两人都因为自己吓得屁滚尿流、惊声尖叫、手脚并用地在冰原上爬而感到羞愧。里德逃跑时还断了三根指头。

不过，真正引起弗朗西斯·克罗兹注意的，是约翰·富兰克林爵士那两只还穿着裤子与靴子的腿与脚。膝盖以下完好无缺，两脚却是分开的，一只还在隐匿棚里，另一只却掉在葬坑的洞口附近。

他一面喝着杯子里的威士忌，一面想，是什么样的恶灵，竟然会从膝盖把一个人的腿截断，然后带着还活着的猎物进到冰洞里，把他丢进去，等稍后再来处理。克罗兹试着不去想接下来冰层下方发生了什么事，不过有几个晚上，在喝过一些酒、试着要让自己入睡时，他还是想象得出那里上演过可怕的事。他也很确定，上礼拜这时候格雷厄姆·格尔中尉的葬礼，其实是在准备一顿特别的大餐，给那只已经在冰底下等待及窥视的熊吃。

克罗兹并没有因为格雷厄姆·格尔中尉的死而太难过。格尔家教很好，受过良好教育，出身英国国教派，读私立学校，曾经是皇家海军的战地英雄军官，天生就有领导才能，与上司与下属都处得来，事事谦虚，属于生下来就是要做大事，连对爱尔兰人都很好的举止优雅的英国人。这四十多年来，弗朗西斯看过太多他妈的高级名流笨蛋被拔擢在他之上。

他又喝了一口酒。

那东西到底有什么样的邪恶智力，竟然能在几乎找不到猎物的冬天里杀了猎物而不吃，反倒把一等水兵威廉·史特朗的上半身与年轻的汤姆·伊凡斯的下半身送回来？伊凡斯是五个月前格尔葬仪队中负责敲打蒙鼓的“船上男孩”之一。什么样的生物会在黑暗中将这年轻人从克罗兹身旁抓走，却不去动站在三码外的船长……并且还把一半的尸体送回来？

船员们知道答案。克罗兹也知道船员们知道答案。他们知道那是冰原上的恶魔干的，不是某只长得特别巨大的北极熊在搞鬼。

弗朗西斯·克罗兹船长并非不同意船员们的看法，虽然今晚稍早他与菲茨詹姆斯中校喝白兰地时，还把此看法斥为无稽之谈。不过，他还知道一些船员们不知道的事：想在这个恶魔国度杀死他们的恶魔，并不只那只要将他们一个个杀死、吃掉的白色毛茸茸怪物，而是这里的一切——永不停歇的寒冷，不断压挤的冰，闪电，暴风雪，海豹、鲸鱼、鸟类、海象及陆上动物全都绝迹的怪异现象，不停向他们进逼的堆冰，在结冰的白色海上勇猛前进的冰山（它们背后留下的未冻水面还不到一艘船的长度），地震般突然爆发的白色冰脊，舞动的星星，马虎封装变成毒物的罐头食物，迟迟不来的夏天，一直不解冻的水道——每一样东西。冰原上那只怪兽只是想置他们于死地的一种恶魔面貌，而且那恶魔希望他们每个人都受尽折磨。

克罗兹又喝了一口酒。

他对极地状态的了解更胜过对自己的。他觉得古希腊人说得对。他们说，在地球这个圆盘上有五个气候带，其中四个是相同的、相对的、对称的（就和许多希腊的事物一样），像蛇身上的环带一样缠绕着世界。两个是温带，适合人类居住；中间的环带赤道带，并不适合任何有智慧的生物。不过希腊人却因此误以为没有人能居住在那里，克罗兹认为，那里只不过是没有文明人罢了，他曾经到过非洲和其他赤道地区，确信那些地方不会产生什么有价值的东西；至于两个极地区域，早在探险家们到达北极与南极的荒原以前，希腊人就推论说，从任何角度来看都不适合人类，连旅行经过都不合适，更不用说要在那里居住一段时间了。

那为什么，克罗兹想，像英格兰这样蒙上帝祝福、被他放在两个温带中最温和、最绿意盎然、最适合人类居住地带的国家，会不断把船只和人员丢到北方及南方极地的冰上？那些地方连穿着毛茸茸外衣的野蛮人都不愿意去。

回到刚刚那个问题，为什么弗朗西斯·克罗兹要一次又一次地回到这两个让人不敢领教的地区，去效命于从来就不肯定他的能力与价值的国家及官员们？而且他还心知肚明，总有一天他会死在极地的寒冷与黑暗中。

船长记得自己还是小男孩，在他十三岁到海上航行前，他就已经把深层的忧郁像冰冷的秘密一样藏在心底。在那一个冬夜，他站在村落外的山丘上，愉快地看着灯光渐渐消逝，忧郁的本质就慢慢显露出来。他会找个小地方躲起来——幽闭恐惧症对弗朗西斯·克罗兹来说从来不是问题——对黑暗产生深深的恐惧，把黑暗看成是偷偷取走他母亲与祖母性命的死神。其他男孩们在阳光下玩耍时，他却独自倔强地躲在地窖里寻找死神。克罗兹还记得那个地窖像坟墓一样冰冷，有寒冷与发霉的味道，黑暗及不断向内挤压的力量让他心中只剩下晦暗的思想。

他在小酒杯里盛满酒，然后又喝了一口。冰的呜咽声突然加大，船也用呜咽来回应，它尝试在冰冻的海中移动，却没有地方可去，只好把自己挤压得更紧，并发出呻吟。底舱的金属框架被压缩着，突然发出的破裂声听起来很像手枪的枪声。船首区的船员与船尾区的军官们鼾声不断，他们早就习惯那些想把他们压扁的冰在夜里发出的各种怪声。在零下七十华氏度夜里甲板上值班的军官，一直靠跺脚来保持血液流通。四周响亮的跺脚声在船长听来，像是疲倦的父母在告诉这艘船，不要再出声抗议了。

克罗兹很难相信苏菲·克瑞寇曾经到过这艘船，就站在这间舱房里，说它多雅致、整齐、舒适；成排的书突显舱房主人多有学问，透过天窗洒进来的南半球自然光多怡人。

那已经是七年前的事了，一八四〇年十一月南半球的春天，差不多就是这个礼拜左右，当时克罗兹也是搭乘“幽冥”号与“恐怖”号，在去南极的路上顺道造访了澳洲南方的范迪门岛。那次探险队的总指挥是克罗兹的朋友，社会地位比他高的詹姆斯·罗斯船长。他们暂时停靠在霍巴特城，要把最后一批补给品装上船，然后再前往南极水域。犯人流放岛的总督约翰·富兰克林爵士坚持这两位年轻军官——罗斯船长与克罗兹中校——在访问期间要住在总督官邸。

那段时光相当美妙，而且对克罗兹来说有致命的爱情魔力。

他们到那里访问的第二天，富兰克林就来探视探险队的两艘船。船相当干净，重新整修过，存粮也差不多都备妥了，那时年轻的船员还没留胡须，也还没被接下来的两个南极冬天弄得憔悴不堪。罗斯船长以主人身份接待约翰爵士总督和简·富兰克林夫人到船上参观时，克罗兹发现他成了总督外甥女——有着暗褐色头发及明亮眼睛的年轻苏菲·克瑞寇的护花使者。那一天，他坠入情网，而且怀着盛开的爱情之花进入接下来两个南极冬天，爱情发展成萦绕在他心里的一股执着爱恋。

在总督官邸里那几顿有仆人扇风、时间拖得很长的晚餐里，大家都能尽兴畅谈。总督富兰克林五十多岁，看起来心力交瘁，怀才不遇。他在范迪门陆块的第三年，当地的媒体、地主、官僚政客群起反对他，让他更加消沉。不过他和妻子简夫人都因为皇家探索团同乡（或者像约翰爵士喜欢称呼他们的，他的“探险队同胞”）的造访而重新有了活力。

苏菲·克瑞寇一点都没有不快乐的迹象。她相当聪颖、活泼、有朝气，有时候她的意见或胆量还会让人吓一跳，甚至比她那位颇有争议的舅妈简夫人还令人惊讶。她年轻美丽，似乎对四十四岁的单身中校弗朗西斯·克罗兹的见解、生活，以及各种想法很感兴趣。克罗兹其实不习惯这阶层的社交，所以努力让自己有最合宜的举止，酒也喝得比以前少，并且只喝葡萄酒。他原本犹豫要不要讲的笑话，却都能让她哈哈大笑。面对他试探性的隽语，她总是会用愈来愈高层次的机智来回答。对克罗兹来说，这就像是在跟比自己厉害许多的对手学网球。到了第八天，也就是这次长访的最后一天，克罗兹已经觉得自己不输给任何一个真正的英格兰人。他是生在爱尔兰的绅士没错，但是他已经走出自己的路，拥有有趣精彩的人生，不输给任何人，而且在克瑞寇小姐美丽的蓝色眼睛里，他比绝大多数的人来得优秀。

当皇家海军“幽冥”号和“恐怖”号离开霍巴特城的海湾时，克罗兹还是称呼苏菲“克瑞寇小姐”，不过他们并没有刻意隐藏彼此之间的秘密联系：偷偷互视、朋友般的相对无言、分享的笑话，以及私下的相处。克罗兹知道，这是他生平第一次恋爱。在他原本的人生中，“罗曼史”等同于造船厂妓女户、暗巷里的私娼、为一些不值钱的小东西和人做那码子事的原住民女孩，以及在伦敦高级妓院被敲几次竹杠。但这一切都过去了。

现在弗朗西斯·克罗兹知道，一个女人穿的最迷人且最性感的服装，就是许多层的保守衣物，就像苏菲·克瑞寇到总督官邸吃晚餐时的穿着——有足够多的丝质纤维遮住身体的曲线，让男人能专心欣赏她令人愉快的智慧。

接下来的两年是这样度过的：在堆冰中生活，瞥见南极洲，忍受企鹅栖息地的恶臭，用两艘疲累的船为远方两座冒烟的火山命名，历经黑暗与春天，感受被冻在海上的恐惧，全靠风帆力找到并且辛苦行经现在被称为詹姆斯·罗斯的海，最后穿过波涛汹涌的南海航道，回到住了一万八千个囚犯和一位极不开心的总督的岛上，进入霍巴特城。这一次他们没有安排参观“幽冥”号和“恐怖”号。两艘船全都是润滑油、煮食、汗水及劳务的臭味。参与南极之行的男孩，这时几乎都成了眼睛凹陷、满脸胡子的男人，他们一点都不想再参加皇家探索团的任何探险活动了。除了皇家海军“恐怖”号的船长之外，每个人都想尽快回到英格兰。

弗朗西斯·克罗兹只想再看到苏菲·克瑞寇。

他又喝了一口威士忌。他透过甲板和冰雪隐约听到在他上方的船钟敲了六下，凌晨三点了。

五个月前约翰爵士被杀害时，船员们都很难过。大多是因为随着这位大腹便便又秃头老人的过世，他答应要给每个人的十英镑，以及和签约金一样多的津贴都不算数了。不过，富兰克林死后，船上的情况几乎没有改变。菲茨詹姆斯中校现在名副其实地成为“幽冥”号的船长。笑时露出闪亮的金牙、手臂还在吊绷带的维思康提中尉接替了格雷厄姆·格尔在探险队的领导职位。似乎没人对此有意见。克罗兹船长接掌探险队总指挥的职务，不过现在探险队困在冰上，他也没办法有什么和富兰克林不同的作为。

不过，克罗兹在当下做了一件事：搬运超过五吨物资穿过冰原到威廉王陆块，安置在离罗斯纪念碑不远的地方。他们现在已经很确定那是一座岛，因为克罗兹派遣过雪橇队去侦察那片区域。克罗兹还亲自参与五六次先遣的侦察任务，为之后的人在冰脊和沿岸地带的冰山障碍中开辟较好走的路。

他们带去额外的冬季御寒衣物、帐篷、用来搭建小木屋的木材、装干燥食物的木桶、数以百计的罐头、避雷棒（连约翰爵士舱房里的铜制床杆也拿来当避雷棒），以及万一在接下来的冬天被迫放弃两艘船，船员们可能会用到的生活必需品。

在冬天再次来临前，又有四个人被冰上那只生物夺去性命。其中两个人是在克罗兹也亲身参与的侦察任务中，被那只东西从帐篷里抓走的。

不过，他们自八月中旬起就停止运输任务，主要原因是恐怖的闪电与浓雾又回来了。一连三个多礼拜，两艘船都笼罩在浓雾中饱受闪电攻击，只能进行可以短时间内回到船上的冰上活动，大多是狩猎队出去打猎，另外几次则是防火洞工程队出去维修。等到怪异的浓雾和闪电终于停歇已经是九月初，严寒与冰雪又回来了。

虽然天气变得很恶劣，克罗兹还是派遣贮粮雪橇队到威廉王陆块去。不过，自从准副迦尔斯·马克宾和一名水兵在雪橇队三部雪橇前方几码处被杀之后，克罗兹就“暂时”停止置放存粮的旅程。因为风雪刮得很大，没人看见他们是怎么死的，但他们临死之前的尖叫声，在其他船员及带队军官第二中尉哈吉森耳中听来异常清晰。从那次暂停到现在已经有两个月了。在十一月一日之后，已经不再有任何一个神志清楚的船员会自愿到黑暗里去参与历时八到十天的雪橇之旅。

船长知道他至少必须在岸上贮放十吨的物资，目前为止才运送过去五吨而已。但问题是，在那低矮、饱受强风吹刮、尽是沙砾与冰雪的沙洲上扎营，会让他们变得毫无防卫能力。那夜，那东西在威廉王陆块上直接将船长帐篷旁的一个帐篷撕裂，要不是水兵乔治·金纳德和约翰·贝茨及时逃命，恐怕也凶多吉少。只要他们还能撑下去，两艘船的船身与突出在海面上的甲板，都可以成为各式各样的墙，把船变成堡垒。相较之下，待在沙砾地上的帐篷里，不论他们彼此靠得多近，都至少要派出二十个武装士兵在四周日夜看守。即使如此，那东西还是能在守卫反应之前就侵入。每个曾经随雪橇队到过威廉王陆块、在那里的冰上扎过营的人都知道这点。而且夜晚愈来愈长，待在帐篷里没受到保护的恐惧，就像对北极酷冷的恐惧一样，愈来愈深地渗入船员们的身体。

克罗兹又多喝了一些威士忌。

一八四三年四月——南半球的初秋，虽然那时白天还很长且温暖——“幽冥”号和“恐怖”号回到范迪门陆块。

罗斯和克罗兹再次成为总督住处的座上宾，不过这次，富兰克林总督与夫人脸上都蒙上了一层阴影。克罗兹不想特别去注意，能再次接近苏菲·克瑞寇，他就已经非常快乐了。不过，“幽冥”号及“恐怖”号在南方冰地上探险期间，霍巴特的气氛、事件，以及阴谋、背叛、揭发与危机等，也已经让向来不受拘束的苏菲受到影响。住在总督官邸的前两天，他就听到一堆消息，拼凑出富兰克林夫妇沮丧的原因。

情况似乎是，当地的势力——以善于诋毁人，并且会在背后出卖人的殖民地大臣约翰·蒙塔古船长为代表——很早就认定约翰爵士办不好事，也看不起他那发言坦率、不合传统的妻子简夫人。克罗兹唯一从约翰爵士那里听到的是（其实是他们三名男士在官邸藏书颇丰的书房里喝白兰地、抽雪茄，而沮丧的约翰爵士忍不住跟罗斯船长诉苦时，克罗兹碰巧听到的），当地人“欠缺敦亲睦邻的情谊，并且令人遗憾地，极度缺乏公共精神”。

从苏菲那里，克罗兹知道约翰爵士已经（至少在社会大众眼中）从“吃自己鞋子的人”变成（套用他自己的形容词）“连苍蝇都不会去伤害的人”，并且很快又变成（如同塔斯马尼亚半岛广为流传的形容词）“穿着女人衬裙的男人”。苏菲跟他保证，之所以会有最后这种诽谤，一方面是因为约翰爵士和他的妻子一直想改善当地土著以及岛上被迫在不人道情况下劳动的囚犯的生活环境，另一方面也是因为殖民地的人不喜欢简夫人。

“你知道，前几任总督会把囚犯租给当地的农场主人或城里的商业巨子，让他们去执行那些疯狂计划来抽取佣金，并且把嘴巴闭得紧紧的。”他们两人在总督官邸庭院的树荫下散步时，苏菲·克瑞寇解释，“约翰舅舅不跟他们玩这种游戏。”

“疯狂计划？”克罗兹问。他发现，当他们两人在天快黑的温暖傍晚单独散步、轻声细语地交谈时，苏菲的手正挽着他的手臂。

“如果农场经营者希望在他的土地上开一条新路，”苏菲说，“总督就应该借给他六百个饿得要死的囚犯，或者一千个。这些人要从破晓一直工作到日落，脚上戴着铁链，手上铐着手铐，忍受热带的热气，没有水或食物。而且，如果他们跌倒或脚步蹒跚，还要被人鞭打。”

“我的天哪。”克罗兹说。

苏菲点点头，眼睛仍然注视着庭院的白石路：“虽然岛上没发现黄金，殖民地大臣蒙塔古叫囚犯去挖矿坑，囚犯就被派去挖凿。他们挖了四百英尺深，计划才被废止，因为这里的地下水位很浅，坑里不断冒出水来，而且据说在那可恶的矿坑中，每挖深一英尺，就会有两三个囚犯丧命。”

在还没再说一次“我的天哪”之前，克罗兹就把话吞回去了，不过他心里也只有这句话要说。

“你离开后一年，”苏菲继续说，“蒙塔古那只黄鼠狼、那只毒蛇，就捏造玩忽职守的罪名，劝约翰舅舅将某个和这里的士绅相处融洽的本地医生解职。约翰舅舅与简舅妈因此成为众矢之的，虽然事实上简舅妈并不赞成把那医生解职。你知道，约翰舅舅多么讨厌流言蜚语，更别说去制造任何痛苦了，这也就是为什么他常说他连一只苍蝇也不会去伤害……”

“是的。”克罗兹说，“我曾经看过他很小心地把一只苍蝇从饭厅里移走，然后放了它。”

“约翰舅舅听从简舅妈的建议，让那位医生复了职，这使他成为蒙塔古一辈子的仇人。私下的争吵与指控开始浮出台面，基本上，蒙塔古开始把约翰舅舅称为骗子及懦夫。”

“我的天哪。”克罗兹说。他心里想的其实是：如果换成我在富兰克林的处境，早就把这他妈的蒙塔古叫出来决斗，先在他的两颗卵蛋里各塞入一颗子弹，然后再把最后一颗子弹送进他的脑袋。“我希望约翰把这个人开除。”

“哦，他正是这么做的，”苏菲苦笑着说，“不过那只会让事情变得更糟。蒙塔古去年搭船回英格兰，约翰舅舅宣布解除他的职务的信也同船寄达。可悲的是，蒙塔古恰好是殖民部部长史坦利爵士的好朋友。”

哇，总督这下真的完蛋了！克罗兹想。他们已经走到庭院远端的石板凳了。“太不幸了！”他说。

“事情比约翰舅舅与简舅妈想象的还糟。”苏菲说，“康华尔的《纪事报》上刊载了长篇文章，题目是《极地英雄的低能统治》。《殖民时报》甚至还怪罪到简舅妈头上。”

“为什么要怪她？”

苏菲冷笑：“简舅妈和我很像，非传统。你看过她在总督官邸里的房间了吧？上次你来，约翰舅舅带你和罗斯船长参观了吗？”

“哦，是的。”克罗兹说，“她的收藏品实在很棒。”简夫人的起居室，也就是容许他们参观的部分，从地毯到天花板尽是动物骨架、陨石、化石、原住民战斗用的棍棒、原始的鼓、木雕的战斗面具、看来似乎能让皇家海军“恐怖”号以十五节速度前进的十英尺长桨、许许多多鸟类标本，而且至少有只猴子标本达到专业等级。克罗兹从没在博物馆或动物园里看过这样的收藏，更别说是在一位女士的卧房里。当然，弗朗西斯·克罗兹也没什么机会看到其他女士的卧房。

“有个参观过她卧房的人写信到霍巴特的一家报社，我逐字念给你听，弗朗西斯，‘我们这位总督夫人在总督官邸里的几间私人房间，看起来比较像博物馆或动物园，而不像一位女士的起居室’。”

克罗兹发出咯咯声。他也有同样的想法，心里有点罪恶感。他说：“那么，这个蒙塔古现在还在搞鬼吗？”

“还变本加厉呢！史坦利爵士，那条毒蛇背后的毒蛇成为蒙塔古的后盾，让那只臭虫复职，官阶和约翰舅舅将他解职的职位差不多，并且寄给约翰舅舅一份申诫令。简舅妈私下告诉我，文件的内容十分不堪，简直就和用马鞭抽打差不多。”

我会开枪射那个鸡奸者蒙塔古的那两粒卵蛋，把史坦利的那两粒割掉，稍微加热后拿给他吃，克罗兹想。“那真是糟糕。”他说。

“还有更糟的。”苏菲说。

克罗兹在昏黄的光线下寻找泪珠的闪光，但没有看到。苏菲不是会流泪的女人。

“史坦利让社会大众都知道申诫令的内容？”克罗兹猜。

“那个……混账……在他把正式申诫令寄给约翰舅舅之前，把一份副本交给了蒙塔古，那只黄鼠狼手下的黄鼠狼用最快速的邮船寄到这里。早在约翰舅舅收到官方寄来的申诫令前几个月，许多副本已经在霍巴特城约翰舅舅的仇家间流传。每当约翰舅舅或简舅妈去参加音乐会或在正式场合行使总督职权时，殖民地的人都在窃笑。原谅我用了淑女不该用的词，弗朗西斯。”

我要把史坦利爵士的那两粒蛋冰冷地放在用他自己的屎炸出来的面团上，送给他吃，克罗兹想。他没有说话，只是点头表示他不介意苏菲的不雅言辞。

“就在约翰舅舅与简舅妈觉得事情已经糟糕至极时，”苏菲继续说，声音略微颤抖，但是克罗兹知道，那是因为愤怒而不是因为怯弱，“蒙塔古寄了一份装有厚达三百页纸的包裹，给他在这里的地主朋友们，里面包含所有他用来向史坦利爵士控告总督的私人信件、总督官邸文件及正式公文。包裹现在放在首都的中央殖民地银行，约翰舅舅知道，城里的世族及商业领袖中有三分之二已经完成他们的朝圣之旅，到那家银行去阅读资料或听人家说里面写了什么。在那些文件里，蒙塔古船长称呼总督是‘低能’……而且我们还听说，这算是那堆可恶文件中最文雅的用语了。”

“约翰爵士在这里的地位似乎岌岌可危。”克罗兹说。

“有时候除了担心他的人身安全外，我也担心他的精神状态。”苏菲表示同意，“约翰·富兰克林爵士总督是很敏感的人。”

他连一只苍蝇都不会去伤害，克罗兹想：“他会请辞吗？”

“他会被召回英格兰。”苏菲说，“整个殖民地都知道。这也就是为什么简舅妈几乎气昏了……我从没看过她这样子。约翰舅舅预期他会在八月底前就收到召他回国的正式公文，也许还会更早。”

克罗兹叹了口气，将他的手杖顺着庭院石子路上的一道沟痕向前移。两年来在南方的冰上，他一直期待能与苏菲·克瑞寇重逢，现在他人在这里，但他发现这次拜访全被政治斗争和人身攻击的阴影遮盖。在叹出第二口气之前，他忍住了。他已经四十六岁了，却还表现得像个蠢蛋。

“你明天想到鸭嘴兽池走走吗？”苏菲问。

克罗兹为自己倒了另一杯威士忌。头上传来预报死亡的女妖尖叫声，那不过是北极风吹过船桅上的索具发出的声音。船长很同情几个还在甲板上站岗的人。

威士忌酒瓶几乎空了。

就在那时候、就在那里，克罗兹做了决定：在这个冬天，要重新开始用雪橇运送存货到威廉王陆块，就算沿途一片黑暗、暴风雪经常来袭、冰原上那只东西的威胁不断。他别无选择。“幽冥”号开始有被冰层压碎的迹象，光是在船受损处附近搭建海上营寨也无济于事。一般来说，这种做法有其道理，先前就有好几支不幸的极地探险队在冰冻的海上搭营，让巴芬湾的洋流带着他们向南漂流数百英里，进入未冻结的海域。但是，一方面，这里的冰没在移动；另一方面，比起到二十五英里外那块黑暗陆地（不论那是半岛或是岛）的冰冻沙砾地上去搭营，在冰上搭营会让他们更没有防卫力。何况他已经把五吨多的物品贮放在那里了。剩下的部分也应该在太阳再出现前运送过去。

克罗兹啜饮了一口威士忌，决定下一趟的雪橇之旅要亲自带队。在看不到获救希望，也没办法多发一份朗姆酒给船员喝的情况下，温热的食物最能振奋士气了。所以接下来的几趟雪橇之旅，要把四艘捕鲸船上的烹调用炉拆下来。假如两艘真正的船舰被废置在海中，四艘捕鲸船就变成用来航行的结实小船了。“恐怖”号和姐妹船“幽冥”号上的费兹尔专利火炉太重了，没办法搬到岸上，而且直到克罗兹下令弃船的前一分钟，狄葛先生都还会用火炉烤饼干给大家吃，所以最好还是用小船上的火炉。

四个火炉都是铁制的，和撒旦的蹄一样重，再加上雪橇还得载运更多用具、食物及衣物到岸上贮放。不过火炉上岸后会很安全，可以很快就点燃，虽然煤炭本身也要被拖行二十五英里，穿过遍布冰脊、像地狱一样冰冷的海冰。威廉王陆块上没有树木可当柴火，它南方几百英里内的陆地上也没有。克罗兹决定，接下来就把火炉送过去，而他也会跟着去。他们会拉着雪橇穿过绝对的黑暗以及难以置信的寒冷，让恶魔走在最后头。

一八四三年四月，克罗兹和苏菲·克瑞寇第二天早晨就一起骑马出城，往鸭嘴兽池骑去。

克罗兹原以为他们会搭四轮马车出城，就像他们当日进入霍巴特城寄住时那样，但是苏菲准备了两匹装好马鞍的马和一只驮着野餐用品的载物骡子。她骑马的样子跟男人一样。克罗兹发现，她穿的暗色裙子其实是一条七分裤，搭配白色帆布罩衫，既女性化又有点野性。她戴了一顶宽边帽，让阳光不会晒到她的肌肤。她的高筒靴擦得铮亮，皮质柔软，看起来要花上弗朗西斯·克罗兹一年的船长薪水才买得起。

他们向北骑，远离总督官邸及首都，沿着一条窄路穿过农场，经过流放罪犯看守所，穿过一片雨林，进入地势较高的空旷郊野。

“我还以为鸭嘴兽只出现在澳洲。”克罗兹说。他在马鞍上一直找不到舒服的骑乘姿势。他从来就没有太多机会或理由骑马。随着马鞍的上下震动与弹跳，他的声音也跟着颤抖，这点令他相当难堪。苏菲在马鞍上则是神色自若，她和马的动作完全合一。

“哦，不，亲爱的，”苏菲说，“那些怪异的小生物只出现在北方大陆沿岸某些地区。但是在范迪门陆块上，到处都有它们的踪迹。不过它们很害羞，现在已经没办法在霍巴特城里看到它们了。”

听到“亲爱的”的声音，克罗兹感到脸颊一阵温热。

“它们危险吗？”他问。

苏菲轻松地笑着：“公的在求偶季节确实有些危险。它们的后腿上有一根秘密毒刺，刺的毒性在繁殖季会变强。”

“可以杀死一个成人？”克罗兹只在图片上看过这种滑稽小生物，对于它的危险性，他半开玩笑地表示关心。

“除非他的身材特别娇小。”苏菲说，“不过，遭遇鸭嘴毒刺攻击而活下来的人说疼痛相当难熬，他们甚至宁愿去死。”

克罗兹向右看着这年轻女子。有时他很难判断苏菲什么时候在开玩笑，什么时候认真。以目前情况来说，他假设她是在说真话。

“现在是繁殖季吗？”他问。

她又露出微笑：“不，亲爱的弗朗西斯，繁殖季在八月到十月，我们现在应该很安全，除非碰到一个恶魔。”

“哪个恶魔？”

“不是的，亲爱的，是一个恶魔。你可能听人说过塔斯马尼亚恶魔。”

“我听说过。”克罗兹说，“据说它们是种很可怕的生物，它们的上下颌可以张开到和一艘船底舱的舱口一样宽，而且它们以凶狠著称，是贪得无厌的猎食者，能将一匹马或一只塔斯马尼亚虎整个吞下肚。”

苏菲点头，表情严肃：“这全是真的。这种恶魔全身是毛、胸腔容量很大、食欲很好，而且相当凶猛。如果你听过它们的声音——我们不应该称那声音叫吠声、吼声或咆哮声，听起来还比较像是精神病院失火时会听到的一团不知所云的胡言乱语与叫骂声——我跟你保证，即使是像阁下弗朗西斯·克罗兹这么有勇气的探险者，也不敢再在夜里一个人走进这里的森林或原野。”

“你听过它们的声音？”克罗兹问。他再次注视着她那张认真的脸，想知道她是不是在跟他说着玩。

“哦，有的。那声音无法形容，恐怖之至。那声音会让猎物僵住，让恶魔有充裕时间张开它无比大的牙床，把受害者整个吃掉。这声音可怕的程度只有它猎物的尖叫声能比拟。我听过一整群羊惊慌地咩咩尖叫，因为一只恶魔正要把它们整群吃掉，一次吃一只，连半只蹄都没留下。”

“你在开玩笑吧！”克罗兹说，两眼仍然盯着她，想知道她是不是说真的。

“我从来不会拿恶魔开玩笑，弗朗西斯。”她说。他们正骑入另一片黑暗森林。

“你说的那些恶魔会吃鸭嘴兽吗？”克罗兹问。他是问真的，这问题听起来很蠢，他很高兴詹姆斯·罗斯或他的任何一位船员没听见他发问。

“塔斯马尼亚恶魔真的什么都吃。”苏菲说，“不过你运气还不错，弗朗西斯。恶魔只会在夜里出来狩猎，除非完全迷路，我们应该可以在夜晚来临前就看到鸭嘴兽池以及鸭嘴兽，吃完我们的午餐，然后回到总督官邸。如果天黑时我们还待在森林里，就要靠上帝来救了。”

“因为有恶魔？”克罗兹问。他故意问得很轻松，但是他感觉得到藏在语调里的紧张。

苏菲拉扯缰绳让她的母马停下来，她对着克罗兹微笑，真诚、灿烂、完美的笑容。克罗兹也叫他那匹去势的马停下来，动作却很笨拙。

“不是的，亲爱的。”年轻女人轻声说，“不是因为恶魔。是因为我的名誉。”

克罗兹还来不及想出回答，苏菲却大笑起来，用马刺踢马向前冲去。

酒瓶里的威士忌已经不够盛满两杯了。克罗兹把其中一大半倒出来，把酒杯举在他与隔间墙上那盏闪烁的油灯之间，看着火光在琥珀色的液体里舞动。他慢慢喝下这杯酒。

他们没有看到鸭嘴兽。苏菲跟他保证，在这距离森林里的路有四分之一英里远、直径不到五十码的圆形小池塘里，总是看得到鸭嘴兽，而且它的巢穴入口通常就隐藏在从岸边伸入池里纠缠盘结的树根背后。但是他就是没看到。

然而，他看到了全身赤裸的苏菲·克瑞寇。

他们在鸭嘴兽池畔多荫的一面享受了一顿美好午餐，一条昂贵的棉质桌布铺在草地上，桌布上有野餐篮、杯子、食物容器及他们两人。苏菲叫仆人准备了几包烤牛肉，用布包起来并做好防水处理，然后放进算是这里最昂贵、但在克罗兹先前待的地方却是最便宜的“冰”里，以防牛肉在早晨骑马途中坏掉。他们也带了煮熟的马铃薯和几小碗美味色拉。她还带了一瓶上好的勃艮地葡萄酒和几个约翰爵士收藏的刻徽水晶杯。她喝得比这位船长还多。

用完餐后，他们斜躺下来，两人相距不到几英尺，东聊西扯地谈了一小时，眼睛一直盯着池塘的深色水面。

“我们是在等鸭嘴兽吗，克瑞寇小姐？”克罗兹趁着谈论极地危险及美景的小空当问她。

“不是，如果它真想让我们看到，我想我们应该早就看到了。”苏菲说，“我刚刚只是饭后休息。现在我们可以下水游泳了。”

克罗兹疑惑地看着她。他当然没想到要带泳裤。他也没有泳裤。他知道她一定又是在嘲弄他，不过她说话时又都是一副正经样，让他无法百分之百确定。这使得她略带淘气的幽默感，对他更有吸引力。

她继续开着很有挑逗性的玩笑，她站起来，拍掉暗色七分裤上的几片枯叶，然后环顾四周。“我想我就到灌木后面把衣服脱掉，然后从长着草的岸边进到水里。当然，我也邀你一起到水里游泳，弗朗西斯，或者你也可以依照自己对绅士风范的认知，选择要不要下水。”

他用微笑让她知道他是个有教养的绅士，不过他的微笑有点飘忽不定。

她直接走到浓密的灌木丛后面，没有再回头看。克罗兹还是待在桌布上，斜着身体半躺着，刮得很干净的脸上神情愉快。看到她白皙的手臂突然将身上那件白罩衫向上提起，然后披挂在高大的灌木上时，他的表情冻僵了。不过他的阴茎并没有冻住。在他的灯芯绒长裤和过短的背心下面，克罗兹的私密在两秒内就从“稍息”直接变成“登上后桅顶端”。

苏菲的暗色七分裤，以及一些白色镶着花边、不知如何称呼的内层衣物，在几秒后也和浓密灌木上方的罩衫摆放在一起。

克罗兹只能瞪着眼前的景象。他方才轻松的笑容已经变成死人般的瞠目结舌。他确信他的眼睛快要从头部蹦出来了，但是他无法转过身去，也无法把他的视线移开。

苏菲·克瑞寇走进阳光里。

她一丝不挂，双臂轻松垂在身体两侧，手指略为弯曲。她的乳房不大，但是很高，很白，尖端两颗大乳头呈粉红色，不像克罗兹之前见过的所有女人（妓院妓女、缺牙的娼妓、原住民女孩）一样是褐色的。

他曾经看过真正全身赤裸的女人吗？一个白种女人？在此刻，他觉得没有。即使他曾经看过，他知道现在那一点也不重要了。

阳光反射在年轻苏菲令人炫目的白肌肤上。她并没有把自己的身体遮起来。克罗兹还僵冻在原先的呆滞状态及无神表情中，只是他的阴茎有了反应，变得更肿胀与疼痛。克罗兹真正吃惊的是：他心中的女神、英格兰女性的完美典型、他早就在心理上与情感上认定为他的妻子及他未来儿女母亲的女人，竟然会有这么浓密、华美的阴毛，看来就像跳动着的黑色V字形的倒三角形。放荡不羁是他目前近乎空洞的心灵所能想到的唯一形容词。她已经把她的长发解开，任之垂到肩膀上。

“你也要下水吗，弗朗西斯？”她站在草地上轻声唤他。她的语调平和，就像在问他想不想再多喝一点茶。“或者，你只是想继续睁着眼睛看？”

她没再多说，以一个优美弧线跃入水中，雪白的手掌与白皙的手臂最先穿破镜面般的水面，身体其他部分接着也进入水中。

这个时候克罗兹开口准备说话，但是他显然说不出话来。一会儿之后他就把嘴巴闭了起来。

苏菲轻松地游来游去。在她强壮、雪白的背部后方，可以看到她白色的臀部不断向上翘起。她的湿头发在背上分叉开来，仿佛有人用最黑的印第安墨水在她背上画了三笔。

她的头冒出水面，双脚轻松地踩着水，让自己悬停在池塘远端，靠近她刚到时就指给克罗兹看的那棵大树。“鸭嘴兽的巢穴就在这些树根后面。”她大声说，“我不觉得它今天想出来玩。它太害羞了。你可别跟它一样啊，弗朗西斯，来吧、来吧。”

像是在做梦一般，克罗兹发现自己站起来，朝苏菲对面岸边一处最浓密的灌木丛走去。当他着手解开纽扣时，手指抖得非常厉害。他发现自己把脱下来的衣服都叠成一个个密实、整齐的小方块，再把这些方块放在他脚旁草地上一个大一点的方形上。他相信他花了很长的时间，但他剧烈的勃起一直不消退。他想用意志力叫勃起停止，或是想象勃起已经结束，但它还是硬邦邦地直挺到他的肚脐前方，在那里前后摆动，龟头像信号灯一样红，而且绷紧的几英寸肉上没有任何包皮。

克罗兹站在树丛后面，听着苏菲游泳溅起的水花声，却还是下不定决心。他知道，他再犹豫一下，苏菲就会从池塘里爬上来，回到她的树丛帘幕后面等身体变干，而在他今后的一生中，他会一直咒骂自己是笨蛋、没种。

克罗兹透过灌木丛的树枝缝隙窥视苏菲，等到小姐转身背对他，朝远端岸边游去时，他才赶紧扑入池塘里。其实他的动作比较像跌进水里，而不是跳进去，不过因为他现在一心只想在克瑞寇小姐转身面对他之前，把他那根阴茎弄进水里，不被她看见，所以也就顾不得形象了。

等到他从水里浮上来嘶嘶喘着气，她正在二十英尺外的水里踩水，对他微笑。

“我很高兴你决定下来和我一起游泳，弗朗西斯。现在如果公鸭嘴兽带着它的毒刺出现，你就可以保护我。我们要检查巢穴的入口吗？”她优雅地转了身，朝悬垂到水面上的大树游去。

克罗兹发誓在水中要和她保持十英尺——不，十五英尺——的距离，然后，他跟在她后面像狗一样划水，有如一艘快沉没的船无法抗拒保护岸的魅力。

这池塘比他意料中还深许多。他在离她十二英尺处停下来，笨拙地踩着水，好让头能保持在水面上。克罗兹发现，即使在岸边，就是大树树根顺着高约五英尺的陡峭堤岸向下伸入水里、岸上垂下的长草投射出黄昏阴影的地方，他不断摆动的脚和不断探试的脚趾，还是无法一下子就踩到池底。

突然，苏菲朝他游了过来。

她一定是注意到了他眼神中的惊慌。他不知道要奋力向后划，还是只是警告她，他现在正在阴茎器张的状态下。她停下来用蛙式划水，他可以看见她的白色乳房在水面下晃动，接着她向左侧点了点头，然后轻松地朝树根方向游去。克罗兹也跟着游去。

他们攀附在树根上，彼此距离只有四英尺左右，还好他们胸部以下的水颜色很深。苏菲用手指着树根纠结的池堤上一个可能是鸭嘴兽巢穴入口，也可能只是泥巴凹陷的地方。

“这只是个野营巢穴，或者叫单身巢穴，而不是孵育巢穴。”苏菲说。她的肩膀和锁骨都相当美。

“什么？”克罗兹问。他很高兴，而且有些讶异他说话的能力已经恢复了，但是并不满意自己发音古怪、放不开，而且牙齿还在打战。这里的水不冷。

苏菲微笑着。她的一缕褐发就贴在她尖尖的脸颊上。“鸭嘴兽会挖两种巢穴，”她轻声说，“有些自然学者称这一种叫野营巢穴，不管是公的或母的鸭嘴兽，在繁殖季外都是住在这种巢穴。单身鸭嘴兽住在这里。孵育巢穴则是母鸭嘴兽为了繁殖后代而挖的，在做完那件事后，会再挖一个小房间做育儿室。”

“哦。”克罗兹说。他紧紧抓附在树根上，就像从前在飓风中、在两百英尺高的索具上紧紧抓住船的缆索。

“母鸭嘴兽会下蛋，你知道吗？”苏菲说，“就像爬虫类一样，但又会像哺乳类一样分泌乳汁。”

在水面下，克罗兹可以看见她胸部两颗白球正中央的两颗黑褐色圆圈。

“真的啊？”他说。

“简舅妈可以算是一个自然学者，她认为在公鸭嘴兽后腿上的那根毒刺不仅可以用来和其他公鸭嘴兽打架，也可以让它在和母鸭嘴兽一起游泳及交配时钩住对方。或许，当它紧靠在交配伴侣身上时，那根刺不会分泌毒液。”

“是吗？”克罗兹回答。不过他在想自己是不是该说：“不是吗？”他根本不知道他们在谈论什么。

苏菲抓着纠结的树根，让自己更靠近克罗兹，直到她的胸部几乎碰到他。她冰冷的手大得超乎寻常，就平放在他的胸部。

“克瑞寇小姐……”他说。

“嘘。”苏菲说，“不要出声。”

她把左手从树根上移开，放到他的肩膀上，整个人钩挂在他身上，就像她先前钩挂在树根上。她的右手向下滑移，横过他的肚子，去触摸他的右臀，接着又将手收回到他身体正中央，然后再次向下伸。

“哦，天啊。”她在他的耳边轻声说。她的脸颊靠着他的脸颊，湿头发贴在他的眼睛上：“我现在是不是摸到一根毒刺啊？”

“克瑞寇小……”他说。

她的手用力挤压那根。她优雅地漂浮起来，霎时之间，她两只有力的腿已经靠在他左腿两侧了，接着她让她的重量及温暖摩擦着他的身体，向下滑移。他把那条腿稍微抬高些，将她推高，让她的脸能浮在水面上。她的眼睛闭着。她的臀部坐在他腿上，双乳平贴在他的胸膛上，右手开始抚摸他全身。

克罗兹发出呻吟声，但只是一种期待的呻吟，而不是松弛的呻吟。苏菲靠在他的脖子上，也发出轻柔的呻吟声。她的下体紧贴着他那只抬起的大腿。他可以感觉到她下体的热气和湿润。怎么可能有东西比水还湿？他很纳闷儿。

接着她热切地发出呻吟，而克罗兹也把眼睛闭起来。他有点遗憾这样就不能再看见她，但是他别无选择。她的身体再次用力压在他身上，一次、两次，然后第三次，而且她的抚摸变得快速、急促、专业、掌握状况，并且有所要求。

当他在水中剧烈地悸动与抽搐时，脸就埋在她的湿头发里。克罗兹在想，这一阵又一阵的射精也许永远不会停下来，而且如果可以的话，他一定会马上向她道歉。不过，他又再次呻吟，而且几乎已经抓不住树根。他们晃动着，脸颊沉到水面下。

这时最让弗朗西斯·克罗兹感到困惑的是——此时宇宙中每一件事都令他困惑，但是没有任何一件事能烦扰他——这位小姐正压着他，大腿紧紧夹住他，脸颊用力靠着他的脸颊，但双眼紧紧闭着，还有她也在呻吟。女人真的不会有男人那种强烈的感觉？有些妓女也会呻吟，当然是因为她们知道男人喜欢听这种声音。很显然，她们根本没有任何感觉。

但是……

苏菲抽身回来，注视着他的眼睛，轻松地笑着，嘴唇整个吻到他的嘴唇上，把腿抬起来成为大折叠刀的形状，用力一蹬，让自己离开树根，然后朝着放置她的衣物、此时正略微晃动的灌木丛游去。

难以置信：接着他们穿好衣服，捡起野餐用品，把东西装载在骡子上，登上马鞍，然后两人骑回总督官邸，一路上没说半句话。

难以置信：当天晚上吃晚餐时，苏菲·克瑞寇开心地笑着，并且和她的舅妈、约翰爵士，甚至是当天特别多话的詹姆斯·克拉克·罗斯船长聊天，而克罗兹却大半时间都保持沉默，只是一直看着桌子。他只能佩服她的……那些法国人怎么说的？sangfroid（泰然自若），而克罗兹的心思和灵魂还沉浸在身体在鸭嘴兽池经历的高潮里几乎停不下来，原子和身体本质被散射到宇宙各角落。

不过克瑞寇并没有刻意避开他，或者表达责备之意。她对着他微笑，发表对他的看法，并且，就像她每天晚上在总督官邸所为，试着让他也加入谈话。当然，今天她对他的微笑比以前温暖一点？带着更多感情？一定是这样。

当天晚餐过后，克罗兹问她要不要到庭院散步，她推辞了，理由是她先前就答应罗斯船长要和他在大厅玩牌。克罗兹中校愿意加入吗？

不，这次换克罗兹中校推辞了。她表面上是温暖而轻松地揶揄他，但是他听得出她话里的话：今晚在总督官邸里一切要表现如常，等将来两人有机会单独相处时再来讨论他们的未来。克罗兹中校大声宣告，他的头有点痛，想要早点休息。

隔天天还没亮，他就醒来，穿上他最好的制服在官邸走廊走动。他确信苏菲也会有同样的冲动想早一点和他见面。

但她并没有。约翰爵士是第一个来吃早餐的人，他喋喋不休地跟克罗兹说了一堆令他难以忍受的琐事。克罗兹从来就没学会谈论琐事这门无聊的艺术，更无法扮演好他在谈话中的角色。他现在该谈的主题是出借囚犯去帮忙挖运河。

其次下来的是简夫人。连罗斯也比最后才露面的苏菲更早下来吃早餐。克罗兹已经在喝他的第六杯咖啡了。多年前和裴瑞在北极的冰上，他就已经知道早晨喝咖啡比喝茶好。他留了下来，看着那位小姐吃她平常吃的蛋、香肠、豆子、吐司和茶。

约翰爵士不知道消失到哪里去了，简夫人散步去了，罗斯船长走失了。苏菲终于用完了她的早餐。

“你想到庭院走走吗？”他问。

“这么早？”她说，“现在外面已经很热了。这个秋天还没有变凉的迹象。”

“不过……”克罗兹开口说。他尝试用目光告诉她，他的邀请有急切性。

苏菲笑了：“我很愿意和你到庭院去散步，弗朗西斯。”

他们慢慢地走，不停地走，等着一个囚犯园丁把一袋袋笨重的新鲜肥料全卸下来。

等到那个人走了以后，克罗兹领着她，顶着风走到位于长形正式庭院远端、有树庇荫的石板凳。他扶她坐到板凳上，等着她把阳伞收起来。她抬头看他，克罗兹焦躁到没有心情坐下，他就站在她前面，重心反复从一脚移到另一脚。他觉得自己看得到她眼中的期待。

最后，他的心神恢复正常，然后他单膝跪地。

“克瑞寇小姐，我知道我只是女王海军里一个小小的中校，而够资格照顾你的，至少得是个海军舰队的特级上将……不，我的意思是，有皇家血统，可以指挥海军特级上将的人……不过你要明白，我知道你明白，我对你的感情之深，如果你也看得到你对我也有同样的感……”

“我的天啊，弗朗西斯，”苏菲打断他的话，“你该不会是要向我求婚吧？”

克罗兹没有回答。他单膝跪着，两只手掌压在地上，身体靠向她，就像是在祷告。他在等待。

她轻拍他的手臂：“克罗兹中校，你是很棒的人。虽然你有一些看起来永远无法磨平的粗糙棱角，但你是个绅士。而且你是个聪明人，知道我永远不会成为一个中校的妻子尤其能显示出你的聪明。那是不合适的。那是永远不可以……接受的。”

克罗兹试着说话，却想不出任何话来。他还能运作的脑袋，此时还试着把他熬了一整夜编出来冗长的求婚词念完。勉强算的话，他已经念了差不多三分之一了。

苏菲轻笑出声，并且摇了摇头。她的眼睛快速朝四周看了一下，确定没有人看到或听到他们，连囚犯也没有。“请不要在乎昨天的事，克罗兹中校。我们过了很棒的一天。在池塘的那段……插曲……对我们两个人来说都很愉快。那只是我……本能……的反射动作，或者说是，在那几刻里，我们一时感觉彼此特别亲近而有的后果。但是，请你不要误以为，我亲爱的弗朗西斯，只因为我们曾经有过片刻的轻率举动，你就要对我负有任何责任或义务。”

他看着她。

她还是微笑着，但是并没有他习惯的温暖。她异常轻柔地说，声音穿过热空气，强似一声坚定的耳语：“这并不表示你已经玷污我的名誉，中校。”

“克瑞寇小姐……”克罗兹又想说话，但随即停下来。如果现在是他的船被推挤撞向岸边、泵失去作用、底舱积了四英尺深的水而且水位还在升高、索具纠结、船帆破裂，他知道要下什么命令，以及接下来要说什么。但此时，他完全一筹莫展。在他身体里面只有节节升高的疼痛及震惊，让他受伤最深的是，他认出某种非常古老、他非常了解的东西。

“如果我要结婚，”苏菲继续说，再次打开她的阳伞，在她头上转了转，“对象也会是我们耀眼的罗斯船长。虽然我命中注定不会只是个船长夫人而已，弗朗西斯。他得被册封为爵士……不过我相信他很快就会被册封了。”

克罗兹注视着她的眼睛，想在里面看到一些开玩笑的迹象。“罗斯船长已经订婚了。”他最后终于说，声音听起来像是一个已经受困多天，没水可喝的人发出的嘶哑声，“他们计划在詹姆斯回到英格兰后就马上结婚。”

“哦，呸！”苏菲站起来，把阳伞转得更快，“今年夏天我自己会搭乘快速邮船回英格兰，甚至是在约翰舅舅被召回之前。詹姆斯·克拉克·罗斯还没有完全认识我。”

她低头看着还在原处的他，他仍然荒谬地单膝跪在白色沙砾地上。“还有，”她愉快地说，“即使罗斯船长娶了那个痴痴等他、伪装有皇室血统的年轻女子，婚姻也不能阻止任何事。他和我常常谈到她，我可以跟你保证她是个没头脑的人。婚姻不是死亡，也不是《哈姆雷特》里从来没人能回来的‘未知国度’。我们已经知道有男人从婚姻里出来，然后找到真正适合他们的女人。记住我的话，弗朗西斯。”

他终于站了起来。他站着，把黏在他最好的礼裤膝盖上的白色沙砾拍掉。

“我得走了。”苏菲说，“简舅妈、罗斯船长和我今天早上要到霍巴特城，去看几匹范迪门公司刚刚进口来配种的新种马。如果你想跟我们一起去，请不用客气，弗朗西斯。不过，在去之前拜托你先去换套衣服，也顺便换一副表情。”

她轻轻碰了一下他的前臂，然后走进总督官邸，沿路转着她的阳伞。

克罗兹听到甲板的钟敲了八响。现在是凌晨四点。如果船在海上，通常再过半小时，船员们就会从吊床上被拉起来，开始磨甲板及清洗东西。但是现在，在黑暗中、在冰上，而且是在风中，克罗兹听得见风还在索具之间咆哮，这意味着很可能又有一场暴风雪，而现在才不过是他们第三个冬天的十一月十日，船员们可以睡晚一点，一直闲散到晨班的四钟响，也就是早上六点。那时冰冷的船会活跃起来，船舱会充满大副及二副的吼叫声，以及船员们穿着毛皮鞋的脚踩在舱板的声音，接着就是大副、二副扬言要把吊床割断，让它和包在里面的船员一起落到舱板的威胁声。

与平常的海上任务比起来，这里真是个闲散天堂。船员们不仅睡得晚，还可以在八钟响时在主舱吃早餐，然后才去做早上的勤务。

克罗兹看着威士忌的瓶子与杯子。两者都是空的。他举起那把沉重的手枪——在装填好火药及子弹后更加笨重。他的手还分辨得出轻重。

接着他把手枪放进船长外套的口袋里，把外套取出来挂在钩子上。克罗兹用乔帕森每天晚上特地为他准备的干净布，把威士忌酒杯擦干净，然后放回抽屉。再接着他很小心地把威士忌空瓶放进盖着的藤篮里，这篮子是乔帕森专门为这个目的而放在滑门旁边的。克罗兹在黑暗中尽了一天的职责，回到舱房时，藤篮里又会有一瓶新的威士忌。

他一度考虑穿多一点，把他的毛皮鞋换成真正的皮靴，套上保暖巾、帽子及全副御寒衣，然后上到甲板去，走出船外走进黑夜及暴风雪中，等待船员们起床，然后再下到船舱去和军官们一起吃早餐，接着一整天都不睡觉。

有好几个早晨他都是这样。

但是，今天早上不能。他太虚弱了，而且天气冷到让只穿着四层羊毛衣与棉衣的他连站在这里一分钟都受不了。清晨四点，克罗兹知道，正是夜晚肚腹中最寒冷的部分，也是大多数生病或受伤船员放手让灵魂离开，让自己被死神带走，进入真正未知国度的时刻。

克罗兹爬到毯子下面，把脸沉进冰冷的马毛床垫里。大概还需要十五分钟或更长的时间，身体的热度才会开始让这摇篮般的空间变温暖。运气好的话，他可以在那之前睡着；运气好的话，在另一个黑暗寒冷日子到来之前，他还可以像醉鬼一样睡上两小时；运气好的话，在快昏睡过去时他想，他永远都不会再醒来。

17
厄文

北纬七十度五分，西经九十八度二十三分
一八四七年十一月十三日

沉默女士不见了，将她找出来是第三中尉约翰·厄文的职责。

船长并没有命令他去做……但是在六月，也就是大约六个月前，克罗兹船长决定把爱斯基摩女人留在皇家海军“恐怖”号上时，曾经告诉厄文要负责看好她，至今克罗兹船长没有废除命令，所以厄文认为得为她的行踪负责。而且，这位年轻人爱上她了。他知道那很笨，甚至很疯狂，竟然去爱上一个野蛮人，一个连基督教都不信的女人，而且还是没受过教育的原住民，连一句英语都不会说（任何语言都一样，反正她的舌头被截断了），但厄文还是爱上了她。她的某个特质让这高大、强壮的约翰·厄文很难不拜倒在她的石榴裙下。

而现在她不见了。

礼拜四，也就是两天前，他们发现她不在她该在的地方——

主舱病床区前方零乱区域的一堆板条箱后面。不过船员们已经很习惯沉默女士来来去去的古怪行径，她不在船上的时间和她在船上的时间差不多，即使是晚上。十一月十一日礼拜四下午，厄文跟克罗兹船长报告说沉默不见了，虽然船长、厄文和其他船员在两天前（也就是史特朗与伊凡斯的尸体被发现那天）的夜里，还看见她出现在外面的冰上。船长说不用担心，她会自己出现。

但是她没有。

礼拜四早上暴风雪就来了，带来很多雪和强劲的风。在提灯光下辛苦地维修“恐怖”号与“幽冥”号之间路碑（每三十步一个、由冰砖堆起的四英尺高锥形柱）的工程队在下午被迫撤回，而且从那时起就无法再到冰上工作。“幽冥”号来的最后一位使者，礼拜四当天很晚才到达，而且因为外面有暴风雪而不得不留在“恐怖”号上过夜。他说沉默也不在菲茨詹姆斯中校的船上。到礼拜六早上，甲板上的守卫已经变成每一小时换一次班，但值完班下到船舱的船员身上都还是结了层冰，并且冷得发抖。每三个小时就有一组工程队得带着斧头到甲板上，冒着强风把还没拆下的帆桁与缆索上的冰砍掉，以免船只因为上端太重而翻覆。落下来的冰对在甲板上值班的人是很大的威胁，对甲板本身也是伤害。更多的船员必须趁雪还没堆积到无法把船舱口打开之前，辛苦地铲掉“恐怖”号上的结冰，以及前倾甲板上的积雪。

礼拜六晚上晚餐后，厄文中尉再次向克罗兹船长报告，还是没人见到沉默的踪影。船长回答：“如果她在今天这种天气下还在外头，那她很可能就不会再回来了。不过，我准许你今天晚上在船员就寝后搜索整艘船，即使最后只是确认她并不在船上。”

虽然今天晚上厄文担任甲板值班官的值班时间在几小时前就

结束了，这名中尉还是穿上他的御寒衣物，点亮一盏油灯，再次从梯道爬上甲板。

情况还是没改善。要说出哪里不同，那现在的情况比五小时前厄文下船舱吃晚餐时还差。风从西北方呼啸而来，吹来许多雪，能见度降到只有十英尺，甚至不到十英尺。每件东西表面都重新结起一层冰，虽然由五人组成的劳务队，还在用来罩住的舱口因积满雪而凹陷的帆布帐篷前方，大喊大叫地卖力砍冰。金字塔形帆布帐篷下方的厄文辛苦地从高约一英尺的雪沫中走出来，手中提灯被风吹着，偏向他的脸。他要找的是这群在黑暗中工作的人中手上没拿斧头的人。

水手舱班长鲁本·梅尔是这时段担任守卫、顺便监督劳务队的士官。厄文顺着他在左舷侧的提灯微光找到他。

梅尔就像个盖了雪的羊毛堆，脸被一层又一层的厚羊毛保暖巾缠裹起来，就像隐藏在连衣帽里一样，靠在他粗大臂弯里的霰弹枪表面也结了冰。他们两人都要大叫才能让对方听见自己的声音。

“看得见什么东西吗，梅尔先生？”厄文中尉大喊，倾身靠近那团羊毛包头巾，那是水手舱班长的头。

这个较矮的人把围巾往下推了一点。他的鼻子像垂冰一样白。“你是指铲雪队吗，长官？他们爬上第一节帆桁后，我就看不见他们了。我只能一面靠耳朵听，一面暂时代替年轻的金纳德担任左舷守卫，长官。他是第三夜班铲雪队的一员，长官，但是到现在人都还没完全解冻。”

“不是，我是指冰原上的情形！”厄文大叫。

梅尔大笑。他的声音的的确确被蒙住了：“这四十八小时以来，我们没有任何一个人看得到冰原的情况，中尉。这你是知道的，长官。你之前才去过冰原。”

厄文点头，用自己的保暖巾把前额和脸的下半部围得更紧些。“没有人看见沉默……沉默女士？”

“什么，长官？”梅尔先生倾身靠近他，霰弹枪成为他们两人之间一根结着冰凌的金属与木头圆柱。

“沉默女士！”厄文喊着。

“没有，长官。我知道已经有好几天没人见过那个爱斯基摩女人了。她一定已经离开了，中尉，死在外面某个地方。我们总算摆脱她了。”

厄文点点头，用他肥大的手套在梅尔肥大的肩头上拍了拍，然后避开主桅下方从船尾绕过，因为在吹刮的风雪中会有巨大冰块从天而落，像炮弹一样撞击在甲板上。他去和正站在右舷侧守望的约翰·贝茨说话。

贝茨没看到任何东西，他甚至连五个带斧头出来工作的铲雪队员也没看到。

“对不起，长官，但是我并没有偷懒；劈砍声、掉落声、风刮声和冰击声全夹杂在一起，我怕我会听不见船钟响，长官。我这一班还要很久才会结束吗？”

“梅尔先生敲钟的时候，你会听见的。”厄文大喊。他倾身靠近被冰罩住的羊毛球，那是这二十六岁小伙子的头。“而且他会绕到这里来确定你知道要下哨才会下船舱去。我先走了，贝茨。”

“是的，长官。”

厄文中尉绕到帆布帐篷前方，在那里等风雪稍停的空当，他听见爬在主桅帆桁及嗡嗡发声的索具上干活的船员们的咒骂与喊叫——狂风不断想将他吹倒。然后他用最快的速度冲过甲板上两英尺高的新积雪，潜身进入冰冻的帆布帐篷里，手脚并用地爬进舱口，顺着梯道下到船舱。

他已经在船舱搜寻过很多次了，尤其是病床区前方剩下的板条箱后面，这女人之前就是以这里为窝。不过，现在厄文是向船尾走。时间已经很晚了，船上相当安静，只听得到甲板上守卫的跺脚声，冰块撞在甲板上的声音，前方船舱吊床里累坏的船员的打鼾声，狄葛先生发自火炉边的锅碗碰撞声与咒骂声，以及持续不断的风刮声与冰的摩擦声。

厄文在黑暗、狭窄的舱道中摸索前进。除了梅尔先生的房间以外，军官区的每间寝室里都有人。就这点来说，皇家海军“恐怖”号算是幸运。“幽冥”号已经有好几个军官被冰原上那只东西杀害了，其中包括约翰爵士和格尔中尉。除了年轻的炉工班长托林顿一年半前在比奇岛死于自然疾病外，“恐怖”号上的军官、士官长或士官都还没人死掉。

会议室里没有人。这里现在已经很少暖和到让人能在此长时间逗留，连书架上皮革装订的书看起来都冷冰冰，转动时能播放音乐盘乐曲的木制仪器在这些日子也很安静。在厄文穿过空无一人的军官与副官用餐房回到梯道间之前，他注意到克罗兹船长舱房里的灯还亮着。

下舱就和平常一样，非常冷也非常黑。由于船医们发现许多罐头已经腐坏，致使食物配额极度减缩，因此愈来愈少存粮搬运工会下到这里；另一方面，由于煤炭的存量所剩不多，开暖气的时段也减少，因此愈来愈少煤炭袋搬运工在这里走动。厄文发现这时整个冰库般的空间只有他一个人。他向前走了一小段距离，在回头走向船尾时，黑色的木梁和冻结的铁托架在四周呜咽。提灯光似乎被厚实的黑暗吞噬了，他自己呼出的气结成的冰晶雾，也让他很难看见昏暗的光。

沉默女士也不在船首区域——不在木匠储藏间、水手长的储藏间，也不在这两间封闭舱室后面几乎空无一物的粮食房里。在“恐怖”号起航时，下舱的中段原本堆满了板条箱、木桶及一包包补给品，但现在的船舱空间大多都空出来了。沉默女士也不在船中央。

厄文中尉用克罗兹船长借给他的钥匙进入烈酒房。借着昏黄提灯的微光，他看见里面还有些白兰地和葡萄酒，但是巨大主储酒桶里的朗姆酒存量已经不多了。朗姆酒被喝光时，船员们每天中午也就不再有定额的酒可以喝了，厄文中尉知道，皇家海军每一位军官都知道，到时就得特别担心叛变。船长的主计官黑帕门先生和底舱班长格德先生最近报告说，根据他们估计，朗姆酒还可以维持六个礼拜左右，而且那是在标准浓度——四分之一品脱的朗姆酒用四分之三品脱的水稀释成一及耳的酒再被减半的情况下所做的估计。而且船员们已经在抱怨了。

厄文并不认为沉默女士有可能偷偷进入锁起来的烈酒房，即使她真的如船员们私下传说拥有女巫力量。但他还是仔细地搜寻房间，每个桌面及台面下方也不放过。头上方的架子上一排一排的短弯刀、刺刀和毛瑟枪，在提灯光中冷冷地闪烁。

他向后走到弹药储藏室，那里面还有非常充足的火药与子弹。他也探头看了一下船长私人的储藏室，只有克罗兹所剩不多的威士忌还在架子上，他的食物最近几个礼拜都拿出来分给其他军官吃了。接着他也到船帆室、御寒衣间、船尾的缆索储置间及大副的储藏室去找。假如约翰·厄文中尉自己就是想在船上找地方躲起来的爱斯基摩女人，他想他可能会选择船帆室，那里面有成堆成捆的备用帆布、帆脚索，以及很久没使用的帆具。

不过她不在那里。厄文先从御寒衣间找起，透过提灯的光，他看到一个高大、不出声的身影站在房间后方，肩膀靠在黑暗的舱壁上，不过后来他发现那只是几件羊毛大外套，以及挂在木钉上的一顶威尔斯假发。

把这些房间都锁起来后，中尉爬下梯子到底舱去。

第三中尉约翰·厄文虽然因为金发、娃娃脸，而且容易脸红，看起来比实际年龄年轻，但是他之所以爱上爱斯基摩女人，并不是因为他是个为爱忧愁的处男。事实上，和那些喜欢在水手舱大谈性事伟大事迹的吹嘘者比起来，厄文与女性相处的经验丰富许多。他十四岁时，厄文的叔叔就带他到布里斯托码头，给他介绍了一个干净、讨人喜欢的码头妓女，并且付钱让他学习经验，不只是在暗巷里膝盖急促颤动一阵子而已，而是在某间可以眺望码头的老旅馆屋檐下一个干净的房间里，有模有样地度过晚上、深夜、早晨。这让年轻的厄文对这种生理活动有一定的品味，而且后来也做过很多次。那名妓女叫摩儿。

厄文也不是对社交圈中的小姐没辙。他还跟布里斯托名望第三高的唐威特——哈里逊家族最小的女儿交往过。那女孩叫艾蜜莉，她甚至主动促成两人私密接触。对大多数年轻男人来说，若能在这样的年纪就有经验，要他们卖掉自己左侧的卵蛋也甘愿。厄文抵达伦敦，在炮手训练船皇家海军优秀号接受海军炮兵教育时，几乎每个周末都在约会、献殷勤，享受好几个迷人的上层社会年轻小姐的陪伴，包括热心的莎拉小姐、害羞但到头来却常有惊人之举的琳达小姐，以及私底下真正不可思议的艾碧卡·伊丽莎白·琳卓·海德贝瑞小姐。才刚认识对方不久的第三中尉厄文，很快就发现自己已经和她订婚，而且准备要结婚了。

约翰·厄文并没有结婚的打算，至少不是在他还只有二十几岁时。他父亲和叔叔都告诉他，二十几岁时应该去多看看这世界，放纵一下情欲，而且最好也不要在三十几岁时结婚。他也看不出有什么道理就得在四十几岁时结婚。虽然厄文从来没考虑要参加皇家探索团，他从来就不喜欢寒冷的天气，而且一想到要被冻结在南极或北极，他就觉得荒谬且可怕。但是他在醒来后发现自己已经订婚的那礼拜，这位第三中尉就听从年纪比他大的两位好友乔治·哈吉森与弗瑞德·霍恩比的怂恿，到皇家海军“恐怖”号面谈，申请调到这艘船来。

在那美好的礼拜六春天早晨，克罗兹船长显然还在宿醉中，而且心情不好，怒目圆睁、皱着眉头、满脸不以为然地揶揄他们。他嘲笑他们在一艘没有船桅的船上接受炮兵训练，并且要他们告诉他，他们在一艘只装备轻兵器的探险帆船上能有什么用处。接着他尖锐地问他们愿意“尽你们生为英格兰人的职责吗？”然后很快地就让他们知道被录取了。厄文现在突然回想起这句话来。不论这句话是什么意思，他指的英格兰人现在正困在离家一千英里的冰海里。

艾碧卡·伊丽莎白·琳卓·海德贝瑞小姐知道后当然是快疯了，很难接受他们的订婚期还要持续好几个月甚至好几年，但是厄文中尉先安慰她说，参加皇家探索团赚来额外的钱对他们来说绝对必要，接着再解释说，这次的探险以及回来后写的书可以带来名声与荣耀，对他未来的发展也非常重要。他的家人知道这些事的优先级，即使艾碧卡小姐不知道。接着，他们单独在一起时，他用拥抱、亲吻及专业的抚摸技巧，哄劝她别再流泪及生气。他的抚慰动作发展到相当激情的地步，厄文中尉知道，距离那次抚慰已经两年半了，他现在很可能已经当爸爸了。

不过几个礼拜后，“恐怖”号的系船缆滑落，被两艘蒸汽动力拖船带开，他向艾碧卡挥手道别时却没有任何不愉快。那位哀伤的年轻小姐站在格林海瑟的码头，穿着绿与粉红的丝质洋装，撑着阳伞，挥舞着她用来搭配衣服的丝质手帕，而用一条比较普通的手帕擦拭她不断涌出的泪水。

他知道约翰爵士预期在走通西北航道之后，要在俄国和中国短暂停留，所以厄文中尉已经计划好，要转换到派驻在当地水域的皇家海军船舰，或者甚至离开皇家海军，写他的冒险游记，然后帮忙照顾他叔叔在上海的丝绸与女帽生意。

底舱比下舱更暗、更冷。

厄文讨厌底舱。比起他自己的冰冷舱房及光线微弱的冰冷主舱，底舱更容易让他想到坟墓。他只有在不得已时才会下来，大多是来监督船员们用裹尸布包起来的死尸——或死尸的某部分——放进上锁的死人房。每次他都会想到，会不会在不久之后就换成另一个人监督船员将他的尸体放进来。他举起提灯，穿过半融的冰泥及浑浊的空气向船后方走去。

锅炉房看起来是空的，接着厄文中尉看到靠近船尾舱壁床上的身体。这里没有提灯的光，只有红色的矮小火舌偶尔从四个关着的炉栅中伸出来，而且在昏暗的光中，床上伸开四肢的身体看起来像是死了。那个人双眼瞪着低矮的天花板，而且不会眨眼。厄文进到房间，把提灯挂在靠近煤斗的钩子上时，那人也没有转头。

“你来这儿有何贵干，中尉？”詹姆斯·汤普森问。这位工程师还是没有转头或眨眼。从上个月某天开始，他已经不再铲煤了，现在他瘦而白的脸上长出了胡须，眼睛深陷在暗色的眼眶里，头发因为沾上煤屑与汗水而参差不齐地乱长。炉火变得很微弱，锅炉房里的温度接近冰点，但汤普森却还是只穿着裤子、汗衫和吊裤带躺在床上。

“我在找沉默。”厄文说。

床上的人继续盯着上方的舱板。

“沉默女士。”年轻中尉厘清他的话。

“那个爱斯基摩女巫。”工程师说。

厄文清了清喉咙。空气中的煤尘浓度很高，令人难以呼吸。“你看到过她吗，汤普森先生？或是听到不寻常的声音？”

汤普森还是没有眨眼或转头，他轻声笑着，声音听来令人很不舒服，像是罐子里有一堆小石子在摇晃。他的笑最后结束在一声咳嗽上。“仔细听。”这工程师说。

厄文转头。这里只有平常的声音，只不过在这黑暗底舱里，声音比其他地方大：冰挤压船身发出的缓慢呻吟声、在锅炉房前后方的铁水槽与强化结构发出的哀鸣声、在几层甲板上吹刮的劲风传来的遥远呻吟声、落冰撞击在船上引起的木梁振动声、船桅在底座中晃动发出的单调噔噔声、时有时无的船身刮抓声，以及从锅炉及四周热水管不断传来的嘶嘶声、尖叫声与扒抓声。

“还有另外一个人或东西在底舱这里呼吸。”汤普森继续说，“你听到它的声音了吗？”

厄文竖起耳朵听，虽然听到锅炉声确实像只巨大的东西在大声喘气，但是没听到呼吸声。“史密斯和乔纳森在哪里？”中尉问。这两个人是二十四小时和汤普森在这里工作的炉工。

仰躺着的工程师耸耸肩："这些天来已经没多少煤炭好铲了，我一天只需要他们工作几小时而已。大部分时间我都是一个人在这里，在热水管线及控制阀之间匍匐前进，中尉。修补、缠带子、更换零件，尝试让这个……东西……运作，每天把热水送到主舱几小时。两个月之内，顶多三个月，它就会成为仅供欣赏的机器。我们已经没有煤炭来发动蒸汽引擎了，很快也不会有煤炭来产生暖气。"

厄文在军官用餐房听过这样的报告，但是他对这件事没有太大兴趣。三个月离他似乎比一辈子还遥远。他现在只想确定沉默在不在船上，然后去向船长报告，如果她不在"恐怖"号上，他必须去找她。何况他还要能再活上三个月，才会碰到煤炭告罄的问题。他打算到时候再来担心。

"你有没有听到传言，中尉？"工程师问。床上长长的身形还是没有眨眼或转头来看厄文。

"没有，汤普森先生，什么传言？"

"就是冰原上那只……东西，那个幽灵，那个恶魔……可以随意进到船里来，夜里在底舱的舱板上走动。"汤普森说。

"没有。"厄文中尉说，"我没听过这件事。"

"如果你独自一人留在底舱，待上够多次，"床上的人说，"每件事都不会逃过你的眼睛和耳朵。"

"晚安，汤普森先生。"厄文拿起他噼啪作响的提灯走回舱道中，然后向船首走去。

底舱还需要搜寻的地方所剩无几，厄文也已经决定要尽快完成工作。死人房锁着。中尉并没跟船长借钥匙，不过在确定那沉重的锁还很坚固且锁得很好之后，他继续向前走了。他可不希望看到那群制造出翻抓与嚼食声的家伙。透过厚橡木门，他可以听到它们的声音。

沿着船身摆置的二十一个巨大铁储水槽，没有让爱斯基摩人躲藏的空间，所以厄文直接走到煤仓，他的提灯在浓浊、被煤灰染黑的空气中发出微光。煤炭袋曾经装满每个储藏室，而且从船身底部一直堆到上方舱板的横梁，现在剩下的煤炭袋只排放在每间被煤烟熏黑的储藏室边缘，像是由沙包堆起的低矮屏障。他无法想象沉默女士会以没光线、发臭且有害健康的地狱之坑当新的庇护。舱板盖满了秽物，而且有老鼠四处乱窜，但他还是必须查看一下。

在搜寻过煤炭储藏间及储放在船中段的货品之后，厄文中尉走到船首舱剩余的板条箱和木桶那里，两层舱板之上的同样位置，正好是船员起居区及狄葛先生的大火炉。一个较窄的梯子从下舱向下通到储物区，数以吨计的木头悬挂在头上方沉重的梁木上，把这里弄成一个迷宫，让中尉不得不半弯腰走动。不过和两年半前比起来，这里的板条箱、木桶，以及一堆堆的货物，已经少很多了。

不过老鼠变多了，而且多很多。

厄文在几个较大的板条箱之间寻找，并且四处张望，以确定漂浮在融雪中的木桶不是空的就是密封着。当他绕过垂直的船首梯时，看到一道白色闪光，听到急促的呼吸与喘气声，他也注意到，在提灯光昏暗的圆圈外，有东西仓皇移动的沙沙声。那东西很大，在移动，而且不是那女人。

厄文没有武器。他直觉的想法是，把提灯丢下，然后摸黑跑回船中央的梯道间。但他没有，这想法在还没成形前就被打消了。他向前走了一步，大喊："谁在那里？报上名来！"声音比他自以为能发出的更有力道、更有权威。

接着，他在提灯照射下看到他们。那个白痴，马格纳·门森，探险队最高大的人急着要把裤子穿上，他那几根粗大、肮脏的手指笨手笨脚地在扣扣子。离他几英尺远的科尼利厄斯，科尼利厄斯·希吉，副船缝填塞匠——他身高只有五英尺左右，眼睛晶亮，脸型如貂——正在整理他的吊裤带。

约翰·厄文一时张着嘴、垂着下巴，花了好几秒理清并接受他所见到的事实——鸡奸。当然，他以前就听说过船上有这种事，还跟同伴们开玩笑谈论过，也曾经看过优秀号的一个海军少尉在承认有这种行为后，被架着绕行整个舰队接受鞭打，但是厄文从没想到他所在的船上……会有干这种事的人……

那大个儿门森威胁性地朝他跨出一步。这家伙体形实在够大，不论走在船舱哪个地方都得弯腰屈身，以免撞到横梁，使他养成驼背、拖着脚步走路的习惯，甚至在空旷地方也是如此。现在，他两只巨大的手在提灯光中发着光，看起来就像行刑的人要向去处罚罪犯一样。

"马格纳。"希吉说，"不要。"

厄文的下巴垂得更低了。这两个……鸡奸者……是在威胁他吗？在女王陛下的皇家海军军舰上，鸡奸者的法定刑罚是绞刑，能被改判成绕行整个舰队（在港口中一艘船、一艘船地轮流上去）并用九尾鞭抽打两百鞭，就算是法外开恩了。

"你好大的胆子！"厄文说，虽然连他自己也不知道，他指的是门森威胁他的态度，还是他们两个干的勾当。

“中尉，”希吉说，字词顺着副船缝填塞匠和笛音一般高的利物浦口音快速涌出，“很抱歉，长官，狄葛先生派我们下来拿一些面粉，长官。有一只该死的老鼠冲进水兵门森的裤管里，我们正要把它弄出来。这些肮脏的小东西，这些鼠辈。”

厄文知道狄葛还没开始烤他夜里该烤的饼干，而且主舱中的厨师储藏架上还有很多面粉。希吉根本没把谎言编得合理一点。这个矮小的人不断打量的晶亮眼睛，让厄文想到在他四周摸黑乱跑的老鼠。

“如果您不把这件事告诉别人，我们会很感激您，长官。”副船缝填塞匠继续说，“马格纳可不希望被大家嘲笑，说他怕一只小老鼠爬上他的腿。”

这些话既是挑衅也是反抗，几乎像一道命令。这矮小的人脸上流露着一波又一波的不屑，而门森只是两眼无神地站在那里，像驮负重物的野兽哑口无言，那双大手仍然弯曲着，被动地等待他的小爱人发出下一道命令。

沉寂在三个人中间蔓延。冰挤压着船，发出呻吟声，船骨也嘎吱作响，老鼠在附近跑来跑去。

“你们两个给我滚出这里。”厄文终于说，“现在！”

“是的，长官。谢谢您，长官。”希吉说。他把放在他附近舱板上的提灯罩子打开：“走吧，马格纳。”

两个人挤着爬上狭窄的船首梯，上到黑暗的下舱去。

厄文中尉还在原地站了好几分钟，听着船的哀鸣与脆裂声，却没听进心里去。这可怕的吼啸声只像远处传来的一首挽歌。

如果他向克罗兹船长报告，就会有一场审判。门森，这位探险队的土包子白痴很受船员们喜欢，虽然他们常取笑他怕鬼魂与妖精。他那三个同伴的粗重工作都是他做的。希吉虽然并不特别讨非军职士官长或一般军官喜欢，却相当受到一般水兵尊敬，因为他能帮朋友们弄到额外的烟草、额外的一及耳朗姆酒，或是拿到一件他们欠缺的衣服。

克罗兹不会吊死他们两个人，约翰·厄文想，但是船长最近几个礼拜心情特别差，所以对他们的处罚可能会非常严厉。船上每个人都知道，几个礼拜前，船长还曾威胁过门森，只要他这家伙胆敢再不听命把煤炭搬到底舱的话，他就会把他锁进死人房，让他和好伙伴沃克被老鼠啃食过的尸体待在一起。如果他现在决定执行处罚，不会有人感到意外。

另一方面，厄文中尉在想，他刚刚到底看到了什么？如果真的开审理庭，他能将手按在《圣经》上做证吗？他没看到任何违背伦常的事。他并没当场抓到两个鸡奸者在性交，或……摆出不自然的姿势。厄文听到呼吸声、喘气声，还有显然是其中一人发现有提灯靠近发出的提醒声，接着就看到他们两人仓皇地把裤子穿上，把衬衫塞进裤子里。

在正常情况下，这样足以让他们当中一个或两个被绞死。但是，现在他们受困在冰海里，获救前还不知道要再等几个月或几年。

这么多年来，厄文第一次很想坐下来大哭一场。从几分钟前开始，他的人生已经复杂到超乎预期。如果他揭发这两个鸡奸者，没有任何一个同船伙伴——军官、朋友、下属——会再像以前一样看待他。

如果他不揭发这两个人，他就要准备忍受希吉此后对他的所有无礼态度。不敢揭发希吉的懦弱行径，在接下来几个礼拜甚至几个月，都会让他被希吉勒索。他以后再也无法好好睡觉。他在外面的黑暗中值班或待在自己的舱房里时，也不再能完全放松——是指在有只白色怪兽要将他们一个接一个杀死的状况下所能放松的最大限度——因为他随时要提防门森的白手掐向他的喉咙。

“哦，我操！”厄文大声向底舱嘎吱作响的寒冷大骂。注意到自己的用词后，他大笑出来，笑声比他说的话更诡异、更虚弱，也带着更多不祥的预兆。

除了几个大木桶和船首的锚缆收置间外，他每个地方都找过了，他已经准备放弃搜寻，但是他想等到看不见希吉和门森后，再上到主舱去。

这里的水比他的脚踝还高，厄文走过几个漂浮的板条箱，已经很靠近向下倾斜的船首。他浸湿的靴子穿破薄冰前进。再过几分钟，脚趾肯定会冻伤。

锚缆收置间是船首舱最前端，就在两侧船身在船首接合的地方。它其实不是一个房间，两扇门只有三英尺高，里面的高度也不到四英尺，而是置放船首锚使用的粗重大缆的小空间。锚缆收置间随时都因为河底或河湾的泥巴而臭气冲天，即使船在几个月甚至几年前就起锚离开，臭气也从来不会完全消失，盘绕堆积起来的粗重锚缆几乎塞满这低陷、黑暗、有邪恶味道的空间。

厄文中尉撬开锚缆收置间那两扇难以打开的门，把提灯移近开口。在这里，船首和船首斜桅直接受到移动冰堆挤压，因此冰的碾磨声特别大。

这时沉默女士的头突然抬起来，她的黑眼睛像猫眼一样反射着光。

她全身赤裸，只有几条白里带棕的毛皮像地毯一样摊在下面，而另一条厚毛皮——或许是她的毛衣——披在她的肩膀和赤裸的身体上。

锚缆收置间里面的地板，比外面积水的舱板高了一英尺以上。她已经调整过锚缆的摆置方式，将它向左右推开，在纠结缠绕的巨大麻绳堆中弄出一个低矮、周围衬着毛皮的洞穴。一个装了油或皮下脂肪的小食物罐上冒出火焰，提供光线和温暖。爱斯基摩女人正准备吃一块红色、生腥、还带着血的腰腿肉。她用一把短且锋利的刀子，快速地从肉上割下一小块，直接送入嘴里。那把刀有骨制或角制的刀柄，上头还有图案。沉默女士跪在地上，倾身靠向火焰及肉，两个小乳房向下垂，这让有文艺素养的厄文中尉想起曾经看过的“母狼乳养婴儿罗慕乐和雷慕斯”雕像。

“非常抱歉，女士。”厄文说。他用手碰触一下帽子，然后把门关上。

中尉在雪泥中摇摇晃晃地退了几步，害得老鼠们又乱窜了一阵子，在五分钟内，他第二度试着分析自己受到的惊吓。

他该让船长知道沉默藏在哪里。光是她让火舌烧出灯外这可能引发火灾的危险动作，就该立即处理。

但她是从哪里弄到那把刀的？看起来是爱斯基摩人制作的，而不是船上的武器或工具。当然，在六月，也就是大约五个月前，他们就搜过她的身体了。难道她一直藏着？

她还可能藏了其他东西？

还有这新鲜的肉。

船上并没有新鲜的肉，这点厄文很确定。

她有可能自己去打猎？在冬天、在强风下、在黑暗中？而且要猎什么东西？

外面的冰上或冰下只有白熊，以及那只随时想偷袭“幽冥”号和“恐怖”号人员的东西。

约翰·厄文有个可怕的想法。有那么一会儿，他很想回头再检查一下死人房的锁。

接着他有个更可怕的想法。

威廉·史特朗和托马斯·伊凡斯的尸体只有一半被找到。

约翰·厄文中尉跌跌撞撞地向前走。他颠簸、摸索着朝中央梯道走去，两脚在冰及雪泥中不断踩滑，然后挣扎着往上爬，死命冲向主舱里的光。

18
古德瑟

北纬七十度五分，西经九十八度二十三分

一八四七年十一月二十日

哈利·古德瑟医生的私人日记：

一八四七年十一月二十日礼拜六

我们并没有足够的食物在冰上度过另一个冬天和夏天。

我们本来应该还有足够的食物。约翰爵士在两艘船上准备了充足的食物：每个人放开了吃，可以吃上三年；减量但仍然让船员们每天有力气从事粗重工作，这样可以吃上五年；极度紧缩但依然没人会饿到，则还可以吃上七年。根据约翰爵士的计算，两位船长克罗兹和菲茨詹姆斯也算过，皇家海军“幽冥”号和“恐怖”号的存粮应该能让我们撑到一八五二年。

然而，我们即将在明年春天把最后的存粮吃光。如果我们后来全都因此而丧生，原因追究起来就是谋杀。

“恐怖”号的麦克唐纳德医生很久以前就开始怀疑船上的罐头食物有问题，约翰爵士过世后，他把他的担忧也告诉了我。去年夏天我们第一次到威廉王陆块勘探时，发现所携带的罐头食物——贮放在较底层的罐头——有腐坏及含毒问题，证实了麦克唐纳德的担忧。十月，我们四位船医向克罗兹船长及菲茨詹姆斯中校请愿，希望他们容许我们全面盘点。接着我们四个人把两艘船主舱、下舱及底舱里数以百计的板条箱、木桶及沉重的罐头搬出来，然后抽样打开检查。一些船员被派来帮忙，我们盘点了两次，以避免出错。

两艘船上超过一半的罐头是坏掉的。

三个礼拜前，在原本专属于约翰爵士大而冰冷的舱房里，我们向两位船长报告结果。菲茨詹姆斯名义上虽然只是个中校，但探险队的新总指挥克罗兹称他为“船长”，其他人也就跟着这样称呼他。参加那次密会的人有：我们四个船医、菲茨詹姆斯及克罗兹。

克罗兹船长——我必须记住他毕竟是个爱尔兰人——勃然大怒，我从没看过人发这么大的脾气。他要求一个完整的解释，好像我们这些船医该为富兰克林探险队的存货及食物负责一样。另一方面，菲茨詹姆斯从一开始就对罐头及将罐头封装起来的食物供应商有疑虑，他是这支探险队或整个海军人员中，唯一表达过这疑虑的人，但是克罗兹还是难以相信这种犯罪的欺诈行为会发生在皇家海军的船舰上。

克罗兹“恐怖”号上的总船医约翰·培第，是我们四个医官中参与过最多次海上任务的人，不过他的经验大半是在皇家海军“玛丽”号上，和克罗兹的水手长约翰·雷恩一起，而且那是在地中海上，船上存粮中罐头占少数。同样的，在“幽冥”号上，我名义上的上司，总船医史蒂芬·史坦利也没有处理过这样大量的罐头。史坦利医生平常注意的是船员该吃他认为能预防坏血病的食物。抽样检查的结果显示，剩下的食物、蔬菜、肉类、汤罐头中，可能有一半有毒或坏掉了，他震惊到说不出话来。

只有麦克唐纳德医生有自己的理论。他先前和克罗兹船长的主计官黑帕门一起看着这些罐头被装上船。

几个月前，我在日记里写过，除了“幽冥”号上一万份烹煮后保存起来的肉之外，我们的罐头食物有水煮和火烤的羊肉、小牛肉，以及各种蔬菜，包括马铃薯、红萝卜、防风草和各种汤，还有九千四百五十磅的巧克力。

艾力克斯·麦克唐纳德先前是我们探险队医务方面的对外联络人。他负责和德普佛食物供应厂的负责人，以及某个叫史蒂芬·葛德纳的人，也就是后来我们的食物承包商打交道。麦克唐纳德在十月的时候就提醒克罗兹船长，有四家承包商参加约翰爵士探险队的罐头食品投标案——侯迦斯公司、甘伯公司、库伯及艾维斯公司，以及刚刚提到的葛德纳先生。令我们大吃一惊的是，麦克唐纳德医生曾经提醒船长，葛德纳的投标金额只有其他三家比他有名的食品公司的一半。而且，其他三家承包商定下在一个月或三个礼拜内交货的时程表，葛德纳却保证可以立即交货，板条箱及拖运费全包含在内，不额外收费。当然，这样立即送货是不可能的，而且葛德纳承包这个案子肯定会让他赔本，如果他的食物质量真的如他所宣称，并且都是照他所说的方式烹调与处理。但是除了菲茨詹姆斯中校外，没有一个人注意到这点。

海军总部和皇家探索团的三个委员都参与了这次承包商遴

选，除了德普佛食物供应厂的财务长外。他们当下就建议接受葛德纳的提案，付给他全款，也就是三千八百多英镑。对任何人来说，这都是一笔很大的数目，对葛德纳一个外国人——根据麦克唐纳德的说法——更是如此。艾力克斯说，这个人唯一的罐头工厂是在摩拉维亚的哥拉兹。葛德纳接下了海军史上最大的一笔委托案，九千五百罐重量在一磅到八磅不等的肉类与蔬菜罐头，以及两万罐汤罐头。

麦克唐纳德带来一张葛德纳的传单，菲茨詹姆斯一眼就认出来。上面写的内容让我看得口水直流：七种羊肉菜品，十四种小牛肉菜品，十三种牛肉菜品，四种小羊肉菜品。菜单上还有罐焖野兔、松鸡、兔肉（洋葱或咖喱口味）、野鸡，以及五六种其他野味。如果皇家探索团想吃海鲜，葛德纳可以提供带壳龙虾罐头、鳕鱼、西印度龟肉、鲑鱼排，以及亚茅斯燻鲱鱼。要吃点特别的只要十五便士，葛德纳的传单上有：松露野鸡、辛辣口味的小牛舌，以及法拉门达牛肉。

“事实上，”麦克唐纳德说，“我们很习惯吃装在马具桶里的腌马肉。”

我在海上的时间已经够长，听得懂他的话：用马肉来替代牛肉，直到后来水手们索性把盛肉的木桶称为马具桶。但是他们能吃到盐腌的肉就很高兴了。

“葛德纳对我们的欺骗还不止如此，”麦克唐纳德在脸色苍白的克罗兹船长及气得频频点头的菲茨詹姆斯中校面前继续说，“他为便宜的食物贴上定价贵很多的罐头标签，比方说，平常的‘炖牛肉’装在贴着‘炖牛腰’标签的罐头里。炖牛肉定价九便士，但是改贴的标签却让他可以收十四便士的钱。”

“天哪，老兄，”克罗兹气炸了，“每个食物供应商都是这么对待海军部的。欺骗海军的行为和亚当的包皮一样古老。但这并不能解释我们为什么会突然几乎没有食物可吃。”

“不是的，船长。”麦克唐纳德继续说，“问题出在烹煮与焊接。”

“你说什么？”这个爱尔兰人追问，显然正努力克制自己的脾气。克罗兹的脸在他那顶旧帽子下面，显得又红又白。

“烹煮与焊接。”艾力克斯说，“就烹煮来说，葛德纳先生夸口他可以利用一套获得专利的流程，把大量的硝化苏打（氯化钙）加到大缸滚水里，使烹煮过程的温度快速上升，主要用意是加快生产速度。”

“这有什么问题？”克罗兹问，“这些罐头已经过了预定交货的期限。总是要有人在葛德纳的屁股下面烧把火吧！他哪有专利的制造流程可以让速度加快？”

“是的，船长。”麦克唐纳德医生说，“但是，在葛德纳屁股下面的那把火，比肉、蔬菜及其他食物下面的火还大，他匆忙烹煮一下食物就装到罐头里。许多医疗界人士都认为，将食物完全煮熟不会残留可能致病的毒素，但是我亲眼见过葛德纳的烹煮过程，那些肉、蔬菜和汤煮得根本不够久。”

“你为什么不把这件事呈报给皇家探索团的委员们？”克罗兹责备他。

“他呈报了。”菲茨詹姆斯懒懒地说，“我也呈报了。但是只有德普佛食物供应厂的财务长听进我们的话，可是在承包商遴选案上他并没有投票权。”

“所以你的意思是，在过去三年里，我们的食物有一半以上腐坏，这是因为烹煮方法有问题？”克罗兹的脸上仍布满红色与白色的斑块。

“是的。”艾力克斯·麦克唐纳德说，“但是，出问题的还有焊接技术。”

“罐头的焊接？”菲茨詹姆斯问。他对葛德纳的不信任显然还没延伸到这项技术。

“是的，中校。”“恐怖”号的助理船医说，“把食物保存在罐头里是最近的发明，是我们这新世代的美妙之处。但是，根据过去几年的使用经验，我们已经很清楚，如果不想让罐头里的食物腐坏，沿着圆柱体罐头的缝隙把凸缘严实焊接好相当重要。”

“葛德纳的人没把这些罐头焊好？”克罗兹问。他的声音像是一声低沉、带着威胁的咆哮。

“我们检查的罐头有百分之六十没有焊接好。”麦克唐纳德说，“没有仔细焊接的罐头缝隙导致密合不完全。不完全的密合加速了牛肉、小牛肉、蔬菜、汤及其他食物罐头的腐败。”

“怎么会这样？”克罗兹船长问。他摇摇宽大的头，仿佛刚刚被撞了一下而觉得头昏。“我们这两艘船离开英格兰后不久就航行在北极海域里。我以为这里已经冷到可以把所有东西冻到世界末日。”

“显然不是这么回事。”麦克唐纳德说，“剩下的两万九千罐葛德纳罐头里，有许多罐已经裂开。另外一些则是因为腐败食物产生的气体而胀大。或许某些有害的蒸汽在英格兰时就进入罐头里，或许有些在医学及科学上都还不为人知的微生物在转运过程中，甚至还在葛德纳的食物工厂时，就侵入罐头里。”

克罗兹的眉头皱得更紧了：“微生物？我们应该实际一点吧，麦克唐纳德先生。”

助理船医只能耸耸肩：“也许这话听起来有点不切实际，船长。但是您并不像我花过几百小时的时间，睁大眼睛对着显微镜看。我们不太知道这些微生物是什么，但是我跟您保证，看过一滴水里有多少只这种东西后，你就会变得很清醒了。”

克罗兹脸上的红、白斑块本来已经淡了些，听到这几句好像反映他经常不太清醒的评语后，脸又变红了。“好吧，有些食物坏了。”他粗鲁地说，“我们能做什么来保证船员们可以放心食用剩下的食物？”

我清了清喉咙：“您是知道的，船长，在船员们夏天的饮食中，每天有一又四分之一磅的腌肉，每周蔬菜只有一品脱的豌豆及四分之三磅的大麦。不过他们每天都有面包及饼干吃。进入冬天之后，为了减少煤炭消耗量，在面粉类食物方面，烤面包的分量减少了百分之二十五。如果我们开始把剩下的罐头煮久一点，也恢复烤面包的分量，不仅罐头食物中坏掉的肉不会再危害我们的健康，还能预防坏血病。”

“不可能的。”克罗兹生气地说，“我们剩的煤只够让两艘船保持目前的温暖到四月。如果你怀疑我的话，可以去问工程师葛瑞格或‘恐怖’号的工程师汤普森。”

“我不怀疑您的话，船长。”我难过地说，“我已经跟两位工程师谈过了。但是如果不把剩下的罐头食物煮久一点，我们食物中毒的概率将相当高。我们可以做的是，把明显坏掉的罐头丢掉，也不要去吃没有焊接好的罐头。但这样一来我们的食物存量就会少很多。”

“用酒精炉来加热如何？”菲茨詹姆斯问，神情略显兴奋，“我们可以使用野营用的火炉加热汤罐头以及我们担心有问题的罐头。”

这回是麦克唐纳德在摇头：“我们测试过了，中校。古德瑟和我做过实验，用有专利的‘烹调用具牌’酒精炉加热所谓的炖牛肉罐头，结果一品脱的乙醚燃料还不能把食物完全加热，温度还是很低。而且我们的雪橇队——或者我们全部的人，如果我们被迫弃船的话——到了冰上必须依赖酒精炉把冰与雪融化成水来喝。我们应该保留这些乙醚燃料。”

“我们的雪橇队第一次到威廉王陆块去探勘时，我也跟着格尔中尉去了，我们每天都会用到酒精炉。”我轻声补充，“船员们只使用适量的乙醚和火焰加热，罐头汤一开始冒泡，就迫不及待地舀出来吃了。里头的食物只是温的。”

大家沉默了好一阵子。

“根据你的说法，如果需要的话，我们接下来一年或两年的罐头食物，有一半以上是坏掉的。”克罗兹最后说，“我们的煤炭存量有限，不能用‘幽冥’号或‘恐怖’号上的大型费兹尔专利炉，或比较小型的捕鲸船铁火炉来重新煮食物，而你现在又告诉我，我们没有足够的燃料来燃烧乙醚酒精炉。那么我们还能做什么？”

我们五个人都没作声。唯一想得到的答案是弃船，然后找个气候温和一点的环境，最好是南方某个岸上，在那里可以射杀一些猎物。

克罗兹好像看出我们每个人心里在想什么，他笑了，一种独特的爱尔兰式微笑，我那时这么认为。然后他说：“问题是，各位，两艘船上没有一个人知道如何去猎捕或射杀海豹或海象，就算这些动物再给我们一次机会，出现在我们面前，也没有人有射击大型猎物的经验，例如我们到现在还没看过的驯鹿，连我们那些值得尊敬的陆战队员也一样。”

其余的人还是保持静默。

“谢谢你们这次尽心竭力做了盘点，而且给我这么详细的报告，培第先生、古德瑟先生、麦克唐纳德先生，还有史坦利先生。我们会继续把你们认为完全密封安全的罐头，与那些没焊接好、鼓起、胀大的，或是一眼就看得出腐坏的罐头区分开来。我们还会维持目前所采用的方式：正常分量三分之二的食物配额，直到过完圣诞。到那时候我会推出一个更严苛的食物配额。”

史坦利医生和我穿上许多层御寒衣物，到甲板上目送培第医生、麦克唐纳德医生、克罗兹船长和一支由四个带着霰弹枪的水兵组成的护卫队，展开他们在黑暗中返回“恐怖”号的漫长路程。看着他们的提灯与火炬消失在风雪中，听着强风在索具间呼啸，夹杂着冰层挤压“幽冥”号船身发出的碾磨声与呻吟声，史坦利突然倾身靠近我，对着我蒙住的耳朵大喊：“如果他们错过了路碑而在回程迷路，或是冰原上那只东西今天晚上抓到他们，那他们就太幸福了。”

我只能转过头来，震惊地看着总船医。

“活活被饿死非常恐怖，古德瑟。”史坦利继续说，“相信我。我在伦敦看过，我也在船难中看过。死于坏血病更可怕。我还宁愿那只东西今天就把我们全杀死。”

说完，我们就下到阴暗、只有些许火舌在摇曳的主舱，那里的严寒和船外但丁《神曲》中的“第九圈北极夜”有的比。

19
克罗兹

北纬七十度五分，西经九十八度二十三分

一八四七年十二月五日

十一月第三个礼拜，礼拜二的暮班时段，冰原上那只东西登上了“幽冥”号，抓走了大家敬爱的水手长托马斯·泰瑞先生，将他从靠近船尾的岗哨攫走，只把他的头留在护栏上。泰瑞所在的船尾岗哨没有血迹，结了冰的甲板或船身上也没有血迹。结论是那只东西把泰瑞带走，带他走了数百码路，进入外面的黑暗，在那里，冰塔像树一样长在浓密的白色森林里。然后那只东西杀了他，将他肢解，或许接着将他吃掉。之后，在右舷或左舷守卫发现水手长不见之前，再把泰瑞先生的头送回来。船员们愈来愈怀疑，杀害同船伙伴及军官的东西，是否真的为了食物而杀。

几个在换班时发现水手长头颅的守卫，一整个礼拜都在反复述说可怜的泰瑞先生的遗容：嘴巴大开，仿佛在惊叫时突然被冻结住，嘴唇向后开到牙齿全露出来，眼睛向外凸。他的脸上或头上没有一处齿痕或爪痕，只有脖子上有残破的撕裂伤，细管状的食道像老鼠的灰尾巴伸出来，脖子里的白色脊髓清晰可见。

还存活的一百多名船员突然间都找到了宗教信仰。“幽冥”号上大多数船员对约翰·富兰克林爵士举行礼拜的事抱怨了两年，不过现在，连醉了三天才醒来已经认不得《圣经》的人，也觉得非常需要获得性灵上的安慰。托马斯·泰瑞被断头的消息传开后——菲茨詹姆斯船长已经把用帆布包起来的一团东西放进“幽冥”号底舱、密闭的死人房——船员开始要求船长为两艘船上所有人举行一场联合主日礼拜。在礼拜五的夜里，貂脸科尼利厄斯·希吉来找克罗兹，提出了请求。希吉先前出过一次火炬施工队的勤务，去修理两艘船间的冰地路碑，那时候他就趁机和“幽冥”号上的人谈过这件事了。

“没有人有异议。”副船缝填塞匠站在克罗兹船长狭小的舱房门口说，“大家都希望能有个联合礼拜。两艘船一起，船长。”

“你能代表两艘船上的每一个人说话吗？”克罗兹问。

“是的，长官，我能代表他们。”希吉说，脸上闪现的微笑曾经代表胜利，现在却只是把他所剩六颗牙中的四颗露出来，矮小的副船缝填塞匠唯一有的就是自信。

“我怀疑你不能。”克罗兹说，“不过我会和菲茨詹姆斯船长谈谈，然后让你知道要不要举行礼拜及如何举行。不论最后的决定是什么，你都可以当我们的特派信差，去通报所有人。”希吉敲他的门时，克罗兹正在喝酒。他向来对这位喜欢逾越分际的矮小船员没好感。每艘船上都有自以为是的“海上律师”，就和老鼠一样，是海上生活的一部分。出乎克罗兹意料的是，希吉的文法虽然很破，而且没受过正式教育，他竟然有本事成为艰苦航程中煽动叛变的海上律师。

“我们所有人都希望举行一个像约翰爵士——上帝祝福他，让他的灵魂安息，船长——过去主持的礼拜，其中的一个原因就是，我们全部都……”

“这就是全部了，希吉先生。”

那礼拜克罗兹酒喝得很凶。过去像雾一样笼罩着他的忧郁，现在就像厚毯一样盖在他身上。他认识泰瑞，认为他是超级能干的水手长，也觉得他的死法实在太恐怖了。不过不论南极或北极，极地同样也提供了无数种恐怖的死法。皇家海军也差不多，不论平时还是战时。克罗兹在他的军旅生涯中亲眼见识过几种恐怖死法。所以，虽然泰瑞先生的死法是他见过较不寻常的一种，而且最近如瘟疫般一起接着一起的暴力致死案例，也比他从前在海上见过的真正瘟疫还可怕。但是让克罗兹更忧郁的，却是探险队中存活者的反应。

詹姆斯·菲茨詹姆斯虽然是幼发拉底河的英雄，但他已经开始失去信心了。他的第一艘船都还没有离开利物浦，就因为媒体报道而成为英雄。当时年轻的菲茨詹姆斯跳船去救一名快淹死的海关职员，这名英俊的年轻军官就如《泰晤士报》记载，“受到身上大外套、帽子及一只高价名表的束缚”。利物浦的贸易商知道，克罗兹也很清楚，被收买而且也拿到钱的海关官员的价值有多高，因此赠送给他一面铭谢银牌。海军部先注意到那面银牌，然后注意到菲茨詹姆斯的英勇事迹——虽然在克罗兹的经验里，军官下海救人是每个礼拜都有的事，因为很少有水手会游泳——

最后才注意到菲茨詹姆斯是“全海军最英俊的人”，而且是个很有教养的年轻绅士。

这位崛起的年轻军官，并没因为两次自愿带突击队去对抗贝都因的土匪而名声受损。克罗兹在官方报告中注意到，菲茨詹姆斯在某次掠袭行动中折断了脚，而在第二次进攻中被土匪俘虏，但这位全海军最英俊的人最后还是逃了出来，使菲茨詹姆斯在伦敦媒体及海军部眼中成为英雄。

年纪轻轻的他才三十岁就升为中校，这个全海军最英俊的人还被指派担任单桅帆战船皇家海军“克丽欧”号的指挥官，灿烂前程似乎全摆在眼前。

但是，接下来在一八四四年，和平突然降临，菲茨詹姆斯碰上了前途看好的皇家海军通常会碰到的事——他没有船可以指挥，只能待在陆地上，而且只能领半薪。克罗兹知道，如果皇家海军探索团给约翰·富兰克林爵士的指挥权，算是上帝给这名声不太好的老人的一份礼物，那么皇家海军“幽冥”号实质的指挥权，对菲茨詹姆斯来说就是闪闪发亮的第二次机会。

现在“全海军最英俊的人”的脸颊不再粉红，也不再有他从前充满激情的幽默感。每天食物配额即使只有正常时的三分之二，大多数军官和船员都还能维持平常的体重，因为皇家探索团成员的饮食比百分之九十九在岸上的英格兰人还好，但现在是船长的菲茨詹姆斯中校已经瘦了三十多磅。他的制服宽松地罩在身上，他那男孩般的卷发无力地从帽子和威尔斯假发下面垂下来。菲茨詹姆斯的脸，过去总是有点圆嘟嘟，但现在在油灯或提灯的映照下，看起来却皱缩、虚弱，而且脸颊凹陷。

这位中校在公共场合的举止还是和往常一样，总是能轻易地把自我调侃式的幽默及坚定的掌控力配合起来。但是在私底下，当他和克罗兹单独在一起的时候，他的话就比较少，笑得也比较少，经常不专心而且有点可怜。事实上，克罗兹为忧郁症所苦的征兆已经很明显了。有时候这情形就像是对着一面镜子看自己，只不过从镜子回瞪他的那张忧郁的脸，是一个标准的英格兰绅士，而不是默默无闻的爱尔兰人。

十二月三日礼拜五，克罗兹在霰弹枪里装上弹药，然后独自一人走上“恐怖”号和“幽冥”号之间那条冰冷、黑暗、漫长的路。如果冰原上那只东西要抓他，克罗兹想，即使再多几个带枪的人陪他，结局也不会有多大改变。约翰爵士的情况不就是这样吗?

克罗兹安全抵达了“幽冥”号。他和菲茨詹姆斯讨论当下情况：船员们的士气、他们希望能举行礼拜的请求、罐头食物的状况、圣诞节过后随即实施严格食物配给的必要性。他们意见一致地认为，在下个礼拜天举行联合礼拜可能不错。因为船上没有船牧，也没有自封的传道人，在今年六月以前，富兰克林一直身兼这两种角色。所以两位船长都要讲一篇道。克罗兹讨厌这件事更甚于去看码头区的牙医，不过他知道这势在必行。

船员们的情绪正处于危险状态。克罗兹的执行长爱德华·利铎中尉说，“恐怖”号的船员们现在开始流行使用在夏天时射杀的白熊爪子与牙齿，来制作项圈及神秘饰品。厄文中尉几个礼拜前跟他报告说，沉默女士已经躲到船首的锚缆收置间，而船员们也开始省下一些朗姆酒及部分食物配额放在底舱，仿佛要献祭给一个女巫或圣徒，希望她或他能在降灾的神祇面前为他们说些好话。

“我最近一直在想你的舞会。”克罗兹站起身来准备离去时，菲茨詹姆斯说。

“我的舞会？”

“我是指你们和裴瑞在冰里过冬时，侯普纳办的那场大威尼斯嘉年华。”菲茨詹姆斯继续说，“那时你扮成黑人随从。”

“那又怎样？”克罗兹边问边把保暖巾缠绕在脖子和头上。

“约翰爵士有三大箱的面具、衣物、戏服。”菲茨詹姆斯说，“我在他私人收藏室里发现这些东西。”

“真的吗？”克罗兹很惊讶。这位爱说话的老人一个礼拜主持六次礼拜（如果可以的话）也不嫌多，而且他虽然常常大笑，却似乎从来听不懂别人的笑话。他应该是探险队的总指挥当中，最不可能像渴望成为演员的裴瑞那样，把一箱箱轻佻的戏服装到船上。

“那些东西很老旧。”菲茨詹姆斯证实克罗兹的想法，“很可能是裴瑞和侯普纳的，二十四年前被冰冻在巴芬湾时，你很有可能就是从这些箱子里挑选戏服的，里面少说也有超过一百件破旧衣物。”

克罗兹站在约翰爵士原先的舱房门口，准备走。他希望菲茨詹姆斯能快点讲到重点。

“我想也许我们可以在近期内为船员们办一个化装舞会。”菲茨詹姆斯说，“当然，不像你们那次大威尼斯嘉年华那么盛大，因为那只……讨人厌的东西……在冰原上，不过还是算一种消遣。”

“或许吧。”克罗兹说，用语气传达他对此不太热衷，“等礼拜天举行过可恶的礼拜后，我们再来讨论这问题。”

“是的，当然。”菲茨詹姆斯很快地说。他一紧张，咬着舌头讲话的习惯变得更明显：“我要派人护送你回‘恐怖’号吗？克罗兹船长？”

“不，你早点休息吧，詹姆斯。你看起来很疲倦。我们都需要保留力气，才能在礼拜天好好对全体船员讲道。”

菲茨詹姆斯礼貌性地笑了笑。克罗兹觉得那表情很虚弱，有点让人不太舒服。

一八四七年十二月五日礼拜天，克罗兹只留下六个船员在船上，由第一中尉爱德华·利铎负责指挥。他和克罗兹一样，宁可让人用汤匙把他的肾结石刮掉，也不愿被迫去听无聊的讲道。此外，助理船医麦克唐纳德、工程师詹姆斯·汤普森也在船上留守。其他五十几位船员和军官列队出发穿越冰原，跟在船长、第二中尉哈吉森、第三中尉厄文、大副霍恩比，以及技师、职员与士官长后面。那时已经将近十点了，若不是北极光再次在上方闪现、舞动、更移，将他们的身影投射在破裂的冰上成为无数条长影子，那颤抖的星光下，将会是一片绝对的黑暗。所罗门·妥兹中士脸上骇人的胎记，在五颜六色的北极光照耀下特别引人注意，他带头率领手持毛瑟枪的皇家海军陆战队，在行军纵队的前方、两侧及后方戒护。不过，在这安息日的早晨，冰原上那只白色东西并没有现身打扰。

上回两艘船的船员们聚在一起做礼拜时是在六月的阳光下、在露天的甲板上，当时由约翰爵士主领，只可惜这位虔诚的总指挥没过多久就被那只动物拖进冰下的黑暗中。假设风没在吹，现在外面温度至少有零下五十华氏度，为了安全起见，菲茨詹姆斯安排在主舱里举行礼拜。巨大的火炉没办法移开，但是他们转动摇柄，将船员的餐桌升到最高处，把船首病床区几面可卸式的隔间板拆掉，也把士官长寝室，以及次阶军官侍从、大副、二副与准副舱房的隔间板拆掉。他们还拆掉了士官长餐房及助理船医卧室的墙。即使这样，空间还是很拥挤，不过够容纳所有的人。

不仅如此，菲茨詹姆斯的木匠维基斯还做了一个讲坛与平台。它只高出舱板六英寸，因为在他们头部上方有横梁、悬垂的桌子及木料，空间有限。不过这高度已经能让坐在最后面的人看见克罗兹与菲茨詹姆斯了。

“至少这样比较温暖。”当“幽冥”号上秃头的主计官查尔斯·哈弥尔顿·欧斯莫带领船员们唱第一首圣诗时，克罗兹低声向菲茨詹姆斯说。

船员们挤在一起，确实让主舱温度升高不少，自从六个月前“幽冥”号不再燃烧大量煤炭让热水流经热水管之后，这里就没再如此温暖过。菲茨詹姆斯还毫不吝惜地燃烧船上的油，点亮十盏以上的挂灯，把这个通常黑暗且充满烟味的空间照亮。自从两年多前，阳光不再从头顶上的普雷斯顿专利天窗射进来后，这里就没如此明亮过。

船员们唱圣诗的声音让暗色的橡木船梁跟着振动。克罗兹四十多年来的经验告诉他，水手们在任何情况下都喜欢唱歌，甚至在做礼拜时。克罗兹在人群中可以看到副船缝填塞匠科尼利厄斯·希吉的头顶。站在他旁边的是佝偻着背、以免头及肩膀撞到横梁的白痴大个儿马格纳·门森。这家伙牛吼般地唱着圣诗，隆隆的声音完全走调，像是要呼应船外嘎吱作响的冰。这两个人共享一本欧斯莫发给大家的破诗歌本。

终于，唱完圣诗了，接着是一阵移动脚步、咳嗽及清喉咙的声音。空气中出现刚烤好面包的味道，因为狄葛先生在几个小时前就先过来帮助“幽冥”号的厨师理查·沃尔烤饼干。克罗兹和菲茨詹姆斯认为，在这特别的日子里，为了提振船员的士气，值得多消耗一些煤炭、面粉及灯油。毕竟，北极冬天最寒冷的两个月还在前面等着呢。

接着是讲道的时间。菲茨詹姆斯已经把胡子刮干净，仔细上了粉，并且请侍从侯尔把他宽松的背心、长裤及西装上衣改小，让他穿着制服、戴着闪亮的肩章时看起来既沉着又英俊。菲茨詹姆斯把他的《圣经》放在讲坛上，并且翻到《诗篇》时，只有站在他后面的克罗兹看到，他苍白的双手反复地在紧握及放松。

“今天的《圣经》经文出自《诗篇》第四十六篇。”菲茨詹姆斯说。菲茨詹姆斯属于上层社会的咬舌习惯因为紧张而更明显，克罗兹听到时轻轻皱了皱眉头。

上帝是我们的避难所，是我们的力量，
是我们在患难中随时的帮助！
所以地虽改变，山虽摇动到海心，
其中的水虽匉訇翻腾，
山虽因海涨而颤抖，
我们也不害怕。

有一道河，这河的分汊，
使上帝的城欢喜；
这城就是至高者居住的圣所。
上帝在其中，城必不动摇；

到天一亮，上帝必帮助这城。
外邦喧嚷，列国动摇。
上帝发声，地便熔化。
万军之耶和华与我们同在；
雅各的上帝是我们的避难所！

你们来看耶和华的作为，
看他使地怎样荒凉。
他止息刀兵，直到地极；
他折弓、断枪，
把战车焚烧在火中。
你们要休息，要知道我是上帝！
我必在外邦中被尊崇，
在遍地上也被尊崇。

万军之耶和华与我们同在；
雅各的上帝是我们的避难所。

船员们大声呼喊“阿门”，并且移动他们渐渐温暖的脚表示赞同。

接下来船员全安静下来，与其说是出于尊敬，还不如说是出于好奇。会众中的“恐怖”号船员们都知道，对他们的船长来说，礼拜中的经文宣读就等于是严肃地朗诵船上法规条文，“如果有人拒绝听从军官的命令，那个人就要被鞭打或处死，处罚由船长决定。如果有人与船员或船上牲畜有鸡奸行为，那个人该被处死……”，等等。法规全书差不多和《圣经》一样有分量、有影响力，而且经常能让克罗兹达到他的目的。

但今天不一样。克罗兹伸手到讲坛下方的书架上，抽出一本厚重的皮面书。他带着权威，砰的一声把书放到讲坛上。

“今天，”他吟诵般说，“我要读的经文取自《利维坦书》第一部分，第十二章。”

聚集的船员中传出些许骚动。克罗兹听到站在第三排的一个没牙齿的“幽冥”号船员在嘀咕：“我知道他妈的《圣经》里根本没有他妈的《利维坦书》。”

克罗兹等到大伙儿安静下来才又开始说话。

“论到宗教中，关于看不见的超自然能力本质为何的各种主张……”

克罗兹的声音宛如在朗诵《旧约》，让听众可以轻易听出哪几个字加了重音。

“……几乎每件讲得出名字的东西，都会被某地的外邦人尊奉为上帝或狄弗魔；或是被他们的诗人视为表面上像是没生命，其实是被神灵之类的东西寄居或附身的东西。”

“世界未成形之先的物质是一个神，他的名字叫混沌。”

“天、海洋、行星、火、地球、风是许多的神。”

“男人、女人、鸟、鳄鱼、小牛、小狗、蛇、洋葱、青蒜，也都成为神。不仅如此，几乎每个地方都有被称作戴蒙魔的神灵：平原有潘及潘尼斯，或半人半兽神；树林有牧神及灵芙；海里有持螺海神及其他灵芙；每条河及水泉都有以它为名的幽灵，以及一些灵芙；每间房子都有它的雷尔，或守护神；每个人都有他的吉尼守护神；地狱里有幽灵，以及像冥河船夫、三头地狱犬、复仇三女神等幽灵官员；在夜里，到处都有魑魅及小鬼、死者的幽灵，以及一整个王国的精灵与妖怪。他们也把一些事及性质，例如时间、夜晚、白天、平安、和谐、爱、冲突、美德、荣誉、健康、荒废、发烧等，都认定为有神性，并且为它们建造圣殿；当人们想要或想避免这些东西时，就会向它们祈祷，好像他们举头三尺真的有以上的神明，这些神明能决定赐给他们祈盼获得的好事，或者收回他们祈求避免的恶事。他们也诉诸自己的智慧，美其名为缪斯；诉诸自己的无知，美其名为幸运；诉诸自己的欲望，美其名为丘比特；诉诸自己的愤怒，美其名为怨神；诉诸自己的私密部位，美其名为生育之神；而把他们的不洁，归咎给梦魇与妖精。这样的状况到达一个地步：只要诗人能在诗中赋予某个东西人格，他们就会让那东西变成神或狄弗魔。”

克罗兹暂停片刻，扫视那一张张睁大眼睛看着他的苍白脸孔。

“以上就是《利维坦书》，第一部分，第十二章。”他边说边把那本厚书合起来。

“阿门。”快乐的船员们齐声唱和。

当天傍晚船员们吃着温热的饼干，以及他们最爱吃的足额腌猪肉。多出来的四十几个“恐怖”号船员挤在船首区垂放下来的桌子旁边，或用木桶当桌面，用海员木箱当椅子坐。

嘈杂的声音让大家都很放心。两艘船的所有军官都在船尾用餐，围坐在约翰爵士舱房的长桌旁。除了当天他们必须喝的抗坏血病柠檬汁外（麦克唐纳德现在担心这五加仑的桶装柠檬汁会失去效用），每个船员在晚餐前都能多喝一及耳的酒。菲茨詹姆斯船长已经拿出他的备用库存，让军官及士官长们有三瓶高质量的马德拉葡萄酒及两瓶白兰地可喝。

下午三点，世界时，“恐怖”号船员准备离开。他们向“幽冥”号的同伴道别，爬上主梯，从冰冻的帐篷里出来，接着走下冰雪铺成的斜坡，走进黑暗的冰原里，在依然闪动的北极光下走回自己的船。队伍中有些关于《利维坦书》那篇讲道词的窃窃私语及低声评论。大部分人都以为它出自《圣经》，但不论出自哪里，没有人能确定他们的船长到底要表达什么，但是在喝了两份朗姆酒后，大家对它的评价都变得很高。但许多人手里还在玩弄一些用白熊牙齿、爪子、熊掌制成的幸运符。

走在队伍最前面的克罗兹有五成把握，在他们回去后会发现利铎中尉和守卫被谋杀了，麦克唐纳德医生被撕成碎片，而工程师汤普森先生被肢解，尸块散在他那部毫无用处的蒸汽引擎的管线与控制阀上。

一切正常。哈吉森中尉与厄文中尉把一包包饼干和肉发给留守人员，一小时前他们离开“幽冥”号时，这些东西都还是温的。留在寒冷甲板上看守的人可以抢先一步喝他们额外的朗姆酒。

从某个角度来说，“幽冥”号拥挤主舱的热度，让外面的冷更难承受。克罗兹虽然从头冷到脚，还是待在甲板上直到几个守卫交了班。现在的轮值军官是冰雪专家托马斯·布兰吉。克罗兹知道现在是甲板下船员们礼拜天午后的自由活动时间，许多人等着要喝下午茶，接着吃可悲的晚餐“可怜的约翰”——盐腌及白煮的鳕鱼配上饼干。他们心里希望能有一盎司的乳酪来配半品脱的伯顿啤酒。

在那座将西南方“幽冥”号挡住的巨大冰山这一侧，风开始增强，将雪吹刮过冰塔林立的冰原。天上的云将北极光和星星都遮掩住了。下午的夜空变得更黑。最后，克罗兹想起他舱房里的威士忌，走下船舱。

20
布兰吉

北纬七十度五分，西经九十八度二十三分

一八四七年十二月五日

在船长和到“幽冥”号参加礼拜的船员们回到船舱之后的半小时，甲板上的托马斯·布兰吉已经因为风雪狂吹而看不见守望灯或主桅了。这位冰雪专家很庆幸这时候才刮起大风雪，如果早一个小时刮风，从“幽冥”号回来的人肯定是咒骂连连。

在这黑暗的夜里，派驻在左舷哨站受布兰吉指挥的守卫是三十五岁的亚历山大·贝瑞。布兰吉知道他虽然不是特别聪明，却很可靠，又善于操作索具；还有约翰·翰福特和大卫·雷斯。最后提到的雷斯担任船首守卫，十一月底刚满四十岁，当时船员还为他办了个有模有样的水手舱派对。但是雷斯已经不再是两年半前加入皇家探索团的雷斯了。早在十一月初，也就是陆战队二兵海勒在右舷站岗时脑袋壳被打开、年轻的比尔·史特朗与汤姆·伊凡斯离奇失踪的前几天，大卫·雷斯就躺在自己的吊床上不再讲话了。有三个礼拜之久，雷斯整个人离开了。他的眼睛虽然睁开，却没在注视东西；他对声音、火光、摇晃、大叫或掐捏也都没反应。那段时间他基本待在病床上，躺在可怜的二兵海勒的邻床。海勒的头盖骨被挖开，脑的某些部分不见了，但他还能呼吸。海勒躺在一旁喘息时，雷斯继续安静地躺在那里，不眨眼地瞪着天花板，看起来好像已经死了。

后来，在发过一阵癫痫后，事情结束了，雷斯又重新成为了原来的自己。或者说，几乎又变回原来的自己。他的胃口恢复了，在他离开身体的那段时间里，他几乎掉了二十磅。但是老大卫·雷斯的幽默感不见了，那悠闲、童真的微笑，以及在自由活动或晚餐时间乐意与同伴聊天的态度也不见了。此外，雷斯的头发在十一月的第一个礼拜还是颜色很重的红褐色，但从恐慌期回来后却变成纯白。有船员说，沉默女士对雷斯下了咒语。

担任冰雪专家三十多年的托马斯·布兰吉才不相信有咒语。他非常不屑把北极熊爪子、足掌、牙齿及尾巴当反制咒语的护身符戴在身上的船员。他知道有些没受过教育的船员——以副船缝填塞匠科尼利厄斯·希吉为代表，布兰吉从来就不喜欢这家伙，也不把他看在眼里——在散布流言说，冰原上那只东西是某种神灵或恶魔，或者照船长的说法，在他那本奇特的《利维坦书》中，正确的称谓应该是戴蒙魔或狄弗魔。

一些受希吉影响的人已经开始向那只怪兽献祭，把祭物放在底舱的船首锚缆间外面，现在每个人都知道爱斯基摩女巫沉默女士就躲在这里。希吉和他的大个儿白痴朋友马格纳·门森似乎是这怪异信仰的祭司，或者说，希吉是祭司，门森是完全照他吩咐做事的祭司助手，而且他们似乎是唯一能把各式供奉物带到底舱的人。布兰吉最近才到过那尽是硫黄味、黑暗、恶臭、冰冷的地方，看到一些用小白镴盘装的食物、烧尽的蜡烛及小杯朗姆酒，那景象令他恶心。

托马斯·布兰吉不是自然学者，但是从他还是男孩开始一直到成人，都算是习惯极地生活的人。在还没加入皇家海军前，他在美国的捕鲸船上担任一等水兵或冰雪专家。探险队里很少有人对极地区域的了解能和他媲美。虽然他们目前所在地对他来说很新鲜，就布兰吉所知，从来没有一艘船航行到兰开斯特海峡这么南边、这么靠近威廉王陆块的地方，也没有船到过布西亚半岛的这么西侧的地方。但是他对这里大部分的恶劣极地状况倒是相当熟悉，就像他熟悉他出生地肯特的夏天。

事实上是更加熟悉，布兰吉发觉，他已经有二十八年没见到肯特的夏天了。

他熟悉今夜狂啸的风雪，坚硬的冰层表面，冰塔，以及隆隆作响、将位于隆起冰上的“恐怖”号愈推愈高、想把这艘可怜的船活活挤毁的冰脊。他相当尊敬在“幽冥”号上的冰雪专家詹姆斯·瑞德。今天在“幽冥”号上参加过那场古怪的礼拜之后，瑞德才告诉他，那艘老旗舰再撑不了多久了。除了煤筐里的煤炭消耗速度比“恐怖”号还快之外，和一年多前刚被困住时比较，冰层也以更猛烈、更不饶人的力道紧紧抓住富兰克林的船。

瑞德低声告诉他，自从“幽冥”号船尾朝下受困在冰层中——和“恐怖”号船首朝下的姿势刚好相反——毫不放松的压力就紧紧挤压着富兰克林的船，而且当这艘时而嘎吱、时而呜咽的船被推得比冰冻的海平面还高许多的时候，挤压就变得更可怕。舵已经折断了，龙骨受损到即使送进陆地修船厂也无法修复的地步。船尾的铁皮已经破裂，向下倾斜十度的船尾里有三英尺深的冰泥，他们只能用沙包与围堰挡住海冰泥，让它们不会流进锅炉间。数十年来历经过诸多战役与任务而存活下来的大橡木横梁已经开始断裂。

更糟的是，一八四五年为了让“幽冥”号能抵抗冰的挤压而加装的蜘蛛网状铁架，现在因为强大的压力而不断发出呻吟。不时会有较小的直立支柱在接合处断裂，发出类似小加农炮发射时的声音。通常在夜里，船员们会突然在吊床上坐起来，想弄清楚爆炸声来源，轻声咒骂几句后再继续睡觉。菲茨詹姆斯通常会带一两个军官下去查看。瑞德说，较粗的铁支架不会轻易断裂，它会穿破正在收缩、外面覆着铁皮的橡木船身。等到那时，船会沉下去，不论海有没有结冰。

“幽冥”号的冰雪专家说，他们船上的木匠约翰·维基斯每个白天以及大半个夜里都在底舱及下舱指挥一支十几人的工作队，使用随船载来的结实木板，以及悄悄地从“恐怖”号借来的许多块木板来支撑每一样东西。但是搭成的木制网状结构顶多只能算是暂时性维修。除非“幽冥”号能在四月或五月逃出冰雪的魔掌，瑞德引用维基斯的说法，否则“船会像蛋一样被压碎”。

托马斯·布兰吉是懂冰的内行人。一八四六年初夏，他一直在引导约翰爵士和他的船长向南穿过狭长海湾，以及在巴罗海峡南方新发现的海峡。在他们的航海日志里，这条新发现的海峡还没有名字，但是有些船员已经开始称它“富兰克林海峡”，好像用这过世老笨蛋的名字为这条曾经困住他的海峡命名，能让他的灵魂好过一些。布兰吉当时待在主桅上方的瞭望站，身体朝下，大声地把建议喊给舵手听，“幽冥”号与“恐怖”号就开足马力航行过两百五十多英里路，没被不断变换的浮冰、愈来愈狭窄的水道以及引向死路的渠道困住。

托马斯·布兰吉相当专业，他自认为是全世界最棒的冰雪专家与领航员。从他在主桅高处不太牢靠的瞭望站上——这些老战船并没有一般捕鲸船的桅上瞭望台——布兰吉从八英里远就可分辨出浮冰与浮冰断片。当他在舱房睡觉，而船从原本咯咯咯地穿过海绵冰区，变成发出金属锉磨声走在饼状冰区时，他马上就知道。他一眼就能分辨哪些冰山碎片会对船构成威胁，哪些可以直接撞上去。他那双变老的眼睛总是有办法在蓝白色、闪耀在阳光下的海水中，辨识出沉藏在其间的蓝白色小冰山。这些小冰山滑过船身时，他甚至能分辨出哪些只会发出嘎嘎声与呻吟声，哪些就像真正的冰山一样，会给船只带来危险。

他和瑞德能完成任务，引导两艘船向南，再向西，离开他们第一次过冬处（在比奇岛与德文岛附近）两百五十英里以上，布兰吉对此感到相当自豪。但是另一方面，托马斯·布兰吉却也咒骂自己是个笨蛋及恶棍，因为有他的协助，两艘船及船上一百二十六条灵魂才会来到这个鬼地方。

两艘船大可从德文岛撤退，退出兰开斯特海峡，接着顺着巴芬湾向下走，即使得等上两个甚至三个寒冷的夏天才能从冰里逃脱也没关系。比奇岛的小海湾可以保护两艘船，不受一整片广阔海冰蹂躏。兰开斯特海峡的冰迟早会融化。托马斯·布兰吉很懂那里的冰，它的行为完全遵照极地冰的行为模式：危险、致命，只要走错一步或稍有迟疑就能夺走生命，却是可预期的。

但是，这里的冰不一样，布兰吉想。他在黑暗的船尾跺着脚免得脚冻结，看着提灯光映照在左舷与右舷，只见贝瑞与翰福特带着霰弹枪在踱步。这里的冰和他经验中的那些冰不一样。

十五个月前，早在船被冰冻在这里以前，他和瑞德就警告过约翰爵士及两位船长。布兰吉建议放手一搏。他同意克罗兹的想法，他们需要趁着还有些未冻结水道时转身溜走，在那好久之前的九月里，用他们的最大蒸汽动力航行到最靠近布西亚半岛的未冻水域。那水域很靠近一个已知海岸，至少对先前皇家探索团及布兰吉这种捕鲸船老兵来说，布西亚的东侧海岸已经为人所知了。几乎可以确定，在那错失时机的九月的一个礼拜内，或许两个礼拜内，那里的水都还维持着液态。

即使他们受到冰丘状浮冰及老旧堆冰（瑞德称它们为螺状堆冰）阻挡，没办法借蒸汽动力再次向北沿着海岸航行，至少在罗斯所谓的“威廉王陆块”的保护下，他们会比现在安全无数倍。现在他们已经知道那陆块低矮、冰冻、受尽狂风横扫，而且常有闪电肆虐，但还是足以庇护两艘船，让它不会受到恶魔差派来、不断从西北方吹袭的北极暴风、大风雪及酷寒侵扰，也不必面对海冰的不断进击。

布兰吉从来没看过这样的冰。堆冰的一个优点是会漂移，即使你的船像毛瑟枪子弹射入冰山般被冰冻起来。两艘船看似僵结，事实上却在移动。一八三六年，布兰吉还在美国捕鲸船“普露瑞巴”号上担任冰雪专家时，冬天在八月二十七日那天就带着怒吼逼近，让每个人都大吃一惊，包括经验丰富的美国独眼船长，随后他们被冻结在迪斯科湾北边几百英里远的巴芬湾里。

接下来的北极夏天糟透了，几乎和今年（一八四七年）夏天一样冷，没有夏天该有的冰雪融化、空气变暖，也没有鸟类与野生动物返回的迹象。所幸捕鲸船“普露瑞巴”号位于一片较可预测的堆冰上，它向南漂移了七百多英里。到了夏末，他们到达冰层边缘，才穿过漂浮着海绵冰的海面、狭窄的水道，以及俄国人称作冰间湖的一种会自动打开的冰层裂缝，向南航行。最后捕鲸船终于到达未冻水域，朝东南方航行到格陵兰的港湾，让船重新整修。

但是布兰吉知道，在这被上帝放弃的白色地狱里，情况不能相提并论。这里的堆冰，就如他在一年又三个月前向船长们描述的，比较像是从北极推压过来、看不见尽头的冰河。而且，在他们南方有一大片地图上尚未标记的加拿大极区陆地，他们的西南方有威廉王陆块，东方与东北方有难以到达的布西亚半岛，所以这里的冰无法真正漂移，就如克罗兹、菲茨詹姆斯、瑞德及布兰吉反复做过许多次的星、日六分仪定位法所确定的，他们只是不厌其烦地绕着一个周长十五英里的圆圈旋转，就像是钉在一张金属音乐盘上的两只苍蝇——底下会议室里的人早就不想再听唱盘里的音乐了——哪里都去不得，总是一而再、再而三地回到原来位置。

这一大片广阔的堆冰比较像布兰吉经验中位于海岸附近的快流冰，只不过，这里海上包围着船的冰层厚达二十至二十五英尺，不像一般的快流冰只有三英尺厚。这里的冰层实在太厚，让两位船长深受困扰，连每艘被困在冰海里的船在整个冬天里都该保持畅通的防火洞，都无法保持畅通。

这里的冰连让他们埋葬死人都不允许。

托马斯·布兰吉怀疑自己已经成为邪恶的工具，或许只是愚笨的工具，他运用他三十余年来担任冰雪专家的专业技能，让一百二十六个人做了一趟不可能的两百五十多英里冰上之旅，来到只能坐以待毙的地方。

突然传来一声尖叫，接着是一声霰弹枪发射的声音。另一声尖叫。

21
布兰吉

北纬七十度五分，西经九十八度二十三分
一八四七年十二月五日

布兰吉用牙齿咬掉右手的连指手套，让它落在甲板上，拿起自己的霰弹枪。按照惯例，执行守卫任务的军官不带枪，但是克罗兹只用一声命令就废了惯例。每个在甲板上的人每一刻都要带枪。现在连指手套脱掉后，布兰吉就能将戴着薄羊毛手套的手指伸进霰弹枪的扳机框里，不过他的手马上感觉寒风刺骨。

左舷守卫水兵贝瑞的提灯消失了。霰弹枪的枪响听起来像是从船中央为过冬而罩上帆布的索具区左侧传来的，但是这位冰雪专家知道风与雪会让声音扭曲。布兰吉还看得到右舷侧的灯火，但是那灯在摇晃、移动着。

“贝瑞？”他向着黑暗的左舷大喊。他几乎感觉到这两个字被狂吼着的风吹往船尾：“翰福特？”

右舷的提灯也消失了。在晴朗的夜里，船首卫兵大卫·雷斯的提灯应该会出现在船中央的帐篷再过去一点的地方，但是现在已经不是晴朗的夜了。

“翰福特？”布兰吉先生开始向长形帆布篷的左舷侧移动，右手拿着霰弹枪，左手提着原本放在船尾哨站的提灯。在他大外套的右口袋里还有三颗霰弹枪的子弹，但是根据经验，在这冷天里要摸索着把子弹拿出来再装进枪膛里，得花上不少时间。

“贝瑞！”他怒吼着，“翰福特！雷斯！”现在面临的危险是：在黑暗中、风雪中，在这结了冰的倾斜甲板上，三个船员可能会向对方开枪。听起来艾力克斯·贝瑞已经射出子弹了，但第二声枪响一直没出现。不过布兰吉知道，如果他走到冰冻的金字塔形帐篷的左舷侧，而翰福特或雷斯突然绕过来探查，两个紧张的人很可能会朝任何东西开枪，即使那是移动中的提灯。

但是他还是向前走去。

“贝瑞？”他大喊，来到距离左舷哨站不到十码的地方。

他看到风雪中有个模糊的身影在移动，那身影太大了，不可能是艾力克斯。接着有个比任何霰弹枪响都还大声的撞击。第二个爆炸声。只见一些大木桶、小木桶、箱子及其他物品飞到空中，布兰吉蹒跚地朝船尾方向退了十步。过了一会儿他才搞清楚：在甲板中央结了冰的金字塔形永久帐篷突然坍塌了，害得数千磅堆积在上面的冰雪往四面八方抛出去，同时把堆放在下面甲板上的物料抛散开来——大多是可燃的沥青、船缝填塞匠的材料，以及特地铲到甲板上以便铺在雪上增加地面摩擦力的沙子，也让主桅最下方的帆桁（一年多前才被旋转成前后走向，用来当成帐篷的脊梁）整个撞向主舱口及梯道间。

布兰吉和甲板上的三个卫兵现在已经没办法下到主舱了，下面的人也没办法上来探查甲板上的爆炸，因为主帆桁、帐篷及上面的积雪已经重重压在舱口上将它封住。这位冰雪专家知道，下面的人会很快冲向前舱口，把已经钉上压板、封起来以便过冬的舱口撬开来，不过这需要花些时间。

等他们上来后，我们还活着吗？布兰吉想。

在这倾斜的甲板上，布兰吉小心翼翼地走在铺着沙的积雪上。他绕过坍塌的帐篷及后方的残骸，顺着右舷侧的狭小通道走下去。

有一个形状在他前方升起。

布兰吉左手还是把提灯提得高高的，右手举起他的霰弹枪，手指贴在扳机上准备发射。“翰福特！”他看见黑压压的外套与保暖巾底下那团苍白的脸时大叫。这个人的威尔斯假发歪歪斜斜的。“你的灯呢？”

“掉到甲板上了。”这个水兵说。他颤抖得非常厉害，两手都没戴手套。他缩着身体向托马斯·布兰吉靠过来，好似这位冰雪专家是个热源。“那东西把帆桁打掉时，我的灯掉在甲板上，火在雪中熄灭了。”

“你说‘那东西把帆桁打掉’是什么意思？”布兰吉逼问，“没有任何活着的生物能把主桅的帆桁打掉。”

“它能。”翰福特说，“我听到贝瑞发射霰弹枪，接着他大叫几声。然后他的灯就熄灭了。然后我看到一个东西……很大，非常大……跳上帆桁，接着所有东西都坍塌下来。我试着向帆桁上那只东西开枪，但是霰弹枪走火了。我把它留在护栏那里。”

跳到帆桁上面？布兰吉心想。那根被转动过的主桅帆桁位于甲板上方约十二英尺的高处。没有东西可以跳到上面去，况且主桅上包了一层冰，没有东西能爬着到那上面去。他大声说："我们必须去找贝瑞。"

"就算天塌下来，我也不会再到左舷那边去，布兰吉先生。你可以把我呈报上去，让副水手长乔纳森用九尾鞭抽打我五十下，不过天塌下来我也不会到那边去。"翰福特的牙齿打战得很厉害，布兰吉只能勉强猜出他在说什么。

"冷静下来。"布兰吉斥责他，"没有人会被呈报上去。雷斯在哪里？"

从右舷守卫的好位置，布兰吉应该可以看到大卫·雷斯的灯在船首发出亮光。但船首是一片黑暗。

"我的灯掉下去的时候，他的灯也同时熄灭了。"翰福特透过他打战的牙齿说。

"去把你的霰弹枪拿过来。"

"我不能再回到那个有……"翰福特说到一半。

"你被老天弄瞎了眼吗？"托马斯·布兰吉吼着，"如果你他妈的不在一分钟内把武器拿回来，用九尾鞭抽打五十下会是你他妈的最不需要担心的事。现在就去！"

翰福特移动脚步，布兰吉跟在他后面，随时注意着船中央那一堆坍塌的帐篷。因为风雪很大，灯只能产生直径不到十英尺的光球。这位冰雪专家把灯和霰弹枪都举得高高的。他的手臂非常酸痛。

翰福特尝试用他几根已经冻得没知觉的手指，从雪中取回武器。

"搞什么鬼，你的连指手套哪里去了，老兄？"布兰吉语带责备。

翰福特的牙齿打战得很厉害，根本无法回话。

布兰吉放下自己的武器，把这水兵的手臂拨开，然后捡起这水兵的霰弹枪。在检查过这把单管枪的枪膛没被雪塞住，并且把后膛打开后，就把枪交还给翰福特。布兰吉得把枪塞到这个人的手臂下，好让他可以用两只冻僵的手抱住。布兰吉也把自己的霰弹枪夹在左臂下，以便能很快抽出枪来。接着，他从大外套口袋里摸出一颗子弹，装填到翰福特的霰弹枪里，再帮他把后膛紧紧盖上。“如果有任何一个比雷斯或我更高大的东西从那帆布堆里出来，”他几乎是对着翰福特的耳朵喊，因为风也在狂吼着，“你就瞄准它，并且扣下扳机，即使你得用你他妈的牙齿来扣扳机。”

翰福特费劲地点了下头。

“我现在要到前面去找雷斯，帮他把前舱口打开。”布兰吉说。在结了冰的帆布、移位的冰雪、断裂的帆桁及翻倒的板条箱构成的一片黑漆混乱中，看来没什么东西能顺着倾斜的甲板往下朝船首走去。

“我不能……”翰福特的话被打断。

“你就留在原处。”布兰吉急促地说。他把提灯放在这位吓坏的船员旁边：“我带雷斯回来时可别向我开枪，不然我发誓我的鬼魂会缠着你到死，约翰·翰福特。”

翰福特苍白的脸再次点了个头。

布兰吉开始朝船首走去。走了十来步后，他就离开提灯光照亮的范围了，但是他的视力在暗黑的夜里一点也不管用。坚硬的雪粒像小弹丸打在他脸上。在这永无止境的冬天，只有极少数的索具及支桅索还留在船桅上，而此时在他头上，强风在船索间呼啸着。非常暗，布兰吉必须用还戴着连指手套的左手拿霰弹枪，用右手触摸结了一层冰壳的护栏来导引自己前进。照他的判断，主桅前方的帆桁也塌下去了。

“雷斯！”他大叫。

在狂舞的雪中，某个巨大、看起来大略是白色的东西从那堆残骸中缓缓走出来，挡住他的去路。这位冰雪专家无法分辨这东西是白熊，还是文了身的恶魔；也无法确定它是在他前面十英尺，还是在三十英尺外的黑暗里。但是他知道，他要继续往前走到船首的路已经被堵住了。

接着这东西用后脚站立起来。

布兰吉透过它阻挡住的风雪感受到它的黑暗身形，虽然只能隐约看到一大块黑影，却知道它非常巨大。小小三角形状的头抬起——真的有颗头在黑暗里吗？——高过原先帆桁的高度。仿佛有两个洞打在那苍白的三角头上，难道是眼睛？但是那两个洞的位置起码比甲板高出十四英尺。

不可思议，托马斯·布兰吉心想。

它向他走过来。

布兰吉把霰弹枪移到右手，让枪托抵在肩上，用戴着连指手套的左手扶稳枪身，然后发射。

从枪管蹿出的闪光与爆炸的火花，让冰雪专家瞬间瞥见那双黑色、死沉、不带感情瞪着他的鲨鱼眼。不，那根本不是鲨鱼的眼睛，爆炸后的视网膜残像让他大约有一秒钟暂时看不见东西，之后他才发觉这点。那两颗黑色圆圈比鲨鱼瞪人的黑眼珠带着更骇人的恶意，也更有智慧——掠食者将你看成食物的无情瞪视。两只宛如无底黑洞的眼睛，比布兰吉的高出许多，眼睛下方的肩膀比布兰吉双手张开还宽。随着那隐约的身形向前逼近，那对眼睛也愈来愈靠近。

布兰吉根本没时间重新装填子弹，于是把没用处的霰弹枪扔过去，然后跳到绳梯上。

这位冰雪专家因为有四十年的航海经验，所以能在黑暗及风雪中清楚知道结了冰的绳梯的准确位置，连看都不用看。他用没戴连指手套的右手抓住绳梯，双腿向上甩去，让靴子钩在横索上，再用牙齿把左手的连指手套脱掉，整个人几乎倒挂在向内倾斜的绳梯内侧，然后开始往上爬。

在他臀部及两腿下面六英寸处，有个东西带着风劈过来，力道不下于用两吨的攻城大槌以最大力臂摆荡产生的威力。布兰吉听到绳梯上三条粗实的纵向缆索被撕裂、断掉……不可能……然后开始向内摆荡。布兰吉差点儿被甩到甲板上。

他勉强攀附在绳梯上，把左腿跨到还没断掉的几条缆索外侧，连一秒也不敢耽误，紧抓着冰滑的缆索，再次往高处爬。托马斯·布兰吉仿佛变回十二岁、还未定型的男孩，像猴子一样在缆索上爬，把三桅战舰上的船桅、船帆、缆索，以及高处的索具，都当成女王陛下专供他戏耍的游戏场。

他现在离甲板已有二十英尺，快要到达第二根帆桁的高度。这根帆桁的方向仍维持正常，与船身成九十度。但这时在他下面的那东西再一次击打绳梯底部，将木头、暗榫、木钉、冰与铁滑轮，全都一起从护栏扯下来。

那张由供人攀爬的绳索构成的网，这时向内荡向主桅。布兰吉知道这个撞击力道一定会把他撞落，让他重重掉进那东西的双臂与牙床中。这位冰雪专家只能在风雪交加的黑暗中、在无法看到五英尺外的情况下，纵身跃向支桅索。

他冻僵的手指抓到支桅索下方的帆桁与缆索，这时，他摆荡的一只脚钩到一条可以踩脚的缆索。布兰吉知道，光脚在支桅索上快速爬行最方便了，但是今天晚上可不行。

他把自己拉上第二根帆桁，离甲板有二十五英尺，手脚并用地抱在一根结冰的橡木上，就像吓坏的骑士抱住马的身体，两脚慌乱地沿着被冻硬的支桅索滑动，想在滑溜溜的支桅索缆索上踩稳。

一般来说，就算在黑暗、风、雪及冰雹里，任何一个像样的水手都能在这里及更高的索具上，再向上攀爬六十英尺，直达主桅的桅顶横杆，从那里他可以对爬不上来的追逐者丢下各种谩骂，就像大树上的黑猩猩从安全无虞的地方向下抛掷水果或排泄物。但是在这十二月的夜里，皇家海军“恐怖”号的高处没有桁、桅或索具。当你正被力气大到能把一根主帆桁一掌击毁的生物追赶时，就没有所谓绝对安全的地方——这里没有索具可以让人往上逃。

一年前的九月，布兰吉曾经协助克罗兹和前桅台的班长哈利·培格勒为“恐怖”号准备第二次过冬。那件工作并不容易，而且相当危险。他们把帆桁和活动索具拆下来，存放在下面。接着把上桅及中桅也小心拆下来，动作必须非常小心，因为只要绞盘或滑轮打滑或者滑车索具突然纠结，沉重的船桅就会像一根巨大的长矛刺穿盾牌，猛力刺穿甲板、主舱板、下舱板以及船底。有些船就是因为在拆卸上方船桅时发生这样的失误而沉没。但是如果让它们竖立在船上，船桅在无止境的冬天里会积累太多吨的冰。在甲板及矮处的索具上担任守卫或执行其他任务的人会不时笼罩在落冰的弹幕下，而且冰的重量也能让船翻覆。

后来，只剩三根下桅的残枝还竖立在船上，在船员眼中，这和画家眼中一个有三根截肢的人一样丑。布兰吉还帮忙监督船员将剩下所有支桅索及支撑帆与桅的固定索具（静索）放松；绷得过紧的船帆及绳索无法承受这么多冰与雪的重量。即使是“恐怖”号上的几艘船——两艘大型捕鲸船及两艘小型快艇，还有船长的轻舟，一些侦察船、快艇、便艇，总共十艘——也都被卸下、翻转、用绳索绑好、罩上防水帆布，存放在冰面上。

现在托马斯·布兰吉在主桅第二帆桁的支桅索上，离甲板二十五英尺，上面只剩一截桅柱可以爬上去，而且任何一条通往第三截（也是最后一截）桅柱的绳梯上结的冰，都比缆索或木头本身还厚。主桅成了一根冰柱，前侧弧面还多覆盖了一层雪。这位冰雪专家叉开双腿，坐在第二帆桁上，试着在黑暗及大雪中向下窥视。下面一片漆黑。不是翰福特把布兰吉交给他的提灯弄熄了，就是别人帮他把提灯弄熄了。布兰吉猜想翰福特不是胆怯地躲在黑暗中，就是已经死了。不论是何者，他都帮不上忙。在帆桁支桅索缆索上如鹰展翅的布兰吉朝他左方看过去，他发现大卫·雷斯负责守卫的船首还是没有亮光。

布兰吉睁大眼睛想看他正下方的那只东西，但是下面有太多东西在动：破帆在黑暗中拍打，小木桶在倾斜的甲板上滚动，零落的板条箱在滑动。他唯一能看出的是有个黑团向着主桅移动过来，把好几个二三百磅重的盛沙桶击打到一旁，好像它们是瓷瓶一样。

它没办法爬上主桅，布兰吉想。他可以经由他叉开的两条腿、胸部及胯下，感觉到帆桁的冰冷。在他薄薄的内衬手套下面的手指开始冻僵。他的威尔斯假发和羊毛围领保温巾已经不晓得掉到哪里去了。他张大耳朵，等着听前舱口被猛然翻开及船员们大声叫喊的声音，观看救援队提着提灯、带着武器冲到甲板上。但是隐藏在狂舞风雪背后的船首，竟还是一片黑暗的死寂。它已经将前舱口封起来了？至少它无法爬上主桅。没有这么大的东西能爬树。没有白熊——如果它是一只白熊的话——有爬树的经验。

那只东西开始爬上主桅。

当它用爪子猛击桅柱时，布兰吉可以感觉到主桅在震动。它往上爬时，他可以听到掌击、刮抓及咕哝的声音，一种厚实、低沉的咕哝声。

它在往上爬。

只要它把前臂举高到头上，那东西很可能就可以碰触到第一根帆桁断裂的残根。布兰吉在黑暗中睁大眼睛张望，他确信自己看到那团毛茸茸、肌肉发达的东西正把它自个儿往上拉，头部在最前面，它那和人一样大的巨大前腿——或是手臂——已经伸到第一根帆桁上方，并且用爪子抓向更高处，好让自己站起来；它强而有力的后腿及更多根的爪子，则是在帆桁断裂的橡木上寻找支撑点。

布兰吉在冰冻的第二帆桁上一英寸一英寸向外移动，手臂和腿还环抱着周长十英尺、被风不断拨动的水平帆桁，就像满怀激情的爱人拥抱。这根帆桁面向船首的弧面上覆盖着两英寸厚的新雪，下侧则结成了冰。他尽可能靠着支桅索的缆索，帮自己移动并保持平衡。

主桅上那只巨大的东西已经爬到布兰吉所在的帆桁高度了。冰雪专家把脖子向后转，从肩膀与臀部上方看到它的大半身躯。即使是这样，他还是只能看出那是个巨大、淡淡的空白区域，遮住他潜意识中认定应该竖直在那里的主桅。

那东西以极大的力道击打帆桁，让布兰吉弹到空中两英尺，再掉回帆桁，他的睾丸和肚子重重撞在帆桁上面。身体与帆桁及一束束结冰的支桅索碰撞的冲击力，几乎让他无法呼吸。要不是他两只冻僵的手和右脚的皮靴还牢牢缠在结冰帆桁下缘正下方的支桅索缆索里，他早就掉下去了。他这位骑士就像被一匹冰冷的铁马抛上空中两英尺。

同样的击打又来了一次。原本会把布兰吉抛到甲板上方三十英尺的黑暗中，但布兰吉对第二次猛击早有提防，死命抱住帆桁。即使早有准备，震动的力道还是让他从帆桁上滑落，无望地悬吊在结冰的帆桁下方，他麻木的手指及乱踢的靴子还是与支桅索缆索缠在一起。他使劲让自己再次爬到帆桁上面，不过这时，第三次也是最猛烈的一次击打又来了。冰雪专家听到断裂声，感觉结实的帆桁开始下垂。他知道在几秒之内，他和帆桁、支桅索、支桅索的缆索、绳梯的横索，以及剧烈晃动的绳梯，就会往下掉超过二十五英尺，落在倾斜的甲板与那团混乱的残堆上。

布兰吉做了一件不可能的事。在那根侧偏、断裂、倾斜且结冰的帆桁上，他先跪着，再用脚站了起来，两手滑稽且夸张地挥舞，以便在狂啸的风中取得平衡，但他的靴子仍不时在冰雪上踩滑。接着他猛力把自己抛向空中，手臂及手向外伸出，希望能抓到某条应该……或许……可能……就在那附近的缆索。船首向下倾斜，风猛烈地刮着，风雪撞击着细缆索，那东西不断击打主桅第二根帆桁而产生剧烈震动……这些因素他都考虑在内了。

在黑暗中，布兰吉的手没抓到他预期悬在那里的缆索。不过在跌落时，他冰冷的脸倒是撞到了它，托马斯·布兰吉用两只手抓住缆索，一股劲沿着冰冷的缆索向下滑了六尺，接着开始狂乱地让自己钩悬在缆索上，身体往上拉，朝着缩短的主桅（竖立在甲板上的高度还不到五十英尺）的第三根也就是最高的帆桁靠近。

那东西在他下面吼叫。接着第二根帆桁、支桅索、滑轮及缆索一起向下坠落，撞在甲板上，发出另一道吼声。两道吼声中较大声的，是依附在主桅上的怪兽发出的。

这条缆索只是条悬垂在离主桅八码左右的普通绳索。主要用途是让船员能从桅顶横杆或更上方的帆桁快速下到甲板上，而不是要让人爬。但是布兰吉现在真的在爬。即使缆索上结了一层冰，而且不断在风雪中飘动；即使托马斯·布兰吉的右手已经失去知觉，他还是在索梯上爬，就像个十四岁的见习生，在某个热带傍晚的晚餐后，和船上的男孩们到高处的索具上嬉耍。

他没办法把自己拉到最顶端的帆桁上面，它结的冰实在太厚，但是他抓得到那里的支桅索缆索，于是就从那条缆索移到帆桁下方被放松、褶拢起来的支桅索。有些破裂的冰从这里猛冲向下面的甲板。布兰吉想象——或是希望——他会听到从船前方传来的撕裂声与击打声，仿佛克罗兹和其他船员正想用斧头把被封的前舱口劈开，从船舱里出来。

布兰吉像蜘蛛一样攀附在冰冻的支桅索上，他往下朝左方看去。或许是风雪变小了，或许是他的视力变好了，或许两者都是，现在他看得到这只怪兽的庞大身躯。它正爬到第三根，也是最后一根帆桁的高度。它的身形在主桅上显得相当大，让布兰吉觉得它就像一只大猫爬在一根非常细的树干上。不过，布兰吉想，它看起来当然一点都不像猫。它只是像猫一样用爪子深深刺进表层的冰，刺进皇家橡木，以及连中型炮弹都无法打穿的铁皮里。

布兰吉继续沿着支桅索向帆桁的边缘移动，使得结冰的支桅索缆索及船帆像浆得过硬的棉布一样嘎吱作响，并且造成不少冰块脱落。

在他身后的巨大身影已经爬到第三根帆桁的高度了。布兰吉感觉到帆桁与支桅索在震动，然后向下沉，因为主桅上那只笨重东西正把它的部分重量往帆桁的两边移。布兰吉想象这只东西的两只巨大前臂已经攀在帆桁上，想象它腾出一只和他的胸部一样大的熊掌拍打上面这根比较细的帆桁，于是他在帆桁上加速横向爬，现在离主桅几乎有四十英尺，快到五十英尺之下的甲板边缘外了。船员在船帆上工作时，如果不小心从帆桁或支桅索的外侧掉下去，就会落到海里。如果布兰吉这时掉下去，则会落在六十英尺之下的冰上。

某个东西阻挡住布兰吉的脸和肩膀，一张网，一张蜘蛛网，他被网住了。刚开始他差点儿尖叫出来。接着他明白那是什么——绳梯，由绳索串成专供船员攀爬的方格，从护栏直通到第二桅顶横杆。不过为了过冬，他们已经重新调整索具，让绳梯直通到主桅残枝的顶端，以便工作队上去除冰。缠住他的是右舷的绳梯。被那东西巨大爪子猛力击打两下后，这绳梯的多个与护栏及甲板的固定点被毁坏。交织绳索构成的方格上面结了厚厚的冰，好似一面面小帆，松开的绳梯被风吹得飘出船的右舷侧。

再一次，布兰吉还没给自己时间思考就行动了。如果他有时间考虑在离下面的冰超过六十英尺以上的情况下，要不要做接下来的动作，他一定会否定。

他从嘎吱作响的支桅索上纵身一跃，跳向摇摆的绳梯。

如他所预期，他突然加上去的重量让绳梯朝主桅荡了回来。

只差那么一英尺，他就会撞上攀附在帆桁T字形部位巨大而毛茸茸的东西。四周太暗了，托马斯·布兰吉只能大略看出它可怕的身形，但是他可以感觉到，在一截长长的、像蛇一样扭动、根本不该出现在这世界上的脖子上方，有一颗和自己躯干一样大的三角形脑袋猛然甩动了一下。而且，就在他一秒钟前才荡过去的地方，比布兰吉冻僵的手指还长的牙齿突然在空气中猛力咬合，发出很大的“啪”声。冰雪专家呼吸到这东西的口臭味，那是食肉性动物及掠食者口中特有的温热腐肉味，而不是他们在冰原上射杀及剥皮的北极熊口中的鱼腥味。他闻到的是温热的人体腐肉臭味及某种硫黄味，温度高到能和蒸汽锅炉开口处的热气相比。

就在这时候，托马斯·布兰吉才意识到，他私底下咒骂的那一群迷信的蠢蛋船员其实是对的：这只从冰原来的东西除了有动物的血肉之躯及白色的毛皮之外，也是一个恶魔或神祇，是他们该让步、敬拜或望之即逃的势力。

他已经有心理准备，在他下方摆荡的绳梯可能会被那附近的帆桁残枝卡住，或者在他摆荡过中线后，会被左舷侧的帆桁或支桅索阻挡。如此一来，那东西就可以把他像困在网中的大鱼一样慢慢拉过去。不过他的重量与扭动的动量让他在摆荡到主桅的左舷侧后，又继续摆了十五英尺以上。

现在绳梯正准备将他再朝着那只在风雪及黑暗中伸出的巨大左前臂荡过去。

布兰吉扭摆身体，让重心移向船首方向。他感觉得到那些杂乱、破裂的索具也跟着他的惯性在移动。在接下来的摆荡中，他放开两只腿挥摆、乱踢，想借此碰触到这一侧的第三根帆桁。

当他摆荡到帆桁上方时，他左脚的皮靴碰到了帆桁。深刻痕的靴底在冰上踩滑了，靴子就从帆桁旁边经过，当绳梯要荡回船尾时，两只靴子踩到包着一层冰的帆桁，然后他用尽腿的力气猛蹬。

那面纠结在一起的绳梯缆索网再次摆荡着经过主桅，然后顺着一个弯曲的弧度朝向船尾。布兰吉的腿悬空，还在距离那堆毁坏的帐篷与物品五十英尺的高空上胡乱踢着，他弓着背紧靠在绳索上，朝向主桅及正在等待他的东西荡过去。

爪子在离他的背不到五英寸的空气中划过。虽然处在恐惧之中，布兰吉还是觉得相当不可思议。他知道他那一踢产生的弧形，已经让他在摆荡回来时距离主桅几乎有十英尺。那东西肯定已经把它右掌的爪子——或手，或钩爪，或恶魔的指甲——深深刺入主桅中，然后全身近乎悬空，用六尺或更长的巨大左臂来抓他。

不过，它没有碰到他。

布兰吉再一次荡回到中间时，它不会再失手了。

布兰吉抓住绳梯边缘，然后以他平常沿自由的缆索或绳梯下滑时的速度，尽速下滑。他麻木的手指不断碰到绳梯的横索，每次的撞击力道都让他有从索具上脱落、掉进黑暗里的危险。

绳梯已经到达摆荡弧形的最远点，大约是在右舷护栏的外侧，开始要再摆荡回来了。

还是太高，当他上方那团纠结的绳索朝着主桅摆回来时，布兰吉这么想。

那只生物可以轻易地在绳梯摆荡到船中线时将它抓住，但是布兰吉现在已经在那高度之下的二十英尺处了，用冻僵的手攀在一条条的横索上继续往下爬。

那东西开始把一整团索具往上拉。

真他妈可怕得不可思议，那重达一吨或一吨半的结冰绳梯外加一个人，就像渔夫撒网后把网拉上来一样轻松又自在地往上拉时，托马斯·布兰吉竟然还有时间这样想。

这位冰雪专家照着他在最后向内摆荡的十秒内计划好的，顺着索具往下滑移，同时前后挪移重心，想象自己是在绳索上摆荡的男孩，以增加横移的弧度，即使上面那东西正把他愈拉愈高。在摆荡过程中，不管他往下移动有多快，那东西都能以同样速度把他拉得更近。他很快就会到绳梯的最底部，但到那时，那只生物大约也已经把他拉到旁边，虽然此时他们还在五十英尺高的空中。

此时绳梯还有足够的宽松部分，让他可以弯向右舷二十英尺。他的两手握在纵向的缆索上，两腿伸直抵在横向的缆索上。他闭起眼睛，脑中再次出现男孩在绳索上摆荡的景象。

在离他不到二十英尺的上方，传来一声带着期待的咳嗽。接着是一阵剧烈的抖动，整个索具连同布兰吉，突然又上升了五或八英尺。

布兰吉根本不知道自己是离甲板二十英尺还是四十五英尺，他心中只在意自己向外摆动的时机。在他向右舷的黑暗荡去时，他猛然扭转身旁的索具，两脚踢开绳索，将自己抛向空中。

摔落的过程非常漫长。

他首先在空中再扭转一次身体，以免落下时头部、背部或肚子着地。掉落在冰原上是死路一条，如果直接撞到护栏或甲板的话会更糟，但这时他已经没有任何招式可使了。这位冰雪专家在摔落之际，很清楚他的生命这时完全由简单的牛顿运动定律来决定：托马斯·布兰吉的命运现在只是弹道学上的一则小习题。

他感觉到自己即将越过右舷护栏，而他的头离护栏只有六英尺，在下半身撞上“恐怖”号船侧的冰雪斜坡之前，他赶紧弯起两腿，做好着地准备，同时把两只手臂往外伸展。在他盲目地向外摆荡时，已经做了最佳的死亡概率估算，然后尝试让自己坠落弧线的终点，刚好落在船员离船或回船时习惯走的那条硬得像水泥的冰坡道前方；也让他的冲撞点，刚好落在捕鲸船置放处两个雪堆后方。那两艘捕鲸船被翻转过来，用绳索绑住，再用帆布盖住，埋在冰冻的帆布及三英尺厚的雪下方。

他着陆的地点恰好介于冰坡道前方与捕鲸船后方之间的一块雪地斜坡。撞击的力道让他一时呼不过气来。左腿的某块肌肉被撕裂了，或者某根骨头折断了。布兰吉还有时间向随便一个这么晚还没睡觉的神祷告，希望断裂的是肌肉而不是骨头，接着他滚下既长又陡的斜坡，一路咒骂及大叫，在笼罩着船的暴风雪范围内，另外扬起一场小风雪。

在离船三十英尺、被雪覆盖的海冰上，布兰吉终于仰躺在冰上停止了滚动。

他用最快的速度估量了一下情势。他的手臂没断掉，只是右手腕受了伤。头部似乎毫发无伤，肋骨也受了伤，让他呼吸困难，不过他觉得这也许是害怕或兴奋造成的，而不是肋骨断裂的问题。但是左腿的伤势让他痛得想骂人。

布兰吉知道他必须爬起来，并且开始跑……现在！但是他无法照自己的命令做。他非常满意目前的状态：仰躺着，在黑暗的冰原上张开四肢，把身上的热气散到下面的冰，以及在他上面的空气里，试着让自己的气息与智慧再回到身上来。

现在他确定前甲板上有人在呼号及大叫。一圈一圈的提灯光出现在船首附近，每个都不到十英尺宽，照亮那一道道被风吹得往水平方向飞蹿的雪。接着，布兰吉听到沉重的撞击声，那只恶魔般的东西已经从主桅滑落到甲板上了。再来是更多船员的大叫，现在他们相当有警觉，虽然仍没办法清楚地看到那只生物，因为它处在船中央那团由断裂帆桁、掉落的索具及四散的大木桶构成的混乱中，离船首还有一段距离。这时一把霰弹枪发出了怒吼。

忍着疼痛与伤势，布兰吉四肢着地跪在冰上。他的内衬手套已经完全不见了。两手裸露，头也是裸露的，夹杂着缕缕白发的灰色长发在风中飞舞，在他激烈的逃命过程中，发辫的结松开了。脸颊、手指和脚趾已经都没有知觉了，靠近躯干的部位则为他带来疼痛。

那东西正快速地越过右舷护栏朝他扑来，它四只巨大的腿腾空一跃，被提灯光从后方照亮的身躯飞越了那道矮障。

片刻之间，布兰吉站起身来，往外冲进到处是冰塔的黑暗海上冰原里。

途中不断踩滑、跌倒、爬起来、再继续跑。在他跑到离船约五十码时才明白，这不等于签下自己的死亡令吗？

他应该尽可能留在船附近。他应该绕过两艘已经变成雪堆的捕鲸船，沿着右舷侧的船身往船首方向跑，再翻越已经深深插入冰里的船首斜桅，然后努力跑到左舷侧，一边跑一边向船上的人呼救。

不，他发觉，如果这么做的话，在他穿过那一大团纠结不清的船首索具前，他可能就一命呜呼了。那东西在十秒钟之内就会抓到他。

为什么我要朝这个方向跑？

在故意从索具上摔下来之前，他已经想好了一个计划。那个计划现在跑哪儿去了？

布兰吉可以听到，从他背后的海冰上传来沉重的脚步声与刨抓声。

有个人，也许是“幽冥”号的助理船医古德瑟，曾经告诉过他和其他船员，一只白熊在海冰上追逐猎物时的速度可以有多快。每小时二十五英里？没错，至少有这么快。布兰吉从来就跑得不够快。何况现在他还必须闪避冰塔、冰脊，以及快到跟前才看得见的冰裂缝。

这就是我跑向这边的原因。这就是我的计划。

那只生物在他身后大步追，闪避布兰吉在黑暗中笨拙地先行转弯绕过的尖锐冰塔与厚板冰脊。这位冰雪专家就像个破风箱一样气喘吁吁，在他身后这只身形巨大的东西却只稍微发出一点咕噜声。它是心情愉快？满怀期待？它每走一步，前掌就猛力踩在冰上一次，步幅相当于布兰吉的四倍或五倍。

布兰吉现在已经在离船约两百码的冰原上了。他撞上一块他闪避不及的大冰岩。他的右肩撞了上去，当下和身体其他麻木部位一样完全麻木了。布兰吉这才发现，自从他开始奔跑逃命以来，他一直像蝙蝠一样盲目。“恐怖”号上的提灯已经落在他后方很远很远，远得他无法置信，而他没有时间也没有理由转身去找了。这里离船那么远，提灯发挥不了照明效果，而且还会让他无法专心逃命。

他现在做的，布兰吉知道，就是按着心里的一张地图快跑、闪躲及转向。那张地图上标示了从皇家海军“恐怖”号周围到地平线各个冰原、裂缝及小冰山的位置。布兰吉有超过一年的时间在注视这片冰冻的海以及其中的裂口、冰脊、冰山及突起物，而且有好几个月的时间，他可以通过微弱的北极日光来观察。即使在冬天，他也利用在月光、星光及舞动的北极光下值班守卫的几小时，用冰雪专家专业的眼睛，研究受困船舰周遭的冰况。

现在，他记得，在离船两百英尺的杂乱冰原里，在他刚刚才跌跌撞撞爬过的冰脊再过去一点的地方——他能听到那东西也在他身后不到十英尺之处跳过冰脊——是一片由冰山断片（也就是从较大的冰山崩裂而成的小冰山）所构成的迷宫。由竖立着、茅屋般大小的冰岩堆积成一座小山岭。

他身后那个看不见的身影仿佛知道那厄运难逃的猎物要往哪里去，它发出咕噜声，而且开始加快速度。

晚了一步。布兰吉闪避过最后一个高耸的冰塔，进入冰山迷宫。不过在这里，他心中那张地图就帮不上忙了，他只有从远处或透过望远镜看过这片小冰山荒原。在黑暗中他撞上一面冰墙，反弹后一屁股坐在地上，接着四脚并用地在雪中向前爬，在布兰吉还来不及让呼吸及神志恢复之前，那东西离他只剩几码远。

在茅屋大小的两个小冰山间，有个缝隙还不到三英尺宽。布兰吉慌忙跑进缝隙里，而且还是四脚着地，两只没戴手套的手和下面的黑冰一样没有感觉而且非常遥远。那东西也同时到达这裂缝，一只巨大的前掌伸进来抓他。

它那大得不可思议的爪子在距离他的靴底不到十英寸的地方刮起碎冰。冰雪专家努力克制自己不要去联想猫抓老鼠的画面。他在狭窄的缝隙中站起来，在完全的黑暗中跌跌撞撞地向前走去。

没用的，这冰巷太短了，还不到八英尺长，而且通往一个敞开的区域。他听到那东西在跑跳、咕哝着要绕过他右侧的冰障。留在那里就像是要在空空荡荡的板球柱之间寻求庇护一样。至于原先那条窄巷，它两侧墙上的雪比冰还多，只供他暂时藏身而已。如果在那黑暗缝隙里待上一分钟，那东西就会把开口挖大，然后爬进来。待在那里只能等死。

印象中曾用望远镜看过几个被风吹蚀的小冰山，究竟……在哪个方向？在他的左边，他想。

他摇摇晃晃地向左走，撞上一些小冰峰及冰塔，被一个下陷两英尺的冰隙绊倒，爬上一个锯齿状的低矮冰脊，滑了下来，再重新爬上去，而且听到那东西猛冲着绕过冰障，然后在他后方不到十英尺的地方紧急刹车。

这块冰岩再过去就是较大的冰山了。他先前用望远镜观察到，里面有个洞的冰山是在……

……这些东西每天、每个晚上都在变动……

……受到冰层无情推挤，它们会坍塌、重新长出来、改变外形……

……那东西正跟在他后面，要用爪子爬上冰坡，来到这片平坦、令他无处可逃的冰台上。布兰吉站在这里犹豫不决……

缝隙、裂缝、冰中的死巷，没有一个孔隙大到能够让他把身体钻进去。等等！竖立在他右侧的小冰山表面有个高约四英尺的洞。天上的云稍微分开了，五秒的星光足够让布兰吉在黑暗的冰墙上看到不规则的圆形洞口。

他向前冲，整个人扑进洞里，不知道这个冰隧道是十码深还是十英寸深。他的身体塞不进去。

他最外面几层御寒衣及大外套，让他过于臃肿。

布兰吉把衣服撕掉。那东西已经爬上最后的斜坡了，现在就在他后面，用两条后腿站起来。冰雪专家看不见它，他甚至没花时间转头去看，但是他可以感觉它正用后腿站立。

没有转身，冰雪专家将他的大外套及外层羊毛衣等厚重衣物用最快的速度朝后面那东西投掷过去。

那东西发出吃惊的吠声——一阵硫黄臭气的风——接着是布兰吉的衣服被撕碎，然后整个被远远抛掷到冰原迷宫的声音。这个投掷动作对它的干扰，让他获得了五秒钟或更多时间。

他再次把身体向前挤进冰洞。

他的肩膀刚好塞进去。他靴子的脚尖前后摆动、踩滑，最后终于踩稳。他的膝盖与手指也在寻找使力点。

当那东西伸出爪子要抓他时，布兰吉离洞口还有四英尺。它用爪子把他脚上的靴子和他的脚撕裂。冰雪专家能感觉到爪子割进肉里的可怕冲击力，他想（希望）只是脚跟被扯掉而已。他无法知道真相。他喘着气，对抗这突如其来、连他受伤而麻木的腿也感受得到的剧烈刺痛，他爬着、扭着，强迫自己进入洞的更深处。

冰洞愈来愈窄，紧紧挤压着他。

那东西用爪子扒着冰，它抓伤他的左腿，爪子朝布兰吉从索具上掉落受伤的左腿进攻，把肉撕扯下来。他闻到自己的血味，那东西一定也闻到了，因为它的爪子停了一秒。接着它吼了一声。

冰隧道里的吼声震耳欲聋。布兰吉的肩膀卡住了，他无法再向前，而且他知道身体的后半部还在那怪兽伸爪可及的范围里。它又吼了一声。

这声音让布兰吉的心脏与睾丸都要吓破了，但是他并没有吓到无法动弹。冰雪专家运用他拥有的几秒缓刑时间扭动身躯，退回到他刚刚才爬过的宽松空间，硬将两只手臂往前伸，然后用尽他仅剩的力量踢了一脚冰，同时用膝盖摩擦冰，努力让自己挤过即使身材不高大的他也应该无法穿过的狭孔。在推挤过程中，他肩膀和身体两侧的衣服与皮肤都被磨掉了。

过了最狭窄的部分后，冰穴开始变宽且往下。布兰吉趴着往前滑，他的血成为滑行的润滑剂。他身上的衣服已经残破不堪，他感觉到冰的寒冷正在侵袭他绷紧的腹部肌肉与缩紧的阴囊。

那东西发出第三声吼叫，但是那可怕的声音似乎比前一次远了几英尺。

最后一刻，就在他从一条冰隧道的边缘掉落到开放空间前，布兰吉很确定这一切都是白费力气了。这条冰隧道最有可能是许多个月前的融雪造成的，它已经贯穿那座小冰山，同时又把他丢到冰山之外。突然间，他已经仰躺在星光下。他可以闻到，也感觉到他的血正渗到新落的雪上。他也可以听到那东西正跑着绕过冰山，先向左，再向右，急着要抓到他。它应该很有把握，只要跟随人类的浓烈血味就可以找到它的猎物。这个冰雪专家受伤太严重，也太疲累，无法再爬往别处。该发生的事就让它发生吧，但愿水手们的上帝把他妈的正准备吃他的这家伙送到他妈的地狱里去。布兰吉最后的祷告是，那东西的喉咙会被他身上某根骨头卡住。

又过了整整一分钟，那东西又吼了五六声，一声大过一声，却一声绝望过一声，每一声都发自周围黑夜里的不同地点。布兰吉这才发现，那东西没办法到他这里来。

他躺在星空下的一块空地上，这块空地位于一个不到五英尺乘八英尺大小的长方格里，由至少三座受海冰压力推挤及翻转的厚冰山围出的封闭空间。其中一座冰山在他的上方倾斜，就像一道即将倒下的墙，但是布兰吉还是看得到星星。他也可以看到从他这副冰棺两侧两个垂直的洞射进来的星光，还可以看到那只掠食者用巨大的身躯在两个裂缝的另一端挡住星光，离他不到十五英尺，不过冰山间的裂口都不超过六英寸宽。他爬进来的融冰隧道，是进入这空间的唯一通道。

那怪兽继续吼叫、踱行了十分钟。

托马斯·布兰吉逼自己坐起来，让被刮伤的背部与肩膀可以靠在冰上。他的外套与御寒衣物都不见了，他的裤子、两件毛衣、毛质与棉质衬衫，以及毛质内衣全都成了染血的破布，他准备在这里冻死。

那东西没有离开。它不断绕着由三座冰山构成的长方格，就像伦敦新开的某家时髦动物园里一只坐立不安的肉食性动物。只不过，现在关在笼子里的是布兰吉。

他知道，即使奇迹出现，那只东西离开了，他也没力气或意愿再从狭窄隧道爬出去。就算他有办法从隧道爬出去，还是会像到了月球表面一样——月亮此刻正从翻滚的云背后冒出来，用柔和的蓝光照亮四周的冰山——被困在一堆小山之中。即使他奇迹般地爬出冰山群，回到船上的三百码距离对他而言也不可能走完。他已经无法感觉身体或腿的移动了。

布兰吉冰冷的屁股及赤脚深深陷入雪中。这里的积雪特别深，因为风吹不进来。他在想，“恐怖”号上的同伴们会不会发现他？他们有什么道理要来找他？他只不过是另一个被冰原上那东西带走的同胞而已。至少他的消失不需要麻烦船长再安排人去抬一具尸体，或者把他的残尸用船上的好帆布包裹起来，送进死人房里——这样做有点浪费。

从裂缝及隧道远端传来更多吼声与噪声，不过布兰吉没去理会。“去死吧，你和那只生你的母猪或恶魔！”冰雪专家用麻木、冻僵的嘴唇喃喃地说。或许他根本没说出口。他发现冻死一点也不痛苦，同时失血而死也没关系，他的伤口及裂口流出的血有些已经冻结了。事实上，那是非常平和……非常安详的死法，一种很棒的方式去……

布兰吉发现有光从裂缝及隧道照进来。那东西想用火把及提灯骗他出来。他才不会被这种老计谋给骗了。他会保持安静，直到光离开，直到他身体的最后一小部分也滑入轻柔、永恒的睡眠里。他不会让那东西在经过长时间的沉默对决后，因为听到他现在发出的声音而得意。

“天杀的，布兰吉！”克罗兹船长低沉的牛吼声从隧道里隆隆传来，“如果你在里面，就回答我，你这天杀的，不然我们要把你留在这里了。”

布兰吉眨了眨眼。或者，试着眨眼。他的睫毛与眼睑都冻结了。这是那只恶魔般的东西使用的另一种计谋或策略吗？

“这里。”他沙哑地说。然后再一次，这次声音大了些：“这里！”

一分钟后，“恐怖”号上最矮小的船员之一副船缝填塞匠科尼利厄斯·希吉的头与肩膀轻易地从洞里探出来。他拿着一个提灯。布兰吉懒懒地想，他好像在看一只尖脸、矮小的地精灵出生。

结果，四个船医都得来治疗他。

布兰吉偶尔会从那愉快的意识迷雾中走出来，看看事情的进展，然后再退回去。有时候是他自己船上的船医培第和麦克唐纳德来治疗他，有时候则是“幽冥”号上的外科医生史坦利与古德瑟。有时候只有四位船医其中一位，来负责切开、锯断、包扎及缝合的工作。布兰吉很想告诉古德瑟，只要北极白熊决意要快跑，会比每小时二十五英里还要快得多。但是，接着问题又来了，它真的是一只北极白熊吗？布兰吉不这么认为。北极白熊是这世界上的生物，但是那东西却来自别处。冰雪专家托马斯·布兰吉对此毫不怀疑。

最后结算起来，这次的“屠杀清单”没那么糟。一点也不糟，真的。

约翰·翰福特到头来根本毫发无伤。在布兰吉把提灯留给他后，这名右舷守卫就把灯火弄熄逃出船外。当那只生物往上爬，想去抓冰雪专家时，他绕着船跑到左舷侧躲了起来。

布兰吉原本以为死了的亚历山大·贝瑞，后来发现在坍塌下来的帐篷及散落的小木桶之下。那东西最早出现时，他正站在那里担任左舷守卫，后来那东西才把那根作为前后走向脊梁的帆桁打坏。贝瑞的头被撞得相当严重，对那天晚上发生的事完全没记忆，但是克罗兹告诉布兰吉，他们找到这家伙的霰弹枪，而它确实发射过。当然，冰雪专家也开了枪，从近距离朝着像墙一般出现在他上方的身影开枪。但是，在甲板上这两个地点，都找不到这东西的血迹。

克罗兹问布兰吉怎么可能，两个人在近距离朝一只动物发射霰弹枪，它怎么可能没流血？但是冰雪专家没有表示任何意见。在心里，当然，他知道答案。

大卫·雷斯也还活着，没有受伤。这名四十岁的船首守卫一定看到且听到了许多，很可能也包括冰原上那东西在甲板上的第一次现身，但是雷斯不愿意谈起。大卫·雷斯再次变回只会安静瞪着东西看的人。他先被带到“恐怖”号的病床区，但是因为所有医生都需要这个沾了血迹的空间来处理布兰吉的伤，所以雷斯就被担架转送到“幽冥”号比较宽敞的病床区。根据来探视冰雪专家的多话访客的说法，雷斯就此躺在那里，不眨眼地注视着上方的横梁。

布兰吉可就没那么幸运了。那东西用爪子从脚跟处扒掉他一半的右脚掌，麦克唐纳德及古德瑟把剩下部分也切除，并且做了灼烧处理。他们向冰雪专家保证，在木匠或军械匠的帮忙下，他们会做一个皮制或木制的义肢，用带子固定在他脚上，他以后还是可以走路。

他的左腿被那只生物摧残得最严重，许多部位的肉被扒掉，深可见骨，连长长的腿骨上也有爪子的抓痕。培第医生后来也承认，他们四位船医原本都认为他们得从膝盖部位为他截肢。但是极地气候的少数好处之一就是，伤口感染及腐烂的速度比较慢。在把骨头接好并且缝了超过四百针之后，布兰吉的腿虽然有些扭曲、到处是疤痕，而且肌肉的纹理也不见了，但竟慢慢愈合了。“你的孙子们一定会很喜欢这些疤。”另一位冰雪专家詹姆斯·瑞德来探望他时这么说。

不过，寒冷也让他付出代价。布兰吉没有失去任何一根脚趾，他那只受损的脚需要它们来保持平衡，医生们这么告诉他。但是，除了右手大拇指，以及左手大拇指和两根最小的指头外，他失去所有的手指。古德瑟显然对这种事有些研究，他向布兰吉保证，将来有一天，他只用左手两根相邻的手指就能够写字及优雅地用餐，而且，用那两根指头和右手的大拇指就可以扣好裤子及衬衫纽扣。

托马斯·布兰吉对扣裤子及衬衫纽扣一点屁兴致也没有，起码目前还没有。他还活着。冰原上那只东西用尽全力要让他翘辫子，但是他仍然活着。他可以品尝食物，和同伴们闲聊，喝他每天配额的朗姆酒，他那双还缠着绷带的手已经可以拿他的白镴马克杯了，并且看书，如果有人愿意帮他捧着书的话。他已经决定，在卸下余生的尘世纷扰前，要读读《威克菲德的牧师》。

布兰吉还活着，而且他决定尽他一切所能保持目前状况。现在，他有种很奇怪的幸福感。他期待回到自己在船尾区的那间小舱房，就在第三中尉厄文和船长侍从乔帕森两间同样狭小的舱房之间，可能就会在今天之后的任何一天，只等船医们确定伤口的愈合、拆线工作已完成，并在伤口嗅闻，以确认没有其他感染。

现在，托马斯·布兰吉感觉很幸福。夜深了，他躺在病床区的床铺上。在病床区外距离只有几英尺远的熄了灯的船员起居区里，船员们或发牢骚，或低声谈话，或放屁，或笑闹。他听见狄葛先生咆哮着对他的助手发号施令，这位厨师还要继续烤他的饼干直到深夜。托马斯·布兰吉也听见海冰挤压皇家海军“恐怖”号发出的呻吟声与嚎吼声，他要让这些声音，和他早就成为圣人的母亲所哼的催眠曲一样，送他进入梦乡。

22
厄文

北纬七十度五分，西经九十八度二十三分

一八四七年十二月十三日

第三中尉约翰·厄文想知道沉默是如何上下船却不被人发现的。今天晚上，距他第一次发现这爱斯基摩女人的栖身处刚好一个月，他要解开这个谜，即使他必须付出脚趾与手指冻坏的代价。

厄文发现她之后的隔天就向船长报告：爱斯基摩女人已经把她的窝搬到了底舱前方的锚缆收置间。他并没有提到她似乎是在那里吃鲜肉的事，主要是因为，在惊讶地瞪视火焰照亮小房间的那一秒中，他对自己看到的东西并不是很有把握。他也没向船长呈报副船缝填塞匠希吉和水兵门森两人在底舱干的看来是鸡奸的勾当。厄文知道他背离了他作为皇家海军探索团一员的专业职责，没让他的船长知道这件惊人且重要的事，但是……

但是怎么样？约翰·厄文唯一想到为这严重违纪行为脱罪的理由是：皇家海军“恐怖”号上的鼠辈已经够多了。

但是，沉默女士能神奇地在船上来无影去无踪，在迷信的船员眼中，这正是女巫身份的最终证据，但在克罗兹船长和其他军官看来却只是神话，不值得注意。但是对年轻的厄文来说，比副船缝填塞匠和船上那白痴是否能在发臭阴暗的底舱中让彼此满足要重要得多。

而且那暗处散发着恶臭，厄文想。他躲在船首锚缆间附近的柱子后面，蹲伏在露出雪泥表面的板条箱上守候已经三小时了。这冰冷、黑暗的底舱，臭味一天比一天糟。

至少现在，在锚缆间外面的矮平台上已经没有装着剩余食物的盘子、一杯杯的朗姆酒，或一些异教避邪物了。就在布兰吉先生奇迹般地从冰原上那东西手中逃脱后不久，有个军官就把船员们先前的作为告诉了克罗兹。船长听了火冒三丈，并且威胁说，下一个愚蠢、迷信、糊涂、不像基督徒地把食物或加水稀释过的朗姆酒留给原住民女人吃喝的人，将永远不再有朗姆酒可以喝。她是个异教的小孩，虽然有机会看到沉默女士光着身子，或是听医生们谈论她的水手，都知道她不是小孩，并且小声地把事情转述给其他人听。

克罗兹也非常清楚表明他的立场，决不容许有人佩戴白熊避邪物。他在前一天的礼拜中宣布——实际上只宣读了一段船上法规，虽然许多船员还很想再听他读《利维坦书》，只要他在哪个倒霉的船员身上看到任何一根熊牙、熊爪、熊尾、新刺青或其他避邪物，他就会叫他多站一班大夜班，或者做两次厕所便盆清理工作。突然间，异教神物的迷信在“恐怖”号上消失了，虽然厄文中尉听他在“幽冥”号上的朋友说，在那里还相当流行。

厄文有好几次想跟踪这个爱斯基摩人，探查出她夜里在船上的鬼祟行迹，但是在不愿意让她知道他在跟踪她的情况下，他跟丢了。今天晚上他知道沉默女士还在她的小密室里。三小时前，船员们吃过晚餐，而她也安静地（几乎没人看到地）从狄葛先生那里领到她配额的“可怜的约翰”：鳕鱼、一块饼干及一杯水。她带着食物下到底舱时，他跟着从主梯爬下来。厄文派一个人守在前舱口，就在大火炉前方，还叫另一个好奇的水手看好主梯道。他的安排是，两个守卫每四小时交换一次。现在已经过了晚上十点，如果爱斯基摩女人今天晚上爬上这两座梯子其一，厄文就知道她到哪里去了，也知道她去的时间。

但是已经过了三小时，锚缆间的门还是紧闭着。在底舱船首唯一的照明是从储藏间矮而宽的门缝渗漏出来的些许光线。这女人在里面仍然有光源，蜡烛或是没有屏蔽的火焰。光是这点就足以让克罗兹船长在一分钟内从锚缆间把她拉出来，将她送回主舱病床区前面的储物区里的小巢穴……或者把她丢到外面的冰上。船长和其他经验丰富的水手一样，都非常害怕船上有火，何况他对这爱斯基摩客人没有好感。

突然，在这不太紧密的门周围那圈长方形弱光不见了。

她已经睡了，厄文想。他可以想象她光着身子，就像他之前看到的那样，在房间里将毛皮拉起来盖住身体。厄文也能想象，隔天一早某个军官会来找他，然后发现他的躯体已经没有气息，蜷曲着躺在雪泥泛滥的底舱中某个板条箱上。他显然是个没有绅士风范的卑鄙小人，在偷窥船上唯一的女人时冻死。这肯定不是让约翰·厄文中尉可怜的父母会觉得欣慰的英勇捐躯报告。

就在这时，一阵真正冰冷的空气吹进原本已经冰冻的底舱，好像有个不怀好意的恶灵在黑暗中从他身旁拂过。有那么一会儿，厄文感觉颈后的汗毛全竖立起来，但是，一个简单的想法接着冒出来：这是一阵气流，好像有人打开了门或窗户。

他知道沉默女士是怎样神奇地进出“恐怖”号的了。

厄文点亮提灯，从板条箱上跳下来，踩过不断溅起的雪泥去拉锚缆收置间的门。门从里面固定住了。厄文知道船首锚缆收置间里面没有锁，外面也没有装锁，因为没人有任何理由去偷锚缆。显然，这个原住民女人自己找到了固定门的方法。

厄文早就准备好了。他右手带着一根三十英寸长的撬杆，他知道将来得向利铎中尉，甚至向克罗兹船长解释他造成的损坏。他把杆子较窄的那一端塞进三英尺高的门缝里，然后使劲撬。门发出嘎吱声与呻吟声，却只打开了一两英寸。厄文用一只手让撬杆维持在原处，把另一只手伸到油布外衣、大外套、内层外套及背心下面，从腰带上拔出船刀。

沉默女士用某种方法把钉子钉到锚缆间两扇门的背面，然后用有弹性的生皮革材料——肠？肌腱？——反复缠绕钉子，直到两扇门像被白色蜘蛛网固定住。厄文这下子不可能进到里面而不留下痕迹了，撬杆痕是一例，所以他用刀子对着缠绕多次的肌腱猛砍。这件工作可不容易，一股股肌腱比生皮或船上的缆索更经得起利刃切割。

当肌腱终于都掉落后，厄文把发着嘶嘶声的提灯伸进低矮的空间里。

在四个礼拜前就看过的洞窟般的住所，和他记忆中一模一样，只不过现在除了他的提灯外没有其他的火：在地板稍微升起的小密室里，缠绕收起的锚缆被向后推，上端被拉向前来制造出洞穴的样子。这里也有她刚刚才用过餐的迹象：地上有个“恐怖”号的白镴盘，上面剩一些“可怜的约翰”的碎屑、一个白镴的甜烈酒马克杯，以及看起来像是沉默女士用被丢弃的帆布条缝制成的收纳袋。小房间的地板上还有一盏船上的小油灯，里面的油只够让船员夜里到甲板上厕所时使用。厄文脱掉他的连指手套和内层手套去摸油灯时，热气管还相当温暖。

但是没有沉默女士的踪迹。

厄文其实可以试着朝不同方向拉扯、扭动沉重的锚缆，看看后面还有什么东西，但是根据他的经验，这个三角形的锚缆收置间剩下的空间里一定还是密实堆放着船锚缆索。他们起航已经有两年半了，缆索还是带着泰晤士河的臭味。

但是沉默女士已经不见了。她不可能穿过上方的舱板或横梁，进到上面的船舱，或穿过船身到船外去。所以迷信的船员是对的？她是爱斯基摩女巫吗？一个女巫师？异教的灵媒？

第三中尉约翰·厄文不相信这些。他注意到刚刚那阵微风已经不在身旁流动了，不过他提灯里的火焰还是随着微弱的气流在舞动。

厄文伸直手臂移动提灯。在这拥挤、狭窄的锚缆收置间里，这就是仅剩的空间了。然后停在提灯火焰舞动最厉害的地方：船首尖端偏右舷处。

他放下提灯，开始移开锚缆。厄文马上发现，她安置这许多船锚缆索的方法非常巧妙，看起来像是由不少锚缆盘绕成的一大团东西，下面其实是空心的，上面的锚缆是从另一团拉过来，可以轻易拉开、放进她的空巢穴里。在人造锚缆后面的，是船身宽而弯曲的肋条。

再一次，她很小心地做了最佳选择。探险队起航几个月前，

“恐怖”号为了从事冰上任务而重新装修时，锚缆间的上方与下方就架设了不少由木头或铁制梁柱构成的复杂网状结构。在船首附近就有铁制的直梁、橡木的横梁、三倍厚度的支柱、铁制的三角支架，以及巨大的橡木斜梁前后交织，有些甚至和船身的主肋条一样厚，构成这艘船的现代强化设计，来对抗北极的冰。厄文中尉知道，有个伦敦记者曾经描述说，数以吨计的木制或铁制强化梁柱，以及船身两侧的英格兰橡木上加贴的非洲橡木、加拿大榆木及更多非洲橡木，足以制造出一块“大约厚达八英尺的巨大梁木”。

厄文知道，关于船首和船身的评论完全正确。但是在这里，也就是最后五英尺左右的船身肋条在船首接合的地方（在锚缆间里面及其上方），却只有原先作为船身板的六英寸英格兰橡木，不像船身两侧其他地方有十英寸厚的夹层实木。这种设计的基本想法是：在离大幅强化的船首不到几英尺的左舷与右舷区域应该少贴几层护木，船只在破冰过程中遭受严重挤压时，才会有它需要的弹性。

的确，船首真的有弹性。船身两侧的五根横木条，配合上用铁与橡木强化的船首与舱内区域，创造了世界上其他国家海军或民间探险队都无法企及的现代破冰技术奇迹。“恐怖”号及“幽冥”号已经到过地球上其他履冰船不可能存活下来的地方。

这个船首区是个奇迹，但是现在它已经不再牢固了。

厄文伸出提灯去探测气流，靠没戴手套的僵冻手指去感觉，并且用刀去检查一条三英尺长、一英尺半宽的船肋板松动处。他花了几分钟才找到风口。就在那里。弯曲船肋的后端是用两根长钉固定住的，但两根钉子这时的功能却像是某种铰链。船肋的前端只是被塞在固定位置，离巨大的船尖与从船头通到船尾的龙骨只有几英尺。

厄文用撬杆把船肋撬松，让它掉下来，心想这年轻女人是怎么光用手指就办得到的。他感觉一阵冷空气猛灌进来，并且发现自己正通过船身一个三英尺长、十八英寸宽的洞，注视船外的黑暗。

这是不可能的。年轻的中尉知道，“恐怖”号的船首从船尖向后的二十英尺内都特别安装了由一英寸厚的锻造、轧制铁板构成的铁护甲。即使舱内的梁木掉落，占了后面长度三分之一的船首区还是有护甲。

现在情况却非如此。寒风就从被拆掉的横木后面的冰黑洞穴吹进来。因为“恐怖”号船尾下面的冰向上堆高，使船不断向前倾，船首已经被压迫到了海冰下面。

厄文中尉的心跳剧烈。如果明天出现奇迹，“恐怖”号可以重新浮在水面上的话，船会马上沉到海里去。

有可能是沉默女士干的吗？这想法比起迷信她能神奇随意地出现消失，更令厄文中尉胆战心惊。还不到二十岁的年轻女子，竟可以把船身的铁板撕掉，把要用造船厂设备才能弄弯并用长钉固定的沉重船首肋条拆下，并且准确地知道要在哪里拆，才不会引起船上六十个对这艘船比对母亲面容更熟悉的船员注意？

厄文双膝跪在低矮的空间里，他发现自己张开嘴巴在呼吸，心脏在狂跳。

“恐怖”号在这两个夏天与冰的激烈对抗中横越了巴芬湾、穿过兰开斯特海峡、一路绕过康沃利斯岛到达比奇岛过冬；次年夏天向南冲过海峡，经过船员们现在称为富兰克林的海峡。他只能确信，在次年夏天快到尽头时，海平面下的一些船首铁护甲已经脱落。之后船被冰抓住时，厚重的船身肋条才开始向内移位。

不过有没有可能是冰以外的东西造成橡木船肋脱落？会不会是其他东西，某只想要进来的东西？

现在这不重要了。沉默女士顶多才离开几分钟，而约翰·厄文一心一意想跟踪她，不只想知道她到外面黑暗中哪里，也想知道她是不是自己寻找及猎杀鲜鱼或猎物。这里冰层这么厚，又冷得可怕，应该是不可能，否则太像奇迹了。

如果是的话，厄文知道，这事实可能让所有人得救。厄文中尉和其他人一样，听说过葛德纳供应的一些罐头已经腐坏。两艘船上所有人也都听说过他们的存粮在明年夏天前就会告罄的传言。

他没办法进入洞里。

厄文用撬杆去撬旁边的船肋，但是，除了这块半悬的木条之外，其他的都像岩石一样坚固。这个十八英寸乘三英尺的船身缝隙是唯一出口。但他太臃肿了。

他脱掉油布外衣、厚重的大外套、保暖巾、帽子及威尔斯假发，先放进前面的洞里……虽然他是船上最瘦的几名军官之一，他的肩膀及上半身还是太宽。纵使冷得发抖，厄文还是解开背心纽扣，把里面的羊毛衣也脱掉，然后也一起塞进黑色洞穴里。

如果他现在没办法从船身出去，就要费尽口舌去说明，为什么他从底舱上来后外面几层衣服不见了。

他进去了，非常勉强。厄文一面抱怨咒骂，一面跻身进入狭窄的空间里，连羊毛衬衫的纽扣也挤掉了。

我现在是在船外，在冰下面，他想。这想法似乎不太真实。

他处在覆盖住船首与船首斜桅海冰中的一条狭窄洞穴里。里面的空间不够让他把外套与衣服穿上，所以他将它们向前推。他考虑要回锚缆间拿提灯，但想到几小时前他在甲板上担任值班军官时，天空中还有一轮满月。所以，他选择带走铁撬杆。

冰中洞穴看来至少和船首斜桅一样长，超过十八英尺，而且很可能是前一个夏天，冰短暂历经几次融化、冻结周期时，船首斜桅的长木条前后移位造成的。厄文终于从隧道里冒出头来时，还多爬了好几秒才发现自己已经出到船外。细长的船首斜桅、绑在上面的缆索，以及冰冻的第二斜桅支桅索构成的帘幕，都还笼罩在他头上，他发现这不仅挡住看到天空的视线，也挡住船首卫兵的视线，让守卫看不见他。在船首斜桅之外，“恐怖”号看起来只是浮现在他上方的一幢巨大黑影，冰原上只出现几道细弱的灯光，而前方的路则是继续通往由冰障与冰塔构成的乱堆中。

厄文发抖得很厉害，他开始将保暖衣一一穿上。他的手颤抖得太厉害，以至于无法扣上羊毛背心的纽扣，不过那不重要。大外套很难套上，但至少它的纽扣大多了。等到他穿好油布外衣后，这位年轻中尉已经冻到骨子里了。

往哪里去了？

乱冰堆离船首有五十英尺远，是一片由冰岩与风蚀冰塔构成的森林，沉默有可能朝任何一个方向走。但是从隧道出口处开始，似乎有一条接近直线、比较低矮的路通到船外的冰原。要离开船的话，至少这一条路阻碍最少，隐蔽性也最高。厄文站起身，右手提着撬杆，跟着滑溜溜的冰凹槽向西走去。

要不是听到不属于这世界的声音，他不可能找到她。

他现在已经离船数百码，在冰迷宫中迷了路。脚下蓝色的冰凹槽早就不见了，或者说，已经和许多类似的沟槽混在一起了，虽然满月与星星将一切照得像白天，却没看到有任何东西在动，雪地上也没有足迹。

接着就是那不属于这世界的哭号声。

不，他停在路上，全身发抖。他已经因为寒冷而颤抖了好一阵子，现在他发抖得更厉害了。他发现，这不是哭号声，不是人类能发出的哭号声。这是某个怪异得不得了的乐器……部分是风笛、部分是号角、部分是双簧管、部分是长笛、部分是人声，吹奏出没有旋律的乐音。音量大到他在几十码外就可以听见，不过他几乎可以确定甲板上的人听不见，尤其今夜的风出乎寻常是从东南方吹来的。所有的音仍然是由单一乐器发出的合成音。厄文从来没听过像这样的声音。

演奏似乎是突然间开始，节奏就像性的进行曲愈来愈快，然后全曲戛然而止，仿佛已达到生理高潮。一点也不像有人正照着乐谱演奏——是从一片冰塔荒原里传来的，冰塔旁边有座高大的冰脊，就在克罗兹坚持在“恐怖”号与“幽冥”号间维持通畅的那条两侧有火炬路碑的路北边不到三十码远。今天晚上没有人在维修路碑，厄文独自与这片冰海相处。

他，以及制造乐音的人或东西，今夜与冰海为伴。

他小心翼翼地走在由巨大冰岩与高耸冰塔构成的蓝冰迷宫中，搞不清楚方向时就举头观望明月。这颗黄色的球很像突然出现在星空中、大小达到最大的行星，不像厄文这些年在陆上或海上短暂出任务时看见的月亮。月亮旁边的空气似乎随着寒气晃动，仿佛空气本身也在接近冻结边缘。上层空气的冰晶产生了一个很大的双轮月晕包围着月亮，两个圆圈下方被冰脊及旁边的冰山挡住。在最外层的月晕上，有三个明亮发光的十字架，像极了银戒指上的钻石。

在这靠近北极之地，此等现象中尉之前就曾经在冬夜里看过几次。冰雪专家布兰吉解释说，这只不过是月光在冰晶中折射，就像光在钻石中折射。不过当那古怪乐器再次鸣响与呻吟，现在在冰后面不到几码处，节奏一直加速到近乎狂喜的地步，然后突然停止，这让置身在散发蓝光冰原上的厄文，多了几分宗教上的敬畏与惊奇。

厄文试着想象是沉默女士在吹奏目前还没人见过的爱斯基摩乐器，比方说用驯鹿角制作的类似巴伐利亚号角的乐器。不过他马上就把这想法斥为无稽之谈。首先，她和已死的同伴来时并没带乐器。其次，厄文有种奇怪的直觉，他认为吹奏这个不知名乐器的人并不是沉默女士。

现在只剩一道矮冰脊隔在厄文和传出音乐的冰塔间，厄文爬过最后这道冰脊，继续用四脚向前爬行，以免有深刻痕的靴子踩在硬冰或软雪上发出的碾碎声被人听见。

那鸣声似乎就在下一个发出蓝光的冰塔后面，这冰塔被风吹蚀得很像一面厚旗。鸣声又开始响起，很快就发展成厄文到目前为止听到最响亮、最骤急、最深沉、最狂野的声音。令他惊讶的是，他发现他正在勃起。这乐器深沉、隆隆，簧片振动的声音是如此……原始……让他的生殖器被挑动起来，虽然身体还在发抖。

他从冰塔旁边窥视。

沉默女士就在一片平滑的蓝冰上，离他约二十英尺，冰塔与大块的冰环绕着这片区域，让厄文觉得自己好像突然置身在史前巨石群中。带着冰晶月晕并与星光交错的月光从上面洒射下来。

连影子都是蓝色的。

她全身赤裸，跪在她的外衣毛皮上。背部四分之三侧面对着厄文，他看到她右胸的曲线，也看到明亮月光照亮她长又直的黑发，并在她背部结实的肉上洒上银白色亮光。厄文心跳得非常厉害，他很怕她会听到他的心跳声。

沉默女士并不是单独一人。就在这空地另一面，爱斯基摩女人所在处再过去一点，有个东西填塞在两块巨大的史前巨石阵一般的冰石间的阴暗处。

厄文知道它就是冰原上那只东西，白熊或白恶魔，就和他们在一起，几乎就浮现在这年轻女人的正上方。中尉的眼睛张得老大，还是很难看出它的形状：蓝白冰上的蓝白毛皮、壮实冰脊与雪脊下方的壮实肌肉、一双不能全然与那东西背后漆黑区分开的漆黑眼睛。

他看到异常长的熊颈上有个三角形头颅，正像蛇一样在跪着的女人上方六尺处及后方摇摆、晃动。厄文试着去估计头颅大小，作为将来猎杀行动的参考，但他无法判断带着两颗漆黑眼睛的三角形头的准确形状与大小，因为它不断做着奇怪的动作。

但这只东西此时正出现在女孩上方，它的头几乎就在她上面。

厄文知道他应该大叫，戴着手套的手拿着撬杆冲向前去。除了已经收进刀鞘里的船刀外，他没带任何武器。他试着去救这女人，但是他的肌肉无法听从命令。他唯一能做的，就是怀抱混杂着性兴奋的恐惧继续看下去。

沉默女士伸出她的手臂，手掌朝上，好像天主教的神父在诵读弥撒文，并期待着圣餐神迹。厄文有个在爱尔兰的表哥是天主教徒，有次去拜访他，跟他去参加了天主教的礼拜仪式。那种怪异神奇的仪式正在这里的蓝色月光下上演。没有舌头的沉默女士没有发出任何声音，但是她手臂张得很开，眼睛闭着，头向后仰——厄文又向前爬了一段，现在可以看见她的脸——她的嘴巴张得很开，仿佛一个祈愿者正等着领用圣餐。

那只生物的脖子向前、向下猛冲，和眼镜蛇的攻击一样快速，上下颚大开，似乎要在沉默女士下半部的脸上咬合，吃掉她半颗头。

厄文几乎要叫出声来。仪式在这一刻的沉重，以及促使他变得无能的恐惧，让他保持默不作声。

那只东西并没吃掉她。厄文发现，自己正注视着那怪兽蓝白色的头，那头至少比女人的头大三倍。它把巨大的上下颚合起来，并没有紧咬住，反倒是刚好与她张开的嘴以及向上抬高的颚接合。她的手臂还是向着夜晚伸开，几乎像是已经准备好要去拥抱那一大团正环抱着她的皮毛与肌肉。

这时，音乐开始了。

厄文看到两个头在晃动——那只生物的头及爱斯基摩人的头，但是半分钟后他才发现，那纵欲的低鸣及煽情的风笛音是……那女人发出的。

那只怪兽的体形看起来就和它身旁的巨大冰块一样大，它正在把气吹到她嘴里，利用她的声带发出声音，仿佛她的喉咙是靠簧片发音的乐器。颤音、低音及低音共鸣愈来愈大声、愈快速、愈紧急。他看到沉默女士把头抬起来，将脖子弯向一侧，而在她上方那蛇颈、三角头、像熊的生物把头弯下来，脖子弯向另一侧，就像一对想要好好来场激情热吻的恋人，想尽可能把舌头深深伸入对方嘴里，同时也寻找最佳及吻得最深的接吻角度。

乐音的涌出愈来愈快。厄文很确定船上的人现在都听到这节奏了，船员们一定都在经历强烈且持续不断的勃起，就像他此刻正遭受的煎熬。接着突然间，没有任何警告，音乐随着这次狂野做爱的高潮突然来到戛然停止。

那东西的头向上、向后退了回去，那条白脖子摇动了一下，然后盘绕起来。

沉默女士的手臂下垂到她赤裸躯体的两侧，仿佛已经精疲力竭或过于激动，再也没办法伸到空中。她的头向前无力地垂在被月光照成银白色的双乳上方。

现在它会把她吃掉，厄文想，他从层层麻木中清醒，不相信眼前所看到的一切。它现在要把她撕裂，然后吃了她。

它并没有。有那么一会儿，那团摇晃的白色东西快速地用四条腿跑开，穿过由冰柱构成的蓝色巨冰群，后来它回来了，把头弯到沉默女士面前，将某件东西丢在她前方的冰上。厄文听到某个有机组织撞到冰上的声音，那撞击声他很熟悉，不过一时之间想不起来。厄文无法理解他的所见所闻。

那只白色东西再次缓步走开，厄文可以感觉到它巨大的脚踩在坚硬海冰上的冲击力。一分钟内它回来了，把另一样东西放在爱斯基摩女孩面前。接着第三次。

然后，它不见了……重新与黑暗合为一体。年轻女人独自跪在冰空地上，只剩摆在她面前的一小堆暗色东西。

她保持这姿势一分钟。厄文又回想起他表哥那间远在爱尔兰的天主教教堂，以及在聚会结束后继续留在座位上祷告的老教友。接着她站了起来，很快地把她的光脚伸到毛皮靴里，穿上裤子及毛皮外套。

厄文中尉发现自己抖得相当厉害，他知道，至少部分原因是寒冷。如果他的身体还有足够暖度、脚还有足够力气让他活着回到船上，他就太幸运了。他完全不知道那女孩怎能光着身体活着。

沉默很快把那东西丢在她面前的物品拾起来，小心地用她穿着毛皮衣的手臂挽着，就像女人抱着一个或更多个还在吸奶的婴孩。她似乎打算回船上，直接穿过空地往冰塔巨石群走去，就在他左侧十度左右的方位。

突然间她停了下来，戴着连衣帽的头转向他。虽然他看不见她的黑眼睛，但他可以感觉到她的目光在他身上穿刺。四肢着地的他这才发现，在明亮的月光下，她可以一览无遗地看见他，因为三英尺之内没有足以遮蔽的冰塔。为了看得更清楚，他忘记要待在隐蔽处了。

两个人很长一段时间都没有移动。厄文无法呼吸。他在等她先动，也许是在冰上拍打一下，接着就等冰原上那只东西很快地从冰中出现。她的保护者，她的报仇者，她的毁灭者。

终于，连衣帽里的目光转开了，她继续向前走，从东南方一圈冰柱间消失。

厄文又多等了几分钟，身体还在发抖，就像得了疟疾，接着他挣扎着站起来。他整个身体冻僵了，唯一的知觉来自现在开始消退的灼热勃起，以及他无法克制的颤抖。但是他并没有跟在那女孩后面，摇摇晃晃地走回船上，反倒是向前走到她刚刚在月光下跪的地方。

冰上有血迹。在明亮的蓝色月光下，那血渍是黑色的。厄文中尉跪下去，脱掉他的连指手套和内层手套，用手指蘸了一些散在冰上的血渍，然后尝了一口。是血，但他不觉得那是人类的血。

那东西带给她一些生的、温热的、刚刚猎杀的肉。某种肉。厄文觉得那血尝起来有铜的味道，和他或其他人的血的味道一样，但是他猜想，任何刚被宰杀的动物的血应该也带有相同的铜味。但那是什么动物，是从哪里来？富兰克林探险队的船员已经一年多没看见陆上动物了。

血在几分钟内就冻结了。那只东西是不久前才杀死送给沉默女士的礼物，甚至是厄文还在冰原迷宫蹒跚寻找她时下手的。

他向后退，离开月光下雪地上的黑血渍，看起来就像他刚刚目睹了一个无辜受害者被杀，供人在异教的石头祭坛上献祭，现在正心虚地要从现场退开。厄文集中注意力让自己能正常呼吸，喘气时，空气好像要撕裂他的肺。那双冻僵的脚及麻木的心脏催促他快回到船上。

他不会再从那条冰隧道与松开的木条进到锚缆间。他会在进入霰弹枪射击范围前就向右舷守卫大叫，然后像人一样走上冰坡道。在见到船长之前他不会回答任何问题。

他会告诉船长这件事吗？

厄文不知道。他甚至不知道冰原上那只东西会不会让他回到船上，它应该还在附近。他也不知道他还有没有足够的身体暖度与力气走这么长的路。

他只知道他不再是原先的他了。

厄文转身向东南方，重新进入那片冰之森林。

23
希吉

北纬七十度五分，西经九十八度二十三分

一八四七年十二月十八日

希吉决定了，那个高瘦的厄文中尉必须死，而且今天就是下手的好时机。

除了一个月前厄文选了个不好的时机下底舱之外，矮小的副船缝填塞匠对这位天真、年轻的公子哥儿并无不满。不过，那件事就足以让希吉对他的态度大转变。

勤务与守卫轮班表一直让希吉无法执行计划。有两次厄文担任甲板上的值班军官，他恰好轮值担任守卫，但是那两次马格纳·门森却刚好都没被安排在甲板工作。希吉可以计划好时间及方法，但是他需要马格纳来执行。并不是科尼利厄斯·希吉害怕杀人，早在还没有大到可以自己花钱上妓院之前，他就曾经割断别人的喉咙。不是害怕，真正的原因是，这次谋杀的手段与方法，只有探险队里那个白痴门徒与鸡奸伙伴马格纳·门森做得来。

现在，所有条件都齐备了。礼拜五早上的工作队——在外面像午夜一般黑暗时，说“早上”并没多大意义——有三十几个人在冰上修理与维护“恐怖”号与“幽冥”号之间的火炬路碑。理论上有九个带着毛瑟枪的陆战队员在保护工作队，事实上根本没什么效果，工作人员分布在长达一英里的路上，每个军官手下只有五个或更少的人。这条黑暗、沿途设有路碑的路，东半边由“恐怖”号的三位军官负责——利铎中尉、哈吉森中尉和厄文中尉——希吉主动协助工作小组的编配，让自己及门森排入厄文中尉那一组，在最远的路碑工作。

大多数时间，陆战队员们都看不见人影。照理他们应该随时准备好，一有紧急状况就可以马上跑到现场。但其实他们一心只想尽量靠近火盆，它就摆在距船不到四分之一英里处那座最高的冰脊附近，他们想让身体可以靠铁制火盆发出的熊熊火焰保持温暖。约翰·贝茨及比尔·辛克烈今天早上也在厄文的小组里，不过这两个人是好朋友，而且很懒，经常刻意待在这年轻军官的视线外，这样子，他们要怎么偷懒都可以。

这和夜一样黑的白天，不似最近几天冷，也许只是零下四十五华氏度，而且几乎没有风，也没有月光或北极光。不过，星星在早晨的天空中抖动，释放出足够的亮光，让离开提灯或火把照射范围的人还看得见路走回来。冰原上那只东西还藏身在黑暗中，所以没人敢走得太远。然而要找到正确大小的冰片与冰块并将它们堆垒起来，以便修理及维护高达五英尺的路碑冰堆，船员们还是得在提灯光的范围里进进出出。

厄文正在检查两个路碑的维修进度，经常也顺便帮队员们出一点力。希吉只需要等贝茨及辛克烈拐过路的转弯处，消失在几块大冰石后面，而厄文中尉的警觉性也降低时，就可以动手。

副船缝填塞匠也许使用过一百件铁或钢制的船上工具——皇家海军的船舰可说是装了各式谋杀武器的宝库，有些工具的运用还相当巧妙——但是他宁愿马格纳直接趁那金发时髦的军官没防备的时候，把他拉到离路二十码左右的冰上打断他的脖子，等他真的死了之后，把这位公子哥儿的部分衣服脱掉，打断他的肋骨，朝他两颊红润、表情愉快的脸与牙齿踢几下，弄断他一只手臂和两条腿（或是一条腿及两只手臂），然后把尸体留在冰上让人发现。希吉已经选好杀戮的地点，在一个冰塔林立、冰上也没有任何积雪让门森留下靴印的地方。他警告过马格纳，不能让自己身上沾到中尉的血，也不要留下任何他曾与厄文一起在那里的痕迹，最重要的是，不要花时间去掠取死者身上的东西。

冰原上那只东西几乎用过各种想象得到的方法来杀死船上人员，只要可怜的厄文中尉死状极惨，两艘船上不会有任何人多加怀疑。约翰·厄文中尉只会成为一具尸体，用帆布包裹起来，放在“恐怖”号死人房里。

马格纳·门森不是天生的杀手，他只是个天生的白痴，不过他曾经为他那位副船缝填塞匠主人杀过人。科尼利厄斯怀疑，马格纳连为什么中尉得被置于死地也不会问，那只是主人下的命令，他必须遵行。所以希吉有点讶异那个大块头竟然会趁厄文中尉离得较远、听不见他们对话时，把他拉到一旁，急促地低声问：“他的鬼魂不会来缠我吧！会吗，科尼利厄斯？”

希吉在他高大伙伴的背上轻拍几下：“当然不会，马格纳。我总不会叫你去做一件会让鬼魂来纠缠的事吧，我会吗，亲爱的？”

“不会，不会。”门森咕哝着，一面摇头表示赞同。他的乱发及胡须似乎要从羊毛保暖巾及威尔斯假发下面蹦出来。他粗大的眉毛皱了起来：“但是他的鬼魂为什么不会来缠我，科尼利厄斯？我跟他无冤无仇，却杀了他！”

希吉很快地想了一下。贝茨和辛克烈正朝更远处走去，在那里，从“幽冥”号来的工作队正沿着经常刮着风、长二十码左右的路段立起一道雪墙。先前不少人都因为周遭一片雪白而在那里迷路，两位船长认为，立起雪墙可以让信差们容易找到接下来的路碑。厄文这时就是到那边去确认贝茨和辛克烈的工作，接着他会回到紧临着空旷区的最后一个路碑，希吉和马格纳两人正单独在那里工作。

“为什么中尉的鬼魂不会来缠你？这就是原因，马格纳！”他再次低声跟佝偻着背的巨人说，“你在生气的时候杀了一个人，这会成为那个人的鬼魂回来找你报复的原因，因为它怨恨你对它做的事。但是现在，厄文先生的鬼魂知道你和他无冤无仇，马格纳，所以它没有理由要回来找你。”

门森点头，但似乎没有完全说服他。

“而且，”希吉说，“鬼魂现在也找不到他奶奶的回船上的路，它找得到吗？每个人都知道，当有人死在这里，离船又那么远，他的鬼魂会直接升天。它没办法在冰脊、冰山之类当中认出路来。鬼魂并不是这里最聪明的家伙啊，马格纳。相信我说的话，亲爱的。”

大个儿听了心情好转起来。希吉借由火把的光，看到厄文走了回来。风开始刮起，火把的火焰舞动得很厉害。如果有风的话，那就更完美了，希吉想。这样一来，即使马格纳或厄文发出声音，也不会有人听到。

“科尼利厄斯，”门森低声说，他看起来又开始担心了，“如果我死在这里，是不是表示我的鬼魂也没办法找到回船的路？我不希望待在这冰冷的地方，离你们那么远。”

副船缝填塞匠轻拍巨人像堵墙似的罩着油布外衣的背：“你不会死在这里，亲爱的。我以泥水匠及基督徒的身份郑重向你保证。现在不要再作声，做好准备。当我脱掉帽子并且搔头时，你就从厄文背后抓住他，然后把他拉到我指给你看的地方。记得，不要在你后面留下靴印，身上也不要沾上任何血。”

“我不会的，科尼利厄斯。”

“真是我的好爱人。”

中尉从黑暗中走近。他进入路碑附近冰上提灯发出的光圈里：“这个冰堆快维修好了吗，希吉先生？”

“是的，长官。把最后这几块放上去就完成了，中尉，就和梅菲尔的街灯柱一样坚固。”

厄文点了点头。他似乎觉得和这两个人单独在一起有些不自在，虽然希吉用他最友善的声音和颜悦色地在说话。副船缝填塞匠继续露出他缺了几齿的微笑，却在心里叫骂，去你妈的。你没有太多时间可以装腔作势了，你这金发、红苹果脸的杂种。五分钟后，你就会成为挂在底舱里的一块冻牛肉。糟的是最近那些老鼠非常饥饿，连一个他妈的中尉也会吃。不过我也没法子救你。

“很好。”厄文说，“你和门森完成工作后，麻烦去帮辛克烈先生与贝茨先生整理那道墙。我现在要回去请下士黑吉斯带着他的毛瑟枪到这里来。”

“是的，长官。”希吉说。他瞄到马格纳的眼睛。他们得在厄文循着那条隐约可见、有微弱火炬光与提灯光的路走回去之前就拦截下他。要是他把黑吉斯或另一个陆战队员带过来，只会坏了好事。

厄文朝东方走去，却在光圈边缘停下脚步，显然要等着看希吉把最后两块冰块妥善地放在重新搭好的路碑上。希吉弯下腰举起那块方形冰块，他朝马格纳点了点头。他的伙伴已经在中尉后面站好位置了。

突然，西边黑暗里传来一阵大叫。一个人在尖叫，更多人也跟着大叫起来。

马格纳一双大手正伸在中尉的脖子后方，这个大块头已经脱掉他的连指手套，以便将人抓得更牢。在提灯光中，他两只内衬手套的黑影就浮现在厄文苍白的脸后方。

更多叫喊声。一把毛瑟枪击发了。

“马格纳，不要！”科尼利厄斯·希吉大叫。但他的伙伴已经准备好要折断厄文的脖子了，即使现在起了一场混乱。

门森退回黑暗中。朝向西边叫喊声跑了三步的厄文，一时搞不清楚状况。三个人从“恐怖”号方向沿着冰路跑来，其中一个是黑吉斯。这位圆滚滚的陆战队士官一面跑一面喘气，他把毛瑟枪拿在他鼓起的大肚子前方。

“跟我来！”厄文说，然后领着他们朝喊叫的方向跑去。中尉没带任何武器，但是他一把抓起提灯。他们六个人穿越海冰，从冰塔林立的区域跑出来，进到先前几个人裁切冰块、有星光照耀的空旷区域。希吉认出辛克烈和贝茨那两顶眼熟的威尔斯假发，也认出那三个先到达的“幽冥”号船员，其中有一个是“幽冥”号上跟他职务相同的副船缝填塞匠弗朗西斯·丹恩。他看到发射毛瑟枪的人是二兵比尔·皮金登。约翰爵士在六月被杀的时候，这个人也在猎熊隐匿棚里，在当时那阵混乱中，他还被另一个陆战队同胞开枪射伤肩膀。现在皮金登正在重新装填子弹，然后将长毛瑟枪瞄准倒塌雪墙背后的漆黑。

“发生了什么事？”厄文问这些船员。

贝茨把状况告诉他。他、辛克烈，还有“幽冥”号的丹恩、亚伯拉罕·席立与约瑟法·古雷特，在“幽冥”号大副罗伯特·欧莫·沙金的指挥下要把雪墙堆起来。但突然之间，就在提灯光及火炬光照亮的圆圈范围之外，大冰块中的一块好像突然活了过来。

“它用它的头把沙金先生举到十英尺高的空中。”贝茨的声音在颤抖。

“这就是上帝的真理。”副船缝填塞匠弗朗西斯·丹恩说，“一分钟前他还站在我们中间，下一分钟他就飞到空中，我们唯一看得到的是他的靴底。然后就是那种怪声……压碎声……”丹恩的话停下来，但他还是继续沉重地呼吸，直到他苍白的脸几乎消失在一团冰晶的光晕中。

“我正要到火炬那里，然后我看到沙金先生就……消失了。”二兵皮金登说，他手颤抖着将毛瑟枪放下，“那只东西回到冰塔区的时候，我朝它开了一枪，我觉得我射中它了。”

“你很可能会误射到罗伯特·沙金。”科尼利厄斯·希吉说，“搞不好你开枪的时候他还活着。”

皮金登狠狠地瞪了“恐怖”号的副船缝填塞匠一眼。

“沙金先生当时已经死了。”丹恩说，完全没注意陆战队士兵与希吉在交换眼色，“他曾经尖叫一声，接着那东西像捏碎核桃那样压碎他的头颅。我看到了，也听到了。”

其他人也接着跑过来，包括克罗兹船长，还有菲茨詹姆斯船长，即使是穿着层层厚重御寒衣及大外套，菲茨詹姆斯看起来还是很虚弱。丹恩、贝茨和其他人都冲过去解释他们看到的事。

跑到混乱中去探查状况的下士黑吉斯和另外两个陆战队士兵，已经从黑暗中回来了。他们说没看到沙金先生的人影，只有一条尽是血迹与衣服碎片的路径延伸到杂乱的冰原里，朝那座最大的冰山走去。

“它希望我们跟着它走。”贝茨喃喃地说，“它会在那里等我们。”

克罗兹露出牙齿，表情介于狂笑及咆哮之间。“那我们就不要让它失望。”他说，“这是再去追那只东西的最佳时机。我们的人已经到外面了，也有足够多的提灯，陆战队还可以带更多毛瑟枪与霰弹枪过来。而且这里的路迹还是全新的。”

“实在是太新了。”中士黑吉斯喃喃地说。

克罗兹吼叫着发出命令。几个人回到两艘船上拿武器。另一些人则以原本带着武器的陆战队队员为基本班底，编成几个猎捕小队。他们也把原本摆在工地上的火炬与提灯拿来，分配给各个猎捕小队。也有人被派去把史坦利医生和麦克唐纳德医生找来，罗伯特·欧莫·沙金需要治疗的概率不大，但接着会有其他人受伤，这个概率就蛮大的。

希吉拿到毛瑟枪后，曾经考虑在黑暗中“误射”厄文的可行性。但是这位年轻军官似乎已经对门森与副船缝填塞匠有所提防。在克罗兹把希吉与门森分派到另一队之前，希吉就已经注意到，这位时髦大少用怀疑的眼光看了马格纳好几眼。他知道，不论厄文是在枪响与尖叫声第一次传出之前就看到马格纳在他背后高举着双手，还是这军官只是觉得事有蹊跷，下次要想再埋伏起来杀害他已经不容易了。

但他们还是会继续计划杀他。希吉害怕约翰·厄文的疑心最终会让他去向船长报告他在底舱看到的事，副船缝填塞匠无法接受。令他无法忍受的并不是鸡奸者必须接受的惩罚——现在已经很少有船员因为这种事而被吊死，或者在舰队中的每艘船上被鞭打，而是那种耻辱。副船缝填塞匠科尼利厄斯·希吉怎么可以只是一个白痴的肛交对象？

他会等到厄文再次放松警惕，必要的话亲自动手。即使船上的船医们发现厄文是被谋杀的也没关系。在这次探险中，事情已经发展到超出大家的掌控了。厄文只会是另一具等雪融后再来处理的尸体。

最后，沙金先生的身体没被找到。那条带有血迹及衣服碎片的小路，在还没到冰山时就消失了。出去找他的人没半个死掉，有几个人因为寒冷而失去了脚趾，每个人都在发抖而且冻伤。晚餐时间被拖延了一小时之后，他们停止了猎捕行动。那天下午希吉没再看到厄文中尉。

他们再次艰苦地走回“恐怖”号，马格纳·门森在路上的表现让希吉吓了一跳。风已经开始在他们背后呼啸，陆战队士兵们拿着步枪与毛瑟枪，无精打采地走着。

希吉发现走在他身旁的白痴巨人在哭泣。眼泪很快地冻结在他留胡子的脸颊上。

“怎么了，你？”希吉问。

“很可悲，就这样而已，科尼利厄斯。”

“什么事可悲？”

“可怜的沙金先生。”

希吉瞪了他的伙伴一眼：“我不知道你对那些军官还有感情，马格纳。”

“我才没有，科尼利厄斯。即使他们被诅咒，全都死光光，我也一点都不在乎。但是沙金先生却是死在外面的冰原上。”

“所以呢？”

“他的鬼魂会找不到回船上的路。而且克罗兹传话说，在完成搜寻任务后，我们今天晚上都可以多喝一份朗姆酒。让我伤心的是他的鬼魂不能和我们一起喝酒，只是这样而已。沙金一直爱喝朗姆酒，科尼利厄斯。”

24
克罗兹

北纬七十度五分，西经九十八度二十三分

一八四七年十二月三十一日

皇家海军“恐怖”号的圣诞前夕及圣诞节，低调到几乎感觉不到节庆气氛，但是新年前一夜的第二次威尼斯嘉年华很快就可以弥补缺憾。

圣诞节前几天，一连四天猛烈的暴风雪将船员们困在船上，风雪大到守卫值班时间缩短到一小时。圣诞节前夕及神圣的圣诞节日当天，船员们只能在昏暗的主舱中活动。狄葛先生预备了特别的晚餐，煞费苦心地用五六种烹调方式来煮不是罐头的腌猪肉，并且搭配从盐水桶拿出来、用水去盐后再用砂锅烹煮的兔肉。此外，厨师依照补给士坎利、罗德斯及大卫·麦克唐纳德的建议，并在培第医生与亚历山大·麦克唐纳德船医的严格监督下，也从保存较好的葛德纳罐头中选了一些当晚餐，包括乌龟汤、法拉门达牛肉、松露雉鸡及小牛舌。至于两天晚上的点心，狄葛先生的厨房助手们把剩下的奶酪切块，刮掉最糟的发霉部分，而克罗兹船长也贡献了储放在烈酒房最后五瓶为特殊场合保留的白兰地。

船上的气氛相当低迷。在船尾冰冷会议室里的军官，以及在船首稍微温暖些的起居区里的船员，都试着唱歌来热闹一下。虽然是圣诞节，底舱的煤斗里已经没有足够的煤提供额外暖气了。歌唱了几回，歌声就停了。灯油要省着用，所以主舱的气氛就和由几根火舌闪动的蜡烛照亮的威尔斯矿坑一样。木材及横梁上结了一层冰，船员们的毯子与羊毛衣都是湿的。老鼠四处乱窜。

白兰地让气氛活跃了些，但还不足以驱走实际的昏暗与情绪上的昏暗。克罗兹来到船首区和船员们聊天，有些人还送他圣诞礼物：一小包私藏的烟草、一只奔跑的白熊雕像，那夸张的卡通熊脸上带着害怕的表情（送这礼物的人纯粹是闹着玩的，而且他很可能有点提心吊胆，怕这让人望之生畏的船长会以迷信神物的罪名处罚他）、一件修补过的红色毛质衬衣，原主人应该是某人刚过世的朋友、陆战队下士罗伯特·哈普魁送的一整组精雕细琢的西洋棋组，他是探险队中最安静、最不爱出风头的人。在六月那东西攻击约翰爵士隐匿棚的事件中，他因为八根肋骨断裂、一根锁骨骨折、一只手臂脱臼而被升成下士。克罗兹向每个人道谢后，回到军官用餐房。那里的气氛比先前活跃，这要归功于第一中尉利铎出人意料地捐出他藏了快三年的两瓶威士忌。

十二月二十六日早上，风雪停了。雪积得比船首高出十二英尺，也比右舷前段的护栏高六尺。船员们将船从雪里挖出，也把两艘船之间设有冰路碑的路挖出来，接着开始忙着筹备号称“第二次大威尼斯嘉年华”的活动。克罗兹猜测，第一次嘉年华就是一八二四年他还是准少尉时，在裴瑞失败的极地之旅中参加过的盛会。

在十二月二十六日像半夜一样黑的早晨，克罗兹和第一中尉爱德华·利铎把监督铲雪队与路面维护队的事交给哈吉森、霍恩比与厄文负责后，便穿过积雪走过一段漫长的路到“幽冥”号去。克罗兹有点讶异，菲茨詹姆斯一直消瘦下去，他的背心及长裤突然大了好几号，虽然侍从已经帮他改小了好几次。更令他吃惊的是，在他们的对谈中，“幽冥”号的指挥官大多时间都没在专心听他说话。菲茨詹姆斯似乎一直心不在焉，好像表面上在跟人讲话，实际上在聆听隔壁房间播放的音乐。

“你的船员们正在外面的冰上替船帆染色。”克罗兹说，“我看到他们准备了好几大缸绿色、蓝色甚至黑色的染料，为了完美的备用船帆。你没任何意见吗，詹姆斯？”

菲茨詹姆斯冷淡地笑了一下：“你真的觉得我们还会用到那些帆布吗，弗朗西斯？”

“我希望基督让我们有再使用它们的机会。”克罗兹有点焦躁地说。

另外那位船长却还是保持着几乎要令克罗兹发疯的淡淡微笑。

“你应该看看我们的底舱，弗朗西斯。在圣诞节前那礼拜我们刚做了一次检查，在那之后，它还是持续出状况，甚至毁损得更严重。在没冻结的海里，‘幽冥’号撑不到一小时就会沉没。它的舵已经坏了，而且这支舵是我们的备用舵了。”

“舵可以重新打造。”克罗兹说，克制住想咬牙切齿、握起拳头的冲动，“木匠可以把弹开的木条固定住。我正在想一个计划。我打算在两艘船四周挖个冰坑，在春天雪融之前，在冰里弄出大约八英尺深的旱地修船区，我们就可以维修船身外部。”

“春天雪融。”菲茨詹姆斯重复他的话，微笑几乎带着优越感。

克罗兹决定改变话题：“船员们大费周章在预备威尼斯嘉年华，你不会担心吗？”

菲茨詹姆斯耸耸肩，不在乎他的绅士形象：“我为什么要担心？我不知道你们船上的情况，弗朗西斯，但是‘幽冥’号上的圣诞节可说是笼罩在一片愁云惨雾中。船员们需要活动来提振士气。”

克罗兹对“圣诞节笼罩在愁云惨雾之中”这点没什么可辩驳。“但是，在完全黑暗的日子里，在冰上办一个嘉年华化装舞会？”他说，“还有多少人会被外面冰原上那只东西抓走？”

“继续躲在我们的船里，会失去多少人？”菲茨詹姆斯问，依然维持他浅浅的笑及心不在焉的态度，“而且一八二四年侯普纳与裴瑞办的第一次威尼斯嘉年华也没出问题，你自己也参加过。”

克罗兹摇头。“当时我们才被冻在冰里两个月，”他轻声说，“而且裴瑞与侯普纳都相当重视纪律。即使大伙儿举动轻佻，两位船长本身又都热衷戏剧，爱德华·裴瑞却还是常说‘办化装舞会但不放肆’‘享受嘉年华却不玩过火！’不过在这次探险任务里，我们的纪律并没维持得太好，詹姆斯。”

菲茨詹姆斯终于回神了。“克罗兹船长，”他僵硬地说，“你是在责怪我让‘幽冥’号上的纪律松散吗？”

“不，不，不。”克罗兹说，不太确定自己是不是有责怪这个年轻人的意思，“我只是说，这是我们在冰上的第三年，不像裴瑞与侯普纳那时只是第三个月。随着疾病发生与士气消沉，船上纪律松散是难免的。”

“这不更是我们容许船员办娱乐活动的好理由吗？”菲茨詹姆斯问，声音依然冰冷，原本苍白的脸颊因为长官的隐约批评而有了血色。

克罗兹叹了口气。他知道，现在要取消这场可恶的化装舞会太迟了。已经有些船员不服管束了，而“幽冥”号上最热衷筹备嘉年华的人，恰好就是最有可能煽动叛变的人。克罗兹知道，船长所能使的伎俩就是不要让那个时刻到来。说实在的，他真的不知道这次嘉年华是会加速还是延缓叛变发生。

“好吧。”最后他说，“但船员们还是得知道，他们不可以浪费一块煤炭、一滴灯油，或少许焦木醚或酒精炉的乙醚燃料。”

“他们答应只用火炬。”菲茨詹姆斯说。

“而且那天也不会给他们额外的酒或食物。”克罗兹补上一句，“我们今天才开始实施严格缩减的食物配额。我们不会在第五天，就为了一个你我都不完全赞同的化装嘉年华而改变配额。”

菲茨詹姆斯点了点头：“这个礼拜，维思康提中尉、费尔宏中尉和几个擅长使用步枪的人会出去打猎，希望能在嘉年华前带回一些猎物，船员们都明白，如果他们空手回来，当天就只会有平常配额的食物可吃，而且是根据新的缩减标准。”

“就和过去三个月他们每次去打猎回来的情况一样。”克罗兹喃喃地说，口气比较友善，“好吧，詹姆斯。我要回去了。”他停在菲茨詹姆斯的小舱房门口，“顺便问一下，他们为什么要把帆布染成绿色、黑色及别的颜色？”

菲茨詹姆斯有些心神不定地笑着：“我也不知道，弗朗西斯。”

一八四七年十二月三十一日礼拜五早晨，黎明时相当寒冷但平静。当然，其实没有真正的黎明。“恐怖”号的晨班守卫记录零下七十三华氏度的温度。当时的值班军官是厄文先生，没有测量到风。夜里飘来一些云，将整个地平线的天空遮住。天非常黑。

大多数船员看起来都很想在吃过早餐后就赶去参加嘉年华。根据新配额，早餐只有一块涂了果酱的饼干和半勺苏格兰大麦粥加一点糖，吃起来不需要花太多时间。但是船上的例行勤务还是要完成，而且克罗兹船长的意思是，船员们要做完当天的工作并且吃过晚餐，才可以自由地参加盛会。不过，他同意当天没有特别任务的人——磨主舱地板、轮值例行守卫、除索具上的冰、铲甲板上的雪、修船身、修路碑、参加教育训练的人，可以先去做化装舞会最后阶段的预备工作。于是有十来个人在吃完早餐后朝黑暗的冰原走去，两个带着毛瑟枪的陆战队士兵和他们同行。

到了中午，要发放稀释得更淡的朗姆酒给每个人时，还留在船上的人已经掩不住心中的兴奋。克罗兹又让六个完成任务的人先离开，并且派哈吉森中尉和他们一起去。

那天下午，克罗兹摸黑在船尾的甲板上巡行。他可以看到火炬发出的明亮光芒，就在两艘船间的那座冰山再前面一点。这时还是没有任何风与星光。

晚餐时刻，船上剩下的船员们就和圣诞夜里期待礼物的儿童一样坐立难安。他们以破纪录的快速度吃完晚餐，不过这只能算是在食物配额缩减下的纪录，因为这礼拜五不是烘焙的“面粉日”，所以吃的是只比“可怜的约翰”多一点点的主食、一些葛德纳的蔬菜罐头，以及一点伯顿啤酒。克罗兹不忍心把船员们留在船上等军官们悠闲地吃完晚餐。其实，还留在船上的军官、士官也和船员们一样，急着想去参加嘉年华。甚至连很少会对底舱机器之外东西感兴趣、瘦到活像一具行走骷髅的工程师詹姆斯·汤普森也上到主舱来，并且穿好衣服等待出发。

到了傍晚七点，船长已经把他所能穿上的每一层衣服都穿上，最后检查留守在船上的八个人的装备。留守的人由大副霍恩比指挥，不过在午夜之前，年轻的厄文会带着三个船员回来与他交接，让霍恩比与他手下的守卫也能参加盛会。然后他们顺着冰坡道下到冻结的海上，在零下八十华氏度的冷空气中很有活力地朝“幽冥”号走去。三十余人很快在黑暗中排成一长列，鱼贯前行。克罗兹发现他和厄文中尉、冰雪专家布兰吉，以及几个士官走在一起。

布兰吉走得很慢，右手腋窝下面拄着一根装着厚护垫的拐杖，因为他失去了右脚跟，还不习惯使用由木头与皮革制成的脚跟义肢。不过他的心情似乎很好。

“晚安，船长。”冰雪专家说，“别让我拖慢您的脚步，长官。我的同伴胖子威尔森、坎利及比利·吉伯森会陪我到那里。”

“看来你走得和我们一样快，布兰吉先生。”克罗兹说。他们经过每五个路碑装设的火炬时，他注意到还是没有一丝风，火舌垂直地向上伸。

这条路他们已经走过很多遍，冰脊之间的冰雪已经被铲走或砍掉，以方便行走。还在他们前方半英里远的大冰山，似乎因为另一侧有火炬燃烧而显得明亮，就像一座幻象中的高塔在夜里散发光芒。克罗兹想起他还是小孩子时，曾经去过爱尔兰乡下的市集。今晚的空气虽然比爱尔兰的夏夜冷得多，他却充满类似的兴奋与激动。他回头朝后方看，要确定二兵黑蒙、达利和中士妥兹确实照着他的吩咐没戴连指手套把枪端在手上，将后面的人带上来。

“实在很奇怪，船员竟然对这次嘉年华这么热衷，不是吗，船长？”布兰吉先生问。

克罗兹听了只能喃喃抱怨。今天下午，他已经把最后一份（由他自己定配额）的威士忌喝完了。他对接下来的白天与晚上充满恐惧。

布兰吉和同伴走得非常快，拄拐杖或没拄拐杖都一样，所以克罗兹让他们先走。他碰了瘦长的厄文的手臂一下，于是这位原本和利铎中尉、培第船医、麦克唐纳德船医、木匠哈尼及其他人一起走的中尉，放慢脚步退了回来。

“厄文，”当前面军官已经听不见他们的谈话，而后面几个陆战队士兵距离他们还远，也听不见他们的声音时，他问，“有任何关于沉默女士的消息吗？”

“没有，船长。不到一小时前，我才亲自到船首锚缆间去检查，她已经从她的小后门出去了。”

十二月稍早，厄文向船长报告这位爱斯基摩客人不照规定外出闲逛时，船长直觉反应是该把那狭窄的冰隧道填起来，密封并加固船首，把这个荡妇驱逐到冰原上，不让她再回来。

但是他没有。克罗兹反而命令厄文中尉指派三个船员把握机会看好沉默女士，如果有可能的话，他可以再次跟踪她到外面的冰上。虽然厄文花了好几个小时躲在船首再前面一点的乱冰堆中等她，但是到目前为止，都没看见她再从后门溜出去。这一切像是爱斯基摩女人在与冰原上那只生物神秘相会时看到了厄文中尉，仿佛她是故意让他看到、听到她在那里，而且去一次就够了。这些日子以来，她似乎是靠着船上的配额食物过活，而船首锚缆间只是她睡觉的地方。

克罗兹不马上把这原住民女人赶下船的原因很简单：船员们已经进入活活饿死的缓慢过程，而且他们没有足够的存粮可以撑过春天，更别说要度过明年了。如果沉默女士能够在冬天里从冰上得到新鲜食物，或许是设陷阱捕捉海豹，甚至海象——克罗兹知道，他的船员如果要活下来，必须学会这些技巧。在这一百多个还存活的船员中，没有一个是真正的猎人或冰海上的渔夫。

厄文中尉曾经尴尬且相当自责地向船长报告，他看到很像冰原上那只动物的东西，与那女人一起制造出音乐，还拿食物献给她，但克罗兹不把他的话当一回事。船长怎样也不相信沉默会去训练一只大白熊——如果那东西是熊的话——帮她猎捕鱼或海豹或海象，并把猎物带给她，就好像训练有素的英格兰猎禽犬把野雉抓到主人面前。至于那音乐……嗯，那太夸张了吧！

但她今天又选择失踪了。

“好吧，”克罗兹说，他的肺因为冷空气而疼痛，虽然他有厚厚的羊毛保暖巾来过滤空气，“等到八钟响你带几个守卫回去换班时，再到她的小房间去检查一次，如果她还不在那里……奉全能的基督的名，要怎么办啊？”

他们已经穿过最后一排冰脊，到达离“幽冥”号四分之一英里处空旷的冰海上。摆在克罗兹眼前的景象，让他藏在羊毛围巾与拉得很高的外衣领子里的下巴，整个垮了下来。

船长一直以为，船员们会在“幽冥”号正下方平坦的冰海上举行第二次大威尼斯嘉年华，就像一八二四年侯普纳与裴瑞在冰封的“黑克拉”号与“怒气”号之间那片平坦的冰原上办化装舞会一样。但此时，歇靠在肮脏冰雪基座上的“幽冥”号船首朝上，阴暗，看起来就像废墟，所有的光、火炬、动作及骚动，全来自离船四分之一英里远的地方，在最大的冰山下面。

“天啊。”厄文中尉发出惊叹。

“幽冥”号看起来就像一艘阴暗的废船，但是在光秃的海冰、林立的冰塔，以及高耸发光冰山下方的空旷上，已经搭起一大片由各式索具构成的全新布景，真像一整座由彩色帆布与熊熊火炬构成的城市。克罗兹只能瞠目结舌地站着。

装配索具的船员已经忙很久了。他们当中有些人爬到冰山上面，把巨大的冰地螺丝深深钻入离地约六十英尺的冰山地表，把螺栓环与滑车座钉进去，再装上从仓库拿出的一大堆索具、活动缆索及滑车，零件数量足以装配一艘船帆全张的三桅武装战舰。

只见由一百多条结了冰的缆索编成的蛛网状结构，从冰山上朝“幽冥”号方向往下延伸。这个“城市”里帐篷的隔间帆布幕，就是靠缆索支撑，它们被染成各种颜色，在火炬照耀下相当明亮。这些帆布幕用桩固定在海冰、冰塔或冰座上，有些主帆布幕甚至超过三十英尺，并且利用一些粗索沿着对角线一直拉到冰山上，让屏幕在直立的桁柱上绷紧。

克罗兹又走近一点，还眨着眼，虽然睫毛上的冰几乎要将他的眼皮冻在一起，他还是继续在眨眼。

冰上仿佛搭建了一个接一个的巨大帐篷，只是都没有屋顶。这些内外都有火炬照亮的垂直屏幕像蛇一样蜿蜒着，从空旷的海冰进到林立的冰塔中，然后继续通到冰山的垂直冰壁上。这些巨大的房间，或者五颜六色的隔间，几乎都是一夜之间搭建在冰上。每间篷室都与前一间篷室呈偏移角度，所以每隔二十码左右，索具、木柱及帆布就会有个急转弯。

第一间篷室开口朝东，面对着冰，这里的帆布被染成明亮鲜艳的蓝色。克罗兹船长已经好久没看到这种天空蓝，这让他的喉结在缩紧的喉头上往上提了一下。在帆布篷室垂直屏幕外面的火炬与火盆，让蓝色的屏幕闪闪发光。

布兰吉和他的同伴们目不转睛地看着眼前的奇景。克罗兹从他们身边走过，听到冰雪专家说："基督耶稣。"

克罗兹走得更靠近一点，走进由几面发亮蓝色屏幕围起来的篷室。

几个装扮怪异、穿着耀眼的人物，在他身旁神气活现地走着或突然跑过。例如，身后拖着一条条似彗星尾巴的彩色布条的拾荒者；身材高大、穿着黑燕尾服、戴着黑礼帽、跳着吉格舞的扫烟囱工人；有长长的金色嘴喙、跳着踢踏舞的几只外国鸟；头戴红头巾、脚穿尖头波斯便鞋、在灰暗冰面悄悄行进的阿拉伯酋长；戴着蓝色死人面具、追逐着一只昂首前进的独角兽的海盗们；戴上从某个希腊合唱团借来的白面具、庄严排成一列挺进的拿破仑军队的几名将军。某个装扮得一团绿的——是树林精灵吗？——在不甚滑溜的冰上冲向克罗兹，用假声啾啾地说："装戏服的皮箱就在您左边，船长。您可以随意挑来搭配。"接着这幽灵就混进穿着怪异、不断移动的人群里不见了。

克罗兹继续走入由彩色篷室构成的迷宫。

在蓝色篷室之后急转向右，是一个长方形的紫色房间。克罗兹发现房间并不是空的。布置嘉年华的船员们在每个隔间里都摆了不少地毯、挂毡、桌子或木桶，房内的摆设物或配件都染成或漆成和发亮屏幕相同的颜色。

紫色篷室再过去，再次转向左边，是一个长方形的绿色篷室。转弯的角度相当古怪，使克罗兹得靠头上的星星——如果看得见任何星星的话——才能确定自己的方位。在这长形房间里，有一批喧闹得最厉害的狂欢者：更多怪模怪样的鸟、一个有长长马脸的王子，以及几只由几截古怪东西合体的动物，看起来像是巨无霸的昆虫。

弗朗西斯·克罗兹不记得在“怒气”号与“黑克拉”号上裴瑞的皮箱里看过这些道具服装，但是菲茨詹姆斯坚称，富兰克林带上船的，正是这些差不多该报废的老旧服饰。

第四个篷室里面的布置及灯光是橙色。火炬的光穿过灯色的薄帆布，看似浓到可以尝出味道来。还有更多被漆或染成橙色、用来当挂毡的帆布平铺在海冰上，而篷室中央铺了橙色桌巾的桌子上，有个盛了水果酒的大盆子。至少有三十个穿着怪异的人聚集在酒盆边，有些人还把戴了鸟嘴或尖牙的脸伸到盆子里畅饮。

克罗兹吃惊地发觉，这座隔了间的迷宫的第五区传来响亮的乐声。顺着另一次右转，他来到白色篷室。用布盖住的海员箱以及军官的餐椅，已经沿着白色帆布屏幕摆设妥当；在篷室远端，有个装扮怪异的人正用手摇着“恐怖”号上几乎被人遗忘的音乐播放机，旋转的金属盘流泻出时下音乐厅流行的乐曲。在冰上，这乐声似乎比平常还大。

一些狂欢者从第六间篷室走出来，克罗兹从一个演奏音乐的人身旁走过，转了一个大角度进到紫蓝色的房间。

船长的船员们以羡慕的目光看着随悬挂在空中的绳索上升起来的索具，索具悬挂在半空中的一根帆桁上。从其他六个篷室来的索具网都攒聚在这里，而几条主缆索就从中央帆桁连接到高高钉在冰山壁的锚上。设计并搭建七篷室迷宫的索具装配者，显然把多月来受困在冰中动弹不得而无法施展技艺的郁闷，一并吐了出来。但是紫蓝色房间只有少数几个穿上道具服装的船员在里面逗留。这里唯一的家具是摆在房间中央的几堆空板条箱，上面全披盖着紫蓝色的布。房间里的几个海盗、拾荒者及几只鸟停下脚步，用他们从白房间带来的水晶酒杯喝饮料，他们朝四面看了一下，然后很快又回到外面几间篷室。

最后一个房间在紫蓝色房间后面，里面似乎没有光线。

克罗兹从紫蓝色篷室沿着急遽的转角向右走，然后发现自己置身在一个完全黑暗的篷室里。

不，他发现并不尽然。在这染成黑色的帆布屏幕外面，有火炬在燃烧，就像其他房间一样，效果只是让黑暗空气中渗着几丝让人压抑的微光。克罗兹必须停下来让眼睛习惯这里的黑暗。等到他看见东西时，他吓得倒退了两步。

他脚下的冰不见了，好像行走在北极海黑暗的水面上。

不过几秒后，船长就知道这里在玩什么把戏了。船员们从锅炉下面及煤炭袋的架子上拿了一些煤炭渣，撒在海冰上。在春末或冰雪仍然顽抗的夏天，水手们想要快速融化海冰的话，就用这种古老技巧，但是在不见天日的日子里，温度都快降到零下一百华氏度了，一点也没有冰融的迹象。撒了煤渣和炭末，只不过让脚下的冰在最后这间幽暗、恐怖的黑色房间中变得看不见。

等到克罗兹的眼睛适应这间篷室的光线后，才发现这个长方形的黑色房间里只有一样家具，看出那是什么时，他气得咬牙切齿。

约翰·富兰克林船长的巨大黑檀木老爷钟，竟放在黑色房间的远端，背靠着突起的冰山，这座冰山成为黑色房间远端的墙及七篷室迷宫的终点。克罗兹听到这东西低沉的嘀嗒声。

在这座嘀嗒作响的钟上方，冰里突出一个白色、毛茸茸的头及象牙黄的牙齿，那怪兽就像是要奋力挣脱冰山的束缚。

不是，他再仔细看了一遍，那不是怪兽，而是一只大白熊的头与颈安装在冰壁上。动物的嘴巴大张，两颗黑色眼珠隐约反射出穿过黑色帆布屏幕进到室内的火光。熊的毛皮及牙齿是这黑色篷室中最明亮的东西，在熊头下方，黑檀木老爷钟像心跳一样嘀嗒走着。

克罗兹怒不可遏，从黑色篷室走出来，停在白色篷室，大声吼着要叫一个军官过来，哪个军官都行。

一只森林之神撒泰急忙向前跑来，他戴着长形的纸浆模面具，红色腰带上方有个象征阳具的圆锥，皮靴下面还装着黑色的金属马蹄。“是，长官？”

“脱掉你他妈的面具！”

“是，是，船长。”撒泰说。他把面具往上推开，露出“恐怖”号的主桅台班长托马斯·法尔的脸。他身旁一个大胸脯的中国女人拉下面具，露出厨师约翰·狄葛圆滚滚的肥脸。狄葛旁边的巨鼠也把口鼻罩向下推开，露出“幽冥”号詹姆斯·华特·费尔宏中尉的脸。

“这该死的一切是什么意思？”克罗兹咆哮着。

各式各样奇幻动物听到克罗兹的声音后，都朝白色篷室的屏幕走来。

“您是指哪一样，船长？”费尔宏中尉问。

“这个！”克罗兹吼着，举起两只手指着白色屏幕，他们头上的索具、火炬……以及每件东西。

“没什么特别意思，船长。”法尔回答，“这只不过是……嘉年华。”在这一刻前，克罗兹一直认为法尔是可靠且明智的船员，也是个很不错的主桅台班长。

“法尔先生，你也帮忙搭设索具了吗？”他语气尖锐地问。

“是的，长官。”

“还有，费尔宏中尉，你知道陈设在最后那间房间里那个夸张的……动物的头吗？”

“是的，船长。”费尔宏说。面对探险队指挥官的怒气，中尉长形、饱经风霜折磨的脸没有一丝畏惧。“那是我在昨天傍晚自己射杀的。其实有两只熊，一只母熊和已经快要成年的小熊。我们会在将近午夜时把肉烤来吃，算是吃一顿大餐，长官。”

克罗兹看着这些人。他可以感觉自己的心脏在胸膛里怦怦跳，也感觉到一股在陆地时经常会让他产生暴力行为的怒气。他今天喝的威士忌的效力，以及今后不再有威士忌可喝的事实，更是在他的怒火上加油。他已经快要发作了。

他在这里必须特别小心。

“狄葛先生，”他向大胸脯的中国女人说，“你应该知道这些白熊的肝让我们吃了不少苦头。”

狄葛的双下巴和他塞了枕头的胸部一样上下剧烈地晃动着。“哦，是的，船长。北极熊的肝里有毒素，无法光靠加热就除掉。今天晚上我预备的大餐里不会有肝也不会有轻食，船长，这我可以跟您保证。只有新鲜的肉，几百磅的新鲜肉，火烤到嘶嘶叫，或者炸到香酥，长官。”

费尔宏中尉说：“船员认为我们在冰上撞见这两只熊并把它们杀死，是个很好的兆头，船长。每个人都很期待午夜的大餐。”

“为什么没有人告诉我熊的事？”克罗兹要求。

这名军官、主桅台班长及厨师彼此对望。一旁的鸟、野兽和精灵也面面相觑。

“母熊和小熊是昨天晚上很晚才射杀到的，船长。”费尔宏最后说，“我想，今天在两艘船之间来往的，全都是要到嘉年华现场来做最后准备的‘恐怖’号船员，不会有‘幽冥’号的信差朝相反方向走，所以就没有事先通知您。为这件事，我向您道歉，长官。”

克罗兹知道这件事其实是菲茨詹姆斯的疏失，他也知道周围的人都很清楚。

“很好。”他最后说，“继续吧。”不过，就在这些人重新要戴上面具时，他补上一句，“如果约翰爵士的钟有任何损伤，就看上帝是否救得了你们！”

“是，船长。”四周所有戴面具的人物齐声回答。

克罗兹的目光担忧地穿过紫蓝色房间，朝恐怖的黑色篷室看了最后一眼。在弗朗西斯·克罗兹经常为忧郁所苦的五十一年岁月里，几乎没有任何事物像这黑色房间让他感到如此抑郁。他从白色篷室走到橙色篷室，接着走到绿色篷室，再从绿色篷室走到紫色篷室，再走到蓝色篷室，然后从变得宽敞的蓝色篷室走到外面黑暗的冰上。

走出由染色帆布搭成的迷宫后，克罗兹才觉得他能再次正常呼吸。

这个怒目圆瞪的船长朝“幽冥”号及黑暗中走去时，穿着道具服的人形全都快闪让路给他。船的冰坡道顶端有个穿着厚重斗篷的人。

菲茨詹姆斯船长一个人站在坡道顶端的护栏旁边。他正在抽烟斗：“晚安，克罗兹船长。”

“晚安，菲茨詹姆斯船长。你有没有进到那个……那个……”克罗兹一时说不出话来，他用手指着身后那个喧闹、被火炬照亮、搭设了彩色屏幕及华丽索具的城市。那里的火炬及火盆燃烧得十分明亮。

“没错，我进去过。”菲茨詹姆斯说，“我得承认这些船员真的很有想象力。”

克罗兹对此没有异议。

“现在的问题是，”菲茨詹姆斯说，“他们花这么多时间、劳力与创意，是有助于我们这次的探险任务……还是有助于那个恶魔。”

克罗兹试着要在这个年轻军官蒙着头巾的帽檐下看到他的眼睛。他完全不知道菲茨詹姆斯是不是在开玩笑。

“我警告他们，”克罗兹咆哮着说，“他们连一品脱的油、一小堆的煤炭都别想浪费在这个可恶的嘉年华上。你看看那些火！”

“他们跟我保证，”菲茨詹姆斯说，“只会使用过去这几个礼拜来，‘幽冥’号完全不开暖气所省下来的油与煤炭！”

“那个……迷宫，是谁的点子？”克罗兹问，“那些彩色篷室？那个黑色房间？”

菲茨詹姆斯吐了一口烟，把烟斗从嘴里拿出来，咯咯地笑了一下：“全都是年轻的理查·艾尔摩的点子。”

“艾尔摩？”克罗兹跟着念一次。他记得这个名字，但对这个人却几乎没有印象。“你的弹药士？”

“就是这个人。”

克罗兹回想起一个矮小、安静的人。他有一双凹陷、善于沉思的眼睛，说话时略带卖弄学问的语气，嘴边有一小撮黑色的胡须。“他从哪里弄来这些鬼点子的？”

“艾尔摩在加入皇家探索队之前，曾经在美国住过许多年。一八四四年才回到英国。”菲茨詹姆斯说。咬在他上下排牙齿间的烟斗杆轻轻地发出喀喀声，“他说他五年前，也就是一八四二年，曾经读过一个荒谬的故事，里面描述了一个和今天一样的化装舞会和这些彩色的房间。当时他是和他的一个表兄弟住在波士顿。如果我没记错的话，那篇文章是刊在一本叫《格雷厄姆杂志》的小书里。艾尔摩不记得故事情节是什么，但他记得故事场景是个名为普洛斯派罗王子的人举办的化装舞会……而且他说他很清楚记得那些房间的顺序，最后故事结束在那个恐怖的黑色房间。船员们爱死了他的想法。”

克罗兹只能摇摇头。

“弗朗西斯，”菲茨詹姆斯继续说，“在约翰爵士担任船长两年又一个月的时间里，这艘船完全禁酒。虽然如此，我还是偷偷带了三瓶我老爸给我的上等威士忌到船上来。我现在还剩下一瓶。今天晚上，我希望能荣幸地和你一起喝这瓶酒。在他们开始料理那两头被猎杀的熊之前还有三小时时间。我昨天就已经准许我船上的沃尔先生和你船上的狄葛先生，在冰上架设起两座捕鲸船用的火炉，来加热罐头蔬菜类的副食，并且在他们所谓的白色房里搭一个大烤架，真正地烤熊肉。别的不说，至少这会是三个多月以来我们第一次吃到新鲜的肉。你愿意当我的客人，在大餐还没开始之前，和我一起到约翰爵士先前的舱房里去享用这瓶威士忌吗？”

克罗兹点了点头，跟着菲茨詹姆斯进到船舱里。

25
克罗兹

北纬七十度五分，西经九十八度二十三分

一八四七年十二月三十一日到一八四八年一月一日

在午夜前不久，克罗兹和菲茨詹姆斯从“幽冥”号出来。会议室里非常冷，但是夜里的外面更冷，对他们的身体及感官都是考验。

菲茨詹姆斯建议让船员们多拿几袋煤炭及煤油出去，放在无盖的火盆里烧，免得这些狂欢者冻坏了，克罗兹在喝了一小时威士忌后也同意了。在过去几小时里起了些风，每个地方的火炬及三脚火盆在零下一百华氏度的夜里都在火舌乱舞、噼啪作响。

两位船长很少谈话，各自迷失在自己忧郁的幻想里。他们的思绪被打断不下十次。厄文中尉来报告，他要带下一班轮值守卫回“恐怖”号；哈吉森中尉来报告，他那一班的守卫已经到达嘉年华现场；穿着夸张的军官来报告，嘉年华一切都很正常；“幽冥”号上的守卫和军官来报告，他们已经下哨了，或者正要去上哨；工程师葛瑞格先生来报告，他们干脆把煤炭全放进火盆里，因为即使冰雪奇迹似的融化了，他们也没有足够的燃料让蒸汽引擎运转几小时，接着就去安排船员把几袋煤炭搬到冰上愈来愈热闹的庆祝会场；老制帆匠莫瑞先生打扮成尸体化妆师，在那顶高海狸皮帽下面是一个骷髅头，和他干瘪的脸型没两样——他请求原谅他的打扰，并且请示他们，他和同伴们可不可以拆下两面备用的船首三角帆赶制成屏风，放置在新架设的三脚火盆上风处。

两位船长或表示知情，或表示许可，或下达命令，或发出斥责，却还是无法从威士忌激起的思绪里走出来。

在十一点与半夜间，托马斯·乔帕森及艾德蒙·侯尔（克罗兹和菲茨詹姆斯各自的侍从），和维思康提中尉与利铎中尉一起下到会议室，四个人的衣服里里外外都塞着怪模怪样的道具服装，他们通知说，熊肉快要烤好了，而最好的部位会特别留给船长，可不可以请两位船长现在就移步去享用大餐？于是两位船长重新穿上最外层的御寒衣物，爬到甲板，再次走到外面的冰上。

克罗兹发现自己醉得很厉害。他通常不会让人看出他喝了多少酒，船员们也很习惯他全身都是威士忌酒味，却还能掌控全局。但是这次不然。他已经好几晚没睡觉了，在这午夜，在他走到寒气袭胸的外头，朝着被火光照亮的帆布篷室、发光的冰山，以及四处走动的人影走去时，克罗兹感觉威士忌正在他的肚子及头脑里燃烧。

船员们已经在白色篷室架设起烧烤区。两个船长穿过一系列房间，没跟对方或是途中碰到一群又一群穿着奇装异服、匆忙走过的人说话。他们从开口对着冰原的蓝色篷室进去，穿过紫色及绿色篷室，接着经过橙色篷室，然后进到白色篷室。

克罗兹很清楚大多数船员也都醉了。他们是怎么喝醉的？把他们分配到的甜烈酒贮藏起来吗？把搭配晚餐喝的啤酒偷藏起来吗？他知道他们并没有闯进“恐怖”号的烈酒房，因为他请利铎中尉检查过，早上与下午各一次确定门锁得好好的。感谢约翰·富兰克林爵士，“幽冥”号的烈酒房根本是空的，打从起航时就是如此。

但是船员们不知怎的已经喝了许多烈酒。克罗兹是超过四十年航海经验的老海员，他还是男孩时就已经在船上当见习水手了，克罗兹知道，就发酵、贮藏及寻找酒精饮料来说，英国水手什么点子都想得出来。狄葛先生和沃尔先生正用大火烤着大块的腰腿肉及架上的熊肉。面露微笑、口中金牙闪闪发亮的维思康提中尉，以及两艘船上的军官与职员，正将一个个放在白镴盘上还冒着蒸汽的食物发给排队的船员。火烤肉味香得不得了，克罗兹发现自己口水直流，虽然他私下发誓过绝对不会去享受这次嘉年华的食物。

排队的人让路给两位船长。拾荒者、神父、法国邮差、幻境妖精、衣服颜色斑杂的乞丐、裹着布的尸体、两个戴着红披肩的罗马士兵、戴黑面具的人、穿着金色盔甲的武士，都作势请菲茨詹姆斯与克罗兹到队伍最前方，而且在他们经过时，向他们敬礼。

狄葛先生胖中国女人下垂的巨乳现在已经垂到腰部，并且在他走动时跟着晃动。他亲自切了一块上好的肉给克罗兹，也为菲茨詹姆斯切了一块。维思康提为他们准备了军官用的正式餐刀及白色的亚麻布餐巾，费尔宏中尉倒了两杯啤酒给他们。

“船长，在这里喝酒的秘诀是，”费尔宏说，“快速把酒喝下去，像鸟儿一样把嘴伸进杯子里，嘴唇才不会冻结在杯子上。”

菲茨詹姆斯和克罗兹走到一张铺着白布的长桌主位；今晚稍早被克罗兹训斥一番的主桅台班长法尔先生，在带有摩擦力的海冰上为他们拉出两张包着白布的椅子，他们在上面坐下来。布兰吉先生和他的冰雪专家同行瑞德先生，还有爱德华·利铎及五六个“幽冥”号军官也坐在那里。船医们则聚在白桌另一端。

克罗兹脱掉连指手套，将穿在羊毛手套里的手指弯曲几下，谨慎地尝了一口肉，小心翼翼地不让金属叉子碰到嘴唇。那片熊肉烫伤了他的舌头。他有股想笑的冲动——新年夜，在零下一百华氏度的户外，呼出的气在面前形成一片冰晶云雾，脸藏在保暖巾、帽子及威尔斯假发围成的洞穴里，而舌头竟然被烫到。他又尝了一下，这次嚼一嚼后把肉吞了下去。

这是他吃过最好吃的肉排，船长大感惊讶。许多个月以前，就是上回他们吃新鲜熊肉时，那肉有很重的臊味及油脂味。当时的熊肝，或者某些大家都爱吃的内脏，还让船员们生了病。后来他们决定，除非没东西吃，否则不再吃北极熊肉。

现在，这顿大餐……这奢侈的大餐。在白色篷室里，四周的人都狼吞虎咽地吃熊排，在隔壁橙色篷室与紫色篷室里聚在各个盖着帆布的木桶、木箱及桌子旁的船员们也一样。船员们快乐的喧闹声与闲聊声，很快就压过火烤的烈焰声及风拍打帆布的啪嗒声。白色篷室里有人用刀叉吃，他们叉起还冒着蒸汽的熊排，在刀叉上嚼了起来，但大部分人是用戴着连指手套的手直接拿肉吃，这幅光景仿佛一百多只肉食性动物在大啖猎物。

克罗兹愈吃，就愈想再多吃一点。菲茨詹姆斯、布兰吉、法尔、利铎、哈吉森，还有他周遭的人，连坐在邻桌的侍从乔帕森和其他职员也是，都津津有味地吞食熊肉。狄葛先生的助手打扮成中国男孩绕着桌子走，从在捕鲸船的铁火炉上的锅子里，铲出热腾腾的蔬菜到各个盘子里。但是罐头蔬菜不论煮得多热，和美味的新鲜熊肉相比根本没有一点味道。只不过，克罗兹顾及身为探险队总指挥的身份地位，在吃完那片厚重的熊排后，不好意思强行走到排队人群的最前头，要求再给他一份。菲茨詹姆斯的表情看起来心里只有他的熊肉，这位年轻的中校看起来快乐得快哭出来了。

大多数船员吃完熊排，正打算把高浓度酒精在还没结冰前喝下肚，靠近紫色篷室入口处的波斯国王开始摇起音乐唱盘播放机来。

最早几个音符叮叮当当地从粗糙的机器冒出时，厚重的连指手套发出的如雷掌声几乎同时响起。两艘船上许多较有音乐素养的船员，都曾经抱怨过这架机械音乐播放机，因为转动音乐盘发出来的乐音，几乎和街角摇转风琴的乐音一样不准确。不过在此时，音符却非常清晰。数十名船员站了起来，另一些人随即开始唱歌，他们呼出的雾气在穿过白色帆布屏幕、闪闪发亮的火炬光中，缓缓上升。当大家熟悉的皇家海军军歌第一段歌词，在这冰冷的夜里、在高耸的冰山上产生回音时，就连克罗兹也不得不像个白痴一样露齿微笑。

当不列颠一开始，奉上天的意旨，
从蔚蓝的大海崛起时，
这片土地的宪章，就如
护卫天使的悠扬歌声所说：

克罗兹船长与菲茨詹姆斯船长站起来，一起加入第一段雄伟的合唱。

治驭万邦，不列颠！
乘波逐浪，不列颠！
永不为奴，不列颠！

年轻的哈吉森用明朗的男高音，引导着分散在六间彩色篷室（黑色房除外）里的船员，唱出第二段。

不如你蒙福的国家，将会
一个个败亡在暴君统治下；
而你却将繁盛，伟大而自由，对于你
它们既害怕又羡慕。

克罗兹大略感觉得到，在隔着两个篷室的东边，也就是在蓝色篷室的入口处起了一阵骚动，他把头向后仰（威士忌和熊肉已经让他暖和了），和他的船员们一起吼唱：

治驭万邦，不列颠！
乘波逐浪，不列颠！
永不为奴，不列颠！

七个篷室中最外面几间的人在唱歌，也在大笑。骚动愈闹愈大，机械音乐播放机也愈摇愈大声。船员唱得更大声。克罗兹站在菲茨詹姆斯与利铎的中间唱着第三节，惊讶地看着一队人走进白色篷室。

你将更威严地兴起，外邦的每次进击
都使你更庄严可畏；
撕裂天空的雷击与闪电，只会让
你家乡的橡木把根扎得更深。

某个穿着戏院版海军上将军服的人领着这支队伍前进。军服的肩章宽得相当离谱，大约有八英寸垂在这矮小的人的肩膀外。他非常胖，那件旧式海军上衣的金纽扣根本扣不起来。他也没有头。这个人把一颗用纸浆制成的头放在左手臂弯里，那顶老朽、满是勋章的海军上将军帽，则夹在他的右手臂弯。

克罗兹没再唱下去了。但是其他人还是继续唱着。

治驭万邦，不列颠！
乘波逐浪，不列颠！
永不为奴，不列颠！

那无头海军上将显然代表已故的约翰·富兰克林爵士，虽然那天在猎熊隐匿棚的约翰爵士并没有被断头。他后面有一只十或十二英尺高的怪兽缓步走着。

它有北极白熊的身躯、毛皮、黑脚掌、长爪子、三角形的头及黑色眼睛，但它用后脚站立，身高是熊的两倍，手臂的长度也是熊的两倍。它走得很僵硬，几乎是盲目地走，上半身前后晃动，小小的黑色眼睛瞪着走近的每一个人。熊手臂像钟的拉锤绳一样松垮垮垂着，摇摆的熊掌比穿着各式服装船员的头还来得大。

“在下面的人是您船上的大个儿，门森。”“幽冥”号的二副查尔斯·费垂克·德沃斯站在克罗兹身旁笑着说，他提高音量，让克罗兹在下一节的合唱声中听得见他的声音，“骑在他肩膀上的，是您船上那个矮小的副船缝填塞匠——希吉，船员们花了整个晚上的时间，才把那两张皮缝成一套戏服。”

那些傲慢的独裁者不愿驯服，他们想尽办法
让你屈服
却只让你发出更多烈焰，为他们带来
悲惨的命运，使你更声名远播

就在这只巨大的熊缓慢走过他们身旁时，数十个从蓝色、绿色、橙色篷室来的人排成一列，跟着它穿过白色篷室进到紫蓝色篷室。克罗兹站在那里，好像被冰冻在靠近白色餐桌的地方。最后他转过头去看菲茨詹姆斯。

“我发誓我不知道这件事，弗朗西斯。”菲茨詹姆斯的嘴唇发白而且抿了起来。

白色篷室里穿着各式服装的人已经所剩无几了，大伙儿都跟随着无头的海军上将，以及那耸立、摇摆，用两只脚缓慢前进的大熊，进入并穿过较暗的紫蓝色长形篷室。这些醉酒之人的歌声在克罗兹四周隆隆响着。

治驭万邦，不列颠！

乘波逐浪，不列颠！
永不，永不，永不，永不为奴，不列颠！

克罗兹也跟着进到紫蓝色篷室，菲茨詹姆斯跟着他。皇家海军“恐怖”号的船长担任船长这么多年来，从来没有这样的感觉；他知道他必须制止这个讽刺剧，没有任何海军能容忍将探险队前任指挥官的死当笑柄的滑稽戏。但是在另一方面，他知道现在闹剧已经进展到此，直接叫大家不要再唱歌，下令要门森和希吉马上从那低俗的怪兽服装里出来，并且命令每个人脱掉戏服回到船上起居区，都不会产生任何效果，而且这样做几乎和他正目睹（而且愈看火气愈大）的异教仪式一样荒谬。

你将治理郊野，你的城市
商业繁盛，闪亮耀眼；
大海的一切都属于你，而且
它环绕的每个海岸也都是你的。

那个无头的海军上将、那只缓缓而行像熊的生物，以及跟随着他们的一百来个奇装异服的人，在紫蓝色篷室里停了很长一段时间。克罗兹进到紫蓝色房间时，刚好看到门森、希吉以及那群高声唱歌的伙伴驻足在黑色篷室的入口。火炬及篷室外的三脚火盆的火光映照在紫蓝色帆布屏幕北侧，帆布在愈来愈大的风中起着波浪并且噼啪作响。

克罗兹克制自己的冲动，没有马上大叫“别闹了！”象征约翰爵士的人形，以及那像熊的耸立东西，如此出现在公开场合已经算是一种亵渎，现在竟然还要进到幽暗、压迫、里面有北极熊头及嘀嗒作响的老爷钟的黑色房间，这实在令他难以忍受。不过，不管船员计划的差劲结局是什么，至少这出闹剧很快就会结束了。这一幕应该就是这胡搞、从头到尾都是个错误的第二次大威尼斯嘉年华的结尾了。他会等歌声自己停止，这个异教模仿秀在酒醉船员们的喝彩声中结束，才去命令这群人脱掉戏服，要冻僵及醉酒的船员们回到各自的船上去。不过，他会叫搭建索具的船员及活动筹划者马上把帐篷与索具拆下来，今天晚上就拆，即使这意味着他们会冻伤。接着他再来和希吉、门森、艾尔摩，以及他的军官们算账。

摇摇摆摆地接受喝彩的无头海军上将，以及摇摇摆摆的大熊怪兽，正走进黑色篷室里。

约翰爵士的黑色老爷钟开始敲下午夜的钟响。

这时在行进队伍最后面那一票穿着奇装异服的水手开始向前推挤，在后面的人急着想进到黑色房间里看热闹。在他们前面已经转过弯道、跨过门槛、进入黑色篷室的那些捡破烂的、老鼠、独角兽、清洁工、独脚海盗、阿拉伯王子及埃及公主、古罗马格斗战士、精灵，以及各种动物，这时却开始拒绝向前，反而向后推挤，不再想要待在这地上铺了煤灰、四围都是黑屏幕的暗房里。

克罗兹用手肘在这群乌合之众当中推挤前进。人群先是向前，然后向后退，因为前面的人开始后悔自己进到黑色暗房里。现在他知道，即使没办法在结局发生前终止闹剧，至少也能缩短最后一幕的长度。

他和队伍最前面二三十个人一起进入黑暗。在踏进黑色篷室后，他们都稍微停顿一下，因为眼睛得习惯这里，而且冰上的黑煤渣让他有种快要掉入无底洞的恐怖感。他们都感觉有股冷风扑面而来，好像有人在俯视的冰山壁上开了一扇门。虽然装扮怪异的人进到房间里还在唱歌，但是真正响亮的歌声却是来自后面还在紫蓝色房间里继续向前推挤的人。

> 治驭万邦，不列颠！
> 乘波逐浪，不列颠！
> 永不，永不，永不，永不为奴，不列颠！

克罗兹只能从檀木钟上方的冰壁上，勉强分辨出已经与身躯分离的白色熊头。大钟现在已经敲了六下，在一片黑暗中，钟声似乎大得可怕，而且他已看出，在高高竖立但不断晃动的白熊怪兽下面的门森和希吉，已经发觉他们很难在冰冷黑暗中、在铺了煤灰的冰上站稳脚步，而且北侧的帆布屏幕被风吹得不停振动。

克罗兹看到房间里还有另一个巨大身形。它也是用后脚站立，就站在门森与希吉包着北极熊毛皮的白色身形后面，藏身于更深的黑暗中。而且比他们大得多，也高得多。

就在船员们的歌声停下来，钟正敲打最后四响时，房间中有个东西发出吼叫。

> 缪斯女神们，依然拥有自由，将会
> 到你快乐的海岸造访；
> 蒙福的海岛！你举世无双的美颜被人称美，
> 且有诸多英勇的襟怀来成就你的美好！

黑色篷室里的船员突然向后挤，与还在向前推挤、想要进来的船员撞成一团。

“我的老天，那是什么啊？”麦克唐纳德医生问。从两个篷室间的帆布通道传来明亮的紫蓝色光，克罗兹看见四个船医都穿着哑剧丑角的服装，不过现在他们的面具都拉下来了。

黑色篷室里有一个人恐怖尖叫，紧接着又有第二个吼叫声，克罗兹这辈子从没听过这种声音。发出这声音的动物应该适合居住在远古海波瑞恩时期[1]某个茂密丛林，而不是十九世纪的北极圈。这声音的重低音相当浑厚，不断产生回声，而且听起来凶暴异常，让皇家海军“恐怖”号的船长差点儿就在他的船员面前尿湿裤子。

黑暗中两个白色身形之中，较大的一个开始向前进逼。

穿戏服的船员们开始大声尖叫，用力把后面想看热闹、一直向前挤的人潮往后推回去，然后在黑暗中向左或向右逃窜，撞向几面被染成黑色、几乎看不见的帆布屏幕。

克罗兹没有携带武器，还是站在原处。他感觉得到，那只东西的庞大身躯在黑暗中从他身旁冲过。他是用他的心灵去感觉……用他的头脑去感觉。接着突然传来一阵陈旧的血腥臭味，接着是腐尸坑的恶臭。

公主及精灵们把戏服及御寒衣物脱掉，丢弃在黑暗中，慌张地在黑色帆布屏幕上乱抓，并且忙着伸手到埋在多层衣服里的腰带上去拔船刀。

克罗兹心寒地听到肉被拍打的声音，那东西像盘子一样大的

1 奇幻小说中的虚拟时代，代表人物为野蛮人科南。

熊掌以及和刀子一样长的熊爪，正猛烈击打在某个人身上。当几根比刺刀还长的牙齿咬穿那个人的头颅和骨头时，有些东西悲惨地应声碎裂了。但在其他几个篷室里，船员们还在唱歌。

> 治驭万邦，不列颠！
> 乘波逐浪，不列颠！
> 永不，永不，永不，永不为奴，不列颠！

黑檀木钟停止敲击了。现在是午夜，一八四八年。

船员们用刀把染成黑色的屏幕割破，一道道受风折磨的帆布条马上被吹到火盆与火炬的烈焰上。火焰往天空蹿，几乎就要延烧到索具。

那个白色身形已经进到紫蓝色篷室里。那里的船员们开始尖叫、乱窜、咒骂、彼此推挤，有些船员等不及顺着篷室迷宫一间接一间跑出去，当下开始用刀子割帆布，而克罗兹跟着那只东西走，把挡住路的船员们都推开。这时黑色篷室的两面屏幕烧起来了。更多人在尖叫。有个人从克罗兹身旁跑过，他的丑角戏服、威尔斯假发以及头发都烧了起来，火焰像黄色丝巾在他身后飘扬。

等到克罗兹从一大票穿着各式衣服、仓皇逃命的人群中挤出来时，紫蓝色篷室也着火了，而且冰上那只东西已经进入白色篷室。船长听见许多人的喊叫声，他们手臂乱舞、衣服散落，像一波潮水跑在白色幽灵前面。将帆布篷及帆桁支柱系到冰山上的美丽缆索网也着火了，火焰的图案就像用火写在黑色天空中的草书。在百英尺高的冰壁上，上千个棱面反射着火焰。

像裸露肋骨突起在冰上的帆桁也着火了，沿着黑色、紫蓝色以及烧得正猛的白色篷室屏幕燃烧。这些木材贮放在几乎和沙漠没两样的北极干旱中两三年，湿气早就蒸发干了。现在，它们像是特地为这场大火准备的一千磅易燃物。

克罗兹放弃掌控局面，和其他人一起逃跑。他必须跑出失火的迷宫。

白色篷室里已经一团糟。熊熊的火焰从白色屏幕、从铺在冰上的帆布毯、从原先铺着桌巾的餐桌、木桶及椅子，也从狄葛先生的金属火烤炉往上蹿烧。仓皇逃跑的人把橡木与铜制成的音乐盘播放机撞倒了，火焰映照在它打造优美的光亮表面与弧线上。

克罗兹看到菲茨詹姆斯站在白色篷室里，他是唯一没穿戏服也没逃跑的人。他抓住眼前这一动也不动的人的衣袖："快来，詹姆斯！我们得离开这里。"

皇家海军"幽冥"号的指挥官缓慢转过头来看着他的长官，好像他们从来没见过。那淡淡、心不在焉、令人觉得有点被冒犯的微笑又在菲茨詹姆斯脸上出现了。

克罗兹拍打了他一下："动作快！"

克罗兹拖拉着还在梦游的菲茨詹姆斯，跌跌撞撞地从燃烧中的白色篷室出来，穿过第四个篷室，那里的橙色被火焰照得比原先染的还鲜艳，然后进入燃烧的绿色篷室。这迷宫似乎永无止境。冰上到处都有穿着奇装异服的人躺在那里，有些船员穿着残破的戏服在哀号，有个人全身赤裸而且被烧伤，有些船员停下来扶他们起来，推着他们继续向外走。铺在脚下海冰上的帆布地毯还没烧起来，上面尽是破烂的戏服碎片及被丢下的御寒衣物。这些破布条或织品，大多已经起火燃烧或是即将要烧起来了。

"动作快啊！"克罗兹又说了一次，他还是拉着那跌跌撞撞、看起来是醒着的菲茨詹姆斯。有个船员失去意识躺在冰上，克罗兹看出那是“幽冥”号上年轻的乔治·钱伯斯，船上的见习生之一（虽然他已经二十一岁了），在前几次的冰上葬礼中他也是鼓手，似乎没有人看见他。克罗兹把菲茨詹姆斯放下，然后将钱伯斯扛到肩膀上，接着才再抓起另一名队长的袖子，趁着两侧火焰猛然冲向上方索具之际，拔腿就跑。

克罗兹听见一只怪兽在他身后发着嘶嘶声。

确信他身后那只东西在混乱中转了一圈，或许是撞上无法穿越的冰障。克罗兹转过身面向它，但他只有一只戴着连指手套的拳头可以使用。

整座冰山都因为高热而冒着蒸汽，噼啪作响。整块冰及厚重的垂冰从冰山上脱落，摔落在冰地上，在落入原本是帐篷迷宫、现在却是火焰迷宫的混乱中时，它们还像蛇一样发出嘶嘶声。这景象让克罗兹僵住好一阵子——无数个反射火焰的冰山切面，让他想到童话中一百层楼高的城堡被光线照耀得闪烁晶亮。他知道，不论自己还能活多久，再也看不到这样的景象了。

“弗朗西斯，”詹姆斯·菲茨詹姆斯船长咬着舌头说，“我们得走了。”

绿色篷室的屏幕已经倒下，再过去的冰上有更多火。大火如霹雳、如藤蔓、如利爪，已经快速伸到最后两间篷室。

克罗兹用空出来的手遮住脸，向前穿过烈焰，最后一批死命奔逃的狂欢者就像是他在赶的一群牛。

从燃烧的紫色篷室逃出来的船员个个脚步蹒跚，克罗兹带着他们进到全是烈焰的蓝色篷室。西北方吹来的风呼啸着，其间还伴杂着尖叫声、吼叫声及嘶嘶声，但这些声音可能只出现在克罗兹的脑袋里。火焰在风的助长之下横过蓝色篷室宽广的开口，形成一道烈火屏障。

大约十个人，在火焰前停了下来，其中有些人身上还穿着残破的华丽戏服。

“向前走！”克罗兹大吼，用他最强、台风般的声音吼出命令。当船行驶在八十节的狂风中，四十英尺高的浪拍打着船四周时，就连在主桅桅顶横杆上、离甲板两百英尺的瞭望员，也可以听得见他的口令，而且会马上奉命行事。船员们遵照他的命令，跳跃、尖叫、快跑地冲过火焰。克罗兹就跟在他们身后，右肩扛着钱伯斯，左手拉着菲茨詹姆斯。

来到外面之后，尽管衣服上还冒着蒸汽，克罗兹还是继续跑，赶过散布在黑暗中一群又一群的人。船长并没有看到那只白色东西在人群里，不过，外面的每件事都让人相当困惑，即使在五百英尺内，各个方向都有火焰照射出的光与阴影。他召集手下军官，并且试图找一块大冰石，让仍在昏迷中的乔治·钱伯斯躺上去。

这时突然传来砰、砰、砰的毛瑟枪声。

简直离谱、亵渎、难以置信。就在全是火焰的迷宫外面，四个排成一列的陆战队士兵膝盖跪在冰上，正朝着三五成群逃跑的船员们开枪，可悲又荒谬的是，他们还穿着化装舞会的服装。到处都有人倒在冰上。

克罗兹放开菲茨詹姆斯，一个人向前跑，冲向那一排开枪的士兵，并且挥舞着他的双手。毛瑟枪的子弹从他的耳旁呼啸而过。

“停止射击！你他妈的瞎了眼，妥兹中士，你他妈的不马上停下来，我会把你降为二等兵，并且吊死你。”

又是砰的一声，然后停了下来。

陆战队士兵很快站起来，照着中士妥兹的大声口令，向克罗兹行了一个正式军礼。然而白熊这时就在人群中。它身后的火光映照出它的身形，它的上下颚之间叼着一个人。

克罗兹没去管那个人。他喊叫，并且推撞“恐怖”号及“幽冥”号船员，要他们在他周围一簇一簇聚在一起，并且叫已经受伤或烧伤的人先回到附近菲茨詹姆斯的船上。他一直在找他手下的军官，或是“幽冥”号上的军官，或者任何一个会听他命令的人替他传令给吓慌了的船员——那些人还继续跑过冰塔、越过冰脊、冲向不断发出嚎啸声的极地黑暗。

如果那些人不回来，他们会冻死，不然就是被那只东西找到。克罗兹已经做好决定，在大伙儿到“幽冥”号的主舱里御寒之前，不准任何人走长达一英里的路回“恐怖”号去。

克罗兹首先得让船员们冷静下来，将他们编组，叫他们行动起来，去已烧成废墟的嘉年华篷室里，把受伤的人或已死的尸体拖出来。

一开始他找到“幽冥”号的二副考区与第二中尉哈吉森，接着利铎中尉也从烟幕与蒸汽中出现，笨拙地向他行了个礼，等他派遣任务。利铎的右手臂被烧伤了。他们脚下的几英寸冰已经开始融化，以火焰为中心在冰上形成大小不一的圆圈，而整片海冰上方起了浓雾，雾气甚至蔓延到冰塔林里。

有利铎在他身旁，克罗兹发现自己比较能掌握船员，要求他们回到“幽冥”号，也能开始清点人数。愈来愈多脚步蹒跚的船员聚集在“幽冥”号的冰雪坡道附近，克罗兹命令陆战队士兵重新装填弹药，在这些人和仍在嘶吼的炼狱中间，排成一道前哨防御线。

“我的天啊，”哈利·古德瑟医生说。他刚刚才从“幽冥”号出来，站在克罗兹旁边，把油布外衣及大外套脱掉。“这里真的被火焰烧得相当温暖。”

“没错。”克罗兹回答，他感觉到自己脸上及身上都在流汗。火已经让这里的温度上升了一百华氏度，甚至更多。他懒懒地想，冰会不会就此融化，然后他们全都掉到海里淹死？他对古德瑟吼：“到哈吉森中尉那里，告诉他开始去统计死亡及受伤人数，并且把伤员送到你那里。去把其他船医也找来，把约翰爵士的大休息室安排成‘幽冥’号的病床区，就按照发生海战时病床区设置的标准流程。我不希望死者躺在冰上，那只东西现在还在这里，所以叫你的船员助手们把尸体搬到主舱的船首舱。四十分钟后我会去检查你做得如何。把完整的伤亡名单给我列出来。”

“是，船长。”古德瑟说。船医立即抓起他的外衣，朝哈吉森中尉及“幽冥”号上的冰雪坡道冲去。

原先是七彩篷室的区域，现在成了一片炼狱，帐篷、索具、装在冰上的船桅、奇装异服、长桌、木桶、其他家具，继续在黑夜里燃烧，看来会一直燃烧到隔天幽暗的清晨。

26
古德瑟

北纬七十度五分，西经九十八度二十三分
一八四八年一月四日

哈利·古德瑟医生的私人日记：

一八四八年一月四日礼拜二

只剩下我一个人了。

探险队的四个船医里只有我还活着。所有人都觉得我们很幸运，这次大威尼斯嘉年华的恐怖灾难只死了五个人，不过，其中三个刚好就是我的船医伙伴，这毕竟还是相当不寻常。

两位总船医——培第医生与史坦利医生死于烧伤。在“恐怖”号上和我一样当助理船医的麦克唐纳德虽然逃过了烈焰及暴怒野兽的魔掌，最后从燃烧的帐篷里跑出来时，还是被陆战队的毛瑟枪子弹给撂倒了。

另外两个伤重致死的人也都是军官。“幽冥”号的第三中尉詹姆斯·华特·费尔宏的胸部在黑色篷室里被压碎，凶手大概是那只生物。虽然费尔宏中尉的尸体在那该受诅咒、满地融冰的帐篷迷宫废墟中被发现时全身烧焦，我解剖后却发现，他在被压垮的胸腔挤碎心脏的那一刻就当场死亡了。

新年夜大火与骚动的最后一个罹难者，是“恐怖”号的大副费垂克·约翰·霍恩比。在船员们称为“白色房间”的帆布隔间里，他的内脏被掏了出来。霍恩比先生的死既可悲又讽刺，这位先生当天晚上大部分时间都是在“恐怖”号上负责守卫，在屠杀之前不到一小时才由厄文中尉接了他的班。

克罗兹船长和菲茨詹姆斯船长现在发现他们少了四个船医里的三个，而且少了他们最信赖的两个军官来提供建议与为他们做事。

此外，在这次威尼斯嘉年华的梦魇里有十八个船员受伤，其中六个重伤。我很高兴我可以这么写，这六个人是“恐怖”号的冰雪专家布兰吉先生、同样来自“恐怖”号的木匠副手威尔森（船员们喜欢昵称他“胖威尔森”）、水兵约翰·莫芬，几个月前我还和他一起到威廉王岛去探勘过、“幽冥”号的主计官助理威廉·佛勒，同样来自“幽冥”号的水兵托马斯·乌尔可，以及“恐怖”号的水手长雷恩。应该都可以活下来。另一件讽刺的事是，布兰吉不到一个月前才被这只生物攻击过，但伤势还没有这次严重。上回我们四个船医用我们的专业知识，花了不少时间才将他治好。他在这次嘉年华骚动中并没有被烧伤，但是他的右脚又再次受了伤。他认为是被冰原上那只东西打到或咬到，据他说，他当时正用刀子割开或割断燃烧的帆布与缆索。这次我只得把他的右腿自膝盖以下全部截去。虽然在这么短的时间内受了这么多伤害，布兰吉依然能兴高采烈地说话。

昨天，礼拜一，我们所有还活着的人都目睹了一场鞭刑。这是我生平第一次见到海军的肉身刑罚，我向上帝祈祷今后不会再有机会看第二次。

昨天早上十点，克罗兹船长——看得出来，自从上礼拜五那场大火以来，他生气到言语难以形容——把两艘船还活着的船员都召聚到“幽冥”号的主舱。皇家海军陆战队士兵排成一列，毛瑟枪竖直。鼓声响起。

“幽冥”号的弹药士理查·艾尔摩先生、“恐怖”号的副船缝填塞匠科尼利厄斯·希吉，以及一个身材非常巨大，名叫马格纳·门森的普通水兵，头上没戴任何东西，只穿着长裤和内衣，被押解到火炉前，那里有一面临时竖立起的木制舱口盖板。从艾尔摩开始，他们一个接一个被绑到格栅上。

在这之前，他们三人得先站在那里听克罗兹宣读罪状。艾尔摩和门森低着头，希吉挺着头，一副不愿屈服的模样。

艾尔摩：不服从命令，不顾及后果，鲁莽行为危及他所属船舰的安全，处以鞭刑五十下。就算这话不多的弹药士只是想出了彩色帐篷的点子——他说他的点子来自美国杂志上的某个奇幻故事——他还是该受处罚，但刑罚不会这么重。除了是大威尼斯嘉年华的主要筹划者之外，艾尔摩还犯了一个大错误，那就是他扮成无头的海军上将。考虑到约翰爵士的死所涉及的一切，这举止极不恰当，而且我们都知道这最终很可能会让艾尔摩被吊死。每个人都听说艾尔摩曾经私下跟两位船员表示，当他发现那只从冰原上来的东西正和蒙面船员一起待在黑暗中时，他先是尖叫，然后就在黑色房间里昏倒了。

门森和希吉：把死熊毛皮缝制成戏服并且穿在身上，违反克罗兹船长先前所下的不可穿着异教神物的命令，处以鞭刑五十下。

大家知道，还有五十个甚至更多船员也参与了这次大嘉年华的策划、架索具、染帆布、布置布景的工作，克罗兹大可让每个人都被抽打。从某方面来说，由艾尔摩、门森和希吉构成的可悲三人组，是为了所有船员的错误判断而受罚。

鼓声停止，三个人在船员面前站成一列。克罗兹开始说话，我希望现在自己还能准确地记下他的话。

“这三个人即将受到鞭刑惩罚，因为他们违反船上的法规，有了这次的不明智之举。这里每个人，包括我自己，也都参与了这次活动。

“要让今天聚集在这里的每个人都知道并且记住：要为夺走五位伙伴生命及一位伙伴的腿，并且肯定会在二十个人甚至更多人身上留下疤痕的蠢事负最终责任的人，是我。一个船长要为每件发生在他船上的事负责。一支探险队的总指挥责任更大。我容许这计划进行，却没去留意细节或去干预，本身就犯了疏于监督的罪，当我将来无可避免要在军事法庭里受审时……无可避免，我的意思是，如果我们能活着，并且逃出困住我们的冰海……我会承认这罪行。应该承受这顿鞭打的，而且要被打更多鞭的应该是我，而且将来一定会是我，就等我的长官裁定那无可避免的处罚降临在我身上。”

我看向菲茨詹姆斯船长。当然，克罗兹船长所有的自责，也都适用于“幽冥”号船长，因为是他在监督这次嘉年华，而不是克罗兹。菲茨詹姆斯的脸苍白而没有表情。他的目光似乎无法集中，心思似乎在别的地方。

“在我面对自己应受的处罚到来之前，”克罗兹做下结论，

“我们要先惩罚这三个人。他们已经受到皇家海军‘幽冥’号及‘恐怖’号上军官们的公正审判，被认定违反了船上的法规，而且让同船伙伴的生命受到严重威胁。副水手长乔纳森……”

这时托马斯·乔纳森，壮硕又能干的“恐怖”号副水手长，也是克罗兹船长的老船友——他曾经和克罗兹一起乘坐“恐怖”号到南极冰地上探险五年——走向前，对第一个要被绑到格栅上的艾尔摩，点了点头。

接着副水手长乔纳森在一个木桶上放了一个皮箱子，打开它精美的铜按扣。箱子内衬是不太调和的红色丝绒。在红丝绒中间，摆着染成暗棕榈色的皮质握把，以及折叠起来的九尾鞭。

两个船员把艾尔摩牢牢绑在格栅上后，副水手长乔纳森拿出九尾鞭来，先用他粗厚的手腕轻甩一下鞭子试验。这不是表演动作，是真的在准备即将执行的可怕鞭刑。

那皮鞭的九条皮尾巴——我听过非常多相关的船上笑话——一甩出去，就产生清晰、响亮、可怕的爆裂声。每条尾巴上都打了小小的结。

我简直无法置信。在这拥挤、充满汗臭味的阴暗主舱中，头上的船梁压得很低，木料及机具的置放架垂吊得更低，乔纳森看起来无法让九尾鞭产生原有威力、达到任何惩罚效果。我从小就听人家说过“没有足够的空间来甩九尾鞭”，却一直到此刻才明白这句话的意思。

“执行艾尔摩先生的刑罚。”克罗兹船长说。鼓声再次响起，不过才打两三下就突然结束。

乔纳森跨开两腿，站得活像擂台上的拳击手，然后把九尾鞭向后甩，接着猛烈急遽、但平顺地从斜侧向前抽打，那九条打了小结的尾巴从群众中最前排面前扫过，距离他们还不到一英尺。

我永远忘不了九尾鞭的尾巴打到皮肉的声音。

艾尔摩发出尖叫。有几个人后来说，这声音比黑色篷室里那只生物发出的吼叫声还不像人。

深红色的鞭痕马上出现在这人瘦而白的背上，还有许多小滴血珠飞溅在站得最靠近格栅的人脸上，我就是其中之一。

“一。”查尔斯·费垂克·德沃斯开始数。自从大副罗伯特特·欧莫·沙金在去年十二月过世后，他就接下“幽冥”号大副的职务。执行鞭刑是两艘船大副的职责。

艾尔摩又尖叫了一声，虽然这时九尾鞭才刚收回去，准备抽打第二下。几乎可以确定，他因为预期还要被鞭打四十九下而害怕地叫出声来。我承认当时我的脚也在摇晃……几个没洗澡的船员身体的挤压、血腥味、被局限在幽暗中的感觉、主舱的臭味与昏暗，这一切都让我魂游象外。这里肯定是地狱，我也身陷其中。

鞭打到第九下时，这名弹药士昏了过去。克罗兹做手势要我去检查看他还有没有呼吸。他还在呼吸。后来我才得知，在一般情况下，二副会把一桶水泼到受刑罚的人身上，让他清醒过来，以便完整体验剩下每一鞭的苦楚。但是那天早上“幽冥”号的主舱里并没有液体的水。所有水都冻结了，连艾尔摩背上冒出的鲜血滴，也都冻成一颗颗深红色的小球。

艾尔摩依然昏迷着，但鞭刑继续执行。

打了五十鞭之后，艾尔摩被松绑，然后抬到船尾区约翰爵士原先的舱房里。在这次嘉年华重大伤亡事件后，这间大舱房到目前还充当病床区使用。有八个人躺在病床上，其中包括大卫·雷斯，从十二月初那东西攻击布兰吉先生之后到现在，他都还是没有任何反应。

我朝船尾走，要去照料艾尔摩，但是克罗兹船长用手势叫我回到队伍里。按照规定每个船员都必须见证这一波的每一场鞭刑，即使艾尔摩有可能因为我不在而失血过多致死。

下一个是马格纳·门森。这个体形庞大的人让两个要把他绑到格栅上的二副看来像是侏儒。如果这巨人在这一刻决定要反抗的话，我相信产生的混乱与屠杀会类似新年夜发生在七彩篷室里的那场暴乱。

他并没有反抗。在我看来，副水手长乔纳森执行这次鞭打时，力道及严厉程度都和刚才鞭打艾尔摩时一样，不会更重也不会更轻。第一鞭的撞击就让门森流出血来。他没有尖叫，却做了一件比尖叫还糟糕千百倍的事。鞭子一碰到他身上，他就像小孩子一样哭了出来。他啜泣着。但是鞭打过后，门森还有办法在两个船员的护送下回到病床区，虽然和平常一样得驼着背，免得头撞到上方横梁。当他从我身旁走过时，我注意到在他背上呈十字交叉状的九尾鞭痕之间，有几条肉片已经悬垂了下来。

希吉，三位受刑人当中身材最矮小的，在漫长的鞭打过程中几乎没发出半点声音。他狭窄的背部被鞭子打得支离破碎，程度远超过另外两个人，但是他没有叫出声，也没有昏过去。矮小的副船缝填塞匠似乎已经把心思移到别的地方去了，离开绑着他的格栅以及他怒眼瞪视的天花板。他对这场可怕鞭刑的唯一反应是在两鞭之间喘一口气。

他走向船尾的临时病床区，左右两边的船员想搀扶他，但被他拒绝了。

克罗兹船长宣布刑罚已经按照船上法规的要求执行完毕，然后解散了船员。在到船尾去之前，我花了一小段时间跑上甲板目送“恐怖”号的船员离开。他们从船上顺着冰雪坡道走下去，走那条漫长的路回到在黑暗中的另一艘船。途中他们经过一个曾经部分融化过的烧焦区域，嘉年华大火就发生在那里。克罗兹和他的执行长利铎中尉领着船员走。在这四十几个人当中，没有一个人说话，直到他们消失在“幽冥”号昏黄提灯能照亮的小圆圈之外。有八个人留下，等希吉和门森身体复原到可以回到“恐怖”号时，可以当同行护卫陪两人走回去。

我匆忙下到船尾的新病床区去照顾我的新病人。除了清洗及包扎伤口外，我没有太多事可以做。九尾鞭已经在每个人的背上留下星罗棋布、惨不忍睹的鞭痕与凹洞，其中有些我判断将成为永久疤痕。门森没在哭了，希吉突然命令他停止啜泣时，这个巨人马上就照办了。希吉默默地忍受我处理他伤口时引发的疼痛，然后粗暴地命令门森把衣服全穿上，跟着他离开病床区。

经过这次鞭刑后，弹药士艾尔摩不再有男子气概。根据我目前的医生助手亨利·罗伊德的说法，从恢复意识的那一刻起，艾尔摩就开始呻吟并大声哭号。当我清洗及包扎他的伤口时，他也是凄惨地呻吟着，而当其他士官长——次阶军官的助理、年老的约翰·布瑞金，船长的侍从官侯尔先生，补给士贝尔先生，水手长的副手撒母耳·布朗——来协助他回到起居室时，他似乎没办法靠自己走路。

我听见艾尔摩沿路呻吟，哭号，穿过舱道，绕过主梯道间，在几个人半扶半抬下，进到位于右舷侧的弹药士舱房，介于威廉·佛勒目前空着的房间及我的舱房之间。我知道我很可能整夜都会听到隔间板传来艾尔摩的哭号声。

“艾尔摩先生读很多书。”威廉·佛勒在病床位上说。在嘉年华大火事件中，这位主计官助理受到严重烧伤，并且有一道可怕的撕裂伤，但是在过去这四天伤口缝合与皮肤切除手术中，佛勒都没有叫出声。由于他的背部和腹部各有烧伤和撕裂伤，他只能侧躺着睡觉，不过他从没有向罗伊德或我抱怨过。

“书读得多的人一般来说都比较敏感。”佛勒继续说，“而且，要不是这可怜的家伙读了美国人写的那篇蠢故事，也不会建议在嘉年华里搭起不同颜色的篷室，一切就不会发生了，但这点子我们那时候都觉得非常棒。”

我不知道要如何回答。

“也许，阅读是一种诅咒，我的意思就是这样。”佛勒下了结论，“也许，一个人只要想他平常想的就好了。”

“阿门。”我很想这么回答，虽然我不知道为什么。

我现在是在皇家海军“恐怖”号上，在培第医生以前的船医舱房里记录，因为克罗兹船长要我周二到周四待在他的船上，其他几天才待在“幽冥”号上。罗伊德现在在“幽冥”号的病床区替我照顾六个康复中的病人，令我苦恼的是，我发现“恐怖”号这里也有好几位病重的人。

他们当中许多人患了我们极地医生先是称为“思乡病”，后来又称为“衰弱症”的病。这种病初期的明显症状除了牙龈流血、思绪混乱、四肢末端虚弱、全身各处瘀青、结肠出血以外，通常还包括：极度渴望回家。从思乡病开始，虚弱、混淆、判断力受损、肛门与牙龈出血、伤口溃烂，以及其他症状会逐渐恶化，最后到了无法站立或工作。

思乡病或衰弱病还有另一个名字——所有医生都不愿意大声说出来，而我到目前为止也还没说过——“坏血病”。

回到现实。克罗兹昨天就躲进他的私人舱房里，他病得很厉害。我听见他刻意压低呻吟声，因为培第医生位于右舷侧船尾附近的舱房，就在船长舱房的隔壁。我认为克罗兹船长是用牙齿去咬很硬的东西，也许是一条皮带，以免别人听到他的呻吟。我很有福气，或者很倒霉，听力向来就很好。

船长昨天就把这艘船及探险队的事务交由利铎中尉负责，默默但坚定地把指挥权交给利铎，而非菲茨詹姆斯船长，并且跟我解释说，他，克罗兹船长，正在对抗疟疾复发。

那是谎话。

我所听到——在我礼拜五早上回“幽冥”号之前，几乎可以确定会继续透过隔间墙听到——克罗兹船长承受的痛苦，绝不只是疟疾症状。

因为我伯父和我父亲也有同样的毛病，我知道今天晚上船长在对抗的是何种恶魔。

克罗兹船长喝烈酒成瘾，现在要不是船上烈酒已经喝光了，就是面对这次的危机他已经决定要靠意志力把酒戒掉。不管是哪一种，他都正在受地狱般的折磨，而且状况还会持续许多天。他的神志有可能不清楚。目前这艘船及探险队真正的领导者已经不在了。在这艘正朝着疾病及绝望深渊沉沦下去的船上，他刻意压抑的呻吟实在是令人不胜唏嘘。

我希望我能帮助他。我希望我能帮助这艘船及姐妹船上的几十位病患，那些为枪伤、撕裂伤、烧伤、疾病、初期营养不良、忧郁绝望所苦的人。我也希望我可以帮助自己，因为我也有思乡病与衰弱症的早期征兆了。

但是我，或是任何一个在公元一八四八年的船医，所能做的实在太有限了。

愿上帝帮助我们。

27
克罗兹

北纬七十度五分，西经九十八度二十三分
一八四八年一月十一日

不会结束的。

痛苦不会结束。恶心的感觉不会结束。寒冷不会结束。恐怖不会结束。

克罗兹蜷曲在他卧铺冰冷的毛毯里，希望自己能早点死掉。

这礼拜，在他偶尔清醒的时候，克罗兹对自己退回舱房面对心中恶魔之前所做的最清醒决定感到非常后悔：他没多解释就把自己的手枪交给利铎中尉，只告诉爱德华，直到而且除非他以船长身份登上甲板而且穿着全套制服，否则不要把枪交还给他。

克罗兹现在愿意付上任何代价，来得到那把装好弹药的武器。他的痛苦已经无可忍受。他的思绪也同样令他无可忍受。

他那已过世却没人为她哀伤的祖母梅摩·摩伊若是被放逐的，她是无人提及也不能被提及的克罗兹家族成员。在她八十几岁时，克罗兹还不到青少年年纪。梅摩住在距离他们两个村落外，对一个男孩来说这距离非常远、无法估计，而且无法连通。他母亲的家族既不让她参加家族活动，也不提到她。

她是个天主教徒。她是个巫婆。

十岁时，克罗兹开始偷偷跑到她的村落，乞求小型马拉的载货马车顺道载他一程。一年之后，他就和这老女人到那怪村庄的天主教堂去了。他的母亲、姨妈和外婆如果知道，肯定会气死。他会被断绝亲子关系、放逐，并且被家族的正统爱尔兰——英格兰长老会鄙视，就像海军评议会及北极议会这些年来鄙视他一样，只因他是爱尔兰人，以及一介平民。

梅摩・摩伊若认为他很特别。她告诉他，他有第二视觉。

她的想法并没有吓到年轻的弗朗西斯。他喜欢天主教崇拜仪式阴暗与神秘的气氛：高大的祭司像小嘴乌鸦一样大摇大摆走着，用已死的语言宣告神奇之事；让圣子立即死而复生的圣餐礼神迹，让信徒可以吃到他的肉，成为他的一部分；还有焚香的气味以及神秘的咏唱曲。克罗兹十二岁时，就在他即将投奔大海之前，曾经告诉梅摩，他想成为一名祭司，那个老女人发出她特有的狂野、沙哑的笑声，告诉他千万别再有这荒唐想法。“祭司就和爱尔兰醉鬼一样平凡而且一无是处。要运用你的天赋啊，小弗朗西斯。”她说，“使用已经在我的家族延续了十几二十代的第二视觉。它可以让你到达遥远的地方，看到这可怜地球上从来没人见过的事物。”

年轻的弗朗西斯并不相信第二视觉。也差不多就是在那时候，他发现自己不相信上帝的存在。于是，他走向大海。他相信自己在海上看到及学到的每一件事，而且大海的景象及教导真的相当奇特。

恶心如一阵阵波浪涌来，克罗兹痛苦到了极点。每次醒来，他就到侍从乔帕森每小时会换一次的桶子旁边去呕吐。克罗兹的痛苦直达身体正中央的空洞。他很确定，他的灵魂原本住在那里，只是这几十年来在威士忌大海中漂到别处去了。经过这几天几夜在冰冷毯子上直冒冷汗的折磨后，他知道自己愿意放弃阶级、荣誉、母亲、父姓，以及他对梅摩·摩伊若的记忆，来换得一杯威士忌。

“恐怖”号在呻吟，因为从不松手的冰正冷酷无情地想把船压碎。克罗兹也在呻吟，因为他身体里的恶魔也正冷酷无情地想把他压碎，它们的手段是冰冷、发烧、疼痛、恶心、懊悔。他把一条旧皮带切下六英寸长，在黑暗中咬着，避免自己呻吟得太大声。无论如何，他还是在呻吟。

他想象到一切。他看到一切。

简·富兰克林夫人把角色扮演好的机会来了。已经两年半没收到丈夫的任何消息，现在她知道该如何处理。富兰克林夫人，不屈不挠的人。富兰克林夫人，拒绝成为寡妇的寡妇。富兰克林夫人，北极探险的支持者与圣者，她的丈夫就死在那里……富兰克林夫人，永远不会接受事实的人。

克罗兹可以清楚地看到她，好像他有第二视觉。富兰克林夫人从没像现在这么美过，她意志坚定，拒绝哀伤，一心相信丈夫还活着，并且坚持必须找出约翰爵士探险队的目前位置，而且要派搜救队去救他们。

已经超过两年半了。海军方面知道约翰爵士为“幽冥”号及“恐怖”号准备了在正常情况下可以吃上三年的粮食。他们预计这两艘船在一八四六年夏天就会出现在阿拉斯加外海，即使出了状况，至少也不会晚过一八四七年八月。

简夫人现在应该已经向动作迟缓的海军及国会高分贝喊话了，要求他们采取行动。克罗兹看得到她写信给海军部，写信给北极议会，写信给她在国会的朋友及追求过她的人，写信给女王，也每天写信给已过世的丈夫。在她字迹娟秀、不拖泥带水的信中，她告诉已故的约翰爵士，她知道她亲爱的丈夫还活着，满心期待与他重聚，他们重聚只是时间早晚的问题。克罗兹可以看到，她在告诉全世界她做了这件事。她现在差不多要请第一批搜救船把折叠成束的书信寄给他……当然其中会有一些海军军舰，不过也很可能有些是简夫人用自己愈来愈少的钱财雇来的，或是由担心他安危的有钱朋友合资招募的私人船只。

克罗兹从所见到的图像回到现实，他试着在卧铺上坐起来，并且露出微笑。但寒冷让他像强风中的上桅一样抖动。他对着已经满是秽物的木桶呕吐，然后向后躺回已被汗水浸湿、有胆汁味道的枕头上，闭起眼睛，顺着视觉的波动继续向前探索。

他们会派谁来援救“幽冥”号与“恐怖”号？他们已经派谁来了？

克罗兹知道，约翰·罗斯爵士会想赶快率领一支探险队进入冰海，但是他也看到简·富兰克林夫人不会去搭理这个老头，因为她认为他是个大老粗，反而会选择他的侄子詹姆斯·克拉克·罗斯，克罗兹从前曾经和他一起到南极附近的海域探险。

年纪较轻的罗斯答应过他很年轻的妻子，他永远不会再到海上探险，但是克罗兹看到他无法拒绝富兰克林夫人的请求。罗斯会率领两艘船一起出发。克罗兹看到他们会在一八四八年夏天，也就是接下来的夏天起航。克罗兹看到这两艘船航行到巴芬岛北边，接着向西穿过兰开斯特海峡，三年前约翰爵士曾指挥“恐怖”号及“幽冥”号走过这条路。他差一点就可以读出罗斯两艘船在船首上的名字。但是，过了摄政王子峡湾或德文岛之后，詹姆斯爵士会碰到一大片冷酷无情、将克罗兹两艘船困住的堆冰。在接下来的夏天里，冰雪专家瑞德和布兰吉带领他们向南航行通过的海湾与峡湾的冰都不会完全融化。詹姆斯·克拉克·罗斯爵士无法到达“恐怖”号及“幽冥”号目前所在位置三百英里以内。

克罗兹看到他们在一八四八年初秋就回到英格兰。

他一边呻吟一边流泪，牙齿用力咬着皮带。他的骨头冻僵了，他的血肉之躯燃烧起来了，在他皮肤表面及底下，仿佛有蚂蚁四处乱爬。

他的第二视觉看到，在公元一八四八这一年，还有其他船及其他探险队被派出来，有些很可能和罗斯的探险队同时派出来，甚至更早。基于海军的懒惰，皇家海军的动作很慢，但是一旦动起来，克罗兹知道，往往又会把每件事做过头。在船只被无限期地困住之后，就会有更多无谓的可悲之举，这是克罗兹认识四十年的海军处理事情的标准程序。

在他痛苦的心灵里，克罗兹至少还看到有另一支海军探险队会在接下来的夏天从巴芬湾起航，寻找失踪的富兰克林探险队，而且很可能还有第三支海军分遣队走一大圈绕过宏恩角，然后在理想状况下在白令海峡与其他搜索队会合。这支分遣队要在西半部的北极圈里寻找他们，但是“幽冥”号和“恐怖”号从没到过距离那区域一千英里以内。这么庞大的搜救行动会延续到一八四九年，并且持续下去。

现在不过是一八四八年的第二个礼拜而已。克罗兹很怀疑，船员们能活着看到今年夏天吗？

会不会有一支走陆路的搜救队从加拿大上来，顺着麦坎锡河到位于北极圈内的美洲大陆海岸线，然后向东走到沃勒斯顿陆块及维多利亚陆块，来寻找他们这两艘可能被困在难以捉摸的西北航道某处的船舰？克罗兹很确定答案是肯定的。陆路搜救队在威廉王岛西北方二十五英里的海上发现他们的机会是零。搜救队甚至不会知道威廉王岛是一个岛。

海军部长会在下议院宣布用重金征召搜救队去搜寻约翰爵士和他的船员吗？克罗兹相信他会。但是悬赏金额有多高？一千英镑？五千英镑？一万英镑？克罗兹把眼睛紧闭起来，看到两万英镑的赏金仿佛摆在悬挂在他面前的羊皮纸上，要给任何能“提供有效率的协助，以拯救约翰·富兰克林爵士和他探险队人员的生命”的人。

克罗兹再次笑了出来，这也让他再次呕吐。他因为寒冷、痛苦，以及脑海中荒谬的图像而发抖。他四周的船因为冰的挤压而发出呻吟。船长已经不再能分辨出船的呻吟与自己的呻吟了。

他看到一幅图，里面有八艘船：六艘英国船和两艘美国船聚集在几乎冻结的停泊处，彼此距离不到几英里。在克罗兹看来，那地方很像德文岛，靠近比奇岛附近，或者是康沃利斯岛。很明显是北极夏末某一天，也许是八月底，再过不了几天海就会突然冻结，将它们全都困住。克罗兹可以感觉到，这景象发生在凄惨的一八四八年之后两或三年。为什么八艘搜救船最后会全挤在一处，而不是在几千平方英里的北极圈里，呈扇形散开来寻找富兰克林走过的踪迹？克罗兹完全无法了解。这应该只是酒瘾发作产生的妄想吧。

这些船只大小不一。从小型双桅帆船以及和游艇一样大、根本不堪从事艰难冰海任务的船，到两艘分别是一百四十四吨及八十一吨重、克罗兹从没看过的美国船，还有一艘九十吨重、为了到北极航行而仓促拼装成的古怪英格兰领航船。此外还有几艘较正式的英国海军船舰及蒸汽巡洋舰。透过他痛苦的心灵之眼，他看到了这些船的名字：挂着美国国旗的“前进”号与“拯救”号、由领航船改装而成的“艾伯特王子”号、担任英国特遣船船首的“富兰克林夫人”号，还有两艘克罗兹认为和老约翰·罗斯有关的船——过小的双桅帆船“菲利斯”号和完全不适任的小游艇“玛丽”号，最后还有两艘真正的皇家海军军舰，“救助”号与“勇猛”号。

克罗兹像是透过在北极上空翱翔的燕鸥之眼观看，看到八艘船都聚集在方圆四十英里内，两艘较小的英国船在巴罗海峡上方的葛瑞菲岛附近，剩下四艘英格兰船舰则位于康沃利斯南方的救助湾里，两艘美国船在更北方的康沃利斯岛东岸，隔着惠灵顿海峡与约翰爵士第一个冬天在比奇岛的停泊处对望。每艘船距离位于西南方的“幽冥”号与“恐怖”号受困处，都超过二百五十英里以上。

一分钟后，一阵雾或一片云飘开了，克罗兹看到船当中的六艘都停泊在彼此距离不到一英里的范围内，就在一个小岛的海岸线外围。

克罗兹看到，在一个垂直耸立的黑色悬崖下方，船员们在冻结的沙砾地上快跑。他们非常兴奋，他几乎听得见他们在冰冷空气中发出的声音。

那是比奇岛，他很确定。他们已经发现炉工约翰·托林顿、水兵约翰·哈特内尔及陆战队二兵威廉·布莱恩三个人饱经风雪摧残的木制墓碑及坟墓。

不论他在发烧时做的梦里看到的景象多少年后才会发生，克罗兹知道那对他及“幽冥”号与“恐怖”号上的船员来说都无益。约翰爵士没有多想就匆忙离开比奇岛，第一天就风力及蒸汽动力并用，奋力穿过那片无情到不愿让两艘船离开的海冰。富兰克林探险队被冻结在那里九个月，却连一张说明航向的小纸片也没留下就离开了。

克罗兹当时就明白，约翰爵士并不觉得有必要去告诉海军总部，他正遵照任务指示向南航行。约翰·富兰克林爵士向来就是个依照命令行事的人，约翰爵士假设海军部会相信他这次还是照命令而行。不过，被困在岛上九个月后，而且还堆了一个正式的石碑，甚至还开玩笑似的用塞满沙砾的葛德纳罐头也堆了一堆，结果在比奇岛上的信息石堆里还是没留下任何消息，这与富兰克林接受的命令完全抵触。

海军部与皇家海军探索团总部为富兰克林探险队准备了两百个密封的铜罐，就是要他们在寻找西北航道的旅程中，留下信息说明他们身在何处、要往何方。但是约翰爵士却只用了……一个：就是约翰爵士一八四七年被杀的前几天，被带到目前所在位置东南方的威廉王陆块上放置、到头来却毫无用处的铜罐。

在比奇岛，没有留下任何信息。

在德文岛，他们曾经路过，还到岛上探勘过，没有留下信息。

在葛瑞菲岛，他们曾经在那里寻找过港口，没有留下信息。

在康沃利斯岛，他们曾经绕着航行一圈，没有留下信息。

从萨默塞特岛经过威尔士亲王岛到维多利亚岛，他们曾经在一八四六年的夏天一路沿着那里的水道向南航行，没有留下信息。

现在，在他的梦里，六艘船上的搜救队员也都快要冻僵了，他们想要往北方走，看看通到北极的惠灵顿海峡北方还有没有未冻结的海域。比奇岛完全看不到任何线索，而克罗兹可以从他神奇的“北极燕鸥高空观点”看到，在比奇岛及巴罗海峡船员眼中，南边的皮尔海峡是结结实实的一整片雪白。“幽冥”号和“恐怖”号一年半前就是趁着短暂的夏季雪融，顺着这条路往下走。

他们压根儿就没想到过富兰克林有可能会走那条路……也就是他竟然会照着任务指示走。克罗兹看到他们冻结在兰开斯特海峡，接下来几年里，他们的注意力全都是往北方搜寻。约翰爵士任务指示中的第二选择是，如果没办法继续向南走通航道的话，他应该转向北航行，穿过理论上只是一圈的冰，进入那更是纯属理论的未冻结的北极海。

克罗兹逐渐消沉的心知道，八艘搜救船的船长与船员全都得到一个结论：富兰克林已经向北航行——和他实际走的方向刚好相反。

他在半夜里被自己的呻吟声吵醒。舱房里有光，但是他的眼睛受不了光，所以试着只透过火炬的燃烧及各种声音来判断发生了什么事。两个人——他的侍从乔帕森及船医古德瑟——正要从他身上把那件肮脏、被汗水浸湿的睡衣脱掉，用温水帮他擦洗身体，并且小心地为他穿上一件新睡衣及袜子。两人当中的一个试着用汤匙喂他喝汤。克罗兹把稀粥吐了出来，但是他满到桶边的呕吐桶已经整个冻成固体，他隐约感觉到乔帕森及古德瑟在清理舱板。他们让他喝了些水，然后让他躺回冰冷的床单上。其中一个帮他盖上一张暖和的毛毯，一张温暖、干燥、未冻结的毛毯，他感激得想哭。他也想开口说话，但是还没有找到或组织好想说的话，所有的话就从他的脑袋里消失，他再次滑入视觉的旋涡中。

他看到一个黑发、绿皮肤的男孩，以胎儿的姿态蜷曲着，靠在一面尿液色的砖瓦墙上。克罗兹知道这男孩是某个地方精神疗养院里的癫痫患者。这男孩一动也不动，只有他的黑眼睛像爬行动物的眼睛一样不断眨动。那个身影就是我。

一想到这里，克罗兹就知道，这不是他自己的恐惧，而是别人的梦魇。他进入另一个男人的心灵里待了片刻。

接着，苏菲·克瑞寇进到他里面。克罗兹咬着皮带呻吟着。

他看到她在鸭嘴兽池，光着身子紧紧靠在他身上。他看到她冷漠、鄙夷地坐在总督府的石板椅上。他看到在“幽冥”号与“恐怖”号起航的五月天，她穿着蓝色洋装站在格林海瑟码头上挥手，虽然不是对他挥手。现在他看到一个他从来没看过的她，一个未来现在式的苏菲·克瑞寇。她这时候是简·富兰克林夫人全职的助理、同伴与书记，并因此自豪、忧伤，庆幸自己仍能忧伤、重新得力，并且重获新生。她和简夫人到各处旅行——两个不屈不挠的女人，媒体将来会这么称呼她们。

苏菲几乎和她的舅妈一样，随时看起来充满热忱、带着希望、声音高亢、非常女性化、不受规范，全副心思都摆在呼吁全世界搜救约翰·富兰克林爵士。即使在私下的场合，她也不会提到弗朗西斯·克罗兹。他当下就看出，这是最适合苏菲的角色：勇敢、傲慢、有权力、风情万种，几十年有最好的理由可以避免论及婚嫁或去谈场真正的恋爱。她一生都不会结婚，她会和简夫人一起到世界各处旅行。克罗兹看到，简夫人绝不会在公开场合承认失踪的约翰爵士已经难有生还的希望，但是在真正的希望早已灭绝许久后，仍然充分享受她在否认寡居期间获得的特权、同情、权势与地位。

克罗兹想呕吐，但是他的肚子到现在已经饿了好几个小时或好几天了。他只能弯着身体，忍受腹痛。

他现在在纽约州罗彻斯特西方约二十英里的海德斯达，一个狭窄、家具摆置杂乱的美式农舍的阴暗起居室里。克罗兹从来没听过纽约州的海德斯达或罗彻斯特。他知道这是今年，一八四八年的夏天，也许就在几个礼拜后的未来。透过拉开的厚布幔缝隙，他看见一场闪雷暴风雨正发着闪光、汹涌而至。雷声让房子摇晃起来。

“来嘛，妈！”桌旁边有两个女孩，其中一个说，“我们跟你保证，你会觉得很有意思。”

“我会觉得很可怕。”母亲回答。她是个平凡的中年妇人，一道皱纹将她的前额分成两半，上半延伸到她扎得很紧的灰色发髻，下半连接着她粗且皱着的眉头。“我真不知道怎么会让你们说服我。”

克罗兹发现美国乡间对话竟然如此粗鄙而相当吃惊。他认识的大部分美国人都是个性有缺陷的水手、美国海军的船长或捕鲸人。

“快啦，妈！”用老板口气命令她母亲的女孩，是十五岁的玛格丽特·法克斯。她穿着朴素，傻笑着，看起来并不特别聪明，模样却十分迷人，就和克罗兹在社交场合遇见过的美国女人一样。桌子旁边的另一个女孩是玛格丽特十一岁的妹妹凯瑟琳。年纪较小的女孩看起来更像她母亲，克罗兹只能借着摇曳的烛光看见她苍白的脸：额头下方有两道粗眉，上方的髻扎得太紧，皱纹线也开始成形。

闪电的光从两片沾满灰尘布幔间的缝隙闪射进来。

母亲和两个女孩手拉着手围着橡木圆桌。克罗兹注意到桌子的蕾斯花边已经因年代久远而泛黄。三位女性的眼睛都闭着，桌上蜡烛的火焰也被雷声震得摇晃起来。

“有人在这里吗？”十五岁的玛姬问。

这时传出一个巨大的敲击声。不是雷声，是爆裂声，好像有人用一根小槌子击打木板。每个人的手都举到了眼前。

“我的天啊！”母亲大叫，显然已经害怕到想用手捂住嘴巴。但两个女儿的手紧紧地抓住她不放。桌子因为她们的拉扯而晃动。

“你是我们今晚的向导吗？”玛姬问。

一声巨响，啪。

“你是来伤害我们的吗？”凯蒂问。

两个更大声的啪。

“你看，我没骗你吧，妈。”玛姬低声说。她再次闭上眼睛，用演戏般的呢喃说：“向导，你是昨天晚上和我们对话过的温和的史皮利弗先生吗？”

啪。

“谢谢你昨天晚上让我们相信你是真正存在的人，史皮利弗先生。”玛姬继续说，说话的样子好像在失神状态，“谢谢你告诉母亲关于她孩子们的一些事，说出我们的年龄，而且还让她想到她已经过世的第六个小孩。你今天晚上会回答我们的问题吗？”

啪。

“富兰克林探险队现在在哪里？”小凯蒂问。

啪啪啪……敲击声持续了半分钟。

“这就是你们说的灵界电报吗？”她们的母亲低声问。

玛姬嘘了她一声。啪声停止了。克罗兹看见——他可以漂浮着穿过木头，并且看穿羊毛与棉布——这两个女孩私下串通好了，轮流用她们的大脚趾去推挤第二个脚趾来发出啪声。这么小的脚趾竟然能产生这么大的声音，实在令他难以置信。

“史皮列弗先生说，报纸上大家都在寻找的约翰·富兰克林爵士现在正好端端地和他的船员在一起。他的船员也都好端端在船上，只是他们很害怕。他们第一年被困在某个冰冷的地方，目前两艘船位于从那地方向南航行五天可以到达的一个小岛附近的冰里。”玛姬朗诵般说着。

“他们所在的地方非常暗。”凯蒂补上一句。

接着有更多啪声。

“约翰爵士要他的妻子简不要担心。”玛姬解释，“他说他很快就会见到她，如果不是在今世，就是在来世。”

“我的天啊！”法克斯女士又说了一次，“我们必须去叫玛丽·瑞弗德与瑞弗德先生，当然还有利奇，还有杜斯勒先生和夫人、海德女士、杰威先生与夫人……”

“嘘……”凯蒂又发出嘘声。

啪啪啪。

“向导在指引我们时，不喜欢你插嘴说话。”凯蒂轻声说。

克罗兹呻吟着，咬着他的皮带。原本的腹痛已经痛到全身了。他有时冷得发抖，下一刻却又把毛毯甩开。

有个人的穿着很像爱斯基摩人：动物毛皮制成的外套，高筒毛靴，以及沉默女士戴的连衣帽。但是这个人站在了被脚灯照亮的舞台上。那里很热。在那个人身后的布景上画的是冰、冰山，以及冬天的天空。舞台上四处都是道具白雪。有四只格陵兰爱斯基摩人喜欢使用的雪橇犬因为热过头而躺在舞台上休息，舌头都伸在嘴巴外面。

留着胡子、穿着厚毛皮外套的男人站在一个有白色斑点的讲台上说话。“我今天向你们说话，是为了人性而不是为了钱财。”这个矮小的人说。他的美国口音让克罗兹听得相当刺耳，他耳朵疼痛的程度就和听到两个少女的口音一样。“我已经到英格兰去和富兰克林夫人本人谈过话了。她预祝我们下次的探险顺利成功，前提是我们能在费城、纽约及波士顿募集到探险队需要的经费，并且说如果最后是美国人把她的丈夫带回来，她会感到很荣幸。所以今天我请求各位慷慨解囊，纯粹是从人道考量。我是以富兰克林夫人的名义，以她失踪丈夫的名义来请求诸位，我深信这次搜救行动很可能会为美国带来极大的荣耀……”

克罗兹再次看到这个人。这位大胡子现在已经脱掉他的毛皮外套，光着身子躺在纽约联合旅馆的床上，和一个非常年轻、同样光着身子的女人在一起。这天晚上天气相当热，被单都翻开到床边。他看不见四条雪橇犬的踪迹。

“不论我错在哪里，”这男人声音很轻，因为窗户和气窗在纽约夜里都是开着，“至少我爱过你。即使你是个女皇，亲爱的玛姬，并非只是追求难以捉摸的伟大事业的无名小女孩，我爱你的心还是一样。”

克罗兹发现这个年轻赤裸的女人就是玛姬·法克斯，只是比之前大了几岁。她还是相当迷人，带着淳朴的美式傻笑，即使现在她身上没穿衣服。

玛姬的声音带着磁性，语气中的喉音比克罗兹先前听到少女命令式的语气重得多：“坎恩博士，你知道我爱你。”

那男人摇头。他从床边桌上拿起烟斗，现在他将左手从那女孩的背后抽回来，把烟草塞进烟斗里点燃：“我亲爱的玛姬，我听到从你这张爱骗人的小嘴里说出来的话，感觉你的头发在我的胸膛上汹涌，我很愿意相信你的话。但是你没办法上升得比你的出身还高，亲爱的。你有不少特质让你足以完成使命，玛姬……你心思细腻，相当可爱，如果你受过另一种教育的话，还可能会变得天真而不造作。但是你不配得到我永远的敬重，法克斯小姐。”

“不配。”玛姬重复他的话。她的一双眼睛或许是这时候她身上最美的部位，因为她傲人的双峰被挡在克罗兹的视线外，她似乎已经眼泪盈眶了。

“我无法改变命运对我的各种安排，孩子。”坎恩博士说，“我有自己可悲的虚荣要去追求，就像你和你那些罪状极轻的妹妹们和母亲在追求你们的虚荣。我对我的使命热衷绝不下于你对自己的使命，可怜的孩子，如果扮演灵媒来胡诌也可以算是使命的话。请记住，就当一场梦吧，北极海的坎恩博士曾经爱过精于拍击通灵术的玛姬·法克斯。”

克罗兹在黑暗中醒了过来。他不知道自己身在何处，也不知道现在是什么时候。他的舱房很阴暗，船舱里也很暗。船身发出呻吟，或者是他过去几小时或几天呻吟的回音？这里非常冷。他记得是乔帕森和古德瑟帮他盖在身上的温暖毛毯，现在已经和其他被单一样湿漉漉而且冻得僵硬。冰挤压着船，发出呻吟。船也透过受挤压的橡木及被冻得紧绷的铁，发出呻吟来呼应。

克罗兹想爬起来，但是他发现他太虚弱也太消瘦，无法做大动作。他几乎连手都移动不了。疼痛及幻象像汹涌波浪一样漫过他全身。

他脑中出现一些他在海军服役期间认识、碰过或看过的人。

克罗兹看到罗伯特·马库瑞，他认识的人中最狡猾、最有野心的一个，另一个想在英格兰人世界中有一番作为的爱尔兰人。马库瑞正受困于冰海里的一艘船的甲板上，四周都是冰及岩石的峭壁，有些甚至高达六七百英尺。克罗兹从来没见过这样的景象。

他还看到老约翰·罗斯在一艘面向东方的小船（类似游艇）船尾的甲板上，船朝着回家的方向驶去。

还有詹姆斯·克拉克·罗斯，他比克罗兹以前看过的更老、更胖、更不快乐。他的船离开冰海，朝着未冻结的海域驶去，高升的旭日映照在结了冰的船首三角桅缆索上。他也是往回家的方向走。

还有弗朗西斯·里奥坡·麦克林拓。克罗兹冥冥中知道，他曾经在詹姆斯·罗斯的指挥下去搜寻富兰克林，几年后又自己回来搜寻。经过了几年？离现在多久？是在我们未来的几年后？

克罗兹看见影像飞掠而过，仿佛是从一个神奇提灯里映照出来，不过他没听到问题的答案。

他还看到麦克林拓驾着由人拉着的雪橇，移动得比格尔中尉，或者约翰爵士和克罗兹任何一个手下所驾的雪橇都来得快而有效率。

接着他看到麦克林拓站在石堆旁边，读着刚从铜罐里抽出来的一张纸片。那是七个月前格尔留在威廉王陆块上的纸吗？克罗兹猜想着。麦克林拓身后那片冰冻沙砾地及灰色的天空看起来很像那里的景象。

突然，他看到麦克林拓独自在冰面及沙砾地上。在他身后几百码处，他的雪橇队正在大风雪中跟上来。他站在一幅恐怖的景象面前：一艘不小的船被绑在一部由铁与橡木牢靠组装的大雪橇上。

雪橇看起来很像克罗兹的木匠哈尼先生做的，组装得像是可以使用一百年，每个连接处都组装得很用心。它非常庞大，应该至少重六百五十磅，上面的是一艘重达八百磅的小船。

克罗兹认得那艘小船。那是“恐怖”号二十八英尺长的一艘侦察船。他看到它已经被整修过了，以便在河中航行。船帆被卷起、捆好、盖住，上面还结了一层冰。

克罗兹爬到一块岩石上，像是从麦克林拓的肩膀上方窥视那艘船，他看到两具骷髅。两个头颅上的牙齿似乎正对着麦克林拓及克罗兹发出闪光。其中一具只是散在船首的一堆乱骨，骨头明显被嚼过，而且被啃得很严重，有些部分甚至已经被吃掉了。一些雪堆积在骨头上。

另一具骷髅则相当完整，没被弄散，身上还穿着军官或士官的大外套及保暖衣的碎片。头颅上还有帽子的残片。这具尸体四肢伸开地躺在船上横坐板后方，那双只剩骨头的手沿着舷缘伸向两支斜靠在那里的双膛霰弹枪。在他还穿着靴子的脚旁边，堆了几沓羊毛毯及帆布衣物，以及一个装满霰弹枪弹药、外面被雪盖住的粗麻布袋。这死人像海盗掳获了一批宝物准备好好数点并且自鸣得意一番，在他的两只皮靴之间的船底摆放了五只金表，以及个别包装好看来有三十或四十磅重的巧克力块，旁边还有二十六件银器。克罗兹看得见（而且他知道麦克林拓也看得到）

在这些餐刀、汤匙及叉子上，有约翰·富兰克林爵士、菲茨詹姆斯船长、六位军官以及他自己的个人徽章。他发现从冰雪里突出来的盘子及两个银制托盘上也有类似徽章。

厚达数英寸的雪堆积在长约二十五英尺的船底，许多令人眼花缭乱的小东西突了出来：两卷铅皮、一整张帆布船罩、八双靴子、两把锯子、四把锉刀、一堆钉子，以及摆在装弹药袋子旁边的两把船刀，就在船尾那具骷髅附近。

在这具穿衣服的骷髅旁边，克罗兹还看到几支桨、折叠起来的帆，以及几捆麻绳。比较靠近船首那堆乱骨的是一沓毛巾、几块肥皂、几把梳子、一把牙刷、距离散落一地脚趾骨与跖骨不到几英寸的一双手工制拖鞋，以及六本书：五本《圣经》，还有现在正摆在皇家海军“恐怖”号会议室里的《威克菲德的牧师》。

克罗兹想把眼睛闭起来却做不到。他想飞离这些图像，所有的图像，但是他无法控制。

突然，弗朗西斯·里奥坡·麦克林拓还算熟悉的脸开始融化、凹陷，接着重新形成另一张年轻的脸。克罗兹不认识这张脸。周遭的景象还是没变。这比较年轻的人——某个叫作威廉·霍伯森中尉的人，现在克罗兹知道他是谁了，虽然他不知道自己是如何知道的——站在麦克林拓刚才所在的地点，带着和克罗兹之前才在麦克林拓脸上看到的恶心、难以置信的表情，看着中空船里的一切。

突然，那艘船及骷髅不见了，克罗兹躺在一个冰穴里，在他旁边的是一丝不挂的苏菲·克瑞寇。

不是，那不是苏菲。克罗兹眨了眨眼，感觉到梅摩·摩伊若的第二视觉像是一阵高热，在他疼痛的头部烧起来并烧穿它。现在他看到自己光着身子躺在同样光着身子的沉默女士旁边，周围都是毛皮，而且躺在某种雪棚或冰棚上。所在的空间被摇曳的油灯照亮，弯曲的屋顶是用冰块制成。沉默的胸部是褐色的，她的头发长而且非常黑。她侧身用一只手肘撑在毛皮上，认真地望着克罗兹。

“你在做我的梦吗？”她没有移动嘴唇，嘴巴也没有张开。她不是用英语说。“还是我在做你的梦？”

克罗兹在他的头脑与心里感觉到她。感觉上就像是受到他喝过最好的威士忌震撼了一下。

接着，最可怕的梦魇来了。

这个陌生人，这个由麦克林拓与某个叫霍伯森的合体，并没去注视那艘里面有两具骷髅的船，而是看着年轻的克罗兹偷偷地和巫婆似的天主教徒梅摩·摩伊若去望弥撒。

这件事是克罗兹一生最重要的秘密。他不仅和梅摩·摩伊若参加了不该参加的聚会，还参与了异端的天主教圣礼，那常被嘲笑且被禁止的圣餐仪式。

但是，麦克林拓—霍伯森站立的样子就像祭坛男孩，和战战兢兢的克罗兹一样——现在的他是个小孩，也是个五十几岁、被吓坏的人。他向前走近祭坛的栏杆，跪下来，头向后仰，嘴巴张开，伸出舌头等着那片禁忌的薄饼，基督的身体。在克罗兹的村落、家族及一生中其他大人眼中，这纯粹是圣餐变体的食人肉行为。

但是有一件事很奇怪。在他上方穿着白袍的灰发祭司把水滴到地板上、祭坛上，以及克罗兹身上。即使是从小孩子的视角，祭司也未免大得太离谱：巨大、潮湿、肌肉发达、移动缓慢、将一片黑影投向跪着的群众。他不是人。

克罗兹跪着的时候身上没有穿衣服，他把头向后仰，闭起眼睛，伸出舌头准备吃圣体。

出现在他上方、身上滴着水的祭司，手上并没有薄饼。他没有手。相反的，滴着水的幽灵倾身靠向祭坛栏杆，非常靠近，然后张开它那张非人类的嘴，好像克罗兹才是那片要被吞噬的饼。

“亲爱的耶稣基督全能的上帝啊。”在观看这一切的麦克林拓—霍伯森低声说。

“亲爱的耶稣基督全能的上帝啊。”弗朗西斯·克罗兹船长低声说。

“他回来了。”古德瑟医生向乔帕森先生说。

克罗兹又开始呻吟。

“长官。”古德瑟跟克罗兹说，“您可以坐起来吗？您可以张开眼睛，然后坐起来吗？对，这样才是个好船长。”

“今天几月几日？”克罗兹沙哑地问。从开着的门射进来的昏暗光线，以及从那盏被调小的油灯发出的昏暗灯光，对他敏感的眼睛而言就像阳光一样刺眼。

“今天是礼拜二，一月十一日，船长。”他的侍从说，接着乔帕森又补上一句，“一八四八年。”

“您已经病重一个礼拜了。”古德瑟说，“前几天有好几次，我几乎都已经确定会失去您。”这位医生给了他一些水喝。

“我在做梦。”喝了冷水之后，克罗兹勉强能回答。他可以闻到周围冰冷被褥窝巢里自己的臭味。

“过去几个小时您呻吟得很大声。”古德瑟说，“您还记得刚刚任何一个因疟疾而起的梦吗？”

克罗兹只记得梦中飘飘然的无重力感，但他也记得那些影像的沉重、恐怖及其间夹杂的幽默，虽然它们已经像一缕缕雾被强风吹散了。

“不记得。”他说，“乔帕森先生，请你帮我拿些热水来，我想盥洗一下。你可能也得帮我刮胡子。还有，古德瑟医生……”

“是的，长官？”

“可不可以请你到前面去告诉狄葛先生，他的船长今天早上要吃一大份早餐？”

“现在是晚上的六钟响时刻，长官。”船医说。

“没关系，我还是要一份很大份的早餐。一些饼干、剩余的马铃薯、咖啡、一些猪肉，如果有培根的话最好。”

“是的，长官。”

“还有，古德瑟医生。”克罗兹对着正要离开的船医说，“你可不可以顺道请利铎中尉到后头来，向我报告这个礼拜我错过了什么，也请他把我的……那把私人拥有物带来。”

28 培格勒

北纬七十度五分，西经九十八度二十三分

一八四八年一月二十九日

哈利·培格勒提前做好了计划，顺利争取到在太阳重新出现的那天送信到“幽冥”号的任务。他想庆祝一下，庆祝这些天来所有值得庆祝的事，和他所爱的人一起庆祝。那个人曾经是他的恋人。

资深士官哈利·培格勒是“恐怖”号前桅台的班长。他负责指挥那群精心挑选出来的高桅班员。这些人无论是在白天的烈日下或是在夜的黑暗中，哪怕遭遇最强劲的波浪和最恶劣的天气，都必须在最高处的索具、桅帆、桅桁上工作。做这群人的班长需要强健的体格、经验、领导能力，更重要的是需要勇气，培格勒就是因为同时拥有这些特质而受人尊敬。他现在将近四十一岁，已经数百次证明过他的能力——不只在“恐怖”号船员面前，也在他不算短的海员生涯里待过的十来艘船上。

哈利·培格勒在二十五岁成为船上见习生之前不认识字，这并不值得大惊小怪。现在阅读却成了他私底下的嗜好，而且在这次旅程里，“恐怖”号会议室里的一千本书，他已经读过半数以上了。教会培格勒识字的是皇家海军“小猎犬”号（专门从事测量的三桅帆船）上的一个小小的次阶军官助理，而且也是这位助理，让哈利·培格勒开始懂得去思考生而为人的真正意义。

这位助理就是布瑞金。他现在是探险队最老的人，年纪比其他人大很多。他们从英格兰起航时，“幽冥”号及“恐怖”号的水手舱中流传一个笑话：次阶军官助理约翰·布瑞金的年纪和老迈的约翰·富兰克林爵士年纪相当，智慧却是他的二十倍。至少哈利·培格勒知道传言属实。

年纪已大、官阶还不到船长或海军上将的人，很少会获准参加皇家探索团的探险。所以当两艘船上的船员们发现约翰·布瑞金在正式船员名单上的年纪被主计官或是无意或是有意挖苦地写颠倒而变成“二十六”时，他们都从中读出了一种幽默感。船员们有许多笑话取笑灰发布瑞金的年轻、青涩，以及可想而知的性能力。但这位安静的助理通常只会微笑以对，不说一句话。

从一八三一年十二月到一八三六年十月，“小猎犬”号在费兹若伊船长的指挥下进行为期五年的环球科学调查之旅时，是哈利·培格勒到“小猎犬”号找到当时尚年轻的助理布瑞金。那时培格勒跟一个名叫约翰·史托克斯的中尉——他在皇家海军“摄政王子”号时，曾在这位中尉手底下当差，一起从最高等级的一百二十门炮军舰转到身份低微的“小猎犬”号。“小猎犬”号不过是艘契罗基等级的十炮双桅横帆船，被改装成测量用的三桅帆船，完全不是年轻培格勒这种有雄心的上桅水手会选择的船。

不过那时哈利对科学测量工作及探险非常感兴趣，而在费兹若伊指挥下的小型“小猎犬”号要走的旅程，从许多方面来说对他都算是一种教学。

当时的次阶军官助理布瑞金比现在的培格勒差不多大八岁（四十八九岁），已经被认为是整个舰队里最有智慧、书也读得最多的士官。大家也知道他是个同性恋者，这件事对当时二十五岁的培格勒并没有造成太大困扰。皇家海军中有两种同性恋者：一种是只在陆地上寻求满足，却不会把习性带到船上的人；另一种会在航海途中继续放任天性，通常会诱拐皇家海军船舰上的年轻男孩。“小猎犬”号水手舱里的每个人乃至整个海军都知道，布瑞金属于前面那一种：在陆地上喜欢男人，但从来不炫耀，也不会把性倾向带到海上来。和培格勒现在所在船上的副船缝填塞匠不一样，布瑞金不是鸡奸者。大多数布瑞金的同船伙伴都认为，对在海上航行的男孩来说，和次阶军官助理约翰·布瑞金在一起，会比在家乡与村里的教区牧师在一起还安全。

除此之外，在一八三一年起航前，哈利·培格勒还和萝丝·莫瑞同居。她是天主教徒，除非哈利改信天主教，否则她不愿意和他结婚，但是哈利做不到。两人没有正式结婚，不过培格勒在陆地上时，他们是快乐的一对。萝丝不识字，对世界也缺乏好奇心，或多或少反映出早期培格勒的生活，他后来却成为不一样的人。如果萝丝能生小孩，或许他们还是会结婚，但是她不能——她把这事称为“上帝的惩罚”。培格勒还在海上随着“小猎犬”号进行漫长的旅程时，萝丝就去世了。他爱她，用他自己的方式。

不过，他也爱约翰·布瑞金。

在“小猎犬”号测量船为期五年的任务结束前，布瑞金不仅教哈利学会读写英文，也教他读写希腊文、拉丁文与德文。刚开始他不太情愿接下担任培格勒导师的职责，但最终却被这位年轻的上桅帆见习生坚定的意志打动。布瑞金还教他哲学、历史与自然史，还教这位聪明的年轻人思考。

那次航行结束两年后，培格勒才到伦敦去找这位老人，那时是一八三八年，布瑞金和舰队里大多数人一样，已经在陆上赋闲很久了。培格勒请求他教更多东西。那时候，培格勒已经当上皇家海军“漂泊”号的前桅台班长了。

就是这数月陆地上的讨论与教导，让两个男人之间的亲密友谊演变成更像爱人的关系。培格勒发现自己竟然会做出这种事，也着实吃了一惊。刚开始他吓坏了，但接着他开始重新考虑人生中的每一个方面，包括道德、信仰以及自我认识。他发现的事实让他困惑，但令他吃惊的是，这并没有让他对“哈利·培格勒到底是谁”的基本想法有任何改变。更令他讶异的是，是他主动挑起两人亲密的肉体接触，而不是那位老人。

这样的亲密关系只维持了几个月，是双方共同选择结束的，当然，这与培格勒必须长时间随“漂泊”号出海，直到一八四四年才能回来也有关系。他们的友谊无损。培格勒开始写长篇哲学信给前次阶军官助理，而且把每个词的字母顺序倒过来，将每个句子最后一个字的最后一个字母写在最前面而且大写。因为这原本不识字的前桅台班长的拼写太糟糕，布瑞金有一次在回信中写道：“你这种孩子气的把字母顺序倒过来写的达·芬奇式加密方法，叫人几乎没法破解。”培格勒现在就是用这种最粗略的密码在写日记。

他们两个人都没有告诉对方，自己正申请加入皇家探索团，要跟随约翰·富兰克林爵士去寻找西北航道。起航前几个礼拜，他们两人才惊讶地发现对方的名字出现在探险队的正式人员名单上。培格勒当时已经有一年多没和布瑞金联络了，他从伍立奇的军营来到这名助理位于北伦敦的住处，询问自己是不是该退出探险队。布瑞金坚持他自己才应该从名单中除名。最后，他们同意彼此都不该失去这次冒险机会，而且布瑞金年纪不小了，这是他最后一次机会。“幽冥”号的主计官查尔斯·汉弥尔顿·欧斯莫是布瑞金多年来的好友。为了帮助布瑞金顺利地加入探险队，他在约翰爵士及军官们面前做了不少工作，甚至不惜隐瞒这位次阶军官助理的真实年纪，亲手在正式名单上把年纪写成“二十六”。培格勒和布瑞金都没有说出来，但是他们两人都知道，他们会尊重这老人多年来不把自己性需求带到船上的誓言。他们两人也都知道，他们之间同享肉体欢愉的时光已经结束了。

结果培格勒在旅程中几乎没机会见到他的老朋友，而且在两年半的时间里，他们几乎连一分钟独处的时间都没有。

再过两天，一月就结束了，礼拜六早上，培格勒在十一点左右到达“幽冥”号。这时天还是黑的，但是南方天空上，阔别八十几天的黎明曙光如约而至。这微光无力阻挡零下六十五华氏度的寒冷侵袭，所以培格勒哪怕看到了船上的提灯，也不做任何耽搁，快步向前。

看到“幽冥”号变短的船桅，任何一个上桅水手都会难过，但是哈利·培格勒比大多数人还难过，因为是他和“幽冥”号的前桅台班长罗伯特·辛克烈一起指挥船员，将两艘船上端的船桅拆下并收藏起来，以度过无止境的冬天的。不论在什么时候，这幅景象都很难看，更不会因为“幽冥”号目前夹在冰里“船尾朝下、朝首朝上”的怪异姿势而变得好看些。

培格勒受到守卫的热烈欢迎，被邀请到船上。他带着克罗兹船长的信息下到船舱去找菲茨詹姆斯船长。当时菲茨詹姆斯正坐在船后方的军官用餐房里抽烟斗，因为休息室仍然被当成病床区使用。

两位船长变更了过去传信的方法，开始将他们写的信息放进原本用来贮藏在冰堆中的铜罐里，在两艘船之间来回传递。信差们不喜欢，因为即使戴着厚手套，冰冷的金属还是会冻伤手指。菲茨詹姆斯不得不叫培格勒用连指手套将金属罐打开，因为罐子还是太冷，船长不能用手去碰。菲茨詹姆斯没有叫培格勒离开，所以他在读克罗兹的短笺时，培格勒就站在军官用餐房门口。

“我没有信息要你带回去，培格勒。”菲茨詹姆斯说。

前桅台班长的手触前额行礼，然后回到甲板上。有十多个“幽冥”号的人到甲板上来看日出，船舱里还有更多人在穿御寒衣物，也准备上来看日出。培格勒注意到休息室病床区里有十多个人躺在病床上，大约和“恐怖”号上病人的数目相仿。两艘船上都已经传出坏血病了。

培格勒看到约翰·布瑞金瘦小、熟悉的身躯站在船尾左舷侧的护栏旁边。他走到他后面，用手拍了一下他的肩膀。

“啊，在夜里，哈利轻轻一碰。”布瑞金还没转身就说。

“夜晚早已过去了。”培格勒说，“你怎么知道是我，约翰？”

布瑞金的脸上没有围保暖巾，培格勒可以看到他水汪汪、带着微笑的蓝色眼睛。“在一艘冻结在冰上的小船舰上，访客到来的消息传得特别快。你必须马上回‘恐怖’号吗？”

“不用。菲茨詹姆斯船长还没有想好回信。”

“你愿意和我去散个步吗？”

“当然。”培格勒说。

他们从右舷侧的冰坡道走下船，朝着冰山和东南方的冰脊走去，以便更清楚地看到发出亮光的南方。几个月来，“幽冥”号第一次被北极光、提灯光、火炬光以外的光照亮。

在到达冰脊前，他们经过一片被磨粗、铺上煤灰、有部分冰融的区域，也就是嘉年华大火的现场。照着克罗兹船长的命令，这区域在灾难发生后一个礼拜内就清理好了。但是原本用来插帆桁以充当帐篷支柱的洞还在，被融进冰里并冻结在其中的一些残破帆布与缆索也留在原处。即使船员们花了很大力气要把黑煤灰除掉，而且还下过了几场雪，黑色篷室的长方形区域还是看得很清楚。

“我读了那位美国作家的书。”布瑞金说。

“美国作家？”

“害小狄克·艾尔摩在上次那不堪回首的嘉年华里，安排了一个有创意的布景而被打了五十鞭的家伙。他是个奇特的小人物，名叫坡[1]，如果我记得没错的话。他的作品哀伤且恐怖，还有种非常病态的死亡之舞的味道。整体来说，他的东西写得不是很好，但是让人觉得非常美国。不过，我并没读到为艾尔摩招来鞭

1　埃德加·爱伦·坡（1809年1月19日–1849年10月7日），美国作家、诗人、编辑与文学评论家，以悬疑及惊悚小说最负盛名。

打的不祥故事。”

培格勒点头。他的脚在雪中踢到东西，他弯下腰去把它从雪里挖出来。

那是原本挂在约翰爵士黑檀木老爷钟上方的熊头，它没逃过大火的攻击，头颅上的肉、皮、毛都被烧光了，头骨也烧黑了，眼眶中空，但牙齿还是呈象牙色。

“哦，我的天，爱伦·坡先生一定喜欢这种结局，我猜。”布瑞金说。

培格勒把它丢回雪里。这个熊头一定是因为埋在落冰中，所以清扫队才没发现。他和布瑞金又走了五十码，走到附近最高的冰脊并且爬上去，培格勒好几次伸手协助老人往上爬。

在冰脊上方的一片平坦冰板上，布瑞金气喘吁吁。连培格勒也发现自己喘得比平常厉害，但他平时和在书中读过的古奥林匹克运动员一样健壮。太久没有从事真正劳力的勤务了，他想。

南方地平线上发出压抑的、漂染成淡黄色的光，而半面天空里的星星也都泛白了。

“我几乎无法相信它回来了。”培格勒说。

布瑞金点头。

突然间，它出现了。那金红色的圆盘仿佛犹豫不决，从看似山丘，但实际应该只是南方远处低矮云层的黑漆布景背后升起。培格勒听到“幽冥”号甲板上四十来个人欢呼了三声，因为空气非常冷且凝重，他听到音量较弱的欢呼声从东方一英里左右的冰上，肉眼勉强看得到的“恐怖”号传来。

“清晨伸出她玫瑰色的指尖。”布瑞金用希腊文说。

培格勒微笑着，有点高兴他还记得这句话。他上次读《伊利亚特》或任何希腊文的作品已经是好几年前的事了。他还记得自己第一次接触到这种语言以及特洛伊和那些英雄们时多兴奋。当时“小猎犬”号正停泊在圣地亚哥的巴尔韦德群岛里的一个火山岛，差不多是十七年前的事了。

布瑞金好像看穿了他的心思：“你记得达尔文先生吗？”

“那个年轻的自然学家？”培格勒说，“费兹若伊船长最喜欢对谈的人？当然，我记得。和一个人待在同一艘三桅帆船上五年总是会留下印象，虽然他是位绅士，而我不是。”

“你对他的印象怎么样，哈利？”布瑞金的淡蓝色眼睛更湿润了，也许是因为重新看到太阳而情绪过于激动，也许只是对还来不及适应的光有所反应，虽然这光线并不强。那个红色圆盘还没能将乌云完全扫去，又开始向下落。

“达尔文先生吗？”培格勒眨了眨眼，不是因为美妙的阳光过于刺眼，而是想唤回对这位消瘦的年轻自然学家的记忆，“我觉得他是个相当讨人喜欢的绅士，对他所要做的事非常热衷。他真的让大家整天忙着搬运可恶的死动物，并且将它们收藏在箱子里，我一度还以为光是死鸟就会把底舱塞满。不过他并没有袖手旁观。还记得有一次他和我们一起摇桨，要让老旧的‘小猎犬’号在河里逆流而上。另外还有一次，他从潮水中救回一条小艇。有一次鲸鱼就在我们旁边，我想应该是在智利的海岸线外，我很讶异地发现他竟然一路爬上桅顶横杆，只为找到一个更好的观察角度。后来是我协助他爬下来的。不过那时他已经用望远镜观察鲸鱼一个多小时了，他外套的衣角也在强风中飞舞了那么久。”

布瑞金微笑着：“他借你那本书时，我几乎吃醋了！那是什么书？查尔斯·莱尔的书？”

“《地质学原理》。”培格勒说，“我没有真的看懂。或者说，在我发现里面的想法有多危险后，就没再读下去。”

“因为莱尔关于事物年代的论点。”布瑞金说，“他那相当非基督教的想法是说，事物是在无限漫长的时间里慢慢演变而成，而不是受到某些激烈事件的作用而立即改变。”

“是的。”培格勒说，“但是达尔文先生非常热衷这样的想法。他看起来就像个改变了宗教信仰的人。”

“我相信他已经改变信仰了，可以这么说。”布瑞金说，现在只看得见太阳最上面的三分之一了，“我提到达尔文先生是因为，在这次探险队起航前我们两人的共同朋友跟我说他正在写一本书。”

“他已经出版过好几本书了。”培格勒说，“你记得吗，约翰，就在我去找你学习的那一年……一八三九年，我们讨论过他探讨皇家海军‘小猎犬’号造访各个国家的地质学与自然史的日记。我没有钱买这本书，但是你说你读过。我相信他还写过好几册他观察的植物与动物生活的书。”

“没错，是《皇家海军‘小猎犬’号探索之旅的动物学》。”布瑞金说，“我也买了这套书。不过我的意思是，他正在写一本比先前这些都还重要的书，如果我的好友贝毕基没说错的话。”

“查尔斯·贝毕基？”培格勒问，“那个喜欢组装一大堆古怪东西的人？还组装过一部能计算的机器？”

“就是他。”布瑞金说，“查尔斯跟我说，这些年来达尔文先生一直在撰写一本相当有意思的书，探讨生物演化机制。很显然，这本书采用了不少比较解剖学、胚胎学以及古生物学的信息……也许你还记得，这些全都是以前和我们同船的那位自然学者很感兴趣的学科。但是不论真正原因，达尔文先生似乎不希望出版这本书，而且根据查尔斯的说法，这本书有可能在任何人的有生之年都不会出版。”

“生物演化？”培格勒复述一次。

“是的，哈利。就是说各种生物并不是在创造后就维持不变，而是可以随着时间……相当长的时间……改变，让自己适应环境，莱尔先生那种无限漫长的时间。所有文明基督徒的想法都恰好相反。”

“我当然知道生物演化的意思。”培格勒说。他试着不让对方看出他因为被当成学生教导而有些不悦。师生关系的问题就是，即使其他事物都改变了，师生关系还是维持不变，他已经不是第一次发现这事实。“我已经在拉马克的书上读过这个概念。还有狄德罗的书。还有布丰的书，我想。”

“是的，这是个老理论。”布瑞金的语气愉悦，但略带抱歉之意，“孟德斯鸠谈过这种理论，就和莫佩尔蒂及你刚才提到的那几位一样。甚至连我们前船友的祖父伊拉斯谟斯·达尔文，也提过这种理论。”

“那么，查尔斯·达尔文的书为什么会那么重要？”培格勒问，“生物演化是个老旧的点子，教会及其他自然学者已经拒绝好几代了。”

“如果查尔斯·巴贝奇，以及达尔文先生和我的共同朋友的话可以信任的话，”布瑞金说，“如果这本新书会出版的话，就提出了生物演化确实有某种机制存在的证据。而且书中提供了一千个，或者一万个有关这种机制运作的具体例子。”

“这个机制是什么？”培格勒问。太阳已经消失了，玫瑰色的薄暮消逝成日出前的淡黄色微光。现在太阳已经完全不见了。培格勒几乎不敢相信自己刚刚看过它的造访。

“天择，它的起源是无数物种之间的竞争。”年老的次阶军官助理说，“这种选择机制能够在经过很长的时间后，将生物的有利特征传下去，并将不利的特征，也就是对生存及繁衍后代的概率没有贡献的特征淘汰掉。这里所说的长时间，是莱尔所说的那样长的时间。”

培格勒想了一分钟：“你怎么会想谈这件事，约翰？”

“因为我想到了在冰原上那只掠食者朋友，哈利。因为我想到你刚丢在原先黑色篷室所在地的焦黑头骨。约翰爵士的黑檀木老爷钟曾经在那间篷室中嘀嗒作响。”

“我还是不太了解。”培格勒说。当他还是约翰·布瑞金的学生，随着“小猎犬”号在海上遥遥无期地到处漂泊的五年里，他经常这么说。原本探勘之旅预计为两年，培格勒也跟萝丝保证他在两年内会回来。“小猎犬”号在海上的第四年，她死于肺结核。“你认为冰原上那只东西，是经常在这里碰到的普通白熊经过物种演化后的产物？”

“恰好相反。”布瑞金说，“我怀疑，我们是不是遇上了某个古老物种的最后几位成员，比起它后代的物种，也就是在这里看到的一大堆北极熊，它的身躯更高大、更聪明、动作更快，而且残暴无限多倍。”

培格勒思索着这一番话：“某个从大洪水前一直存活到现在的物种。”他最后说。

布瑞金听了之后咯咯笑：“如果你把大洪水当成隐喻，是的，哈利。但是，你也许还记得，我完全不相信有大洪水这回事。”

培格勒露出微笑：“跟你相处还真是要小心啊，约翰。”他站在寒冷中又想了好几分钟。光逐渐消逝，群星再次布满南方天空。“你认为这种……东西……那物种的最后一只……是大蜥蜴还在世界上时就在地球上活动了吗？如果是这样，为什么我们没有发现它们的化石呢？”

布瑞金又咯咯地笑：“不是的，我并不觉得这位冰原上的掠食者曾经和那些巨蜥蜴较量过。或许，像北极熊这种哺乳类动物根本就没有和超大爬虫共存过。就如莱尔所说，而我们的达尔文先生似乎也了解，‘时间’……他所指的永世的时间，哈利……也许比我们所能理解的还要浩大许多。”

两人沉默了好一阵子。风开始刮大了些，培格勒发现这里已经冷到不能再多待了。他看到这位老人有点在发抖。“约翰，”他说，“这只怪兽……或是东西，它有时候聪明到让人不相信它只是只动物。你认为了解它的起源，能够帮助我们杀掉它吗？”

布瑞金这次大声笑出来：“完全不是这么回事，哈利。我们两个人私下说说就好，亲爱的朋友，我认为那只生物比我们还优秀。我认为我们的骨头会比它更早成为化石……虽然，如果你仔细想，一只完全住在北极冰上，而不是在陆地上繁殖或生活的巨大生物，它或许还以普通的白熊为主食呢，它很可能根本就不会留下任何骨头、踪迹、化石……至少以我们目前的科学技术，无法在冻结的北极海下面找到它的任何遗骸。”

他们开始走回“幽冥”号。

“告诉我，哈利，‘恐怖’号上发生了什么事？”

“你听到三天前差点儿发生集体抗命的消息吗？”培格勒问。

“真的是到了接近抗命的地步吗？”

培格勒耸了耸肩：“那是件丑闻，是每位军官的噩梦。副船缝填塞匠希吉以及另外两三个煽动者，把所有船员都挑动起来。典型的暴民心态。克罗兹非常巧妙地化解了。我想我从来没见过任何一个船长，能像克罗兹礼拜三那天那么有技巧且有把握地处理暴动。”

“这一切都是因为那个爱斯基摩女人而起？”

培格勒点了点头，把威尔斯假发与保暖巾拉得更紧些。现在已经寒风刺骨了。“希吉和大多数船员在圣诞节前都听说过那个女巫从船身挖了一条隧道通到外面。一直到嘉年华那天，她都能从她位于船首锚缆收置间的窝里随意进出船舱。但是在嘉年华大火的隔天，木匠哈尼先生和助手们就把船身的洞补起来，而厄文先生也把船外那条隧道整个弄塌，接着就有流言传了出来。”

“希吉和那些人认为她和那场火有关？”

培格勒又耸了耸肩，至少这动作能让他温暖一点：“就我所知，他们认为她就是冰原上那只东西，或者至少是它的伴侣。大部分船员这几个月来一直认定她是异教的巫婆。”

“‘幽冥’号上的大多数船员也这么认为。”布瑞金说。他的牙齿在打战。两个人加快脚步朝倾斜的船走去。

“希吉那群暴民已经计划好，要趁女孩从底舱上到主舱拿晚餐的饼干与鳕鱼时，在半路上将她劫走。”培格勒说，“然后割断她的喉咙，或许还要配合一些正式仪式。”

“后来事情为什么没照预期发展，哈利？”

“总会有人通风报信。”培格勒说，“克罗兹船长听到风声时，很可能是在他们计划动手的几个小时前，他把这女孩拉到主舱，召集所有军官与船员来开会。他甚至把守卫也叫下来开会，这是史无前例的事。”

走路时，布瑞金把他苍白的方脸转向培格勒。天暗得非常快，风持续从西北方吹来。

“那时是晚餐时间，”培格勒继续说，“但是船长要船员们把餐桌都再绞上去，叫大家坐在舱板上。不是坐在木桶或木箱上，直接坐在舱板上，然后叫军官带着随身武器站在他后面。他抓着爱斯基摩女孩的手臂，好像她是要丢给船员们的祭物，像是要丢给豺狼的一块肉。就某种意义上来说，他就是这么做的。”

“什么意思？”

“他告诉他们，如果要杀这女孩就要立即动手……要就马上。用船刀，在那里，在主舱里，在他们吃饭及睡觉的地方。克罗兹船长说，他们必须一起动手，船员和军官都一样，因为船上的谋杀像溃疡会传染开来，除非每个人都因为成为共犯而得以免疫。”

“他的做法还真奇怪。”布瑞金说，“不过我很讶异，这竟然真的阻止了船员们嗜血的冲动。暴民是没有理智的。”

培格勒再次点头：“接着克罗兹把火炉旁边的狄葛先生叫了上来。”

“那个厨师？”布瑞金问。

“厨师，没错。克罗兹问狄葛先生当天晚餐吃什么……还有之后几个月每天的晚餐是什么。‘可怜的约翰，’狄葛先生说，‘再看看还剩下什么没坏掉或没有毒的罐头。’”

“有意思。”布瑞金说。

“克罗兹接下来问古德瑟医生——他那天刚好在‘恐怖’号

上，过去几天有多少人来看病。‘二十一个人，’古德瑟说，‘其中十四个就在病床区过夜，直到刚刚被您叫来开会，长官。’”

这次轮到布瑞金点头，他仿佛已经知道克罗兹心里在打何种算盘。

“接着船长说：‘那是坏血病，小伙子们。’这是三年来第一次有军官，包括船医、船长，甚至副官大声向船员们说出这名词。船长说：‘我们因为坏血病的侵袭，状况愈来愈糟，“恐怖”号的同伴们，你们知道它的症状。如果你们不知道……或是没那个胆去想……就要专心听。’接着克罗兹把古德瑟医生叫到前面，就站在那女孩旁边，要他把坏血病的症状列出来。”

“‘溃疡。’古德瑟说。”培格勒继续说，他们已经快走到“幽冥”号了，“‘你身上每个部位都溃疡、出血。一摊一摊的血，在你的皮肤下面，从皮肤流出来。在发病初期，血会从每个出口流出来，你的嘴巴、耳朵、眼睛、屁眼。接着是四肢僵化，意思就是你的手臂和腿会疼痛，然后会变僵硬，无法活动。你会像一头瞎眼的牛，行动笨拙不堪。再来，你的牙齿会掉落。’古德瑟说到这里暂停了一下。当下一片沉静，约翰，你连在场五十个人的呼吸声都听不见，只听到船在冰里的嘎吱与呜咽声。‘当你的牙齿掉落时，’医生继续说，‘嘴唇会变黑，然后向后张开，离仅剩的几颗牙愈来愈远，就像死人的嘴唇。牙龈会腐烂并且由里向外化脓。’”

“‘但是，事情还没结束。你的视力和听力会受损……变弱……判断力也一样。你突然间觉得在零下五十华氏度的天气里不戴手套和帽子到外面走动也没什么问题。你会忘了北方在哪边，也不记得怎么钉钉子，你的感官不只无法运作，它们还会欺负你。如果给你一颗新鲜的柳橙，而你有坏血病，柳橙的味道可能会让你痛苦地扭动身体，或者让你真的发疯。雪橇的滑板在冰上移动发出的声音可能会让你痛到跪在地上，毛瑟枪的枪声甚至可能致命。’”

“‘喂！’希吉的一个同伙打破宁静，他说，‘我们都喝了柠檬汁！’”

“古德瑟只是无奈地摇摇头。‘我们不久之后就没柠檬汁可喝了，而且喝了也没太大效果。没人知道为什么，像柠檬汁这类简单的抗坏血病食物，事实上放了几个月后就不再有效。何况经过这三年，几乎已经完全没有功效了。’”

“接下来是第二段可怕的沉默，约翰。这次你可以听见呼吸声此起彼落。一股诡异的气氛从群众中升起——恐惧及比恐惧更糟的事。在场大多数人，包括绝大多数军官，在过去两个礼拜里都曾经因为出现坏血病的早期症状而去看过古德瑟医生。突然希吉的一个同谋大叫：‘这和我们想除掉带来厄运的女巫有什么关系？’”

“克罗兹这时走向前，仍把那女孩像俘虏一样抓住，看起来还是很像要把她交给这群人。‘不同的船长和船医会用不同的方法来对抗及治疗坏血病。’克罗兹对他们说，‘剧烈运动、祷告、罐头食物。不过长远来看，这些都没效。唯一有效的是什么，古德瑟医生？’”

“主舱里的每一张脸都转过去看着古德瑟，约翰，连爱斯基摩女孩也一样。”

“‘新鲜的食物。’船医说，‘尤其是新鲜的肉。不论我们的食物中缺少了什么才导致坏血病，现在只有新鲜的肉可以治愈。’”

“每个人又都回头看克罗兹。船长只是将女孩推向他们。‘在这两艘将死的船上，只有一个人在过去这个秋天与冬天有办法找到新鲜的肉，而她现在就站在你们面前。这个爱斯基摩女孩……她只是个女孩……却有办法找到海豹、海象及北极狐，捕捉，并且杀死它们。我们却连在冰上发现它们的足迹都不会。如果我们最终必须弃船，情况会变成怎样？……那时我们只能待在外面的冰上，身上没有任何存粮。在还活着的一百零九人当中，只有一个人知道如何帮我们取得赖以维生的肉……而你们竟然想把她杀掉。’”

布瑞金微笑着，露出也在流血的牙龈。他们正走在“幽冥”号的冰雪坡道上。“我们这位约翰爵士的继任者也许只是个普通人，”他轻声说，“没受过太多正规教育，但是从来没人会说克罗兹船长是个笨人，至少我从没听过。而且我知道，几个礼拜前他生了一场严重的病，之后整个人改变许多。”

“一个重大转变[1]。”培格勒说。对于自己能把十六年前布瑞金教他的词当双关语使用，他相当得意。

“怎么说？”

培格勒搔了搔在保暖巾上方的冰冻脸颊。连指手套在他的胡根上摩擦出声。“很难描述。我的猜测是，克罗兹船长三十几年来第一次完全清醒。威士忌似乎从来没有减损他的能力，他是个很好的水手与军官，但是威士忌是一个……缓冲器……一层障

1 原文为sea change，有重大转变的意思，也可指大海发生的变化。

碍……在他和这世界之间。现在他活得更为真实了。不折不扣地。我实在不知道该怎么形容。”

布瑞金点了点头：“我猜现在不再有人说要杀掉那个巫婆了。”

“没有人。”培格勒说，“有一阵子船员还多留给她几块饼干，但是后来她就离开，搬到冰上去住了。”

布瑞金爬上坡道，然后又掉头走回来。他说话的声音非常低，所以甲板上的守卫没人听得见。“你对科尼利厄斯·希吉这个人有什么看法，哈利？”

“我认为他是一颗叛逆的老鼠屎。”培格勒说，并不在乎别人会听到。

布瑞金又点了点头：“他确实是。和他一起参加这次探险任务之前，我就认识他很多年了。他过去通常会在漫长的旅程中对男孩们下手，将他们变成纯粹用来满足他需要的奴隶。最近这几年，我听说，他也调教老一点的人来服侍他，例如那个白痴……”

“马格纳·门森。”培格勒说。

“是的，就像门森。”布瑞金说，“如果只是让希吉一逞个人性欲，我们不需要担心。但是这小矮人的恶性不止于此，哈利……他比你船上那些将来可能叛变的人或密谋造反的海上律师都还邪恶。要小心提防他，哈利。我觉得他会对我们大家造成极大伤害。”布瑞金突然觉得很好笑，“瞧我说的。我刚刚说：‘造成极大伤害。’听起来好像我们还不见得会全部灭亡呢！我下一次见到你的时候，我们可能已经要弃船，准备到海冰上走最后那条漫长冰冷的路了。保重啊，哈利·培格勒。”

培格勒没说话。前桅台的班长脱掉连指手套，接着把里面的手套也脱掉，然后举起他冰冷的手指，直到碰到次阶军官助理约翰·布瑞金冰冷的脸颊和眉毛。碰触非常轻柔，两人快被冻伤的皮肤完全感觉不到，但是目的达到了。

布瑞金回头走上坡道。培格勒重新戴上手套，没再回头看他，在寒冷中伴着愈来愈深的黑暗，朝皇家海军“恐怖”号走去。

图书在版编目（CIP）数据

极地恶灵 /（美）丹・西蒙斯 (Dan Simmons) 著；
左惟真译 . -- 南京：江苏凤凰文艺出版社，2018.5
（读客外国小说文库）
书名原文：The Terror
ISBN 978-7-5594-1657-5

Ⅰ . ①极… Ⅱ . ①丹 … ②左… Ⅲ . ①长篇小说—美
国—现代 Ⅳ . ① I712.45

中国版本图书馆 CIP 数据核字 (2018) 第 043277 号

图字：10-2018-080 号

书　　名　极地恶灵

著　　者　（美）丹・西蒙斯
译　　者　左惟真
责任编辑　丁小卉　姚　丽
特邀编辑　唐正瑛　刘　雨　徐奥林
责任监制　江伟明
策　　划　读客文化
版　　权　读客文化
封面设计　读客文化　021-33608311
出版发行　江苏凤凰文艺出版社
出版社地址　南京市中央路 165 号，邮编：210009
出版社网址　http://www.jswenyi.com
印　　刷　三河市吉祥印务有限公司
开　　本　890mm x 1270mm 1/32
印　　张　28.5
字　　数　631 千
版　　次　2018 年 5 月第 1 版　2018 年 5 月第 1 次印刷
标准书号　ISBN 978-7-5594-1657-5
定　　价　128.00 元

如有印刷、装订质量问题，请致电 010-87681002（免费更换，邮寄到付）

读客

读客外国小说文库

激发个人成长

THE TERROR

极地恶灵 下

[美] 丹·西蒙斯 著
DAN SIMMONS
左惟真 译

江苏凤凰文艺出版社
JIANGSU PHOENIX LITERATURE AND
ART PUBLISHING, LTD

目 录

1 原书此处无标题。

29
厄文

北纬七十度五分，西经九十八度二十三分

一八四八年二月六日

那是礼拜天，厄文中尉在寒冷又黑暗的甲板上连续值了两轮班。其中一班是代替他生病的朋友乔治·哈吉森值的，因为哈吉森出现了痢疾症状。这让厄文错过了到军官用餐房享用温热晚餐的时间，只能吃一小片和冰一样硬的腌猪肉，以及里面有象鼻虫的饼干。现在厄文在下一次值班前，可以连续享受八小时的休息时间。他可以慢慢走下船舱，躲进舱房卧铺上的几条毛毯底下，用体温让毯子解冻，然后足足睡上八个钟头。

厄文却告诉接替他值班的大副罗伯特·托马斯说，他要出去走走，不久就会回来。

接着厄文就翻越护栏，顺着冰雪坡道走下船去，进入黑暗的堆冰中。

他要去寻找沉默女士。

几个礼拜前，克罗兹船长正准备把那女人丢给愈聚愈多的暴民时，厄文吓坏了。船员们听从副船缝填塞匠希吉及其他几个人煽动抗命的耳语，开始大叫说这女人会带来厄运，应该被杀死或驱逐出去。克罗兹站在那里，用手抓着沉默女士的手臂，要把她推向那群愤怒的人，就像古罗马的君王将基督徒丢给狮子一样，当时厄文中尉不知道自己该怎么办。他是一位资历浅的中尉，只能眼看着船长为所欲为，即使这意味着沉默会被杀死；他是恋爱中的男人，厄文已经准备好要走上前去拯救她，即使这意味着会失去性命。

克罗兹用他的论点——也就是在他们必须弃船求生时，沉默可能是船上唯一知道如何在冰上打猎或捕鱼的人——说动了大多数船员，厄文私底下松了一口气。

但是爱斯基摩女人在那场戏的隔天就搬离船上，每隔两天或三天才会在晚餐时刻回来拿她的饼干，或是拿偶尔发给她的蜡烛，接着又消失在黑暗的冰原里。她住在哪里，或者她在外面做些什么，还是个谜。

这天晚上，冰原并不是太黑暗。北极光在他头上明亮地跳舞，月光也明亮到能在冰塔背后制造出墨黑的阴影。和他第一次跟踪沉默女士时不一样，第三中尉约翰·厄文这次并不是自作主张出来寻找她，是船长建议厄文在不危及自身安全的情况下，去找出爱斯基摩姑娘在冰原上的秘密藏身处。

“我跟船员们说她也许能教我们一些在冰上求生的技巧时，我是很认真的。”克罗兹曾经在他的舱房里低声解释，那时厄文还特别倾身过去听清楚，“但是我们不能等到在冰上后，才来研究她从哪里及如何得到新鲜的肉，而她似乎经常找得到鲜肉。古德瑟医生告诉我，如果我们没办法在夏天之前找到新鲜猎物的来源，坏血病迟早会夺走所有人的性命。”

“不过，除非我亲眼看到她在打猎，长官，”厄文低声说，“我要怎么从她那里得到打猎的秘诀？她又不会说话。”

“你要主动一点，厄文中尉。”克罗兹只用这句话来回答。

这是那次谈话之后，厄文第一次有机会展现他的积极主动。

厄文在他的皮制背包里装了一些诱饵，当他找到沉默并且想办法能和她沟通之后，用来犒赏她。里面有几块饼，比他鼻涕虫一样的晚餐要新鲜多了。饼包在一条餐巾里，他还另外带了一条东方丝巾，那是他年轻的伦敦女友，在他们不愉快的分离前不久送给他的。主餐——一小罐桃子果酱就包在漂亮的丝巾里。

古德瑟船医囤积了一些果酱，用来当抗坏血病的药，少量地发放给大家。厄文中尉知道，爱斯基摩女孩跟狄葛先生领取食物时，这果酱是少数真正会让她感兴趣的东西。厄文曾经看到，当她的饼干抹上一点果酱时，她的黑眼睛闪闪发亮。在过去这个月里，他十几次将自己饼干上的果酱刮下来，才囤积到这些珍贵的果酱，他将果酱装在原本属于他母亲的小瓷罐里。

厄文绕了一大圈到达船的左舷侧，要从那里的平坦冰地前往在船南方两百码左右由冰塔与小冰山构成的迷宫里，这里的冰塔与冰山就像是勃南森林移动向邓西嫩的冰雪版[1]。他知道自己冒着很大的风险，很可能会成为冰原上那东西的下一个受害者，但是过去这五个礼拜都没有这只动物出没的迹象，连从远处清楚望见的记录也没有。自从嘉年华那夜以来，没有船员再被它抓走或杀死。

1 典故出于莎翁名剧《麦克白》，麦克德夫的军队以勃南森林的树枝为掩护向邓西嫩移动，让麦克白以为女巫的预言应验。

我又来了，厄文心想，除了我以外，没人曾经独自到这里来，而且连个提灯都没带就走进冰塔丛林里四处徘徊。

他唯一带着的武器就是深陷在大外套口袋里的手枪。

厄文在零下四十五华氏度的黑暗寒风中，在冰塔丛林里找了四十分钟。他几乎要决定下次再找一天来表现他的积极主动了。最好再等几个星期，那时太阳每天出现在南方海平面的时间会长一些。

这时他看到了光。

那是个怪异景象，位于几座冰塔之间某个冰谷里，有一堆雪似乎正从内部发出金黄色的光，像是在雪里发光的精灵。

或者是女巫的光。

厄文朝那地方走去，每次看到冰塔的阴影都会停下脚步，确定那不是冰上的裂缝。风吹过参差不齐的冰塔顶端和冰柱，发出轻柔的鸣笛声。紫蓝色的北极光到处舞动。

风，或沉默女士的手，将积雪堆成一个低矮的圆顶建筑，外壳薄到让厄文可以看到里面有黄光在摇曳。

厄文向下走进小冰谷。它其实只是两块被压力推挤开的堆冰板块之间的凹陷，棱角都被积雪盖住。他走向位于冰谷低处的小黑洞。洞和位于冰谷另一侧较高处的圆顶建筑，实在看不出有任何关系。

洞的入口处（如果那真的是入口）差不多就和厄文穿了很多层衣物后的肩膀一样宽。

在爬进洞之前，他在想不该把手枪拿出来，扳起击铁。这样的打招呼姿势似乎不太友善，他想。

厄文扭动身躯进洞。

他顺着狭窄的通道向下移动了大概半个身长，接着通道就转而朝上，他又爬了八英尺或更长的距离。厄文的头和肩膀终于钻出了隧道，进入光中时，他眨着眼朝四处看，下巴也放松下来。

他最先注意到的是沉默女士只披了件毛皮外袍，外袍下一丝不挂。她躺在离厄文中尉四英尺、高约三英尺、用雪塑成的平台上。她的双乳袒露，从她已死同伴那里拿来的小小的石制白熊护身符挂在一条细绳上，在她的两乳之间摇晃。当她不眨眼地看着他时，一点也没有要遮住胸部的意思。她并没有受到惊吓。显然在他还没把身体挤进圆顶雪屋的入口通道前，她就听到他的脚步声了。她手上拿着短而锋利的石刀。他先前在船首的锚缆收置间里看过。

“对不起，小姐。”厄文说。他不知道接下来要做什么。身为一名绅士，他应该再次扭动身躯，倒退着从通道离开姑娘的闺房，即使动作会相当笨拙与不雅。但是他提醒自己，他是身负使命而来。

厄文也注意到，他还夹在进入雪屋的隧道口里，沉默女士可以轻易地靠过来用刀割断他的喉咙，而他几乎毫无招架之力。

厄文终于把自己从通道里弄出来，把他背后的皮制背袋也拉进来。他先是膝盖着地，然后才站起来。因为雪屋地板挖得比屋外冰雪表面还低，厄文有足够的空间在圆顶雪屋中央把身体立直，头上还有几英寸空间。他发现，虽然从外面看来，雪屋只不过是个发着微光的雪堆，其实却是用切割成块状或板状的雪，以极巧妙的设计一块接着一块地向内倾斜堆垒，搭成圆拱形。

厄文过去在皇家海军最好的炮兵学校受训，而且数学向来很好，他马上就注意到雪砖是盘旋着往上盖的，也注意到每块雪砖都只比前一块向内多倾斜一点点，直到最后一块关键的顶砖从上方置入圆顶最顶端，然后固定在最终位置。他看到一个小小的烟孔或烟囱，还不到两英寸宽，就在顶砖的旁边。

厄文体内的数学家因子马上就知道这个圆顶不是真正的半球形——照圆形设计原理盖的圆顶一定会垮掉——而是悬链线状：两手分持链子两端时链子的形状。约翰·厄文体内的绅士因子则知道，他研究屋顶、雪砖，以及这巧妙住所的几何结构的主要目的，是让自己不去注意沉默女士裸露的双乳与光溜溜的双肩。他想自己已经给她足够时间去拉她的毛皮外袍来盖住身体了，所以他再次朝她的方向看。

她的胸部还是裸露着。北极白熊的护身符让她褐色的皮肤看起来更呈褐色。她两颗专注、好奇、不尽然带有敌意的黑眼睛还是眼也不眨地看着他，手上还是拿着刀。

厄文吐了一口气，然后在一个覆盖毛皮的平台上坐下来。这平台隔着雪屋中央的小空间，与沉默女士睡卧的平台对望。

他这时才发现雪屋里相当温暖。不仅比外面冰冷的夜温暖，也不仅比“恐怖”号的主舱温暖，是真的温暖。穿着许多层僵硬肮脏衣服的他，已经开始流汗了。他看到离他只有几英尺远的柔软、褐色的女人胸部也在冒着汗。

厄文把目光再次从她身上拉开，开始把最外层的大衣扣子解开。他发现这里的光和热是从一个盛煤油的小锡壶发出来的，那锡壶想必是她从船上偷来的。她偷东西的想法才刚浮现在他脑海里，他就因错怪了她而自责。没错，那是“恐怖”号上的煤油壶，但是里面已经没有煤油了，那是他们丢弃在离船三十码，在冰上挖掘出的大垃圾场里的几百个空油壶的其中一个。火焰在燃烧的不是煤油，而是别的油，不是鲸油，他闻得出它的气味——海豹油？一条用动物肠子或肌腱制成的绳索从房顶垂下来，一块皮下脂肪悬挂在煤油灯上方，让油不断滴进灯里。厄文当下就看出其中原理：当壶里的油变少时，那条用一丝丝锚缆大麻纤维编成的灯芯就会变长，火焰也就烧得较高，因此就会融化更多脂肪，让更多的油再滴到灯里。这设计相当有创意。

煤油壶不是雪屋里唯一有趣的人工制品。油灯上方一侧有个精巧的框架，看起来是由四根肋骨（很可能是海豹的肋骨——沉默女士是如何抓到并且杀死这些海豹的，厄文想）构成，直直插在雪棚上，用一张复杂的肌腱网系结在一起。在骨制框架下方，悬挂着一个葛德纳的大型长方形食物罐头，四个角落各打了一个洞，显然也是从“恐怖”号的垃圾堆里捡来的。厄文当下就看出，把这罐头垂放在海豹油的火焰上，可以成为一个很不错的煮锅或茶壶。

沉默女士还是没把胸部遮起来，白熊护身符随着她的呼吸上下起伏。她的目光从来没有离开过他的脸。

厄文中尉清了清他的喉咙。

“晚安，沉默……呃……小姐。很抱歉，我冒失地闯进来……没受到邀请。”他停了下来。

这女人从来不眨眼吗？

“克罗兹船长向你问好。他要我来看看你……呃……过得如何。”

厄文很少觉得自己这么像笨蛋。他很确定，这女孩即使已经在船上待过许多个月了，还是听不懂半句英语。他无法不注意到，随着他而吹进雪屋里的冷空气让她的乳头挺了起来。

中尉擦掉他前额的汗，接着脱掉连指手套及内衬手套，并且点点头，就像是在请求屋子女主人准许。接着他又擦了擦前额的汗。他很难相信，在用雪盖成的悬链状圆顶下的小空间，只靠一盏燃烧着脂肪油滴的灯发出的热，竟然就如此温暖。

“船长希望……”他说到一半停了下来，“哦，该死。”厄文伸手到皮背包里拿出用旧餐巾包起来的饼干，以及那罐用他最好的东方丝巾包起来的果酱。

他穿过雪屋中央把两包东西拿给她，两只手微微颤抖着。

爱斯基摩女人没有要收下的意思。

“请收下。”厄文说。

沉默眨了两次眼，把刀子放到她的外袍下面，然后接下两小包鼓起的东西放在身旁，还是斜倚在平台上。她侧身躺着时，右乳尖几乎碰到他的中国丝巾。

厄文往下看，发现自己坐的窄平台上也铺着一张厚毛皮。她是从哪里弄来的第二张动物毛皮？他有点纳闷儿。然后他想到七个月前，老爱斯基摩男人的毛皮外衣最后交到她手上。就是那个被格雷厄姆·格尔的手下射中，后来死在船上的灰发老人。

她先解开旧的船用餐巾，对里面包的五块饼干没反应。厄文花了不少时间才找到几块不那么像象鼻虫的饼干。她对于他辛苦拿到的东西并不领情，这让他有点不高兴。当她要解开丝巾，拿出他母亲用蜡封起来的小瓷罐时，她顿了一下，把中国丝巾拿起来，靠在她的脸颊上一阵子，它精细的图案里有明艳的红色、绿色与蓝色。接着她把丝巾放在一旁。

每个地方的女人都一样，约翰·厄文心想。他觉得有点头晕。他发现，虽然他过去曾经与不止一个年轻女人享受过性，却从来没有感受过像现在这么强的……亲密感，但他不过是和一个半裸的年轻原住民女人在海豹油的灯光中纯洁地坐着。

她挖开封蜡看到果酱时，目光又快速回到厄文脸上。她似乎在研究他。

他用手势示意她可以把果酱涂在饼干上来吃。

她并没有任何动作，目光也没有转移。

终于，她探出身来，伸出右手，好像想要穿过燃烧着脂肪的火焰上方去碰他。厄文退缩了一下，然后才明白她是把手伸向一个壁龛，冰砖上的一个小凹陷就在他覆盖着毛皮的平台上方。他装作没看到她的毛皮外袍已经滑得更低，在她伸手时，两个乳房都自由地摆动着。

她拿给他一块东西，有些白、有些红、有些臭、像是条死掉或腐烂的鱼。他发现，那是一块放在冰雪壁龛里冷藏的海豹或某种动物的皮下脂肪。

他接下，点了个头，用手拿着放在他的膝盖上方。他不知道要怎么处置它。该拿回去供他自己的海豹油脂灯使用吗?

沉默的嘴唇抽动了一下，在那片刻，厄文几乎以为她笑了。她把那短而利的刀子拿出来并做手势。她快速且反复地移动刀锋，去抵着她的下嘴唇，好像要把那片丰润的粉红嘴唇割下来。

厄文目瞪口呆，继续把那片柔软的脂肪与皮拿在手上。

沉默叹了口气，伸手过来把脂肪拿走，放在她的嘴边，然后用刀子切了几片下来，接着直接用刀子把一片片佳肴从两排白牙齿之间放进嘴里。她停下来嚼了一下，接着把那块脂肪及有弹性的海豹皮还给他，他现在几乎能确定那是海豹肉了。

厄文的手必须摸索着穿过六层防水外衣、大外套、外套、羊毛衣以及背心，才能拿到插在腰带刀鞘里的船刀。他把刀拿出来给她看，觉得自己像是课堂上希望得到老师赞许的小孩儿。

她只是略微点了个头。

厄文把那块又腥又臭、还滴着油的脂肪拿到他张开的嘴附近，按着她的做法，快速地把锐利的刀锋向后拉回。

他差点儿把自己的鼻子削掉。如果刀子不是因为碰到海豹皮（姑且当成海豹皮吧）、软肉以及白脂肪，而稍微向上扭了一下，他早就把自己的下嘴唇割下来了。现在，一滴血正从他被切到的鼻中隔滴下来。

沉默没去注意他的血，略微摇了摇头，然后把自己的刀交给他。

他又试了一次。他感觉到手中这把刀不寻常的重量，然后很有信心地把刀子割向他的下嘴唇，虽然这时另一滴血正从他的鼻子滴到脂肪上。

刀刃完全不受阻力地割穿脂肪。他实在很难相信，她的小石刀竟然比他的刀子还锋利好几倍。

脂肪片塞满他的嘴。他咀嚼着，摆出一脸无辜的模样，隔着举在半空中的脂肪及石刀，向女人点头表示感谢。

味道就像是从伍立奇下水道出口处的泰晤士河河床上挖起来的一条死了十天的鲤鱼。

厄文非常想呕吐，把嚼到一半的脂肪团吐到雪屋地上，但判断这样做会让这趟微妙的外交使命无法达成，于是他把剩下的脂肪吞下肚。

他露齿微笑来感谢沉默给他这份佳肴，并且努力把挥之不去的恶心感压下去，还要偷偷把冰冻的连指手套折起来当手帕，来擦拭他稍被割伤且流了不少血的鼻子。看到爱斯基摩女人做出手势，要他再多割几片脂肪来吃，厄文可是吓坏了。

他依然保持微笑，切下并吞下另一片。他在想，他现在的感觉就像是一个人嘴里塞满了一大团动物的鼻腔黏液。

但是他的空腹竟然翻搅、抽搐着，想要吃更多。那发臭脂肪里的某种成分，似乎能满足他从来不知道的深切渴望。如果不是他的心灵的话，他的身体还想要得到更多。

接下来几分钟就和平常家居生活一样，厄文中尉这么认为。他坐在铺着白熊毛皮的雪台上，快速甚至热切地将海豹脂肪切成一片片吞下肚，而沉默女士则把船上的饼干弄成碎片，快速地浸到他母亲的瓷罐里，像水手们用面包去沾抹盘子里的肉汁那样，然后发出满足的咕噜声把果酱吞下肚，声音似乎来自她喉咙深处。

她的乳房一直裸露着，让第三中尉约翰·厄文在享用愈来愈少的海豹脂肪时，可以带着欣赏的眼光，甚至是完全放松地端详它们。

如果妈妈现在看到她的儿子和她的罐子，会作何感想？厄文想。

他们两个人吃完食物——沉默女士吃完所有的饼干及瓷罐里的果酱，厄文也吃掉了不少脂肪，他想要拿他的连指手套来擦下巴与嘴唇，但是爱斯基摩女人却再次把手伸向壁龛，拿出一些松散的雪给他。因为这间小雪屋的高温感觉上似乎高于冰的熔点，厄文自觉地把脂肪的油脂从脸上抹掉，用袖子把脸擦干，然后准备把剩下的海豹皮与脂肪交还给女孩。她做手势指着那个壁龛，于是他尽所能地把脂肪塞到壁龛最里面。

现在，最困难的部分来了。中尉想。

要如何只用一双手和无声的手势，就传递出“有一百多个人正受到坏血病威胁，急需人提供打猎及捕鱼秘诀”的信息？

厄文放手一试。沉默女士深邃黝黑的眼睛一眨不眨地注视着他时，他做出人在走路的样子，揉肚子来表示这些人肚子饿，比画出两艘船的三根船桅；表演船员们生病的样子，把舌头伸出嘴外，两眼扮成过去常惹他母亲生气的斗鸡眼，接着模仿人跌倒在熊皮外袍上。接着他指着沉默女士，卖力演出她投掷长矛，手握钓竿，及把猎物拉回来的动作。厄文用好几种方式来指那块他刚刚收存起来的脂肪，接着约略指着雪屋外面，再次揉他的肚子，扮斗鸡眼，跌倒，然后又揉肚子。他指着沉默女士，然后为了比“请教我们如何做”的手势而一阵手忙脚乱；接着又重复掷长矛、钓到鱼的动作，中间还暂停下来指着她；伸开手指放在眼前，示意视线射向众人；并且揉他的肚子来表明她要教导的对象是谁。

做完这些，汗水从他的眉毛滴了下来。

沉默女士看着他。他刚刚忙着做那些滑稽的动作，即使她之前又眨了一次眼，他也不会注意到。

“哦，好吧，真是一番折磨。”第三中尉厄文说。

最后，他只能把几层衣服及外衣的纽扣再扣起来，把船上的餐巾及他母亲的瓷罐再装回皮背包里，结束这天的工作。也许他已经把意思传达到了，但自己却永远都不知道，也许他以后常来……

在那一刻，厄文的心思转到自己身上，他尝试驾驭自己的思绪，就像马车夫驾驭着一对难以驯服的阿拉伯马。

或许，如果他常常回来的话……他也可以参与她晚上的猎捕海豹行动。

万一是冰原上那个东西拿这些东西给她的呢？他寻思。好几个礼拜前目睹过那件事后，内心的一半已经说服自己：他并非真的看到他自认为看到的事。但是厄文的记忆与心思中较诚实的那一半却很清楚：他确实看到了。冰原上那东西把一块块海豹肉、北极狐肉或其他猎物的肉拿给她。沉默女士当晚带着新鲜的肉离开冰柱及冰塔间的那块空地。

后来他听到“幽冥”号的大副查尔斯·费垂克·德沃斯说的故事。他提到在法国有些男人和女人会把自己变成狼。如果那是可能的话（而且许多军官和所有船员似乎都相信了），一个颈上佩戴白熊护身符的原住民女人，难道就不能变身成一只像人类一样狡猾与邪恶的大熊吗？

不，他看到他们两个一起在冰上，不是吗？

厄文在把油布外衣的最后几个纽扣扣上时，打了一个寒战。小雪屋里面非常温暖，却反讽似的让他寒冷起来。他感觉到脂肪让他肠子的蠕动加剧，该是离开的时候了。照目前来看，如果他还能硬撑到回“恐怖”号上厕所就算很幸运了。他可不希望在半路上停下来。他的鼻子已经冻得够惨了。

沉默女士看着他将旧餐巾和瓷罐收进背包。过了很久之后，他才知道她有可能很想留下这两样东西。现在，她拿起丝巾最后一次碰触脸颊，然后准备还给他。

“不，”厄文说，“那是我要送你的礼物，代表我对你的友谊及尊敬。你一定要留着。如果你不收下，我会觉得受冒犯。”

接着他试着把刚刚说的话比画给她看。年轻的爱斯基摩女人看着他，嘴巴两侧的肌肉几乎抽动着。

他把她握着丝巾的手推回去，特别留心不去碰到她裸露的胸部。垂挂在她双乳间的石制白熊护身符似乎发出光芒来。

厄文发现他非常、非常、非常热，整个房间似乎在他的眼中飘浮晃动。他的内心摇晃着，然后平静下来，接着又摇晃起来。

“再会了，亲爱的！”他说。这三个音节在接下来几个礼拜会让他痛苦难堪，还会让他因为难为情而畏缩在卧铺上，即使她不了解其中的愚蠢、荒谬与不恰当。但是，这还是……

厄文碰了一下帽子，用保暖巾把脸及头包起来，套上连指手套，把背包抱在胸前，然后钻进通到屋外的通道里。

在回船的路上他没有吹口哨，但是他有股想吹的冲动。他几乎已经忘记，在离船这么远的地方、在冰塔的月下阴影里，很可能就潜伏着某只巨大的食人怪兽。不过，如果那天晚上真的有一个东西在观看与聆听，它会听到第三中尉约翰·厄文一路上自言自语，而且偶尔用连指手套拍打自己的头。

30
克罗兹

北纬七十度五分，西经九十八度二十三分
一八四八年二月十五日

“各位，现在是研究未来几个月要怎么做的时候了。”克罗兹船长说，“我得做出一些决定。”

军官、士官长及技师，包括两位非军职工程师、前桅台班长、冰雪专家，以及仅剩的一名船医，都被叫来参加在“恐怖”号会议室里举行的会议。克罗兹之所以选择“恐怖”号，并不是有意要给菲茨詹姆斯和他的军官造成不便——他们得在阳光短暂出现的那一个小时里穿越冰原走过来，并且希望能在天色完全变暗以前回去；也不是要宣布探险队的旗舰已经换成“恐怖”号，纯粹只是因为“恐怖”号上需要待在病床区的船员比较少。把少数几个人安置到船首的临时病床区而空出会议室供他们开会比较简单。“幽冥”号上出现坏血病症状、必须待在病床区的船员数目是他们的两倍，而且古德瑟医生说，他们当中有些人已经病重到不能再移动床位。

现在，探险队的十五位领导拥坐在长桌四周。“恐怖”号的木匠哈尼先生上个月才把长桌锯短，充当船医的手术桌，现在又将其接成原先的长度。军官及非军职人员把防雨外衣、连指手套、威尔斯假发及保暖巾留在主梯底部，但把其他衣服还穿在身上。房间里弥漫着湿羊毛及身体很久没洗澡的味道。

长方形的舱房很冷，因为甲板上积了三英尺的雪，还盖着冬天的帆布罩，没有光线从头上的普雷斯顿专利照明天窗射进来。舱壁鲸油灯里的火尽责地燃烧，却对驱走黑暗没有多大帮助。

这次会议和将近十八个月前约翰·富兰克林爵士在“幽冥”号上召开的夏季作战会议很相似，只不过现在的情况比上次还凄惨，坐在右舷侧长桌主位的不是约翰爵士，而是弗朗西斯·克罗兹。在克罗兹左边，靠船尾侧，坐着七位被克罗兹叫来参加会议的“恐怖”号军官与士官长。最靠近克罗兹的是第一中尉利铎，其次是第二中尉乔治·哈吉森，再过来的是坐在他左边的第三中尉厄文。接着是非军职工程师詹姆斯·汤普森，他在探险队中的军阶相当于士官长。他看起来比以前更消瘦、更苍白、更像具死尸。在他左边的是冰雪专家托马斯·布兰吉。这一个多月来他已经很擅长使用木制义肢一拐一拐地走了。以及前桅台的班长哈利·培格勒，他是克罗兹船上出席的唯一一位海军士官。此外，“恐怖”号的陆战队中士妥兹也在场。自从嘉年华那夜，妥兹的手下对着从火场里逃出来的人群开枪后，两位船长就没再给他好脸色看过，但是他毕竟还是已经折损多人的“红龙虾”中军阶最高的人——他代表陆战队出席。

坐在长桌左舷端的是菲茨詹姆斯船长。克罗兹知道菲茨詹姆斯之前好几个礼拜懒得刮胡子，因而长了一脸红色络腮胡，里面还意外地掺杂了不少撮灰须。但是菲茨詹姆斯今天却自己花工夫，或是请侍从侯尔先生帮忙，把胡子刮得很干净，结果却只是让他的脸看起来更瘦、更苍白，而且多了不少刮伤或割伤的小伤口。即使他穿了很多层衣服，大家还是看得出这些衣服套在一具非常虚弱的身躯上。

坐在菲茨詹姆斯船长左边，也就是在长桌靠船首那一侧的，是六名“幽冥”号的船员。最靠近他的是船上仅剩的一位海军军官维思康提中尉——约翰·富兰克林爵士、第一中尉格尔，以及詹姆斯·华特·费尔宏中尉已经先后被冰原上那个东西杀死了。维思康提偶尔露出微笑时，金牙会闪闪发光。在维思康提中尉旁边的是查尔斯·费垂克·德沃斯，他接替了罗伯特·欧莫·沙金的大副职务，因为沙金去年十二月在冰原上监督火炬路碑的维护工作时，被那个东西杀了。

坐在德沃斯旁边的是仅剩的船医——哈利·古德瑟医生。实际上他已经成为整支探险队的船医了，但是两位船长和这位医生都认为，他还是和他原先在“幽冥”号上的伙伴们坐在一起比较恰当。

在古德瑟左边的是冰雪专家詹姆斯·瑞德，瑞德旁边的是“幽冥”号参与这次会议的唯一一名士官，前桅台班长罗伯特·辛克烈。最后一个坐在这一侧的是“幽冥”号的工程师约翰·葛瑞格，他看起来比他在“恐怖”号的同行要健康得多。

因为两位船长的侍从都已经因为出现坏血病症状而住到病床区去了，“恐怖”号的吉伯森先生和“幽冥”号的布瑞金先生代替他们，负责把茶和长了不少象鼻虫的饼干端上来给大家吃。

“我们就照顺序一件一件事讨论。”克罗兹说，“首先，我们可以待在船上，一直等到夏天雪融吗？这问题还牵涉到：如果在六月或七月或八月，雪真的融了，两艘船还能航行吗，菲茨詹姆斯船长？”

菲茨詹姆斯的声音气若游丝，不复往日的肯定和自信。桌子两侧的人员都得倾身向前才能听见他的声音。

“我的‘幽冥’号不可能撑到夏天，根据我的看法，也是我的木匠维基斯先生与华特先生、副水手长布朗先生、舵手瑞吉登，还有在这里的维思康提中尉与大副德沃斯等人的看法，冰融化的时候，船会沉到海里去。”

会议室里的冷空气变得更冷了，更沉重地压在每个人身上。半分钟之久，没有任何人说话。

“过去这两个冬天，冰层压力已经将塞在船身板条之间的麻絮都挤掉了。”菲茨詹姆斯继续用弱小沙哑的声音说，“连接螺旋桨的主驱动轴已经扭曲到无法修复。各位都知道，按照原本设计，驱动轴可以整只顺着铁槽收到下舱以防被撞坏，但现在它却连缩到比船底高都没办法，而且我们已经没有备用的驱动轴了。螺旋桨本身也被冰撞坏了，我们的舵也是。当然我们可以临时打造一支新舵，但是冰已经沿着整条龙骨把船身底部撞碎了，而贴在船首和船身两侧的铁皮也几乎有一半不见了。”

“更糟的是，”菲茨詹姆斯说，“冰一直挤压船身，以至于原本用来强化船身结构的铁梁，以及我们刻意换上的铸铁制隅撑，已经弄断或穿透了十来处船身。要让‘幽冥’号浮在水面上，我们得把每个破口都补起来，并且想出办法解决螺旋桨驱动轴沟槽渗漏的问题，但即便如此，还会有船身缺乏强化框架来与冰抗衡的问题。此外，为了这次探险而加装在船舷外侧的木制支桅板虽然相当成功地阻挡住冰，让它不至于越过加高的船舷，但是由于船身在夹挤的冰中持续上升，向下压着支桅板的强大压力，已经使支桅板接缝处附近的船身肋板裂开。”

菲茨詹姆斯似乎这时才第一次注意到，所有人都非常专注地在听他讲话。他收起涣散的目光，略微害羞地垂下眼睛。等到他的目光再次平视时，声音似乎带有抱歉之意。“最糟的是，”他说，“冰的压力几乎把船尾舫柱扭成螺旋状，并且让船身板条的头尾两端松动，‘幽冥’号已经被压力扭转得没有船的样子。甲板已经向上弹裂开……是上面积雪的重量让它们勉强维持目前的形状……如果船有幸还能再浮起来，我们没有人会相信抽水机的抽水速度能和船身进水的速度相比。接着我请葛瑞格先生来说明锅炉、煤炭存量及推进系统的状况。”

这时所有目光都移到约翰·葛瑞格身上。

工程师清了清他的喉咙，舔了舔已经裂开并在流血的嘴唇。“皇家海军‘幽冥’号已经没有任何蒸汽推进系统可言了。”他说，“现在它的主驱动轴扭曲变形，而且卡在收藏槽里，需要布里斯托的陆上修船厂才修得好，而且我们剩的煤炭也不够让蒸汽机运转一天。到四月底，就没有煤炭来供应船上的暖气，连像目前这样，每天只让热水流到主舱部分区域四十五分钟，维持勉强可以居住的状态都没办法。”

克罗兹问：“汤普森先生，‘恐怖’号的蒸汽机状况如何？”

这具活着的骷髅看着他的船长足足有一分钟之久，然后用出乎大家意料的洪亮声音说：“即使‘恐怖’号今天下午就可以浮起来，我们的蒸汽引擎能运转的时间也不会超过一两个小时，长官。一年半前我们的驱动轴很顺利地收起来，螺旋桨也能运作，我们甚至还有一个备用的螺旋桨，但是我们几乎没有煤炭了。如果把‘幽冥’号剩下的煤炭搬到这里，仅仅用来提供暖气，我们可以烧锅炉，把水加热，用热水循环供暖两小时，直到……我大胆估计……五月初。但是到时候就没有任何煤炭来发动蒸汽引擎。只用‘恐怖’号本身的燃料的话，我们在四月中旬或四月底就不再会有暖气。”

“谢谢你，汤普森先生。”克罗兹船长的声音轻柔，没有透露任何情绪，“利铎中尉和培格勒先生，你们可以评估一下‘恐怖’号还有多少航海价值吗？”

利铎点了点头，目光先凝视桌面，然后才抬头看着他的船长：“我们不像‘幽冥’号被摧残得那么严重，但是我们的船身、船骨、外层贴皮、船舵和内部的强化框架，也都因为冰的挤压而受到一些损伤。也许在座的有人知道，厄文中尉在圣诞节之前发现，‘恐怖’号右舷侧靠近船首的铁皮几乎全部脱落，船首厚达十英寸的橡木和榆木也已经在底舱的锚缆收置间附近绷裂弹开了。我们后来还发现，‘恐怖’号船底铺的十三英寸厚实心橡木也有二三十处的断裂或损伤。船首附近受损的木板已经被更换和加固，但是我们没办法到船底去修复，因为那里全是结冻的雪泥。”

“我认为船还可以浮在水面上，并且靠蒸汽动力前进，长官。”利铎中尉说出结论，“但是我不确定抽水机抽水的速度赶不赶得上船身渗水的速度。尤其是在冰还有四五个月可以继续破坏它的情况下。对此培格勒先生可以说明得比我更清楚。”

哈利·培格勒轻咳一声，他显然不习惯在这么多军官面前讲话。

“如果‘恐怖’号还能浮在水面上，各位长官，那么前桅台的班员会在您下令后的四十八小时内，把船桅、索具、支桅索及船帆全都再装设回去。我不敢保证能像先前向南航行时那样穿过厚冰前行，如果在我们下面及前方的是未结冻的海水，我们就会再次成为靠风航行的船。如果诸位不介意我提出一个建议的话，长官们……我建议提早把船桅再装上去。”

“难道你不担心上面会积累愈来愈多的冰，让我们的船整个翻倒？”克罗兹问，“或者是我们在甲板上工作时，冰块会从船桅上落下来？我们还有几个月恶劣的天气要面对啊，哈利。”

“是的，长官。”培格勒说，“当然，我们一直在担心船只翻覆，即使只是被冰绊了一下，也会觉得很紧张，毕竟它现在的状况已经相当怪异。不过我还是觉得先把船桅架上去，索具也都装好会比较理想，谁晓得冰雪会不会突然就融化了。我们有可能必须在发现雪融迹象的十分钟内就扬帆起航。而且在船桅高处工作的班员们需要有事做，也需要常练习，长官。至于落冰……呃，那我们到甲板上后要随时留意、保持警觉。总共就两件事要担心：落冰和冰原上的野兽。”

许多围绕长桌的人都咯咯笑出声来。利铎和培格勒两人大体上相当乐观的报告缓和了紧张的气氛。光是想到两艘船中有一艘还能浮出水面和航行，就提振了大伙的士气。克罗兹感觉会议室的温度升高了，或许温度真的升高了，因为许多人又开始大口大口呼吸了。

“谢谢你，培格勒先生。”克罗兹说，“看起来如果我们要起航离开，就应该把两艘船上的人都叫到‘恐怖’号上。”

在场没有一个人提起，这正是将近十八个月前克罗兹的建议。在场每位干部看起来都在考虑这件事。

“现在，让我们花一分钟来讨论冰原上那个东西。”克罗兹说，“它最近好像没有再出现。”

“自从一月一日以后，我就没有再处理过受外伤的病人。”古德瑟说，“而且，自从那次嘉年华后，就不再有人死掉或消失。”

“但是，有人说看到过它。”维思康提中尉说，“说有个很大的东西在冰塔林里移动。而且守卫也听到黑暗中传来声音。”

“夜里在海上站岗的人，总是说他们听见黑暗中有怪声。”利铎中尉说，“这种事可以追溯到古希腊时代。”

“也许它已经离开了。”厄文中尉说，“迁移了，向南，或向北，走了。”

听到这个想法，每个人都不再作声。

“也许它吃过我们几次后，发现我们并不怎么好吃。”冰雪专家布兰吉说。

几个人听了他的话露出微笑。并没有人开了这种该被绞死的玩笑后还能被原谅，但是装着义肢的布兰吉先生有特权。

“我手下的陆战队员已经遵照克罗兹船长和菲茨詹姆斯船长的命令，出去搜索了。”中士妥兹说，“我们朝几只熊射击，不过没有看起来是大个的……那个东西。”

“我希望你那些士兵现在的射击技术比嘉年华当天晚上高明些。”“幽冥”号的前桅台班长辛克烈说。

妥兹转向右侧，穿过长桌斜眼瞥了辛克烈一眼。

“不要再讲这些有的没的。”克罗兹说，“我想目前我们还是要假设冰原上那个东西还活着，而且还会回来，所有我们在船外的活动都要有配套的防卫计划。我们已经没有足够的陆战队员可以派去保护每一支雪橇队，如果他们只是拿着武器，而不帮忙拉雪橇的话，人手就更不够了。所以，也许解决之道就是让每一支到冰上出任务的工作队都携带武器，然后叫没轮到拉雪橇的人负责担任哨兵与守卫。如此一来，即使今年夏天没有冰融化，到时候在随时都是白天的情况下长途旅行也比较容易。”

“请原谅我话说得直接，船长。”古德瑟医生说，“我觉得真正的问题是，我们能够等到夏天到来再决定要不要弃船吗？”

“我们能吗，医生？”克罗兹问。

“我觉得不行。”船医说，“污染过的或腐烂的罐头比我们想象中还多，其他食物的库存也所剩不多。船员吃到的食物配额，已经不够提供他们每天在船上或在冰上劳务时所需要的养分与热量了。每个人的体重都变轻，而且体力不济。再加上最近剧增的坏血病病例……嗯，各位，如果我们计划要等到六月或七月再来看冰会不会融化，那么我必须说，如果‘幽冥’号或‘恐怖’号真能撑那么久，我完全不相信到时候会有很多人有体力或专注力去进行任何雪橇之旅。”

舱房里又是一片寂静。

在这片寂静中，古德瑟又补上一句：“或许，少数几个人可能还有体力拉雪橇或小船出去寻求救援，甚至回到文明世界，却只能把绝大多数的人留在这里，让他们活活饿死。”

“强壮的人可以出去求救，并把救援队带回两艘船。”维思康提中尉说。

回答他的是冰雪专家布兰吉：“任何朝南走的人，比方说拉着我们的小船向南走到大鱼河的河口，然后逆流而上继续向南走八百五十英里，到达大奴湖附近的前哨站，都无法在秋末或冬天之前到达，而且带回来的陆路搜救队最快也要到一八四九年的夏末才能到。到时候留在船上的人早就得坏血病死了或饿死了。”

“我们可以把要用到的东西放到雪橇上，然后所有人向东走到巴芬湾。”大副德沃斯说，“那里可能会有捕鲸船。我们甚至有可能碰到已经出来搜救我们的船只或雪橇队。”

“对。”布兰吉说，“这是一种可能。但是我们得用人力拖着雪橇穿过几百英里冰原，途中会碰到无数个冰脊，甚至还可能碰到没结冻的水道。或者，我们可以沿着海岸线走，只是这么一来，总距离会超过一千两百英里，而且我们必须穿过整个布西亚半岛，越过许多山陵与障碍，才能到达捕鲸船有可能出现的东岸。当然我们也可以考虑带着小船走，以便横渡没结冻的水道，但是我们就得花三倍的力气来拉雪橇。不管怎么说，有一件事是确定的：如果这里的冰没有融化，我们朝着巴芬湾向东北走时，就别指望那里的冰会融化了。”

“如果我们朝东北方越过布西亚半岛时，雪橇上只装一些生活必需品及帐篷，雪橇的重量会轻得多。”“恐怖”号这一边的哈吉森中尉说，“一艘侦察船少说也有六百磅重。”

“可能接近八百磅。”克罗兹低声说，“上面没装任何东西的话。”

“还要加上载得动小船的大雪橇重量六百磅。”托马斯·布兰吉说，“也就是说，我们每一队的人都要拉一千四到一千五百磅的重量，食物、帐篷、武器、衣物和其他必需品都还没算在内。从来没有人拉这么重的东西走一千英里以上，更何况，如果我们的目的地是巴芬湾，其中大半旅程还必须跨越广阔的海冰。”

“不过，如果雪橇的滑板在冰上滑行，甚至还有帆来增加动力，尤其如果我们在三四月冰还没开始变软及黏稠前就出发，它会比在陆地上或夏天雪泥中纯粹靠人拉动的雪橇容易移动得多。”维思康提中尉说。

“所以，我认为我们应该把小船都留在这里，只带着雪橇及生存必需品，轻装上路往巴芬湾去。”查尔斯·德沃斯说，“如果我们在捕鲸季结束前就到达北方的萨默塞特岛东岸，一定会被船救起来。而且我敢打赌，那里会有皇家海军的搜救队及雪橇队在找我们。”

“如果把小船留在这里，”冰雪专家布兰吉说，“只要碰上一摊没结冻的海水就永远别想跨越了。我们会死在冰上。”

“凭什么认为搜救队会在萨默塞特岛及布西亚半岛的东边寻找我们？”利铎中尉问，“如果他们要来找，为什么不会沿着我们之前走过的路，穿过兰开斯特海峡到德文岛、比奇岛、康沃利斯岛找我们呢？他们都知道约翰爵士接受的航行指示。他们会假设我们已经穿过兰开斯特海峡，因为那里的夏天几乎不会结冻。不过，现在我们当中是不可能有人可以往北走那么远的。”

“也许兰卡斯特今年的冰况和这里一样糟糕。”冰雪专家瑞德说，“如此一来，搜救队会留在偏南的位置，也就是在萨默塞特岛及布西亚半岛的东边。”

“或许，如果他们能走穿兰开斯特海峡，就会发现我们在比奇岛石堆里留的信息。”中士妥兹说，“并且派雪橇队或船只顺着我们南行的路径下来找我们。”

静默笼罩了整个房间。

“我们没在比奇岛留下任何信息。”菲茨詹姆斯船长打破了静默。

在这句话带来的尴尬间隙中，克罗兹发现他胸中有一把奇异、温热、纯粹的火在燃烧。很像是许多天没有喝威士忌后再次尝到的感觉，却又一点都不像。

克罗兹想要活下去。他决意要活下去。即使面对诸多宣告他不会而且不可能活下去的神谕或人算，他也要克服难关，并且活下去。他曾经在一月初因为“疟疾”而缩回舱房，与死神奋战了一番。从险坑中跳脱后，刚开始几天仍觉得虚弱、不适与痛苦，但他胸中的火在那时就已经燃烧起来，而且烧得一天比一天猛烈。

弗朗西斯·克罗兹也许比今天围桌而坐的所有人更清楚，他们讨论的方法几乎不可能成功。往南越过海冰去大鱼河很蠢；穿越长达一千两百英里的海岸积冰、海上冰脊、未结冻水道和未知的半岛朝萨默塞特岛去很蠢；想象今年夏天冰会融化，两艘船的船员全挤在“恐怖”号上，船上却几乎没有任何存粮，还可以扬帆逃脱约翰爵士带他们陷入的困境，也同样蠢得可以。

不过，克罗兹下定决心要活下去。他体内的火就像强烈的爱尔兰威士忌一样在燃烧。

“我们是不是已经放弃航行离开这里的想法了？”罗伯特·辛克烈说。

“我们得先往北，顺着约翰爵士发现的那个还没命名的海峡与海湾航行差不多三百英里，接着穿过巴罗海峡与兰开斯特海峡，然后在冰还没再把我们封住之前，再往南航行过巴芬湾。我们上次向南航行到这里的时候，有蒸汽动力和船身的铁皮装甲来破冰而行。但是现在不一样。即使今年的冰况缓和到和两年前一样，我们还是很难只靠风力航行那么长的距离，更何况我们的木制船身已经脆弱不堪了。”“幽冥”号上的冰雪专家詹姆斯·瑞德回答道。

“说不定今年冰雪融化的情况会比一八四六年好很多。”辛克烈说。

“说不定会有天使从我的屁股里飞出来。”托马斯·布兰吉说。

看在他失去一只脚的分上，在座没有一位军官谴责这位冰雪专家。有几个人笑了。

“也许还有另一种……航行的可能。”爱德华·利铎中尉说。

大家的目光都转向他。不少人平时积存了一些配额烟草，并且添加了一些不宜明说的东西。桌边有六七个人开始抽起烟斗，烟雾让闪烁着几盏昏黄鲸油灯的阴暗房间变得更阴沉了。

“去年夏天，格尔中尉认为他已经到威廉王陆块南方陆地上探查过了。”利铎继续说，“如果是真的，那地方肯定就是阿德雷半岛，一块已知的陆地，在它的沿岸积冰与海上堆冰之间经常会有些没结冰的水渠。如果那里有够多的水渠让‘恐怖’号可以向南航行，或许只需要航行超过一百英里，而不像回兰卡斯特湾要走上三百英里，我们就可以顺着沿岸的未结冻水渠向西走，直到抵达白令海峡。从那里开始都是已知区域了。”

“西北航道。”第三中尉约翰·厄文说。这几个字听起来像是令人悲伤的咒语。

“但是到了今年夏末，我们还会有足够有经验的水手航行这艘船吗？”古德瑟的语调非常轻柔，“到五月，我们每个人可能都已经得坏血病了。而且在往西航行的几个礼拜或几个月里，我们要吃什么？”

“在往西一点的地方，打猎可能是不错的点子。”陆战队中士妥兹说，“麝牛、巨鹿、海象、白狐，或许在到达阿拉斯加前，我们还可以吃得像个土耳其省长。”

克罗兹有点预期冰雪专家托马斯·布兰吉会回答说：“而且麝牛会从我的屁股里飞出来。”但是有时轻佻的冰雪专家，这时似乎迷失在自己的幻想里。

这次是利铎中尉回答他：“中士，我们的问题是，即使两个夏天后，猎物神奇地回来了，我们在船上的人好像也没办法用毛瑟枪射中它们……呃，当然你的队员们除外。不过你的陆战队员已经所剩无几，但我们需要更多的人去打猎，而且我们没有半个人曾经猎杀过比鸟更大的猎物。霰弹枪能把你刚刚说的猎物打倒吗？”

“靠得够近就能打倒。”妥兹愠怒地说。

克罗兹打断这番讨论：“古德瑟医生刚刚提到很重要的一点……如果要等到夏天，甚至只是等到六月，才来看堆冰有没有散开，我们很可能到时都已经病到，而且饿到没办法驾驶这艘船了。那时我们肯定也没有存粮来展开雪橇之旅。我们还需要预留三到四个月的旅行时间，来穿越冰原或者往大鱼河的上游走。所以，如果我们打算弃船并下到海冰上，在冬天之前到达萨默塞特岛或布西亚半岛的东侧，或者到达大奴湖，显然要在六月之前出发。但是，要提前到什么时候？”

又是一阵死寂。

“我建议不要晚于五月一日出发。”利铎中尉终于开口。

“还要更早一点，我认为。”古德瑟说，“除非我们很快就发现新鲜的肉，假设疾病蔓延的速度和现在一样快。”

“那要提早多久？”菲茨詹姆斯船长问。

“不要晚于四月十五日。”古德瑟有点迟疑地说。

十几个人在烟雾及冷空气中彼此对望。那么距离现在已经不到两个月了。

“或许，”船医的声音在克罗兹耳中听起来既坚定又犹疑，“如果情况持续恶化的话。”

“情况还能恶化到哪里去？”第二中尉哈吉森问。

这位年轻人显然只是把这问题当成笑话来缓和紧张气氛，回报他的却是不领情的怒目瞪视。

克罗兹不希望这次作战会议最后就停在这句话上。围坐在长桌四周的军官、士官长、士官及非军职人员都已经看过他们能有的选择，也都知道他们真的就如克罗兹所认为的毫无指望。但克罗兹不希望两艘船上领导干部的士气被弄得比原先还低迷。

“顺便一提，”克罗兹用平常谈话的口气说，“菲茨詹姆斯船长已经决定下个礼拜天要在‘幽冥’号上主持主日礼拜，他会准备一篇特别的讲章。我很有兴趣听他讲道，虽然根据可靠的消息来源，他不会从《利维坦书》中读一段经文。我想既然那天两艘船的船员会聚在一起，我们应该吃正常分量的晚餐，喝正常分量的甜烈酒。”

大家面露微笑，彼此调侃了一番。他们没人料到会后还有这样的好消息带回去给船员们。

菲茨詹姆斯一边的眉毛略微扬起。克罗兹知道，他刚刚提到的“特别讲章”以及五天后的礼拜，对菲茨詹姆斯而言也是个全新的消息，但是他认为，让这位愈来愈瘦的船长有件事做，而且成为众人关注的焦点，或许会让他的状况好转。菲茨詹姆斯轻轻地点了个头。

“很好，各位。”克罗兹的语气再次正式起来，“这次的意见与信息交换可以说非常成功。菲茨詹姆斯船长和我以后还会再征询你们当中几位的意见，或和你们一对一谈，然后才会做出要采取什么行动的决定。现在我要让从‘幽冥’号来的诸位于日落之前回到船上去。一路顺风，各位。礼拜天再和你们见面了！”

大家从会议室鱼贯而出。菲茨詹姆斯绕过长桌走过来，倾身靠近克罗兹，然后低声说：“我可能会向你借《利维坦书》，弗朗西斯。”然后他跟在手下军官的后面，走到一个地方，辛苦地把结冻的外衣穿上。

“恐怖”号的军官们回到各自的工作岗位。克罗兹船长在长桌的主位上又坐了几分钟，回想着刚刚讨论的事。在他疼痛的胸腔里，那道生存之火燃烧得比之前还炽热。

“船长？”

克罗兹抬头看，那是“幽冥”号年老的助理布瑞金。因为两艘船的船长侍从都生病了，他现在暂代船长侍从的职务。他正在帮吉伯森清理白镴制的餐盘及茶杯。

“哦，你可以离开了，布瑞金。”克罗兹说，“和其他人一起走。吉伯森会整理剩下的东西。我们可不希望最后你要自己一个人走回‘幽冥’号。”

“是的，长官。”年老的次阶军官助理说，“但是，我能和您私下说几句话吗，长官？”

克罗兹点头。他并没有请这位助理坐下来。他和这位老人——

老到不适合参加皇家探索团的人在一起时，总会觉得不自在。如果三年前是由克罗兹来挑选船员，布瑞金绝对不可能被列在探险队名单里，他的年纪就更不可能被记成“二十六”来欺瞒海军当局，但是约翰爵士却觉得有个年纪比他还大的助理在船上蛮有意思的，事情就这么成了。

“我忍不住听了大家的讨论，克罗兹船长。大概有留在船上等到冰雪融化、向南朝大鱼河走去以及穿过海冰原到布西亚这三种选择。如果船长不介意，我想提出第四种选择。”

船长当然介意。即使是像克罗兹这样主张平等主义的爱尔兰人，听到一个次阶军官助理想针对攸关生死的问题提出建议也会生气。不过他还是说：“你说吧。”

这位助理走到装在船尾舱壁上的书墙，抽出两本厚书，拿过来砰的一声放在长桌上：“船长，我知道您很清楚，一八二九年约翰·罗斯爵士和他的侄子詹姆斯指挥他们的船‘胜利’号顺着布西亚菲力斯的东岸往下走，就到了他们当时发现的，我们现在称作布西亚半岛的地方。”

“这我非常清楚，布瑞金先生。”克罗兹冷冷地说，“我和约翰爵士和他的侄子詹姆斯都很熟。”他跟詹姆斯·克拉克·罗斯一起在南极的冰上待了五年，他觉得他们的关系还不只是很熟而已。

“是的，长官。”布瑞金说。他点了点头，似乎并没有觉得难堪。“那么我想您一定知道他们那次航行的细节，克罗兹船长。他们在冰上度过了四个冬天。第一个冬天约翰爵士让‘胜利’号下锚在布西亚东岸某个被他命名为菲力斯港的地方……差不多就在我们目前所在位置的正东方。”

“你也参与了那次探险任务吗，布瑞金先生？”克罗兹问，希望这个老人进入正题。

“我没有那个荣幸，船长，但是我读过约翰爵士写的这两本详细描述这趟旅程的书。我不知道您有没有时间也读一下，船长。”

克罗兹觉得自己体内爱尔兰人的怒气正在迅速堆积。这位年老助理的无礼已经很接近傲慢了。“我已经看过这两本书了，当然。”他冷冷地说，“我没时间仔细地读。你看出了什么吗，布瑞金先生？”

换作是克罗兹手下的其他军官、士官长、士官、水兵或陆战队员，在这种情况下早就明白他的意思，会识相地一面低头行礼一面退出会议室，但是布瑞金似乎完全没注意到探险队总指挥的怒火。

“是的，长官。”这个老人说，“重点是约翰·罗斯他……”

“约翰爵士。”克罗兹打断他的话。

“哦，当然，约翰·罗斯爵士当时面临了和我们现在相同的问题，船长。”

“胡扯。他、詹姆斯和‘胜利’号是被封冻在布西亚的东边，布瑞金，如果我们有时间有资源的话，正是我们想要拉雪橇走过去的地点，在我们东边好几百英里远的地方。”

“是的，长官，但是两地的纬度相同。虽然‘胜利’号受到布西亚半岛的保护，不需要和我们一样要面对从西北方不断挤压过来的可恶堆冰。但是，它在那里的冰上待了三个冬天，船长。在这期间，詹姆斯·罗斯的雪橇队向西走了六百英里路，穿越布西亚半岛与冰海，到达我们东南偏南方二十五英里处的威廉王陆块，船长。他为它取名为胜利角……就是可怜的格尔中尉的雪橇队去年夏天到达的岬角与石碑，之后那件不幸的意外就发生了。”

“你以为我不知道詹姆斯爵士发现威廉王陆块，并且为胜利角命名？”克罗兹逼问他，声音因恼怒而紧绷，“在那次探险中他还发现那可恶的地磁北极，布瑞金。詹姆斯爵士是……过去是……我们这一世代最擅长长途雪橇旅行的人。”

“是的，长官。”布瑞金说。他那种助理特有的浅笑让克罗兹很想揍他一拳。这位船长在航行前就知道，这个老头儿喜欢男人，至少在岸上时是如此。在那副船缝填塞匠做出近乎抗命的举动后，克罗兹船长对鸡奸者很没有好感。“我的意思是，克罗兹船长，在冰上过了三个冬天，船员们患坏血病的状况和我们到今年夏天会有的状况差不多，约翰爵士判断他们无法从冰里脱困，决定让‘胜利’号在布西亚半岛的东岸，就在我们东边，沉到十英寻深的海里，然后向北走到怒气海滩，那里有裴瑞船长留下来的一些补给品与小船。”他说道。

克罗兹现在知道，他可以把这个人吊死却无法叫他闭嘴。他皱了皱眉头，继续听对方说下去。

“船长，您一定还记得，裴瑞把粮食补给和小船放在怒气海滩。罗斯就是驾着留在那里的小船沿着海岸来到克莱伦斯峡，从那里穿过巴罗海峡与兰开斯特海峡往北看，希望能看到捕鲸船……但是那海湾里全是结实的冰。那个夏天就和我们过去这两个夏天一样糟，而再来的夏天可能也是。”

克罗兹等他继续说。自从一月差点病死之后，他第一次希望有杯威士忌可以喝。

“他们回到怒气海滩，在那里过了第四个冬天，船长。船员们差点死于坏血病。隔年七月……一八三三年，在他们进到冰海四年后……他们搭着小船向北，然后向东顺着兰开斯特海峡走，穿过海军部峡湾及海军评议会峡湾，接着在八月二十五日的早上，詹姆斯·罗斯……现在是詹姆斯爵士……看到一艘帆船。他们向它挥手，大声呼叫，并且发射火箭。但是那艘帆船还是消失在他们东方的海平面上。”

“我记得詹姆斯爵士提过这件事。”克罗兹冷冷地说。

“是的，船长，我猜他应该跟您提过。”布瑞金说，脸上还是带着令克罗兹受不了的造作浅笑，“但是，那时没有风，船员只好用力划船，让它‘如烟如絮地’前进，长官，最后他们赶上了那艘捕鲸船。它的名字是伊莎贝拉号，船长，正是约翰爵士在一八一八年指挥的船。”

“约翰爵士、詹姆斯爵士以及‘胜利’号的船员，待在和我们同样纬度的冰上有四年之久，船长。”布瑞金说，“但是只死了一个名叫托马斯的木匠，他的个性忧郁、难以相处。”

“你要表达的是？”克罗兹再次问他，语调非常平淡。他心里很清楚，在这次的探险任务里，他手下的船员已经死了十几个了。

“在怒气海滩还有小船及存粮。”布瑞金说，“我的猜测是，任何一支被派来寻找我们的搜救队，不论是去年或今年夏天，都会在那里留下更多小船与存粮。那会是海军总部第一个想到贮放物品以供我们及未来搜救队使用的地方。约翰爵士最后能够活下来就证明了这点。”

克罗兹叹了一口气：“你是不是很习惯用海军总部的想法来想事情，次阶军官助理布瑞金？”

“有时候是。”老人说，“这是我几十年来的习惯，克罗兹船长。和一群笨蛋为伍一段时间后，你就不得不像笨蛋一样来想事情。”

“好，够了，助理布瑞金。”克罗兹急促地说。

“是的，长官。但是请读读这两本书，船长。约翰爵士把所有细节都写出来了：如何在冰上求生，如何对抗坏血病，如何找到并且利用爱斯基摩原住民帮忙狩猎，如何用雪砖建造小雪屋……”

“我说，够了，助理！”

“是的，长官。”布瑞金用手碰了一下前额，然后转身走向舱道，不过在那之前，他把那两本厚书再推向克罗兹一点。

船长一人在冰冷的会议室里又坐了十分钟。他听得到“幽冥”号的人咔嗒地爬上主梯道，以及噔噔地踩过头上甲板。他还听到甲板上“恐怖”号军官们大声向同伴道别，祝他们一路平安穿越冰原。接着船舱安静下来，只有前面船舱里传来一些喧闹声，船员们吃过晚餐，喝过甜烈酒后正准备各自活动。克罗兹听到船员起居区的餐桌被铰链拉上去，还听到军官们脚步沉重地走下主梯道，挂好他们的油布外衣，接着走到船尾的军官用餐区吃晚餐。他们听起来比早餐时还有话说。

克罗兹终于站起身来。身体因室内的冰冷及疼痛而有些僵硬。他将那两本书小心地摆回到船尾舱壁的内嵌书架上，放在它们原先的位置。

31
古德瑟

北纬七十度五分，西经九十八度二十三分

一八四八年三月六日

船医被喊叫声与惨叫声吵醒。

有一分钟之久，他不知道自己身在何处，接着才想起自己是在约翰爵士的大舱房，也就是“幽冥”号现在的病床区。现在是半夜，所有的鲸油灯都熄了，唯一的灯光来自舱道，通过开着的门照了进来。古德瑟在一张多出来的床上睡着了，其他几张床上躺着七个严重的坏血病患者及一个患肾结石的船员。他开给肾结石病人的药是鸦片。

古德瑟梦到他的病人在临死前惨叫。在他的梦里，这些人快死掉了，因为他不知道如何救他们。古德瑟接受的是解剖学训练，他不像身亡的三位探险队船医那样熟悉船医的主要任务：开处方，要船员们服用药丸、药水、催吐药、草药以及大颗药丸。培第医生曾经跟古德瑟解释过，绝大多数药品对治疗船员们的病症都毫无用处，顶多只是剧烈地清一清肠胃而已。但是船员们腹泻得愈厉害，他们就愈觉得药有效。按照已故培第医生的说法，真正能帮助船员康复的是他们认为自己已经吃了药的想法。大多数不涉及手术的病例只会有两种结果：不是身体自行康复，就是病人最终死亡。

在古德瑟刚才的梦里，他们全都走向死亡，而且在临死之际发出惨叫。

但是他现在听到的惨叫声却是真实的。似乎是从舱板下方传上来的。

古德瑟的助手亨利·罗伊德跑进病床区，衬衫下摆从毛衣底下露出来。罗伊德拿着一盏提灯，古德瑟还看得见他脚上没穿鞋，显然下了吊床就直接跑过来了。

“发生什么事了？”古德瑟轻声问。病人们并没有被下面船舱传来的惨叫声吵醒。

“船长要你到主梯那里去。”罗伊德说，他没有要放低音量的意思。这个年轻小子声音尖锐，听起来像是受到了很大的惊吓。

“嘘。”古德瑟说，“发生了什么事，亨利？”

“那个东西在里面，医生。”罗伊德透过打战的牙齿喊，“它在下面。它在下面杀人。”

“你来照顾病患。”古德瑟下命令，“如果任何人醒过来或情况恶化，就马上来找我。还有，去把你的靴子和外面几层衣服穿上。”

一群士官长和士官已经从舱房里出来，挣扎着要把外面几层衣服穿上，古德瑟挤过他们身旁向前走。菲茨詹姆斯船长和维思康提正站在通到各船舱的主梯道间。船长手上拿着一把手枪。

“船医，下面有人受伤了。我们要下去把他们带上来，你要和我们一起下去。你得先穿上御寒外衣。”

古德瑟沉默地点点头。

大副德沃斯顺着主梯从甲板上走下来，跟着他冲进船舱的冷空气让古德瑟一时无法呼吸。在过去的这礼拜，“幽冥”号受到暴风雪及超低温的撼动与猛击，温度有时甚至低到零下一百华氏度。船医没办法按照排定时间到“恐怖”号去值班。在暴风雪肆虐期间，两艘船之间没有任何联系。

德沃斯把衣服上的雪刷掉：“在上面站岗的三个人没看到外面有什么东西。船长，我叫他们在上面待命。”

菲茨詹姆斯点点头：“我们需要武器，查尔斯。”

“今天晚上我们只拿出甲板上那三把霰弹枪。”德沃斯说。

另一声惨叫从底下的黑暗里传来。古德瑟无法判断那是从下舱，还是从更深的底舱传上来的。”

“维思康提中尉，”菲茨詹姆斯大吼，“带三个人从军官用餐房里的舱口窗下到烈酒房里，去拿毛瑟枪与霰弹枪，以及弹药、火药及子弹来给我们，愈多愈好。我要主舱的每个人手上都有武器。”

“是，长官。”维思康提点了三名船员，然后四个人快步朝着黑暗的船尾走去。

“查尔斯，”菲茨詹姆斯向大副德沃斯说，“把提灯点亮，我们要下去了。柯林斯，你也下来。丹恩先生，布朗先生，你们也和我们下去。”

“是，长官。”船缝填塞匠和他的副手齐声应和。

“不带枪吗，船长？您要我们不带任何武器就到下面去？”

准副亨利·柯林斯问。

“带你的刀子。”菲茨詹姆斯说，“我有这个。”他举起自己的单发手枪，“你跟在我后面。维思康提中尉不久就会带一群拿枪的人跟过来，并且带来更多武器。船医，你也紧跟在我身旁。”

古德瑟麻木地点了点头。他一直要把他的（或者是别人的）御寒外衣穿起来，却和小孩子一样，老是没办法将左手从袖子里伸出来。

菲茨詹姆斯手上没戴手套，衬衫外面只穿了一件破旧的外套。他从德沃斯手中接过一盏提灯，冲下梯子。下面的船舱传来一阵猛烈的撞击，好像某个东西正在将梁木和舱壁撞坏。不再有惨叫了。

古德瑟记得船长命令他“紧跟在我身旁”，于是他跟在两个人后面摸索着走下黑暗的梯子，但是他忘了拿提灯，也没带装着医药器材与绷带的袋子。布朗和丹恩啪嗒啪嗒地跟在他后面，一路咒骂的柯林斯则走在最后面。

下舱只是在主舱下面七英尺，却像是另一个世界。古德瑟几乎没来过。菲茨詹姆斯和大副站在离梯子有段距离的地方，摆晃着他们的提灯。船医判断这里的温度应该比他们吃饭睡觉的主舱还低四十摄氏度，而主舱最近的平均温度都在冰点以下。

撞击声停了。菲茨詹姆斯命令柯林斯停止咒骂，六个人沉默地在通往底舱的舱口盖旁边站成一圈。除了古德瑟外，每个人手上都有提灯，而且都把提灯向外伸出，虽然提灯的小光圈只能渗入雾蒙蒙、冰冷的空气里几英尺。几个人呼出的气，在他们前方像金色装饰品一样闪烁。砰砰地踩在上方主舱舱板上的急促脚步声，在古德瑟听来像是来自几英里之外。

“今天晚上谁负责在下面值班？”菲茨詹姆斯轻声问。

“葛瑞格先生和一个炉工。”德沃斯回答，“考威，或者是普雷特。”

“还有木匠维基斯和他的副手华生。”柯林斯小声但急促地说，“他们要整夜工作，把右舷侧船首储煤间里内嵌着火炉的船身修好。”

他们下方有个东西在吼叫，那声音比古德瑟听过的动物吼声还要大上一百倍，而且更像野兽的声音，甚至比嘉年华那天半夜从黑色篷室里发出的吼叫更恐怖。力道强劲的声音在下舱的每根梁木、铁框和舱壁之间回响。古德瑟很确定，在他们上方的两层舱板之上，在狂风呼号的夜里值班的守卫也会听见这声音，仿佛那个东西正和他们一起在甲板上。他的睾丸几乎要缩回自己的身体里。

吼叫是从下面的底舱传上来的。

“布朗，丹恩，柯林斯。”菲茨詹姆斯急促地说，“向船首走，经过粮食房，去守住前面的舱口。德沃斯，古德瑟，你们两个跟我来。”

菲茨詹姆斯把手枪插在腰带上，右手拿着提灯，爬下梯子进到黑暗的底舱。

古德瑟得用意志力克制自己不要吓到尿出来。德沃斯跟在船长后面快速地爬下梯子。颤抖的船医一方面觉得不跟着下去很丢脸，一方面也怕自己一个人留在漆黑的地方，只好跟在大副后面下去。他的手和脚都没有感觉，好像它们是木头做的，但是他知道，害他变成这样的是害怕而不是寒冷。

在梯子底部——这里的漆黑与寒冷，比哈利·古德瑟在船外体验过的严酷极地更厚实与恐怖——船长和大副都把提灯尽量向外伸。菲茨詹姆斯也将拿枪的左手向前伸直，击铁也已经扳好。德沃斯拿着一把制式船刀，手在发抖。没有人移动，也没有任何呼吸声。

一阵静默。冲击声、碰撞声及惨叫声全都停止了。

古德瑟很想尖叫。他可以感觉到有只东西正和他们一起在这阴暗的底舱里，某个巨大、非人之物，可能离他们只有十二英尺远，就在两小圈的提灯光外。

除了强烈感觉到有他们以外的生物在这里之外，他还闻到很重的铜味。古德瑟先前就闻过很多次了，新鲜的血。

“往这边走。”船长轻声说，带头向后走进右舷侧的狭窄舱道里。

他们朝锅炉房走去。

锅炉房里一直燃烧着的油灯已经熄了。只有微弱晃动的红橙色火焰从打开的门里传出来，那是锅炉里正在燃烧的一点点煤炭。

“葛瑞格先生？”船长喊着。菲茨詹姆斯的喊声够大，也够突然，让古德瑟差点又要尿湿裤子。“葛瑞格先生？”船长又喊了第二声。

没有人回答。从他们在走道的位置，船医只看得到锅炉区几平方英尺的地板，以及散布在上面的一些煤屑。空气中有股烤牛肉的味道。古德瑟发现自己在流口水，虽然体内的恐惧感逐渐加重。

“留在这里。”菲茨詹姆斯跟德沃斯与古德瑟说。大副先是朝船首看，接着再朝船尾看，刀子一直高举着。他让提灯绕着圆圈摆动，显然很想看看在小光圈之外的黑暗舱道里有什么。古德瑟什么事也不能做，只能站在那里把冰冷的手掌握成拳头。虽然心里非常害怕，但是因为闻到很久没闻到的烤肉味，他嘴里全是口水，肚子也咕噜咕噜地叫。

菲茨詹姆斯穿过门框走进锅炉房里，消失在他们的视线外。

五至十秒之内没有任何声音，却仿佛长过一世纪。接着船长轻柔的声音从贴了铁皮的墙上反弹出来：“古德瑟先生。请进来，谢谢。”

房间里有两具尸体。其中一具看得出是工程师约翰·葛瑞格。他的内脏已经被掏出来，身体靠着船尾舱壁，躺在房间角落，肠子却像灰色的弦线与绳子般散布在四处，有点像是布置会场的缎带，古德瑟走路时要很小心才不会踩到。另一具尸体是个穿着深蓝毛衣的壮汉，他肚子朝下趴着，两手靠在身旁，手掌朝上，头和肩膀探入锅炉的炉火里。

“帮我把他拉出来。”菲茨詹姆斯说。

医生抓住这个人的左脚和他那件闷烧着的毛衣，船长抓住他的右脚和右臂，两人一起把他从火里拉出来。那个人张开的嘴在火炉铁栅门下缘卡住一秒钟，在一声清脆的牙齿断裂声后才松脱。

古德瑟将尸体翻面，菲茨詹姆斯则脱下外套，扑灭死人脸上与头发上的火。

哈利·古德瑟觉得自己像是从很遥远的地方在观看这一切。他心中专业的身份已经将他抽离，相当冷静地观察到，那火炉（虽然煤炭火焰非常微弱）已经将这个人的眼睛熔化，把他的鼻子和耳朵烧掉，还让他的脸部质地变得像个烤过头、冒着泡的覆盆子蛋挞。

“你认得出他来吗，古德瑟先生？”菲茨詹姆斯问。

“认不得。”

“他是汤米·普雷特。”德沃斯喘着气说，他还站在刚进门的地方，“我是从他那件毛衣和熔化在他下颚骨上的那只耳环认出来的。”

“可恶，大副。”菲茨詹姆斯斥责他，“你留在走廊警戒。”

“是，长官。”德沃斯边说边退出房间。古德瑟听到舱道里传来一阵作呕的声音。

“我可能需要你……”

船长跟古德瑟说的话才到一半，船首方向就传来撞击声、撕裂声，接着砰的一声轰然巨响，声音大到让古德瑟很确信船已经断成两截了。

菲茨詹姆斯抓起提灯，马上冲出房间，他那件闷烧着的外套就留在锅炉房里。古德瑟和德沃斯跟着他向船首跑，穿过零零落落的木桶与破裂的板条箱，从两面黑色的铁舱壁中间挤过，两边分别是“幽冥”号仅剩的一些水及几袋煤炭。

他们经过贮煤间的黑色开口时，古德瑟向右边瞥了一眼，看见一只没有穿衬衫的手臂从铁门框上伸出来。他停下脚步，弯腰想看看是谁躺在那里，但是提灯光随着船长和大副继续向前移动，这里一下子就没有了光线。只剩古德瑟一个人还留在绝对的黑暗中，和一具几乎可以肯定是尸体的东西在一起。他站了一会儿后，就快跑着去追。

更多的撞击声传出，喊叫声变成从上面的船舱传下来，接着是一声毛瑟枪或手枪的枪响。紧接着再一枪，然后是尖叫声，好几个人在尖叫。

在两个提灯浮动的光圈外的古德瑟从狭窄的舱道里跑出来，冲进一个敞开的黑暗空间，没想到迎面撞上一根粗大的橡木柱，整个人向后倒到八英寸厚的冰与雪泥里。他的眼睛无法聚焦，努力让自己保持清醒，但在他上方的提灯却已经成为两颗模糊摇晃的橙色光球。一时之间，所有东西都发出恶臭，是污水、煤屑与血的味道。

“梯子不见了。”德沃斯大叫。

古德瑟的屁股坐在肮脏的雪泥里，提灯光停止晃动后，他看得比刚才清楚了。船首的梯道是用粗大的橡木做的，即使几个壮汉扛着百磅重的煤炭袋同时爬上爬下也不成问题，但它却被打成碎片。木梯断片从上方打开的舱口框悬垂下来。

尖叫声是从上方的下舱传来的。

“推我上去。”菲茨詹姆斯大叫。他已经把手枪塞进腰带里，放下提灯，双手向上伸，想要抓住已经破裂的舱口框缘。他开始将自己往上拉。德沃斯弯下腰来将他往上拉。

上面突然爆炸起火，火焰从方形的舱口烧下来。

菲茨詹姆斯咒骂了几声，整个人仰身摔落在离古德瑟不到几码远的雪泥里。看来好像整个前舱口，以及上方的下舱里所有东西都着火了。

失火了，古德瑟想。辛辣的烟充满他的鼻子。

没有地方可逃。船外温度是零下一百华氏度，而且一场暴风雪正在外面肆虐。如果这时船着火了，他们全都只有死路一条。

“到主梯道去。”菲茨詹姆斯边说边爬起来，拿了提灯，开始朝船后方跑去。德沃斯跟在他后面。

古德瑟手脚并用地在冰和水里爬了几步，站起来，又跌倒，再爬了几步，然后跑着去追那两盏离他愈来愈远的提灯。

下舱里有东西在吼叫。古德瑟听到一阵毛瑟枪响及几声清晰的霰弹枪响。他想在贮煤间停下来，看看那只手臂的主人是死是活，手臂是否断了。但是等他到达时，又已经没有光了。他继续在黑暗中向前跑，不断撞到煤炭间与贮水槽的铁舱壁。

提灯光已经沿着主梯道上升到下舱而看不见了，烟则从上面不断往下涌进来。

古德瑟往上爬，脸却被船长或大副的靴子踩了一下。接着，他也进到下舱里。

他无法呼吸，也看不见。提灯在他四周浮动着，但是烟太浓了，所以提灯完全没有照明效果。

古德瑟有股冲动，想要找到通到主舱的梯道，继续往上爬，之后再继续往上爬，直到能呼吸到船外的新鲜空气。但是在他右侧有人冲着船首方向大叫，所以他四脚着地跪了下来。这下面还勉强有些供他呼吸的空气。船首方向有一道很明亮的橙色光，那光实在太亮了，不可能是提灯的光。

古德瑟向前爬进左舷侧的舱道里，爬到粮食房左边，然后爬得更远。在他前方的烟雾里，船员们用毯子在拍打火焰。毯子也着火了。

“排成消防水桶接力队！”菲茨詹姆斯在前方的烟雾里大喊，“把水送到这里来。”

“没有水呀，船长。”有个人非常激动地大叫，古德瑟听不出是谁。

“用尿桶。”船长的声音如利刃般划过烟雾与喊叫声。

“都结冻了。”这次的喊叫声，古德瑟听出是主桅台班长约翰·沙利文的声音。

“不管了，还是拿来。”菲茨詹姆斯大叫，“也拿雪来。沙利文、辛克烈、瑞丁顿、席立、珀克、古雷特，叫船员们排成一条水桶接力线，从甲板一直延伸到下舱。能挖到多少雪算多少，把它们倒到火上。”菲茨詹姆斯不得不先暂停下来，猛咳一番。

古德瑟站了起来。烟在他周围盘旋着，仿佛有人刚开了一扇门或窗。前一刻他还能看十五或二十英尺远，清楚看到船首的木匠及水手长储藏室附近，火焰正在吞噬墙壁与横梁；但后一刻就连眼前两英尺外的东西都看不见了。每个人都在咳嗽，古德瑟也开始咳。

他又想起底舱那只从贮煤间里伸出来的手臂。光是想到再回到那里，他就几乎要呕吐。

但是那个东西现在就在这层船舱。

就像是要证实他的想法一样，在船医面前不到十英尺远的四五枝毛瑟枪突然同时发射。爆炸声震耳欲聋。古德瑟用手掌盖住耳朵，双膝跪地，想起他曾经告诉过“恐怖”号的船员，一声毛瑟枪响可能会夺走坏血病患者的性命。他知道他已经有坏血病的早期症状了。

“停止射击！”菲茨詹姆斯大叫，“停火！这里有人啊。”

“但是，船长……”下士亚历山大·皮尔森说。他是“幽冥”号仅剩的四个陆战队员中军阶最高者。

“我命令你停火。”

古德瑟现在看到维思康提中尉和几个陆战队员的黑色身影浮现在火焰中，维思康提站着，而几个士兵全都单膝跪地在装填子弹，就像在战场一样。船医发现船首附近的墙壁、船梁、零散的木桶和板条箱都着火了。水手们用毯子和一卷一卷的帆布来拍打火焰。火星四处飞蹿。

一个身上着了火的船员跌跌撞撞地从火焰里跑出来，冲向一列陆战队士兵以及全挤在一起的船员们。

“停止射击！”菲茨詹姆斯大喊。

“停止射击！”维思康提重复船长的命令。

着火的人倒在菲茨詹姆斯的两臂之间。“古德瑟先生！”船长喊着。补给士约翰·唐宁暂时不再用毯子去拍打走廊里的火，而是转过身去扑灭伤者破旧衣服上冒出的火焰。

古德瑟向前跑，从菲茨詹姆斯的两臂之间将伤者接过来。那个人右半边的脸几乎不见了，不是被烧掉，而是被爪子扒掉，皮肤和眼睛松垮垮的，几道平行的爪痕延续到右胸，直接划破八层的衣服和皮肉。血浸湿了他的背心。那个人的右手不见了。

古德瑟发现他手里扶着的是准副亨利·弗斯特·柯林斯。菲茨詹姆斯不久之前才叫他和船缝填塞匠与他的副手，布朗与丹恩，到船首去守住前舱口。

“我需要有人帮我把他抬到手术房去。”古德瑟喘着气说。即使是少了一只手，柯林斯的块头还是很大，何况他的两条腿已经瘫软了。只因为他的身体还靠在粮食房的舱壁上，船医才能勉强扶住。

“唐宁！”菲茨詹姆斯朝着补给士高大的身影喊着，他又回头用他起火的毯子去打火了。

唐宁丢下毯子，从烟雾中跑回来。什么都没问，补给士就将柯林斯剩下的那只手勾到自己的肩膀上，然后说：“古德瑟先生，我跟在您后面走。”

古德瑟准备爬上梯子，但是在烟雾中，十几个带着水桶的船员正打算从梯子上爬下来。

“让开！”古德瑟吼着，“伤员要上去！”

那些皮靴和膝盖退了回去。

唐宁扛着已经不省人事的柯林斯爬上几乎是垂直的梯子时，古德瑟已经上到平常生活起居的主舱。船员们聚集过来看他。船医这才明白，自己看起来想必也像个伤员。因为之前撞上柱子，现在他的手、衣服及脸上都是血迹，他还知道那些血已经被煤屑染黑了。

“往船尾走，到病床区去。”看到唐宁用手臂支撑着被抓伤且烧伤的柯林斯，古德瑟马上向他下命令。补给士得侧着身才能走进狭窄的舱道。在古德瑟后面，二十来个船员接力将一个个水桶传下梯子，其他人则忙着在船员起居区靠近火炉及前舱口的地方，把雪倒在冒着蒸汽、嗞嗞作响的舱板上。古德瑟知道，一旦那里的舱板也着火，这艘船就完了。

亨利·罗伊德从病床区走出来，脸色苍白，眼睛睁得很大。

“我的手术用具摆好了吗？”古德瑟急着问。

“是，长官。”

“骨锯呢？”

“准备好了。”

“很好。”

唐宁把失去意识的柯林斯放在病床区正中央的空手术台上。

“谢谢你，唐宁先生。”古德瑟说，“可不可以麻烦你找一两个船员，帮忙将这里其他的病患移到空舱房里，任何空卧铺都行。”

“是，医生。”

“罗伊德，到前面去找沃尔先生，跟厨师和他的助手说我们需要很多热水，请他用费兹尔火炉将冰融化，愈多愈好。不过麻烦你先把油灯调亮一点。办完之后马上回来，我还需要一盏提灯及你的帮忙。”

接下来一小时，哈利·古德瑟医生忙到即使病床区着火了也不会注意到，说不定还会因为光线变充足而感到高兴呢。

他把柯林斯上半身的衣服全脱光，伤口在冰冷的空气中冒着蒸汽。他把第一锅热水倒在伤口上，尽可能地清洗干净，不是为了消毒，而是要把血迹洗掉，以便看清楚伤口到底有多深。他判断爪伤不至于马上致命后，就转而检查这位准副的肩膀、脖子和脸部。

手臂断得干净利落，就像有一具大型裁纸机将柯林斯的手臂一刀裁切下来。古德瑟对于把肉切断、扭断、撕成碎片的工厂或船上意外早已见怪不怪，他带着近乎欣赏，甚至是敬畏的态度在审视伤口。

柯林斯原本会因为失血过多而死，但是将他困住的那团火焰却烧灼了他肩头的裂口，反倒救了他的性命。至少到目前为止是这样。

古德瑟看得见他的肩胛骨呈白色节状、闪闪发亮，不过没有任何残余的上臂骨需要动刀切除。罗伊德提着一盏提灯站在一旁发抖，偶尔把手指按在古德瑟要他压住的位置——通常是一条正在冒血的动脉。古德瑟则利落地把断裂的静脉与动脉扎起来。他向来就擅长做这种事，他的手几乎是无意识地自己在动。

奇妙的是，伤口里似乎很少有，甚至完全没有衣服纤维或异物。这大大降低了他得致命坏血病的风险，虽然风险还是存在。古德瑟用唐宁拿来的第二锅热水，也是最后一锅热水，清洗他看得见的地方。接着把零散的肉片切掉，尽可能地把伤口缝合起来。还好，他可以把几片够长的皮肤折回来盖住伤口，然后简单几针缝好。

柯林斯发出呻吟且抽搐着。

古德瑟开始加快速度，希望在这个人完全清醒之前把最难处理的地方完成。

柯林斯右边的脸悬垂到肩膀上，就像一副脱落的嘉年华面具。这让古德瑟想起他曾经执行过许多次验尸工作：把脸割开，然后像翻一块紧绷的湿布一样，把脸皮上翻到颅骨上方。

他叫罗伊德把一大片脸皮尽量往上扯，把皮拉紧。他的助手转过身呕吐在舱板上，然后马上又转回来，把他湿黏的手指靠在羊毛背心上擦干净。古德瑟很快地把柯林斯松开的半片脸缝到略高的发际线下方一块较厚的皮肤与肉上。

他救不回这位准副的右眼。他试着要把它塞回原位，但是下眼眶已经碎裂，骨头碎片挡在眼眶里。古德瑟折断并且清除掉碎片，可是眼球已经严重受损。

他从罗伊德发抖的手中接过剪刀，把视网膜神经切断，然后将眼球塞回柯林斯血肉模糊的眼眶里。

“把提灯拿近一点。”古德瑟发出命令，“手不要抖。”

出乎古德瑟的意料，有部分眼皮还留着。古德瑟尽其能地将它往下拉，然后缝到眼睛下方的一片皮肤上。这里他就用小针缝得密一些，因为它可能要维持好几年。

前提是柯林斯能活下来。

尽其所能地为准副的脸做了暂时处理后，古德瑟开始去注意烧伤及爪伤。烧伤大多只及表皮，情况不严重；爪伤倒是相当深，古德瑟看见好几根裸露在外、触目惊心的白肋骨。

古德瑟要求罗伊德用左手把药膏涂在烧伤的伤口上，同时用右手继续把提灯拿在靠近手术台的地方，自己则着手清理被爪子撕裂的肌肉，将它们接回去，并且尽可能将外层皮肤和肉也缝回原处。血继续从肩部的伤口和脖子流下来，但是速度已经比先前缓慢许多。如果伤口的肉与血管被火焰烧灼到一定程度，这位准副的身体里就可能还保有足以让他存活的血液。

一些其他船员也陆续被抬进来，但他们都只是烧伤，其中有几个比较严重，但是都不至于危及生命。现在古德瑟已经完成柯林斯身上最紧急的手术了，他把提灯挂在手术桌上方的铜钩上，命令罗伊德用药膏、水和绷带帮那些人疗伤。

他在帮柯林斯做最后一道处理时——给他一些鸦片，让即将醒来且肯定会尖叫的人直接睡着——一转身发现菲茨詹姆斯船长站在他身旁。

船长和船医一样满身是血迹与煤灰。

“他能活下来吗？”菲茨詹姆斯问。

古德瑟把手术刀放下来，接着把一双沾满血污的手张开，再合起来，就像是在说，只有天晓得。

菲茨詹姆斯点点头。“火势已经被压下来了。”他说，“我想你应该想知道。”

古德瑟点头。在过去这一个小时里，他压根儿就没想到那场火。“罗伊德，还有唐宁先生。”他说，“可不可以请你们两位把柯林斯先生抬到最靠近前面舱壁的病床上。那里最温暖。”

“下舱的木匠储藏室里的东西都烧掉了，”菲茨詹姆斯继续说，“放在靠近前舱口及船首区的板条箱里的许多存粮，以及粮食房里的一大半存粮也都烧掉了。照我的估计，船上剩下的罐头食物和装在木桶里的食物有将近三分之一也在这场火里烧掉了。而且可以确定的是，底舱一定也受到损害，只是我们还没有下去看。”

“火是怎么烧起来的？”船医问。

“那个东西从前舱口爬上来朝他们攻击时，柯林斯或他手下的人把提灯丢过去了。”船长说。

“那……那个东西后来怎么了？”古德瑟问。突然间，他觉得非常疲累，他得伸手扶着全是血迹的手术桌以免摔倒。

“它一定是循着进来的路出去了。”菲茨詹姆斯说，“先从船首的前舱口下到底舱，再从那里某个地方出去……除非它现在还留在那里。我已经派人带着枪守住每个舱口。下舱现在很冷，而且全是烟，所以我们每半个小时就得换一班守卫。

“柯林斯看得最清楚。所以我上来这里……看看能不能跟他说几句话。其他人都只是透过火焰看到它：眼睛、牙齿、爪子，一团白色的东西或黑色的轮廓。维思康提中尉叫海军陆战队士兵向它开枪，但是没有人知道它有没有被射中。被烧毁的木匠储藏室前方有许多血迹，但是我们不确定其中是否有些是那只怪物的。我可以跟柯林斯说话吗？”

古德瑟摇头：“我刚刚才给这位准副打了一剂安眠药，他会睡上好几个小时，我也不知道他到底还会不会醒来。情况不乐观。”

菲茨詹姆斯再次点点头。船长看起来和船医一样疲累。

“丹恩和布朗的情况如何？”古德瑟问，“他们和柯林斯一起到前舱去了。您看到他们了吗？”

“是的。”菲茨詹姆斯懒懒地说，“他们还活着。火烧起来的时候，他们逃到右舷侧的粮食房，而那个东西选择去追可怜的柯林斯。”船长叹了口气，“下面的烟已经开始消散，我该带几个人到底舱去把工程师葛瑞格和炉工汤米·普雷特的尸体弄上来。”

“哦，我的天啊。”古德瑟说。他跟菲茨詹姆斯提起他看到一只光溜溜的手臂从贮煤间里伸出来的事。

“我完全没注意到。”船长说，“我当时急着赶到前舱口，所以只是往前看，没有往下看。”

“我也应该朝前看的。”船医有些懊恼地说，“我撞上了一根直梁或柱子。”

菲茨詹姆斯露出微笑：“我明白了。医生，给你自己疗伤吧！你的发际线和眉头之间有一道很深的裂口，旁边的瘀青肿得和马格纳·门森的拳头一样大。”

“真的吗？”古德瑟问。他很小心地摸了摸前额，已经沾满血的手指这下沾了更多血，虽然他在额头上一大片挫伤伤口上已经摸到一层很厚的干血块。“晚一点我会照镜子自己把伤口缝起来，或请罗伊德帮我缝。”他疲倦地说，“我先走了，船长。”

“去哪里，古德瑟先生？”

“到底舱去。”船医说，这想法让他立刻反胃，“去看看是谁躺在贮煤间里。他也许还活着。”

菲茨詹姆斯注视着他的眼睛：“我们的木匠维基斯先生和他的

副手华生不见了，古德瑟医生。他们在右舷侧的贮煤间里工作，要将船身的一个裂口封好。不过他们一定已经死了。”

古德瑟听到了“医生”这个词。富兰克林和他这位中校几乎从未这样称呼过他们这些船医，连对总船医史坦利和培第也是。在约翰爵士和有贵族气派的菲茨詹姆斯眼里，他们和古德瑟只是军阶比较低的“先生”。

但是这次不再如此。

“我们得到下面去看看。”古德瑟说，“我得到下面去看看。他们两个人当中也许有一个还活着。”

“从冰原来的那个东西也有可能还活着，还在下面等我们。”菲茨詹姆斯轻声说，“没人看到或听到它离开了。”

古德瑟疲倦地点点头，然后提起他的医务袋。“我可以请唐宁先生和我一起下去吗？”他问，“我可能需要人帮我拿提灯。”

“我和你一起去，古德瑟医生。”菲茨詹姆斯船长说。他举起唐宁先前多拿进来的一盏提灯：“你先走，医生。”

32
克罗兹

北纬七十度五分，西经九十八度二十三分
一八四八年四月二十二日

“利铎中尉，”克罗兹船长说，“请把我的命令传下去，准备弃船！”

“是，长官。”利铎转身，朝着拥挤的主舱大喊。其他军官和还活着的二副都不在，所以水手长约翰·雷恩接下这道命令，朝船首方向大吼。副水手长托马斯·强森，也就是一月时负责执行希吉和另外两人鞭刑的人接着在舱口盖最终盖上、封上板条之前，最后一次对着还打开着的舱口喊了一次弃船命令。

当然，最底下两层的船舱里没有半个人。克罗兹和利铎中尉已经从船尾走到船首，巡视过每一层船舱，看过每一间舱室。他们从火炉已经堵起来的冰冷锅炉房，走到位于底舱的空储煤斗，再到那间狭小、空无一物的船首锚缆间，然后再到上一层船舱。在下舱，他们检查了烈酒房与弹药贮藏室，确定里面该带走的毛瑟枪、霰弹枪、火药与子弹都带走了，只剩几排弯刀和刺刀摆在高架上，在提灯的照射下反射冷光。两位军官也到衣物间看了一下，确定将来还需要用到的衣服都已经在过去这一个半月里搬走了。

接着他们还继续到空无一物的船长储藏室及同样什么都不剩的粮食房巡视。在前舱板，利铎和克罗兹已经到每间舱房与船员起居区去检查过，他们发现军官们的卧铺、书架，以及留下的个人用品都整理得干干净净。然后他们看着船员的吊床最后一次被绞上去，海员的储物箱里面已经没有东西了，但还是摆在原地，好像在等船员们回来吃晚餐。接着他们到船尾区去看会议室里少了哪些书，船员们已经从书架上选走了一些他们打算带到冰上读的书了。最后，站在三年来第一次完全冰冷的火炉旁，利铎中尉和克罗兹船长再次对着前舱口往下舱喊了一声，确定没有人还留在船上。到甲板后，他们还会再清点一次人数，但是最后的喊叫是弃船的标准程序之一。

接着他们爬上甲板，没有把前舱口关上。

站在甲板上的人并没有因弃船命令而感到意外。他们早已被叫上甲板，集合好队伍准备弃船了。这天早上只有大约二十五个“恐怖”号船员在，其他人不是已经在胜利角南方两英里左右的恐怖营里，就是正在用雪橇把东西运送过去，再不然就是在恐怖营附近打猎或勘察地形。差不多有同样数目的“幽冥”号船员在船下面的冰上等着，站在雪橇和一堆堆机具旁边。四月一日“幽冥”号弃船后，它的“装具和补给品”帐篷就搭在那里。

克罗兹看着船员们鱼贯走下冰坡道，准备永远离开这艘船。最后只剩利铎和他还站在倾斜的甲板上。冰上的五十几个人全都仰头看着这两个人，他们的眼睛在冰冷的晨光中眯得小小的，几乎完全隐藏在拉得很低的威尔斯假发与围得很高的保暖巾里面。

“轮到你了，利铎。”克罗兹轻声说，“翻过护栏吧。”

中尉行了礼，把一大袋个人用品扛起来，先爬下护栏外的梯子，再走下冰坡道，去与下面的人会合。

克罗兹环顾四周。四月的微弱阳光，映照着由残乱的冰、逼近的冰脊、无数冰塔，及随风狂舞的雪构成的世界。他把帽檐拉得更低，眯眼看向东方，想把眼前这幅景象铭记在心。

对任何一位船长来说，弃船都是人生中的最低点，做出这样的决定意味着承认自己完全失败。在绝大多数情况下，也意味着漫长海军军旅生涯已经结束。而且，对大部分船长——譬如克罗兹认识的几个来说，这是让他们再也爬不起来的沉重打击。

不过，克罗兹并不十分沮丧，至少目前还没有。这时对他更重要的是：他胸中还有一把虽然微弱、却相当温热的蓝色决心之火——我会活下去。

他希望他的船员还能活下去，至少，让尽可能多的人活下去。如果任何一个“幽冥”号或“恐怖”号的人还有一丝能够存活并且回到英格兰的希望，克罗兹就会义无反顾地追随这个希望。

他必须让船员们离开船，并且离开冰海。

克罗兹发现将近五十对眼睛正抬头注视着他，他最后一次拍了拍船舷，然后爬下右舷侧新近架设的梯子。因为“恐怖”号最近几个礼拜开始严重向左舷倾斜，所以他们在右舷侧架了梯子。接着他走下亟待整修的冰雪坡道，到那群正等待他的船员那里。

他扛起自己的背袋，走到负责拉最后一部雪橇的几个人旁边，加入他们的行伍。他看了“恐怖”号最后一眼，说：“它看起来好得很，不是吗，哈利？”

“的确，船长。”前桅台班长哈利·培格勒回答。他说得没错。在过去这两个礼拜里，虽然有暴风雪，有闪电雷击，温度极低，狂风肆虐，而且冰脊四处耸起，他和班员们却还是把原本已收藏起来的船桅再竖立起来，并且把帆桁与索具都装了上去。这艘船的上方现在已经变得很沉，重新装回去的上桅、帆桁与索具全结了冰，闪闪发光。在克罗兹眼中，就像是装饰着各式宝石。

“幽冥”号在三月的最后一天沉到海里后，克罗兹和菲茨詹姆斯就已经决定要把“恐怖”号整理成可航行的状态。虽然他们知道，如果想在冬天之前靠走路或搭乘小船到达安全之地，不久之后还是得弃掉“恐怖”号。万一入夏后几个月，他们还困在恐怖营或威廉王陆块上，而冰却突然奇迹般地融化，理论上还可以搭乘小船回到“恐怖”号，然后航向自由。

理论上。

“托马斯。”他对着二副罗伯特·托马斯大喊，他是带头拉五部雪橇中最前面一部的人，“准备好了就带头开始走。”

“是，是，长官。”托马斯喊着回答，倾身套好挽具。七个人把皮带拉得紧绷，雪橇却一动也不动。雪橇的滑板已经冻结在冰里了。

“要用力啊，罗伯特！”和他一起拉雪橇的水兵艾德温·劳伦斯笑着说。雪橇呻吟着，拉雪橇的人呻吟着，皮带吱吱响，冰被扯裂，然后，东西堆得老高的雪橇开始向前移动。

利铎中尉下令第二部雪橇也开始走。带头拉这部雪橇的是大个儿马格纳·门森，虽然装载的东西比第一部还多，雪橇却马上动了起来，木制滑板下面的冰也没发出嘎吱声。

四十六个人开始前进，三十五个人负责拉第一段路，五个储备的人力带着霰弹枪或毛瑟枪走着，等待不久后下去拉雪橇，两艘船的四位副官及两位军官利铎中尉和克罗兹船长走在雪橇队旁边，偶尔帮忙推一下，不过鲜少亲自套上挽具来拉雪橇。

船长还记得几天前，在第二中尉哈吉森和第三中尉厄文准备再带领一支搬运小船的雪橇队到恐怖营去的时候，他命令两位军官在接下来几天，从营地里带一些人出去打猎与侦察。出乎他意料，厄文要求把分到他那一组的两位船员中的一位留在“恐怖”号上。克罗兹刚开始很讶异，因为在他的印象中，这位资浅的中尉还蛮有办法指挥船员，而且能执行并且完成任何交付给他的任务。接着克罗兹听到两个船员的名字就明白了。利铎中尉把马格纳·门森和科尼利厄斯·希吉两个人都列在厄文的雪橇队与侦察队的名单里，而厄文相当恭敬，但没给任何理由就请求将其中一人派到别队。克罗兹立刻同意他的请求，把门森改成最后一天才来拉雪橇，只把矮小的副船缝填塞匠留在厄文中尉的雪橇队里。克罗兹也不信任希吉，特别是在几个礼拜前接近抗命的事件发生后，而且他知道，有大块头白痴门森在希吉身旁时，这矮小家伙的叛逆性会增加好几倍。

现在，在离开“恐怖”号的路上，门森就在他前面五十英尺拉雪橇。克罗兹刻意让目光直视正前方。他已经决定，至少在拉雪橇的前两个钟头里，不要再回头看“恐怖”号。

看着前面那些身体前倾，用力拉雪橇的船员，船长很清楚谁不在其中。

菲茨詹姆斯今天不在，他待在威廉王陆块的恐怖营担任总指挥，不过他缺席的真正原因是他精于世故。没有一位船长会希望另一个船长全程目睹他的弃船过程，所有船长都很清楚这点。今年三月初，冰原上那个东西入侵船舱并且引发大火的两天后，“幽冥”号就受到冰的压力开始逐渐解体。从那时开始，克罗兹几乎每天都到“幽冥”号拜访，但是在三月三十一日菲茨詹姆斯弃船当天，克罗兹却找了个理由没到现场。菲茨詹姆斯这个礼拜就找到回报机会，自愿到离“恐怖”号很远的地方担任总指挥。

其他大多数人缺席的理由则可悲、凄惨得多。克罗兹走在最后一部雪橇旁边时，那些人的脸一一浮现在他脑海。

谈到军官与领导干部的殉职情况，“恐怖”号比“幽冥”号幸运得多。先说克罗兹的主要干部，在嘉年华灾难中，野兽夺走了他的大副弗瑞德·霍恩比的性命；去年九月的雪橇行程里，那东西又夺走准副迦尔斯·马克宾的性命；两位船医培第和麦当诺也在新年前夕的嘉年华中丧生。但是他的第一、第二、第三中尉都还活着，而且活得还不错；他的二副托马斯、冰雪专家布兰吉，还有不可或缺的主计官黑帕门先生也都在。

菲茨詹姆斯失去了他的上级指挥官约翰爵士。他的第一中尉格雷厄姆·格尔，以及詹姆斯·华特·费尔宏中尉，和大副罗伯特·欧莫·沙金，全都死在那东西手下。他的主要船医史坦利先生和准副亨利·弗斯特·柯林斯也已经殉职。所以他只剩下维思康提中尉、二副查尔斯·德沃斯、冰雪专家瑞德、船医古德瑟，以及主计官查尔斯·汉弥尔顿·欧斯莫几位主要船员。前两年军官用餐房拥挤的状况已不复见，最近这几个礼拜只有船长、仅存的中尉、船医和主计官四个人在冰冷的军官用餐房用餐。而且克罗兹知道，在“幽冥”号沉没前的最后几天，船身受到冰的推挤，几乎向右舷倾斜了三十度，用餐情景一定非常荒谬。四个人得坐在舱板上，餐盘放在膝盖上，双脚用力撑在船舱内的板条上来用餐。

菲茨詹姆斯的侍从侯尔仍然因为坏血病而无法工作，可怜的老布瑞金只好代理他担任侍从，像螃蟹一样急急忙忙地走来走去，服侍撑在倾斜得很厉害的舱板上的军官们。

谈到士官长的存活，“恐怖”号也比较幸运，克罗兹的工程师、水手长及木匠都还活着，而且还能做事。至于“幽冥”号，三月初冰原上那个东西在夜里进到船里时，就把工程师约翰·葛瑞格和木匠维基斯的内脏都掏了出来。剩下的士官长，水手长托马斯·泰瑞则早在去年十一月就被那只生物弄断了头。菲茨詹姆斯没有任何一个士官长还活着。

“恐怖”号的二十一个士官中——补给士、水手舱班长、底舱班长、主桅台班长、前桅台班长、舵手、船长侍从、次阶军官助理、弹药士、船缝填塞匠、炉工等，克罗兹只失去一个炉工约翰·托林顿。他是这支探险队第一个殉职的人，那已经是很久以前，一八四六年一月一日发生在比奇岛上的事了。而且克罗兹记得，年轻的托林顿在英格兰登船时，就已经染上最后夺走他性命的肺结核了。

菲茨詹姆斯也失去一个士官——炉工汤米·普雷特，他是在三月那个东西到最底下两层船舱大开杀戒那天丧命的。那天夜里，底舱里只有木匠的副手托马斯·华生没被那个东西杀死，不过他失去了左手。

因为军械匠托马斯·伯特在还没碰到真正的冰之前，就已经被从格陵兰遣送回英格兰了，所以“幽冥”号目前还有二十个活着的士官。这些人当中几位，例如年老的制帆匠约翰·莫瑞和菲茨詹姆斯自己的侍从爱德蒙·侯尔，都因为坏血病的病情严重而几乎没有用处；另外还有一些，例如被鞭打五十下的弹药士理查·艾尔摩，则因为郁郁寡欢，做不了什么事。

克罗兹叫一个显然已经疲累到拉不动雪橇的人退出来，和那几个拿枪的人一起走，身为船长的他则套上了挽具，自己下去拉。虽然和另外六个人一起使力，但要拉动超过一千五百磅罐头食物、武器和帐篷，对他已经大不如前的身体来说是种大折磨。自从三月他开始把一些小船，以及船舰上的机具运送到威廉王陆块以来，他就亲自参与雪橇队的任务，他已经很清楚人力拉雪橇的要点。但即使他已经进入拉雪橇的节奏，雪橇挽具的皮带勒在胸前带来的疼痛，雪橇装载物品后的实际总重量，汗水在他衣服中结冻、融化、再结冻带来的不舒服感，还是都出乎他的预料。

这时，克罗兹很希望他们还有更多一等水兵和陆战队士兵。

“恐怖”号失去了两个合格水手：比利·史特朗被那只动物撕成两半；詹姆斯·沃克是白痴马格纳·门森的好朋友，他死后门森才开始完全受那矮小、獐头鼠目的副船缝填塞匠支配。克罗兹还记得在好几个月前，就是因为怕底舱里沃克的鬼魂缠扰他，庞大的门森才有了第一次接近抗命的行为。

在这一点上，皇家海军“幽冥”号终于比姐妹船幸运。菲茨詹姆斯失去的唯一一个一等水兵是约翰·哈特内，他也是死于肺结核，一八四六年的冬天葬在比奇岛上。

克罗兹倾身压着挽具的皮带，回想这些脸孔与人名，军官、士官死了这么多人，普通水手却没死多少个。他一面拉雪橇一面喃喃抱怨，冰原上那个东西似乎是冲着探险队的领导干部来的。

不要这么想，克罗兹命令自己，你这样是在赋予那只野兽所没有的思考能力。

它真的没有思考能力吗？克罗兹心中带着惧怕的部分反问。

一名陆战队员从他身旁走过，臂弯里夹着一把毛瑟枪，而不是霰弹枪。这个人的脸完全藏在帽子、威尔斯假发与保暖巾里面，但是从他走路弯腰驼背的模样，克罗兹知道他是罗伯特·哈普魁。在去年六月约翰爵士被杀的那天，这名海军二兵被那只动物伤得很重。虽然哈普魁其他的伤已经痊愈了，被打碎的锁骨却让他的身体总是垂向左侧，好像无法把身体挺直一样。另一个跟着他们一起走的陆战队士兵是威廉·皮金登，这个二兵在前面那场意外发生当天，也在隐匿棚里被枪射穿肩膀。

中士大卫·布莱恩，“幽冥”号最高阶的陆战队士官，在约翰爵士被野兽带到冰层下的几秒前，头就被打断了。二兵威廉·布蓝尼一八四六年死于比奇岛；二兵威廉·日德去年秋末的十一月九日被派到“恐怖”号传送信息时消失在冰原里（克罗兹把日期记得非常清楚，因为当天他刚好也从“恐怖”号走到“幽冥”号，而且那是第一个全天都没有阳光的日子）。那只野兽已经让菲茨詹姆斯的陆战队护卫人数只剩下四个：负责指挥的下士亚历山大·皮尔森；左肩全毁的二兵哈普魁；肩膀被子弹打伤的二兵皮金登；二兵约瑟·希里。

克罗兹自己的陆战队分驻队中，只有二兵威廉·海勒被冰上那个东西打伤。去年十一月，这个二兵夜里在甲板上担任守卫时，那个东西爬上船，猛力抓掉他的脑袋。但奇妙且惊人的是，海勒竟然不愿意死去。他在病床区床上昏迷了几个礼拜，不断在生存与死亡之间徘徊，之后就被陆战队的同伴们抬到船首的船员起居区里，每天喂他吃东西、清洗身体、带他上厕所，并且帮他换衣服，好像这个目光呆滞、动作滑稽的人是他们的宠物。上个礼拜他已经被送到恐怖营了。陆战队员们把他缠裹得相当温暖，并且很小心，甚至很恭敬地将他放到木匠副手胖威尔森特别为他制作的一部单人平底雪橇上。拉雪橇的水兵们并没有抗议多出这件额外重物，反倒自愿轮流拉这个载着植物人的小雪橇横越冰原，翻过冰脊到恐怖营去。

这让克罗兹还有五个陆战队员：达利、黑蒙、威吉斯、黑吉斯，以及三十七岁的中士所罗门·妥兹。妥兹是个没受过教育的笨蛋，现在却是约翰·富兰克林探险队里，九个还活着且有行为能力的皇家海军陆战队士兵的领导士官。

雪橇拉了一小时后似乎滑得比较顺了，克罗兹已经能配合众人喘气的节奏来换气，拉着重物穿越崎岖的冰。

这些就是克罗兹算出的各级人员损失。当然，男孩没算在内，他们是最后一刻才自愿加入探险队的年轻人。在船员名单里，他们被登记为“男孩”，但是四个人当中有三个其实是已经满十八岁的成人了。起航时，罗伯特·戈尔丁已经十九岁了。

四个“男孩”中有三个还活得好好的，虽然在嘉年华那夜的大火中，克罗兹还得亲自从着火篷室里把不省人事的乔治·钱伯斯扛出来。男孩中唯一丧生的是汤姆·伊凡斯，不论就举止表现或年龄而言，他都是最年轻的；当他和克罗兹一起到黑暗的冰原里去寻找失踪的威廉·史特朗时，冰原上那个东西完全无视船长的存在，从他身旁把这个年轻人抓走。

虽然乔治·钱伯斯在嘉年华后两天就恢复意识，但已经不是原先的他了。在他正面遭遇那个东西之前，他是个很开朗的小伙子，但是脑震荡却让他的智力降到比门森还低。乔治并不像二兵海勒是个植物人。照“幽冥”号的副水手长的说法，乔治听得懂一些简单命令，并且能照着做动作，但是在可怕的新年夜后，他几乎就不再说话了。

另一个有类似遭遇的人是大卫·雷斯，探险队里较有经验的船员。他遇见冰原上那只白色东西两次，竟然还能存活下来，不过这些日子以来，他就和愚钝的二兵海勒一样没用处。在他第二次碰上那只白色东西的夜里，它在甲板上撞见他和约翰·韩弗，后来还追着冰雪专家托马斯·布兰吉进入黑暗的冰原，从那时开始，雷斯又回复成目中无神、毫无反应，而且没再恢复正常。他已经被穿上很多层外套、塞进小船里，用雪橇拖运到恐怖营。其他几个受了重伤或是病到无法走路的人，例如菲茨詹姆斯的侍从侯尔，也都是这样处理的。现在探险队为坏血病、外伤或士气低迷所苦，没用处的病人太多了。船员们自己肚子饿、生病，只能勉强走几步路，却还有更多张嘴需要去喂食，更多个身体需要去拖运。

克罗兹非常虚弱，他知道过去两个晚上他几乎没有睡眠。他试着计算死亡人数来转移注意力。

“幽冥”号死了六个军官，“恐怖”号四个。

“幽冥”号的三个士官长都死了，“恐怖”号的都还活着。

“幽冥”号死了一个士官，“恐怖”号一个。

“幽冥”号只死了一个水兵，“恐怖”号四个。

不包括三个陆战队的士兵及男孩伊凡斯，死了二十个人。所以这支探险队已经死了二十四个人。死亡人数相当骇人，比克罗兹印象中海军史上任何一支极地探险队的死亡人数还多。

但是，还有一个更重要的数字，克罗兹希望把全副注意力集中在上面：有一百零五个还活着的人需要他照顾。

在被迫离弃“恐怖”号、横越冰海的日子，有一百零五个人还活着，包括他自己。

克罗兹把头放低，倾身紧抵着挽具背带。风开始刮起来，把雪吹得四处飞舞，让前方的雪橇变得朦胧，也让他看不见走在旁边的陆战队员。

他确定自己没算错吗？死了二十个人，还不包括三个陆战队员和一个男孩？是的，他和利铎中尉今天早上才核对过人员清册，当时几支雪橇队里的人数，加上待在恐怖营里与“恐怖”号上的人数，确实是一百零五人……但是他真的确定吗？他有没有忘记任何人？他的加法与减法没出错吗？克罗兹已经非常非常累了。

弗朗西斯·克罗兹也许一时之间没算清楚，他已经两天，不，是三天没睡觉了。但是他并没有忘记任何一个人的脸或名字，将来也不会。

“船长！”

克罗兹从拉雪橇的恍惚状态中清醒过来。他根本不知道自己是已经拉了六个小时，还是只拉了一小时的雪橇。世界已经变了：东南方天空那轮耀眼但冰冷的太阳、吹刮而过的冰晶、他呼吸的节奏、他身体的疼痛、肩上分摊的重量、海冰与新雪的阻力，以及最特别的，四围有白云环绕的奇异蓝色天空。他们仿佛行走在一个边缘被漆成蓝白色的碗里。

“船长！”是利铎中尉在大喊。

克罗兹这才发现和他一同拉雪橇的人都已经停了下来，所有的雪橇都停在冰上。

在他们前面的东南方，大约是在下一道冰脊再过去一英里左右，有一艘三桅船正从北向南移动。它的帆已经卷上去而且包裹起来，帆桁已经做了停泊准备，但还在移动，仿佛正乘着一股很强的暗流，在下一道冰脊后面某条未结冻的宽阔水道上，缓慢而庄严地滑行。

搜救队。救赎。

在克罗兹疼痛胸中的蓝色火焰激动地燃烧了好几秒，变得更加明亮。

冰雪专家托马斯·布兰吉走向克罗兹。他的义肢穿着木匠哈尼特别为他制作的木鞋。“海市蜃楼！”他说。

“当然，我知道。”船长回答。

即使是透过闪烁不定的光线和方向不断变换的风去看，他也一眼就认出皇家海军“恐怖”号独特的炮舰船桅与索具。有那么几秒钟，在几近昏眩的意识不清的状态下，克罗兹在想，他们该不会是迷了路，绕了一圈后又回头面向西北方，朝着几个小时前弃掉的船走去？

不可能。前面的冰上有雪橇走过的痕迹。虽然有些地方被雪盖住了，但是雪橇队一个月来在这里来回行走，已经让冰上的凹痕变得非常深。凹痕一直通到那道高耸的冰脊以及先前用鹤嘴锄和铲子挖凿出来的狭窄通道。而且太阳这时还在他们右前方，低垂在南边的天空。在冰脊后方，那三根船桅发出微光，短暂消失后，接着又出现，而且变得更清晰，只不过整艘船是上下颠倒过来，被埋在冰里的“恐怖”号船身此时融进了布满白色卷云的天空。

天空里出现虚幻之物，克罗兹、布兰吉和许多人已经看过很多次。多年前，他们的船被冻在称为南极洲的陆块沿岸时，克罗兹在某个晴朗的冬天早晨曾看到北方有一座冒烟的火山，上下颠倒地从结冻的冰海里往上升，后来他们就用这艘船的名字为火山命名。这次探险之旅中也有一次，在一八四七年的春天，克罗兹上到甲板后发现南方天空里飘浮着几颗黑色的球。不久，这些球变成实心的八字形，然后又分开，像是有规律地排成一串的黑色气球，在差不多十五分钟后，它们完全蒸发了。

第三部雪橇有两个船员跌进雪橇凹痕里，膝盖跪在凹陷的雪中。其中一个大声哭了出来，另一个则发出一长串克罗兹听过的最有想象力的水手脏话——船长自己几十年来可是听过无数的脏话。

“他妈的！”克罗兹大骂，“你们看到的是北极的海市蜃楼。别再哭了，也别再骂了，不然我就叫你们两个人自己拉这部可恶的雪橇，我还会亲自坐在上面用皮靴踢你们的屁股。给我马上爬起来！你们可是男人，不是娇滴滴的女人。别再不争气！”

两个船员爬起来，笨拙地把身上的冰晶和雪撢掉。克罗兹一时之间无法根据外衣与威尔斯假发认出他们，不过事实上，他也不想知道他们是谁。

雪橇队又开始前进，队中有许多抱怨，但是没人敢再骂脏话。每个人都认得前方那道高大的冰脊。虽然在过去几个礼拜里，雪橇已经翻越过无数次，在它身上切割出缺口来，但它还是一道令人不容小觑的冰墙。他们必须想尽办法把沉重的雪橇弄上少说有十五英尺高的陡坡，陡坡两侧都是六十英尺高的危险冰崖。大冰块很可能会从两侧的冰崖上滚落，带来伤亡。

“好像有个黑暗之神想要折磨我们。”托马斯·布兰吉近乎愉悦地说。这位冰雪专家不需要拉雪橇，但他还是一跛一跛地走在克罗兹旁边。

船长没有回答他，一分钟后布兰吉就退后了一点，走在某个陆战队士兵旁边。

克罗兹叫一个待命的人来换班。他们事先练习过了，雪橇不需要停下来，两个人就能换班。新手将挽具套好后，他就退到雪橇道外面，然后看他的表。他们已经拉了五个小时的雪橇。回头向后看，克罗兹发现真正的“恐怖”号早就看不见了，离他们至少有五英里，而且还隔了好几道低矮的冰脊。那幅海市蜃楼的景象，似乎是存心要折磨他们的邪恶北极神灵最后送给他们的礼物。

克罗兹仍然是这支命运多舛的探险队的总指挥，但是这时他才第一次发现，他已经不再是皇家海军探索团任何一艘船舰的船长了。从他是个男孩以来，身为海员及海军军官就是他的人生，然而这部分人生已经永远结束了。他必须为失去这么多船员及两艘军舰负责，他知道在那之后，海军总部永远不会再把任何一艘船的指挥权交给他。回想起他漫长的海军军旅生涯，克罗兹明白，他现在只是一具行尸走肉。

他们还要辛苦地拉上两天雪橇，才会到达恐怖营。克罗兹盯着前方那座高大的冰脊，举步维艰地向前走。

33
古德瑟

北纬六十九度三十七分四十二秒，西经九十八度四十一分
一八四八年四月二十二日

哈利·古德瑟医生的私人日记：

一八四八年四月二十二日

我已经在被称为“恐怖营”的地方待了四天，我觉得它名副其实。

菲茨詹姆斯船长负责指挥这里的六十个人，包括我在内。

我承认，上礼拜当我拉着雪橇第一次看到这里时，心里浮现的第一幅图像是来自荷马的《伊利亚特》。这营地沿着一个宽阔海湾的岸边搭建起来，位于詹姆斯·克拉克·罗斯将近二十年前在胜利角所堆的石碑南方两英里左右，看起来能保护我们不受到从海里堆冰上刮来的风雪侵袭。

让我想到《伊利亚特》里的场景的原因，或许是那十八艘长

形小船被拉到冰海的岸上排成一列，其中四艘侧躺在沙砾地上，另外十四艘船则不偏不倚地绑在雪橇上。

小船后面有二十个帐篷：有差不多一年前，我和已故格尔中尉到胜利角探查时使用的那种小型荷兰帐篷（每个荷兰帐篷里可以睡六个人，每三个人合睡在一个五英尺宽的狼皮毛毯睡袋里）；有制帆匠莫瑞制作的稍大的帐篷（包括让菲茨詹姆斯船长、克罗兹船长和他们个人侍从住的帐篷）；有最大型的两个帐篷（都有“幽冥”号与“恐怖”号的会议室那么大，一个用来当病床区，另一个则充当水手们的用餐帐篷）。此外，士官长、士官、军官以及非军职干部们，例如工程师汤普森和我，也都有各自的用餐帐篷。

不过，让我想到《伊利亚特》场景的原因也有可能是我们到达恐怖营时是夜里（所有从“恐怖”号来营地的雪橇队，都是在第三天天黑后才到达），最先映入眼帘的是恐怖的鬼火与营火。当然，这里除了从破碎的“幽冥”号上带来的橡木柴火外，没有木柴可以燃烧。不过在过去这个月里，有好几袋剩余的煤炭袋被船员们从两艘船上横越冰海运送过来。当我第一次看到恐怖营时，营地里就有许多烧煤的火，有些放在用岩石围起的环形区域里燃烧，有些则放进四个从嘉年华大火中抢救出来的高大火盆里燃烧。

得到的效果就是火焰及亮光。另外，我们偶尔也会点燃一些火炬与提灯。

在恐怖营待了几天之后，我已经觉得这里比较像海盗的营寨，而不像阿喀琉斯、奥德修斯、阿伽门农，以及荷马笔下其他英雄的营帐。船员们的衣服破旧、磨损，还经过多次修补。大多数人不是生病，就是走路一拐一拐，再不然就是又病又瘸。藏在他们浓密胡须下面的是一张张非常苍白的脸，他们的眼睛从凹陷的眼眶里向外瞪视。

他们大摇大摆或脚步蹒跚地在营地走着，船刀垂挂在随意绑在外衣的腰带上晃来晃去，铿锵作响的刀鞘是由刺刀鞘截短做成的。这是克罗兹的点子。他还要求船员们戴上由格子网改装成的护目镜，以避免被阳光射瞎眼睛。结果就产生了一群打扮得很像暴徒的乌合之众。

而且这些人大多已经出现坏血病的症状。

我这几天一直在病床帐篷里忙碌。雪橇队的船员花了不少额外力气，拉了十几张床（再加上两位船长的床）穿越冰海，翻过可怕的冰脊来到这里，但是现在我有二十个人在病床帐篷里，所以有八个人得躺到铺在冰冷地面上的简便床垫上。在漫长的夜里，有三盏油灯可以提供足够的照明。

大多数躺在病床区的人都得了坏血病，但并不是全都如此。二兵海勒又回到我的看护之下，培第医生曾将一片由金币打成的薄片锁到他的头颅上，来取代被冰上那个东西连着部分大脑一起挖掉的头壳。陆战队士兵们已经照顾他好几个月，也计划到恐怖营后继续照顾。这名二兵被安置在哈尼先生设计的小雪橇上运送过来，但也许是在三天两夜的运送过程中着了凉，到这里时已经得了急性肺炎。这次我不预期这位陆战队二兵还能活太久，虽然他到目前为止都还奇迹似的生存着。

在病床区里还有大卫·雷斯，他的同伴都叫他戴威。这几个月来，他的紧张性精神分裂症一直没有改善，这个礼拜横越冰原后（他和我同一批来到这里），就开始连最稀的粥或水都没办法下咽。今天是礼拜六。我认为雷斯活不到下周三。

把小船和东西从船上拉到岛上，包括翻越过一个即使不必拉雪橇我也爬不上去的冰脊，劳动量无比巨大。当然这会为我带来一些撞伤与骨折类伤员。其中包括水兵比尔·宣克斯，他的手臂出现严重的复合式骨折，尖锐的骨头碎片在两个地方穿破了他的肌肉与皮肤。因为怕他得坏血病，我帮他把骨头接好后，就将他留在帐篷里。

坏血病仍然是潜藏在这帐篷里的主凶。

菲茨詹姆斯船长的个人侍从侯尔先生很可能会是这里第一个死于坏血病的人。他一天中大多数时间都意识不清。和雷斯与海勒一样，他必须被人用雪橇拖着，从注定要抛弃的船那里经过二十五英里路程来到恐怖营。

爱德蒙·侯尔很早就患上坏血病，且相当典型地诠释了病情一步一步恶化的进程。这位船长侍从是个年轻人，再过两个多礼拜，到五月九日才满二十七岁，如果他那时候还活着的话。

身为一名侍从，侯尔算是块头高大，他有六尺高。在探险队起航的时候，总船医史坦利和我从各方面来看都觉得他很健康。他做事时动作利落、聪明、机敏、有活力，而且有侍从少有的强健体魄。一八四五年与一八四六年之间的冬天，在比奇岛的冰上常常举办赛跑与人力拉雪橇比赛，那时候他就经常得第一名，也常常是他所属队伍的灵魂人物。

他在去年秋天开始出现坏血病的轻微症状：疲劳、倦怠、愈来愈常将事情弄混淆。在威尼斯嘉年华灾难后，病情变得非常明显。他继续服侍菲茨詹姆斯船长，一天工作十六个小时，进入二月后每天工作更长时数，他的身体终于垮下了。

第一个让侯尔先生注意到的症状是水手舱船员们戏称的“荆棘冠冕”。

血开始从爱德蒙·侯尔的头发里流出来，还不只是从他头上的毛发流出来而已。先是他的帽子，接着是他的衬衣，最后连他的内裤也每天都沾满血迹。

我曾经很仔细观察过，发现头皮上的血确实来自毛囊。有些船员为了避免出现这症状而把头发剃光，当然一点用处也没有。因为大多数船员的威尔斯假发、帽子、围巾，现在连枕头也一样被血浸湿了，所以船员和军官们开始在头饰底下先缠上毛巾，睡觉时也是躺在毛巾上。

当然，血从所有有体毛的地方冒出来的难堪与难受，绝不是这几个简单动作就能化解的。

一月时，侍从侯尔的皮肤下面开始出血。虽然当时户外比赛早已成为过去式，侯尔先生很少需要离开船很远或付出大量劳力来履行他的职责，但只要有些微碰撞或擦伤，他身上就会出现一大片红色与蓝色肿块，而且不会好起来。刮马铃薯或切牛肉时不小心割伤自己，几个礼拜内伤口都不会愈合，还会持续流血。

到了一月底，侯尔先生的脚已经肿成两倍大。要服侍船长时，他还得向较胖的船员借条脏裤子来穿。因为关节愈来愈痛，他几乎无法入睡。到了三月初，任何动作都会让侯尔痛得受不了。

整个三月，侯尔坚持不留在“幽冥”号的病床区，他要回到自己的卧铺，服侍并且照顾他的船长菲茨詹姆斯。他的金发一直结着血块，肿起来的手、脚和脸开始变得像面团一样。每天我检查他时，他的皮肤都变得更没弹性；在“幽冥”号整个被压碎的一个礼拜前，我的手指可以深深压进他的肉里，而那凹洞就永远留在那里，新的瘀血会开始向外扩散，形成一片不久就会大量出血的肤块。

到了四月中，侯尔整个人的身体已经膨胀得不成人形。他的脸和手因为黄疸而呈黄色，眼睛也呈现明亮的黄色，在不断流血的眼眶衬托下，看起来相当骇人。

虽然我的助手和我花了不少力气，每天帮他翻身及移动身体好几次，但是到了要将他从垂死的“幽冥”号上移出来的那天，侯尔还是长了许多褥疮，疮已经变成棕紫色的溃疡，不断在流脓。他的脸，尤其是鼻子和嘴巴两侧也有溃疡，不断渗出脓与血。

坏血病患者的脓有非常难闻的腐臭味。

我们把侯尔先生移到恐怖营那天，他的牙齿掉到只剩下两颗。而在去年圣诞节那天，他还是整支探险队中笑容最健康的年轻人呢。

侯尔的牙龈变黑而且向后缩。他一天只有几小时有意识，而在那段时间里，他每一秒都非常疼痛。我们打开他的嘴巴要喂他时，几乎无法忍受那味道。因为没办法清洗毛巾，我们就在他的床上铺了帆布，现在那帆布因为沾了血而变黑了。他结冻、肮脏的衣服也因为干血与脓块而变得易碎。

他的外观和苦楚已经够可怕了，更可怕的是他的情况还会一天比一天糟，继续苟延残喘好几个礼拜甚至几个月。坏血病是个狡猾的杀手。它会折磨受害者很长一段时间，才放手让他死去。当人死于坏血病，他最亲密的家属通常已经认不出他来，而他的神志也已经不足以认出对方。

但是在这里不成问题。探险队除了有一对兄弟外（托马斯·哈特内在比奇岛失去了他的哥哥），不会有任何家属出现在冰海上，或是来到这座不断受风、雪、冰、闪电以及浓雾侵袭的可怕之岛。我们倒下时没有亲人会来认尸，更不用说来将我们埋葬。

病床区有十二个人不久之后会死于坏血病，而且一百零五个生存者中超过三分之二已经出现一个或一个以上的坏血病症状，包括我自己在内。

再不到一个礼拜，我们的柠檬汁将会喝完。它是我们最理想的抗坏血病食物，但是在过去这一年里的效用已经愈来愈小。到时候我仅剩的抗坏血病药物就是醋。一个礼拜前在“恐怖”号船外的贮粮帐篷里，我亲自监督船员们把剩下的醋从木桶倒到十八个小桶子里，准备供十八艘已经用雪橇运送到恐怖营的小船使用。

船员们讨厌醋。醋和柠檬汁不一样，柠檬汁的酸味可以借着加些糖水甚至朗姆酒勉强压过去。但是对于味觉已经被身体系统里的坏血病破坏掉的病患来说，醋尝起来就和毒药差不多。

军官们比船员们吃过更多葛德纳食物罐头——他们选择吃他们最爱吃（虽然有股腐臭味）的腌猪肉与腌牛肉，直到木桶里的肉全被吃光——看起来也确实比一般船员更容易因为坏血病的后期症状而倒下。

这证实了麦当诺医生的理论。他认为罐头装的肉类、蔬菜以及汤缺少了对抗坏血病的重要成分。相较之下，虽然有点腐败、但过去一度新鲜的食物，就没有这种问题。如果我能奇迹似的找到这成分，不管是毒物或是灵丹，不仅很有可能救活船员，甚至包括侯尔先生，也很有机会被封为爵士——当然是在我们被搜救队发现，或者各凭本事到达安稳的海湾之后。

但是，以目前状况来看，我什么都不能做，我手上连基本的实验器材也没有。我目前能做的，顶多就是坚持让船员们吃狩猎队带回来的新鲜肉类。虽然有点违反常理，我甚至觉得连皮下脂肪和甜食都有可能增强对抗坏血病的抵抗力。

不过狩猎队并没发现可以射杀的活物。冰层还太厚，我们不可能凿穿来钓鱼。

昨天晚上，菲茨詹姆斯船长和往常一样来病床区探视。他的每个漫长的一天都是从探视病房开始，也以探视病房结束。在他巡视过每个熟睡的病患后，他问我每个人病情的变化。我那时就鼓起勇气来，问他一个我已经藏在心里好几礼拜的问题。

“船长，”我说，“如果您没有时间回答，或是不想回答，这我可以理解，因为显然我的问题很蠢。不过这个问题我已经想很久了：为什么要有十八艘小船？我们似乎是把‘幽冥’号和‘恐怖’号上的每一艘小船都运来了，但是我们总共只有一百零五个人。”

“愿意的话，你可以跟我到外面来，古德瑟医生。”菲茨詹姆斯船长回答。

我吩咐我那位疲累的助手亨利·罗伊德看好病患，然后跟着菲茨詹姆斯船长到外面去。我在病床帐篷里就注意到，他的胡子并不是我向来以为的红色，反倒大多是灰色的，只是边缘有些干掉的血。

船长从病床区多拿了一盏提灯，然后带头走向尽是沙砾的海滩。

当然，那里没有酒红色的海水在拍打着布满圆卵石的海岸。只有一些高大的冰山堆积在我们与海上的堆冰之间，沿着海岸线形成一道屏障。

菲茨詹姆斯把提灯举高，照亮一排小船。“你看到什么，医生？”他问。

“小船。”我大胆地回答，感觉到自己真的如自己刚刚所说那么蠢。

“你分得出它们之间的差别吗，古德瑟医生？”

在提灯光中，我更仔细地看了看。

“前面这四艘没放在雪橇上。”我说。我来的第一天就发现了。我实在搞不清楚，哈尼先生都愿意花那么多心思为其他小船制作雪橇了，为什么这四艘会是例外。在我看来，这是个严重过失。

“是，你说得没错。”菲茨詹姆斯船长说，“这四艘是‘幽冥’号和‘恐怖’号上的捕鲸船。它们有三十英尺长，比其他的小船轻，非常坚固，每艘都有六支桨，和独木舟一样有双重船首……你看到了吗？”

我现在看到了，我之前都没注意到捕鲸船有两个船头，像独木舟一样。

“如果我们有十艘捕鲸船，”船长继续说，“那就太完美了。”

“怎么说？”我问。

“它们很坚固，医生。非常坚固，而且轻，这我刚刚说过了。而且可以把物品堆放在上面，拖着它们在冰上走，不像其他小船还需要制作雪橇来搭载。如果我们遇到没结冻的水道，我们可以从冰上直接进到水里。”

我摇了摇头。虽然我知道问下面的问题，会让菲茨詹姆斯船长马上认为我是个十足的笨蛋，但我还是问了：“但是为什么捕鲸船可以在冰上拖行，其他船却不行？”

“你看得到它的舵吗？”菲茨詹姆斯船长的声音里没有一点

不耐烦。

我看了看这几艘船的尾巴，没看到舵。我如实地告诉船长。

“正是如此。”他说，“捕鲸船的龙骨很浅，也没有固定的舵。它的行进方向由船尾划桨的人来控制。”

“这样好吗？”我问。

“当然好，如果你要一艘轻而坚固、龙骨很浅，在冰上拖行时船舵不容易断掉的小船。”菲茨詹姆斯船长说，“虽然它有三十英尺长，但最适合用人力拉着在冰上移动，而且搭载十二个人后还有置放补给品的空间。”

我听懂似的点了点头。我差一点就懂了，但是我非常累。

“你看到船桅了吗，医生？”

我再次看了看，找不到我要找的东西，我再次如实回答。

“因为捕鲸船有个可以收折起来的船桅。”船长说，“现在已经折叠起来，收纳在覆盖于船舷上的帆布下面。”

“我注意到这些小船上都盖着帆布与木板。”我这么说，让他知道我并不是没在观察，“那是要避免雪落在船里吗？”

菲茨詹姆斯点起他的烟斗。他的烟草很久以前就用完了，我并不想知道他的烟斗里现在烧的是什么。“船罩可以用来遮蔽搭乘十八艘小船的船员，虽然我们也许只会带走十艘。”他低声说。营地里大多数人都在睡觉，怕冷的守卫只在提灯光的边缘巡行。

“当我们穿越未结冻水域，进到贝克的大鱼河河口时，我们会躲到帆布下面吗？”我问。我从来没想过，我们全蹲坐在帆布与木板下面会是何种光景。我向来想象的都是大家兴高采烈地在阳光下摇桨。

“我们可能不会在河里使用这些小船。”他说，吐出一些味道浓烈的烟雾，闻起来像干掉的人粪，“如果今年夏天沿岸的水域解冻了，克罗兹船长可能会希望我们扬帆航行到安全的地方。”

“一路航行到阿拉斯加和圣彼得堡？”我问。

“至少要航行到阿拉斯加。”船长说，“或者到巴芬湾，如果沿岸解冻的水道是通往北方的话。”他走了几步，摆动提灯让它更靠近放在雪橇上的小船：“你认得出这些小船吗，医生？”

“它们不一样吗，船长？”我发现当人累到某个地步，已经不太会在乎自己的形象了，反倒喜欢坦诚以对。

“是的。”菲茨詹姆斯说，“再来那两艘绑在哈尼先生特制雪橇上的小船，是我们‘幽冥’号的快艇。过去这三个冬天它们不是被绑在甲板上，就是置放在船旁边的冰上，你一定看过吧？”

“是的，当然。”我说，“不过，您的意思是它们和前面那几艘捕鲸船不同？”

“差很多。”菲茨詹姆斯船长说。他花了一些时间把烟斗重新点燃。“你有没有看到这两艘船的船桅，医生？”他问。

即使这里只有提灯的微光，我还是看得见这两艘船上各竖立着两支船桅。特意裁切成形的船帆缝系在船桅周围。我告诉船长我看到的。

“嗯，很好。”他说，并没摆出高人一等的姿态。

“不把可以折叠起来的船桅折叠起来，有什么原因吗？”我问，主要是要表现出我一直很留心在听他的话。

“它们无法折叠起来，古德瑟医生。这些船桅是装上斜帆的……或者你可以说它装上了斜桁，几乎就固定在那里。你看到这两艘小船固定的舵吗？还有那条比较突出的龙骨？”

我看得见。真的。“就是船舵和龙骨让它们不能像捕鲸船一样在冰上拖行吧？”我大胆猜测。

“正是如此，你已经诊断出问题了，医生。”

“船舵难道没办法拆下来吗，船长？”

“也许可以，古德瑟医生，但是那突出的龙骨……在碰上第一道冰脊时就会卡住或被撞掉，不是吗？”

我再次点了点头，把戴着连指手套的手放在它的船舷上：“是我的错觉，还是这四艘小船，包括‘恐怖’号的那两艘，真的比那几艘捕鲸船短一点？”

“你的眼力很好，医生。这几艘只有二十五英尺长，捕鲸船长三十英尺。而且它们比较重……快艇比较重，船尾也较呈方形。”

我这才第一次注意到，这些小船和捕鲸船不同，它们确实只有一个船头和一个方形船尾。不像独木舟。“这种快艇可以载几个人？”我问。

“十个。他们要摇八支桨。船上会有很多贮放东西的空间，即使是在大海上，也有足够的空间让我们全挤在里面躲避暴风雪。因为快艇有两支船桅，比捕鲸船多一倍的帆来迎接风。不过如果我们必须在贝克的大鱼河里逆流而上，它们就比不上捕鲸船。”

“为什么？”我问。我觉得我应该已经知道答案，因为他好像告诉过我了。

“它们吃水较深，先生。接着我们来看这两艘……快活艇。”

我并不觉得这两艘船有什么快活之处。“它们看起来比快艇大一点。”我说。

“没错，医生。它们长三十英尺……和我们的捕鲸船一样长，但是比较重。甚至比快艇还重。我可以告诉你……能拉着它们和那两部载着它们的九百磅雪橇穿越冰原走到这里，对船员们来说已经是很大的考验。克罗兹船长可能会决定把它们留在这里。”

“那么我们不是应该一开始就把它们留在船上吗？”我问。

他摇摇头：“不对。我们需要选择一些最有可能让一百个船员在海里，甚至在河里活上几个礼拜或几个月的船。你知道小船……所有这些小船……要在海里航行或要在河里靠风力逆流而上，都有不同的索具装配方式吗，医生？”

这次轮到我摇头了。

“没关系。”菲茨詹姆斯船长说，“以后有机会，最好是在南方晴朗、温暖的日子里，我再好好向你介绍在河里航行与在海里航行时索具的不同装配。最后这八艘船……前两艘是侦察船，再来四艘是驳船，最后两艘是便艇。”

“这些便艇似乎比其他小船短很多。”我说。

菲茨詹姆斯船长又在那令人厌恶的烟斗上抽了一口，然后点点头，好像我在《圣经》里发现了智慧的珍珠。“是的。”他有些难过地说，“便艇只有十二英尺长，和二十八英尺长的侦察船，以及二十二英尺长的驳船不能比。不过，这些便艇和驳船都没办法装上桅杆，靠帆来航行，而船上的桨数目也不多。如果我们到了没结冻的海面上，乘坐小船的人肯定会非常辛苦。如果克罗兹船长决定把它们留下，我一点也不觉得讶异。”

“没结冻的海？”我想。在今晚之前我从来没想过，这些船有可能要在比贝克的大鱼河（我心里把它想成和泰晤士河差不多）还宽敞的水域航行，虽然我已经参加过几次讨论这种可行性的作战会议。看着那些较小、看起来很脆弱的便艇和驳船绑在雪橇上，我想乘坐小船的人只能眼睁睁地看着乘坐有两根船桅的侦察船及有一根高大船桅的捕鲸船的人，扬长消失在地平线外。

乘坐小船的人命运很悲惨。那么，谁该被选派到这些船上？两位船长已经私下做好选择了吗？

我是被指派到哪一艘船上，接受哪一种命运？

“如果我们要带着特别小的船一起走，就会抽签来决定谁该上这些船。”船长说，“侦察船、快活艇，以及捕鲸船的人员安排，会依照雪橇队的编组。”

我的眼神显然已经透露出我的惊慌。

菲茨詹姆斯船长笑着，他的笑声一下子就转变成痛苦的咳嗽声。他再次在皮靴上把烟斗里的灰敲掉。风开始刮起，我突然觉得很冷。我完全不知道当时几点钟，大概是午夜某个时间。天已经黑了至少七个小时了。

“不用担心，医生。”他轻声说，“我不知道你心里在想什么，我只看得到你的表情。就像我刚刚说的，我们会抽签来决定谁搭较小的船，但是也有可能不带走那些船。不论最后如何决定，都不会把任何人留下。在海上，我们会把船都系在一起。”

我报以微笑，希望在提灯光的照射下，船长能看到我的微笑，而不是看到我流血的牙龈。“我不知道借风力航行的帆船能和没有帆的船绑在一起。”我再次展现我的无知。

“通常不行。”菲茨詹姆斯船长说。他轻拍我的背，穿了很多层衣服的我几乎感觉不到他的力道。

“现在你已经知道，这十八艘最后可能会构成小舰队的小船各自的航海优缺点了。我们可以回去了吗？这里很冷，而且我得回去补眠，好在四钟响时起来查哨。”

我咬了咬嘴唇，口里有血味：“我还有一个问题，船长，如果您不介意的话。”

“问吧！”

“克罗兹船长什么时候才会决定我们要带什么船？什么时候会把要带的船放到水里？”我问，声音很沙哑。

船长稍微移动了一下，船员用餐帐篷附近的营火衬托出他的身影。我看不见他的脸。

“我不知道，古德瑟医生。”他最后说，“我觉得克罗兹船长也没有办法回答你。幸运女神也许再过几个礼拜就会眷顾我们，冰也开始融化……如果是这样，我会亲自扬帆驾船把你送到巴芬岛。不然的话，我们可能会在三个月内带着几种小船，逆着大鱼河河口的水流行驶……即使我们七月才到达大鱼河，应该还会有足够的时间，在冬天完全到来之前行驶到大奴湖及那里的营塞。”

他拍了拍最靠近他的那艘侦察船的弧形船身。能辨认出那是一艘侦察船，我隐约有股莫名的得意。

不过，搞不好那其实是两艘快活艇中的一艘。

我试着不去想爱德蒙·侯尔，以及他揭示给我们所有人的命运。如果在三个月内我们还没开始逆着贝克河……就是他们称为大鱼河的那条河……进行八百五十英里的长途旅行的话，等到船再过几个月后才到达大奴湖时，还会有人活着吗？

“或者，”他轻声说，“如果幸运女神不眷顾我们，这些船身和龙骨也许就永远不会再进到水里了。”

我不知道该说什么。那就是我们的死刑判决书。我转身离开提灯的光，想走回病床帐篷。我非常尊敬詹姆斯·菲茨詹姆斯船长，我不希望他这时看到我的脸。

菲茨詹姆斯船长把手搭在我的肩上，拉住我。

“若果真如此，”他的语气相当强烈，“我们只好打落牙齿和血吞下走回家了，不是吗？”

34
克罗兹

北纬六十九度三十七分四十二秒，西经九十八度四十一分
一八四八年四月二十二日

克罗兹拉着雪橇朝向北极的落日前进，他知道这次受苦之旅该怎么分配。今天第一天，走八英里路到一号冰海营地；明天走九英里，如果一切顺利，在午夜前可以到达二号冰海营地；第三天，也就是最后一天，再走八英里路，其中包括海岸附近那段最难走的路，那时他们得拉着雪橇，翻越堆冰与沿岸积冰相会处的冰障。然后就可到达暂时还算安稳的避难所——恐怖营。

两艘船的船员将会第一次住在一起。如果克罗兹的雪橇能顺利完成三天越过冰原的旅程，而且没被冰上那个东西赶上，一百零五人就会全聚集在这座岛被风扫得光秃秃的西北海岸上。

三月时最先到达威廉王陆块的先遣雪橇队的前进速度很慢。那时天几乎都还是黑的，所以第一天晚上多是在还看得见船的地方扎营。有一次暴风雪从东南方吹来，不断打在他们脸上，维思

康提的雪橇辛苦了十二个小时还前进不到一英里。

但是现在，在阳光下，先前雪橇走过的路迹已经很清楚，而且翻越冰脊的小径也比较好走，虽然它还没完全被铲平。

克罗兹一直不希望最终要在威廉王陆块落脚。他到胜利角去视察过几次，虽然看到那里堆了许多食物与机具，一圈一圈的帐篷也搭建得有个雏形，他却还不认为他们能在那里活太久。恶劣的天气几乎总是从西北方来：在冬天时残忍，在春天及短暂的秋天时凶暴，在夏天则有致命危险。一八四七年夏天，已故格尔中尉第一次到这块陆地上勘探时经历的狂野的雷电暴风雪，在夏天与初秋时节一次又一次地出现。克罗兹最早同意让船员们用雪橇载到陆地上的东西，是船上多余的避雷棒，以及约翰爵士舱房里几根可以改装成避雷针的铜制布帘横杆。

直到“幽冥”号在三月的最后一天被压碎前，克罗兹都还希望他们能出发朝布西亚半岛东岸去，那里的怒气海滩可能有些补给品，而且还可能会有从巴芬湾来的捕鲸船发现他们。他们可以和老约翰·罗斯一样，沿着布西亚半岛东岸上步行或划船到萨默塞特岛，甚至必要的话，再回到德文岛。这样迟早会看到一艘在兰开斯特海峡航行的船。

而且那一带有些爱斯基摩人的村落。克罗兹知道这是真的：一八一九年，他二十二岁的时候，第一次随着威廉·爱德华·裴瑞到北极探险时，就见过那些村落。两年后他又和裴瑞回到那区域，尝试要找出航线，再过两年后又来过一次，仍然是要寻找那条“西北航道”——二十六年后让约翰·富兰克林爵士丧命的任务。

有可能我们也全都会因此丧命，克罗兹想。他摇摇头，想把失败者的想法甩掉。

太阳非常接近南方地平线。就在太阳要落下之前，他们会停下来吃一顿冰冷的晚餐。接着他们会背起挽具，拉着雪橇再走六到八个小时，在傍晚、晚上及深夜的黑暗中走到一号冰海营地，差不多到达威廉王陆块及恐怖营总路程的三分之一。

现在除了船员们的喘气声、皮带的嘎吱声，以及雪橇滑板的锉磨声外，没有其他声音。风全停了，但随着落日余晖逐渐变暗，空气变得更冷。他们呼出的气形成的冰晶，悬浮在整支队伍上方，像一颗颗缓缓消散的金色圆球。

现在他们正接近高大的冰脊。克罗兹走在队伍最前端，准备在船员们一开始拉拔、提举、推动时搭把手，顺便轻声咒骂几声。他看着前方落日，回想到自己为了找一条到布西亚或巴芬湾的捕鲸船那里的路，曾付出过多少努力。

三十一岁时，克罗兹第四次，也是最后一次陪裴瑞船长到北极海域来，目标是到北极点去。他们创造的“人迹所至的最北方”的纪录，至今都还无人打破。不过他们最终还是被延伸到世界最北端的结实堆冰阻挡住。弗朗西斯·克罗兹已经不再相信有所谓的不冻北极海了：如果有人最终真的到了北极点，他很确定那人一定是驾雪橇去的。

也许是乘坐由狗拉动的雪橇，像爱斯基摩人那样。

克罗兹看过原住民和他们轻巧的狗拉雪橇在格陵兰及萨默塞特岛的东半部四处滑行。照皇家海军的标准来说，那根本称不上是雪橇，只能算是不堪一击的小型雪橇。他们移动的速度远比克罗兹靠人力拉动的雪橇要快。他想朝东走的最主要原因是：爱斯基摩人就在布西亚东边某处或再过去一点。而且，和沉默女士——这礼拜稍早，她跟在哈吉森中尉与厄文中尉的雪橇队后面，先上恐怖营去了——一样，原住民知道如何在这被上帝放弃的白色世界里打猎与捕鱼。

早在二月初，年轻的厄文中尉就向克罗兹反映过，要跟踪沉默女士很不容易，也很难和她沟通，向她请教她是从哪里及如何得到的海豹肉及鱼。当时克罗兹还考虑要用手枪或船刀威胁她，强迫她说明她是如何找到厄文发誓她拥有的新鲜食物。但是他心知肚明，威胁最终会变成什么结果——爱斯基摩姑娘没有舌头的嘴巴还是会紧紧闭着，乌黑的大眼睛会一眨不眨地瞪着克罗兹，直到他不得不后退一步放弃威胁。一事无成。

所以他让她继续留在厄文描述的小雪屋里，让狄葛先生偶尔给她一些饼干或剩余的食物。他尝试把她忘掉。他也确实成功地忘记这个姑娘了，因为上个礼拜守卫向他报告，说她正跟在哈吉森与厄文的雪橇队后方几百码处往恐怖营去时，他才吃惊地记起还有这个人。但是他知道，他还是会梦到她。

如果克罗兹不是太累，很可能还会因为船员们正拖着穿越冰原朝东南方前进的雪橇设计得精巧耐用，而觉得有点骄傲。

在三月中，甚至在还不确定“幽冥”号会被冰层压碎前，他就命令探险队仅存的木匠哈尼先生，和他的副手威尔森与华生日夜赶工，设计及制造能载运“幽冥”号与“恐怖”号上小船与机具的雪橇。

当第一批用橡木与铜打造成的原型雪橇在春天完工时，克罗兹就叫船员们到冰上去测试，并且找出最好的拉动方法。他吩咐索具装配工、补给士，甚至前桅台班员用心去设计出最佳的挽具，让拉雪橇的人拉动时能最省力，而且让挽具不至于妨碍到身体动作及呼吸。三月中，雪橇的设计方案敲定了，他们据此制造出更多雪橇，最后的结论是：载运小船的大型雪橇由十一个人来拉，较小一点的载货雪橇由七个人来拉，这样最合适。

这样安排，便于在刚开始把几批补给品运到威廉王陆块上的恐怖营。克罗兹知道，在此之后，他们下到冰上时，有些人可能已经病到无法拉雪橇，另一些人甚至可能已经死了，到时要由一百个人，或不到一百人的人力来拉动十八艘装满了存粮及机具的小船和雪橇，也就是不到十一人来拉一堆重物，船员的劳力负担会过重。再者，考虑到船员到那时候坏血病会加重，也会更疲惫不堪，每个人的负担还会更重。

到了三月的最后一个礼拜，即使当时“幽冥”号已经在垂死挣扎，两艘船的船员们还在黑暗中或在短暂的阳光中到冰原上，拉着不同的雪橇参加人力雪橇竞速赛，除了学习正确的拉雪橇技巧，也试着研究出什么人适合拉什么样的雪橇，并且找出几支由两艘船各级人员混合编组的最佳雪橇队。他们是为了获得银币与金币的奖赏而比赛。虽然约翰爵士生前计划在阿拉斯加、俄罗斯、东方、三文治群岛买许多纪念品，所以在他的私人贮藏室里有好几箱的先令银币、基尼金币。但是赏金的钱币却是出自弗朗西斯·克罗兹的口袋。

克罗兹非常希望等到白天长到可以做长途雪橇之旅时，就朝巴芬湾前进。因为根据他的直觉，根据富兰克林说的故事，也根据他读过的乔治·贝克的历史——记载十四年前贝克沿着大鱼河上溯六百五十英里到大奴湖的书，原本放在“恐怖”号的图书馆，现在则装在克罗兹的个人行李包中，放在其中一部雪橇上——他们当中有人能完成溯河之旅并且活下来的概率微乎其微。

光是从位于威廉王陆块外海的“恐怖”号到达大鱼河河口这一段一百六十几英里的路程，就有可能无法跨越，这还只是这趟逆流上行的艰难旅程的序曲。在这段路程中，他们会碰到最恶劣的沿岸积冰，还可能受到融化水道的威胁，而被迫放弃雪橇。即使海中的水道没有融化，他们到岸上后还是要艰辛地、痛苦地拉着雪橇及小船穿越岛上的沙砾地前进，同时还可能要忍受最糟的冰原暴风雪的无情摧残。

如果他们真的能到达河里，就要碰上贝克所谓的“一段蜿蜒五百三十英里，穿过贫瘠的荒野，沿途两岸连一棵树都没有的粗暴且折磨人的路程”，以及“不下八十三处的大瀑布、小瀑布与急流”。克罗兹很难想象他的船员们在拉了一个月或更久的雪橇后，身体还强壮或健康到可以承受八十三处大瀑布、小瀑布与急流的考验。就算是乘坐最坚固的小船，光是反复将船只在水道间搬运，就可以累死他们。

一个礼拜前，古德瑟船医在还没有随运送小船的雪橇队到恐怖营之前就告诉克罗兹，抗坏血病的柠檬汁会在三个礼拜，甚至更短的时间内用光，具体能用多久取决于那段时间里死了多少人。

克罗兹很清楚，如果坏血病全力猛攻，极短的时间内他们就会全都变得软弱无力。以目前这段前往威廉王陆块，长约二十五英里的路来讲，他们人员齐备，拥有减半的食物配额，拉着轻雪橇，顺着这一个月来在冰里被磨凹陷的轨道走，一天应该可以走超过八英里。但在地形变化较大的区域，或是威廉王陆块的岸冰区，或再往南，一天能走的距离可能得减半或更少。而等到坏血病控制他们之后，很有可能一天只能走一英里，而且如果没有风的话，他们很可能没有办法靠着摇桨或撑篙让沉重的小船逆着贝克河向上移动。在未来几个礼拜或几个月里，不论距离多短，把小船搬到河岸上再前进很快就会成为不可能的任务。

向南走的有利之处大概只有两点：一、概率虽然不大，但说不定有探险队已经从大奴湖往北来找他们了；二、他们愈往南走，气温会愈高。至少他们是朝着雪融方向前进的。

然而，克罗兹还是倾向于留在纬度较高的北边，然后朝东及朝北走一段较长距离，到达布西亚半岛后，接着跨越它。他知道只有一个比较保险的方式：把船员们带到威廉王陆块上，向东横越过岛，接着再横越过一段较短的海冰——那里从西北方来的风与恶劣天气都会被岛阻挡住，之后到达布西亚半岛的西南岸，然后再沿着海冰边缘，或是直接在陆上沿着海岸线往北走，最后翻过布西亚半岛上的山丘往怒气海滩去，一路上都有碰到爱斯基摩人。

这是较保险的走法，但是也较长。一千两百英里！比起“向南走威廉王陆块，再继续向南逆流而上走贝克河”几乎多了半倍路程。

除非他们跨越冰海到布西亚半岛后不久就碰到爱斯基摩人，否则在完成一千两百英里长途跋涉的几个礼拜或几个月前，他们就全军覆没了。

即使如此，弗朗西斯·克罗兹还是很想孤注一掷，直接穿越东北方冰况最恶劣的堆冰，疯狂地复制十八年前他的朋友詹姆斯·克拉克·罗斯的以一小群人惊人地完成六百英里雪橇之旅的壮举。当时“怒气”号被冻结在布西亚半岛另一边。老助理布瑞金说得完全没错。约翰·罗斯下对了生存赌注，徒步与拉雪橇并用地硬是朝北走，接着靠先前留在那里的小船航行到兰卡斯特海，然后在那里等待经过的捕鲸船。他的侄子詹姆斯·罗斯还证明了拉雪橇从威廉王陆块回到怒气海滩是可能的——但也只是有可能。

“幽冥”号还在忍受最后十天的折磨时，克罗兹就已经征召了两艘船上最善于拉雪橇的人——也就是把最大奖项（也是克罗兹在这世上最后一笔金钱）赢走的人，把设计得最好的雪橇交给他们，并且命令主计官欧斯莫和黑帕门，提供这支由最棒的雪橇纤夫组成的梦幻队伍接下来六个礼拜在冰上需要的一切。

那支雪橇队由十一个人组成。队长是“幽冥”号的二副查尔斯·费垂克·德沃斯，带头拉雪橇的人是大块头门森。他希望另外九个人都是出于自愿参加，也果真如此。

克罗兹想要知道雪橇队有没有办法拖着装满补给品的小船，直接穿越辽阔的冰海出去寻找救援。三月二十三日那天，这十一个人在六钟响时出发，当时天还是黑的，气温是零下三十八华氏度。两艘船上每位还能走路的船员都聚集在一起，为他们大喊三声加油。

德沃斯和他的队伍在三个礼拜后回来了。没有人死掉，但是每个人都累坏了，四个人严重冻伤。马格纳·门森是十一个人中唯一不像只剩半条命的人，连看似从来不会疲倦的德沃斯也累倒了。

在那三个礼拜里，他们只走到离“恐怖”号与“幽冥”号直线距离不到二十八英里远的地方。德沃斯后来估计，他们拉着雪橇，蜿蜒走了超过一百五十英里的路程，才获得二十八英里的直线距离；在到处都是无法跨越的障碍堆冰上，他们不可能循直线走那么长的距离。他们目前所在位置东北方的天气，比困住他们两年的第九层地狱还可怕。那里冰脊成群，有些还高耸到超过八十英尺。当南方太阳被云遮住，或是连续几个长达十八小时的夜里都没有星光时，他们几乎搞不清楚方向。当然，在靠近地磁北极的地方，指北针没有任何用处。

为了保险起见，雪橇队带了五个帐篷，其中只有两个是用来睡觉的。在露天的冰海上过夜非常寒冷，所以到最后九个晚上他们终于能真正睡着的时候，十一个人全挤在一个帐篷里。他们也没有别的选择，因为到了第十二个晚上，另外四顶牢固的帐篷不是被风吹走，就是被风撕成碎片。

不过，德沃斯还是设法带领他们朝东北方移动，只是天气一天比一天糟，冰脊彼此之间愈来愈接近，被迫绕行的路也愈来愈长，而且路况变化多端。此外，当他们像大力士一样奋力拉着或推着雪橇，越过锯齿状的冰脊时，雪橇也受到严重损伤。光是修理雪橇就让他们在狂风暴雪中多耗了两天。

他们到冰上旅行的第十四天早晨，这位二副决定掉头回去。因为只剩一顶帐篷，他估算再走下去的存活概率相当低。他们顺着过去十三天来在冰上留下的雪橇痕迹走回船上。但是冰的活动力太强了，滑移的冰板、堆冰里移动的冰山，以及在他们面前冒出来的新冰脊，销毁了他们走过的痕迹。德沃斯是富兰克林探险队中除了克罗兹之外最优秀的领航者。他多次趁白天及夜里偶然出现晴空时，用经纬仪与六分仪测量方位，到头来却大多还是根据推测定位法来定行进路线。他跟队友说，他很清楚他们所在的位置。但后来他才向菲茨詹姆斯和克罗兹坦承，他早有心理准备回程可能会偏离目的地达二十英里。

在冰原上的最后一夜，最后的帐篷也被风雪撕裂，他们只好放弃睡袋，盲目地朝自以为是西南方的方向前进。为求活命，他们还是拉着雪橇。他们丢掉多余的食物与衣物，却继续拉着雪橇，只因为他们需要水、霰弹枪、弹药与火药。

某只体形巨大的东西在整个旅程中都在跟踪他们。他们可以在雪沫、浓雾与猛烈的冰雹中看到它的身影。在每个无尽的夜里，也可以听到它在黑暗中围绕着他们打转。

他们在冰上的第二十一天早晨，德沃斯一行人出现在北边的地平线上。他们当时是朝西走，完全没注意到“恐怖”号就在他们南边三英里处。“幽冥”号的一个瞭望员看到他们，不过那时“幽冥”号已经不见了——被压挤成碎片，沉到海里。德沃斯和他那群人算是相当好运，瞭望员，也就是冰雪专家詹姆斯·瑞德在那天清晨天还没亮就爬上曾经是大威尼斯嘉年华会场的巨型冰山，并且在晨光乍现时透过望远镜看到了这群人。

瑞德、维思康提中尉、船医古德瑟以及哈利·培格勒领着一批人去把德沃斯那队人带回来，回程途中还经过沉没的“幽冥”号留在冰面上的残骸：碎裂的梁木、倾倒的船桅及纠缠的索具。德沃斯这支冠军队伍里有五个人已经没力气再走最后一英里到“恐怖”号去，只能由同伴们用雪橇载送。超级雪橇队中六位来自“幽冥”号的成员，包括德沃斯在内，在经过被摧毁的家时都流下了眼泪。

所以，朝东北方直接走到布西亚半岛已经不再可能。在详细询问过德沃斯和几个身心俱疲的船员后，菲茨詹姆斯和克罗兹都认为，一百零五个还活着的人中也许有些人能走到布西亚，但是绝大多数人肯定会死在冰上。即使未来白天的时间增长、温度略为升高、阳光也比先前多，情况也不会好到哪里去，因为水道开始融化反倒会让雪橇队面临更多危险。

现在的选择是，留在船上，或者到威廉王陆块上设立营地，再伺机往南冲向贝克河。

克罗兹隔天就开始安排撤离的事宜。

在日落及晚餐结束前，排成一长列的雪橇队看到冰上有个大洞。他们停了下来，五部雪橇及还背着挽具的人员绕着坑洞围成一个圆圈。眼前深陷在冰里的黑色圆圈，是船员们二十个月来第一次看到的未结冻海水。

“我们上个礼拜把侦察船送到恐怖营时还没有这个洞，船长。”水兵托马斯·泰德曼说，“您看雪橇滑板的痕迹和洞挨得这么近，我们不可能没注意到。上次这里绝对没有这个洞。”

克罗兹点头。这不是普通的冰穴——一个俄国发明的词，意思是堆冰中罕见的终年不冻洞穴。这里的冰层厚度超过十英尺，虽然比不上困住“恐怖”号的堆冰，但还是结实到能在上面盖一栋伦敦的建筑物；但是洞的周围并没有突出的冰板或任何龟裂，好像某人或某个东西拿了一把超大型冰锯，在冰上切割出一个完美的圆洞。

但是船上的冰锯不可能在十英尺厚的冰层上切割得这么干净。

“我们可以在这里吃晚餐。”托马斯·布兰吉说，“真的在‘海边’享用食物。”

其他人都摇头。克罗兹同意他们的看法。他想这些人是不是也和他一样，因为这不可思议的完美圆，这十英尺深的洞，以及黑色的海水而不安。“我们还要继续走一个小时左右。”他说，

"利铎中尉，由你的雪橇带头。"

大约二十分钟后，太阳像在热带一样骤然落下，而星星还在冷空中摇曳颤动，队伍最后方担任警戒兵的二兵哈普魁和皮金登跑来找克罗兹，他当时正走在最后一部雪橇旁边。"船长，有个东西在跟踪我们。"哈普魁低声说。

克罗兹从放在雪橇最上方的一个盒子里拿出他的铜制望远镜，然后和两个士兵驻足在冰上一分钟。其他几部雪橇继续在冰上发出粗嘎的声音，朝着逐渐凝聚的幽暗前进。

"在那里，长官。"皮金登用他没受伤的手指着，"也许它是从冰上那个洞里出来的，船长。您觉得是吗？罗伯特和我认为应该是。也许它刚才就在冰层下面的黑水里等我们经过，然后要上来抓我们。或者它是希望我们在那里逗留。您认为呢？"

克罗兹没有回答他。他可以透过望远镜，在愈来愈黯淡的光中看到它。它看起来是白色的，不过那纯粹是因为西北方漆黑夜空里的乌云愈积愈多，恰好衬托出它的淡色身影。在那个东西经过二十分钟前雪橇队员才十分吃力地经过的冰塔及大型冰块时，他们对它到底有多大才有进一步的体会。虽然它现在是四脚着地行走，但它的肩膀还是比马格纳·门森高。就身躯如此庞大的东西来说，它的脚步算是相当轻快的，比较像狐狸，而不像是熊。就在克罗兹努力要在强风中拿稳望远镜时，他看到那个东西把身体抬高，接着就用两只脚站立起来走路。这种走法的速度比先前慢一点，但还是比被绳索系绑到两千磅重的雪橇上的船员走得快。它直立的身体，比克罗兹把手举高、同时伸出望远镜也碰不到顶端的几座冰塔还要高许多。

天暗了下来，他已经无法在冰脊与冰塔中看出它。他领着两个陆战队士兵回到雪橇队伍中，然后把望远镜放回盒子里，在雪橇前方的人还是向前倾身，将身体重量压在挽具上，呻吟着、喘息着，使劲拉。

“靠近雪橇走，持续注意后面的状况，枪里随时都装好弹药。”他轻声告诉皮金登和哈普魁，“不要使用提灯，你们需要保持夜视力。”两个大块头士兵点了点头，向雪橇队伍后方走去。克罗兹注意到在第一部雪橇前方几个警戒兵的提灯是亮的。他没看见他们的人影，只看到冰晶环绕的几轮光晕。

船长把托马斯·布兰吉叫过来。这人装了小腿义肢与木制脚掌，所以免除拉雪橇的义务。虽然他的木脚脚底钉了许多鞋钉，也装了适合在冰上行走的防滑垫，但那半截腿还是无法给他提供足够的支撑力与拉力。不过船员们都知道，这位冰雪专家可能很快就会开始承担他该背负的重担：在接下来几周或几个月，等他们遇见融化的水道，必须从恐怖营把小船送过去时，一切就都要仰赖他对冰况的专业了解。

克罗兹叫布兰吉当信差：“布兰吉先生，可不可以麻烦你到前面去帮我传话给没在拉雪橇的人，说我们不停下来吃晚餐了。请这些人从雪橇上装食物的盒子里拿出冷牛肉和饼干，传给陆战队员及拉雪橇的人，要每个人边走边吃，需要喝水时就拿塞在外衣底下的水壶来喝。也请你叫我们的警戒兵将武器随时准备好，他们可以把连指手套脱掉。”

35
厄文

北纬六十九度三十七分四十二秒，西经九十八度四十分五十八秒
一八四八年四月二十四日

除了生病、处在饿得半死的状态、牙龈流血、害怕两颗侧面的牙齿会掉、累到担心自己会随时昏倒以外，今天是约翰·厄文一生中最快乐的几天之一。

昨天和今天一整天，他和加入这支探险队前在炮手训练舰优秀号上的老友乔治·亨利·哈吉森，分别带领两组人打猎及真正地探险。这支受诅咒的探险队三年来几乎一直都待在一个地方挨冻，这次让第三中尉约翰·厄文第一次成为真正的探险家。

他要往东边去探险，也就是十一个多月前格雷厄姆·格尔中尉来过的岛，说实在的，这地方多看一眼都不值得。岛上尽是冰冻的沙砾地与低矮的小丘，没有一处高过海平面二十英尺，居住在这里的只有狂吼的风、一洼洼深雪，以及更多冰冻的沙砾，但是厄文现在真的在探险。今天早上他已经看到一些从来没有其他

白人，甚至地球上其他人也从来没看过的东西。那只不过是更多由冰冻沙砾构成的矮丘，以及饱受强风吹刮的冰雪洼地，连半只北极狐的足迹或被风干的环斑海豹尸体也没有，但那是他的发现：大约二十年前，詹姆斯·罗斯爵士的雪橇队从北海岸到达胜利角，但是约翰·厄文，来自布里斯托，后来成为伦敦的年轻少爷，却是第一个到威廉王陆块内部探险的人。

厄文有点想把岛上这片土地命名为厄文荒原。有何不可？离恐怖营不远的峡角是根据约翰爵士的妻子简·富兰克林夫人的名字命名的，但是她凭什么得到这殊荣？她不过是嫁给一个又肥又秃的老头罢了。

几支雪橇队的人已经各自培养出革命感情。所以昨天厄文去打猎时，带的六个人就是他那支雪橇队的原班人马；乔治·哈吉森照着克罗兹船长指示出去勘察时，也是带着自己的人。厄文这队猎人在雪上连动物的足迹都没看到。

厄文中尉得承认，昨天他手下的人都带着霰弹枪或毛瑟枪，自己则只在外套口袋里放了一把手枪，今天也一样，这让他几度对拿着一把枪走在他身后的副船缝填塞匠希吉感到担心。但是，没有事发生。马格纳·门森还在二十五英里外的船上，希吉不仅很有礼貌，还对厄文、哈吉森及其他军官特别恭敬。

这让厄文回想起，他和兄弟一连上了几天冗长沉闷的课，心烦气躁地开始喧闹时，他们在布里斯托的家庭教师是怎么处理的。他把几个男孩分别带到老宅的几个房间里，然后一连几个小时为他们个别授课，从老宅二楼厢房的某一间走到另一间，他那双有扣环的高跟鞋踩在老旧的橡木地板上，在廊间发出回音。约翰和他的兄弟大卫与威廉一起聚在坎朱伊先生身旁时原本气势很盛，各自单独面对脸色苍白、双膝肿大、身材高大、戴着白色假发的家庭教师时，反而变得畏缩了。

厄文原本不太想跟克罗兹船长提出请求让门森留在船上，但现在他很庆幸当时鼓起勇气说了。他更高兴的是，船长完全没有追问理由；厄文从来没告诉船长，那天晚上他在底舱看到副船缝填塞匠和大个儿水兵之间发生的事，将来也不会告诉他。

但是今天希吉或其他事都没给他压力。侦察队里除了他自己带了一把手枪之外，唯一携带武器的人是艾德温·劳伦斯，他带了一把毛瑟枪。在恐怖营那一排小船附近的空地上，船员们做过射击练习，结果显示他这一组人里只有劳伦斯的射击技术勉强还可以，所以他就成为今天的守卫及保护者。其他人只在肩膀上挂着帆布包，那是用一条皮带临时制成的悬挂背袋。水手舱班长鲁本·梅尔喜欢发明新玩意儿，他和制帆手老莫瑞合作，为每个人都做了一个帆布包，船员们很自然就称它们为“梅尔包”。在帆布包里，可以放他们的铅制或白镴制水壶，一些饼干及猪肉干，一罐以防不时之需的葛德纳食物罐头，几件替换衣服，克罗兹叫人赶工制成用来防止阳光射瞎眼睛的网格护目镜，打猎用的备用火药与子弹，以及一时无法赶回营地而得在外面野营时需要用到的毛毯睡袋。

今天早上他们已经朝内陆走了超过五小时，几个人尽可能待在稍微隆起的沙砾地上。这里的风势较强劲，也比较冷，但是和堆满冰雪的洼地比起来容易走得多。他们没看到能增加生存机会的东西，连长在岩石上的绿色地衣与橙色苔藓也没看到。厄文曾经在“恐怖”号会议室的藏书，包括两本约翰·富兰克林本人的书读过：饥饿的人——非常饥饿的人，可将刮下来的苔藓或地衣煮成汤来喝。

厄文的侦察队停下来，一行人蜷缩在低处以避开强风，准备吃顿冰冷的晚餐，喝些水，并且得到这时候最迫切需要的休息。厄文把指挥权暂时交给主桅台班长托马斯·法尔，然后一个人再往前走了一段路。他告诉自己，这些人因为过去几个礼拜劳动量惊人的拉雪橇任务已经累得不成人形了，他们非常需要休息。但真正的原因是，他需要独处。

厄文告诉法尔他一个小时之内会回来，而且为了避免迷路，他会走到风较小的积雪洼地，留下自己的靴印，以便能循着脚印找到回来的路，或让其他人在等不到他时可以根据足迹找到他。当他独自一人快乐地继续向东走时，他吃了一块硬邦邦的饼干，他那两颗牙齿已经松动得很厉害了。他把饼从嘴里拿出来时，上面沾了一些血。虽然肚子很饿，但厄文这几天来没什么食欲。

他穿过另一片雪洼，再次踏上冰冻的沙砾地，然后辛苦地顺着斜坡爬到另一个被风扫得光秃的低脊上。接着，他突然停下来。

有些黑色斑点在前方那一大片被风雪覆盖的低谷里移动。

厄文用牙齿咬掉连指手套，然后伸手在梅尔包里摸索，想找出他非常珍惜的东西——刚加入海军时，伯父送给他的铜制望远镜。由于铜制目镜会粘在脸颊与眉毛上，所以他没让望远镜靠到脸上，看到的影像也因此很不稳定，即使他用两只手扶着长筒镜。他的手在抖。

他原先以为是一小群毛茸茸像动物的东西，到头来竟然是人。

哈吉森的狩猎队？

不是。这些身影穿的是沉默女士身上那种厚重的毛皮外衣，而且这十个正辛苦穿越雪谷的身影虽然走得很近，却不是排成一纵列；何况哈吉森只带了六个人。而且哈吉森今天是带着狩猎队沿着海岸往南走，而不是往内陆来。

这一群人带着小型雪橇，哈吉森的狩猎队没带雪橇，而且恐怖营里也没有他现在看到的这么小的雪橇。

厄文调整心爱望远镜的焦距，然后屏住呼吸以减少望远镜晃动。

这部雪橇是由一群狗在拖行，至少有六只。

这些人要不是打扮得像爱斯基摩人的白人搜救队员，就是真正的爱斯基摩人。

厄文不得不将望远镜放下，单膝跪在冰冷的沙砾地上，把头低下来一阵子。地平线似乎在旋转。几个礼拜以来，他一直用意志力勉强抵挡身体的疲累，但现在他感觉昏眩像一圈又一圈的涟漪不断涌出，漫过他全身。

这下情况就大不同了。他心想。

他们似乎还没发现到他，也许是因为他已经爬上斜坡了，灰暗的外套融入灰暗的岩石背景中，很不容易被看到。下面这些人有可能是从更北边、但距这里不远的某个不知名爱斯基摩村落里出来的猎人。如果是这样，“幽冥”号与“恐怖”号上一百零五个生存者几乎确定得救了。这些原住民要么给他们食物，要么教会他们如何在这块没有生命的陆地上自己找东西吃。

那些爱斯基摩人也有可能是出来打仗的战士，厄文透过望远镜瞥见粗制的长矛，看来是用来对付据说已经到这里来侵犯他们土地的白人。

第三中尉约翰·厄文知道，不论是前者或后者，他都该走下去与他们会面，并且找出事情真相。

他将望远镜收起来，塞在肩包里那几件多带的毛衣之间，然后把一只手举高，希望那些未开化的人会把这动作解读成问候与和好，之后沿着面前的长斜坡，走向那十个突然停下来的人。

36
克罗兹

北纬六十九度三十七度四十二分，西经九十八度四十一分
一八四八年四月二十四日

在冰上第三天、也是最后一天的路程，远比前两天辛苦。

过去六个礼拜里，克罗兹至少已经走过这段路两次了。当时他和最早那几批、人数较多的雪橇队里的人一起走，虽然那时地上的雪橇痕还不是很明显，感觉上却好走许多。他那时比较健康，现在比那时累上好多倍。

弗朗西斯·克罗兹也许没有真正注意到，他从一月那场差点致命的戒酒引起的病症中康复过来后，严重的忧郁症让他失眠。身为海员及船长，克罗兹一直很自豪，就和大多数船长一样，他不需要太多睡眠，即使睡得非常沉，只要船的状况稍有改变，他会马上醒来：船前进的方向改变了，船帆上的风增强了，某个更次甲板上出现太多人走动的声音，船身碰到水的声音有变化……任何动静。

但是最近几个礼拜，克罗兹每天夜里睡得愈来愈少，到后来他甚至养成夜里只打盹儿一两个小时，然后在白天补个三十分钟或更少睡眠。他告诉自己，这一切都只是因为在把所有人撤到冰上之前，他有太多事要操心或打点了。不过事实上，是忧郁症打算再次把他毁掉。

在大多数时候他都心神恍惚。他是个聪明人，却会因为持续处于过度疲累状态而变笨。

前两个晚上在一号及二号冰海营地过夜时，几乎每位船员都无法入睡，虽然他们实际上累得要命。但他们不需要花时间再在这两个营地搭帐篷，因为在过去几个礼拜里已经有八个荷兰帐篷搭好后永久固定在那里，如果帐篷因风或雪而有破损，下一批到达的人就负责修补好。

驯鹿毛皮制成的三人用睡袋，比用哈得逊湾牌毛毯缝制的睡袋温暖好几倍。谁可以睡比较好的睡袋要抽签决定。克罗兹根本没有参加抽签，但是当他第一次到冰上，进入他与另外两个军官合用的帐篷时，他就发现侍从乔帕森已经帮他铺好一个特别为他缝制的驯鹿毛皮睡袋。身体微恙的乔帕森和其他船员都觉得，不应该让船长和两个会打鼾、放屁、挤来挤去的人（即使他们是军官）睡在一起。克罗兹已经累到没力气推辞，只能接受他们的好意。

他也没有告诉乔帕森或其他人，一个人躺在睡袋里要比三个人冷得多，唯有靠别人的体温才能保持温暖、睡上一整夜。

在两个冰海营地，克罗兹都不打算睡一整夜。

他每两个小时就起来在营地周围巡视一次，确定守卫已经按时换班。夜里风愈刮愈大，守卫缩着身体躲在仓促筑起的矮雪墙背面。狂风暴雪让人全都屈身蜷缩在雪块屏障后面，只有等到冰原上那个东西真的踩到他们，他们才可能看见它。

还好，那一夜它没有出现。

在克罗兹睡得断断续续时，一月那场病中噩梦再次造访。某些梦回来很多次，也好几次让船长从睡梦中惊醒，让他可以记得其中片断。那两个通灵的少女。麦克林拓和另一个人盯着船里的两具骷髅：一具坐着，穿着全副大衣和油布外衣；另一具只是一堆乱骨，其中有些还曾被咬过。

克罗兹白天走路的时候都在想，他会不会是其中一具骷髅。

比这些还可怕的是圣餐礼的梦。梦中的他是个男孩或个病人——比较老的他，裸身跪在梅摩·摩伊若那间被禁止去的教会祭坛栏杆前面，而那巨大、非人类的祭司出现他前面，被撕成碎片的白色法衣还在滴水，看得见里面受到严重灼伤的红色生肉。祭司倾身靠近他，仰着脸张着嘴，对克罗兹呼出腐肉的臭味。

四月二十三日早上五点出头，船员们就都摸黑起床了。太阳要等到十点左右才会升起。一群人挤在一起吃早餐时，风还起劲地刮着，刺痛他们的眼睛，掀起荷兰帐篷的棕色帆布。

在冰上，船员本来应该以一瓶瓶品脱大小的乙醚为燃料，将食物放在标示着“烹调用具”的锡制容器里，用小酒精炉加热到完全沸腾。平常即使没有风，也几乎不可能让酒精炉燃烧。那天早上风刮得很厉害，他们根本没有点燃的机会，即使冒险在帐篷里点火也没成功。船员们只好自我安慰说，葛德纳的肉类、蔬菜与汤罐头都已经煮过了，然后直接将汤匙伸到罐头里，把结冻或接近结冻的一团团凝结食物挖出来吃。他们饿得要命，而且还有一整天拉雪橇的苦工等在前面。

古德瑟以及在他之前的三位船医早就告诉过克罗兹和菲茨詹

姆斯，加热葛德纳罐头的重要性，尤其是汤。古德瑟指出，蔬菜和肉品确实事先煮过，但是汤大多是便宜的防风草根、胡萝卜及根茎类蔬菜，却是“浓缩的”，要加水稀释后煮沸才能吃。

船医没办法明确说出，没有煮沸的葛德纳汤罐头里到底潜藏什么毒物，但是他不断重申，即使在冰上行军，罐头食物也必须完全加热。正因为他的警告，克罗兹和菲茨詹姆斯下令要穿越冰原、越过冰脊，将捕鲸船上很重的火炉运送到恐怖营。

但是一号或二号冰海营地都没有火炉。酒精炉没办法使用后，大伙儿就直接吃冷的罐头食物。即使后来小酒精炉点燃了，燃料也只够把冰冻的汤融化，没办法煮沸。

不过这样就够了，克罗兹想。

才吃过早餐，船长的肚子又饿得咕噜咕噜叫。

他们的计划是把两个冰海营地的八个荷兰帐篷都收起来，放在雪橇上载回恐怖营，万一不久之后要再到冰上过夜，他们就有多余的帐篷可用。但是风势实在太强了，而船员们也已经太累，然而这趟冰上之旅才过了一天一夜而已。克罗兹和利铎中尉讨论后决定，只要从营地带走三个帐篷就够了。也许在二号冰海营地过夜后，明天早上大家的状况会好些。

一八四八年四月二十三日，他们在冰上的第二天，三个拉雪橇的船员倒下。其中一个开始在冰上吐血，另外两个只是在拉雪橇途中跌倒，但是那天后来就没办法再拉雪橇了，其中一个还必须被放在雪橇上让人拉。

因为不希望减少走在雪橇队伍后面、前面及侧边的武装步哨人数，在这漫长的一天，克罗兹和利铎大多时间也套上挽具帮忙拉雪橇。

第二天路上出现的冰脊没有前一天高，而且先前雪橇队走过的痕迹有如冰海上的一条大马路，但是大风雪几乎把这些优点都抵消了。拉雪橇的人看不见前面十五英尺的另一部雪橇。带着武器跟着队伍走的陆战队员或水手，只要距离雪橇队超过二十英尺就会看不到任何人，所以他们只能走在离雪橇队不到两码的地方，以免走失。但这么一来，守望者就形同虚设了。

有好几次，带头的雪橇——通常是克罗兹或利铎中尉的雪橇——偏离了凹陷的雪橇路痕，所有人只好停下来半小时，等几个没拉雪橇的人（他们身上绑着绳子以防走失），从走错的路那里向左或向右，去观察积雪上的凹陷，找出被几英寸落雪覆盖住的雪橇路痕。

在半路上迷路不仅耗时，还可能让所有人丧命。

今年春天有几支雪橇队曾经在十二个小时内，拉着更重的东西走完这地势平坦的九英里路，在日落后几小时内到达二号冰海营地。但克罗兹一大群人到达时早就过了午夜，而且差点错过营地。如果不是马格纳·门森的好听力和他的大块头与低智商一样异于常人，听到左方远处有帐篷的帆布在风中拍打的声音，他们很可能早就与庇护所及贮粮处错身而过。

在越来越猛的强风肆虐一天之后，二号冰海营地已经接近全毁。虽然原先用很长的锁冰螺丝固定住，八个帐篷中有五个已经被吹到暗处或直接被吹成碎片。累坏也饿坏的船员勉强把从一号营带来的三个帐篷中的两个搭起来，四十六个原本可以宽松地分住在八个帐篷里的船员，现在硬挤在五个帐篷里。

对轮流担任夜间守卫的人——四十六个人当中的十六个——来说，这风、雪、冰冷就像人间炼狱。克罗兹自己是担任凌晨两点到四点的守卫之一。他宁可到处走动，因为他的单人睡袋没办法让他暖和到可以入睡，在帆布不断拍打的帐篷里，船员正像许多木块一样堆积在他四周。

在冰上的最后一天情况最糟。

五点钟船员起床前，风已经停了，但也许是不甘愿他们即将会有蓝天，邪恶的老天竟然让温度降了至少三十华氏度。利铎中尉那天早上测量了气温：六点钟时温度是零下六十四华氏度。

只有八英里路，克罗兹拉雪橇时一直提醒自己。他知道其他人心里也都这么想。今天只要走八英里路就好，足足比凄惨的昨天少了一英里。因为有更多人被疾病或疲累击倒，克罗兹命令随行的守卫一等到太阳出来，就把步枪、毛瑟枪及霰弹枪放到雪橇上，系上挽具，加入拉雪橇的行列。能走路的人都得来拉雪橇。

少了守卫，他们只能把命运交给晴朗的天空。太阳升起后，威廉王陆块模糊的褐色轮廓就出现了。岸边那道由大小冰山及堆积的岸冰构成、令人望而生畏的墙，已经可以看得更清楚，在淡薄而冰冷的阳光下，它在远处发着微光，仿佛一道由碎玻璃构成的篱障。至少晴朗的天气让他们不至于找不到雪橇走过的痕迹，也让冰上那个东西没办法偷偷接近。

但是，那个东西还是在。他们看得见它，它只是在他们西南方移动的小点，移动速度比他们拉雪橇要快得多。也许，它在跑。

当天，克罗兹或利铎有好几次脱掉挽具，从雪橇上或各自的梅尔包里拿出望远镜，让视线穿过几英里的冰原去看那只动物。

它离他们至少有两英里，用四只脚走路。从这距离来看，可能只是另一只过去三年里射杀过的白色北极熊。但是后来它用后脚站起来，身体高过周遭的冰岩和小冰山，嗅着空气、目光射向他们这里。

它知道我们已经弃船了，克罗兹透过多次陪他去南北两极、表皮磨粗、伤痕累累的铜制望远镜看着它，心里想着，它知道我们要到哪里去，打算比我们先到达。

他们一整天都在拉雪橇，只有在下午太阳落下时才停下来，吃冰冷罐头里被冻成块状的食物。他们规定配额的腌猪肉与发霉的饼干都吃完了。在黑暗像满溢的墨水将整片天空染黑之前的片刻，分隔威廉王陆块和海上堆冰的冰墙，仿佛一座同时点燃万盏煤气灯的城市。

他们还有四英里路。现在已经有八个人躺在雪橇上了，其中三名水兵还没有恢复意识。

凌晨一点多，他们翻越了将堆冰与陆地分开的高大冰障。风还是不大，但温度继续下降。几个礼拜来，许多部雪橇曾经在这里经过，即使如此，翻越这道屏障并没有更容易些，因为冰层的剧烈活动再次让两侧冰山把上千块大冰块推下来，挡住他们的路。有一回他们暂停下来，重新系好绳索以便将雪橇拉过三十英尺高的冰墙时，利铎中尉又测了一次温度：零下八十二华氏度。

克罗兹已经极度精疲力竭，好几个小时来几乎是无意识地拉雪橇与下命令。太阳快要落下，他最后一次往南方的远处眺望，看见那只动物已经走在他们前面、正轻易地跃过那道冰障时，他犯了一个错误：他脱掉连指手套及手套，在日志上记录一些位置，但是忘了把手套戴回去就直接拿起望远镜，他的手指及手掌心当下冻在望远镜的金属上。他赶紧把手缩回来，但为时已晚，他右手的拇指及三根指头上的一层皮和肉已经被撕掉了，左手掌也受了伤。

在北极，这样的伤口不会愈合，尤其是已经出现坏血病初期的症状。克罗兹痛得暂时离开众人，到一旁去呕吐。入夜后，大伙儿还是不断地拖、拉、提及推雪橇，这些动作只让他受伤的几根手指和左手掌更加恶化，带给他更恶心的灼热感。在挽具背带的巨大压力下，他的手臂和肩膀的肌肉都已经出现瘀伤，而且呈现内出血。

凌晨一点半，他们到达最后的冰障时，头上的星星与行星正在晴朗却冰冷无比的天空里闪烁移动，克罗兹一度笨到考虑把所有雪橇都留下，然后大伙儿死命越过冰冷的沙砾地及积雪，冲向一英里外的恐怖营。隔天其他人可以和他们一起回来，帮他们拖这些重担走完最后一英里路。

还好，克罗兹的心智及指挥官的直觉没有完全丧失，他马上就拒绝了这个想法。他当然可以成为几个礼拜以来第一个不顾雪橇的人，然后摇摇晃晃、不带装具与粮食跨越冰原，走向安全的恐怖营，以确保自己能活下来。只不过，这么做会让他在一百零四个还活着的船员与军官眼中，永远失去领导权威。

当大伙儿要把雪橇推拉过冰障时，即使手上的撕裂伤让他痛得经常悄悄呕吐（克罗兹的心灵深处注意到，在提灯光下他吐的液体是红色的），他还是继续发号施令，并且动手帮三十八个还能做事的人，设法使雪橇和他们自己越过冰障，到达海岸线上的沙砾地和冰地。

要不是克罗兹很确定冰冷会把他嘴唇的表皮也撕裂，他一定会在黑暗中双膝跪地亲吻结实的土地。在最后这一英里路上，他们可以清楚听到雪橇滑板刮磨底下的沙砾与石头发出的声响。

恐怖营有火炬在燃烧。他们到达时，克罗兹是第一部雪橇最前头的雪橇拉夫。他们拖着沉重的雪橇及雪橇上失去意识的人走最后几百码路进入营地时，每个人都想把身体站直，即使步履蹒跚，也要把身体挺起来。

帐篷外有一群穿着全套制服的人在等待。一开始克罗兹对于他们的关心很感动，他深信火炬光下这二十多人一定很想派搜救队去寻找迟迟未抵达的船长及伙伴了。

克罗兹倾身向前，拉着雪橇走最后六十英尺，进到火炬的光中；双手的伤及肩上的瘀血还是让他疼痛难当，但他心里在想一个到达时可以讲的笑话，大概是宣布今天算是另一个圣诞节，接下来每个人都可以睡上一整个礼拜之类。不过，菲茨詹姆斯船长和其他几个军官已经先走过来问候了。

这时克罗兹才看到他们的眼神：菲茨詹姆斯的眼神，维思康提、德沃斯、考区、哈吉森、古德瑟和其他人的眼神。透过梅摩·摩伊若的第二视觉，或他身为船长的精准直觉，或透过一个已经累到完全不受思想干扰的人的清晰知觉，他知道发生什么事了。事情已经超出他的计划或希望，而且很可能永远都不会如他所愿了。

37
厄文

北纬六十九度三十七分四十二秒，西经九十八度四十分五十八秒
一八四八年四月二十四日

有十个爱斯基摩人站在那里：六个男人年龄不能确定，一个老人没有牙齿，一个男孩，还有两个女人。其中一个女人年纪不小，嘴巴凹陷，脸上布满皱纹；另一个女人非常年轻。或许，厄文想，她们是母女。

男人们都很矮。最高那个人的头顶才勉强和身材高大的中尉下巴一样高。有两个男人的连衣帽没戴上，露出黑色的乱发和圆圆的脸，其他男人的脸则是藏在连衣帽里，从连衣帽的深处看着他。有几个人的脸被华丽的白色兽毛遮掩住，厄文认为那是北极狐的毛皮。其他人的连衣帽褶领毛色较暗、毛也较粗，厄文猜想那是狼獾的毛皮。

男孩以外的男人都带着武器，不是鱼叉就是短矛，短矛的矛尖由骨头或石头制成。厄文靠近他们，并且摊开空无一物的双

手，就没有任何人再举起矛或把矛尖指向他。厄文猜那些爱斯基摩人是猎人，他们自在地站着，双脚张开，手拿武器，把男孩带在身边的老男人则负责拉住雪橇。有六只狗被系在一部小雪橇上，即使是“恐怖”号最小的折叠式雪橇也比那部小雪橇大。狗吠叫、咆哮，龇牙咧嘴，直到老男人用手上有刻纹的棍子打它们，它们才不再叫闹。

厄文一面盘算如何和这些奇怪的人沟通，一面惊讶地打量他们的衣着。这些人的毛皮外衣比沉默女士或她已故男伴的外衣还要短，颜色也较暗，不过同样是毛茸茸。厄文认为那暗色的兽毛或毛皮可能来自驯鹿或北极狐，及膝的白裤则肯定是白熊的毛皮。其中几个人穿的毛长靴看起来是用驯鹿皮制成的，其他人的比较光滑柔顺，是海豹皮，还是把驯鹿皮内外对翻？

连指手套看起来是用海豹皮做的，感觉上比厄文的还来得温暖及柔软。

中尉看着那六个年轻男人，想知道谁是带头，却看不太出来。除了老男人和男孩外，只有一个男人看起来比较特别。他是两个把连衣帽翻开、年纪略大的男人之一。他戴着一条由白色驯鹿毛制成的复杂头带，带子不宽，上面悬挂着许多古怪东西。他的脖子上还挂着一个小袋子之类的东西。不过，它和沉默女士戴的简单护身符不太一样。

沉默，我多么希望你在这里，厄文想。

“各位好。”他说，他戴着连指手套，用拇指碰触自己的胸膛，“我是皇家海军‘恐怖’号的第三中尉约翰·厄文。”

这些人开始叽里咕噜地谈论起来。厄文听到类似“卡布罗那”“夸未克”和“米阿果托”的声音，但那是什么意思，他完全没有概念。

连衣帽翻开、戴着头带及颈袋、年纪略大的男人指着厄文说：“皮菲撒克！”

其他几个年轻一点的男人听了摇摇头。如果那是个负面的词，厄文希望其他人会拒绝。

“约翰·厄文。”他说，再次用手轻触胸膛。

“西珊尤阿？”他对面的人说，“苏因尼！”

厄文只能点头。他再次用手轻触胸膛。“厄文。”他指着另一个人的胸膛，露出询问的表情。

那个人只是从连衣帽边缘的一圈长毛中间盯着厄文看。中尉相当气馁，指着被雪橇边的老人拉住而且用棍子猛打、还在狂吠的领队狗。

“狗。”厄文说，“狗。”

最靠近厄文的爱斯基摩人笑着。“克伊米克。”他清楚地说，手也指着那只狗。“图诺克。”那个人摇摇头，咯咯地笑。

虽然身体快冻僵了，厄文还是突然感觉到一阵温热。终于有一点进展了。拉雪橇的那只毛茸茸的狗，爱斯基摩话叫作克伊米克或图诺克，或者两者都是。

“雪橇。”他指着他们的小雪橇，语气坚定地说。

十个爱斯基摩人盯着他看。年轻女人将她的连指手套举在脸前。老女人的下巴松垂，厄文看见她的嘴里只有一颗牙齿。

“雪橇。”他又说了一次。

前面的六个人彼此对望。终于，一直与厄文对话的那个人说：“卡马提？”厄文很高兴地点头，虽然他完全不知道他们是不是真的开始交谈了。在他看来，那个人刚刚有可能是在问他想不想被鱼叉攻击。然而，这位资浅的中尉只能继续露齿微笑。除了那男孩、持续打狗的老人，与戴着颈袋与头带、连衣帽翻开、年纪看起来比其他人大些的男人之外，大多数的男人都对他报以微笑。

“你们会讲英语吗？”厄文问，随即发现问得太晚了。

爱斯基摩人看着他，时而露齿笑、时而皱着眉，保持静默。

厄文继续用他学生时期学过的法语与差劲的德语问同一个问题。

爱斯基摩人继续微笑、皱眉、静默。

厄文弯腰蹲了下来，靠近他的六个人也蹲了下来。他们并没坐到冰冷的沙砾地上，即使旁边就有一块岩石或较大颗的石头，他们也不会坐上去。在冰寒之地这么久了，厄文已经很了解状况。

他还是想知道一些名字。

“厄文。”他说，再次轻触胸膛。他指着最靠近他的人。

“伊努克。”那个人碰触自己的胸膛说。他口中的白牙齿一闪，就把连指手套咬掉。然后他伸出右手，最小的两根手指不见了。“提克夸。”他又露齿笑。

“很高兴认识你，伊努克先生，”厄文说，“或是，提克夸先生。非常高兴认识你。”

他现在知道任何有效沟通都需要透过肢体语言，于是指着西北方他来时走的路。“我有很多朋友。”他自信地说，好像能让他在这群未开化的人当中安全一点，“有两艘很大的船。两艘……船。”

大部分的爱斯基摩人都朝着他指的方向看去。伊努克先生微微皱着眉头。“纳努克。”他轻声说，接着又摇摇头，似乎在更正。“托拿苏克。”其他人听到这个字后，都把目光移向别处或把头低下来，似乎带着敬意或畏惧。中尉知道，他们绝对不是因为想到两艘船或一群白人而有这种反应。

厄文舔了舔他在流血的嘴唇。较好的方法是跟这些人做生意，而不是跟他们长谈。避免惊动他们，他缓慢伸手到皮制肩袋里，摸摸看有没有什么食物或廉价珠宝可以当成礼物送给他们。

没有任何东西。他已经把带来要在今天吃的腌猪肉与过期饼干吃掉了。至于闪亮而且有意思的东西……

袋子里只有几件破旧的毛衣、两只多带的臭袜子，以及他在户外大便后可以使用的一条用完即丢的破布。现在厄文非常后悔把那条宝贵的东方丝巾送给沉默女士，不论这姑娘现在在哪里。他们到恐怖营后的第二天，她就溜走了，到现在都还没人见到她。他想这几个原住民一定会喜欢那条红绿相间的丝巾。

接着，他冰冷的手指碰到了铜制望远镜的圆弧。

厄文的心跳加剧，他感觉心在绞痛。这只望远镜可说是他最珍惜的物品，是他伯父送给他的最后一件东西，他拿到后不久，这个好人就心脏病突发过世了。

他虚弱地对几个带着期待的爱斯基摩人笑，慢慢地从袋子中把仪器拿出来。他看得出，那几个棕脸男人将他们手中的短矛和鱼叉握得更紧了。

十分钟后，厄文让一个家庭、一个家族或一个部落的爱斯基摩人围在他身边，好像一群学生围着他们特别喜爱的老师。每一个人，连绑着头带、挂着颈袋、配着皮带、带着怀疑斜眼看人、年纪稍大的男人，也跟大家轮流用望远镜看东西。两个女人也是如此。厄文让伊努克·提克夸先生，也就是和他一样刚成为亲善大使的男人，把铜制仪器传给咯咯笑的年轻女人与老女人。一直拉住雪橇的老人也走过来看，并且发出惊叹。女人们开始唱着：

艾——耶伊——亚伊——亚——那

耶——希——耶——耶——伊——亚恩——也——亚——夸那

艾——耶——伊——亚伊——亚那

这群人用望远镜互看对方，看到对方的大脸后，再吓得倒退好几步并且大笑。他们很快就学会调整焦距，开始看远方的岩石、云朵及山脊线。厄文让他们知道望远镜也可以反转过来看，把人和东西都变得很小，整个小山谷回响着他们的笑与惊呼声。

他用手势及肢体语言让他们知道，那是赠送他们的礼物。他终于不再坚持要先把望远镜拿回来，再正式送到伊努克·提克夸先生手中。

笑声停了下来，他们用严肃的表情看着他。有一分钟之久，厄文在想他是不是犯了什么禁忌，无意间冒犯了他们，接着他有个很强的直觉，他给了一个外交协议上的难题：他送给他们一份很棒的礼物，他们却没有东西可以回报。

伊努克·提克夸和几个猎人商量了一阵子，然后转身面向厄文，开始做出意思非常清楚的手势：他把手举到嘴巴旁边，接着揉他的肚子。

一开始厄文还紧张地以为和他沟通的人是在跟他要食物，而他却一点食物也没有。他试着告诉他们他并没有食物时，爱斯基摩人却摇头，然后重复刚才的手势。厄文这才突然明白，他们是在问他肚子饿不饿。

一阵疾风或一时之间的完全放松，让厄文的眼睛充满眼泪。他重复对方的动作，然后猛点头。伊努克·提克夸的手搭在他冰冷的油布外衣肩部，领他回到雪橇。他们的雪橇是怎么说来着？厄文想。“卡马提？”他终于想起，然后大声说了出来。

“伊！”提克夸先生大声赞许。他把几只咆哮的狗踢开，将雪橇上的一张厚毛皮翻开。卡马提上面放了一堆又一堆冷冻及新鲜的肉与鱼。

招待他的主人指着面前各种佳肴。伊努克·提克夸指着鱼，用大人教小孩儿时缓慢、有耐心的语气说“伊夸路”。他指着一块块海豹肉与脂肪，说“拿苏克”，指着大块、冻得较硬、颜色也较暗的肉说“乌明麦”。

厄文点头。他觉得很不好意思，嘴里这时突然全是口水。他不确定他们只是让他参观他们收藏的食物，还是可以从其中选一样。他不太有自信地指着海豹肉。

“伊！”提克夸先生又说了一次。他拿起一块柔软的肉与脂肪，伸手到他的短毛皮大衣里面，从腰带上抽出一把锐利的骨制刀，割了一片给厄文，也割一片给自己。他先把厄文那一片交给厄文，然后才开始切自己的肉片。

站在旁边的老女人发出了哭号声。“卡东嘎！”她大叫。她发现没有人理她后，又大叫一次“卡东嘎”。

提克夸先生对厄文做了个鬼脸，就是女人当着男人们的面要东西时，男人之间会表现出的不以为然的表情，然后说：“欧松古沃！”但是他还是割下一条海豹脂肪，像丢给狗那样丢给她。

没有牙齿的老太婆笑了出来，开始用牙龈吃起脂肪来。

很快地，一整群人就聚在小雪橇四周，每个人都抽出刀子，开始割肉与吃肉。

“艾帕林吉亚克坡。”提克夸先生说。他指着老女人并且大笑。猎人、老男人、男孩都跟着笑，除了戴着头带和颈袋、年纪较大的男人之外。

厄文也笑开了，虽然他不知道大家在笑什么。

戴头带、年纪稍大的男人指着厄文说：“夸未克……苏因尼！康克那图里欧坡！”

厄文不需要人家翻译就知道，不管这个人在说什么，都不是赞美或和善的话。提克夸先生和其他男人都边吃边摇头。

每个人，包括年轻女人在内，都是照两个多月前沉默女士在雪屋时那样，用刀把海豹的皮、肉与皮下脂肪直接往嘴里切，锐利的刀锋距离他们油腻腻的嘴唇或舌头不到一根头发宽。

厄文也尽他所能用这种方法切，但是他的刀子比较钝，所以切得不顺利。但是他没像第一次和沉默在一起时切到自己的鼻子。这群人一团和气，静静地吃东西，偶尔传出音量刻意压低的打嗝声与放屁声。这些人偶尔会喝装在皮袋或兽皮里的饮料，厄文也已经把他随身携带以防结冻的水壶拿出来了。

“吉——那——欧——未？”伊努克·提克夸突然说。他拍着自己的胸部。“提克夸。”年轻人再次脱下他的连指手套，露出仅剩的两根手指。

“厄文。”中尉说。他也再次拍着自己的胸膛。

“尔——温。”爱斯基摩人重复。

厄文手拿着皮下脂肪，露出微笑。他指着他的新朋友：“伊努克·提克夸，伊？”

爱斯基摩人摇摇头：“阿——卡。”接着他伸出手臂在空中划了一圈，把所有爱斯基摩人和他都包括在内。“伊努克。”他语气坚定地说。接着他举起有断指的手，藏起拇指，然后扭动剩下的两根手指说：“提克夸。”

厄文的解读是，“伊努克”不是哪个人的名字，而是指这十个爱斯基摩人全部，或许是他们的部落名，或是种族名，或是氏族名。他猜“提克夸”不是姓氏，而这位对谈者的全名，意思很可能就是“二指。”

“提克夸。”厄文说，一面继续切割并且嚼着皮下脂肪，一面试着让自己的发音正确。虽然肉及油脂已经放了很久，味道很重，而且又是生的，但他毫不介意，他的身体此刻最需要这些。“提克夸。”他又说了一次。

接下来，这群蹲在一起切着肉、嚼着肉的人开始了一段自我介绍。提克夸带头开始介绍与解释，如果名字有意义的话，他会透过表演来解释，接着由其他男人把自己名字的意义表演出来。厄文觉得这就像在玩一场好玩的儿童游戏。

“塔里瑞克图。”提克夸慢慢地说，同时把他旁边那个圆桶胸的年轻男人推向前。二指抓住他那位同伴的上臂用力捏下去，让他发出哎呀咿的声音，然后弯起自己上臂和那个人粗厚的二头肌较量。

“塔里瑞克图。”厄文跟着念一次，心想这名字大概是“肌肉男”或“粗臂膀”之类的意思。

下一个矮一点的男人名叫图鲁卡。提克夸把这个人毛皮外衣的连衣帽往后拉，指着他那头黑发，然后模仿鸟在飞的样子，并且用手发出翅膀拍打声。

“图鲁卡。”厄文跟着念，然后礼貌性地向那男人点头，嘴里继续嚼着肉。他在想这名字大概是指乌鸦。

第四个男人用拇指指着自己的胸部，用咕哝声说“阿玛路克”，然后仰头号叫。

“阿玛路克。”厄文重复并点点头。“狼。”他大声说。

第五个猎人，比较年轻但举止严肃的人，被提克夸介绍成伊图苏。这个人用深陷在眼窝里的黑眼珠盯着厄文，没说话也没任何动作。厄文礼貌性地点头，继续嚼着他的皮下脂肪。

提克夸接着介绍绑着头带、挂着颈袋、年纪稍长的男人，他的名字是艾西犹克。但是这个人既不眨眼，也不理会这次介绍。显然他不喜欢或不相信第三中尉约翰·厄文。

“很高兴认识你，艾西犹克先生。”厄文说。

“阿法库。”提克夸轻声说，头朝这个绑着头带、没有微笑、年纪较大的人点了一下。

某种巫师？厄文想。中尉认为，只要艾西犹克的敌意仅止于无言的怀疑，事情就不至于太糟。

提克夸向年轻中尉介绍雪橇旁边的老人，他名叫库林姆阿鸠。接着提克夸指着还在吠叫的狗，然后两手靠在一起做出“很小、不值一提”的手势，并且大笑。

接着，这位还在笑的对谈者指着一个害羞、看起来大约十或十一岁的男孩，然后再指着自己的胸膛，说“伊尔尼克”，之后又补上“卡裘瑞恩古”。

厄文猜伊尔尼克可能是“儿子”或“弟弟”的意思。也许是前者，他想。厄文带着敬意对他点点头，就像对待猎人一样。

提克夸把老女人推向前。她的名字听起来是挪雅，提克夸再次做了一次鸟在飞的动作。厄文尽他所能地念这名字，爱斯基摩人有个声门音他发不出来，然后点头表示敬意。他心想挪雅是一只北极燕鸥、海鸥或是更罕见的鸟类。

老女人咯咯地笑，把更多海豹脂肪塞进嘴里。

提克夸用手臂环抱住年轻女人，她其实还是个女孩，然后说："夸马尼。"接着这个猎人露齿微笑，说："阿目库！"

女孩笑着在他的环抱中扭动身体，大家也跟着哈哈大笑，可能是巫师的那个人例外。

"阿目库？"厄文试探性地说，大伙笑得更大声了。图鲁卡和阿玛路克两人笑到把嘴里的脂肪都吐出来了。

"夸马尼……阿目库！"提克夸说着做了一个什么人都能看懂的手势：他将两手对准自己的胸部，张开手指做抓捏动作。为了确定厄文明白自己的意思，这个猎人再次抓住扭动的女人，然后很快地把她身上的暗色短毛皮衣向上翻开。厄文想，她肯定是他的妻子。

女孩在兽皮下面没有穿任何衣服，她的胸部非常大，说实在的，对她这么年轻的女人来说，那算是非常非常大。

约翰·厄文觉得自己从额顶直到胸部都在发烫。他把目光往下移到他正在吃的皮下脂肪。他敢跟人赌五十块钱，阿目库在爱斯基摩语里的意思相当于"大胸脯"。

围绕着他的男人大声笑闹。克伊米克——木制卡马提周遭的几只长得像狼的雪橇狗——边咆哮边跳跃，将拴绳绷得很紧。雪橇后面的老人库林姆阿鸠已经笑到跌在冰上和雪上了。

突然间，正在玩弄望远镜的阿玛路克——野狼？——指指厄文刚刚下到这片山谷的光秃丘脊，语气急促地发出类似“塔库法……卡布罗那——库裘提那”的声音。

这群人马上安静下来。

长得像狼的狗放声狂吠。

厄文从蹲伏的地方站了起来，用手遮住阳光往那方向看。他并不想把望远镜要回来。在丘脊上方有个穿着大外套的人影轮廓正快速地移动。

太棒了，厄文想。在吃海豹脂肪及自我介绍的时候，他就一直在想要如何让提克夸及其他人和他一起回恐怖营。他怕自己无法光靠手势和动作就说服八个爱斯基摩男人、两个爱斯基摩女人和他们的狗及雪橇，一起跟他走三个小时的路回到岸边，所以他原本在想要怎么样才能只带提克夸和他一起走。

可以确定的是，中尉不会让这些原住民轻易回到他们的村落。克罗兹船长明天就会来恐怖营，而根据他与船长几次交谈的印象，与当地原住民接触正是这位疲累、为诸事烦恼的船长最期盼的事。北方的部落，就是罗斯说的北方高地族，很少是好战的。某天夜里克罗兹告诉他的第三中尉。如果我们往南走时发现他们的村落，他们有可能会好好喂饱我们，让我们有足够的体力逆流走到大奴湖。至少，他们可以教我们如何在冰上存活。

现在，托马斯·法尔和其他人已经沿着他在雪地上留的足迹，到山谷来找他了。在冰山脊线的人形现在又翻越丘脊回到另一面去，暂时消失在视线外。看来他是想让自己从看到十个陌生人的惊吓情绪中平复过来，不过也有可能只是不想将这些人吓跑。但是厄文已经瞥见那个黑色身影的威尔斯假发、保暖巾以及被风吹动的大外套，他知道他的问题解决了。

如果他无法说服提克夸与其他人和他们一起回去，那个年纪稍大的巫师艾西犹克可能很难说服，厄文和他那组人可以和爱斯基摩人先留在山谷里，借着交谈及利用几个人背包里的礼物，让这些人继续待下，这时他可以派遣跑得最快的船员冲回岸边，把菲茨詹姆斯船长和更多人带过来。

我不能让他们离开，这些爱斯基摩人可能是我们一切问题的解答。他们可能就是我们的救赎。

厄文觉得心脏正猛烈地撞击他的肋骨。

“没事。”他用最沉稳、最有自信的语调对提克夸及其他人说，“那只是我的朋友。几个朋友，好人，他们不会伤害你们。我们只带了一把毛瑟枪，而且我们不会把枪带来这里。没事，那只是我的几个朋友，你们会很高兴认识他们。”

厄文知道他所说的话他们一个字也听不懂，但是他还是继续用轻柔、安慰的语气说着，好像他在布里斯托家中的马槽里安抚一匹受惊的小马。

几个猎人已经从雪地上拔起他们的短矛或鱼叉，不经意地拿在手上。不过阿玛路克、图鲁卡、塔里瑞克图、伊图苏、男孩卡裘瑞恩古、老人库林姆阿鸠，甚至皱眉的巫师艾西犹克也一样，都看着提克夸想知道接下来该怎么做。两个女人也不再嚼海豹脂肪，很快地躲到那排男人后面。

提克夸看着厄文。年轻中尉觉得这个爱斯基摩人的眼睛突然间变得非常暗、非常像异族人。他似乎在等厄文给他解释。“卡特——西特？”他轻声问。

厄文张开手掌，做出安抚的手势，尽可能露出轻松的笑容。“只是朋友，”他说，口气和提克夸的一样轻柔，“一些朋友。”

中尉抬头望着丘脊的棱线。蓝空下还是空无一物。他很怕来找他的人看到山谷中这群人后有了警觉，甚至已经掉头走了。厄文不知道他还要在这里等多久……他还能安抚提克夸与他的同伴们多久，让他们不要逃走。

他深深吸了口气，知道他该上去找那个人，叫他回来，告诉他这里发生的事，然后叫他尽快把法尔和其他人带来。厄文不能再等了。

“请你们留在这里。”厄文说。他把皮制背包放在提克夸旁边的雪地上，想让他们知道他还会回来。“请在这里等一下，我马上就回来。我甚至不会离开你们的视线。请别走开。”他发现他现在做的手势和他叫狗坐下的手势非常类似。

提克夸并没有坐下，也没有回答他，厄文慢慢后退离开时，他还是站在原地。

“我马上就回来。”中尉大声说。他转过身，快跑着冲上有点陡的斜坡与冰地，上到丘脊顶端的黑暗沙砾地。

他紧张得几乎无法呼吸，到脊顶后马上转身往下看。

十个人影、吠叫的狗以及雪橇还是待在原处。

厄文向他们挥手，做手势告诉他们他很快就会回来，然后很快翻过丘脊，准备对任何一个正在撤退的水手大叫。

厄文越过丘脊朝东北方走了约二十英尺，看到某个东西而停了下来。

一块巨大石头上高高地堆了一些脱下的衣服，一个全身赤裸（除了靴子外）的小矮人在旁边跳舞。

爱尔兰矮妖精，厄文想，他记起克罗兹说过的一些故事。厄文无法理解怎么会出现这样的图像。今天他看到了许多怪异的景象。

他走近一点才发现那不是爱尔兰矮妖精在跳舞，而是副船缝填塞匠。他在跳舞并且利用单脚趾尖旋转时，嘴里还哼着水手们喜欢唱的小曲。厄文很难不去注意这个矮小的人像蛆一样白的皮肤、一根根清晰的肋骨、皮肤上处处可见的鸡皮疙瘩、已经割掉包皮的生殖器，以及在他趾尖旋转时两片异常苍白的屁股。

厄文走向他，难以置信地摇着头，一点也笑不出来，不过他的心还是因为发现提克夸等人而激动得怦怦跳。厄文说："希吉先生，你知道你在干什么吗？"

希吉停下趾尖旋转动作。他举起一根干瘦的手指放在嘴唇上，好像要对中尉发出嘘声。接着他向厄文鞠了个躬，然后弯腰去拿放在石头上的那堆外套与衣服，毫不在意让厄文看见他的光屁股。

这个人疯了，厄文心想。我不能让提克夸等人看见他这模样。他不知道有没有办法让这矮小子神志清醒点，叫他当信差去把法尔等人尽快带过来。厄文有几张纸以及一截可以写字的石墨，但是它们放在山谷里的背包里。

"看这里，希吉先生……"他严肃地说。

副船缝填塞匠的一只手完全伸开，再次快速地摆动及转身，以至于在前一两秒钟内，厄文认为他又要开始跳舞了。

但是，他伸直的手里拿着一把锐利的船刀。

厄文感到喉咙一阵刺痛。他想再说话，却发现说不出话。他用两手摸喉咙，然后低头看。

血像小瀑布一样洒在厄文的手上，流到他的胸部，再滴到他的皮靴上。

希吉再次恶狠狠地甩动刀子，划出一个大圆弧。

这次攻击重创中尉的气管。他跪倒在地，举起右手指着希吉，视野突然间变成狭窄的黑暗隧道。约翰·厄文吃惊到根本没时间愤怒。

希吉又向前走一步，仍然是全身赤裸。接着他蹲了下来，双膝弯成锐角、大腿与肌腱消瘦如柴，像极了苍白、骨感的地底矮人。但是厄文已经侧躺在冰冷的沙砾地上，吐出的血量难以想象。在科尼利厄斯·希吉剥开中尉的衣服，开始用刀子猛刺之前，他已经断气了。

38
克罗兹

北纬六十九度三十七分四十二秒，西经九十八度四十一分
一八四八年四月二十五日

克罗兹到达恐怖营后，手下船员全都倒进帐篷里，像死人一样睡大觉，但是四月二十四日那天晚上，克罗兹却整夜没睡。

他先进到医护帐篷里，那是为了让古德瑟医生能验尸并为尸体做埋葬准备而特别搭建的。厄文中尉的尸体被放在一架从野蛮人征收来的雪橇上，经过长途运送回来后，他已经全身惨白、冻成硬块，而且不成人样。喉咙有个被割开的伤口，深到从正面就可以看到他脊椎的白骨，他的头就像铰链松掉一样向后仰，除此之外，这个年轻人还被阉割，并且掏出内脏。

克罗兹进入帐篷时，古德瑟还没睡，正忙着处理尸体。船医仔细检查从尸体中取出的器官，用尖锐的工具戳它们。他抬头看着克罗兹，给了他怪异、多虑甚至是带着罪恶感的一瞥。克罗兹站在尸体旁边，两个人有很长一段时间没说半句话。最后克罗兹

把垂在约翰·厄文前额上的一绺金发拨回去。那绺头发原本几乎要碰到厄文两颗睁开、有些浑浊但还直视前方的蓝色眼睛。

“整理好他的尸体，准备在明天中午下葬。”克罗兹说。

“是，长官。”

克罗兹回到他的帐篷里，菲茨詹姆斯已经在等他了。

几个礼拜前，克罗兹的侍从，三十岁的托马斯·乔帕森负责监督船员们将“船长帐篷”放到雪橇上运送到恐怖营。乔帕森不只要人缝制了一个两倍大的帐篷——船长心里想的只是一个普通大小的荷兰帐篷——还叫船员们把一张超大的床、会议室里的几张实心橡木与桃花心木椅子，还有原本属于约翰爵士的华丽书桌运送过来，克罗兹曾经因而勃然大怒。

现在克罗兹很庆幸他有这些家具。他将很重的书桌放在帐篷入口及他的私人睡卧区之间，桌子后面放两张椅子，前面没放椅子。从高大帐篷的顶端垂挂下来的提灯，将桌前的空间照得明亮刺眼，不过菲茨詹姆斯与克罗兹坐的区域还是在半暗状态。整个空间感觉很像军事法庭的审讯室。

不过，这正是弗朗西斯·克罗兹想要的。

“您应该去睡觉，克罗兹船长。”菲茨詹姆斯说。

克罗兹看着这位年轻船长。其实他看起来已经不再年轻了，菲茨詹姆斯就像一具行尸走肉，皮肤苍白到几乎变成透明，脸上布满胡须及从毛囊流出的干血，脸颊凹陷，眼睛也深陷在眼眶里。克罗兹自己已经好几天没照镜子，也不愿去照挂在帐篷后方的镜子，不过他很希望自己看起来还不至于像眼前这位皇家海军昔日的神童这么狼狈。

“你也需要睡眠。”克罗兹说，“我可以自己来审问。”

菲茨詹姆斯疲倦地摇头。“我问过他们了，当然，”他的声音没有任何起伏，“不过我还没到事发现场去看过，也还没真正审问他们。我知道你想亲自处理。”

克罗兹点头：“明天天一亮，我就想到现场去。”

“那大约要顶着寒冷朝东南方走两小时。”菲茨詹姆斯说。

克罗兹再次点头。

菲茨詹姆斯把他的帽子脱下，用不太干净的手指把油滑的长发往后梳。他们已经开始使用几座从小船上拆下来的火炉，将冰融化成水让大家喝，并且留一点给想刮胡子的军官使用。至于洗澡，门儿都没有。菲茨詹姆斯面露微笑。

“副船缝填塞匠希吉问我，在轮到他报告之前，他可不可以先睡个觉。”

“该死的副船缝填塞匠希吉最好跟我们一样醒着。”克罗兹说。

菲茨詹姆斯轻声说：“我也差不多是这样告诉他。我派他值班担任守卫。寒冷的天气应该会让他睡不着。”

“或者把他冻死。”克罗兹说，语调似乎暗示这还不是最糟的事。克罗兹对站在帐篷外担任守卫的二兵达利大喊：“叫妥兹中士进来。”

所有人都因为粮食配额只有正常时的三分之一而感到饥饿，这位高大、没什么大脑的陆战队队员身上的肉却还很多。克罗兹进行讯问时，他一直保持立正姿势，只是手上没握着毛瑟枪。

“你对今天发生的事有什么看法，中士？”

“非常棒，长官。”

“棒？”克罗兹想起第三中尉厄文的喉咙与身体的惨状，尸体就躺在克罗兹帐篷正后方的验尸帐篷里。

“是，长官。那场攻击，长官。和钟表的运作一样精准，非常精准。我们顺着那座大山丘向下走，长官，毛瑟枪、步枪及霰弹枪指着正前方，好像我们从没受过这世界的严酷击打，那几个野蛮人就看着我们走下去。在距离他们不到二十码时，我们才开火，在他们毫无章法的作战阵势中大开杀戒，长官，我可以跟您保证。大开杀戒。”

“他们摆出什么阵势，中士？”

“嗯，没有，长官，不像您提到《圣经》中所说的阵势，长官。比较像是一群人站在一起，就像野蛮人那样，长官。”

“然后你们齐发的子弹就把他们全射倒了？”

“哦，是的，长官。在那样的距离，连霰弹枪的威力也很惊人。那一幕真的相当壮观，长官。”

“好像在盛雨水的桶子里射鱼？”

“是的，长官。”妥兹说，他红润的脸上露出灿烂的笑容。

“他们有没有任何抵抗，中士？”

“抵抗？应该算没有吧。没有什么您可以称为抵抗的动作，长官。”

“不过他们带了刀子、短矛和鱼叉。”

“哦，是的，长官。这些不信神的野蛮人中，有几个人射出手上的鱼叉，另一个丢出短矛，但是这些人已然被射伤了，所以射出的东西没有杀伤力。只有撒米·魁斯比这小子的腿被刺伤，不过他马上用霰弹枪把射伤他的野蛮人送去地狱，长官。直接下地狱。”

“但是有两个爱斯基摩人逃走了。”克罗兹说。

妥兹皱了皱眉头：“是的，长官，我为这件事向您道歉。那时候一团混乱，长官。我们开枪射那几只疯狗时，两个已经倒下去的人又爬了起来，长官。”

“你们为什么要射他们的狗，中士？”这次是菲茨詹姆斯在问。

妥兹看起来有点吃惊：“为什么？它们对着我们乱吠及咆哮，并且扑向我们，船长。它们比较像狼而不是狗。”

“你有没有想过，中士，它们可能对我们有用。”菲茨詹姆斯问。

“是的，长官，可以当肉吃。”

克罗兹说：“你说一下那两个脱逃的爱斯基摩人长什么样子。”

“一个矮小的人，船长。法尔先生说，他认为那可能是个女人，或一个女孩。她的连衣帽上有血，但是显然没有死。”

“的确是！”克罗兹冷冷地说，“另一个逃走的人呢？”

妥兹耸了耸肩：“我只知道是个绑着头带的矮小的人，长官。他跌倒在雪橇后面，我们以为他死了。可是我们忙着射狗时，他就爬起来和那女孩一起跑走了。”

“你们有没有去追他们？”

“追他们，长官？哦，是的，当然。他妈的我们……我们使尽力气去追，长官。而且我们沿路装填弹药，并且开枪。我认为我又射中了那个爱斯基摩小贱货，但是她的速度一点儿也没慢下来，长官。他们后来离我们太远了。不过他们短时间内不敢再回来这里，长官。这点我们可以保证。”

“他们的朋友呢？”克罗兹冷冷地问。

“您的意思是什么，长官？”妥兹再次露齿微笑。

“他们的部族、村落、氏族，也就是其他的猎人与战士。这些人是从某个地方来的，他们总不会整个冬天都待在外面的冰上吧。他们现在应该是在回他们村庄的路上，或者已经回到村庄了。你有没有想过其他的爱斯基摩人、每天都猎杀动物的人会因为我们杀了他们八个亲人而怀恨在心，中士？”

妥兹看起来有些迷惑。

克罗兹说：“你可以下去了，中士。请二中尉哈吉森进来。”

哈吉森难过的程度和妥兹自豪的程度可以相比。很显然，这位年轻中尉正因为失去了他在探险队中最要好的朋友而心烦意乱，也因为碰到厄文的侦察队、被带去看厄文的尸体后，为自己下令发动的攻击而感到后悔。

“放轻松点，哈吉森中尉，”克罗兹说，“你需要椅子吗？”

“不需要，长官。”

“请告诉我们，你怎么会碰到厄文中尉那队人。菲茨詹姆斯船长给你的命令是到‘恐怖’号的南边去打猎。”

“是，船长。我们早上大部分时间是在打猎。不过，沿岸的雪地上并没有野兔的足迹，长官，而我们也没办法到海冰上，因为岸冰外缘的冰山还是相当高。所以，十点钟左右我们就开始朝内陆走，心想也许那里会有一些驯鹿、北极狐、麝牛或其他动物。”

“但是并没有？”

“没有，长官。不过，我们却在雪地上看到爱斯基摩人软底靴的鞋印，人数大约有十个。此外还有雪橇痕与狗的足迹。”

“所以你们就跟随着足迹朝西北方走回来，没有继续打猎？”

“是的。”

“这是谁的决定，第二中尉哈吉森？是你，还是你的副领队中士妥兹？”

“是我的决定，长官。我是那里唯一的军官，这个决定及其他所有决定都是我做的。”

“包括最后下令攻击爱斯基摩人？”

“是的，长官。我们从可怜的约翰被谋杀而且被掏出内脏……嗯，您知道他们怎么对待他……的那个丘脊上，偷偷观察了他们一分钟。那些野蛮人看起来准备要离开，回头往西南方走。那时我们就决定用武力攻击。”

“你有多少武器，中尉？”

“我那一队带了三把步枪、两把霰弹枪、两杷毛瑟枪，长官。厄文中尉那一队只有一把毛瑟枪。哦，还有一把手枪，那是我们从约翰……从厄文中尉大外套的口袋里拿出来的。”

“爱斯基摩人没有将手枪拿走？”克罗兹问。

哈吉森停顿了片刻，好像他从没想过这件事：“是的，长官。”

“他的个人物品有没有被偷的迹象？”

“是的，长官。希吉先生跟我们说，他看到爱斯基摩人先抢走约翰……厄文中尉的望远镜及背包，然后才在丘脊附近将他杀死。当我们到达丘脊时，我用望远镜看到那些原住民正在丘脊下方的山谷里。我猜他们谋杀厄文，并且……毁尸……后，就逗留在那里搜他的背包，并且轮流把玩他的望远镜。”

“雪地上有他们的脚印吗？”

“什么？长官？”

“爱斯基摩人的脚印……从你们发现厄文中尉尸体的那道光秃丘脊那里，走到他们在翻他东西的地方？”

“呃……是的，长官。我想有，船长。我的意思是，我记得我当时看到一条我以为只是约翰足迹的东西，但是现在想起来，那应该是他们所有人的足迹。他们应该是排成一列爬上丘脊，然后再走下山谷，我想，船长。希吉先生说在那个光秃秃的丘脊上，他们全都围在约翰身边，割断他的喉咙并且……做其他那些事，长官。他还说，并不是所有人都动手……也许那个女人和那男孩没有……不过还有六或七个异教的野蛮人。那些猎人，长官。我是指年轻的男人。”

“那个老人呢？”克罗兹问，“据我所知，你们射杀那些人后，在尸体中发现了一个没有牙齿的老人。”

哈吉森点头：“他还有一颗牙，船长。不过，我不记得希吉先生有没有提到，这个老人也参与杀害了约翰。”

“如果你们真的是跟着爱斯基摩人的脚印向北走，怎么会先遇见法尔先生那一队的人，中尉？”

哈吉森猛点头，好像被问到他很有把握回答的问题而松了一口气：“在厄文中尉被攻击的地点以南一英里左右的地方，我们就把原住民的足迹与雪橇痕给跟丢了。他们一定是向东走，越过几道矮冰脊，那里有些冰雪，但大部分是岩石，长官，您知道的，就是那片结冻的沙砾地。在冰脊的凹谷中，我们并没找到他们的雪橇或狗走过的痕迹，也没看到任何脚印，所以我们继续向北走，就是往他们走的方向走。我们从一个山丘下来后，就看到托马斯，法尔那群人——约翰的侦察队——刚好吃完晚餐。那时希吉先生已经回来报告他一两分钟前目睹的事。而且我猜我们让托马斯和他的手下吓了一跳……他们以为我们是正要来攻击他们的爱斯基摩人。”

“你有没有注意到希吉先生有什么不一样的地方？”克罗兹问。

“不一样吗，长官？”

克罗兹沉默地等他回答。

“嗯，”哈吉森继续说，“他发抖得非常厉害，好像中风一样。而且他非常亢奋，声音尖锐到相当刺耳。而且他……嗯，长官……偶尔还会笑，咯咯地笑。不过介于他目睹的事情，不难理解他的反应，不是吗，船长？”

“他看到了什么，乔治？”

“嗯……”哈吉森低头往下看，让自己重新冷静下来，“希吉先生告诉主桅台班长法尔，而法尔转述给我听，说他是要去看厄文中尉有没有发生什么事，而翻越过那个丘脊，却刚好看到这六七个或八个爱斯基摩人在偷厄文中尉的东西，并且用刀刺他及毁尸。希吉先生说——他还是抖得很厉害，长官，显然非常难过——他看到他们把他的生殖器割下来。”

“你自己不久后不是也看到厄文中尉的尸体吗，中尉？”

“是的，长官。那里距离法尔那群人吃晚餐的地方只有二十五分钟的路程。”

“但是，你看到厄文的尸体后并没有开始无法自制地发抖是吧，中尉？不像希吉走了二十五分钟后还在发抖？”

“没有，长官。”哈吉回答，显然不知道克罗兹为什么要问这些，“不过我吐了，长官。”

“你是什么时候决定要攻击爱斯基摩人，并且把他们杀光？”

哈吉森吞咽口水的声音几乎听得见：“在我从丘脊上用望远镜看到他们在搜约翰的背包，并且玩弄他的望远镜之后，长官。就在我们用望远镜看他们，包括法尔先生、中士妥兹和我，发现他们正掉转雪橇准备要离开的时候。”

“你下令不要留活口吗？”

哈吉森再次低头：“没有，长官。我当时没有想太多。我只是一时……气坏了。”

克罗兹没有说话。

“我告诉中士妥兹，我们得问一个爱斯基摩人，看看到底发生了什么事，船长。”中尉继续说，“所以我猜，在行动前我想过要留些活口。只是我……太生气了。”

“实际开火的命令是谁下的，中尉？你，中士妥兹，法尔先生，还是别人？”

哈吉森的眼睛快速眨了好几下：“我不记得了，长官。我不确定当时有人真正下命令。我只记得，当我们到达距离他们三十码或不到三十码时，有几个爱斯基摩男人抓起他们的鱼叉、短矛或是其他东西备战，接着我们这一边就开枪了，然后重新装填弹药再开枪。那些原住民到处跑，而女人发出哭号……那个老女人一直哭号，长官，就像您告诉过我们的女妖那样哀号……一种颤抖、频率很高、持续不断的哭号……即使好几颗子弹射在她身上后，她还是继续发出连上帝听了也会胆战心惊的哭号声。接着中士妥兹走上前，站在她旁边，用约翰那把手枪……这一切都发生得非常快，船长。我从来没有经历过这样的场面。”

“我也没有。”克罗兹说。

菲茨詹姆斯没有说话。他低下头看着桌面，似乎是在审视自己的内心世界。

“如果我们犯了什么错，两位长官，”哈吉森说，“我愿意负完全的责任。在约……厄文中尉死后，我是这两个小队唯一的军官干部。这一切都是我的责任，长官。”

克罗兹看着他。这位船长可以感觉到自己的目光单调无神。“你是当时唯一在场的军官，不论好或坏，都是你的责任，当时如此，现在也是如此。四个小时后我要带一队人到厄文被谋杀及爱斯基摩人被射杀的现场去。我们会带提灯出发，跟随你们的雪橇痕过去，不过我希望在太阳升起前就到达。参与今天射杀行动的人中，我只想叫你与法尔先生和我们一起去。先去睡一下，然后吃点东西，准备在六钟响时出发。”

“是的，长官。”

“你出去的时候，把副船缝填塞匠希吉叫进来。”

39
古德瑟

北纬六十九度三十七分四十二秒，西经九十八度四十一分
一八四八年四月二十五日

哈利·古德瑟医生的私人日记：

一八四八年四月二十五日礼拜二

我非常喜欢厄文中尉。在我的印象中，他是个温文有礼而且富有同情心的年轻人。我跟他不熟，但是在最艰苦的几个月里，特别是我轮流待在“幽冥”号与“恐怖”号的那几个月，我从没看过他逃避责任或对船员们大声说话，他对他们和我一直都非常温和，很有军官的风度。

我知道克罗兹船长因为失去他而大受打击。他今天早上大约两点多回到营地时，脸色相当苍白，当时我几乎可以用我的专业信誉来打赌，人的脸色不可能比这更白了。但是听到厄文的事后，他的脸色就是如此苍白，连嘴唇也变得比我们这三年来天天

看到的冰雪还白。

不过，不管我多么喜欢及尊敬厄文中尉，我还是把朋友情分放在一旁，做身为专业船医的我该做的事。

我把厄文中尉身上残余的衣服脱掉。从背心到长衬衣，他每一层衣服上的纽扣都被扯掉了，沾满血的衣服被冻结成皱纹层起的硬块。我命令助手亨利·罗伊德帮忙清洗厄文中尉的身体。那些水是狄葛先生的助手用两艘船上拿来的煤炭将冰雪融化后得到的水，相当珍贵，但是我们必须用以表达对年轻厄文的敬意。

当然，我不需要使用我惯用的倒Y字开膛法，从髋骨切开到肚脐，再从倒过来的Y字底部一刀向上划到胸骨，因为谋杀厄文中尉的人已经这么做了。

我一面处理尸体，一面做笔记和画草图。我的手指因寒冷而疼痛。他的死因很清楚。厄文中尉的脖子上被野蛮人用光滑的利刃至少割了两道伤口，他因失血过多而死。我怀疑这个倒霉的年轻军官体内连一品脱的血都不剩。

他的喉头和气管都被割断，连颈椎上也有刀痕。

他的腹腔看起来是用短刀在皮肤、肌肉及附近组织上反复锯割而切开的，肠子大多已经被切断并移除。厄文中尉的脾脏与肾脏也被利刃切开。他的肝脏不见了。

中尉的阴茎被截掉而且不见了，只留下一英寸左右的根部在身上。他的阴囊从中间切开，里面的睾丸被挖掉。要割破阴囊、切断副睾并割断包着皮的阴茎，需要用刀刃反复锯割。加害者的刀子很可能到这一刻已经钝了。

厄文中尉的身上还有多处瘀青，许多地方都和坏血病的病情吻合，但是看不见其他严重的伤。值得注意的是，他的手心、手背及手臂上都没有任何反抗时所受的刀伤。

看起来厄文中尉是受到了突袭。他的加害者或加害者们没有给他抵抗的机会，就先把他的喉咙割断了。他们接着再花时间用刀子反复锯割，以便取出他的内脏，并且把他的生殖器割除。

今天稍晚，在为中尉尸体做埋葬准备时，我尽一切可能将他的脖子及喉咙缝起来，并将一些不属于人体，但能自然分解的纤维组织（一件在中尉个人背包里找到的毛衣）放到腹腔里，以免船员们看到穿上军装的尸体时，会觉得他的腹部是空的，甚至是整个凹陷下去的。他的许多身体组织被破坏掉，甚至不见了。我要尽我所能把腹腔缝好。

但是我迟疑了一下，然后决定做一件特别的事。

我把厄文中尉的胃割开。

没有任何验尸上的理由要我这样做。这位年轻中尉的死因已经再清楚不过，他也没有其他疾病或慢性病的状况需要检查，而我们全都或多或少出现了些坏血病症状，也全都在慢慢饿死。

我还是把他的胃打开了。它看起来膨胀得不太寻常。在这么严寒的地方，不论是活菌作用或食物分解，都不至于让它这么大。负责验尸的人员不应该对这种怪异现象视而不见。

他的胃是满的。

就在厄文中尉死前不久，他吃了大量的海豹肉、一些海豹皮，以及许多海豹脂肪。他的消化系统还来不及消化这些食物。

爱斯基摩人在谋杀他之前，先喂饱了他。

也有可能厄文中尉用他的望远镜、背包，以及背包里的几件个人物品，去和爱斯基摩人交换海豹肉和脂肪。

但那是不可能的，因为副船缝填塞匠希吉说，他看到爱斯基摩人谋杀了中尉，而且抢夺他的东西。

法尔先生用来载送尸体回来的爱斯基摩雪橇上面有海豹肉和不少鱼。法尔说，他们把一些其他东西丢掉——篮子、锅子，以及放在海豹肉及鱼上面的一些东西——以便将中尉的尸体更稳当地放在轻雪橇上。“我们要尽可能让厄文中尉躺得舒服。”妥兹是这么说的。

所以那些爱斯基摩人一定是先给他食物，给他时间吃，但不给他时间消化，接着把雪橇重新装好，才残忍地将他杀掉。

以朋友的身份接近，然后再将他杀死并且毁尸。我们能相信世上有哪个种族这么恶劣，这么有敌意，这么野蛮吗?

是什么让原住民的态度突然改变，而且变得暴戾？有没有可能是中尉说了或做了触犯他们神圣禁忌的事？或者他们只是单纯想要抢夺东西？那只铜制望远镜有没有可能是厄文中尉惨死的导火线?

还有一种可能，但是这种可能性实在太可憎、也太不可能了，所以我很不愿意写在这里。

厄文中尉并不是爱斯基摩人杀的。

但是这也说不通。副船缝填塞匠希吉明明就说他看见六到八个原住民攻击中尉。他也看见他们偷了中尉的背包、望远镜及其他东西。不过奇怪的是，他们竟然没发现他的手枪，也没去翻他的另一个口袋。副船缝填塞匠希吉今天还告诉菲茨詹姆斯船长说——他们在讨论的时候我也在场——他，希吉，从远处看着那些野蛮人掏出我们朋友的内脏。

希吉躲起来，看着这一切发生。

天还是一片漆黑而且非常寒冷，但是克罗兹船长二十分钟后就要带几个人走几英里路到中尉被谋杀及爱斯基摩人被枪毙的地点去。有可能那些人的尸体现在还躺在山谷里。

我已经把厄文中尉的尸体缝起来了。虽然我早已累坏了，而且超过二十四个小时没有睡觉，但我会叫罗伊德帮中尉穿上衣服，并且准备今天将要举行的葬礼。也许是上天的安排，厄文已经把他的大礼服放进他的行李包里，从“恐怖”号带过来了。他今天将会穿着它下葬。

我现在就要去问克罗兹船长，我可不可以跟他、利铎中尉、法尔先生和其他人一起到谋杀案现场去。

40
培格勒

北纬六十九度三十七分四十二秒，西经九十八度四十分五十八秒

一八四八年四月二十五日

雾慢慢散开，有个像巨大头颅的东西正从冰冻的地面上升起：灰白色、卷曲着、盘绕着，因表面结了冰而闪闪发亮。

哈利·培格勒正在看着约翰·厄文的内脏。

“就是在这里。”托马斯·法尔说了不需要说的话。

船长要求他也一起到谋杀现场来时，培格勒有点讶异。这位前桅台班长并不是昨天出事的两队人当中的一员。培格勒看了一下被选来参与黎明前调查任务的人：第一中尉爱德华·利铎、托马斯·强森（克罗兹的副水手长，也是他到南极探险时的同船伙伴）、昨天就到过这里的主桅台班长法尔、古德瑟医生、“幽冥”号的维思康提中尉、大副罗伯特·托马斯，以及四个带着武器的陆战队护卫：哈普魁、希里、皮金登与带队的下士皮尔森。

培格勒希望他不是在往自己脸上贴金，以为克罗兹船长是刻

意选他最信任的人来参与任务，把心术不正或没有能力的人全留在恐怖营。海上律师希吉则负责带一小队人去挖厄文中尉的坟墓，好让下午的葬礼可以顺利举行。

克罗兹这队人在黎明前几小时就出发了。他们提着灯，跟随昨天那些人的足迹以及载着中尉尸体回营地的爱斯基摩雪橇辙痕往东南方走。当足迹在布满石头的冰脊线上消失时，他们很轻易在积雪的谷底再次发现它们。夜里温度上升了至少五十五华氏度，空气的温度达到零度或更高，也因而产生了一片浓雾。哈利·培格勒对地球上大多数海域的天气都不陌生，但他无法想象，方圆数百英里内没有半片未结冻水域，怎么可能会出现这么浓的雾。或许这些只是掠过海上堆冰表面的低矮云层，刚好被风吹到被上帝遗弃的荒岛上。岛的最高处比海平面高不了几码。随后的日出一点也不像日出，只不过是在包围着他们不断翻搅的云雾中，出现一片似乎来自四面八方的模糊黄光罢了。

十几个人在谋杀现场静静站了几分钟。没有太多可看的东西。约翰·厄文的帽子被风吹到一块大石头附近，法尔捡了回来。在结冻的沙石地上有结冻的血，一堆人体内脏被弃置在暗色血迹旁边。此外只有几块被撕裂的衣服碎片。

“哈吉森中尉，法尔先生，”克罗兹说，“希吉先生带你们到这里时，你们有没有看到爱斯基摩人到过这里的迹象？”

哈吉森似乎被这问题弄糊涂了。法尔说：“除了他们干的这件好事外，没有，长官。我们当时趴在地上匍匐爬上丘脊，然后探头用哈吉森先生的望远镜看向山谷，而他们就在那里，还在争夺约翰的望远镜及其他战利品。”

“你看到他们打成一团？”克罗兹严厉地问。

培格勒从没见过他的船长，或任何一位曾经共事的船长看起来这么累。在过去这几天或几个礼拜里，克罗兹的眼睛已经明显深陷在眼窝里。克罗兹向来低沉有力的口令声，现在听起来只像沙哑的叫声。他的眼睛好像就要流血了。

这些天来，培格勒对流血也有一些新体验。他还没让他的朋友约翰·布瑞金知道，但是他已经深刻地感觉到坏血病的可怕。他一向引以为傲的肌肉正在萎缩，皮肉上到处是瘀青的斑块。过去十天里，他掉了两颗牙。每次他刷那没剩几颗的牙齿时，牙刷都会变红。每次蹲下来解大便时，都会排出血来。

“我有没有真的看到那些爱斯基摩人打成一团？”法尔重复了一次，“也不算是，长官。他们其实是彼此推挤、笑闹。其中两个人在拉扯约翰那只很棒的铜制望远镜。”

克罗兹点头：“我们下到山谷去，各位。”

培格勒被血迹吓倒了。他从没上过战场，连现在这样的小规模战斗也没见过。虽然他已经有心理准备会看到死尸，但他万万没想到洒在雪上的血会那么红。

“有人到过这里。”哈吉森中尉说。

“什么意思？”克罗兹问。

“有些尸体已经被动过了。”年轻的中尉边说边指着一具男尸，接着又指向另一具男尸，然后指着一个老女人的尸体，“而且他们身上像沉默女士穿的那种毛皮外衣不见了，连一些手套和靴子也不见了。还有他们的武器……鱼叉和短矛。您看，雪地上还有昨天掉落在这里的痕迹，但是现在全不见了。”

“战利品？”克罗兹很快问，“我们的人是不是……”

“不可能，长官。”法尔快且肯定地回答，“我们把雪橇上的一些篮子、锅子及其他东西丢掉以增加空间，然后把雪橇拉上山丘去装载厄文中尉的尸体。在回到恐怖营之前，我们都一起行动。没有人在后面逗留。”

“有些篮子和锅子也不见了。”哈吉森说。

“这里好像有一些新脚印，不过很难说，因为昨天晚上风刮得很厉害。”副水手长强森说。

克罗兹船长挨个检视尸体，并且把脸朝下的尸体翻过来。他似乎是在研究每具尸体的脸。培格勒注意到死的并不全是男人，有一个是男孩，还有一个老女人，她的嘴巴开得很大，就像一个黑色的洞，仿佛被死神冻结住，永远无声地哀号着。地上有许多血。其中一个原住民显然被霰弹枪从近距离射了一枪，后半边的头不见了。他有可能先被毛瑟枪或步枪射倒，然后才承受致命的一击。

克罗兹检查每一张脸，似乎想从上面找到他要的答案，然后他停住脚步。同样在仔细观察死尸的船医古德瑟，把自己及船长的保暖巾拉低，然后在船长耳边轻声说了几句话。克罗兹后退了一步，看着古德瑟，仿佛吓了一大跳，接着他点了点头。

船医走到一具爱斯基摩尸体旁边，单脚跪在地上，然后从医药袋里拿出一些手术用具，包括一把有点弯曲、上面有锯齿的长刀，这让培格勒想起他们在“恐怖”号底舱的铁制水槽里切割冰块时使用的冰锯。

“古德瑟医生需要检查几个野蛮人的胃。”克罗兹说。

培格勒猜想其他九个人也和他一样纳闷儿，不过没有人开口问。矮小的船医把尸体上的毛皮或兽皮衣扯开，开始在第一具尸体的肚子上锯起来。几个容易呕吐的人，包括三个陆战队员赶紧把头转开。锯子锯在冻得硬邦邦的尸体上发出的声音，让培格勒觉得很像在锯木头。

“船长，您觉得是谁把他们的武器及衣服拿走的？”大副托马斯问，“是两个逃走的人当中的一个吗？”

克罗兹心不在焉地点头：“或是从他们村落里来的人，虽然我实在很难想象在这被上帝遗弃的岛上会有村落。或许他们有一支大一点的狩猎队就在附近扎营。”

“这一群人的雪橇上载了很多食物。”维思康提中尉说，“可想而知，那支狩猎队有多少食物啊，也许足够让我们一百零五人全部吃饱。”

利铎中尉呼出的湿气在外套的衣领上结了一层霜，衣领上方的脸正在微笑。

“你愿意担任我们的使者，到他们的村落或较大的狩猎队那里，很有礼貌地请他们给我们一些食物，或提供我们一些打猎的建议吗？现在？在发生了这件事以后？”利铎示意他看看雪地上那几具四肢摊开、被冻硬的尸体，以及一片片的血迹。

“我认为我们现在得离开恐怖营及这座岛。”第二中尉哈吉森说，声音在发抖，“他们会趁我们睡觉的时候把我们杀死。看他们对约翰做了什么事。”他停了下来，显然觉得有点羞愧。

培格勒注意到这名中尉的身体状况。哈吉森显然非常饥饿，也非常疲惫，但是他的坏血病症状并没有其他人严重。培格勒在想，如果他也看到哈吉森不到二十四小时前目睹的场面，也会变得没有男子气概吗？

“托马斯，”克罗兹轻声对他的副水手长说，“你可不可以到下一个丘脊那里，看看能看到什么？特别注意地上有没有他们离开的脚印。如果有的话，有多少，是什么样子。”

“是的，长官。”这位身材高大的副手穿过厚厚的雪往上坡跑，爬上对面尽是沙砾的黑暗丘脊。

培格勒正看着古德瑟。船医已经剖开第一个爱斯基摩人稍微鼓起的暗粉红色肚腹，接着又继续到老女人及男孩那里去。这种事看起来很恐怖。古德瑟没戴手套，使用一个小型手术工具把胃划开，把里面的东西拿出来，然后搓揉冻成一团团、一口口的东西，好像在寻找什么宝物。有时候他会把胃里原本冻成一块的东西直接扳成几小块，弄出清脆的声响。古德瑟处理完三具尸体后，面无表情地把手放在雪地上抹了几把，然后套上连指手套，再次在克罗兹的耳边轻声细语。

“你可以告诉大家。”克罗兹大声说，“我要每一个人都听到。”

矮小的船医舔了舔他裂开且流血的嘴唇：“今天早上我解剖了厄文中尉的胃……”

“为什么？”哈吉森大叫，“那是约翰少数没被可恶野蛮人破坏的器官！你怎么可以做出这种事？”

“安静！”克罗兹吼着。培格勒注意到，在这声口令里，船长的声音恢复了以往的权威。克罗兹向船医点了点头：“请继续说，古德瑟医生。”

“厄文中尉吃了很多海豹肉与脂肪，肚里塞满了食物。”船医说，“他这一餐吃得比我们任何一个人几个月来吃的任何一餐都多。那些食物很显然是雪橇上的存粮。我很好奇那些爱斯基摩人是不是和他一起吃的，如果他们胃里有这些东西，就代表他们临死前也吃了海豹脂肪。从这三具尸体来看，他们显然也吃了。”

“他们和他分享食物……和他一起吃肉……然后在他要离开时将他杀死？”大副托马斯说，显然他对自己刚听到的信息深感困惑。

培格勒也同样困惑。这完全说不通……除非野蛮人的性情极其善变及叛逆，就和他在老旧的“小猎犬”号上服役的那五年里，在南方海域遇见的土著一样。前桅台班长很希望能听到约翰·布瑞金对这件事的看法。

“各位，”克罗兹说。很显然他把几个陆战队员也算了进去。“我要你们一起听，因为将来我可能需要你们为我做证，但是我不希望其他人也知道，至少在我将事情公开之前，而且有可能我永远也不会公开。如果你们中间哪个人告诉其他人，即使只是在睡梦中喃喃自语，让最亲密的室友听到了，那么，我指着耶稣起誓，我会查出是谁违背了我要求保密的命令，然后把他留在冰上，而且连一个空的大便器也不留给他。我的意思够清楚了吧，各位？”

所有人都喃喃应和。

这时托马斯·强森回来了。他从山丘上走下来，气喘吁吁。他停下脚步，看着这群默不作声的人，好像想询问发生了什么事。

“你看到了什么，强森先生？”克罗兹很有兴趣地问。

“脚印，船长，”副水手长说，“不过是旧的，朝西南方去的。昨天逃走的两个人，以及回到山谷取走毛皮外衣、武器、锅子等东西的人，一定是顺着这些脚印跑走的。我没看见新的脚印。”

“谢谢你，托马斯。”克罗兹说。

雾在四周翻搅着。培格勒听到东方有类似海战的大炮声，不过，在过去的两个夏天里，他已经听过无数次了。那是远方的雷声。在四月，温度还是低于冰点二十华氏度！

“各位，”船长说，“我们得去参加葬礼。该回去了吧？”

在回程的漫长路程上，哈利·培格勒反复思索他所见的：他喜爱的军官被冻成硬块的内脏；雪地上的尸体；依然鲜艳的血迹；消失了的毛皮外衣、武器及工具；古德瑟医生类似盗墓行径的验尸动作；克罗兹船长奇怪的说法“将来我可能需要你们为我做证”，好像他们得要有心理准备，将来要在军事法庭或调查庭上当陪审员。

培格勒打算将一切都记到已经陪伴他很久的备忘录上。而且他希望在葬礼结束后，在两艘船上的各组人回到各自帐篷、用餐区、雪橇队之前，有机会跟约翰·布瑞金谈谈。他想听听看，他那充满智慧的爱人布瑞金对这一切有什么看法。

41
克罗兹

北纬六十九度三十七分四十二秒，西经九十八度四十一分

一八四八年四月二十五日

“死亡，你的毒刺在哪里？坟墓，你的胜利在哪里？”

厄文中尉是克罗兹的军官，但是菲茨詹姆斯的声音比较好听，对《圣经》也比较熟悉，而且不再结巴了，所以由他在追思礼拜中朗读经文。对此，克罗兹很感激。

除了担任守卫的人员、在病床区的人，以及忙着预备晚餐、用四个捕鲸船火炉煮爱斯基摩人的鱼及海豹肉的狄葛先生与沃尔先生之外，恐怖营所有的人都来到外面。在离营地约一百码的坟墓旁，参加葬礼的八十个人在涌动的雾中像黑色亡魂一样站着。

“死亡的毒钩就是罪，罪的权势就是律法。感谢上帝，使我们借着我们的主耶稣基督得胜。所以，我亲爱的弟兄们，你们务要坚固，不可摇动，常常竭力多做主工，因为知道你们的劳苦，在主里面不是徒然。”

其他几个还活着的军官与两位副官负责把厄文抬到坟墓。恐怖营里没有足够的木料可以制作棺材，但是木匠哈尼先生还是用一些木材临时打造了一张门板大小的床。厄文的尸体用帆布固定在上面，然后被搬运过来，待会儿还要随着床板垂放进坟墓里。虽然他们依照海军葬礼的模式将绳索横铺在坟墓开口（就像在一般陆上葬礼那样），但是厄文的棺木板并不需要下放得那么深。希吉和他手下几个人挖的坟墓还不到三英尺深——在那深度以下的土地被冻得和石头一样硬，所以船员捡了许多大石头先铺在尸体上，然后才把表层的土及沙砾覆盖上去，之后再堆放更多的大石头。没有人真以为这样就能阻止白熊或其他的夏天掠食者来动厄文的尸体。但是付出的这些心血与劳力，已显示出约翰·厄文多么受大部分船员爱戴。

大部分船员。

克罗兹注视着希吉。站在希吉旁边的是马格纳·门森，以及嘉年华后被打了五十鞭的“幽冥”号弹药士理查·艾尔摩。这几个人旁边还聚集了一群心怀鬼胎的船员——在一月时不惜抗命、一心想把沉默女士杀掉的“恐怖”号船员。但是，就和围绕在这悲惨坑洞四周的船员一样，他们都脱下威尔斯假发及帽子，把保暖巾往上拉，将鼻子与耳朵盖起来。

克罗兹昨天半夜在船长指挥帐里对科尼利厄斯·希吉进行的讯问气氛紧张，但简洁明了。

“早安，船长。您需要我说明先前向菲茨詹姆斯船长和……”

“脱掉你的衣服，希吉先生。”

“什么，长官？”

“你明明听到了。”

“是的，长官，但是如果您想听我说，那些野蛮人是怎么谋杀可怜的厄文先生……”

“是厄文中尉，副船缝填塞匠。我已经听菲茨詹姆斯船长说过了。你有没有要补充或收回的话？有要修正的吗？”

“嗯……没有，长官。”

“把最外面的御寒衣脱掉。连指手套也脱掉。”

“是，长官。好了，长官，再来要怎么样？我该把它们放在……”

“把它们丢在地上。短外套也一起脱掉。”

“我的短外套，长官？这里可是非常冷啊……是的，长官。”

“希吉先生，厄文中尉离开你们还不到一小时，你为什么就自愿出去找他？其他人怎么一点都不担心他？”

“哦，我想我不是自愿的，船长。印象中是法尔先生要我去找……”

“根据法尔先生的说法，大家吃完后在休息，你问了好几次‘厄文中尉是不是早该回来了’，然后自愿一个人出去找他。你为什么要这么做，希吉先生？”

“如果法尔先生这么说……呃，那么我们一定是很担心他，船长。我的意思是，担心中尉。”

“为什么？”

“我可以把短外套和更外层的衣服穿起来吗，船长？这里真的会冻死……”

“不行。把你的背心和毛衣也脱掉。你为什么要担心厄文中尉？”

“如果您是担心我……我的意思是，担心我今天也受伤了，长官，那么您大可放心，我没受伤。那些野蛮人并没有发现我。我身上没有一点伤，长官，这我可以跟您保证。”

“把那件毛衣也脱掉。你为什么要担心厄文中尉？”

“呃，那几个伙伴和我……您是知道的，长官。”

“我不知道。”

“我们只是很担心，呃，怕我们这队人当中有人不见了。而且，长官，我很冷，我们几个人那时只是坐在地上吃我们仅有的冰冷食物。我就想跟着中尉的脚印走，去看他还好吗，也许能让我温暖一点。”

“让我看看你的手。”

“您说什么，船长？”

“你的手。”

“是，长官。原谅我抖个不停，长官。我一整天都觉得很冷，现在我的衣服又都脱掉了，只剩下衬衫和……”

“把手翻过来，手掌朝上。”

“是的，长官。”

“你指甲下面那些是血迹吗，希吉先生？”

“有可能，船长。你知道为什么会有血的。”

“我不知道。你告诉我。”

“嗯，我们好几个月没有水可以洗澡了，长官。对于坏血病及类似痢疾的病来说，排便时出血是难免的……”

“你是说，我船上有个皇家海军士官上完大号后是用手指来擦屁股的吗，希吉先生？”

“不是，长官……我的意思是……我现在可以把我的几层衣服穿上了吗，船长？您看得出来我并没有受伤。这样的寒冷足以让一个人的神志……”

“把你的衬衫和衬衣脱掉。”

“您是认真的吗，长官？”

“你最好别让我说第二次，希吉先生。我们这里并没有禁闭室。被我下令关禁闭的人只能被链子拴在捕鲸船上，在外面的冰上过日子。”

“好了，脱下来了，长官。这样可以了吧？我只剩下快冻僵的皮肉。如果我那可怜的老婆看到我现在这样……”

“船员名册中你的个人资料并没有说你结婚了，希吉先生。”

“哦，我的露薏莎已经过世七年了，船长。死于梅毒。愿她的灵魂得到安息。”

“为什么你曾经告诉一些年轻的水手，到了要杀军官的时候，厄文中尉会是第一个被杀的？”

“我从来没有说过这样的话。”

“有人跟我报告，你曾经这样说过，而且你还发表过其他的抗命言论，时间甚至可以追溯到冰上嘉年华之前，希吉先生。你为什么特别在意厄文中尉？这位军官对你做过什么？”

“为什么？他没做过任何事，长官。而且我从来没说过那些话。把打小报告的人带来这里，我可以当面反驳他，并且吐口水到他脸上。”

“厄文中尉对你做过什么，希吉？为什么你要告诉‘幽冥’

号及‘恐怖’号上的船员说，厄文是个大嫖客、是个骗子？”

“我向您发誓，船长……很抱歉我的牙齿在打战，船长，但是，耶稣基督啊，我光着身子在这夜里真是冷得要命。我们很多人都把可怜的厄文中尉当儿子看待，船长。一个儿子哪。我今天就是因为担心他一个人在外面，才出去看他的状况。而且，还好我去了，不然永远也不会看到可恶的凶手把……”

“把你的衣服穿上，希吉先生。”

“是，长官。”

“不是在这里。到外面去穿。别让我再看到你。”

“人为妇人所生，日子短少，多有患难。”菲茨詹姆斯诵读着经文，“出来如花，又被割下；飞去如影，不能存留。”

哈吉森和几位抬棺者小心翼翼地将棺板放到浅坑上几条由最健康的船员拉着的绳索上，棺板上装载着厄文用帆布包裹起来的尸体。克罗兹知道，在厄文的尸体被老莫瑞装进裹尸帆布里，再把封口缝好之前，哈吉森和厄文的个别朋友已经进入验尸帐篷，向他致上最后的敬意。这些访客在中尉尸体旁边放了好几样东西，来表达对他的感情：那只失而复得、厄文很珍爱的望远镜（虽然镜片在枪击事件中碎掉了）；他在皇家海军炮舰优秀号的射击比赛中赢得的金质奖章；此外还有一张五镑纸钞，好像是最后一刻还给他的赌金。不知出于什么原因，也许是乐观还是年轻人的天真？厄文把他的大礼服也装到小行李袋里带过来，现在他就是穿着这套衣服下葬。克罗兹不经意地想，经过漫长的腐坏过程后，坟墓里除了这个大男孩的白骨和金质炮兵奖章以外，其他东西都会消失，那时礼服上的镀金纽扣——每颗上面都有皇冠环绕的锚形图案——还会在坟墓里吗？

“在人生中途，我们遇见死亡”菲茨詹姆斯凭着记忆朗诵下葬文，声音透露出他的疲累，但还算响亮，“我们要向谁救助呢？只有您，哦，上主，这位因我们的罪而忧伤难过的主。”

除了克罗兹船长，没有人知道还有另一样东西缝在帆布裹尸布中。那东西现在像枕头一样放在厄文头下。

那是一条用金、绿、红、蓝线织成的东方丝巾。送丝巾的人是在古德瑟、罗伊德、哈吉森及其他人离开验尸帐篷后，制帆匠老莫瑞还没进来将他事先准备好的裹尸布缝起来之前进来放的。不过那时克罗兹不巧刚好进入帐篷，让那人吃了一惊。

沉默女士进到帐篷，俯身在尸体上方，将那样东西塞到厄文头下。

克罗兹当下的反应是伸手到大外套的口袋里拿手枪，但是等他看到爱斯基摩女子的眼睛与脸时，整个人僵住了。如果在她那一对乌黑、几乎不像人眼的眼睛里没有泪水，那就是有其他会发亮的东西在她眼里，流露出克罗兹无法辨识的情绪。忧伤吗？船长倒不认为。那比较像是她看到克罗兹时体会到彼此的共犯关系。克罗兹当时也涌起这种奇怪的感觉，小时候和祖母梅摩·摩伊若在一起时，他经常有这种感觉。

但是这女孩显然把东方丝巾小心翼翼地置放在男孩的头下，来表达某种情意。克罗兹知道那条丝巾是厄文的，他曾经在几次特殊场合中看到过，时间甚至可以追溯到一八四五年五月探险队起航那天。

爱斯基摩姑娘偷了丝巾？或者，她是昨天才从他的死尸上夺走的？

沉默一个礼拜前就跟在厄文的雪橇队后面，从“恐怖”号到恐怖营来，随后就消失了，没再跟船员们在一起。除了还指望她带领去找食物的克罗兹之外，几乎每个人都很高兴终于摆脱她了。但是在这悲哀的清晨，克罗兹还是不禁怀疑，他的军官在被风刮得光秃秃的沙砾丘脊上被谋杀，该不会是沉默女士造成的吧？

她是不是正要带她的爱斯基摩猎人朋友来突袭营地，却在半路上碰到厄文，于是先用肉招待饿得要死的人，然后才冷血地杀掉他，免得他去告诉其他人遇到了谁？有没有可能沉默就是法尔、哈吉森及其他人所瞥见、跟绑着头带的爱斯基摩男子一起逃走的“年轻女人”？如果这礼拜她曾经回到自己的村落，换一件毛皮外衣穿也不无可能，而且，谁能匆匆一瞥就分辨出年轻的爱斯基摩姑娘是谁？

克罗兹考虑了所有可能性，但是现在，在这时间仿佛静止的时刻，他和这年轻女人都讶异到好几秒钟不能动弹。他注视着她的脸，用他的心，或用梅摩·摩伊若坚持说他拥有的第二视觉感觉到，她的心里正在为约翰·厄文哭泣，而且她把他曾经当礼物送给她的丝巾带来还给死去的人。

二月时，厄文曾经尽责地跟克罗兹报告……不过细节大多省略……说他曾经到爱斯基摩女人的雪屋里去过。克罗兹猜那条丝巾就是那时候厄文送给她的。现在克罗兹开始怀疑他们两个是情人关系。

不过，沉默女士接着就走了。她从帐篷的帆布门摆下方溜了出去，没发出半点声音。克罗兹后来问守卫和营地里的其他人有没有看到人影，结果大家都说没有。

之后在帐篷里，船长走到厄文的尸体前，低头看着他苍白、毫无生气的脸。在头下那条色彩鲜艳的丝巾的衬托下，厄文的脸显得格外白皙。接着他将裹尸帆布拉起来覆盖在中尉的脸与身体上，然后大声叫老莫瑞进来，将帆布缝起来。

“哦，上主，至圣的上帝，哦，全能的上主，哦，神圣而且满有怜悯的救主，”菲茨詹姆斯说，“救我们免受永死的苦楚。”

“您知道，上主，我们心中的秘密；别掩耳不听我们的祈祷；但是，至圣的上主，哦，全能的上帝，哦，神圣而且满有怜悯的救主，在您最公义的永恒审判中，请宽容我们，别让我们在人生最后的时刻忍受任何死亡的痛苦，离开您。”

菲茨詹姆斯的声音静了下来。他向后退，离开坟墓旁边。克罗兹还陷在遐思中，站在原处待了一段时间，直到脚步的滑移声让他意识到该轮到他主持礼拜了。

他走到坟墓旁边，正对着棺木板上尸体的头部。

“在此，我们将我们的朋友及军官约翰·厄文的身躯交给地的深处。”他也是凭记忆在朗诵，不过声音较粗哑。虽然他的心思已经完全被疲累笼罩，但是这段话他已经反复听过许多次了，所以印象很深刻，“任它朽坏，期待在大海及地交出其中死人的那天，这身躯能够复活。”说完尸体被放入三英尺深的坑里，克罗兹撒了一把冰冻的土到坟墓里。沙砾落在盖住厄文脸的帆布上并滚到两侧，发出奇特的锉磨声。“我们要等候主耶稣基督从天上降临，他会按着那能叫万有归服自己的大能，将我们这卑贱的身体改变形状，和他自己荣耀的身体相似。”

追思礼拜结束了。他们把绳子抽回来。

船员们跺着冰冻的脚，戴上威尔斯假发和帽子，重新缠好保暖巾，在雾中成群走回恐怖营去吃温热的晚餐。

哈吉森、利铎、托马斯、德沃斯、维思康提、布兰吉、培格勒，以及其他军士官留在坟旁，解散了正等着要埋葬尸体的劳务队。军士官们铲了铲土，一起将第一层石头铲进坟里。他们希望厄文能得到在目前状况下最好的安葬。

他们完成埋葬工作后，克罗兹和菲茨詹姆斯没跟其他人一起回营吃晚餐，反倒离开大部队，单独往一个地方走去。他们打算走两英里路去胜利角的詹姆斯·罗斯石碑。将近一年前，格雷厄姆·格尔留下的铜罐，和铜罐里乐观的信息，就是贮放在那里。

克罗兹今天想要在那里留下新信息，述说在格尔那份信息写好后十个半月来，探险队所经历的命运，以及未来的计划。

他们拖着疲累的脚步在雾中走着，听到从身后汹涌翻搅的雾气中传来叫大家吃晚餐的钟声。在弃船时，他们已经将“恐怖”号及“幽冥”号的船钟放到捕鲸船上，穿越冰海拉到营地了。弗朗西斯·克罗兹非常希望他和菲茨詹姆斯走到石碑时，他已经做出要采取行动的决定了。如果他还是做不了决定，他想，他恐怕会开始哭泣。

42
培格勒

北纬六十九度三十七分四十二秒，西经九十八度四十一分
一八四八年四月二十五日

雪橇上的鱼和海豹肉，并不够九十五或一百个人当主食吃，而且有几个人已经病到无法吃固体食物了。即使狄葛先生和沃尔先生过去经常能利用船上的有限存粮来行使耶稣以五饼二鱼喂饱五千人的神迹，这次也变不出够多的食物来，而且爱斯基摩雪橇上有些食物已经严重腐烂。不过每个人还是有机会尝到一点美味的皮下脂肪或鱼肉，来搭配煮过的葛德纳汤、炖肉或蔬菜罐头。

培格勒虽然吃的时候冷得发抖，而且知道这食物只会让每天折磨他的腹泻问题变得更严重，还是吃得津津有味。

趁着用完晚餐、下一个预定任务还没开始的空当，培格勒和次阶军官助理约翰·布瑞金各自用锡杯装了一杯温茶，然后一起去散步。浓雾让他们的声音像被布蒙住，却似乎把远方声音放大了。他们听见恐怖营远端一个帐篷里有几个人正因为打牌起了点口角。两

位船长在晚餐前朝西北方堆冰走去的方向，传来类似炮声的隆隆雷声。这种声音已经持续一整天了，不过暴风雪并没有来。

两个人走到一长排小船与载船雪橇旁边，停下了脚步。船与雪橇已经被拉到岸边乱冰上——那里应该就是海湾的陆岸所在——以免海冰融化时落到海里。

“你告诉我，哈利，”布瑞金说，“如果我们得再次下到冰海，我们会带走哪几艘小船？”

培格勒喝了一口茶，然后指给他看：“我不太确定，但是我认为克罗兹船长已经决定要在十八艘小船中带走十艘。我们现在已经没有足够的人力拉动更多艘船了。”

“那么一开始为什么要把十八艘都拉到恐怖营？”

“克罗兹船长考虑到我们有可能要在恐怖营再待两到三个月，或许要等这里的冰融化再走。因此，船多一点比较保险，万一某些小船受损了，我们还会有备用的。而且十八艘小船可以让我们运送更多食物、帐篷、补给品到这里。现在每艘小船要容纳十几个人，空间势必会很拥挤，而且我们不得不把许多存货留在这里。”

“不过你认为我们只会带着十艘船往南走，哈利？而且执行迫在眉睫？”

“我非常希望如此。”培格勒说。他告诉布瑞金他当天早上看到的事，以及古德瑟说爱斯基摩人的肚子和厄文一样装满海豹肉的事。还告诉他，船长如何将在场的人——也许陆战队员不算在内——视为将来可以传唤的证人，甚至连船长威胁他们要发誓保守秘密的事也说了。

“我认为，”约翰·布瑞金轻声说，“克罗兹船长不太相信厄文中尉是被爱斯基摩人杀死的。”

“什么？还有谁会……”培格勒说到一半停下来。一直困扰他的寒冷与恶心感突然涌起，漫过全身。他必须整个人靠在捕鲸船上，才不至于让膝盖弯曲。他从来没想过，约翰·厄文的死有可能会是野蛮人以外的人干的。他再次想起丘脊上被冻成硬块的灰色内脏。

“理查·艾尔摩说，都是军官们把我们带到目前的困境。”布瑞金的声音非常轻，像是在说悄悄话，“他告诉每个不会举报他的人，说我们应该把军官们杀掉，然后把多出来的食物配额发给船员们享用。我们船上的艾尔摩和你们船上的副船缝填塞匠主张我们该马上回‘恐怖’号去。”

“回‘恐怖’号……”培格勒重复一次。他知道他的头脑已经因为疾病与疲劳而迟钝了，但是这样的想法完全说不通。船被困在遥远的冰海里，即使今年终于出现真正的夏天，船还是得先再被困上几个月。“为什么我没听说过，约翰？我从来没听过这些私下流传的煽动性言论。”培格勒说。

布瑞金露出微笑：“他们不相信你能保密，我亲爱的哈利。”

“但是，他们却相信你？”

“当然不是。但是任何事我早晚都会知道。助理不是鱼肉、鸡肉，也不是什么好牛肉，不会被人注意到。说到肉，今天的晚餐吃得蛮愉快的不是吗？也许是我们最后一次吃到还算新鲜的肉。”

培格勒没有回答，他的心里千头万绪：“我们要如何去警告菲茨詹姆斯和克罗兹？”

“哦，关于艾尔摩、希吉及其他人的事，他们早就知道了。”老助理若无其事地说，“我们两位船长在船桅前及饮水桶旁都有自己的消息管道。”

“饮水桶里的水很久以前就被冻成冰了。”培格勒说。

布瑞金咯咯地笑：“这是个很棒的隐喻，哈利，很讽刺。或者，至少是很有意思的委婉说法。”

培格勒摇头。想到他们都已经饱受疾病与恐怖的威胁了，竟然还有人要制造新的麻烦，他觉得很想吐。

“告诉我，哈利。”布瑞金一面说，一面用他已经破损的连指手套，拍着第一艘捕鲸船倒转过来的船身，“这些小船中，哪些是我们要带走的，哪些会被留下？”

“四艘捕鲸船我们一定会带走。”培格勒不太专注地回答，心里还在反复思索着叛变的事和今天早上看到的景象，“快活艇和捕鲸船一样长，但是非常重。如果我是船长，可能会把它们留下而带走四艘快艇。它们只有二十五英尺长，但是比快活艇轻多了。即使我们真能将它们拉到那里，对大鱼河来说，它们的吃水可能还是太深。至于船舰上的小驳船和便艇，对海中航行而言太轻了，对于在地上拖行及在河里航行而言又太脆弱。”

“所以你认为是四艘捕鲸船、四艘快艇，以及两艘侦察船？”布瑞金问。

“是的。”培格勒勉强露出微笑。在海上航行那么多年，也阅读过好几千本书，次阶军官助理约翰·布瑞金对航海实务却还是所知不多。“我想是这十艘，是的，约翰。”

“原来是这样，”布瑞金说，“即使大多数的病人都康复了，每艘小船顶多也只有十个人拉。我们拉得动吗，哈利？”

培格勒再次摇头：“不会像我们从‘恐怖’号穿越冰海来到这

里一样，约翰。”

“哎，感谢亲爱的上帝给我们小小的恩典。”

“不是的，我的意思是，这次我们会在陆地上拉雪橇，而不是在冰海上。这会比从‘恐怖’号到这里还辛苦。先前我们一次只拉两艘小船，而且碰到难走的地方就加派人力帮忙推拉。现在这些小船上载着的是比以前更重的货物及病人，我猜每艘小船至少要有二十个人才拉得动。即使如此，我们还是得交替拉这十艘小船。”

“交替？”布瑞金说，“我的天啊，如果要不断地前进再后退，光是移动这十艘船就可以让我们永远忙不完了。而且等我们愈虚弱、病情愈重，速度就会愈来愈慢。”

“是的。”培格勒说。

“我们有可能一路把船拉到大鱼河，并且逆流而上到达大奴湖及那附近的哨站吗？”

“我怀疑不行，”培格勒说，“如果我们当中有些人能活着将一些小船拉到河口，而小船又刚好适合在河里航行，并且已被装配得适宜进行逆流之旅，也许……但是，不可能的，我还是觉得没有什么成功机会。”

“如果真的一点机会也没有，克罗兹船长和菲茨詹姆斯船长为什么要叫我们这么费力、这么痛苦地走这一趟？”布瑞金问。老人的声音中没有任何悲伤、焦虑或绝望，他只不过是好奇。培格勒曾经听约翰用这种轻柔、略带好奇的口吻，问过上千个关于天文学、自然史、地质学、植物学、哲学及一些其他学科上的问题。那些问题大多是早已知道答案的老师，刻意用礼貌性的口气来测验学生的。但是在这里，培格勒很确定约翰·布瑞金并不知道问题的答案。

"还有其他方法吗？"前桅台班长问。

"我们可以留在这里。"布瑞金说，"甚至可以考虑回'恐怖'号去，一旦我们的人数……减少了。"

"回去做什么？"培格勒问，"只是去等死？"

"等得舒服一点，哈利。"

"等死？"培格勒问，他发现自己几乎在大叫，"谁他妈的想要舒服地等死？如果我们能把小船拉到岸边，随便是哪一种船，都有人会有活命的机会。在布西亚半岛的东侧也许会有些没冻结的水域。我们也有可能强行逆流而上，至少部分人可以。成功离开这里的人至少可以告诉我们所爱的人，我们经历了什么事，被埋在哪里，以及我们在临死前还在想念他们。"

"你就是我所爱的人，哈利。"布瑞金说，"你是这世界的男人、女人与小孩儿中，唯一在乎我是死是活的人。至于我在临死之前想什么，或我的骨头在哪里，那都不重要了。"

培格勒还在气头上，感觉得到心脏在胸腔里猛烈地跳动："你会活得比我久，约翰。"

"哦，我一把年纪了，身体孱弱又容易患病，我不觉得我……"

"你会活得比我久，约翰。"培格勒粗声说，他被自己的音量吓了一跳。布瑞金眨了眨眼，没再说话。培格勒抓住这老人的手腕："答应我，你会为我做一件事，约翰。"

"当然。"布瑞金的声音中没有平常谈笑或讽刺的味道了。

"我的日记……我没写太多，这些日子来我都没办法好好思考，更别说写日记了……我已经被可恶的坏血病整得很惨，约翰，它似乎让我的头脑变糊涂了……但是过去这三年我一直都有写日记的习惯。我的想法都记在里面，经历的事件也都记录下来。如果在我……在我离开你的时候……你可以取走它，你只需要带着它和你一起回英格兰，我会很感激你。”

布瑞金没说什么，只是点了点头。

“约翰，”哈利·培格勒说，“我想克罗兹船长很快就会决定带我们出发，很快。他知道我们在这里多待一天，就变得比前一天更虚弱。很快我们就连小船都拉不动了。不久，我们就会一次好几个人死在恐怖营，根本不需要麻烦冰上那个东西来抓我们或将我们杀死。”

布瑞金再次点头，并低头看着他戴着连指手套的双手。

“我们两个人分属不同雪橇队，不会共乘一艘小船，如果船长决定尝试不同的逃脱路线，我们最后还可能不在一起。”培格勒继续说，“我想今天就跟你说再见，以后就不需要再说一次了。”

布瑞金不发一语地点了个头。现在他正注视着自己的靴子。雾气在小船及雪橇上方翻滚着，像异邦的神祇吐出的冰寒气息在他们四周绕行。

培格勒抱了他一下。布瑞金虚弱、僵直地站了几秒钟，然后才回抱他，两个人都因为穿了很多层几乎结冻的衣服而显得臃肿。

前桅台班长接着转身，慢慢走回恐怖营及他所属的小小圆形荷兰帐篷，去和那群目前没有任务、打着寒战、很久没洗澡、一起挤在数量不够的睡袋里的船员团聚。

当他停下脚步，回头望向那一排小船时，已经看不见布瑞金的人影了。浓雾仿佛已经将他吞食，连一丝痕迹也没留下。

43
克罗兹

北纬六十九度三十七分四十二秒，西经九十八度四十一分

一八四八年四月二十五日

他在走路时睡着了。

克罗兹原本在跟菲茨詹姆斯说明支持与反对让船员在恐怖营多待几天的理由，却突然间被菲茨詹姆斯摇醒。他们两人在雾中朝北走，要到两英里外的詹姆斯·罗斯石碑那里。

“我们到了，弗朗西斯。这就是靠近岸冰的白色巨岩。你刚才真的是边走边睡吗？”

“不是，当然不是。”克罗兹答道。

“那么‘小心那艘小船里的两具骷髅’及‘小心那两个女孩及桌子的拍打声’是什么意思？完全说不通。我们之前是在讨论，是不是要叫古德瑟医生留在恐怖营照顾病重的病患，然后叫强壮一点的人只带走四艘小船，试着往大奴湖前进。”

“我只是把想法说出来而已。”克罗兹喃喃地说。

“谁是梅摩·摩伊若？”菲茨詹姆斯问，“她为什么不该叫你去参与圣餐仪式？”

克罗兹脱掉帽子及毛质保暖巾，让雾及冷空气打在他脸上，然后爬上缓坡。“那该死的石碑到底在哪里？”他厉声问。

“我不知道。”菲茨詹姆斯说，“应该就在这附近。在某个有阳光的晴天，我顺着海湾的沿岸走，来到冰山附近的白色巨岩，接着就看到胜利角的石碑了。”

“我们不可能走过头了。”克罗兹说，“那样的话，我们现在会是在他妈的海中堆冰上了。”

他们花了将近四十五分钟在浓雾中寻找石碑。克罗兹一度还脱口说出：“一定是冰上那个可恶的东西拿走它，把它藏起来，好让我们不知所措。”菲茨詹姆斯只是看着他的长官，没有说话。

在翻搅的雾中他们不敢冒险分头去找，因为雷声正像鼓声一样隆隆作响，他们肯定会无法听见彼此的叫喊声。最后，正当他们像两个瞎子一样摸索前进时，他们迎面撞上了那堆石头。

“它本来不在这里。”克罗兹粗哑地骂着。

“之前好像不是在这里。”另一个船长也有同感。

“装着格尔信息的罗斯纪念碑是在胜利角斜坡的顶端。而这里应该是石碑西边一百码，几乎是在山谷里了。”

“真的非常奇怪。”菲茨詹姆斯说，“弗朗西斯，你到过北极很多次了，这种雷声，也许待会儿还会有闪电，真的会这么早就如此频繁吗？”

“在夏至之前，我从来没听过雷声或看过闪电。”克罗兹焦躁地说，“而且从来不像现在这样。它听起来比打雷更糟。”

“才四月底，温度还在零度以下就已经雷声大作，还会有什么更糟？”

“加农炮声。”克罗兹说。

“加农炮声？”

“来搜救我们的船舰，从兰开斯特海峡出发，穿过皮尔海峡，一路顺着没结冻的水道航行下来，却发现‘幽冥’号已经被挤毁，‘恐怖’号上也空无一人。他们会鸣炮二十四个小时引起我们的注意，然后才离开。”

“拜托你，弗朗西斯，别再说了。”菲茨詹姆斯说，“你再说，我可能会呕吐。而且我今天已经吐过了。”

“抱歉。”克罗兹说，他的手在口袋里摸索。

“真的有可能是为我们发射的炮声吗？”年轻的船长问，“听起来确实像炮声。”

“这种可能性比约翰·富兰克林爵士所在的地狱里的一颗小雪球还要小。”克罗兹说，“从这里一直到格陵兰，整片堆冰都厚实得跟什么一样。”

“那么，这些雾从哪里来？”菲茨詹姆斯的声音略带好奇而非悲伤，“你是在口袋找东西吗，克罗兹船长？”

“我忘了把我们用来装信的铜制信息罐带过来了。”克罗兹承认，“在进行追思礼拜时，我摸到外衣口袋里有东西，以为那是信息罐。其实只是我那把可恶的手枪。”

“你有没有带纸过来？”

“没有，乔帕森帮我准备了一些，但是我放在帐篷里没带来。”

“你有没有带笔？墨水？我发现如果不把墨水罐放在贴身的袋子里，它很快就会结冻。”

“也没有笔或墨水。”克罗兹承认。

“没关系，”菲茨詹姆斯说，“这两样东西在我背心的口袋里都有。我们可以在格雷厄姆·格尔那张短笺……上直接写字。”

“如果这堆石头真的是那该死的石碑的话。”克罗兹喃喃地说，“罗斯纪念碑有六尺高，这堆石头高度还不及我的胸部。”

两个人开始将石堆背风面下半部的石块移开。他们并不想把石堆整个拆散，然后再重新堆起来。

菲茨詹姆斯伸手到阴暗的洞里摸索了一秒，然后取出一个已经失去光泽但保存很好的铜罐。

“嗯，看来我该被咒骂一番，并且穿上便宜的小丑服装让人取笑。”克罗兹说，“那是格雷厄姆的吗？”

“能不是吗？”菲茨詹姆斯说。他用牙齿咬掉连指手套，动作笨拙地把羊皮纸展开，并且开始读。

一八四七年五月二十八日。皇家海军“幽冥”号及“恐怖”号……在北纬七十度五分、西经九十八度二十三分的冰上过冬。一八四六到一八四七年的冬天，它们先顺着惠灵顿海峡向上走到北纬七十七度，再沿康沃利斯岛的西岸回航，最后在北纬七十四度四十三分二十八秒、西经九十度三十九分十五秒的比奇岛过冬……

菲茨詹姆斯读着读着停了下来：“等等，这不对。我们是在一八四五到一八四六年的冬天在比奇岛过冬的，不是一八四六到一八四七年的冬天。”

“约翰爵士是在格雷厄姆·格尔离船之前，口述这段文字给他的。”克罗兹急躁地说，“约翰爵士一定和我们现在一样，过于疲累而且心思混乱。”

“没人会像我们现在这么疲累及心思混乱。”菲茨詹姆斯说，“你再看，后面这里说，‘约翰·富兰克林指挥这支探险队。一切状况良好’。”

克罗兹并没有笑，也没有哭。他说：“格雷厄姆·格尔把信息放在这里一个礼拜后，约翰爵士就被冰原上那个东西杀死了。”

“而且信息放置后隔天，格雷厄姆自己就被冰上那个东西杀了。”菲茨詹姆斯说，“‘一切状况良好’听起来太遥远了，不是吗，弗朗西斯？你想得出我们能心安理得写下这句话的时机吗？在这段信息的周围还有空白，你也许可以在那里写字。”

于是两个人挤靠在石碑背风面。温度又下降了，风也愈刮愈大，但是雾还在他们周围打转，好似风与温度奈何不了它。天开始变黑了。在他们西北方依然炮声隆隆。

克罗兹对着便携式的小墨水罐呼气，让墨水变温暖，再用鹅毛笔刺破表面薄冰去蘸里面的墨水，然后将笔尖在冰冻的袖子上摩擦几下，开始写：

“（四月二十五日）皇家海军“恐怖”号与“幽冥”号于四月二十二日被弃置在西北偏北、距此五里格远的海上，自一八四六年九月十二日以来，两艘船就一直被困在该处。一百零五位尚存的军官与船员在船长克罗兹指挥下登陆此地——北纬六十九度三十七分四十二秒，西经九十八度四十一分。这张短笺是厄文中尉在被认为是詹姆斯·罗斯在一八三一年搭建的石碑里发现的，石碑位于北边四英里处，一八四七年六月已故的格尔中校就是把这张短笺放在那里。不过，詹姆斯·罗斯爵士的石碑并不在那里，那张纸已经被移到此处，也就是约翰·罗斯爵士的石碑真正的所在。”

克罗兹停下笔来。我在写些什么呀？他心想。他眯起眼睛，将最后几句再读一次：在被认为是詹姆斯·罗斯在一八三一年搭建的石碑里发现的？不过，詹姆斯·罗斯爵士的石碑并不在那里？

克罗兹疲倦地叹了口气。去年八月约翰·厄文就负责把第一批补给品从“幽冥”号与“恐怖”号上运送到岛上某个地方贮放，那地点后来就成为恐怖营的所在地。厄文当时所接到的命令就是找到胜利角及罗斯碑，并且在它南方不远处找个隐蔽性较好的海湾作为未来恐怖营的基地。在他们最早画的草图上，厄文把罗斯碑画在位于贮货点北方四英里处，而实际上应该是二英里。不过，接下来的雪橇队很快就发现了错误。现在的克罗兹已经累过头了，所以他心中一直以为格尔的信息罐是从某个假的詹姆斯·罗斯碑被移到了这个真的詹姆斯·罗斯碑这里。

克罗兹甩甩头，然后看着菲茨詹姆斯，没想到这位船长将手臂放在屈起来的膝盖上，头枕在手臂上休息。他正轻微地打鼾。

克罗兹一只手拿着纸笔以及小墨水罐，用另一只还戴着连指手套的手挖了一些雪抹到脸上。雪的酷寒让他猛眨眼。

专心，弗朗西斯。看在耶稣的分上，专心哪。他希望他还有另一张纸可以重新写。他盯着写在纸边缘、密密麻麻几乎无法辨识的文字，字母就像蚂蚁一样爬行着。纸中央是一段已经正式打好的文字，写的是：无论何人发现此文件，皆请将它送至皇家海军总部，接着还有好几段用法文、德文、葡萄牙文及其他语言写的同一段文字，格尔潦草的字迹则写在这些文字上面。克罗兹认不出自己在写什么。他的字软弱无力、拥挤且细小，显然是个被吓坏或冻坏，或即将死去的人写的。

或者，三者都是。

没关系。他想。有可能根本不会有人读到这段文字，即使有人读到，那时我们也已经作古很久了。不会有任何影响。或许约翰爵士早就明白这点，因此在比奇岛时没留下任何信息铜罐。他一直都明白。

他把笔伸进快要结冻的墨水里，然后又写了一些字。

约翰·富兰克林爵士于一八四七年六月十一日辞世。截至目前，探险队的死亡人数是军官九名、船员十五名。

克罗兹又停了下来。他写对了吗？他已经把约翰·厄文算进去了吗？他不会算了。昨天还有一百零五人需要他照顾……一百零五个人，当他离开“恐怖”号——他的船、他的家、他的妻子、他的一生……他会一直记住这个数字。

纸上方仅剩一些空白，他将纸上下倒转，在空白处用花体签了“克罗兹”，然后再写上“船长与资深军官”。

他用手肘碰醒菲茨詹姆斯：“詹姆斯……在这里签名。”

这位船长揉揉眼睛，瞄了一下那张纸，似乎没花时间去读，就在克罗兹所指的地方签了名。

“再写上‘皇家海军“幽冥”号船长’。”克罗兹说。

菲茨詹姆斯照做。

克罗兹把纸折起来，塞回铜罐里，将它封好后放回石碑里。他将连指手套再戴上，把石块再放回原处。

“弗朗西斯，你有没有告诉他们我们要往哪里去，以及我们什么时候出发？”

克罗兹意识到他没有。他开始解释为什么……为什么做出是去是留的决定，对船员来说会像是死刑判决。为什么他到现在还没决定是要拉着雪橇往遥远的布西亚行进，还是朝着乔治·贝克那条传奇但可怕的大鱼河走。他开始向菲茨詹姆斯说明，他们来到这里时就他妈的不顺，要离开这里时也他妈的不顺，根本就不会有人读到这份留言，那么为什么不干脆就……

“嘘！”菲茨詹姆斯让他不要出声。

某个东西就藏身在翻滚打转的云雾中，在他们四周绕行。他们两人可以听见踩在沙砾与冰地上的沉重脚步声。那只体形巨大的东西在呼吸。它就在离他们不到十五英尺的浓雾里，四肢并用地走路。即使远方雷声仍像重炮一样隆隆作响，它那巨大足掌的声音还是清晰可闻。

呼呜，呼呜，呼呜。

克罗兹可以听到伴随每个沉重脚步的呼气声。它现在就在他们后面，绕着石碑打转，绕着他们打转。

两人都站起来。

克罗兹掏出手枪。当那个东西的脚步声及呼吸声在他们前方突然停下，身影却还隐藏在雾中时，他赶紧脱去连指手套，将击铁扳好。克罗兹很确定他闻到了它口中的鱼腥味与腐肉味。

菲茨詹姆斯手里拿着克罗兹还给他的墨水罐与笔，他身上没带手枪，用手指着浓雾，指着他认为那个东西潜伏的地方给克罗兹看。

那个东西悄悄向他们逼近，沙砾地发出嘎吱声。

慢慢地，一个三角形头部在离地五英尺高的雾里出现。又湿又白的毛皮与雾气混合在一起。一对非人类的黑眼睛从仅仅六尺远的地方打量他们。

克罗兹把手枪对准那颗头上方。他稳稳地握着枪，不需要屏息。

那颗头向他们靠得更近了，飘浮在空中，仿佛没连在身体上。接着，巨大的肩膀也出现了。

克罗兹开了一枪。他故意射高一点，以免射到那个东西的脸。

枪声震耳欲聋，对已经被坏血病破坏到随时都可能崩溃的神经系统来说更难受。

那只白熊比小熊大不了多少，它吓得发出一声“呜呼”，后退几步转身，四脚并用地逃走了，在几秒钟内消失得无影无踪。接下来一分钟里，他们很清楚地听见它朝西北方的冰海跑去时脚掌杂乱地踩在沙砾上的声音。

克罗兹和菲茨詹姆斯开始大笑。

两个人都笑个不停。每次其中一人快要停下来时，另一人就开始大笑，两个人就又开始疯狂、无意义地大笑。

他们两人的双手都环抱在身体两侧，因为狂笑让他们瘀伤的肋骨感到剧痛。

克罗兹的手枪掉到地上，两人笑得更厉害了。

他们拍着彼此的背，指着浓雾大笑，直到眼泪冻结在脸颊与胡须上。他们紧抓着对方来撑住自己，然后笑得更大声。

两个船长都倒在沙砾地上，身体向后靠在石碑上。这动作让两人又放声大笑。

终于，狂笑变成咯咯笑，咯咯笑变成尴尬的鼻息声，鼻息声再变成最后的几声笑，最后两人的笑声变成想吸到更多空气的喘息声。

“你知道我现在愿意拿我左边的卵蛋来换什么吗？”弗朗西斯·克罗兹船长问。

“什么？”

“一杯威士忌。我的意思是，两杯。我一杯，你一杯。酒钱算我的，詹姆斯。我可以请你喝一巡。”

菲茨詹姆斯点头，把睫毛上的冰拨掉，并且把冻在红胡须上的鼻涕挑掉：“谢谢你，弗朗西斯。我会先敬你一杯。你是我遇到过的最好的指挥官，也是最棒的长官。”

“可不可以请你把墨水罐和笔再拿给我？”克罗兹说。

他又戴上连指手套，把一些石块搬开，找到铜罐打开它，把里面那张纸摊开，上下倒转过来，再把连指手套脱掉，用笔将墨水罐里的那层冰刺破，然后在他名字下方的一小片空白处写下：

明天，二十六日，朝贝克的大鱼河前进。

44
古德瑟

北纬六十九度？分？秒，西经九十八度？分？秒

安慰峡湾，一八四八年六月六日

哈利·古德瑟医生的私人日记：

六月六日　礼拜二

菲茨詹姆斯船长终于过世了。这对大家来说都是解脱。

六个礼拜前，我们开始把小船往南拉，这简直像是人间炼狱里的差事，连探险队仅剩的船医也不能幸免。根据我的判断，这位船长和在这段时间里过世的其他人不一样，他不是死于坏血病。

他有坏血病，这点毋庸置疑。我刚刚才完成这位好人的验尸工作，他身上的瘀青、流血的牙龈、发黑的嘴唇都说明这点。但是我认为坏血病不是他的死因。

菲茨詹姆斯一生的最后三天是在恐怖营南方约八十英里处某个多风的海湾里，一个冰冻的峡角上度过的。威廉王陆块在此处

急转向西延伸。六个礼拜以来，我们头一次把所有帐篷都打开，包括那些大型帐篷，并且拿出我们带到这里的几袋煤，将一些煤炭放进铁制捕鲸船的火炉里燃烧。过去六个礼拜，我们几乎都是吃冰冷的食物，或者只用小酒精炉略微加热一下。不过最后这两天晚上，我们有热食可吃，虽然分量还是不够，只有从事消耗体力工作的人所需食物量的三分之一，但至少食物是热的。我们已经在这里过了两夜。船员称这里为安慰峡湾。

我们停下来的主要原因是：让菲茨詹姆斯船长可以平静离世。但这位船长最后几天一点也不平静。

可怜的维思康提中尉也出现了菲茨詹姆斯船长最后几天的某些症状。我们艰苦地向南走了第十三天后，维思康提中尉突然过世。如果我没记错的话，当时离恐怖营才不过十八英里，同一天海军二兵皮金登也死了。不过中尉与二兵的坏血病症状都比较严重，他们最终的那段痛苦并没拖太长。

老实说，我已经忘记维思康提中尉的名字叫哈利。我与他的交谈向来都很友善，但也很正式，而且我记得在船员名册上他的姓名被记为H.T.D.维思康提。我现在觉得有点自责，我一定偶尔会听到其他军官称呼他哈利，也许听过一百次，却一直因为太忙或在想其他事而没注意到。我是在维思康提中尉死后，才去注意其他军官怎么用他的教名称呼他。

二兵皮金登的教名是威廉。

我还记得五月初某一天，就在我们为维思康提与二兵皮金登办了一个简短的联合葬礼后，有人建议将他们埋葬的那小块隆起陆地命名为“维思康提峡角”，但是克罗兹船长否决了，他说如果每个人的埋葬处都用那人的名字来命名，那么我们很快就会没有足够的地点来埋葬人，而不是没有足够多的人名来为地点命名。

这说法让船员脑筋一时转不过来，我承认我也是。他显然是想要表现幽默感，但是这样的说法让我吓了一跳。船员们也都震惊到说不出话来。

或许这就是克罗兹船长的目的。从此船员们不再建议用过世军官的名字来为自然景观命名。

菲茨詹姆斯几个礼拜前就开始出现虚弱的症状，甚至早在我们离开恐怖营之前。但是四天前他被某个更突然、带给他更多痛苦的病给击倒了。

这位船长的肠胃出现问题已经好几个礼拜了，但是在六月二日那天，菲茨詹姆斯突然倒了下去。我们的行军协议是不要为病重的人停下来，反倒是要将病人放在较大的小船里，将他们和补给品及重物一起拖行。克罗兹船长尽他所能地确保菲茨詹姆斯船长在他那艘捕鲸船上舒服地躺着。

在往南走的长途行军中，我们将雪橇分成两批，把一批拉到目的地后再回头拉另一批。连续几个小时在沙砾地及雪地上拉着十艘小船中的五艘，前进的距离却可能只有几百码。而且我们尽量一直在陆地上走，避免去面对堆冰与冰脊。碰上难走的沙砾地及冰地时，甚至可能一天走不到一英里。当雪橇队员走回去拉另外五艘小船时，我会留下来陪病得最重的几个人。在那几个小时里，和我在一起的通常只有狄葛先生与沃尔先生——他们还是不死心地想用小型酒精炉煮热食来供应将近一百名的饥饿船员，以及几个带着毛瑟枪、准备抵御冰原上那个东西或爱斯基摩人的守卫——此外还有病人和将死的人。

菲茨詹姆斯船长恶心、呕吐与腹泻的情况都很严重，没有一点缓解的迹象。强烈的痉挛使他蜷曲成胎儿的姿势，并且让这个强壮勇敢的男人大声哭号。

倒下去的第二天，他重返队伍，和他捕鲸船的队员一起拉船——军官们也需要偶尔帮忙拉船——但是没多久他又倒下去了。这一次，呕吐与痉挛就停不下来。当天下午，船员们先把捕鲸船留在冰上，回头去拉五艘还没运送过来的小船时，菲茨詹姆斯船长跟我承认，他眼前一片模糊，看东西时不时会看到重影。

我问他平常有没有戴可以遮挡阳光的网格护目镜。船员们很讨厌这种东西，因为会严重遮挡视线，而且护目镜会让人头痛。菲茨詹姆斯船长承认他没戴，不过他说反正天空中有不少云。其他船员也都没戴护目镜。这时我们的谈话被迫中断，因为他又开始腹泻与呕吐了。

昨天深夜，我在荷兰帐篷里照料他时，菲茨詹姆斯喘着气跟我说，他很难吞咽，而且一直感到口干舌燥。很快地，他连呼吸都觉得困难，也没办法说话。到了天快亮时，瘫痪已经顺着他的手臂往下蔓延，让他举不起手来，也没办法提笔写字来与我沟通。

克罗兹船长下令当天暂停行军。自从大约六个礼拜前我们离开恐怖营以来，这是我们第一次停驻一整天。所有帐篷都搭了起来。大型的病房帐篷终于从克罗兹的捕鲸船上卸了下来，船员们花了三个小时才在强风及寒冷中把帐篷搭好。这些日子以来，船员们做起事的动作比以前慢了许多。这是将近一个半月来，所有病人第一次可以比较舒服地在一个地方休息。

菲茨詹姆斯船长那位病了很久的侍从侯尔先生，在我们行军后的第二天就死了。第一天我们艰苦地靠人力拉小船，却只走了不到一英里路。当天晚上，我们还能看到恐怖营成堆的煤炭、火炉及货物，仿佛我们死命拖拉了十二个小时却一事无成。我们花了七天才跨越恐怖营南方结冰的狭窄海湾，总共只走了六英里，这几乎摧毁了士气，让我们不想继续走下去。

陆战队二兵海勒在几个月前脑部受到重创。我们出发后的第四天，他终于放手让身体也死去。那天晚上，在一个仓促挖成的浅坟墓旁边，几个陆战队的同伴为他吹奏风笛。

没多久，几个病重的人也相继过世。但是，维思康提中尉与二兵皮金登在第二周的最后一天先后过世后，有很长一段时间不再有人死亡。船员们告诉自己，那些生病的人都死了，剩下的全都是身强体壮的人。

菲茨詹姆斯船长的突然倒下提醒我们，其实我们也都愈来愈虚弱。现在我们当中已经没有真正强壮的人了。或许只有巨人马格纳·门森例外，他还是能沉稳地一步一步向前走，而且体重似乎没有减轻，精力也还很旺盛。

为了治疗菲茨詹姆斯船长的持续呕吐，我开了“阿魏”，那是可以抑制痉挛的胶树脂。但是没有效。他还是不断将肚里的固态食物或液体吐出来。我给他石灰水来安定他的胃，但是也没用。

至于吞咽困难的问题，我开给他海葱糖浆，那是将药草切片浸泡在丹宁酸溶液里制成的药，是一种很好的祛痰剂。这种药通常很有效，但是对垂死者的喉咙来说，似乎起不了滋润作用。

菲茨詹姆斯船长先是无法活动及控制他的手臂，接着连脚也是，我试着使用秘鲁的古柯碱酒（由酒与古柯碱混合成的烈药），还有鹿角精溶液（将红鹿角磨成粉末制成的药，有很强的氨臭味），以及樟脑丸溶液。这些溶液只要有我开给菲茨詹姆斯船长剂量的一半，通常就足以抑制，甚至治好麻痹了。

但是，同样没有任何效果。麻痹扩散到他四肢末端。在他早已无法说话或做手势后，他还是持续呕吐，并且因痉挛而蜷曲着身体。

不过他的发声器官失去功用，至少让船员们不需要再听“幽冥”号船长大声哀号。只是在他生命最后那漫长的一天里，我看见他持续痉挛，并且张嘴做无声呻吟。

今天早上，在菲茨詹姆斯船长受苦的第四天，也是最后一天，由于呼吸系统的肌肉已经瘫痪，他的肺开始停止工作。他一整天都得费力地呼吸。罗伊德和我——有时候是听从克罗兹船长（他最后花了很多时间与这位朋友在一起）的建议——会扶他坐起来，或者将他扶正，让这瘫痪的人在帐篷里走动。他只穿着毛袜的虚弱双脚就在冰与沙砾的地上拖行，无谓地希望借此让他衰败的肺再次运作起来。

情况危急时，我将山梗菜酊剂（由几乎是纯尼古丁的印度烟草浸泡成的威士忌色的溶液）硬灌进菲茨詹姆斯船长的喉咙里，用没戴手套的手指按摩他瘫痪的食道。感觉就像在喂一只将死的小鸟。山梗菜酊剂是我那几乎快空的船医药库里所剩下的最好的呼吸道兴奋剂。培第医生还曾经指着它发誓：“它可以让耶稣提早一天从死里复活。”培第喝了几杯酒后常会说出亵渎的话。

也是一点用处都没有。

大家要记得，我只是外科医生，不是内科医生。

我受过解剖学的训练，专长是外科。内科医生开药，外科医生动锯子。我已经尽我所能运用几位已故同事留下来的药物了。

詹姆斯·菲茨詹姆斯船长一生中最后几小时里最糟糕的是，在他呕吐、痉挛、失去声音、无法吞咽、逐步瘫痪，以及经历最后几小时可怕的肺功能衰竭时，他一直都是清醒着的。我看见他眼神中的紧张与恐怖。他的思绪都还正常，身体却在渐渐死去。对于活着忍受折磨，他完全无能为力，只能用眼神向我恳求。而我也没办法帮他。

我一直想要开一剂致命的纯古柯碱给他，让他的痛苦可以止息，但是我的医生誓言及基督教信仰不容许我这么做。

我只能到外面去哭，而且要很小心，不能被军官或船员看见。

菲茨詹姆斯船长在今天，主后一千八百四十八年六月六日下午三点零八分过世。

他低浅的坟墓已经挖好，用来覆盖尸体的石块也已经捡好并且堆放在一旁。所有还能站立及穿衣服的人都来参加葬礼。虽然今天还算温暖，高于冰点五至十华氏度，但从冷酷无情的北方吹来的一阵冷风，还是将许多人的眼泪冻结在胡子、脸颊或保暖巾上。

我们探险队里仅剩的几名陆战队员，朝天空发射一排子弹。

在离坟墓不远的山丘上，一只松鸡飞上天空，朝海中的堆冰飞去。船员中发出一阵哀叹声。不是因为失去菲茨詹姆斯船长，而是因为失去晚餐吃炖松鸡进补的机会。等到几个陆战队士兵重新为毛瑟枪装上子弹，那只鸟早就离他们超过一百码，在毛瑟枪的射程外了。就算现在陆战队员身体健康，天气也很温和，他们当中还是没有人能在一百码外射中鸟，他们连它翅膀上的一根羽毛也射不到。

随后，就在半小时以前，克罗兹船长到病房帐篷探视，招手要我跟他到帐篷外面寒冷的空地上。

“菲茨詹姆斯船长是死于坏血病吗？”他只问了我这一句话。

我承认我并不这么认为。是某种更致命的原因。

“菲茨詹姆斯船长认为，是侯尔死后代替侯尔来服侍他与其他军官的助理刻意下毒害死他的。”船长轻声说，“有这种可能吗？”

“布瑞金？”我说得太大声了。我实在太吃惊了，我一直很喜欢这位带着书卷气的老助理。

克罗兹摇了摇头：“过去这两个礼拜，负责服侍‘幽冥’号军官的是理查·艾尔摩。”他说，“有可能是毒药吗，古德瑟医生？”

我迟疑了一下。回答“是”的话，就表示艾尔摩在天亮时会被开枪射死。在一月时，这位弹药士就因为在大威尼斯嘉年华中没有顾及后果地胡搞一通而被打了五十鞭。他同时也是“恐怖”号那矮小、诡计多端的副船缝填塞匠的朋友，甚至是密友。我们都知道，艾尔摩身体里潜藏着一个充满怨恨的狭小灵魂。

“当然有可能是毒物作祟。”不到半小时前，我告诉克罗兹船长，“不过，那并不一定是有人故意下毒。”

“你的意思是？”克罗兹追问。这位仅剩的船长今天晚上看起来相当疲累，皮肤苍白到在星光下闪闪发亮。

“我的意思是，我们带来的最后这批葛德纳食物罐头大多是军官们吃的。那些已经坏掉的食物，有时会原因不明地出现令人瘫痪的致命毒物，没有人知道为什么。也许是有一些连我们的显微镜也看不到的微生物在搞鬼。”

克罗兹很小声地问：“罐头食物腐败了，我们的鼻子难道闻不出来吗？”

我摇头并且抓住船长厚外套的袖子，把重点说出来：“闻不出来。先将声带麻痹、最后让整个身体瘫痪的毒物的可怕之处就在这里。它看不见，或许也无法检验出来，和死亡一样是隐形的。”

克罗兹想了好一会儿。“我会命令大家三个礼拜内不要吃罐头食物。”他终于说，“最后那些腐败的腌猪肉以及放了很久的饼干，可以让我们撑上一阵子。我们可以直接吃冷的。”

“船员们和军官会很不高兴。”我低声说，“汤罐头及蔬菜罐头是行军途中最接近热食的东西。在严苛的路况下，再剥夺吃热食的机会，他们很可能会有叛变的念头。”

克罗兹露出微笑。他的微笑让我看得打寒战。“那么我就不规定所有人都不许吃罐头食物。”他轻声说，“弹药士艾尔摩会继续吃罐头食物，就是他拿给詹姆斯·菲茨詹姆斯吃的同样一批罐头。晚安，古德瑟医生。”

接着我回到病房帐篷，看了一下正在睡觉的病人，然后钻进我的睡袋，把我那张便携式的桃花心木写字台放在膝盖上。

我写在纸上的字迹很难辨识，因为我一直在发抖。不尽然是因为寒冷。

每当我相信我已经认识某个船员或军官时，我就发现自己错了。人类医学再发展一百万年，也无法解开人类灵魂的秘密及其每个被封锁的地方。

我们明天黎明前就会出发。我怀疑，今后不会再像过去这两天在安慰海湾这样休息这么久了。

45
布兰吉

纬度不详，经度不详

一八四八年六月十八日

当托马斯·布兰吉的第三只，也是最后一只义肢折断时，他知道他的人生已到达终点。

他的第一只义肢看起来非常完美，那是“恐怖”号的木匠高手哈尼先生用一整块结实的英格兰橡木制成的，他还亲自一刀一刀削出优美的弧线。那是件艺术品，布兰吉喜欢到处展示给别人看。这位冰雪专家像个幽默的海盗，靠着义肢在船上走来走去。必须下船到海冰上走时，他会在义肢底部装上一只形状设计得很理想、刚好可以插进义肢凹槽的木脚。木脚底部有许多根钉子与螺丝，在海冰上的抓地性甚至比船员冬季皮靴上的平头鞋钉还好。这个独脚人虽然没办法和大家一起拉小船，但是在弃船走向恐怖营的路上、在随后向南长途跋涉的途中，甚至目前向东行进的路上，他都能轻松地跟上大家的脚步。

但是，现在不行了。

他们离开恐怖营后的第十九天，就在埋葬了可怜的皮金登与哈利·维思康提后不久，他的第一只义肢的膝盖下缘折断了。

那一天，托马斯·布兰吉和哈尼先生（当天他获特准不用拉雪橇）两人一起坐在一艘绑在雪橇上、由二十个人辛苦拖拉的侦察船上。木匠哈尼利用一截多出来的帆桁，为冰雪专家做了一副新的腿与脚。

布兰吉跟在几艘小船及流着汗、骂着脏话的船员旁边，一跛一跛地走着，他一直在犹豫该不该把木脚装上去。刚开始在海冰上行走的几天，他们就跨越了恐怖营南方的冰冻海湾，后来又越过海豹湾，在埋葬维思康提的峡角北方，穿越一个宽阔的海湾。他那只装有螺丝钉及防滑钉的木脚在冰上走得不错。后来他们往南行进，接着往西沿着一个大峡角走，绕过它又回头往东走，这一路上，大多是走陆地。

因为岩石地上的冰雪已经开始融化，而且今年夏天比一八四七年消失的夏天要温暖许多，冰雪融化得特别快，托马斯·布兰吉略呈卵形的木脚常会在光滑的岩石上踩滑，或是卡在冰缝里而脱落，只要扭转不当，木脚就会在插槽中噼啪作响。

在海冰上的时候，布兰吉会和拉雪橇的船员们一起来回走，以表现他和同伴们团结一致。当船员们使尽力气、汗流浃背地分两次拉雪橇前进时，他都跟在旁边，尽可能帮忙拿一些小东西，偶尔还自愿帮快累倒的人拉一下雪橇。但是每个人都知道，他连和自己一样重的东西都拉不动。

到第六个礼拜，大伙儿已经走了四十七英里，到达可怜的菲茨詹姆斯船长死得相当辛苦的安慰海湾。那时布兰吉已经换上了第三只义肢，比第二只更简陋、更脆弱。但他还是很有男子气概地用他的义肢一跛一跛地走过岩石、水流及水洼。不过，他已经不再跟大家回头去拉下午第二批讨人厌的小船了。

托马斯·布兰吉知道，对累得要命、病痛缠身的存活者来说——不包括布兰吉在内，现在只剩九十五人——如果他们得用雪橇拉着他向南走的话，他会成为沉重的负担。

当他的第三只义肢也开始裂开时，已经没有多余的帆桁可以用来再做第四只了，让布兰吉继续前进的动力是，他愈来愈觉得等他们登上小船，冰雪专家的专业技能就可以派上用场。

不过，虽然岩石及光秃的海岸线上的冰在白天时已经开始融化——根据利铎中尉的测量，温度有时可以上升到四十华氏度，沿岸冰山却没有一点崩裂的迹象。布兰吉试着保持耐性。他比探险队中的任何人都清楚，在这个纬度，即使今年的夏天“比较正常”，很可能到七月中甚至更晚的时候，都还不会出现未结冻水道。

不仅他个人的价值，他存活的希望也由冰况决定。如果他们很快能坐进小船中，他可能可以活下来。靠船航行时，他不需要用到脚。克罗兹很早以前就指派托马斯·布兰吉担任他自己那艘侦察船的船长，带领八个人。只要冰雪专家再次进到海里，他就能活下来。运气好的话，还可以驾着由十艘船身略有裂缝、中间挖出凹槽的小船构成的船队，直接航行到贝克河的大鱼河河口，在河口处重新整修船只，为进入河中航行做准备。船员们摇着桨，得助一点点西北风，就可以快速地往上游航行。布兰吉知道，在水道之间搬运船只与货物会非常辛苦，对他而言尤其辛苦，因为他只能靠着脆弱的第三只义肢搬运很轻的东西，不过跟过去八个礼拜靠人力来拉雪橇的梦魇相比，算是轻松的。

如果能撑到坐船，托马斯·布兰吉就能活下去。

但是布兰吉知道某个秘密，让向来个性乐观的他也不免意志消沉：冰原上的那个东西，也就是“恐怖”，不愿意放过他。

队伍使尽力气拖着小船绕过巨大的峡角，转头沿着海岸线往东走，沿途每隔一两天就会有人看见它。每天午后他们回头去拉被留在后面的五部小船时，以及每天晚上十一点左右天色昏黄，他们倒在湿冷的荷兰帐篷准备睡几个钟头时，都能看到它。

那东西还潜伏在附近。军官们用望远镜看海时，有时候会看见它的身影。克罗兹、利铎、哈吉森或任何一个还活着的军官，都没告诉拉小船的船员他们已经看到那只野兽了。布兰吉比其他人有更多时间可以观察与思考，他看到他们在交换意见，就知道状况了。

另外还有几次，拉最后几艘小船的人可以用肉眼清楚地看见野兽。有时它就在后面一英里或不到一英里的地方跟踪他们，像白色冰中的一块黑斑，或是黑色岩石中的一块白斑。

那只是一只北极熊。“幽冥”号那位红胡子的冰雪专家，也是布兰吉现在最要好的朋友詹姆斯·瑞德这么说过。有机会的话它们可能会把你吃掉，不过大致上它们没什么威胁，用子弹就可以杀死。但愿它再靠近一点，我们很需要新鲜的肉。

但是布兰吉当时就知道，那并不是偶尔射杀来当食物的白熊。这只动物就是它。虽然长途行军的人都很怕它，尤其在夜里，或者说是勉强算“夜”的两小时的昏暗时段。但是只有托马斯·布兰吉知道，它第一个要来找的人就是他。

这趟行军让每个人都累坏或病倒了，布兰吉持续感到极度疼痛：不是坏血病在作祟，他的坏血病症状比大多数人轻，而是小腿被冰上那个东西弄断后，剩下那截腿让他疼痛。

对他来说，不管是在冰上还是在沿岸岩石地上走路都相当困难。在每天十六到十八小时的行军中，上午才过一半，那截断腿就会开始流血，血会流到罩住断腿的木杯以及将木杯固定的皮带上。血也会浸湿他的厚帆布裤，然后流到木制小腿上，在他走过的路上留下血迹。血甚至会往上沾湿他的长内衣、外裤以及衬衫。

在行军的前几个礼拜，天气还很冷，血会冻住，所以情况还可以。但是现在，白天已经热到超过零华氏度，有时还高过冰点，所以布兰吉就像头被杀的猪一样鲜血直流。

他的防水长外套与毛质大衣原本有些帮助，可以遮掩他严重的出血状况，不让船长与其他人看到。但是到了六月中，天气温暖，拉雪橇时不需要穿大衣，好几吨被汗水浸湿的外衣与羊毛衣就堆栈在小船上。白天最热的时候，船员们都只穿着长袖衬衫拉雪橇，等到下午天气转凉到将近零华氏度时，才再多穿上几层衣服。船员们问布兰吉为什么老是穿着长外套，他开玩笑地说："我可是个冷血的人哪，小伙子，"他边说边笑，"我的木腿把地上的寒冷传到我的身体。我可不希望被你们看见我在发抖。"

他终究得脱掉大外套。因为布兰吉必须一跛一跛、非常辛苦地走着才能跟上大家，而且疼痛难堪的断腿让他光是站着不动也会流汗，好几层衣服不断结冻、融化，结冻、融化，让他无法再忍受。

看到他流了那么多血，船员们却没说半句话。大家都有各自的问题，大多数都是因为坏血病而出血。

克罗兹和利铎经常把布兰吉和詹姆斯·瑞德拉到一旁，询问两位冰雪专家目前冰海的状况。当他们绕过从安慰峡湾朝西南方突出的巨大峡角——或许害他们多走了二十英里路——再次沿着峡角南岸往东走的时候，瑞德提出威廉王陆块与北美大陆之间的冰（不论威廉王陆块到底有没有和大陆连在一起）会比西北方的堆冰融化得更慢，因为在夏季雪融时，那里的冰况变化较大。

布兰吉比较乐观。他认为，堆积在峡角南岸的冰山已经愈来愈小了。这些冰山过去像墙一样把陆地和海上堆冰分隔开来，现在却已经算不上阻碍，只不过是一些低矮的冰塔。原因在于：威廉王陆块的峡角遮住了这片海域（也可能是海湾）及海岸，所以当冰河般的冰从西北方无情地挤向“幽冥”号与“恐怖”号，甚至挤到恐怖营附近的海岸时，这里却不会受到影响。布兰吉这么告诉克罗兹，而瑞德也同意。布兰吉还指出，不断挤压下来的冰的源头正是北极点。威廉王陆块西南方的峡角南边受到较多遮蔽，也许这里的冰会融化得比较快。

布兰吉发表看法时，瑞德用怪异的眼光看着他。布兰吉知道这位冰雪专家在想什么。不管这里是海湾，还是通往钱特尼峡湾与贝克河河口的海峡，在较为封闭的空间中，冰总是融化得很慢。

瑞德其实是对的，就看他要不要将他的想法告诉克罗兹船长。不过他没有，很显然他并不想与朋友、也是冰雪专家的布兰吉意见相左。不过，布兰吉还是相当乐观。事实上，自前一年冬天十二月五日的黑暗夜里，冰原上那个东西从“恐怖”号一路追着他进入冰塔林，他就觉得自己已经死过一次了。从那天起，托马斯·布兰吉的心思与灵魂每天就非常乐观。

那只动物两度想要杀死他。而那两次，布兰吉都只失去腿的某部分。

他一跛一跛地走，把鼓励与欢笑带给筋疲力尽的船员，偶尔也拿一些烟草碎片或冻成硬块的牛肉条给他们吃。他知道跟他同帐篷的人都很珍惜在一起的时光。在愈来愈短的夜里，他轮值担任守卫；早晨他则是痛苦地、步履蹒跚地跟在运小船的雪橇队旁边走，拿着霰弹枪担任守卫。但是他比任何一个还活着的人更清楚，当“恐怖”终于靠近他们、要攫取下一个受害者时，光靠霰弹枪是阻止不了的。

长途行军的折磨一日更甚一日。不仅船员慢慢死于饥饿、坏血病与日晒，还多了两起夺走菲茨詹姆斯船长性命的可怕毒物致死案例。约翰·考威——三月九日那东西侵入“幽冥”号时幸存的炉工——在六月十日当天先是痉挛、痛苦地大叫，接着全身瘫痪，然后沉默地死去。六月十二日，“幽冥”号三十八岁的补给士丹尼尔·亚瑟因为腹部疼痛而倒下，仅仅八个小时之后因肺部麻痹而死。他们的尸体并没有真的被埋葬，行军队伍只是停下一段时间，用剩下的一点帆布将尸体包裹并缝起来，然后再把石块堆盖在尸体上面。

在菲茨詹姆斯船长死后，受到不少质疑的理查·艾尔摩几乎没有任何生病的迹象。传言说，在其他人被禁吃加热罐头食物结果坏血病恶化时，艾尔摩却被克罗兹船长命令要将他的罐头食物与考威及亚瑟分享。除了“主动且刻意下毒”这个最明显的答案外，没有人想得通为什么葛德纳的罐头会恐怖地毒死三个人，却让艾尔摩毫发无伤。不过，虽然每个人都知道艾尔摩讨厌菲茨詹姆斯船长与克罗兹船长，却没有人想得出这位弹药士有什么道理要毒死他另外两位同伴。

除非他希望在他们死后，自己可以吃多出来的两份食物。

古德瑟医生的助手亨利·罗伊德，这几天也被放在小船上拖着走，他因为坏血病而吐出血和松掉的牙齿，所以布兰吉就开始帮这位好医生做些差事，因为布兰吉是狄葛及沃尔以外，少数几个可以在早上那批小船到达后就随船留下的人。

奇怪的是，天气已经相当温暖，却有更多人被冻伤。汗流浃背的船员们把外套与手套脱掉后，还要在漫长的傍晚继续拉小船——太阳到午夜还挂在南方的天空，但是天气会变凉——他们会惊讶地发现，在他们使劲拉雪橇时，温度已经降到零下十五华氏度了。古德瑟必须不断治疗因冻伤而变白，或因组织坏死而变黑的手指和皮肤。

长时间曝晒在阳光下引起的暂时性失明，或是让人叫苦连天的头痛，正困扰着一半的人。每天早上，克罗兹船长和古德瑟医生都会在队伍中前后视察，劝告大家戴上护目镜，但是船员们讨厌戴怪模怪样的网格护目镜。“幽冥”号的底舱班长约瑟·安德鲁斯，也是托马斯·布兰吉的老友，就曾经说过，戴上可恶的网格护目镜看东西，难度和透过女人的黑丝衬裤看她的躯体有得比，趣味性却少很多。

雪盲与头痛已经成为行军的严重问题。有些船员在头痛发作时，请求古德瑟给他们鸦片酊剂，但是船医告诉他们已经没有鸦片了。经常帮忙从上锁的医药箱拿药的布兰吉，知道古德瑟在说谎。箱子里还有一小瓶鸦片酊剂，上面没有任何标示。冰雪专家知道船医要把它留给更可怕的时机——减轻克罗兹船长临终前的苦楚，或是船医自己的？

还有一些人因为晒伤而忍受地狱般的折磨。他们的手、脸、脖子都起了红色水泡，但是有些人在白天温度高过冰点，热到难以忍受的时候，还是会把衬衫脱掉，哪怕只是脱掉很短的时间，当天晚上他们就会发现，经过三年的黑暗与密闭而变白的肌肤已被晒红，而且很快就长出化脓的水泡。

古德瑟医生用柳叶刀刺破水泡，然后再用某种布兰吉闻起来像是轮轴润滑油的药膏来治疗伤口。

六月中旬，九十五个存活者沿着峡角南岸辛苦地向东跋涉，每个人几乎都要崩溃了。只要还有足够人力拉动载着小船的沉重雪橇，以及几艘满载的捕鲸船，那么伤员和病员就可以短暂搭一下便车，略微恢复精力，然后在几小时或几天后再次加入拉雪橇的行列。但是布兰吉知道，一旦生病或受伤的人过多，他们的脱困之旅就会结束。

就目前来说，船员们一直很口渴，每碰到一条小溪或小水流，他们都会停下来，四脚着地、像狗一样舔水。布兰吉知道，要不是三个礼拜前突然冰融，他们早就都渴死了。酒精炉也几乎没有燃料。刚开始，把雪放在口中让它融化似乎能缓解口渴，事实上只会消耗更多热量，让人更渴。每次他们拖着小船及脚步越过小溪时——现在比较常碰到流动的小溪与小河——每个人都会停下来将水罐装满水。水罐现在已经不需要贴身携带防结冰了。

虽然口渴在短期内不至于威胁性命，布兰吉还是看到船员们因为上百种其他原因出状况。饥饿让累坏的船员们在不用值班守卫的时间里也无法入睡。

两个月前在恐怖营时，搭、拆荷兰帐篷的简单动作只要二十分钟就可以完成，现在每天早晚都各要花上两小时才行。而且每天花的时间都比前一天更长，因为他们手指肿胀、冻伤、不听使唤的程度一天比一天严重。

很少有船员的头脑真正清楚，布兰吉也一样。通常克罗兹看起来是所有人当中警觉性最高的，但是有时候，当他以为没人在看他，船长的脸就会变成尽是疲态与恍惚的死人面具。

曾经在暴风雨夜里，在麦哲伦海峡外面临飓风侵袭时，沿着甲板上方两百英尺高的帆桁往外爬五十英尺，在啸声四起的黑暗中熟练解开繁复的索具与支桅索结的船员，现在却连在大白天里绑好自己的鞋带都有困难。由于除了布兰吉的义肢、一路拉来的小船、船桅与雪橇，以及北方一百英里远处的“幽冥”号与“恐怖”号的遗骸外，三百英里内没有任何木头，地表一英寸以下的陆地也都还冻得硬邦邦，所以在每个停驻点，船员们都得去找一大堆石头来压住帐篷边缘，并且把帐篷的绳子绑在石头上，以免被夜里常刮的强风吹走。

这种简单小事往往也要花他们许多时间。船员们常常在午夜昏暗的日光下，两手还各拿着一个石头就站着睡着了。他们的同伴有时候也没叫醒他们，让他们继续睡下去。

然后，在一八四八年六月十八日傍晚，船员们正在拉第二批小船时，布兰吉的第三只义肢折断了，断在他还流血的膝盖残肢下方。他认为这是个预兆。

那天下午古德瑟医生没有太多事需要布兰吉帮忙，所以布兰吉就和船员一起掉头回去。在他们漫长的一天里把第二批小船拉过来时，他就一跛一跛跟在最后几艘船旁边。结果他的木脚与木腿卡在两块移动不了的岩石中间折断了，而且折了大半截。他把“义肢折了大半截”以及“他异于寻常地走在行军队伍尾巴”这两件事，也看成是从诸神来的预兆。

他在旁边找到一块大石头，以最舒服的姿势坐着，拿出烟斗，把存了好几个礼拜的最后一些烟草放进去。

一些船员停下拉雪橇，问布兰吉在干什么，布兰吉回答：“只是想在这里坐一会儿，让我的断腿休息一下。”

在这晴朗的日子里，负责指挥陆战队后段守卫队的是中士妥兹。他停下脚步，让行军队伍从他身旁走过，然后疲倦地问布兰吉在做什么。布兰吉回答：“不需要你操心，所罗门。”他向来很喜欢直呼这个笨中士的教名来激怒他，“你现在可以跟剩下几只‘红龙虾’继续往前散步，让我自己留在这里。”

一个半小时后，最后几艘小船已经走到布兰吉南方几百码处，克罗兹船长和木匠哈尼先生一起回来找他。

“你这该死的家伙，你知道你在干什么吗，布兰吉先生？”克罗兹斥责他。

“只是休息一下，船长。我想今天我可能得在这里过夜了。”

“别傻了。”克罗兹说。他看着那根断裂的义肢，然后转向木匠问道：“你可以修好吗，哈尼先生？在明天下午以前帮他做好新的义肢，在那之前我们可以先将布兰吉先生放到一艘小船上。”

“哦，可以的，长官。”哈尼说。他斜眼盯着那根破裂的义肢。看到他亲手做的工艺品报销了，或者被误用了，他露出工匠特有的不悦眼神。“我们已经没有多余的木材了，不过我们多带了一根快活艇的桨，准备用来当侦察船的备用桨，我可以用它制作新的义肢。”

“你听到没有，布兰吉？”克罗兹问，“现在就起来，哈尼先生会扶你向前走，去赶上走在最后面那艘哈吉森先生的小船。动作快一点，我们明天中午前就会帮你搞定。”

布兰吉露出微笑：“哈尼先生能修好这个吗，船长？”他把罩在断腿上的木杯拿掉，将那团用皮革与铜制成的皮带拆掉。

“哦，该死。”克罗兹说。他凑近了一点，仔细观察还在流血的残肢，白骨周围有许多黑色的肉。不过他很快就因为闻到伤口的恶臭而把脸抽了回来。

“是的，长官。”布兰吉说，“我很讶异古德瑟医生到现在都还没闻到这味道。我在病床区给他帮忙的时候，都刻意站在他的下风处。我帐篷里的那些男孩都知道，长官。这是没有救的。”

“胡说。”克罗兹说，“古德瑟会……”他停了下来。

布兰吉面露微笑。不是嘲讽的笑或悲伤的笑，而是轻松的笑，充满了真正的幽默的笑：“会怎么样，长官？从我的屁股将整只腿截肢？那些黑色斑块与红色血丝已经长到我的屁股及生殖器上了。长官，抱歉我描述得太具体了。如果他真的为我动截肢手术，我要在小船里躺多少天？要像老二兵海勒一样——愿这可怜的家伙安息——让跟我一样累的船员拖着走？”

克罗兹没有说话。

“不要这样。”布兰吉继续说，悠然地抽着烟斗，“我认为最好的办法是让我在这里休息一下，纯粹放松一下，想一些事情。我有很美好的一生，我希望在痛苦及恶臭让我分心之前好好再回忆一遍。”

克罗兹看看他的木匠，再看看他的冰雪专家，然后叹了口气。他从大外套的口袋里拿出一瓶水来：“拿着吧！”

“谢谢您，长官。我会喝的。多谢了。”布兰吉说。

克罗兹摸了摸另一个口袋：“我身上没带食物，哈尼先生，你呢？”

木匠拿出一块发霉的饼干及一条比鞣皮革还绿、可能是牛肉的东西。

“不，谢谢你，约翰。”布兰吉说，“我真的一点都不饿。不过船长，可不可以请您帮我一个大忙？”

“什么事，布兰吉先生？”

“我的家人住在肯特郡，长官，就在坦布里奇威尔斯北边的伊珊莫特附近，至少，我当初到海上航行时，我的贝蒂、麦可及老母亲住在那里。我在想，船长，我的意思是，如果您的运气比较好，而且之后还有时间的话……”

“如果我能回到英格兰，我发誓会去找到他们，并且告诉他们，我最后一次看到你的时候，你像个慵懒的大地主，舒舒服服地坐在一块大石块上抽着烟，脸上带着微笑。”克罗兹说，他从口袋拿出手枪，“利铎中尉已经用望远镜看到了那东西，它一整个早上都在跟踪我们。它现在应该就在这附近。你应该拿着这个。”

“不了，谢谢您，船长。”

“你确定吗，布兰吉先生？我的意思，留在这里？”克罗兹船长说，“就算你只是……多陪我们……一个礼拜，你的冰况专业知识还是对我们很有帮助。谁晓得在东边二十英里外的堆冰会是什么状况？”

布兰吉微笑着：“如果瑞德先生没跟你们在一起了，那么我会考虑，船长。我很确定我会。他是你能找到的最棒的冰雪专家。我的意思是，就替代人选来说。”

克罗兹和哈尼跟他握手。接着他们转身快步追赶正消失在南方远处某个丘脊后面的最后一艘小船。

它来的时候已经过了午夜。

布兰吉的烟在几个小时前就抽完了，他随手放在身旁石头上的水也已经结成冰了。他感觉身体有些疼痛，但他并不想睡觉。

微亮的天空出现了一些星星。西北方向吹来的风变大了，就像平常的夜里，温度比正午的最高温低了四十华氏度。

布兰吉把断裂的义肢、木杯以及皮绳放在身旁。虽然组织坏死的腿在折磨他，饥饿也在体内扒抓他，但是今夜最可怕的痛来自膝盖下面的腿、小腿肚及脚——他幻想出来的腿和脚。

突然，那个东西出现了。

它在离他不到三十步的地方，直接从冰上升起。

它一定是从冰上某个看不见的洞里爬上来的，布兰吉想。他回想起小时候在坦布里奇威尔斯时，曾经去过某个帐篷市集。那里有个摇摇晃晃的木制舞台，以及一位魔术师，他穿着紫色丝质衣、戴着一顶粗略画了一些行星与恒星图案的高筒锥形帽。魔术师就是从舞台上的活动地板突然冒出来的，让乡下观众们“哇”“哗”地不断惊呼。

“欢迎你回来。”托马斯·布兰吉对着冰上那阴暗的身影说。

那东西用后脚站起来。布兰吉非常确定，那团暗色的毛皮与肌肉、那几根被染成夕阳色的爪子，以及隐约闪现光芒的牙齿，绝对不曾出现在人类对掠食者的记忆中。布兰吉猜它身高超过十二英尺，也许有十四英尺。

它的眼睛比它黑色的身影还黑，没有反射出落日余光。

“你来晚了。”布兰吉说，他的牙齿忍不住一直打战，“我等你很久了。”他把义肢及嗖嗖作响的皮带丢向那身影。

那东西并没有躲开这粗制的投掷武器。它耸立在那里一分钟，接着像幽灵一样向前冲，怪兽般的巨大身躯穿过岩石地与冰快速滑向他，布兰吉甚至看不见它的脚在移动。那黑暗、可怕的实体终于张开手臂，占据了冰雪专家的整个视野。

托马斯·布兰吉露齿狂笑，牙齿狠狠咬住他冷冰冰的烟斗。

46
克罗兹

纬度不详，经度不详

一八四八年七月四日

让弗朗西斯·罗登·摩伊若·克罗兹坚持继续第十周行军的，是他胸中那把蓝色火焰。他的身体愈疲累、愈空虚、愈生病、愈受损，火就烧得愈热也愈烈。他知道，那团火焰不仅仅象征着他的决心，也不单纯代表着乐观的态度。他胸中的蓝色火焰就像有个外物挖了洞进入他心中，又像疾病盘踞在心底，并且几乎与他的意愿相违背地成为他整个人的核心，逼他付上一切代价来求生存。

有时克罗兹想要祷告，请求上帝直接消灭那把蓝色火焰，他就可以向现实投降，躺下来，把整片冻原拉起来覆盖在身上，就像躺在毛毯下准备睡午觉的小孩儿。

今天他们停下来。这一个月来，他们头一次不用拉雪橇及小船。他们打开病房帐篷，笨拙地搭起来，但是没有搭起大型的餐房帐篷。船员们将这个位于威廉王陆块南岸小峡湾里的毫不起眼的地方称为“医护营”。

在原本以为会往西南方无止境突出去的峡角南方，有个切入峡角底部的峡湾，过去这两个礼拜，他们就在穿越这里的崎岖海冰。现在他们又开始和峡角底部平行，朝东南方走，然后会往更东边走，前往贝克河的方向。

克罗兹带了六分仪及经纬仪，利铎中尉也带了六分仪，并且带着已故船长菲茨詹姆斯的仪器备用。这两位军官已经好几个礼拜没有观测星象及太阳方位了，因为那并不重要。如果威廉王陆块是个半岛，正如大多数极地探险家，包括克罗兹的老长官詹姆斯·克拉克·罗斯都认为，这里的海岸线会带领他们到达贝克河的河口。如果是个岛——这是格尔中尉的猜测，也是克罗兹的直觉——他们很快就会看到大陆出现在南方，在横越过一个狭窄的海峡后，就可以往贝克河的河口走去。

克罗兹一直很满意地顺着海岸线走，因为他们也没有别的选择，目前只能靠推测定位法来确定方向，无论怎么走，估计现在距离贝克河的河口还有大约九十英里的路程。

在这次行军中，他们平均一天只走一英里多一点的路。有几天他们走了三四英里，这让克罗兹回想起他们顺着事先在海冰上开通的大道，从两艘弃船走到恐怖营的情形。但是在另一些日子，当雪橇滑板下面的岩石比冰还多时，当他必须渡过突然横在面前的小溪流时，有一次他们还碰上一条真正的河，当沿岸岩石地过于崎岖，被迫走到起起伏伏的海冰上时，当天气状况很差时，当比平常多的船员因生病而无法拉雪橇得躺到雪橇上，让同伴拉更重的重量时，这些得让他们先花十六个小时用人力拉四艘捕鲸船及一艘快艇，再回头来拉另外三艘快艇及两艘侦察船，只能从前一夜的扎营地往前推进数百码。

七月一日，经过连续几个礼拜的温暖天气，寒风与大雪突然猛烈来袭。一阵暴风雪从东南方扫来，正对着倾身拉小船的船员的眼睛。船员们把御寒外衣从船上捆好的货物堆中抽出来，也纷纷从背包及包裹中拿出威尔斯假发。积雪让雪橇及上面的小船重量增加了好几百磅。躺在小船里的补给品及折叠起来的帐篷上，让其他人拉动的病重船员，都钻到帆布罩底下寻求遮蔽。

从东方及东南方连续三天吹来大雪，船员们继续拉着小船前进。夜里闪电来袭，船员把身体放低，蜷缩在铺着帆布的帐篷地面上。

今天他们停止前进，因为有太多船员生病，需要古德瑟开药给他们服用，也因为克罗兹希望派几组人到前面去侦察，并且派几支人数较多的狩猎队往北进入内陆，或往南到海冰上去打猎。

他们非常需要食物。

好消息——同时也是坏消息：葛德纳的罐头食物终于吃完了。大家发现，一直遵照船长命令继续吃罐头食物的弹药士艾尔摩还活得好好的，而且变胖了，并没有出现将菲茨詹姆斯船长折磨死的可怕症状，虽然另外两个原本不该吃这些食物的船员已经病死了。于是大家回头开始吃罐头食物，吃完所剩不多的腌猪肉、鳕鱼及饼干等。

二十八岁的水兵比尔·柯罗森去世之前，一直在无声地哀号，并且因为体内器官的疼痛及瘫痪而严重痉挛。但是古德瑟医生完全猜不出他是中了什么毒而死。直到他的助手汤姆·麦康维向他坦承，这位死者偷了一罐葛德纳的桃子罐头，并且一个人把它吃完了。

柯罗森的身体躺在堆得并不密实的石块堆下，连裹尸的帆布也没有，因为制帆匠老莫瑞早就因为坏血病而过世，他们也没有多余的帆布了。在历时极短的葬礼里，克罗兹船长并没有引用船员们熟悉的《圣经》，而是引用他那本传说中的《利维坦书》。

“生命是‘孤独、可怜、险恶、粗暴且短暂’。”船长朗诵着，“那些偷取同伴东西的人，生命会更短暂。”

这段悼词在船员中引起回响。虽然放在雪橇上拖拉前进的十艘小船早在“幽冥”号及“恐怖”号还在海上航行时就有各自的名字，但是拉雪橇的船员很快就为那三艘快艇及两艘侦察船取了新名字。命名的时间总是在下午及傍晚，因为那是他们一天中最讨厌的时段，那意味着一整个早上用汗水征服的土地，现在又要重新征服一次。五艘小船现在被正式命名为：“孤独”“可怜”“险恶”“粗暴”与“短暂”。

克罗兹对此露齿微笑。这表示船员们还没有陷入极度饥饿和极度绝望，这些英格兰水手们的黑色幽默还是相当高明。

抗命终于发生了，而且是弗朗西斯·克罗兹万万想不到的人出来发的声。

大约是在中午，多数人都离开营地去侦察或打猎了，克罗兹打算小睡片刻。这时，他听到帐篷外传来鞋底装了螺丝的皮靴缓步走在雪地上的声音，他马上就知道帐篷外出了麻烦，绝不只是平常的紧急事件。他在浅睡中被这偷偷摸摸的脚步声吵醒，对即将发生的反抗事件有了警觉。

克罗兹穿上大衣。大衣的右口袋里平常就放着一把装好子弹的手枪，但是最近他开始在左边口袋里也放了一把可以发射两发子弹的小手枪。

在克罗兹的帐篷与两个大型病房帐篷之间的空地上，聚集了大约二十五个人。大风雪、厚围巾以及肮脏的威尔斯假发，让克罗兹无法一眼就认出全部的人。不过看到科尼利厄斯·希吉、马格纳·门森、理查·艾尔摩，和另外五六个敢表达意见的人站在第二排，克罗兹一点也不讶异。

让克罗兹感到意外的，是站在第一排的人。

大多数军官此刻都还在营外，负责指挥克罗兹当天早上派出去的狩猎队或侦察队。克罗兹太晚才发现自己的失策：他把他最忠诚的军官们，包括利铎中尉、二副罗伯特·托马斯、忠实的副水手长托马斯·强森、哈利·培格勒以及其他人一次全派出去，只留下身体较虚弱的人在医护营。年轻的哈吉森中尉此时却站在这群人前面。看到水手舱班长鲁本·梅尔以及“幽冥”号的前桅台班长罗伯特·辛克烈也出现在人群里，克罗兹相当震惊。梅尔及辛克烈向来都是心地善良的人。

克罗兹快步走向这群人，哈吉森很自然地向后退了两步，撞在大块头白痴门森身上。

“你们这些人想干什么？”克罗兹粗声问。他希望自己的声音听起来不会太过嘶哑，所以尽可能地放大音量，用权威的口吻说话：“这里到底是什么情况？”

“我们需要跟您谈谈，船长。”哈吉森说。这个年轻人的声音紧张到发抖。

“谈什么？”克罗兹的右手一直放在口袋里。他看到古德瑟医生走到病房帐篷开口处，吃惊地向外看着这一帮人。克罗兹略微算了一下，共有二十三人，虽然他们的威尔斯假发都拉得低低的，围巾往上拉得很高，他还是把每个人都记起来了。他永远不会忘记他们。

“谈回去的事。”哈吉森说。他后面那群人开始喃喃出声，表示赞同，抗命者向来都是这样表明团结。

克罗兹没有马上采取行动。一个好消息是，如果他们真的要抗命，如果包括哈吉森、梅尔及辛克烈在内的人已经全都同意要用武力来掌控探险队，克罗兹不可能活到现在。他们会趁着半夜，在昏暗的晨曦中动手。另一个，也是仅存的好消息是，这里有两三个船员拿着霰弹枪，但是其他武器都被出去打猎的六十六个人带走了。

克罗兹又在心上记下一件事：以后千万不要再让所有陆战队员同时离开营地。妥兹和几个陆战队士兵非常想去打猎。当时船长太累了，没多考虑就让他们出去了。

船长的目光不断从一张脸移到另一张脸。人群中比较心虚的人马上低头将目光往下移，羞于遇上船长的盯视。比较大胆的人，例如梅尔与辛克烈则以目光回敬。希吉则是用一双半开半闭、冰冷的眼睛看着他，眼神像极了他们碰到的北极熊，甚至就像冰原上那个东西的眼神。

“回到哪里？”克罗兹口气严厉地问。

“回到恐……恐怖营。”哈吉森结巴地说，“那里还有罐头食物、煤炭及火炉，也还有另外几艘留在那里的小船。”

“别傻了。”克罗兹说，“我们现在离恐怖营少说也有六十五英里。等你们到达那里，早就是十月，进入真正的冬天了。如果你们到得了的话。”

哈吉森听到他的话就气馁了，但是“幽冥”号的前桅台班长说：“比起我们要赔上生命拉着小船过去的那条河，我们离恐怖营近多了。”

“你说得不对，辛克烈先生。”克罗兹粗声说，“根据利铎中尉和我的估计，通往贝克河的峡湾，距离这里不到五十英里。”

“峡湾！”一位名叫乔治·汤普森的水兵冷笑着说。这个人是有名的酒鬼与懒虫。虽然克罗兹不能因为他好酒而定他的罪，但是他鄙视这个人的懒惰。

“要到贝克河的河口，还要从那峡湾再往南走五十英里，”汤普森继续说，“离这里超过一百英里。”

“注意你说话的口气，汤普森。”克罗兹用低沉且威胁性十足的口气说，让这粗鄙的人也不由得眨了眨眼，把头低了下去。克罗兹再一次扫视这群人，并向所有人喊：“不管贝克河的河口是在峡湾南方四十英里还是五十英里，那里的水很可能没结冻……我们是坐在小船里航行，而不是拉着它们。现在回到你们各自的工作岗位，忘记那个荒唐的想法。”

一些船员开始挪动脚步。但是马格纳·门森还是站在原地，像一座宽大的水坝，将一波反抗的湖水挡在原处。鲁本·梅尔说：“我们要回到船舰那里。我们认为在那里的存活概率比较高。”

这次轮到克罗兹眨眼了：“回到‘恐怖’号？我的耶稣啊，鲁本，从这里回到那里超过九十英里，不仅要回头走之前走过的崎岖陆地，还要越过海上的堆冰。带着小船与雪橇是走不回去的。”

“我们只带走一艘小船。”哈吉森说。他身后的船员们再次喃喃出声表示赞同。

“你们在说什么啊，只带一艘小船？”

“一艘小船。”哈吉森坚持，“用一部雪橇载一艘小船。”

“我们已经受不了用人力拉雪橇这种鸟事了。”在嘉年华中受重伤的水兵约翰·莫芬说。

克罗兹没去理会莫芬，他对哈吉森说：“中尉，你打算怎么将二十三个人放到一艘船上？即使你们偷走的是一艘捕鲸船，也只能搭载十或十二个人，而且只能带很少的补给品。还是你们早就算好了，在回到营地前你们当中有十个或更多人死掉？确实会有这么多人死掉，但你知道死亡人数会更甚于此。”

“在恐怖营还有一些小一点的船。”辛克烈说完向前走近了一点，摆出咄咄逼人的姿态，“我们带一艘捕鲸船回去，然后用它和那里的快活艇及驳船载我们回‘恐怖’号去。”

克罗兹睁大眼睛一阵子，然后笑出声来：“你们认为威廉王陆块西北方的冰已经融化了？这就是你们这群笨蛋在想的事吗？”

“我们相信。”哈吉森中尉说，“船上有食物，还有许多罐头留在那里，而且我们可以驾着它航行……”

克罗兹再次笑出来：“你们愿意赌上性命相信那里的冰在今年夏天终于融化了，而‘恐怖’号就浮在原地，等你们划着便艇回去？而且我们先前往南航行下来时经过的水道也都融化了？长达三百英里的未结冻水道？而且，请记得你们到达那里时已经是冬天了，如果你们当中真的有人到得了！”

“我们认为，和目前的处境比起来，那边更值得赌一把。”弹药士艾尔摩大叫。这位肤色黯淡、身材矮小的人，脸孔因为怒气、恐惧、怨恨以及像要宣告他的时代终于来临的高亢情绪而扭曲变形。

“我都想跟你们一起去了……”克罗兹开始说。

哈吉森的眼睛眨得厉害。好几个人彼此互望着。

“只是想在赌局结果揭晓时看看你们的表情。你们辛苦越过冰海及冰脊，才发现‘恐怖’号已经像‘幽冥’号在三月时那样被冰挤成碎片了。”

他停了几秒，让这图像效果深入他们心里，然后才轻声说：“看在耶稣的分上，去问哈尼先生、威尔森先生、戈达德先生或利铎中尉，‘恐怖’号的隅撑和舵现在是什么形状。去问大副托马斯，早在四月时它的船缝就已经松动了……现在是七月了，你们这些笨蛋。只要周围的冰融化一点点，沉船的可能性就会比浮着的可能性大。即使没沉下去，你们这二十三个人可不可以诚实地告诉我，驾着它在迷宫一样的水道中航行时，你们还有人力把水抽到船外吗？即使你们回去时只花了先前从恐怖营过来的一半时间，你们到达时冰寒的冬天也已经回来了，那时要怎么在冰雪中找到路？假设那艘船还没沉下去，可以浮起来，也假设你们还没因为日夜不停抽水而累死。”

克罗兹又扫视了这群人一遍。

“我没在你们当中看到瑞德先生，他和利铎中尉去探察我们往南走的路。没有冰雪专家同行，你们得花很多时间在圆形薄冰、小冰山、堆冰及许多座冰山中找路。”克罗兹为这荒唐的事猛摇头，并且咯咯地笑，仿佛这些人是来跟他说一个非常好笑的笑话，而不是来提出抗命的。

“回去做正事……现在就去！”他斥责他们，“我不会忘记你们曾经笨到向我提出这主意，但是我会试着忘掉你们说话时的口气，以及你们的举止。你们看起来不像是想跟船长说话的女王陛下皇家海军的忠诚成员，反倒像是一群抗命之徒。现在回去干各自的活。”

“不。”科尼利厄斯·希吉从第二排发出声音。他的声音高而尖锐，足以让举棋不定的船员停下脚步来：“瑞德先生会和我们一起去，其他人也一样。”

“他们有什么理由？”克罗兹瞪着这只“白鼬”。

“他们没有别的选择。”希吉说。他拉了一下马格纳·门森的袖子，然后两个人一起往前走，从看起来很焦虑的哈吉森身边经过。

克罗兹决定要先开枪射希吉。他把手握在口袋中的手枪上，开第一枪时甚至不需要把枪从口袋里拿出来。等希吉再靠近三英尺，他就会开枪射他的肚子，接着再把手枪拿出口袋，试着射那巨人额头正中央——子弹射在这个人的身体上，他可不见得会倒下来。

他正在想开枪的事，枪就真的发射了。海岸边传来一声清脆的枪响。

除了克罗兹和副船缝填塞匠之外，每个人都转身去看。克罗兹的目光一直没有离开过希吉的眼睛。有人开始大叫时，他们两个人才转头去看。

“发现开放水域了！”利铎中尉一队人正从堆冰上回来。冰雪专家瑞德、水手长约翰·雷恩、哈利·培格勒以及另外五六个人，全都带着霰弹枪或毛瑟枪。

“发现开放水域了！”利铎又高声喊了一次。在越过沿岸的岩石与积冰时，他挥舞着双臂，显然不知道船长帐篷前正在上演着抗命戏码：“在不到两英里远的南方！融化的水道宽到能让小船航行，而且水道向东延伸好几英里！开放的水域啊！”

希吉和门森向后退到欢呼庆贺的人群中。在三十秒前，这里站着的还是一帮抗命分子哪。有些人开始互相拥抱，鲁本·梅尔看来已经放弃原先提议回“恐怖”号的想法了，而罗伯特·辛克烈坐在一块低矮的石头上，仿佛双脚的力气全都流失了。一度气焰嚣张的前桅台班长，用他肮脏的双手蒙住脸哭了起来。

“回到各自的帐篷去做自己的事。”克罗兹说，“再过不到一小时，我们要开始把东西装进小船，并且检查船桅及索具。”

47
培格勒

威廉王岛与阿德雷半岛之间的海峡中某处

一八四八年七月九日

利铎中尉一队人带回发现未结冻水域的消息后不到十分钟，在医护营等待的船员们就迫不及待想出发。但是他们真正拆掉帐篷起程时已经是隔天了，而且又过了两天，十艘小船才真正从冰上滑进威廉王陆块南方的黑色海水中。

首先，他们得等狩猎队及侦察队全部回来，但是有几队过了午夜才在昏黄的北极晨曦中步履蹒跚地回到营地，甚至连好消息都没听到，就倒进睡袋里睡觉了。他们只猎捕到少数猎物，不过罗伯特·托马斯那一队射到了一只北极狐和几只白兔，中士妥兹那一队则带回一对松鸡。

在七月五日礼拜三的早晨，病房帐篷里几乎空无一人，因为每个站得起来或能摇摇晃晃行走的人都想尽一点心力，为小船下海做准备。

最近几个礼拜，约翰·布瑞金已经取代已故的亨利·罗伊德与托马斯·布兰吉，成为古德瑟医生的助手。这位助理目睹了前一天下午近乎抗命的事件，当时他和船医就站在病房帐篷的门口。布瑞金还把整件事描述给哈利·培格勒听。培格勒得知“幽冥”号上和他担任同样职位的前桅台班长罗伯特·辛克烈也加入暴动，突然觉得病得更重了。他也知道鲁本·梅尔向来很可靠，但是鲁莽，非常鲁莽。

对于艾尔摩、希吉以及他们的附从者，培格勒除了鄙视之外没有其余感觉。在培格勒眼中，除了门森，他们都是心眼狭小的人，意见一大堆，却没有一点忠诚。

七月六日礼拜四，在足足过了两个多月后，他们再次下到大海堆冰上。大多数人早已忘记在海冰上用人力拉雪橇多么辛苦，即使受到威廉王陆块及不久前才绕过的那块峡角保护，这里仍然有不少冰脊，他们得拉着十艘小船爬上去，越过它们。雪橇滑板底下的海冰不如雪地或沿岸的冰地滑溜，而且这里没有山谷可以当避难所，也没有山脊的棱线，连偶尔突起的巨石也没有，没有遮掩可以让他们躲避强风，也没有细小的水流供给饮水。暴风雪持续不断，东南方刮来的风也愈来愈强。他们拉着小船，走在利铎中尉那支狩猎队发现开放水域的两英里路时，强风迎面袭来。

在堆冰上过第一夜时，他们累到连荷兰帐篷也没搭，只用一些帐篷底布当防水帆布，搭在小船或雪橇上的小船背风面，大伙儿就挤在一块，三人共享一个睡袋度过几小时昏暗的北极夏夜。

虽然沿途受到暴风雪、强风及堆冰阻挠，他们还是因为兴奋而精力旺盛。七月七日礼拜五上午才过一半，他们就走完了两英里路。

不过那条未结冻水道已经不见了，合起来了。利铎指着水道原先所在处那片薄冰层，顶多只有三到八英尺厚。

在冰雪专家瑞德的带领下，他们顺着这两天又封冻起来的锯齿状路径往东南方走，接着再转向东。这一段路几乎花了他们一整天的时间。

现在除了感到失望，以及因为脸上的雪与身上湿透的衣服而变得更加狼狈之外，他们还因在薄冰上行走，多添了几分紧张情绪，是这几年来头一遭。

那天中午过后不久，陆战队二兵詹姆斯·达利就掉到海里去了。有六个人被派到前方用长矛刺冰以测试其结实度，他是当中一个。达利的同伴们在他还没被冻成蓝色之前就急忙将他拉上来。古德瑟医生在冰上将达利的衣服全脱光，用哈得逊湾牌毛毯把他裹起来，再捆上更多层毛毯，将他塞到一艘快艇的帆布罩下面。另外两个人得陪着他，在小船帆布罩下面的昏黄空间里一左一右躺在他身旁，用体温帮他活下去。即使如此，二兵达利的身体还是不断摇晃，牙齿不由自主地打战。那天剩下的时间，他的精神状态近乎错乱。

这两年来在他们脚下稳固得像大陆的海冰，现在开始微幅上升或下陷，让他们每个人头晕，甚至忍不住呕吐。即使是比较厚的冰层，也因为压力而产生裂缝，并且呜咽作响。冰层突然爆裂的声音，从前方远处、前方近处、左右两侧、后方，甚至直接从他们脚下传过来。古德瑟医生几个月前就跟大家解释过，坏血病中后期的症状之一就是患者对声音特别敏感，霰弹枪的枪声就可以让人死去，他是这么说的，而现在八十九个拉着小船在冰上走的人，大多已经在自己身上看到这症状了。

即使像马格纳·门森这样几近白痴的人也知道，只要任何一艘小船穿破冰层落入海里，每个背着挽具的人都会没救，而且在还没冻死之前就先淹死了——这里的冰层连詹姆斯·达利这样骨瘦如柴、饿扁的稻草人都撑不住。

习惯结队而行的船员，对于现在将小船分散开、各自蹒跚用力拉船的新方式感到奇怪。在暴风雪中，有时候每艘船都看不到其他船，这种孤单感相当可怕。要回头去拉三艘快艇及两艘侦察船时，他们会避开先前走过的路，还得担心新踩上去的冰能否支撑得了他们的重量。

有些船员抱怨，他们可能早就错过向南通往贝克河河口的峡湾了。不过，培格勒曾经看过地图和克罗兹偶尔记录的经纬仪读数，他知道他们还在峡湾的西边，离它还有好长一段距离，最起码还有三十英里，从那里往南走到河口还有六十或六十五英里。以他们在陆地上行进的速度推算，即使食物出现了，而且每个人的健康状况也都奇迹式好转，还是得等到八月才会到达峡湾，要到达那条河的河口，最快也要到九月下旬。

想到有希望发现开放水域，哈利·培格勒的心就剧烈地跳动。当然，这些日子以来他的心跳就常常很不规律。哈利的母亲一直很担心他的心脏。他小时候得过猩红热，并且经常感到胸痛。但他总是告诉她不要瞎操心，因为他在世界上第一流的船舰上担任前桅台班长，心脏不好的人是不可能得到这份职务的。他就这样让她相信他没有问题，但是这些年来，培格勒偶尔会感到心律不齐，接着就是几天的胸痛及压迫感，然后就是左臂痛到只能用一只手爬上前桅台及上方帆桁，其他的前桅台班员还以为他在装病。

过去几个礼拜，他心律不齐的时间比心跳正常的时间还多。两个礼拜前，他的左手手指失去功能，从此疼痛就再也没离开过。除此之外，他还因为持续的腹泻而感到难堪与不便。培格勒向来很保守，连在船边的空地上大便也不敢，而其他人却视为天经地义。他总要等到天色变暗或找到厕所时，才让自己解脱，也因此而常常便秘。

但是，行军时是没有厕所的。连能让他躲在后面大便的矮树堆、灌木丛或大石块都没有。和培格勒一起拉雪橇的人喜欢嘲笑这位士官，说他宁可落后在雪橇队后方，冒着被“恐怖”抓走的风险，也不愿意被人看见他在拉屎。

最近几个礼拜困扰培格勒的并不是这种友善的嘲笑，而是他必须快跑去赶上队员，并且马上套上挽具继续拉雪橇。他因为内出血、缺乏食物，以及心律不齐而全身无力，所以他愈来愈觉得，要快跑赶上愈走愈远的船队非常辛苦。

这个礼拜五降雪缓和，风雪却又突然刮起，紧跟着出现浓雾，哈利·培格勒大概是这八十九个人当中唯一为此高兴的人。

雾是个大问题。走在危险的冰上，彼此又相隔遥远，拉着小船前进的各个队伍很容易走散。光是顺原路回头来找剩下的几艘快艇和侦察船就是个问题，而且在夜晚来临、雾愈来愈浓之后，问题会更大。克罗兹船长命令大家停下来讨论。他不准十五个以上的人同时站在一小区域冰上，也不可以太靠近小船。这天晚上，他们只用最少的人力来拉又大又重的小船与雪橇。

如果他们真的能到达企盼已久的未结冻水域，雪橇就会成为后勤补给上的一个麻烦。很有可能在到达贝克河河口之前，他们会需要将那几艘龙骨突出、船舵固定的侦察船，以及吃水很深的快艇再次装在雪橇上，所以他们还不能把受损的雪橇丢下。其实在礼拜四早上出发前，克罗兹就叫大家将六艘小船从雪橇上卸下来演练一遍，尽可能将雪橇折叠或拆卸开来，然后妥当地放进小船里。光这件事就花了好几个小时。

到堆冰上继续行军前，他们还得把小船再次放到雪橇上，但船员们几乎没力气与能力了。他们的手指因为疲劳及坏血病而不听使唤，连简单的结也打得笨手笨脚。稍有割伤，血就流个不停。略有擦撞，松软的手臂上及肋旁没多少肉的皮肤上，就会留下巴掌大小的瘀青。

不过现在他们知道做得到：把雪橇上的东西卸下来再放上去，为小船做好下水准备。

如果他们很快就能发现水道的话。

克罗兹叫人在每艘船前后都挂上提灯，又把几个没多少作用、在前方用长矛探测冰层强度的陆战队士兵叫回来，指派哈吉森中尉担任带队官，带领五艘小船排成钻石型前进。在雾中带头的小船是重型的捕鲸船，载着相对不重要的东西。

在场每个人都知道，这是年轻的哈吉森上次抗命的下场。他那支人力拉船队的领队是马格纳·门森。艾尔摩与希吉也都套着挽具，一起在那队拉船——先前这三个人分属不同小队。如果这艘带头的船压破冰层落入海里，其他人会在夜间的浓雾中听到尖叫及撞击声，但什么也不能做，只能离开，找一条较安全的路走。

其他几队必须冒险靠近一点走，以便在愈来愈暗的光线下还看见其他几队的提灯。

晚上八点左右，哈吉森带头的队伍真的传来大喊与惊呼，但是他们并不是掉到冰下面去了。他们在两天前利铎发现水道处东南方一英里多的地方，再次发现水道。

其他几队都派人带提灯到前面去，在很薄的冰上试探性地走着，冰还算结实，估计厚度超过一英尺，一直延伸到状况尚不清楚的水道边缘。

水道里面尽是黑色海水的裂缝，虽然只有三十英尺宽，却一直延伸到浓雾里。

“哈吉森中尉，”克罗兹下令，“在你的捕鲸船里挪出空间，让六个拿桨的人坐上去。把其他补给品暂时放在冰上，然后把捕鲸船交给利铎中尉指挥。瑞德先生，你和利铎中尉一起去。如果可能的话，沿着水道走两小时。不要把帆升起来，中尉。只使用桨，叫那六个人尽全力划。如果能走两个小时，就走两个小时，之后就掉头划回来，给我们建议，看看是不是值得花费力气把小船放进水道。我们就利用你们不在的四个小时把东西都卸下来，也把雪橇装到另外几艘船上。”

“是的，长官。”利铎说完马上开始大声向手下发号施令。培格勒觉得年轻的哈吉森好像快哭了出来。他能理解，当你才二十几岁，却已经知道你的海军军旅生涯结束了，那是多么令人难以承受。他自作自受，培格勒心想。在他已经服役几十年的海军里，抗命的船员会被吊死，光有抗命念头而没有行动的船员也会被处以鞭刑，哈利·培格勒对此规定与处罚从来没有意见。

克罗兹走了过来：“哈利，你的身体还好吗？能和利铎中尉他们一起去吗？我希望你能负责掌舵。瑞德先生和利铎中尉会待在船首。”

“是的，船长，我很好。”培格勒很惊讶，克罗兹船长竟然会认为他看起来或表现得生病了。我是不是一副装病来逃避工作的样子？光是想到自己可能表现出这模样，他的心情就很差。

“我需要一个优秀的人来操控长桨，也需要第三个人给我意见，看看把小船放进水道里行不行得通。”克罗兹轻声说，“而且船上至少要有个会游泳的人。”

培格勒听了之后露出微笑，虽然光是想到要进入又黑又冷的水里，他的阴囊就绷得紧紧的。空气的温度低于冰点，海水也一样，因为里面有盐分。

克罗兹拍了拍培格勒的肩膀，然后走过去跟下一个“自愿者”谈。这位前桅台班长很清楚，克罗兹很谨慎地在挑选侦察队的成员，也慎重地把其他人，例如大副德沃斯、二副罗伯特·托马斯、副水手长兼“恐怖”号的军纪执行者托马斯·强森，以及所有陆战队员都留在身旁，随时保持警觉。

在三十分钟之内，船已经准备好，可以下水航行了。

这支侦察队携带着一些特别装备。他们带着装了腌猪肉与饼干的袋子和一些水罐，以便在走失或任务时间超过四个钟头时使用。九个人都带着斧头或鹤嘴锄。如果有小冰山浮在水面上，或是水面结了薄冰挡住水道，就会劈砍冰来强行通过。培格勒知道，如果有更大片、更厚的冰挡住，他们可能需要把捕鲸船搬到冰上，再移到另一个未结冻的水道里。他希望当他们要抬起、拖拉及推动这艘笨重小船走一百码时，他还使得出力气。

克罗兹船长交给利铎中尉一把双膛的霰弹枪及一袋弹药。两样东西都放置在船首。

培格勒知道，如果他们搁浅了，摆在船上的几堆补给品中有个中型帐篷和一张可以铺在冰上的防水帆布。船上还带了三个三人用睡袋。不过他们可是一点儿也不想在外面走失。

几个人爬进船里找到各自的位置，冰上的雾气在周围翻滚着。前一个冬天，克罗兹和军官及副官曾经讨论到请哈尼先生，以及三月时死在“幽冥”号上的维基斯先生，把所有小船的两侧加高。如此一来，小船比较适合在未结冻的海里航行。但是最后的决定是让船舷维持原来的高度，使小船适合在河中航行。而最后，克罗兹还下令截短所有的橹，让它们更容易在河中当桨来划。

另外还有一吨左右的食物与装备被捆起来放在船底，让人员很难就座；六个负责划桨的人必须把脚踩在装备上，在划船与摇桨时，屈起的膝盖和他们的头部一样高；至于负责握着舵柄来操纵长桨的培格勒，则是坐在用绳索缠裹起来的一袋东西上，而不是坐在船尾的板凳上。不过每个人还是都坐进去了，并留下足够的空间让利铎中尉与瑞德先生能拿着长船矛待在船首。

船员迫不及待想把船放入海中。大家齐声喊“一、二、三”，再吆喝几声，笨重的捕鲸船就开始在冰上滑行。接着船首倾斜，前端两英尺进入黑色的水中，拿桨的人小心翼翼地避免让桨撞到旁边的冰，瑞德先生与利铎中尉则抓紧船舷蹲踞在船首。冰上的船员再次吆喝着使劲推，桨进入水中，他们在雾中向前滑行。在将近两年十一个月后，“幽冥”号或“恐怖”号终于有第一艘小船碰触到液态的水了。

欢呼声几乎与船的落水声同时响起，接着才是传统的那三次“万岁！”加油声。

培格勒掌着舵让船走到狭窄水道中间。这附近水道的宽度顶多二十英尺，有时候甚至窄到船两侧几乎没有将短桨伸入水里的空间。等他回头去看冰上的人时，他们都已经消失在船尾的雾中了。

接下来两个小时仿佛处在梦境。培格勒以前就曾经操控一艘小船的舵在浮冰中前进。两年多前的秋天，几艘小船花了一个多礼拜的时间，在堆了许多冰山的海湾与峡湾里不断探测，才在比奇岛附近找到适合两艘船舰下锚之处。那几天，培格勒负责指挥一艘小船，不过感觉和现在不一样。这里的水道一直很窄，从来不超过三十英尺宽，有时候还窄到无法划桨，只得用桨撑在几乎摩擦到船侧的冰上让船前进，而且这一道未结冻的水会向左或向右转弯，还好宽度都还够让船跟着转弯。受到压力推挤而凌乱突起的冰挡住船两侧的视野。雾也不断靠近，才稍微散去，接着又更逼近。声音仿佛同时被蒙住又放大，这让他们相当困扰。要跟其他人沟通时，声音听起来却只像是低声细语。

他们两度碰到浮冰挡路和水道结冻的状况，这时大部分船员只好爬出船外，用长矛把浮冰往前推，或用鹤嘴锄破坏结冻的水面。那时候几个船员必须待在船两侧的冰上，拉着绑在船首及船内横板上的绳索，或者抓住船舷，然后推拉着吱吱作响的捕鲸船穿过狭窄的冰间裂缝。还好，接下来水道都会再变宽，冰上的船员可以再次爬进小船，然后推冰，摇桨，划着船继续前进。

在这两个小时里，他们大多数时候是这样缓慢前进，但是突然间，蜿蜒的水道变窄了。冰刮擦着船两侧，但他们还是用桨撑着冰让船前进。培格勒也站在船首，因为那支操控方向的长桨此时毫无用武之地。接着他们突然进入一片他们见过最宽广的水域。仿佛要证实所有问题都已经结束，雾这时也散开，他们可以看到几百码远。

他们要不是到达一片真正的开放水域，就是进入冰中的一座大湖了。阳光从云中的洞射下来，整个海水变成蓝色。一些低矮扁平的冰山就漂浮在前方天蓝色的海中，其中一个和标准的板球投打区一样大。冰山像棱镜一样折射阳光，疲累的人遮起眼睛，免得被闪烁在雪上、冰上及水上的耀眼阳光刺痛了。

六个划桨的人同时大声欢呼。

“别高兴得太早，各位。”利铎中尉说。他踩在捕鲸船的船首，正用铜制望远镜窥视前方，“我们还不知道这片水域是不是一直延伸下去的……除了进来时走的路，不知道还有没有别的水道可以让我们离开冰中的湖。我们应该先确定这点才掉头回去。”

“哦，它会一直延伸下去的！”一个名叫贝瑞的水兵从他划桨的位置大喊，“我从骨子里就感觉得到。从这里一直到贝克河都是开放水域，而且一路上都有微风，就是这样。我们可以把其他人都叫来。把帆张开，明天晚餐前就可以到达了。”

“我也希望你说的是对的，艾力克斯。”利铎中尉说，“不过我们还是该花点时间与精力确定。我希望带给其他人真正的好消息。”

冰雪专家瑞德先生向后指着来时走过的水道：“那附近还有十来个小水湾。如果我们不先做点标记，再回到这里时，我们很难找到先前走的路。小伙子们，把我们送回那个开口。培格勒先生，可不可以请你拿一支多出来的长矛插在水道旁冰雪上抢眼的地方，当作我们回来时的标记？”

“好。”培格勒回答。

把回程路标记好后，他们就朝着开放水域划去。大而扁平的冰山现在离那条水道开口只有一百码左右。他们朝开放水域划去，从冰山旁边经过。

“我们可以在上面搭个帐篷，旁边还会有很多空间。”划桨的“恐怖”号水兵亨利·塞特说。

“我们一点也不想搭帐篷，”利铎中尉从船首回答，“我们这可悲的一生已经搭过够多帐篷了。我们想要的是回家。”

他们大声喝彩，然后尽全力划。在船尾操控长桨的培格勒开口唱了一首水手歌，其他几个人也跟着唱。这几个月来，他们终于真正欢欣地在唱歌。

他们总共花了三个小时，比他们应该掉头回去的时间足足多了一小时，因为他们得确定这里的状况。

所谓“开放水域”其实是假象：这只是一座长约一英里半、宽约三分之二英里、位于海冰当中的湖。他们沿着湖南边、东边与北边不规则的冰岸探查，发现十来处看起来像是“水道”的未结冻水域，但都只是小水湾，不是真正的水道。

在湖东南方的尽头处，他们划船靠近冰棚，把鹤嘴锄插在六尺厚的冰层上，将船系上去，接着在冰层侧面凿出几个踩脚处，仿佛那是个码头。所有人都爬到冰层上，朝着他们希望未结冻水域继续延伸下去的方向看。

放眼望去尽是结实、平坦的白色，尽是冰、雪、冰塔。云又压低下来不断涡旋着，形成低矮的雾。天空开始降雪。

利铎中尉朝各个方向大致看过一遍后，他们把个子最瘦小的贝瑞往上送到队中体形最高大、现年三十六岁的比利·温佐的肩头上，让贝瑞用望远镜朝四处看。他一个方位接一个方位地搜寻，需要转向时就通知温佐。

“连一只企鹅的鬼影儿也没看见。”他说。这是个老笑话，开的是克罗兹船长南极探险之旅的玩笑。不过这次没人笑得出来。

“你有没有看到哪里的天空是黑的？”利铎中尉问，“就像我们看到的未结冻水域的颜色，或者是大冰山的尖顶？”

“没看到，长官。而且云愈来愈靠近了！”

利铎点点头：“我们回去吧，小子们。哈利，你先爬进船里将船稳住，可以吗？”

回程他们花了九十分钟横越过湖，但途中没人说半句话。阳光已经消失了，雾再次破坏周遭景致，没过多久，那座板球投打区大小的冰山就在雾中浮现，他们知道走对路了。

“我们就快回到原先的水道了。”利铎从船首喊着，有时雾浓到让在船尾的培格勒看不见中尉，“培格勒先生，请稍微往左舷转。”

“是，长官。”

划桨的几个人甚至懒得抬头看他一眼，似乎全都迷失在各自充满哀愁的思绪里。雪再次急速落下，这次是从西北方来的。至少划桨的人是背对着。

雾略微消散时，他们离凹进去的水道已经不到一百英尺了。

“我看到长矛了。”瑞德先生语调平静地说，“稍微往右舷偏一点就能刚好对准了，哈利。”

“有点不对劲。”培格勒说。

“什么意思？”中尉喊回来。几个划桨的水兵抬头对培格勒皱眉头。他们背对着船首，所以没看到前面发生的事。

“你看得到那根长矛旁边的冰塔或大冰岩吗？”哈利问。

“看得到。”利铎中尉说，“所以呢？”

“我们从水道里出来的时候，它并不在那里。”培格勒说。

“快向后划！”利铎下令。那是多余的命令，因为船员们早已停止往前划，并且急急忙忙倒着划。但是笨重的捕鲸船的惯性还是让它冲向那块冰。

那块大冰岩翻转了一下。

48
古德瑟

威廉王陆块，纬度不详，经度不详

一八四八年七月十八日

哈利·古德瑟医生的私人日记：

七月十八日 礼拜二

九天前，船长派利铎中尉和八个人乘坐捕鲸船，顺着冰中的水道前行，并且要他们在四个小时内回来。我们其他人就利用这段时间，尽可能好好补个觉。我们先花两个多小时把雪橇收置在小船上，然后不再浪费时间去卸下帐篷，而是把防水帆布铺在小船旁边的冰上，钻进驯鹿皮与毛毯合织的睡袋里睡觉。七月初过后，午夜已经没有太阳了，我们睡着，或者尝试入睡，度过近乎黑暗的几小时。每个人都非常累。

规定的四小时时间到了，大副德沃斯把大家叫起来，但是不见利铎中尉的人影。于是船长容许大多数人继续睡觉。

两个小时后，所有人都被叫醒了，而我也尽可能帮点忙，照着二副考区的指示，为船做下水准备。身为船医，我当然一直怕两只手会受伤，不过这趟旅程至今，还是受过各种大小不等的伤，只是还没到严重冻伤及必须自我截肢的地步。

所以，在利铎中尉、詹姆斯·瑞德、哈利·培格勒及另外六个水兵出去侦察的七个小时里，我们留在冰上的八十个人做好了待会儿随他们出发的准备。冰层不时在移动，温度又很低，以至于在趁机补充睡眠的几小时黑暗中，水道已经变窄了。要把九艘小船安置好并让它们顺利下水的确需要一些技巧。先是放置三艘捕鲸船（克罗兹船长的船在最前面，二副考区的船排在第二，而我就在考区的船上）；接着是四艘快艇（分别由二副罗伯特·托马斯、水手长约翰·雷恩、副水手长托马斯·强森及第二中尉乔治·哈吉森指挥）；最后是两艘由副水手长撒母耳·布朗与大副德沃斯指挥的侦察船（德沃斯是我们这支探险队中，目前地位仅次于克罗兹船长与利铎中尉的干部，所以被指派殿后）。终于，所有小船都进入水中了。

天气变冷了，而且开始下起小雪，雾已经升到冰海上方一百英尺左右，变成一层横向飘移的矮云。虽然这让我们比前一天在雾里时看得更远，但是也带来郁闷感，我们仿佛进入荒废的极地豪宅，在一间古怪的舞会大厅里移动。脚下是碎裂的白色大理石地板，低矮的灰色天花板上则是用错视法画的一些云。

当第九艘，也就是最后一艘船被推入水中，船员们也已经爬进船里时，他们无力、略带悲哀地想要发出一阵欢呼，因为这是惯于在深海航行的水手近两年来第一次浮在水面上。不过欢呼声还没响起就停下来了。他们挂念利铎中尉那一组人的遭遇，实在无法打从心底发出欢呼。

刚开始一个半小时，只听得到周围冰层移动发出的呻吟，以及划桨的船员偶尔回应的呻吟。但是，考区先生站在第二艘船船首，坐在前排横板上，位于他后面的我听得见划桨船员在交头接耳。我知道，就产生行船的动力而言，我是多余的，是大家沉重的负担，就和已经陷入昏迷却还在呼吸的大卫·雷斯一样。过去三个多月来，船员们一直将他放在船上拖着走，没有一点抱怨。而且我的新助手，原本担任助理的约翰·布瑞金，每天都会在病房帐篷里按时喂他，并在晚上帮他清除秽物，就像在照顾他敬爱的瘫痪老祖父。讽刺的是，布瑞金已经六十出头了，但昏迷的雷斯只有四十岁。

“利铎和那些人一定迷路了。”一名叫库姆斯的水兵说。

“爱德华·利铎中尉不可能迷路。”查尔斯·贝斯特回答他，“他有可能被困住，但不会迷路。”

“被什么困住？”在隔壁划桨的罗伯特·菲瑞尔轻声问，“这条水道现在没结冻，昨天也没结冻。”

“也许利铎中尉和瑞德先生发现前方通往贝克河的水道都没结冰，就升起帆继续走下去了。”在他们后一排的汤姆·麦康维低声说，“我猜他们已经到那里了……现在正在享用跳进船里的鲑鱼，并且用珠宝跟当地的原住民换海豹脂肪来吃。”

没有人回应这极不可能的猜测。自从四月二十四日厄文中尉和八个野蛮人被屠杀后，只要提到爱斯基摩人，大伙儿就会陷入无言的惶恐。我相信不论大家现在多渴望得到拯救与救援，每个人还是害怕，不希望与当地原住民接触。有些自然哲学家主张，复仇是人类各种动机中最具普世性的一个，水手们也深信不疑。

离开前一夜的驻扎地两个半小时后，克罗兹船长的捕鲸船从狭窄的水道进入一片广阔的开放水域。在水道的出口处有一根高大的黑色长矛直直插在冰雪中，像是故意留下来为我们指路。经过一夜雪的洗礼与寒风吹拂，长矛的西北侧已被漆成白色。

当我们的船队一艘紧接着一艘进入开放水域时，原本的欢呼声戛然而止。

这里的水是红色的。

在水道出口左侧及右侧的冰棚上，有许多可能是血的深红色条纹涂抹在平坦冰棚上端，顺着冰棚垂直的侧面往下延伸。这幅景象让我汗毛竖立，其他人也都震惊到嘴巴大开。

“放轻松点，大家。”考区先生在船首喃喃地说，“这只是海豹被白熊抓到后留下的血痕，我们以前在夏天就看过这样的海豹血块。”

在领队船上的克罗兹船长也对船员们说了类似的话。

一分钟后我们知道，这些深红色的杀戮血痕不是惨遭白熊猎杀的海豹留下的。

“哦，基督啊！”手里还拿着桨的库姆斯大叫。所有人都停止划桨。三艘捕鲸船、四艘快艇及两艘侦察船，在不断起伏的红色水面上大致围成一个圆圈。

利铎中尉那艘捕鲸船的船首垂直地伸出海面。它那用黑漆写的名字——简·富兰克林夫人号——还清晰可辨（它是在克罗兹船长五月那场《利维坦书》讲道后，五艘名字维持不变的小船中的一艘）。小船在离船首四英尺的地方断成两截，只有前面一截浮出水面，另一截由破裂的横板与裂开的船身构成的残躯则在黑暗冰冷的水面下隐约可见。

我们九艘船再次散开，并排成一列缓慢向前划，船员们开始捡拾一些漂浮物：一支桨、船舷及船尾的木头碎片、一支用来操控方向的长桨、一顶威尔斯假发、一个原先的弹药袋、一只连指手套、一件破背心。

水兵菲瑞尔用一根船钩把看来像是蓝色厚呢大衣的东西钩起来时，他突然吓得大叫，差点让长钩掉到水里去。

一个人的尸体浮在那里，无头的躯干仍然穿着浸湿的蓝色羊毛衣，手脚都还垂在黑色的水里，脖子只剩下一小截。手指也许是因为死亡及冷水而变得浮肿，看起来短得异乎寻常，好像几根粗肥的残肢。手指似乎在水流中还有动作，就像白色的虫一样随波蠕动。这具已经无法出声的尸体像是想要透过肢体语言告诉我们一些事。

我帮菲瑞尔及麦康维把那具尸体拉上船。鱼或是海里的猎食者已经开始啃食他的手，手指被吃到第二节关节，但是极度的寒冷减缓了尸体膨胀与腐败的过程。

克罗兹船长调转他的捕鲸船，直到他的船首碰到我们的船侧。

“这是谁？”一个船员喃喃地问。

“哈利·培格勒。”另一个人大声说，“我认得这件厚呢大衣。”

“哈利·培格勒不穿绿背心。”另一个人插了句话。

“撒米·魁斯比有件绿背心！”第四个船员激动地说。

“别再说了！”克罗兹吼着，“古德瑟医生，麻烦你搜一搜这位可怜同伴的口袋。”

我照做，从湿背心的大口袋里拿出一个用红色皮革制作的烟袋，烟袋里几乎空无一物。

“唉，可恶！”我们这艘船上坐在罗伯特·菲瑞尔旁边的托马斯·泰德曼说，“是瑞德先生。”

他说得没错。所有的人都想起，前一天晚上这位冰雪专家只穿着他的厚呢大衣和绿色背心，而且每个人都看过他无数次从褪色的红色皮烟袋里拿烟草塞进烟斗。

我们看着克罗兹船长，好像他会为我们解释这位同伴出了什么事，虽然我们早就心知肚明。

“把瑞德先生的尸体好好放在船罩下面。”船长下令，“我们要在这片区域搜寻看有没有生还者。不要让船划到或漂到看不见其他船，或听不见其他船喊声的地方。”

小船队再次散开成扇形。考区先生把我们的船带回水道开口附近，我们沿着高出水面四英尺的冰棚慢慢划。每当在浮冰表面或冰棚纵面发现血迹，就会停下来找一下，不过没有再发现其他尸体。

“唉，可恶。”在我们这艘船船尾操控长桨、年约三十的弗朗西斯·珀克发出悲叹，“你可以看到人的手指与指甲在雪上抓过的痕迹，那个东西一定又把他拖到水里去了。”

“把你的嘴巴闭起来，别再胡说了！”考区先生向他大喊。考区手拿长矛，就像在拿一根普通的捕鲸船鱼叉，他怒视着在后面划桨的船员们，将一只穿着皮靴的脚踩在捕鲸船的船首上。

在这片开放水域西北方的冰岸上有三处血迹。第三处似乎告诉我们，某人在离岸十英尺的地方被吃掉。冰上有几根腿骨、几根被咬过的肋骨、一张可能是人皮的残破外皮、一些衣服碎片，不过没有头骨或可供辨识的人体特征。

“让我到冰上去，考区先生。”我说，“我要检查尸骸。”

我真的到了冰上。如果这些带血的筋肉不是在这里，而是在世界上任何一处的岸边，成群的苍蝇一定早就围绕着嗡嗡作响了，更不用说被昨夜下的薄雪盖住的内脏，它们看起很像土拨鼠挖穴时制造出来的土脊。但是，这时却是一片宁静，只有从西北方吹来的阵阵微风与尸骸相伴，冰层偶尔也会发出几声呻吟。

我走回小船，跟他们说确实无法辨认出死者，几个船员都把目光转开了。连残破的衣服碎片也无法提供线索。没有头、没有靴子、没有手、没有脚，除了被啃噬得很厉害的几根肋骨外，一点躯干也不剩。此外还有一截连着筋肉的脊椎，和半个骨盆。

“你先留在上面，古德瑟先生。”考区跟我说，“我现在派马克和泰德曼带一个空的弹药袋到你那里去，你们可以把那可怜家伙的尸骸收到袋子里。克罗兹船长应该会想给他们一个葬礼。”

这是件严酷的差事，但我们很快就完成了。最后我只要求那两个表情很难看的水兵把胸腔及骨盆装进由弹药袋充当的裹尸布里带走。至于那条脊椎，已经冻在冰原上，剩下的尸骸太令人毛骨悚然，我们决定不去碰它。

我们才离开冰岸，沿着开放水域的南岸探查不久，就听到北边传来喊叫声。

“发现人了！”有个船员大喊。他又喊了一次：“发现人了！”

我相信，在库姆斯、麦康维、菲瑞尔、泰德曼、马克和强斯用力划桨的同时，我们全都感觉到自己的心跳得很快，弗朗西斯·珀克操控着船桨朝一个板球投打区大小的浮冰驶去。这块浮冰就漂浮在这片广达数百亩、四围都是封冻冰原的开放水域正中央。我们都想要，而且都希望能找到利铎中尉那艘小船上的幸存者。

但事与愿违。

克罗兹船长已经站在那块冰上了。他叫我上去看一具躺在那里的尸体。我承认我觉得自己有点被利用了，尸体毫无疑问已经死了，船长却做出无法确认生死，只好强迫我去检查的样子。我非常疲累。

那是哈利·培格勒，他几乎全身赤裸地躺着，身上仅剩的衣物都是贴身内衣，身体蜷曲在冰上，双膝几乎碰到下巴，两只小腿在脚踝处交叉，手掌塞在手臂底下，似乎用最后一点精力让身体紧缩，以保持温暖。他紧紧抱住自己，想必是在不断颤抖的情况下咽下最后一口气。

他睁大的蓝色眼睛被冻僵了。他的肉也是蓝色的，摸起来就和卡瑞拉大理石一样。

“他一定是先游到浮冰旁，费力爬到上面，然后冻死在这里。”德沃斯先生低声地说，“冰原上那个东西并没有追上或伤害哈利。”

克罗兹船长没多说，只是点了点头。我知道船长相当喜欢而且倚重哈利·培格勒。我也很喜欢这位前桅台班长，大部分的船员也是。

我看到克罗兹船长注视着一样东西。在浮冰各处的新雪里，尤其是哈利·培格勒尸体附近有巨大脚印，其中的爪痕也相当明显，看起来像是白熊的脚印，只不过比任何白熊的脚印都大上三四倍。

那个东西绕着哈利·培格勒转了很多圈。看着可怜的培格勒先生躺在那里冷得不断发抖，然后死去？娱乐自己？哈利·培格勒死前看到的最后一幅景象会不会是：白色怪兽的身影笼罩在他身上，它那对黑色的眼睛一眨也不眨地盯着他看？为什么那个东西不把我们的朋友吃掉？

“那只野兽在浮冰上一直用双腿站立走动。”克罗兹只说了这句话。

其他船上的人也向前靠过来，带来了一面帆布。

除了我们来时那条正急速变窄的水道外，冰原中的湖没有出口。我们绕了两圈，五艘船顺时针走，四艘船逆时针走，只找到一些小凹湾、冰缝，以及另外两处血痕，看起来就像是有个捕鲸船侦察队员爬到冰上，拔腿逃跑，却被残忍地拦截住并拖了回来。不过感谢上帝，那里只有一些蓝色的羊毛碎片，没有尸块。

已经是下午了，我确信我们只有一个共同愿望：赶快离开这受诅咒的地方。但是我们有三具同伴的尸体，或是同一人的几个尸块，我们应该给他们一个有尊严的葬礼。我猜许多人心里都在想，在探险队人数愈来愈少的情况下，这将会是我们能正式举行的最后一场像样的葬礼。

在这座冰湖里，除了利铎中尉那艘厄运捕鲸船里的一个荷兰帐篷被浸泡成一大片帆布浮出水面外，湖面上没有可以利用的漂浮物。这片帆布就被拿来包裹我们的朋友哈利·培格勒。我在水道开口附近检查过的断骨残骸放在帆布弹药袋里，瑞德的无头尸体则被缝进一个多出来的毛毯睡袋里。

海葬的惯例是：在要被投入深海的尸体脚部放一颗或多颗弹丸，以确保尸体很有尊严地沉到海底，而不是难堪地浮在水面。当然这天我们手上没有弹丸。船员们从简·富兰克林夫人号浮出水面的那截船首拆下一个铁钩，又收集了一些空的葛德纳罐头来增加裹尸袋的重量。

把剩下的九艘船从黑色的水里拉到冰上，将快艇和侦察船再装到雪橇上，花了我们不少时间。而且把雪橇组装起来，再将小船抬放上去的过程中，还得把船上货物卸下再装上，这样的苦差事把皮包骨船员的最后一丝精力也耗尽了。接着船员们一起站在冰的边缘，排成一个很大的弦月形，以免冰棚任何一个地方承载过多重量。

没人有心情听长篇讲道，更别说像上次那样用传奇的《利维坦书》来大肆讽刺地讲道了。所以，听到船长凭记忆朗诵《圣经》的《诗篇》九十篇时，我们有点意外，却没人有情绪反应。

主啊，世世代代做我们的居所。

诸山未曾生出，地与世界未曾造成，从亘古到永远，是上帝！

使人归于尘土，说：“你们世人要归回。”

在你看来，千年如已过的昨日，又如夜间的一更。

叫他们如水冲去，他们如睡一觉。

早晨，他们如生长的草，早晨发芽生长，晚上割下枯干。

我们因你的怒气而消灭，因你的愤怒而惊惶。

你将我们的罪孽摆在面前，将我们的隐恶摆在面光之中。

我们经过的日子都在震怒之下，我们度尽的年岁好似一声叹息。

我们一生的年日是七十岁，若是强壮可到八十岁；但其中所矜夸的不过是劳苦愁烦，转眼成空，我们便如飞而去。

谁晓得怒气的权势？谁按着该受的敬畏晓得的愤怒呢？

求指教我们怎样数算自己的日子，好叫我们得着智慧的心。

耶和华啊，我们要等到几时呢？求转回，为你的仆人后悔。

求使我们早早饱得的慈爱，好叫我们一生一世欢呼喜乐。

求照着使我们受苦的日子和我们遭难的年岁，叫我们喜乐。

愿你的作为向仆人显现；愿你的荣耀向他们子孙显明。

愿主我们上帝的荣美归于我们身上。愿坚立我们手所做的工；我们手所做的工，愿坚立。

荣耀归于圣父、圣子与圣灵，

从起初、今时，直到永远，阿门。

我们这些全身颤抖着的生存者一起回应：“阿门。”

接着是一片沉默。雪轻轻落在我们身上，黑色的水拍打着冰岸发出饥肠辘辘的声音。我们脚下的冰也发出呻吟，并且微幅移动。

我猜所有的人都在想，这段话其实也是为我们每个人预备的悼词与临别赠言。直到今天，在我们失去了利铎中尉这艘小船及船上几个人之前——其中包括无人能取代的瑞德先生及大家都很喜欢的培格勒先生——我猜许多人都还以为我们能活下来。现在我们知道这个可能性已经完全消失了。

我们期盼已久并且全体为之欢欣鼓舞的开放水域，原来是个充满恶意的陷阱。

这可恶的冰，到头来还是不放过我们。

冰原上那个东西不会放我们走。

副水手长强森发出口令："全体船员——脱帽！"我们把杂色、肮脏的罩头物全扯下来。

"知道我们的救赎主活着，"克罗兹船长用他变得沙哑的嗓音说，"末了必站立在地上。我这皮肉灭绝之后，我必在肉体之外得见上帝。我自己要见他，亲眼要看他，并不像外人。

"主啊，接纳您卑微的仆人冰雪专家詹姆斯·瑞德、前桅台班长哈利·培格勒，以及我们另一位身份未明的同船伙伴，进到您的国度。除了这两位我们说得出名字的人外，请您也接纳爱德华·利铎中尉、水兵亚历山大·贝瑞、水兵亨利·塞特、水兵比利·温佐、水兵撒米·魁斯比、水兵约翰·贝慈，以及水兵大卫·西姆斯的灵魂。

"在我们也要加入他们的那天来到时，主啊，请允许我们和他们一起进到您的国度里。

"哦，主，垂听我们为我们的同船伙伴，为我们自己，以及为我们所有人的灵魂所做的祷告，耶和华啊，求您听我的祷告，留心听我的呼求！我流泪，求您不要静默无声。求宽容我，使我在去而不返之先可以力量复原。

"阿门。"

“阿门。”我们都轻声回应。

水手长及副水手长抬起几个帆布尸袋，丢进黑色的湖水里，几秒钟之内，它们就沉下去了。水中冒出一些白色气泡，仿佛离我们而去的同伴最后还有几句话想说，接着湖面再次变黑，恢复平静。

中士妥兹及两个陆战队士兵的毛瑟枪同时鸣枪一次。

我看到克罗兹船长注视着黑色的湖水，看得出他把许多情绪压抑下去。“我们现在就离开。”他态度坚决地对我们说，对我们全部的人说，对这群意志消沉、悲伤、内心已被击倒的人说，“到今晚就寝前，我们应该还可以拉着雪橇与小船走上一英里路。我们要面向东南，朝贝克河的河口走。冰原上比较容易走。”

结果，在冰原上走比先前艰难得多。到最后我们根本无法前进。不是因为有常见的冰脊在挡路，也不是因为拉着小船前进本身就很艰苦，虽然饥饿、疾病、虚弱确实让这件事变得愈来愈艰苦，而是因为有两样东西在作怪：破裂的冰，以及躲在海水里的那个东西。

七月十日那个漫长的北极傍晚，我们还是照往常一样分两批拉小船，即使探险队成员少了九人。当天晚上我们最终停下脚步，在冰上搭好帐篷准备就寝时，离前进一英里的目标还差很远。

我们才睡了不到两小时，就被冰层突然破裂及移动的声响吓醒了。只见一整片冰在上下摇晃，令人十分不安，我们全都慌忙地爬到帐篷出口，状况不明地团团转。船员们开始拆帐篷，忙着把东西装到小船上，克罗兹船长、考区先生及大副德沃斯大声叫大家镇静。几位军官说，我们附近的冰并没有破裂迹象，只是稍微在晃动而已。

冰晃动了约一刻钟后又静了下来，脚下的冰海表面再度坚固得像石头。我们再一次爬进帐篷里。

一个小时后，冰层摇晃及破裂的情况又来了。许多人又和之前一样，冲到帐篷外的寒风与黑暗里，不过一些比较勇敢的船员这次都留在睡袋里。没过多久，我们这些受到惊吓的人又爬回味道难闻、挤满人的小帐篷里。帐篷里充满鼾声、船员睡觉时排的废气、湿睡袋中一个个交叠的身躯，以及几个月没换衣服的船员们的浓烈体味。我们一脸窘迫地回来。幸好帐篷里面太暗了，没有人会注意到。

隔天一整天，我们非常辛苦地拉着小船朝东南方前进，脚下的冰面不会比紧绷的软橡皮结实到哪里去。冰上开始出现裂缝，在某些地方，我们已经看见介于冰层表面与海水表面之间的六尺厚冰。我们已经不觉得是在穿越冰原了，反倒认为自己是在一片随着波浪起伏的白色海洋里，从一块浮冰跨越到另一块浮冰上。

在这里应该顺便记录一件事。我们离开被冰四面包围的湖后，第二天晚上，我又开始忙着尽我的职责去检查已故同伴的私人物品。利铎中尉的侦察队驾着捕鲸船离开时，这些东西大多都留在通用储物区。我找到前桅台班长培格勒的小背包，里面有几件衣物、几封信、几本书、一把牛角制的梳子以及其他个人用品，没想到我的助手约翰·布瑞金这时问："我可以拿走其中一些东西吗，古德瑟医生？"

我吃了一惊。布瑞金指着那把梳子和一本有些厚度的皮制笔记本。

我看过笔记本的内容。培格勒是用一种相当粗浅的密码写的，把字及字母的顺序都倒过来写，每句话最后一个字的最后一个字母都大写，就像它是第一个字母。虽然笔记中记载了过去这一年我们发生的一些事，或许会让他的亲友想读一下，但是从我们弃船前后的那几个月开始，这位前桅台班长的笔迹、语句结构，更别说他的拼字，都变得愈来愈潦草、难以辨识，到后来甚至根本看不出来写的是什么字。有一处写着："死亡，你的毒钩在哪里？在安慰峡湾的坟墓哪！那些到现在还在怀疑……（下一行字刚好位于笔记本沾到水的部分，所以无法辨认）……那染工说。"

在那一页背面，我发现培格勒用抖动的手画了一个圆，圆里写着"恐怖营所在"，日期已无法辨识，不过那应该是在四月二十五日。旁边一页有些文字片断："我们有很艰苦的路要走……我们会想喝点甜酒润喉……是……我所有的烈酒……因为我想……时间……我应该……二十一日夜里好。"

看到这里，我猜培格勒记录的是四月二十一日的事，当天克罗兹船长告诉聚集在一处的"恐怖"号与"幽冥"号船员说，他们最后一批人隔天早晨就要弃船，离开"恐怖"号。

换句话说，这些只是一个识字不多的人留下的潦草字迹，而不是哈利·培格勒对于自己的学识或技术的深刻反省。

"你要这些东西做什么？"我问布瑞金，"培格勒是你的朋友吗？"

"是的，医生。"

"你需要一把梳子？"这个老助理的头几乎秃了。

"不是的，医生，只是用来纪念他。只要这把梳子和笔记本就好了。”

这实在很不寻常，我想，因为在这时候，每个人都想尽办法减轻负担，而不是把厚重的书再加到要拖运的行李里。

不过，我还是把梳子和笔记本给了布瑞金。没有人要培格勒留下的衬衫、袜子、毛质裤或《圣经》，所以隔天早上我就把它们留在要丢弃的东西中。整体来看，培格勒、利铎、瑞德、贝瑞、魁斯比、贝慈、西姆斯、温佐，以及塞特等人要被抛弃的个人物品，构成一个令人悲伤的小型死者纪念碑。

隔天早上，七月十二日，我们开始在冰上发现更多摊血。起先船员们都很害怕又要看到更多同伴的尸体，不过克罗兹船长随即带我们到较大的一摊血那里，让我们看到躺在那一大片星形、深红色血泊中间的是一只白熊。在到处是血迹的冰上，全都是被杀害的北极白熊的尸体，不过大多只剩下被击碎的头、沾满血迹的白毛皮、断裂的骨头，以及熊掌等残尸。

刚开始船员们松了一口气。但是，很明显的问题来了：谁杀死了这些巨大的掠食者，而且就在我们到达这里的几个小时前？

答案也很明显。

但是为什么它要屠杀白熊？这个问题的答案也很明显：让我们没有任何食物来源。

到了七月十六日，船员们已经无法再向前走了。一天连续十八个小时拉着小船，却只前进了不到一英里。我们在第二天晚上扎营时，通常还看得见前一天夜里丢弃在冰上的一堆衣物与机具。我们又发现更多被杀的白熊。大家的士气都很低迷，如果在那个礼拜投票表决的话，大多数人应该会选择就此放弃，然后躺下来等死。

七月十六日夜里，只有一个人担任守卫，其他人都在睡觉，克罗兹船长要我到他的帐篷里。他现在和查尔斯·德沃斯、主计官查尔斯·汉弥尔顿·欧斯莫（他已经出现肺炎症状）、威廉·贝尔（“幽冥”号的补给士），以及菲力普·瑞丁顿（约翰爵士与菲茨詹姆斯船长先前的水手舱班长）共享一个帐篷。

船长点头示意，大副德沃斯与欧斯莫先生之外的人都走到帐篷外，让我们可以私下谈话。

“古德瑟医生。”船长说，“我需要你的帮忙。”

我点头，然后聆听。

“我们有充足的衣物及帐篷。”克罗兹船长说，“放在载运补给品侦察船里的备用皮靴，是我坚持要大家一路拖运到这里来的。那些皮靴让许多人的脚免于被截肢。”

“我同意，长官。”我说，虽然我知道他并不是要询问我对这些东西的意见。

“明天早上我会向大家宣布，我们要将一艘捕鲸船、两艘快艇及一艘侦察船留下，只带着剩下的五艘继续前进。”克罗兹船长说，“要带走的那两艘捕鲸船、两艘快艇及一艘侦察船目前都处在最佳状态，如果在到达贝克河河口之前遇上开放水域的话，应该有办法航行，毕竟我们剩下的物品已经比以前少很多了。”

“大家听了一定很高兴，船长。”至少我就相当高兴。因为现在我也必须帮忙拉船了，得知每天都要回头拉第二批小船的该死日子即将结束，我肩膀及背部的疼痛减轻了许多。

“古德瑟医生，我需要知道，”船长的声音疲倦、粗哑，表情严肃，“我可不可以再减少船员们的每日食物配额？或者说，当我们减少食物配额时，船员们还拉得动雪橇吗？我需要你的专业意见，医生。”

我看着帐篷的铺地帆布。狄葛先生的一个炖锅，或者是当我们还有几罐乙醚燃料可以加热酒精炉时，沃尔先生用来加热茶水的那个新玩意儿，在那里烧出了一个圆洞。

“船长，德沃斯先生，”我终于开口，我晓得我要说的事他们其实早就知道了，“船员们已经没有足够的营养来从事每天的劳务了。”我吸了一口气，继续说：

“他们吃的每样东西都是冷的。最后的罐头食物早在好几个礼拜前就吃光了。酒精炉及酒精灯，和最后一个焦木醚燃料的空罐，都一起被丢弃在冰上了。

“今天晚上吃晚餐时，每个人可以拿到一块饼干、一小片冰冷的腌猪肉、一盎司的巧克力、一杯茶、将近一茶匙的糖，以及一汤匙朗姆酒的每日配额。”

“还有我们帮他们贮藏起来的烟草。”欧斯莫补上一句。

我点了点头：“对，还有那一点烟草。他们的确很喜欢抽烟。把一些烟草事先贮藏起来确实很棒。不过回到您的问题，我的答案是否定的，船长，我认为食物配额再减少，船员是无法继续走下去的。”

“即使不行，我还是得做。”克罗兹说，“六天内我们的腌猪肉就会吃完，十天内朗姆酒就会喝光。”

德沃斯先生清了清喉咙：“一切都要看我们有没有办法在浮冰上找到及猎捕到海豹。”

到目前为止，我知道，帐篷里每个人都知道，探险队里每个人也都知道，自从两个月前我们离开安慰峡湾以来，我们只射杀并且吃了两头海豹。

“我在想，”克罗兹船长说，“再度往北走到威廉王陆块上也许是最好的方法，也许要拉着小船走三天或四天。在那里我们可能可以吃苔藓与石耳。我听说，有好几种这类东西可以煮成相当美味的汤，如果我们可以找到正确的苔藓与石耳的话。”

“约翰·富兰克林。”在极度疲累中我想到了他，“那个吃自己鞋子的人。”在我们起航几个月前，我的兄长跟我说过那故事。约翰爵士应该会知道，根据他的凄惨经验要选择哪些苔藓与石耳来吃。

“船员们会很高兴他们可以离开海冰，船长。”我只能这么说，“而且他们听到我们可以少拉四艘船，一定乐得要命。”

“谢谢你，医生。”克罗兹船长说，“就这样了。”

我拙劣地点头行了一个礼后离开，到几个严重坏血病患者的帐篷里去巡视一番。当然，我们已经没有病房帐篷了，布瑞金和我每天夜里只能一个一个帐篷地去看病及开药。然后我蹒跚地走回自己的帐篷里（和布瑞金、昏迷的大卫·雷斯、快要死去的工程师汤普森，以及病重的木匠哈尼先生共享），然后立刻睡着了。

当天夜里冰层破了一个洞，把一个荷兰帐篷吞了进去。帐篷里睡着的是我们的五位陆战队士兵：中士妥兹、下士黑吉斯、二兵威吉斯、二兵黑蒙和二兵达利。

只有威吉斯在帐篷沉没在暗酒红色的大海之前逃出帐篷。在冰缝再次轰然闭合起来的前几秒钟，他才被人拉上来。

但是威吉斯被冻得太厉害，病得太厉害，也被惊吓得太厉害，以至于无法康复。虽然布瑞金和我用仅剩的一条干布把他裹起来，让他躺在我们的睡袋里，睡在我们两人中间，但他还是在天还没亮之前过世了。

隔天早晨，他的尸体和更多衣物、四艘被弃掉的小船及载运它们的雪橇，一起留在冰上。

我们没有为他或另外几个陆战队员举行葬礼。

船长宣布今后不需要再拉那四艘小船及载船的雪橇时，没有任何欢呼声。

我们转向北边，朝着海平线外的陆地前进。我想，即使是从莫斯科撤退的人也不曾感受到这么强的挫折感。

三个小时后，冰又裂开了，我们面前的是北方的一些水道及小湖。这些未结冻水域过于窄小，贸然把小船放进去并不妥当。但它们看起来又过于宽大，让我们无法拉着小船与雪橇直接横越过去。

49
克罗兹

威廉王陆块，纬度不详，经度不详

一八四八年七月二十八日

克罗兹只睡了一会儿，但那些梦又回来了。一艘中空小船里有两具骷髅。在黑暗房间的桌子旁，两个令人受不了的美国女孩用脚趾关节发出拍打声来模拟鬼魂拍打声。在被煤气灯照得非常明亮的舞台上，有个矮胖的美国医生穿着爱斯基摩毛衣，化了浓妆，扮成北极探险家。接着又是小船里的两具骷髅。不过，夜最后总是结束在最困扰克罗兹的梦里。

他是个男孩，和他祖母梅摩·摩伊若一起待在一间很大的罗马天主教堂里。弗朗西斯浑身赤裸。梅摩将他推向祭坛护栏，但是他害怕向前走。教堂很冷，小弗朗西斯光脚踩的大理石地板很冷，白色的木制板凳结了冰。

跪在祭坛护栏前面，小弗朗西斯可以感觉到梅摩·摩伊若正在他身后用赞许的目光看着他，但是他实在太害怕了，所以不敢转头。某个东西正在靠近。

护栏另一边出现了一位祭司，他似乎是从大理石地板的活板门冒出来的。这人身躯庞大，实在太大了，而且他的白色法衣在滴水。他整个人耸立在小弗朗西斯·克罗兹的上方，身上带着血味、汗味，以及一种更臭的味道。

克罗兹把眼睛闭起来，伸出舌头准备领受圣餐，就像他跪在梅摩·摩伊若起居室的薄地毯上时她教他做的。虽然这个仪式很重要，他也清楚它的必要，但是弗朗西斯还是被主持者吓坏了。他知道领受了天主教的圣餐后，他的人生就永远不会再像从前一样；他也知道，如果不领受，他的人生会就此结束。

那个祭司愈来愈靠近他，并且倾身朝他……

克罗兹在捕鲸船的船腹醒过来。就像他每次从这些梦中醒来时一样——心跳剧烈，嘴巴也因为恐惧而干燥，即使只睡了几分钟。他发抖得很厉害，不过主要是因为寒冷，而不是因为恐惧或对恐惧残存的记忆。

七月十七日及十八日，他们所在的海峡或海湾的冰层全裂开了。在接下来四天，克罗兹让船员们全都留在最后所在的浮冰上。两艘快艇及侦察船从雪橇上移下来，除了帐篷与睡袋还没放上去之外，五艘小船全都装满，他们已经做好了下水准备。

每天夜里，大浮冰的剧烈摇晃，以及冰层破碎、产生裂痕的声音，都会让他们在半睡半醒之间匆忙地从帐篷里跑出来，以为脚下的海已经张口，准备像吞食中士妥兹和他手下那样把他们吃掉。不过，每天夜里因为冰破裂所产生的爆炸声最终会变弱，而猛烈的摇晃也会转变成规律的起伏，然后他们会再度爬回帐篷。

天气变得比较温暖，有几天气温升高到接近冰点。几乎可以肯定地说，七月底的几个礼拜是他们受困北极的第二年里唯一能感觉到的一点夏日的时间，但是船员却比以前更觉得寒冷与感伤。有几天甚至下起雨来。当天气冷到不可能下雨时，雾气中的冰晶会浸湿他们的羊毛衣，因为现在天气已经温暖到不需要在厚呢外衣与大外套外面再穿上冬季的防水外衣了。拉小船流的汗水浸湿了肮脏的内衣、衬衫与袜子，以及他们破损、表面结冰的裤子。虽然他们的存粮与存货几乎告罄，但是剩下的五艘小船比先前拉的十艘小船还要重，因为除了那个还能进食、呼吸、目光呆滞的大卫·雷斯外，他们现在每天都得拉着更多病人。古德瑟医生每天都向克罗兹报告，有更多只脚烂掉了——一直穿着湿袜子、泡水的脚。即使克罗兹事先想到要多带一些皮靴，还是有更多只脚趾及脚跟变黑，而且有更多只脚长了坏疽，必须截掉。

荷兰帐篷也一直是湿的，从来没干过。他们每晚就寝前都得用力剥开、天黑时才爬进去睡的睡袋也同样被浸湿，内外全结了冰，而且从来没干过。船员们一夜断断续续睡眠，再怎么发抖也没办法让他们暖和些。早上醒来时，圆形或金字塔形帐篷的内部都已经结了一层三十磅左右的白霜。他们在喝克罗兹船长、德沃斯先生及考区先生每天都会带到各个帐篷给每个人喝的少许微温茶时，霜就会掉落，并且滴在头上、肩上及脸上。从他们下到冰海的第一个礼拜起，克罗兹就要求另外两个人和他一起奉茶，这种船长变成船员晨间侍从的怪事，现在已经被船员们视为理所当然了。

“幽冥”号的厨师沃尔先生因为得了类似肺结核的病，多数时间都蜷曲着躺在一艘快艇的船底。不过狄葛先生还是和过去三年来在“恐怖”号大型费兹尔专利火炉旁的岗位一样，精力旺盛，言语粗俗，做事有效率，甚至带给大家安全感。

现在，乙醚燃料用光了，酒精炉及捕鲸船上以煤炭为燃料的火炉也都弃置在冰上，狄葛先生剩下的工作是：一天两次将一小份冰冷的腌猪肉或其他粮食分配给船员。但是欧斯莫先生与另一名军官总是在一旁盯着他。生性乐观的狄葛先生已经把一个简单的海豹油火炉及一个锅子组装好了，只要能射杀到海豹，他就会再次点燃火炉。

每天克罗兹都会派狩猎队去找海豹，好让狄葛先生有机会使用他的锅子，不过狩猎队员几乎看不到海豹，偶尔看到几只，还没来得及开枪射击，就让它们溜回没结冻水道或冰上的小洞里去了。根据狩猎队成员的说法，身体光滑的黑色环纹海豹有好几次被霰弹枪，甚至是毛瑟枪或步枪射中，却还能溜回黑色的水中，在死前潜入深海里，只在冰上留下一道血迹。有些时候狩猎队员还会跪下来舔那些血。

克罗兹之前就多次见识过夏天时的北极海。他知道到了七月中旬，海水里及浮冰上都会出现许多动物：大海象在浮冰上享受日光浴，或者沿着岸边笨重地拍打水面，它们的吠声与其说是吠声，还不如说是一连串的打嗝声；数目不断增加的海豹像玩游戏的儿童一样在水面上跃进跃出，并且滑稽地用肚子在冰上走来走去；白鲸与独角鲸在没结冻的水道中突然冒出来，翻转身躯后又潜进水里，让空气中尽是它们口里呼出的鱼腥味；母熊带着动作还不甚优雅的小白熊在黑色的水里游泳，并悄悄地跟踪浮冰上的海豹，从水里爬到冰上时还会先抖抖它奇特的茸毛，也避免跟体形较大也较危险的公熊接触，因为公熊在空肚子时，连小熊和母熊也会吃；最后，空中的海鸟多到几乎将北极夏天蔚蓝的天空遮蔽成一片黑暗，不仅岸上有鸟，冰上有鸟，还有一些鸟如音符般在冰山不规则的顶端停成一条直线。此外还有更多燕鸥、海鸥及白隼掠过各处水面，捕食鱼类。

不过，今年夏天已经是连续两年在冰上没有看到任何会动的生物，只有克罗兹已经变少、并且继续变少的船员们，和一直不放弃追杀他们的那个东西。船员们总是身上系着缰绳，气喘吁吁地拉着小船。而那个东西的出现时间向来很短暂，只看得到它部分身躯，而且总是在步枪或霰弹枪射程之外。

有几次船员们在晚上听到北极狐的吠声，也经常在雪上发现它们优雅的足迹，但似乎没有一只北极狐想被猎人看见。看见鲸鱼或听见鲸鱼的声音时，他们之间总是隔着许多浮冰与水道，距离远到即使疯狂且不顾安危地跑去追也追不上。在船员们忙着从一块摇晃的浮冰跳到另一块时，这些海中哺乳类动物早就轻松地跃出水面又钻入水中，再度消失无踪。

克罗兹不知道他们有没有办法用随身携带的轻型武器去射杀独角鲸或白鲸，不过他猜可以，几发步枪子弹射入脑中，应该足以射死那只野兽以外的任何动物（船员们早就认为它不是野兽，而是船长那本《利维坦书》中某个愤怒的神）。只要他们有力气把鲸鱼拖到冰上，并且把它身上的油榨出来，油就够让狄葛先生的火炉一连好几天，甚至好几个月有燃料，皮下脂肪及新鲜的肉也可以让他们吃到胀破肚皮。

克罗兹最想做的事是杀死那个东西。但克罗兹和大多数船员不同，他相信它也会死。它是一只动物而已。也许它不只是一只吓人、有智慧的白熊，而且还更聪明。但它仍然是只野兽。

克罗兹知道，如果他可以杀死那个东西，光是它的死、为许多死者报仇的快感，就能暂时提高士气，就算探险队里剩下的人还是照样死于饥饿与坏血病，但那会比发现二十加仑未加水的朗姆酒更令人兴奋。

自从利铎中尉和他的手下死在冰中那座湖之后，冰上那个东西就没再来找麻烦，也没杀掉任何人。船长派出去的狩猎队一旦在雪上发现那个东西的足迹，就立即回来。克罗兹打算让每个能走的人，以及每支能发射的枪都去追踪野兽。必要时他会叫人敲着锅，大喊大叫地把那个东西引来，就像藏身于印度长草丛中的老虎会被敲打声引到海湾一样。

但是克罗兹知道，这种方法比已故约翰爵士的猎熊隐匿棚高明不到哪儿去。要让那个东西接近，他们得要准备诱饵。克罗兹很确定它还在跟踪。在开始慢慢变长的几小时黑暗里，它会比较靠近；白天它会躲在某处，也许是在冰下。如果能用诱饵吸引它，它会靠得更近。但是他们没有新鲜的肉，即使能猎获一磅生肉，船员们也一定会把它吞下肚，而不会想拿来当诱饵抓那个东西。

克罗兹除了记得冰上这只怪兽有不可思议的庞大身躯外，他也想到这表示有一吨以上（甚至是好几吨）的肉在那里。成年的公熊可以重达一千五百磅，但是跟这只东西比起来，它的表亲看起来只像是身材壮硕猎人旁边的几只猎狗。所以，如果他们真的能杀死这个凶手，就会有好几个礼拜的肉可以吃。而且克罗兹知道，即使必须像在行军时吃腌猪肉那样生吃它的肉，每咬一口也都会有复仇的快感。

如果行得通，弗朗西斯·克罗兹愿意亲自到冰上当诱饵。如果行得通的话。如果这样能救活并喂饱他的船员们，克罗兹会牺牲自己来当野兽的诱饵，希望他的船员——早在“恐怖”号最后那批陆战队员死在冰冷的海里之前，他们就证明过自己的射击技术有多糟——即使没办法一枪命中要害，至少能将多发子弹射到这只怪兽身上，让它倒下。不论他这只诱饵能不能活下来。

想到陆战队员，他不由得想起二兵亨利·威吉斯的尸体。一个礼拜前，那具尸体被留在一艘废弃小船里。当时克罗兹并没有召集船员参加威吉斯的非正式葬礼，只有他、德沃斯及陆战队士兵的几个好朋友在黎明前对着尸体说几句话。

我们早该用威吉斯的尸体来当诱饵，克罗兹心想。他躺在摇晃的捕鲸船底部，其他船员成堆地躺在他旁边。

接着他发现，他们还有一个更新鲜的诱饵，而且有这想法已经不是第一次了。八个月来，自从去年十二月那个东西追杀已故冰雪专家布兰吉那夜以来，大卫·雷斯对他们而言就是个负担。他没有反应、没有用处，就像是一百三十磅的脏衣服，放在小船上让船员们拖行四个月。不过他每天下午还是能把他的腌猪肉汤与朗姆酒喝下去，每天早上也能吞下一汤匙的茶与糖。

这都要感谢船员，没有人建议要把雷斯（或其他任何没办法走路的人）丢下不管，连经常窃窃私语的希吉与艾尔摩也一样。不过，每个人想必都曾经有过相同的想法……

吃掉他们……

先吃雷斯，接着其他人死掉后也把他们吃掉。

弗朗西斯·克罗兹已经饿到可以想象吃人肉的光景。他不会将人杀死以便吃他的肉，现在还没到这地步。不过人一旦死了，为什么要将肉留在北极的夏日下任其腐烂呢？甚至是留在后面给正在追踪他们的那个东西大快朵颐？

克罗兹二十几岁刚升上中尉时，曾经听过发生在一八二〇年美国双桅帆船“艾塞克斯”号船长波拉德身上的真实故事。现在的水手迟早都会听到，通常是还在船上当学徒的时候。

根据后来生还者的说法，“艾塞克斯”号因为被一只八十五英尺长的抹香鲸撞破船身而沉没，落入太平洋最空旷的海域里。船上二十个人当时全驾着小船出去猎捕鲸鱼，回来时却发现他们的双桅帆船正快速下沉。从船上抢救了一些工具、航海仪器及一把手枪后，船员们就乘坐三艘捕鲸船离开。仅有的存粮就是两只他们在科隆群岛抓到的活海龟、两桶饼干，以及六桶清水。

接着他们驾着捕鲸船朝南美洲而去。

当然，他们一开始就先杀两只大海龟来吃，肉吃完了喝它们的血。接着他们抓到一些不小心跳进小船里的可怜飞鱼。船员想办法把龟肉稍微煮了一下才吃，却直接生吃鱼。然后他们潜水到海里，把附在三艘小船船底的甲壳动物藤壶刮下来吃。

三艘小船奇迹地到达韩德森岛——在一望无际的蓝色太平洋中的几个黑点之一。这二十个人捕捉螃蟹、偷袭海鸥并取走它们的蛋有四天之久。但是波拉德船长知道，岛上没有足够多的螃蟹、海鸥和海鸥蛋让二十个人再吃上几个礼拜，所以当中十七个人就选择再次乘小船离开。一八二〇年十二月二十七日，他们把船推到水里，然后跟他们三位同伴道别。

到了一月二十八日，三艘小船被暴风雨吹散，波拉德船长的捕鲸船独自在无尽的天空下朝东方航行。船上五个人的粮食配额只剩下：每人每天吃一盎司半的饼干。这不能算太巧合，但正好是克罗兹不久前才刚和古德瑟医生与大副德沃斯私下讨论过，当几天后最后的腌猪肉也吃光时要采用的减缩食物配额。

每天只吃少许饼干，喝几口清水，让波拉德的手下——侄子欧文·科芬、获得自由名叫巴兹莱·瑞伊的黑人和两个水手——活了九个礼拜。

他们吃完最后一块饼干、喝掉最后一滴清水时，离陆地还有一千六百英里。克罗兹也算过，即使船上的饼干能让船员再撑上一个礼拜，到冬天时，他们离最近的人烟还是远达八百英里以上，即使他们真能如愿到达贝克河河口。

波拉德的小船上没有刚好去世的人，所以他们抽签。波拉德年轻的侄儿欧文·科芬抽到最短的签。接着他们再抽一次签，看看谁该负责下手。结果由查尔斯·瑞姆斯铎抽到最短的签。年轻的科芬发着抖向其他人道别。克罗兹永远记得他第一次听到这里时，他阴囊紧缩的恐惧感。当时他们的战舰就停在阿根廷外海，他和一个年纪不小的船员一起在后桅高处担任守卫，而那个老水手就模仿那个男孩，用颤抖的声音说再见，把克罗兹吓得要命。科芬接着把头靠在船舷上，并且闭上眼睛。

根据波拉德船长后来的说法，他把手枪交给瑞姆斯铎，然后把脸转开。

瑞姆斯铎朝着男孩的后脑开了一枪。

其他四个人，包括这男孩的叔叔波拉德船长，趁着血还温热先把它喝了。虽然血是咸的，但还是和周围无尽的海水不一样，可以喝。

接着他们从男孩的骨头上刮下肉来生吃。

然后他们把欧文·科芬的骨头敲破，把里面的骨髓吸到一滴不剩。

这个在船上打杂的男孩身体，让他们又活了十三天。正当他们考虑再抽一次签的时候，黑人巴兹莱·瑞伊因极度口渴及精力耗尽而死。再次放血、喝血、切肉、敲骨头、吸骨髓，让他们又多活了好几天，直到一八二一年二月二十三日被捕鲸船皇太子号救起。

弗朗西斯·克罗兹从来没见过波拉德船长，现在却步上他的后尘。这个不幸的美国人后来还是继续担任船长，并且又出海了一次，不过就只那么一次，因为他又遭遇船难。第二次被人救起后，就没有人愿意再把船交给他指挥了。

一八四五年，也就是三年前约翰爵士的探险队起航前几个月，克罗兹最后一次听到他的消息：波拉德船长那时住在南塔开，担任那座小城的守卫，但城里的人和附近的捕鲸人都尽量避开他。听说波拉德船长衰老得很快，常常大声地让自己和他早已死掉的侄子说话，并且在家中的屋椽上藏了一些饼干与腌猪肉。

克罗兹知道，他们这些人再过几个礼拜，甚至再过几天，就得决定要不要吃掉已死的同伴。

船员们已经快临近极限：剩下的人太少，而且太虚弱，根本拉不动小船。七月十八日到二十二日在浮冰上休息四天，并没有让他们恢复体力。克罗兹、德沃斯和考区——虽然按理说，年轻的哈吉森中尉是探险队中位阶第二高的人，这些日子以来船长却没有给他任何实权——把船员们叫起来，并且命令他们出去打猎，修理雪橇滑板，填补船上隙缝，或修补小船，不让他们整天待在滴水的帐篷里，躺在冰冷的睡袋内。不过基本上他们能做的就是坐在还连在一起的浮冰上，一天过一天。因为有太多细小水道、裂缝、未结冻的小水池，以及薄而脆弱的冰层环绕在四周，让他们无法向南、向东或向北前进。

克罗兹不愿意掉头再朝西或西北方走。

不过浮冰并没有漂向他们想去的方向，往东南方朝着贝克的大鱼河去。它们像磨石一样不断自己绕圈子，就和过去两个漫长冬天里的“幽冥”号和“恐怖”号一样。

终于，在七月二十二日礼拜六下午，他们所在的浮冰开始裂成碎块，克罗兹不得不下令叫每个人都进入小船。

他们已经用绳子把小船拴在一起，在过于窄小、根本无法让小船航行的水塘及水道中漂浮了六天。克罗兹还带着一副六分仪（他把比较重的经纬仪留在路上了），当其他人睡觉时，他会趁着云层偶尔露出裂口时，尽所能地测量。他算出他们的位置大约是在贝克河河口西北方八十五英里处。

克罗兹预测现在随时都可能在前方发现一个地峡，将威廉王陆块与先前已经被人探查过的阿德雷半岛连接起来的地峡。七月二十六日礼拜三早上日出的时候，躺在小船里的克罗兹醒过来，发现空气变凉了，蓝色的天空里没有半点云，还瞥见十五英里远外的天际出现陆地的黑影，南北两边都有。

不久之后，克罗兹就把五艘船召集在一起，自己站在带头的捕鲸船的船首大叫：“各位，威廉王陆块其实是威廉王岛。我现在已经确定，前方的海可以让我们一路朝东再往南通到贝克河，而且我愿意用我的最后一块钱来打赌，西南方远处的峡角和东北方远处的陆地没有连接在一起。我们在一条海峡里，而且现在是在阿德雷半岛北方，换句话说，我们已经完成了约翰·富兰克林探险队的使命了。这就是西北航道。靠着上帝的帮助，你们办到了。”

船员发出微弱的欢呼声，紧接着的是几声咳嗽。

如果小船和浮冰往南方漂移，他们就可以省下好几个礼拜拉船或航行的工夫。不过，附近的水道和开放水域却只往北裂开。

在小船里生活和在浮冰上的帐篷里一样辛苦。船上挤了太多船员。在船舷已被哈尼先生加高的快艇和捕鲸船上，船中的横板让他们多了一层睡觉空间。那些被拆解开、置放在拥挤快艇与侦察船上的雪橇，也可以当成交叉的T字形甲板使用。

即便如此，穿着湿毛衣的身体还是得不分日夜地与另一些穿着湿毛衣的身体叠在一起。船员们必须把屁股悬在船舷外大便。后来他们渐渐不需要了，连坏血病病情严重的人也一样，因为食物和水渐渐少了。虽然所有船员都已经不在乎形象了，一道突然而起的波浪经常还是会把他们赤裸的皮肤浸湿，把裤子卷走，让他们发出咒骂、怒火中烧，并且在接下来几个长夜里忍受着冷得颤抖的痛苦。

一八四八年七月二十八日礼拜五早上，克罗兹船上的瞭望员（每艘船上最瘦小的人必须带着小型望远镜爬到短桅上瞭望）看到不远处有一片迷宫般的水道，一直延伸到西北方陆地上的一角，离他们大约有三英里。

五艘小船上的一等水兵花了十八个小时划船前进。必要时，身体状况最好的人还站在船首用鹤嘴锄砍冰，或用矛把冰推开，让船能从狭窄的冰棚间通过。

当天晚上十一点过后不久，他们在一个尽是石块的海滩登陆。当时四周一片黑暗，云层再度遮住天空，只有在云朵偶尔错开的片刻，天空会露出一点月光。

船员们太累了，已经没有力气把雪橇卸下来，再把快艇和侦察船放上去。他们也累到没有力气打开被海水浸湿的荷兰帐篷与睡袋。拉着沉重小船翻越过沿岸的冰和被涨潮浸得湿滑的岩石后，他们直接倒在粗石地上。他们成堆地躺着睡觉，靠着同船伙伴逐渐降低的体温来维持生命。

克罗兹甚至没有指派人担任守卫。如果那个东西今天要夺走他们的性命，它可以马上如愿。不过，克罗兹在睡觉之前又花了一小时用六分仪测量，并且配合航海图表和随身携带的地图做了一些计算。

他只能推算，他们已经在冰海里走了二十五天，这段时间借着人力拉船、随冰漂移和划船，总共朝东南东方前进了四十五英里。他们现在又回到威廉王陆块，就在阿德雷半岛北边某处，而且距离贝克河河口还比两天前更远，大约在通往贝克河的大峡湾西北方三十五英里处，只不过他们无法穿越那道无名的海峡直接航行进入大峡湾。即使能够穿越海峡到达峡湾，他们离贝克河的河口还是超过六十英里，也就是距离大奴湖及得救的地方，还有九百英里以上的路程。

克罗兹小心翼翼地将六分仪收进木盒，再把木盒放进油布防水袋。他到捕鲸船上拿了一张湿透的毯子，摊开铺在石头地上，然后就在德沃斯及三个睡着的人旁边躺下来。几秒钟后就睡着了。

他梦到梅摩·摩伊若将他往前推向祭坛护栏，也梦到法衣还在滴水的祭师。

月光下，在这无名的海岸上，船员们的鼾声此起彼落。睡梦中的克罗兹此时却闭着眼睛，伸出舌头准备领受圣餐。

50
布瑞金

河边营

一八四八年七月二十九日

约翰·布瑞金一直喜欢私底下拿自己生命中的各阶段，与影响他一生的几部文学作品类比。

在童年及学生时期，他经常把自己想象成薄伽丘的《十日谈》或乔叟用语粗鄙的《坎特伯雷故事集》中的角色，而且认同的并不尽然是英雄人物。有好几年，他对这世界的看法是“去你的”。

二十几岁时，约翰·布瑞金最认同的对象是哈姆雷特。布瑞金很确定，这位丹麦王子在短短几个礼拜中（才到第五幕），就神奇地从男孩成长成至少三十几岁的成年人。哈姆雷特一直卡在思想与作为、动机与行动之间，他敏锐、紧逼的自觉意识把他束缚在原处，促使他去思索每件事，甚至去思索“思想”本身。年轻的布瑞金也是自觉意识的俘虏，而且和哈姆雷特一样，经常考虑最根本的问题：要继续，还是不要继续？

布瑞金那时的老师是位被牛津大学开除但风度优雅的教授，是这位有潜力成为学者的年轻人遇见的第一个不以同性恋身份为耻的人。他当时语带嘲讽地说，那句著名独白“生存还是毁灭”根本不是在讨论是否要自杀的问题；不过，布瑞金比他更能深刻体会这种挣扎。“因此这自觉意识让我们全都成为懦夫。”这句话直接向约翰·布瑞金当时介于男孩与男人之间的灵魂喊了话。他因为自己的存在及异于常人的性需求而痛苦，也因为假扮成另一种人而痛苦。他假装也痛苦，不假装也痛苦。他考虑结束自己的生命，但他害怕思想会在今生帘幕的另一面延续下去，并且“偶尔也会做梦”，所以他不敢快速、果断、冷血地结束生命。

虽然约翰·布瑞金还是个尚未完全成为“自己”的年轻人，所幸他已经拥有书本和懂得调侃自己。除了犹疑不决之外，这两样东西也让他不至于走向自我毁灭。

到了中年，布瑞金最常把自己想成奥德修斯。这位本该成为学者，却当上次阶军官助理的人之所以这样类比，不是因为他们同样是在世界各地漂泊的人，而是因为他们个性上具有共同点。荷马在描写厌世的旅行者时提到：奥德修斯的同伴们用希腊语中意为“狡猾”或“诡诈”的词来指认他，阿喀琉斯等人则选择用同样的词来侮辱他。布瑞金并没有利用，至少是很少利用狡猾去玩弄别人，反倒是把它当成盾牌，就像荷马笔下的英雄们在遭遇长枪与长矛猛烈攻击时，用来藏身的由皮革与木材，甚至是金属制成的圆形盾牌。

他利用狡猾让自己不被人注意，并且一直保持下去。

几年前，在他随皇家海军“小猎犬”号出海航行的五年期间——他和哈利·培格勒就是在这期间结识——有一次布瑞金就跟船上的自然哲学家（他们两人经常在达尔文先生的小船舱里下棋）提到他和奥德修斯的类比。他认为，那次旅行中的人都可算是现代的尤里西斯，而那位有着悲伤眼神及敏锐心灵的年轻鸟类专家盯着这位助理，仿佛看穿他的心思说："可是我怎么一点都不觉得你会有个珀涅罗珀在家乡等着你，布瑞金先生？"

自从那次之后，这位助理就更加小心了。就像奥德修斯迷航了几年后终于学会了，他的诡诈跟这世界的诡诈根本没得比，而且傲慢终究会受到众神惩罚。

最近这些日子里，约翰·布瑞金觉得文学作品中与他最像的人物是李尔王，在外表、感情、记忆、未来，以及悲哀上相像。

现在应该要上演最后一幕了。

在威廉王陆块——现在他们已经知道那是威廉王岛——的南方，有条小河流入目前没有名字的海峡，他们就在河口附近待了两天。时值七月底，这条河的某些地方还有自由流动的水，于是他们把所有的水桶装满水，不过没有人在水里看到或捉到鱼。似乎也没有动物有兴趣到河边喝水……连只北极狐也没有。关于这个扎营地的优点，顶多是略微凹陷的河谷让他们可以免受强风侵袭，每天夜里雷声大作、暴风雨肆虐时，心境能较为平和些。

待在扎营地的这两天早上，船员们带着希望，也带着祷告的心把帐篷、睡袋，以及他们不穿在身上的衣服都铺在岩石上，想让太阳晒干。但是已经不再有阳光了，有时天上还下起毛毛雨。过去一个半月来，他们唯一看过的一次蓝天出现在他们待在船上的最后那天。而且那天之后，大部分船员都因为晒伤而必须去看古德瑟医生。

身为医生助手，布瑞金很清楚，古德瑟把三位已故船医留下来的药品和自己的药品一起放在他的药箱里，但现在里面已经没什么药了。在这位良医的存药里还有一些泻药，大多是蓖麻油和用牵牛花籽制成的泻药酊剂，还有一些治疗坏血病的兴奋剂（只剩樟脑及鹿角，因为船上刚开始出现坏血病症状时，山梗菜酊剂用得太没节制了），用来当镇静剂的鸦片，用来止痛的曼陀罗花与多佛粉末。此外只剩一点硫酸铜与硫酸铅，可以用来消毒伤口或处理晒伤引起的水泡。按照古德瑟医生的指示，布瑞金几乎把所有硫酸铜与硫酸铅都用来治疗划船时把衬衫脱掉而受到严重晒伤、整夜痛苦难熬的船员。

但是现在没有阳光可以将帐篷、衣服及睡袋晒干，船员们全身还是湿的。夜里他们一面冷得发抖，一面发着高烧，不断唉哼呻吟。

身体状况最好、走得最快的船员组成的侦察队发现，他们先前乘着小船在冰海中前进、沿途还看不见任何陆地时，其实就已经越过一个凹陷进威廉王岛的海湾了，就在他们最后登陆的小河西北方不到十五英里。更令人吃惊的是，侦察队员说，朝东方再前进不到十英里处，威廉王岛又会拐向东北方。如果这是真的，他们就已经非常靠近威廉王岛的东南角，也就是到达陆地最接近贝克河峡湾的地方。

他们的目的地贝克河，就在通过海峡后的东南方，但是克罗兹船长告诉船员，他们要继续靠人力拉着小船在威廉王岛上朝东前进，直到沿岸不再斜斜朝东南延伸。到达最后的地点后，他们会在地势最高的地方扎营，从那里观看海峡。如果接下来的两个礼拜中，海中的冰散裂开来，他们就会搭乘小船前进。不然就会尝试拉着小船往南穿越海冰，走向阿德雷半岛。登上陆地后会朝东，像克罗兹估计的走十五英里路，到达可以往南直通贝克河的大峡湾。

棋局的最后几步向来就是约翰·布瑞金的弱项。他很少能享受终局。

在他们预计隔天清晨离开河边营的那一夜，布瑞金把他的个人物品，包括过去这一年间写的厚日记（四月二十二日那天，他把另外五本更厚的日记留在“恐怖”号上）整理好放进睡袋里，并附上一张字条说，船上同伴可以随意拿走自己需要的东西；接着他把哈利·培格勒的日记和梳子以及一把已经用了好几年的衣刷，放进他厚呢外套的口袋里，并且到古德瑟医生的小型医护帐篷里去跟他道别。

“你说你要去散个步，并且有可能在我们明天离开前还不会回来，这是什么意思？”古德瑟逼问他，“你在说什么？”

“抱歉，医生，我只是突然很想去散个步。”

“散步？”古德瑟重复了一次，“为什么，布瑞金先生？虽然你比探险队大多数人大上三十岁，你却比他们健康十倍。”

“说到健康，我向来就比其他人幸运，医生。”布瑞金说，“不过我想这都是因为遗传，而不是因为这些年来我表现出来的智慧。”

“那么，为什么……”这船医说。

“只是因为时间到了，古德瑟医生。我老实跟你说，很久以前我还年轻时，我曾经想在舞台上当个悲剧演员。我听说伟大的演员要学习在自己不再大受欢迎，或者经常演出某一出戏时，选择一个好的下台身段。”

“布瑞金先生，你听起来像个恬淡寡欲的修行者，就像罗马皇帝马可·奥勒留的随从，如果皇帝对你不满意，你就回家，泡个热水澡，然后……”

“哦，不是的，医生。”布瑞金说，“我承认我一直很推崇清心寡欲，不过事实上，我向来就很怕刀子和锋利的东西。皇帝恐怕得先取走我的生命、家人及土地，因为一看到锐利的刀锋，我就会变成十足的懦夫。今天晚上我只是很想去散个步，或许也小睡片刻。”

“‘或许也做个梦’？”古德瑟说。

“嗯，困难之处就在此。”这位助理承认。他声音中的悲叹、焦虑，甚至是恐惧，非常的真实。

“你真的认为我们没有获救的机会吗？”船医的语气听起来像是真的很好奇，并没有太多悲伤。

布瑞金沉默了一分钟。最后他说：“我真的不知道。或许那跟是不是已经有搜救队从大奴湖或其他驻防站出发来搜寻我们有关。我猜他们很可能已经出发了，因为我们失去联络已经有三年。如果是这样，我们有机会获救。我还知道，如果这支搜救队中有任何一个人能让我们回到家，那个人肯定就是克罗兹船长。我个人的浅见是，他的能力一直被海军总部低估了。”

“你自己去告诉他吧，老兄。”古德瑟说，“至少告诉他你要走了。他有权听你亲自告诉他。”

布瑞金露出微笑：“我应该做，但是你我都知道，船长不会让我走。他随遇而安，但并不允许其他人这样。他有可能会用链子把我绑起来，让我……继续下去。”

“是的。”古德瑟同意，“但是你留下来就是帮我一个大忙，布瑞金。你的手很稳，我接下来要动一个截肢手术，很需要你帮忙压住病患。”

“还有其他年轻人可以帮你，医生，而且他们的手比我的还稳和强壮。”

“不过没有人像你这样有智慧。”古德瑟说，“没有一个人能让我像跟你这样对话。我很看重你的意见。”

“谢谢你，医生。”布瑞金再次微笑，“我本来并不打算告诉你，医生，其实每次看到血或身旁的人在受苦，我都会觉得恶心想吐，从小就是这样。我很珍惜过去这几个礼拜跟你共事的机会，不过做那些事真的有违我易受惊的本性。奥古斯丁说过，真正的罪恶只有一个，那就是人类的疼痛，我一直很赞同他的看法。如果接下来你要动截肢手术，那我最好赶快离开。”他伸出他的手：“再会了，古德瑟医生。”

“再见，布瑞金。”医生用双手握住那老人的手。

布瑞金朝西北方走，离开营地，爬出低浅的河谷。这里跟威廉王岛其他地方一样，没有丘脊或棱线高于海平面十五英尺或二十英尺。他发现一道多石、没有积雪的棱线，顺着它离开营地。

现在大约在晚上十点日落，但约翰·布瑞金已经决定天黑前就不再走路了。大约在离河边营三英里的地方，他发现丘脊上有块干地就坐了下来，从厚呢外套口袋里拿出一块饼干慢慢地吃，这是他今天的配额。虽然饼干整个发霉了，却是他吃过的最好吃的东西。他忘了带水，所以顺手挖起一些雪放进嘴里融化。

西南方的落日相当美。太阳还一度出现在低垂的灰云和高起的灰色石头地之间，就像一颗橙色的球——不是李尔王，是奥德修斯曾看过而且会欣赏的那种——然后夕阳消失了。

天色和空气变得灰蒙且柔和，虽然气温一整天都保持在二十几华氏度，现在却开始快速下降，而且不久就会刮起风来。布瑞金希望在呼啸的夜风从西北方吹来之前，或是在经常会在夜里横越陆地及海峡的闪雷暴风雨出现之前，他能够睡着觉。

他伸手到口袋里，把最后三样东西拿出来。

第一样是约翰·布瑞金当助理三十多年来使用的衣刷。他抚摸着上面残留的衣绒，想到只有自己知道的可笑事，然后把它放进另一个口袋。

其次是哈利·培格勒的牛角梳子。梳齿之间还有些浅褐色头发。布瑞金用他冰冷、没戴手套的手掌将它紧紧握住，接着塞进外套口袋，和衣刷摆在一起。

最后一样是培格勒的笔记本。他随意地摊开。

死亡，你的毒钩在哪里？在安慰峡湾的坟墓哪！那些到现在还在怀疑……那染工说。

布瑞金摇了摇头。不论那段被水沾湿而无法辨识的地方到底在写什么，他知道最后一个字应该是“说”。他教会培格勒读书，却一直教不会他拼字。培格勒是他所认识的最聪明的人之一，布瑞金却怀疑这个人大脑中掌管拼字的地方——也许是医学上还弄不清楚的某个脑叶、肿块或未知区域——应该是出了些问题。即使哈利学会字母译码，也能阅读充满专家见解与学识的难懂之书，他还是只会写字母顺序倒过来的信给布瑞金，而且连最简单的字也会拼错。

死亡，你的毒钩在哪里？

布瑞金最后一次笑了，把日记放在外衣前面的口袋里，这样它就不会被小型的腐食性动物破坏，因为他整个人会躺在上面，将身体摊开在沙砾地上，把脸颊靠在没戴手套的手背上。

他只动了一次，把衣领拉高，帽子压低。风愈来愈大，而且非常冷。接着他恢复小睡的姿势。

在南方的灰色微光完全消逝之前，约翰·布瑞金睡着了。

51
克罗兹

解救营

一八四八年八月十三日

他们拉着小船走了两个礼拜，到达威廉王岛的东南角。威廉王岛的海岸线从这里开始拐向东北方向。他们停下来搭好帐篷，并且派出狩猎队，准备一方面在这里调养，一方面等待和观察南方海峡里何时会出现开放水道。古德瑟医生告诉克罗兹，他需要一点时间来照料五艘小船载送过来的病患。他们把这营地称为“地极”。

当克罗兹从古德瑟那里得知，至少有五个人需要在这里动截肢手术时，就把这饱受强风吹袭的峡角重新命名为“解救营”。他也知道，那几个人无法再离开这里了，因为还能走的船员已经没有力气再将这些人放进小船里拉着走了。

他们的想法是——古德瑟医生给他的建议，不过目前只有他们两个人讨论过——船医和做了截肢，等待康复的人暂时留下。

有四个人已经动过手术，而且到目前都还活着。最后一个狄葛先生，则预计要在今天早上动截肢手术。其他病重或过于虚弱的船员，可以选择和古德瑟医生及截肢者一起留下。至于克罗兹、德沃斯、深获克罗兹信任的二副考区、强森，以及还有点力气的船员会在冰再度散开时——如果它还会散开的话——顺着峡湾向南航行。接下来这支人数少、轻装上路的队伍会沿着贝克河逆流而上，然后在明年春天从大奴湖那里带救援队回来；或者奇迹出现，他们在半路上就碰到正沿着贝克河往北来搜救的救援队，在一两个月内就能回来。

克罗兹知道出现奇迹的概率微乎其微，而留在解救营的病患在没人帮助的情况下还能存活到明年春天的概率更是提都不用提。一八四八这年夏天，几乎无法捕获一只猎物，八月的情况也好不到哪里去。除了一些窄小水道及几个罕见、终年不冻的冰穴外，各处冰层都厚到无法捕鱼，即使他们乘船待在海中，也没捕到鱼。古德瑟和几个照料病患的人要如何度过即将来临的冬天？克罗兹知道，船医自告奋勇要和前途不乐观的人留下，等于自愿签下自己的死亡执行令。古德瑟也知道他的船长明白。但是两个人都没有明说。

不过目前的计划就是如此，除非古德瑟今天早上改变心意，或者真的出现奇迹——南方冰海在八月第二个礼拜一路融化到岸边，让他们能用两艘受损的捕鲸船、两艘受损的快艇及一艘有裂痕的侦察船，载着被截肢的人、受伤的人、饿坏的人、虚弱到走不动的人以及坏血病末期病患一起扬帆航行。

那么，吃什么呢？克罗兹想。这是他们其次需要处理的问题。

现在，船长只要到帐篷外，大衣口袋里总会放着两把手枪。

大型的雷管手枪和往常一样放在右口袋，双膛的小型雷管手枪（几年前卖他这把枪的美国船长称它“江船赌徒的腰间小枪”）则放在左口袋。他没再误将他最忠诚的干部——考区、德沃斯、强森及其他几人同时派出营，而把不安好心的人——希吉、艾尔摩，及白痴大个儿门森等人留在营里。而且，自从一个多月前在医护营发生几近抗命的事件后，克罗兹就不再信任哈吉森中尉、水手舱班长鲁本·梅尔，或是“幽冥”号的前桅台班长罗伯特·辛克烈了。

解救营附近的景象令人气馁。天空一连两个礼拜都是低矮、厚实的云层，克罗兹根本没有使用六分仪测量的机会。风已经开始猛烈地从西北方吹来，空气也比过去两个月都冷。南边海峡里依旧全是结实的冰，不过，这里的海冰和很久很久以前从“恐怖”号走到恐怖营时所穿越的不一样。威廉王岛南方海峡里的海冰是由完整及崩裂的冰山、交杂的冰脊、无数边缘锐利的冰塔，以及巨大冰岩构成的杂乱冰原，偶尔会出现一些终年不冻的冰穴，黑色池水就出现在冰层下方约十英尺，不过里面的水通不到外面去。克罗兹不相信解救营的任何一个人有办法拉着小船在这片冰林行走，并且翻越由海冰构成的层层山棱，包括大块头门森在内。

白天与夜里不断听见轰隆声、爆破声、剥落声、脆裂声及嚎吼，成了水道出现的唯一希望。当海中的冰互相倾轧、彼此折磨时，远方偶尔会出现一些小水道，有时水道还能维持几小时。但是接着水道就会发出一声巨响，又合拢起来。冰脊可以在几秒钟内升高到三十英尺，几小时后却又整个垮掉，速度就和冰脊隆起时一样快。冰山也会因为周围冰层的巨大压力而炸裂。

现在才八月十三日而已，克罗兹告诉自己。当然，主要问题在于：他不应该说“才”八月十三日。而是该说“现在已经是八月十三日”。冬天的脚步正在加速靠近。“幽冥”号和“恐怖”号在一八四六年九月就被冻在“威廉王陆块”的外海，然后从来没有再离开过。

现在才八月十三日而已，克罗兹再次告诉自己。只要出现一个小奇迹，他们就还有足够的时间航行或划行穿越海峡，也许其中有几小段路得靠人力拉小船前进，走完他估计的七十五英里路到达贝克河河口。在那里，他们可以重新为几艘饱受摧残的小船装好索具，准备在河中逆流而上。运气再好一点的话，眼前这片杂乱冰原前面的峡湾完全没有结冰，因为贝克的大鱼河应该会把夏天高涨且温暖的河水往北带入峡湾，而这段路就占了将近六十英里的路程。之后在河里，他们可以每天和即将到来的冬天赛跑，奋力逆流而上，往南前进，虽然辛苦，不过理论上来看是可行的。

理论上来看。

今天早上——礼拜天，如果疲倦虚弱的克罗兹没记错日子的话，古德瑟将在新助手托马斯·哈特内的协助下，进行最后一台截肢手术。克罗兹计划在那之后召集所有人，举行一场“主日崇拜”。

在礼拜里，他会宣布古德瑟将和跛脚者及坏血病患者留在这里。他也会告诉大家，不论海冰中有没有出现水道，他计划在未来的一周内带着身体状况最好的人及至少两艘小船往南走。

如果鲁本·梅尔、哈吉森、辛克烈，或希吉的那伙同谋还想提出别的方法，只要他们不挑战他的权威，克罗兹不仅会乐于和他们讨论，还会同意他们照自己的想法去做。愈少人留在解救营愈好，如果能把“烂苹果”除掉的话更好。

古德瑟医生开始动刀切除狄葛先生坏死生疽的左脚与脚踝时，手术帐篷传来哀号声。

两边口袋里各放了一把枪的克罗兹走出帐篷去找托马斯·强森，要他把船员们召集起来。

探险队里人缘最好、同时也是克罗兹到南北极探险这么多年来认识且合作过的最优秀厨师狄葛先生的左脚才刚被切掉，就因为失血过多及并发症，在船员们集合前几分钟去世了。

每当船员们需要在营地待上两天以上时，水手长就会用棍子在沙砾地或雪地上较空旷平坦的地方，画出“幽冥”号与“恐怖”号甲板与船舱的粗略外形。这样可以让船员们知道在集合时该站在哪里，也给他们一种熟悉感。在他们刚到恐怖营那几天，船员们集合时的队形拥挤到几乎可以用混乱来形容，两艘船的一百多人全都挤在一艘船的甲板轮廓里，这情形维持了一阵子。但是，现在人员已经减少到一艘船的轮廓绰绰有余了。

在点完名，还没开始读经文的那段安静时间里，也是在狄葛先生哀号后产生的静默气氛中，克罗兹注视着聚集在他前面那些三五成群、衣着散乱、满脸胡须、苍白、肮脏、眼眶凹陷的船员。他们身体向前倾，像疲累的猿类一样弯着腰、驼着背，那已经是他们能摆出的最好的立正姿势了。

皇家海军“幽冥”号的十三位军官已经死了九位：约翰爵士、菲茨詹姆斯中校、格尔中尉、维思康提中尉、费尔宏中尉、大副沙金、准副柯林斯、冰雪专家瑞德以及总医生史坦利。还活着的军官有大副德沃斯、二副考区、助理船医古德瑟（这时才匆匆赶来加入人群的古德瑟，比其他人更无法把身体站直，他的眼睛往下看，带着倦容与挫败感）以及主计官欧斯莫。查尔斯·汉弥尔顿·欧斯莫经历过一场严重的肺炎而幸存下来，现在却又不敌坏血病侵袭而病倒在帐篷里。

克罗兹也注意到，“幽冥”号上所有正职海军军官都死了，剩下的都是船员，或者为了服务军官的而被赋予名誉官员称谓的平民。

“幽冥”号的三位士官长——工程师约翰·葛瑞格、水手长托马斯·泰瑞及木匠约翰·维基斯都过世了。

“幽冥”号起航离开格陵兰时，船上有二十一位士官，到今天点名时还有十五个人活着，虽然其中几个人不过是几张在行军旅程中需要别人喂食的嘴巴，例如在嘉年华大火中受到严重灼伤后一直没康复过来的主计官助理威廉·佛勒。

一八四五年圣诞节对一等水兵点名时，“幽冥”号上有十九个水手答“到”。其中十五个到今天还活着。

“幽冥”号上七个原本该答“到”的皇家海军陆战队员，有三个——中士皮尔森、二兵哈普魁与希里——到一八四八年八月这一天为止还活着，不过他们的坏血病已经相当严重，连担任守卫或出去打猎都办不到，更别说拉小船了。不过今天这三个人还是倚着他们的毛瑟枪，和其他衣着散乱、垂头丧气的人站在一起。

“幽冥”号船员名单上的两个学徒男孩（其实在起航时他们都已经是十八岁的男人了）大卫·杨格与乔治·钱伯斯都还活着。但是钱伯斯在参加嘉年华时被冰上那个东西弄坏了脑袋，那夜那场大火之后就变得像个白痴。不过船员们叫他拉船时，他还能拉，叫他吃东西时也能吃，而且不用人提醒，他会自己呼吸。

所以，根据刚才点名的结果，在一八四八年八月十三日，“幽冥”号上原本的六十五个人中有三十九个还活着。

和“幽冥”号比起来，皇家海军“恐怖”号的军官存活状况稍好，至少还有两位正职海军军官活着——克罗兹船长和第二中尉哈吉森。此外还有两位军官：二副罗伯特·托马斯，以及克罗兹的主计官黑帕门，后者是视同军官的非军职干部。

没办法在今天点名中应答的军官有利铎中尉、厄文中尉、大副霍恩比、冰雪专家布兰吉、准副马克宾，以及他的两位船医培第与麦当诺。

“恐怖”号原先的十一位军官中，有四个还活着。

探险队出发时，克罗兹有三个士官长——工程师詹姆斯·汤普森、水手长约翰·雷恩，以及高级木匠托马斯·哈尼——这三人现在都还活着，虽然工程师已经几乎成为一具眼眶凹陷的骷髅，虚弱到站都站不住，更不用说拉小船了；至于哈尼，他不但出现坏血病的后期症状，前一天晚上两只脚才被截肢。令人难以置信的是，这位木匠并没有缺席，在点到他的名字时，他竟然还从帐篷里大声应答：“到！”

三年前“恐怖”号起航时有二十一个士官，而在这多云的八月早晨有十六个人还活着。原本只有炉工约翰·托林顿、前桅台班长哈利·培格勒、补给士坎利和罗德斯四人离世，但是在稍早前，厨师约翰·狄葛也加入了他们的行列。

“恐怖”号原本的十九名一等水兵，还活着的有十一人，但现在只有十个人应答——躺在古德瑟医生的帐篷里的大卫·雷斯还在昏迷状态，没有任何反应。

皇家海军“恐怖”号的六名陆战队员没有半个活着。头颅破裂、苟延残喘地活了好几个月的二兵海勒，终于在他们离开河边营的次日死了，他的尸体被弃置在砂石地上。没有葬礼，也没有任何道别的话。

这艘船原本的船员名单中有两个“男孩”，但这次点名只剩一个应答——罗伯特·戈尔丁现在二十三岁，当然早就不是男孩了，但他还是像男孩一样容易受骗。

一八四八年八月十三日，克罗兹在解救营举行主日崇拜时，“恐怖”号原本船员名单中的六十二个人，有三十五个还活着。

整体而言，有三十九个“幽冥”号船员及三十五个“恐怖”号船员还活着。换句话说，一八四五年夏天从格陵兰出发时的一百二十六个人，现在只剩下七十四个。

但是，有四个人在过去二十四个小时里才刚被切除一只脚或两只脚，而且至少有另外二十个人几乎可以确定已经病得太厉害、受伤过重、饿得发慌、身心俱疲，无法再走下去。三分之一的人已经到了他们的人生极限。

已经到该做人员结算的时候了。

“全能的上帝，”克罗兹用疲乏、粗哑的声音朗诵，“在主里离世之人的灵魂正与您同在；那些信实之人的灵魂在卸下肉身重担后，也会在您那里得到喜乐与福气：我们真诚地向您献上感谢，因为您愿意让我们的弟兄，三十九岁的约翰·狄葛，脱离这罪恶世界的所有苦难；恳求您，如果您愿意的话，尽快按着您恩典满溢的良善，取走每个您拣选的人，只要您愿意，将我们全部取走也没关系，使您的国度可以更早来临；使我们，就和对您的圣名真实信仰却已经离世的人一样，可以拥有完满的结局与永远的幸福，既在身体上也在灵魂里，而且沉浸在您永恒、无尽的荣耀中；奉我们的主耶稣基督的名，阿门。”

“阿门。”六十二个还能站在集合队伍中的人用沙哑的声音应和着。

“阿门。”另外十二个躺在帐篷里的人，也有几个人发出声音。

克罗兹并没有让大家解散。

“皇家海军‘幽冥’号与皇家海军‘恐怖’号的船员们，约翰·富兰克林探险队的成员们，各位好伙伴。”他用粗哑的声音大声说，“今天我们必须决定接下来该走哪条路。依照你们曾经起誓遵守而且签了名的船上法规和皇家探索团法规，直到我免除你们任务的那一天为止，你们都在我的指挥之下，而且应该持续接受我的指挥。你们追随约翰爵士、菲茨詹姆斯船长和我直到今天，而且一直表现得很好。我们的许多朋友和同船伙伴已经返回天国到主基督那里去，但是还有七十四个人撑到现在。我全心希望今天在解救营的诸位都能活着回到英格兰及自己的家，见到自己的家人。上帝可以为我做证，我已经尽我所能地确保我们的努力能达到目的。但是今天，我容许你们自己决定要走哪条路，以达到目的。”

这些人开始喃喃地彼此讨论。克罗兹让他们讨论了十几秒，才再继续说下去：“你们已经听到我们要怎么做了。古德瑟医生会和病重到无法长途旅行的人留下，身体状况还可以的人则会继续朝贝克河走去。你们当中有没有人还想尝试走其他的路脱困？”

“长官，我们有些人想走别的路。我是说，我们想要回头走，克罗兹船长。”

克罗兹盯着这位年轻军官看了很长一段时间。他知道，哈吉森其实只是希吉、艾尔摩及其他几个叛逆、好争辩的船员的一匹阵前掩护马。这些人长久以来一直用怨恨来挑动船员的情绪，不过他不确定哈吉森自己知不知道。

“回到哪里，中尉？”克罗兹终于问。

“回‘恐怖’号去，长官。”

“你认为‘恐怖’号还在原处吗，中尉？”就像是要为他的问句加重音制造效果般，在他们南方的海冰刚好发出一连串类似霰弹枪响及地震的爆裂声。离岸边数百码的一座冰山突然崩塌下来。

哈吉森像小男孩般耸耸肩：“长官，不论‘恐怖’号是不是还在那里，至少恐怖营还在。我们在那里留了食物、煤炭及几艘小船。”

“对，”克罗兹说，“没错。而且我们现在都很想念那些食物，甚至包括让我们当中几个人痛苦死去的罐头。不过，中尉，恐怖营离我们有八九十英里远，而且我们几乎花了一百天才从那里走过来。你和你那些人真的认为可以在冬天的啃噬下，步行或拉着小船回去吗？光是回到恐怖营，恐怕都已经十一月底了，那个时候完全不见天日的。你们应该还记得去年十一月的温度与暴风雪吧！”

哈吉森点头没说话。

“我们才不要走到十一月底！”科尼利厄斯·希吉说，他从队伍中走出来站在气馁的年轻中尉旁边，“我们认为，这次回头走的时候，岸边的冰已经融化了。我们会把帆架起来，靠着风力，加上划桨，绕过之前像吉卜赛奴隶一样拉着五艘小船绕过的他妈的大峡角，在一个月内到达恐怖营。”

聚集的船员们开始交头接耳起来。

克罗兹点头：“冰的确有可能已经为你融化了，希吉先生。但也可能没有。即使冰中已经出现水道，要回到那艘很可能早被压成碎片的船，你们还有一百多英里路要走。相较起来，从这里走到贝克河可以少走三十英里。而且南方的峡湾没结冰的机会要大得多。我是指靠近贝克河的地方。”

“您不可能说服我们改变心意，船长。”希吉坚决地说，“我们已经详细讨论过了。我们就是要这么做。”

克罗兹瞪着副船缝填塞匠。船长平时碰到任何不服从就要强势、果断、即刻压制下去的直觉反应，当下在心中升起，但是他提醒自己，这正是他想要的状况。现在是将不怀好意的人除掉，以拯救信任他判断的人的时机。况且，在这夏末，希吉的脱逃计划说不定还真的有成功机会。关键就在于，如果在冬天来临前某个地方的冰真的散开的话，到底哪里的冰会松散开。他应该让船员们自己做最后的选择，去选择他们认为最好的机会。

“有多少人要和你一起去，中尉？”克罗兹对着哈吉森问，好似他真的是这群人的领导者。

“呃……”这个年轻人说。

“马格纳会跟我们一起去。”希吉边说边做手势叫那个巨人往前走，“还有艾尔摩先生。”

这位个性阴沉的弹药士昂首向前走，脸上充满挑衅的表情，并且流露出对克罗兹的蔑视。

“还有乔治·汤普森……”副船缝填塞匠继续说。

听到汤普森也是希吉的党羽，克罗兹一点也不讶异。这个船员向来就粗鲁、懒惰，只要还有朗姆酒，一有机会就喝得醉醺醺。

“我也要一起去……长官。”约翰·莫芬也出来和那几个人站在一起。

刚满二十六岁的威廉·奥瑞恩也一言不发地走出来，站在希吉那伙人旁边。

接着，“幽冥”号的船缝填塞匠詹姆斯·布朗和他的副手弗朗西斯·丹恩也加入那群人。“我们认为这样最有可能活下去，船长。”丹恩说完把头低下。

克罗兹还在等待鲁本·梅尔与罗伯特·辛克烈表明立场。他知道，如果今天聚集在这里的大多数人都加入这群人，往南逃的计划就会泡汤。但却惊讶地发现“恐怖”号的次阶军官助理威廉·吉伯森及炉工路克·史密斯也缓步走向前。他们在“恐怖”号时做事认真尽责，拉小船时也算是强壮的纤夫。

查尔斯·贝斯特也向前走，他是“幽冥”号上相当值得信赖的船员，向来对格尔中尉非常忠诚。后面还跟着四个船员：威廉·杰瑞、曾经在嘉年华受过重伤的沃可、年轻的约翰·斯特里克兰，和亚伯拉罕·席立。

总共十六个船员站在那里。

“没有别的人了吗？”克罗兹问，他感觉有种突然放松的空洞感，像极了天天伴随他的饥饿感，正在啃啮着他的肚腹。十六个人站在那里，他们会带走一艘船，但克罗兹还有够多忠诚的船员和他一起朝贝克河迈进，同时也还有足够的人手留在解救营照顾病患。“我可以给你们那艘侦察船。”他告诉哈吉森。

这名中尉感激地点了点头。

“那艘侦察船到处都是裂痕，而且已经被改装成只适于在河里航行。还有，想到还要拉那部雪橇走，我的屁股就开始痛起来。”希吉说，“我们要一艘捕鲸船。”

“我只能给你们侦察船。”克罗兹说。

“我们还要带走乔治·钱伯斯和大卫·雷斯。”副船缝填塞匠说。他两腿张开、双手交叉在胸前，站在那一群人前面，活似一个说话带有伦敦土腔的拿破仑。

“你说什么鬼话。”克罗兹说，“你为什么要带两个无法照顾自己的人走？”

“乔治还能拉小船。”希吉说，“而且我们过去就一直在照顾大卫，我们希望还能继续照顾他。”

“不对。”古德瑟医生往前走到克罗兹与希吉那伙人正紧张对峙的地方，“你们根本没有照顾雷斯先生，而且你们也不想让乔治·钱伯斯当你们的同行伙伴。你们只是想拿他们两人当食物。”

哈吉森中尉不敢置信地眨了眨眼，只见希吉握起拳头，向马格纳·门森做了个手势。一小一大两个人向前走了一步。

“站住，不要再往前走了。”克罗兹大吼。在他身后三个还活着的陆战队员——下士皮尔森、二兵哈普魁，以及二兵希里虽然带着病容，而且连脚步都站不稳，但都已经举起长长的毛瑟枪瞄准两个人。

更重要的是，大副德沃斯、二副考区、水手长约翰·雷恩以及副水手长托马斯·强森也都把霰弹枪举起来瞄准希吉他们。

科尼利厄斯几乎是像狗一样吠叫着："我们也有枪。"

"不对，"克罗兹船长说，"你们没有。在集合的时候，大副德沃斯就把所有武器都收集起来了。如果你们明天就乖乖离开，我可以给你们一把霰弹枪和一些弹药。如果你现在敢再向前走一步，你就会看到我们在你们的脸上开枪打鸟。"

"你们全部会死掉！"科尼利厄斯·希吉用他骨瘦如柴的手指指着沉默地站在集合队伍中的人，同时用手臂画了一个半圆，看起来就像一座瘦巴巴的风车，"如果你们要跟随克罗兹和另外这几个笨蛋，那你们全都会死。"

副船缝填塞匠突然转身朝向船医："古德瑟医生，你刚才说我们是不怀好意才留下乔治·钱伯斯与大卫·雷斯。那些话我们不会跟你计较，跟我们一起走吧。你救不了留在这里的人。"

希吉用轻蔑的手势指向用来安置病患的几个松垮垮的湿帐篷。

"他们其实早就死了，只是大家不承认罢了。"希吉继续说，他虽然骨架瘦小，却能发出响亮的声音，"我们能活下去。和我们一起走，将来可以再见到你的家人，古德瑟医生。如果你留在这里，就算跟克罗兹一起走，也只会成为一个死人。和我们一起走吧。"

古德瑟从手术帐篷出来后，就一直忘了将眼镜拿下来，现在他才拿下来，用他沾血的毛质背心的衣襟当抹布，不徐不疾地把镜面上的湿气擦掉。他个子矮小，嘴唇和小男孩一样饱满，下巴向内缩，先前颊须没蓄成而往下长出的一道卷曲胡子遮住部分下巴。古德瑟一副轻松样。他把眼镜再戴起来，看着希吉和他后面的人。

"希吉先生，"他轻声说，"虽然我很感激你这么仁慈大方地要救我的性命，但是你要知道，其实你并不需要我跟你们一起去，帮你们肢解两位同船伙伴的身体，把一些肉贮藏起来。”

“我不是……”希吉说。

“即使是平常人也可以很快学会肢解的解剖学，”古德瑟打断他的话，声音强硬到足以将副船缝填塞匠的话压下去，“这两位被你们当成储备粮食带着走的先生中有一个死掉，或者当你们协助他死掉时，你们唯一需要做的事就是将一把船刀磨到和手术刀一样锐利，然后开始切割。”

“我们并没有要……”希吉大喊。

“但是我强烈建议你们带一把锯子，”古德瑟的声音再次压过他，“哈尼先生的木匠锯很好用。你们可以用刀子割下你们同伴的小腿、大腿及腹部的肉，或把手指切下来。但是如果要把腿及手臂切下来，你们肯定需要一把好锯子。”

“可恶！”希吉尖叫。他和门森又开始向前走，但是副官和陆战队员再次举起霰弹枪与毛瑟枪，迫使他们停下了脚。

船医完全不受影响，甚至没看希吉，手指着大块头马格纳·门森，仿佛他是一幅挂在墙上的解剖说明图。“当你真正动手去做的时候，和切割圣诞节的鹅肉并没有什么不同。”他在空气中对着马格纳的上半身做出垂直往下切的手势，接着再在他的腰部下面横切一刀，“当然，要从肩关节处把两只手臂切下来。如果要把两条腿卸下来，你就必须将他骨盆的骨头整个锯穿。”

希吉颈部的筋肉紧绷，苍白的脸变红，但是他没再说话，让古德瑟继续说下去。

“我会使用切掌骨专用的小型锯，从膝盖处将腿锯成两截，当然，也从手肘处将手臂锯成两截，然后再用一把锋利的手术刀把最好的部位切下来，大腿肉、屁股肉、二头肌、三头肌、三角肌，以及胫骨后面比较多肉的地方。这些事做完之后，再开始去把胸部肌肉削下来，并且把肩胛骨附近、身体两侧，以及后背下方可能会有的肥肉切下来。但是照目前状况来看，可以想见这些地方不会有太多肥肉，也不会有什么肌肉。但是我很确定希吉先生不希望浪费掉任何一点肉。”

站在克罗兹身后的那群人后方，有船员突然跪倒在地对着砂石地呕吐，不过并没吐出东西来。

“我有一种叫作夹钩的特殊工具，可以把胸骨撬开，并且把肋骨夹出来。”古德瑟轻声说，“但是很抱歉，我不能借给你。一把好的船用锤子及凿子同样能办到。你们应该已经注意到，每艘小船的工具箱里都有。

“我建议你先花时间把肉取下来，把你们两位朋友的头、手掌、脚掌、内脏，柔软腹腔囊里的所有东西，留到以后再处理。

“我要提醒你，将长骨敲破来吃里面的骨髓比你想象中要难上许多倍。你需要有用来刮骨髓的工具，有点类似哈尼先生雕刻木头时用的圆凿。而且请注意，当你把骨髓从骨头中刮出来时，是块状的，而且红通通的……里面还带着骨头的碎片，所以一点也不适合生吃。我建议你们直接把骨髓放到锅子里煮，这样，在把朋友吞下肚之前，你们还有机会让自己的心情先平静一下。”

“他妈的！”科尼利厄斯·希吉大声咆哮。

古德瑟点头。

“还有，”船医轻声细语地补充，“如果你们要吃对方的脑，事情又简单多了。只要把下巴的下半部锯下来，连着下排的牙齿一起丢掉，然后用刀子或汤匙边挖边凿地穿过柔软的上颚伸进头盖骨里。喜欢的话，你们还可以把头颅倒转过来，大伙儿坐成一圈，像吃圣诞布丁一样用汤匙伸到头壳里把对方的脑挖出来吃。”

没有人发出任何声音，只有风声及海冰的呜咽声、破裂声与噼啪声。

“还有其他人要在明天离开这里吗？”克罗兹喊着。

鲁本·梅尔、罗伯特·辛克烈，以及撒母耳·哈尼——分别是“恐怖”号的水手舱班长、“幽冥”号的前桅台班长，以及“恐怖”号的铁匠——走了出来。

“你们也要和希吉与哈吉森一起走？”克罗兹问。他没有让自己表现出心里的震惊。

“不是，长官。”鲁本·梅尔摇着头说，“我们和他们不是一伙的。但是我们想回‘恐怖’号去。”

“我们并不需要小船，长官。”辛克烈说，“我们想要直接穿过这个岛，就像长途越野健走。也许离开岸边后，我们会在内陆发现一些北极狐之类的猎物。”

“方向的掌握会是个大问题。”克罗兹说，“指北针在这里一点用处也没有，而我也不可能给你们一个六分仪。”

梅尔摇了摇头：“不用担心，船长。我们会采用推测定位法。大多数时刻，只要那他妈的风，原谅我又讲粗话了，长官，是直接朝我们的脸吹过来的，我们走的方向就没错。”

“成为铁匠之前，我也当过水手，长官。”撒母耳·哈尼说，“我们都是水手。如果我们没办法死在海上，至少有机会死在自己的船上。”

“好吧。”克罗兹对着还站在那里的人，也提高音量让帐篷里的人听见，“我们会在六钟响时集合，然后把所有的饼干、烈酒、烟草和食物分一分。每个人，即使是昨天和今天才动过手术的人，也要被带到分配食物现场。每个人都可以看到我们还有多少东西，而且每个人分到的都相同。从现在开始，每一个人，除了几个要由人喂并且受古德瑟医生照顾的人之外，都要负责照管自己的粮食配额。”

克罗兹冷冷地看着希吉、哈吉森和他们那一伙人：“你们这些人，在德沃斯先生的监督下去为那艘侦察船做好行前准备。你们明天天一亮就出发。而且，在六钟响回到这里参加物品与食物分配大会之前，不要再让我看到你们的脸。”

52
古德瑟

解救营

一八四八年八月十五日

经过了动截肢手术、狄葛先生过世、船长召集船员点名、听希吉先生讲述计划、食物在悲凄气氛下分配给众人等事之后的那两天里，船医古德瑟没有心情写日记。他把皮制日记本塞到旅行医药袋里，没再拿出来。

正如古德瑟所预期的那样，食物大分配在愁云惨淡的气氛下进行，而且似乎没完没了，一直到持续到傍晚——八月，白天已经逐渐变短了。大家很快就发现，在谈到食物问题时，没有人相信别人。每个人似乎都有深植入骨的焦虑，认为别人在囤积、私藏、隐匿食物，不愿与其他人分享。他们花了好几个小时才把小船上的东西都卸下来，清出存粮，搜查所有帐篷，清点狄葛先生与沃尔先生的库存。船上每个阶级的人都派出代表——军官、士官长、士官、水兵——负责收集与分配食物，其他人则是眼睁得大大地观看。

托马斯·哈尼在食物分配完后的那天夜里过世。古德瑟叫托马斯·哈特内去通知船长，接着帮忙把木匠的身体缝进睡袋里。两个水手把尸体抬到离解救营一百码左右的雪堆中放置——狄葛先生的尸体先前已经冰冷地躺在这里了。他们已经不再举行葬礼及追思礼拜了，并不是船长下过命令或是大家表决，而是已经默默地达成了共识。

我们将这些尸体放在雪堆里，是把它们当成未来的食物保存起来，以免坏掉吗？船医暗自寻思。

他无法回答自己的问题。他唯一知道的是，在他把解剖学的知识告诉希吉，还有聚集在那里的人（他其实是故意说那些话，因为在点名之前他就已经和克罗兹讨论过对付抗命者的策略了），让他们知道如何拆解人体来当维生食物时，哈利·古德瑟对自己竟然边说边分泌唾液感到恐惧。

而且他知道，他很可能不是唯一一个想到新鲜的肉就流口水的人……不论肉的来源。

隔天清晨，八月十四日礼拜一，只有少许人出来看着希吉和他的十五个同伴离开解救营。侦察船被绑在伤痕累累的雪橇上。古德瑟医生在确定哈尼先生被秘密埋在雪堆中之后，也回来看着这些人离开。

不过稍早之前另外三个步行的人离开时，他没来得及看到。梅尔先生、辛克烈先生及撒母耳·哈尼——他和刚过世的木匠哈尼先生没有血缘关系——在天亮之前就离开了。他们要按照计划横越这座岛到恐怖营去，他们随身只带着帆布背包、毛毯睡袋、一些饼干、水、一把霰弹枪及弹药。他们并没有任何像荷兰帐篷之类的遮蔽物，如果在到达恐怖营之前遇上恶劣的冬季天气，他们就打算在雪中挖洞穴当避难所。古德瑟猜他们一定在前一天夜里就向朋友们辞行了，因为这三个人在第一道灰光还没碰到南方地平线时就出发了。考区先生后来告诉古德瑟医生说，他们是远离沿岸，直接向北朝内陆走去，计划在第二或第三天才转朝西北方走。

相较之下，船医很惊讶，和希吉一起离开的人竟然在小船上装了许多东西。恐怖营里大多数人，包括梅尔、辛克烈、撒母耳·哈尼在内，都将没有用处的物品，例如发梳、书本、毛巾、写字台等到处丢弃。他们带着文明制品走了一百多天来到这里，现在已经决定不再带着走了。但是，希吉和他那些人却又不知何故地把许多人丢弃的东西，和帐篷、睡袋及食物等必需品，一起收置在他们的侦察船上。船上的一个袋子里装了十六个人所分得的一百零五块分开包好的巧克力。狄葛先生和沃尔先生秘密地将巧克力一路运到这里，给了大家一个惊喜。每个人可以分到六块半巧克力。

哈吉森中尉和克罗兹握了手，另外一些人也笨拙地跟老船友们道别，但是希吉、门森、艾尔摩和这群人中恨意最深的几个人一句话也没说。接着副水手长强森将一把没装子弹的霰弹枪及一袋弹药交给哈吉森，看着这位年轻中尉把它们放到满载东西的小船上。带头拉雪橇的是门森，他们十六个人当中至少有十二个人身上背着挽具，挽绳的另一头系在船及雪橇上。他们离开解救营时很安静，只有雪橇滑板滑过地表时发出的声音，先是在沙砾地，接着是雪地，接着又回到岩石地，接着再次穿越冰地及雪地。二十分钟后，他们就消失在解救营西边略微隆起的丘脊后面。

“你是不是在想他们会不会成功，古德瑟医生？”站在船医旁边，注意到他一直闭口无言的二副爱德华·考区问道。

“不是。”古德瑟已经累到只能诚实回答，“我在想二兵海勒。”

“二兵海勒？”考区说，“为什么？我们把他的尸体留在……”他停了下来。

“对。”古德瑟说，“这个陆战队员的尸体躺在我们从河边营过来时的路旁，盖在一块破帆布底下。拉着小船往西走，不消十二天就可以到达。希吉这么多人拉着一艘侦察船，可以更快到达。”

“哦，耶稣基督！”考区低声斥责。

古德瑟点头：“我只希望次阶军官助理的尸体不会被他们发现。我很喜欢布瑞金，他是个有格调的人，不应该被科尼利厄斯·希吉这样的人吃掉。”

那天下午，古德瑟被叫到四艘放在岸边的小船旁边，去参加一场会议。两艘捕鲸船和平常一样被上下翻转过来，两艘快艇则还是好好地放在雪橇上，只是里面还没装上货物。他可以暂时不用听到船员们在帐篷外执行勤务或在帐篷里打盹儿的声音。克罗兹船长、大副德沃斯、大副罗伯特·托马斯、执行副官考区、副水手长强森、水手长约翰·雷恩，以及陆战队下士皮尔森都在。皮尔森虚弱到无法站立，只能半靠着一艘被翻过来、船身略有裂痕的捕鲸船。

“谢谢你这么快就过来，医生。”克罗兹说，“我们要在这里讨论如何防范希吉那伙人回来，也想想看未来几个礼拜我们有哪些路可走。”

“当然，船长，”这位船医说，“你不希望希吉、哈吉森和其他人回到这里？”

克罗兹伸出两只戴着手套的手，耸耸肩。小雪开始落在四周及他们中间：“他有可能还是会想要大卫·雷斯的身体，或是狄葛先生与哈尼先生的身体，甚至是你的身体，医生。”

古德瑟摇了摇头，把他的想法告诉了大家，以海勒的尸体为例，回恐怖营沿路冰冻的尸体都是存粮。

“是的，”查尔斯·德沃斯说，“我们也想到这点。这也许是希吉认为他们有办法回到‘恐怖’号的最主要原因。但是在未来几天里，我们还是会在解救营安排二十四小时的守卫，并且派副水手长强森带一两个人尾随希吉那群人三或四天，以防万一。”

“至于留在这里的人的未来，古德瑟医生，”克罗兹略显焦躁地问，“你有什么看法？”

这次轮到船医耸肩了：“乔帕森先生、黑帕门先生和工程师汤普森再活也没几天了。”他轻声说，“另外十五个左右的坏血病人就很难说了。有几个也许可以活下来，我的意思是不会因坏血病而死亡，如果我们能找到新鲜的食物给他们吃的话。但是，这十八个可能和我留在解救营的人当中，只有三或四个人能够到海冰上去猎海豹或往内陆去猎北极狐。顺便告诉大家，托马斯·哈特内已经自愿留下来当我的助手。但也维持不了多久。按照我的估计，留在这里的人在九月十五日前都会饿死，而且大部分人在那之前就死了。”

他没有明说的是，也许能靠吃死尸而在这里活得稍微久一点。他也没提到，他自己已经决定不要靠吃人肉活下去，也不会去帮助需要的人。他在前一天集合时讲的那一番解剖尸体的说明，就是他关于这主题发表的最后言论。不过，如果留在解救营的人或即将往南去探索的人，最后必须借着吃人肉来延长生命，他也不会去批评。如果说富兰克林探险队中有某个人知道，人体不过是一些供灵魂栖身的动物组织罢了——所以灵魂离开之后就只剩下一堆肉——这人就是仅存的船医暨解剖专家古德瑟医生。不去吃死尸来延长生命几个礼拜，甚至几个月，是他个人的选择，基于自己在道德及哲学上的信念。他从来就不是特别好的基督徒，但他还是希望自己死得像个好基督徒。

“我们也许还有别的方法。”克罗兹低声说，似乎是知道古德瑟心里的打算，“我今天早上已经决定，往贝克河去的求救队还可以在解救营再待一个礼拜，也许是十天，视天气状况而定。希望海冰很快就会散开，这里所有人都可以乘船离开……包括将死的人。”

古德瑟皱着眉头，略带怀疑地看着周围那四艘小船。“这几艘船能载得了我们这么多人吗？”他问。

“别忘了，医生，”爱德华·考区说，“今天早上那些心术不正的人离开后，我们就少了十九个人，而且昨天早上到现在又死了两个人。所以，包括我们自己在内总共是五十三个人搭乘四艘好船。”

“而且，如你所说，”托马斯·强森说，“接下来这个礼拜还会有更多人死掉。”

“何况，现在我们几乎没有食物需要载运。”下士皮尔森说。他还是摊开手脚地靠在倒翻的捕鲸船上：“我多么希望情况不是这样！”

“而且，我已经决定把所有帐篷都留下。”克罗兹说。

“万一碰到暴风雪，我们要躲在哪里？”古德瑟问。

“如果是在冰上就躲到船下。”德沃斯说，“如果是在水里，就躲在船罩下面。今年三月我到布西亚半岛去时就试过了，那时还是冬天，结果躲在小船底下或躲到小船里，比待在那些他妈的帐篷里要温暖多了……原谅我说脏话，船长。”

“好啦，我原谅你。”克罗兹说，“还有，和我们刚开始行军时比起来，那些荷兰帐篷的重量已经变成原来的三四倍。它们一直干不了，似乎把北极圈一半的湿气全都吸进去了！”

“我们的内衣也是。”大副罗伯特·托马斯说。

每个人都笑了，其中两个人还笑到咳嗽。

“我也打算把所有大型水桶都留下，只带走三个。”克罗兹说，“出发时有两个水桶是空的。每艘小船只带一个小水桶贮水。”

古德瑟摇头：“那么，你们还在海峡的水里或冰上时，您手下这些人要怎么解渴？”

“是解我们大家的渴，医生。”船长说，“还记得吗，当冰散开后，你和病患都会跟我们一起离开，而不是留在这里等死。等到了贝克河，开始有清水喝时，我们会按时在水桶里装满水。但是在那之前……我必须先向大家认罪。我们军官们在昨天的粮食分配大会上确实私藏了一样东西。我们把一些酒精炉燃料藏在朗姆酒桶的假底板下面。”

“在海冰上的时候，我们可以融化冰与雪来喝。”强森说。

古德瑟缓缓地点了点头。他早就接受了再过几天或几个礼拜就会去世的事实了，现在光是想到还有获救的可能，都令他难以承受。他拒绝让自己心里再燃起一丝希望。几乎可以确定的是，每个人在未来的一个月内都会死亡，包括希吉那群人、梅尔先生那三个探险者，以及克罗兹向南划行的小船队。

再一次，克罗兹仿佛读出古德瑟的心事一样，对他说："医生，我们要怎样才能在逆流而上、划向大奴湖的三个月里，战胜坏血病及身体的虚弱而存活下来？"

"新鲜的食物。"船医简单地回答，"我非常确信，如果我们有新鲜的食物吃，某些人的坏血病可以治好。即使没有蔬菜和水果——我当然知道这里是不可能有这些东西的，新鲜的肉，尤其是脂肪也可以。甚至动物的血也或多或少有些帮助。"

"为什么肉及皮下脂肪能对付或治好这种可怕的疾病，医生？"下士皮尔森问。

"我也不知道。"古德瑟边说边摇头，"不过这点我很确定，就像我能确定如果我们没办法拿到新鲜的肉，大伙儿全都会死于坏血病……在我们被饿死之前。"

"如果希吉或其他人到达恐怖营，"德沃斯说，"葛德纳罐头食物也会能发挥同样的效果吗？"

古德瑟耸耸肩："有可能，不过我赞同我已故同事助理船医麦当诺的看法，新鲜食物永远比罐头好。而且，我确信葛德纳罐头里至少有两种毒物，一种作用缓慢且邪恶，另一种则是既快速又恐怖——也许你们还记得可怜的菲茨詹姆斯船长和另外几个人的死法。不论哪一种，我们在这里寻找及猎捕新鲜兽肉或鱼肉，都比他们寄希望于放了很久的葛德纳食物罐头要好。"

"我们希望，"克罗兹说，"我们下到峡湾中没结冻的海水里，航行在零散漂浮的冰山之间的时候，能看到许多海豹及海象，因为那时还不是冬天。一旦到了河里，我们多少有机会靠岸，试着去猎捕鹿、北极狐或驯鹿；但是我们的主要希望应该还是放在捕鱼上……根据乔治·贝克及我们的约翰·富兰克林爵士等探险家的说法，这是可行的。”

“约翰爵士还吃自己的鞋子呢。”下士皮尔森说。

没有人指责这个饿得发慌的陆战队员，但是也没有人笑出声来，或做出任何回应。接着，克罗兹才用粗哑、听起来完全不像在开玩笑的声音说：“这就是我多带几百双皮靴到这里来的真正原因。不只是要让船员们的脚保持干燥——这点，医生，就像你看到的，根本是不可能的，而是要让我们在往南长途之旅的倒数第二段路时，有皮革可以吃。”

古德瑟只能睁大眼睛看着他：“我们只有一桶水可以喝，却有几百双皇家海军皮靴可以吃？”

“是的。”克罗兹说。

八个人突然开始大笑，笑到停不下来。几个人才停下来，另外几个又笑出来，大家笑得乐不可支。

“嘘！”克罗兹终于发出制止，口气像是叫学生们安静下来的校长，不过他自己还是咯咯地笑。

在二十码外营地里执勤船员们的苍白脸上露出好奇的表情，隐藏在威尔斯假发及帽子下面的眼睛望向他们。

古德瑟必须在眼泪及鼻涕冻结在脸上之前，将它们抹掉。

“我们不要坐着等海冰一路融化到岸边。”克罗兹对着突然安静下来的人说，“明天，在副水手长强森沿着岸边偷偷跟踪希吉一行人往西北方去的同时，德沃斯先生会带一组我们当中最能干的人横越冰原，他们只带着背包和睡觉的毛毯，运气好的话，速度可以和鲁本·梅尔及他那两个朋友相比。他们要朝海峡至少走十英里，甚至更远，看看那里有没有开放水域。只要在离营地五英里之内有没结冻的水道，我们所有的人就一起离开。”

“船员们现在没有体力……”古德瑟说。

“只要确定再拉小船走一两天就可以到达开放水域，而且一路通到救赎地，他们马上就会有力气。”克罗兹船长说，“如果我们知道开放水域就在那里等着，我想连那两个刚被截肢的人也会用还在流血的残肢来走路，甚至还愿意帮忙拉小船。”

“而且只要运气不太差，”德沃斯说，“我这一队人还会带一些海豹肉、海象肉及皮下脂肪回来。”

古德瑟看着海峡中一整片不断漂移、冰脊遍布、噼啪作响、在低矮灰云下向南延伸的杂乱冰原。“你们有办法拖着海豹及海象穿过那白色梦魇的辖区吗？”他问。

德沃斯没说什么，只是笑着露出整排牙齿。

“我们有一件值得感恩的事。”副水手长强森说。

“什么事，汤姆？”克罗兹问。

“我们那位冰原上的朋友似乎已经对我们失去兴趣，走开了。”看起来还很健壮的副水手长说，“可以确定的是，早在到达河边营之前我们就没有再看见或听见过它。”

八个人，包括强森在内，突然都将手伸向身旁的小船，用指关节敲打船身的木板。

53
戈尔丁

解救营

一八四八年八月十七日

八月十七日礼拜四日落后不久，二十二岁的罗伯特·戈尔丁非常激动地冲进解救营，发着抖，几乎亢奋到说不出话来。大副罗伯特·托马斯在克罗兹的帐篷外将他拦截下来。

“戈尔丁，我想你应该要和德沃斯先生那一队人在海冰上吧。”

“是的，长官，我是。托马斯先生，我原本是。”

“德沃斯回来了吗？”

“还没，托马斯先生。德沃斯先生派我带信息回来给船长。”

“你可以跟我说。”

“是的，长官，哦，不，我的意思是，我不能。德沃斯先生说我只能向船长报告。船长本人，对不起，长官。谢谢您，长官。”

“你们在外面吵什么？”克罗兹一面问，一面从帐篷里爬出来。

戈尔丁结结巴巴地把大副吩咐他只能向船长报告的事再说了一次，跟船长道了歉，然后就被带离围成一圈的帐篷。“现在，告诉我发生什么事，戈尔丁。你为什么没和德沃斯先生在一起？他和侦察队发生了什么事？”克罗兹问。

“是，长官，不，我的意思是……不是，船长。我是说，发生了一件事，长官，就在冰上。发生的时候我并不在那里。昨天，德沃斯先生和罗伯特·强斯、比尔·马克、托马斯·泰德曼和其他人继续往南走，而我们几个人，就是弗朗西斯·珀克、约瑟法·古雷特和我被留下来猎海豹，长官。但是，今天晚上他们回来了，只有德沃斯先生和几个人而已，我的意思是，我们听到霰弹枪声之后大约一个小时，他们回来了。”

“镇定一点，小子。”克罗兹说，他手按压在这男孩发抖的肩上，“你先告诉我德沃斯先生要你传的信息，一个字一个字地说。再告诉我你看到了什么。”

“他们两个都死了，长官。两个。我只看到一个。德沃斯把那个女的尸体放在毛毯上，长官，整个被撕裂了。不过我还没有看到另一个。”

“哪两个人都死了，戈尔丁？”克罗兹口气急促地问，虽然“那个女的”已经让他知道了部分真相。

“沉默女士和那个东西，船长。那个爱斯基摩女巫和冰原上的那个东西。我看到那个女人的尸体，但是还没看到那个东西的尸体。德沃斯说它的尸体就在离我们猎捕海豹的地方一英里远的一个冰靴，我就是来带您和医生一起去看它的尸体的，长官。”

“冰靴？”克罗兹问，“你是说冰穴？在结冻的海冰中的一小池未结冻的海水？”

“是的，船长。我也还没看到冰穴，不过照德沃斯先生和胖威尔森的说法，那个东西的尸体就躺在那里。胖威尔森跟德沃斯先生在一起，像拉雪橇一样拖拉着那张毛毯回来，长官。沉默女士就躺在毛毯上，您知道吗，全身被撕裂而且死了。德沃斯先生叫我只带您和医生过去，而且不要告诉其他人，不然的话，他回来后就会叫强森先生用鞭子抽打我。”

“为什么要带医生？”克罗兹问，“有人受伤了吗？”

“我猜是，船长。我不太确定。他们都还在那个冰……冰中的洞那里，长官。珀克和古雷特照着德沃斯先生的吩咐，跟着他和胖威尔森一起向南走了。不过德沃斯先生要我回来，只带您和医生两个人过去。也不要告诉其他任何人。先不要讲。哦……还有请船医带着他的工具和刀子之类的东西，也带一把大一点的刀子来把那个东西的尸体切块。您有没有听到今天傍晚的霰弹枪声，船长？珀克、古雷特和我听到了，而且我们离那个冰靴至少一英里远。”

“我没听到。那些可恶的冰不断在崩裂，噼啪作响，我们不可能分辨得出两英里之外的霰弹枪响。”克罗兹说，“你好好想一下，戈尔丁。德沃斯先生为什么会说，只要找古德瑟医生和我去看那个……管他是什么东西的东西？”

“他说，他非常确定那个东西已经死了，但是德沃斯先生说，它和我们原先以为的东西不一样，船长。他说，它是……我忘了他用哪个词了。但是德沃斯先生说它改变了一切，长官。他希望在帐篷这里的人听说之前，您和医生能先去看一下，弄清楚那里发生了什么事。”

“那里到底发生了什么事？”克罗兹追问。

戈尔丁摇摇头：“我不知道，船长。珀克、古雷特和我当时在猎海豹，长官……我们射到一只，船长，但是它从冰上留的洞溜回海里去了，所以我们抓不到它。对不起，长官。接着我们就听到南方的霰弹枪声。过了不久，大概一个小时，德沃斯先生就和脸上在流血的乔治·凯恩，还有胖威尔森一起出现，威尔森拉着那条毛毯，上面放着沉默的尸体，而且她的身体已经被撕碎，只是……我们应该赶快回去，船长。趁着现在还有月光。”

的确，那是个紧接在红色日落之后的、难得晴朗的夜晚。克罗兹听到骚动声时，还想从盒子里拿出他的六分仪来，锁定一颗星观察呢。一轮巨大、蓝白色的明月从东南方冰山及杂冰原后面升起。

“为什么要在今天夜里出发？”克罗兹问，“难道不能等到明天早上吗？”

“德沃斯先生说不行，船长。他要我向您问好，并且拜托您带着古德瑟医生离开营地走大约两英里路，去看看冰屑旁的东西。虽然有些冰墙，但是这段路不需要花两个小时就可以走完。”

“好吧。”克罗兹说，“你去告诉古德瑟医生说我找他，请他带着他的医疗工具袋，并且告诉他衣服穿暖和点。我会在小船附近和你们会合。”

戈尔丁领着四个人下到海冰上。克罗兹没有照着德沃斯的口信只带着船医过去。他反而命令水手长约翰·雷恩和底舱班长威廉·戈达德两个人带着霰弹枪跟着一起去，接着走进冰山与大冰岩构成的乱冰堆里，然后翻越三座相当高的冰脊，最后穿越一片冰塔林。在冰塔间的积雪上还看得见戈尔丁先前的靴印，雪地上也插了一些一路从“恐怖”号运来的细竹竿，标示着戈尔丁回营地时走的路。两天前，德沃斯这群人就带着一些竹竿过来，用来标示回程的路；在发现开放水域、想叫其他人拉小船过来时，这些竹竿也可以用来标示穿越冰原的最佳路径。月光明亮，在冰上看得见竹竿的影子。即使是最细的竹竿也像月晷一样，将一条条阴影投射在蓝白色的冰地上。

第一个小时只有沉重的呼吸声、皮靴踩在冰雪上的嘎吱声，以及周遭海冰的破裂声与呻吟声。后来克罗兹问：“你确定那个女人已经死了，戈尔丁？”

“谁，长官？”

船长有点泄气地吐了一口气，这口气马上成为一小团冰晶云，在月光下闪闪发亮：“这里有多少个女人？你这笨蛋，当然是沉默女士。”

“哦，是的，长官。”男孩窃笑着，“她的乳房都被撕掉了。”

船长和戈尔丁越过另一座低矮的冰脊，走到一座散发蓝光的高大冰山阴影中，他瞪了戈尔丁一眼：“不过你确定那是沉默女士吗？有没有可能是别的原住民女子？”

戈尔丁似乎被这个问题考倒了：“这里还有其他的爱斯基摩女人吗，船长？”克罗兹摇了摇头，用手势叫戈尔丁继续带路。

在他们离开营地约一个半小时后，他们到达了那个“冰屑”——戈尔丁现在这么称呼它。

“我记得你说的是更远一点的地方。”克罗兹说。

“我之前也没到这么远的地方。”戈尔丁说，“德沃斯先生发现那个东西时，我在后面那里猎海豹。”他们现在就站在冰中池水的旁边，而他边说边用手势大略指向他们左后方。

“你说我们有些人受伤了？”古德瑟医生问。

“是的，胖艾力克斯·威尔森脸上有血。”

“我记得你说的是乔治·凯恩脸上有血。”克罗兹问。

戈尔丁摇头强调他现在说的才对：“啊，啊，船长，是胖艾力克斯在流血。”

“那是他自己的血，还是其他人或其他东西的血？”古德瑟问。

“我不知道。”戈尔丁回答，他的声音几乎有些不悦，“德沃斯先生只是告诉我叫你带你的医疗用具。如果德沃斯先生需要你去治疗，那我猜总是有人受伤了。”

“好吧，这里并没有人。”水手长约翰·雷恩说，他沿着直径还不到二十五英尺的冰穴边缘，小心地走了一圈，先是向下盯着比冰层低八英尺的黑色海水，接着望向四周的冰塔林，“他们在哪里？德沃斯先生离营的时候，除了你以外，还有八个人跟他在一起，戈尔丁。”

“我不知道，雷恩先生。这就是他叫我带你们来的地方。”

底舱班长戈达德用两只手在嘴边搭成杯状，然后大喊：“哈啰？德沃斯先生？哈啰？”

从他们右边传来回应的喊声。声音并不是很清晰，有点含混，但是听起来很兴奋。

克罗兹打手势叫戈尔丁回来，然后自己领着几个人穿过十二英尺高的冰塔林。风吹过像是雕刻出来的冰塔时，发出呻吟及轻哼的声音。他们都知道冰塔的边缘就和刀锋一样锐利，而且比大多数船刀还坚硬。

在前方的月光下、冰塔之间一小片平坦的空地中央，一个人的黑色身影单独站在那里。

“如果那是德沃斯，”雷斯轻声跟船长说，“他就是把八个人搞丢了。”

克罗兹点头：“约翰，威廉，你们两个人走向前，慢慢地，把霰弹枪准备好，将击铁扳到一半。古德瑟医生，你和我跟在他们后面。戈尔丁，你在这里等着。”

“是的，长官。”威廉·高达尔说。他和约翰·雷恩用牙齿咬掉连指手套，以便使用手指。他们把枪举起来，将双膛枪其中一块沉重的击铁扳到一半，然后小心地朝在冰塔林外被月光照亮的空地走去。

这时有个巨大的阴影从最后一个冰塔后面走出来，猛力将雷恩和高达尔两个人的头颅撞在一起。两个人就像被屠宰场重槌击打的牛一样，直接倒了下去。

另一个阴影击打克罗兹的后脑，克罗兹试着要爬起来时，这人将他的两只手臂压在背后，用一把刀子抵住他的脖子。

罗伯特·戈尔丁抓住古德瑟，拿一把长刀抵在他的喉咙上。

“不要动，医生。”这个男孩低声说，“不然就换我在你身上动手术了。”

巨大的身影抓住高达尔和雷恩的大衣后领，把他们拉到冰上的空地。他们的皮靴前缘在雪地上刮出几条沟。第三个人从冰塔后面出来，捡起高达尔和雷恩的霰弹枪，将其中一把交给戈尔丁，自己拿着另一把。

“到空地这里来。”理查·艾尔摩说，同时用霰弹枪的枪管比画着。

克罗兹的喉咙还被那黑色身影用刀抵着，但是他现在已经从那人身上的味道辨认出他就是懒散的乔治·汤普森。船长站着，脚步不稳地被他从冰塔的阴影下往前推，朝着站在月光下等他们的人走过去。

马格纳·门森把雷恩和高达尔的身体丢在他的主子科尼利厄斯·希吉前面。

“他们还活着吗？”克罗兹粗声问。船长的手还是被汤普森压在身后。不过现在有两枝霰弹枪的枪口对准着他，所以抵住他喉咙的刀子放下了。

希吉俯身看那两个人，就像在查看伤势一样，却轻松利落地动了两下，就用手中突然冒出来的刀子将两人的喉咙割断。

“啊，现在他们活不了了，伟大的克罗兹先生。”副船缝填塞匠说。

在月光下，流到冰上的血看起来是黑色的。

“你就是用这招杀死约翰·厄文的吗？”克罗兹问，他的声音因为愤怒而发抖。

“去死吧，你！”希吉说。

克罗兹瞪着罗伯特·戈尔丁说：“我希望你可以拿到出卖耶稣的三十块银钱的报酬。”

戈尔丁窃笑着。

“乔治，”副船缝填塞匠对站在克罗兹身后的汤普森说，

“克罗兹大衣的右口袋里有一把手枪，把它拿出来。理查，将那把手枪带过来给我。如果克罗兹敢动一下，就把他杀了。”

汤普森把手枪放下，艾尔摩则继续用他偷来的霰弹枪对准克罗兹。接着，艾尔摩走过去拿走手枪以及汤普森找到的一盒弹药，然后退回来，再次举起了枪。他穿过被月光照亮的一小片空地，把手枪交给希吉。

“大自然给我们的折磨已经够多了，”古德瑟医生突然说，“你们这些人为什么还要雪上加霜呢？我们人类为什么总是要如数承受上帝给我们的苦难、恐怖及死亡，然后再把情况弄得更糟？你可以回答我吗，希吉先生？”

副船缝填塞匠、门森、艾尔摩、汤普森及戈尔丁都盯着船医看，仿佛他突然说起了神圣的古语。

弗朗西斯·克罗兹也看着他。

“你想要什么，希吉？”克罗兹问，“除了杀死更多好人来当你们旅途上的食物之外？”

“我要你闭上你他妈的那张嘴，然后慢慢地、痛苦地死掉。”希吉说。

罗伯特·戈尔丁笑得像个精神错乱的男孩。他用手上霰弹枪的枪管拍打古德瑟脖子后面的刺青。

“希吉先生，”古德瑟说，“你知道的，不是吗？我是不会帮你们肢解同船伙伴的。”

希吉在月光下露出他的小牙齿：“你会的，船医先生，我向你保证。不然的话，你就要看着我们把你自己的肉一片片割下来喂给你吃。”

古德瑟没有说话。

“托马斯·强森和其他人会找到你们。”克罗兹说，他的目光一直没有离开过科尼利厄斯·希吉的脸。

副船缝填塞匠大笑：“强森已经找到我们了，克罗兹。或者说，我们已经找到他了。”

说完他伸手到身后，从雪地上拖了一个粗麻布袋过来：“你通常私下是怎么称呼强森的，克罗兹国王？你强壮的右臂？这里。”他把一只没戴手套、沾满血迹的右手臂扔到空中，然后看着它落在克罗兹脚前。那只手臂从手肘正上方被切断，白骨在月光下闪烁着。

克罗兹没有低头去看它：“你这可悲的人渣。你从来就不值得理会。”

希吉的脸扭曲着，好像月光已经将他转变成非人生物。他的薄嘴唇向后张开，离两排小牙齿非常远，在场其他人只在坏血病患者临死前几小时看到过这景象。他的眼睛不只透露出疯狂，更不只是憎恨。

“马格纳，”希吉说，“把船长勒死，慢慢地。”

“是的，科尼利厄斯。”马格纳·门森说着移步向前。

古德瑟试图往前冲，但是男孩戈尔丁的一只手紧抓住他，另一只手用霰弹枪抵着他的头。

那巨人缓缓走向他时，克罗兹的肌肉连动都没动。当门森的影子笼罩在船长和抓着他的乔治·汤普森身上时，汤普森畏缩了一下，而克罗兹身体向后沉了一下，然后猛然向前冲，将左手臂挣脱开来，并且马上把左手伸进他大衣的左口袋里。

船长的外套口袋冒出火花，两声沉闷的枪响经过他们身旁，在冰塔之间产生回音。戈尔丁吃了一惊，差一点就扣下扳机，也因此差一点就意外地把古德瑟的脑袋轰掉。

“哎哟。”马格纳·门森慢慢把手举起来摸他的肚子。

“可恶！”克罗兹镇静地说。他不小心把双膛枪的两发子弹都发射出去了。

“马格纳！”希吉大叫着冲向巨人。

“我想船长对我开了枪，科尼利厄斯。”门森说。这个大块头听起来还搞不清楚状况，并且有点茫然。

“古德瑟！”克罗兹在混乱中喊着。船长一个回转，用膝盖猛撞汤普森的胯下，然后挣脱他的掌控：“快跑！”

船医试图逃跑。他拉扯、扭身，几乎要脱身了，却又被年轻的戈尔丁绊倒，整个人趴在地上，戈尔丁还把膝盖压在古德瑟的背上，用双膛霰弹枪的枪管顶住他的后脑勺。

克罗兹大步跑向冰塔林。

希吉从容地从理查·艾尔摩手中抓起一支霰弹枪，瞄准，并且把两发子弹都发射出去。一座冰塔的顶部碎裂、倒下，同时，克罗兹的头部也中了枪，在冰上滑了一下，最后趴在自己的血滩中。

希吉把霰弹枪交还给艾尔摩，解开门森的外套和背心，把大块头的衬衫和肮脏的内衣撕开。

“把那该死的船医带过来。”他对着戈尔丁大喊。

“伤口不是很痛，科尼利厄斯。”马格纳·门森低沉地说，“像是在搔痒。”

戈尔丁推着、搡着、拖着古德瑟走过来。船医戴起他的眼镜，检查那两个伤口：“我不确定，不过我不认为这两颗小口径的子弹已经射穿门森先生的皮下脂肪，更别说射入他的肌肉层了。我认为这只是两个不严重的小孔罢了。现在我可以去照顾克罗兹船长了吗，希吉先生？”

希吉放声大笑。

“科尼利厄斯！”艾尔摩大喊。

身后留下一条血路及一些外衣碎片的克罗兹已经跪起来，并且开始爬向冰塔和冰塔的阴影。现在他正痛苦地站起来，像酒醉的人一样摇摇晃晃地走向冰柱。

戈尔丁咯咯地笑着，并且举起霰弹枪。

“别开枪！”希吉大叫。他从外套口袋里拿出克罗兹的大型雷管手枪，仔细地瞄准克罗兹。

离冰塔还有二十英尺时，克罗兹转头，目光越过他受伤的肩膀瞥向这群人。

希吉扣下扳机。

子弹让克罗兹转了一圈后又跪了下去。他的身体瘫下来，但是他胡乱地摆动并且伸出一只手撑在地上，试图再站起来。

希吉向前走五步，再开了一枪。

克罗兹整个人向后仰，背躺在地上，只有两只膝盖还停留在空中。

希吉再度向前走两步，瞄准，又开了一枪。克罗兹的一只腿被射得倒向了另一侧。子弹应该射穿了他的膝盖或是膝盖下方的肌肉。船长没有出声。

“科尼利厄斯，亲爱的。”马格纳·门森带着受伤小孩儿撒娇的口气说，“我的肚子开始有点痛了。”

希吉转身：“古德瑟，给他一些止痛药。”

船医点头。他说话的声音相当小，有点紧绷，但没有起伏：“我带了一整瓶多佛粉，大多是从古柯叶提炼出来的，又叫作古柯碱。可以给他用。一整瓶都给他，如果你要的话。再加上一点曼陀罗花、鸦片与吗啡。这样他应该不会痛了。”他把手伸进医药袋里。

希吉举起手枪对准船医的左眼：“只要你敢让马格纳吃什么让肚子不舒服的东西，更别说你敢从袋子里拿出一把手术刀或其他利器，我对着他妈的基督耶稣发誓，我就会开枪射下你的卵蛋，并且让你活着吃下肚。听懂了吗，船医？”

“我知道。”古德瑟说，“但是，我是因为遵守医师宣言才这样做的。”他拿出一个瓶子和一根汤匙，倒了一些液态吗啡。“喝下。”他对那巨人说。

“谢谢你，医生。”马格纳·门森说。吸的时候还发出声音。

“科尼利厄斯！”汤普森大叫，指着冰地。

克罗兹不见了。血迹通到冰塔林里。

“该死，”副船缝填塞匠叹了口气，“这个贱家伙还真是会给我添麻烦。理查，你已经重新装好子弹了吗？”希吉一面问，一面为手枪装子弹。

“是的。”艾尔摩说着把霰弹枪举起来。

“汤普森，拿着我多带来的那把霰弹枪，留在这里陪马格纳和船医。如果这位好医生做了什么你不喜欢的事，即使只是放个屁，你就把他的生殖器打掉。”

汤普森点头。戈尔丁再次咯咯笑。于是希吉拿着手枪，戈尔丁与艾尔摩带着他们的霰弹枪，慢慢穿越月光下的空地，然后小心翼翼地排成一列，走进冰塔林及冰塔的阴影里。

“他躲在这里可能不容易找到。”走进月光与阴影交错的冰地时，艾尔摩轻声说。

“我不这么认为。”希吉说。他指着正前方从冰柱之间穿过的一道宽血痕，看起来就像是写在阴影之间一道由点与短线构成的电报密码。

“他身上还带着一把小手枪。”艾尔摩轻声说，然后很谨慎地从一个冰塔走向一个冰塔。

“去他的，去他的手枪。”希吉说着大步向前走，靴子在血及冰地上有点踩滑。

戈尔丁咯咯笑得很大声。“去他的，去他的小手枪。”他用单调的声音说着，继续窃笑。

那道血迹在冰塔林中延伸了四十英尺之后，停在黑色的冰穴前。希吉冲向前，看着水平的血迹变成垂直的血迹，沿着八英尺厚的冰层侧面往下延伸，已经到了水中了。

“这该死的家伙，下到该死的地狱里。”希吉大叫着来回踱步，“我要当着这至高无上的伟大国王的面，把最后一颗子弹射到他脸上，这该受上帝诅咒的家伙。他抢了我多少东西！”

“请看，希吉先生，长官。”戈尔丁还是咯咯地笑，指着黑色水里一个看似浮尸的东西，浮尸的脸部朝下。

“那只是他那件可恶的外套。”刚刚才谨慎举着枪从冰塔阴影中走出来的艾尔摩说。

“只是他那件可恶的外套。”罗伯特·戈尔丁重复他的话。

“所以他已经死在里面了。”艾尔摩说，“我们可以在德沃斯或其他人听见枪声赶过来之前离开吗？要回去与其他人会合还有两天路程，而且我们还要先肢解一些尸体才能离开。”

“我们还不能离开，”副船缝填塞匠说，“克罗兹有可能还活着。”

“他已经被射成那样子，又没有穿外套，还能活着？”艾尔摩问，“而且你看他那件大衣，科尼利厄斯。霰弹枪已经把它射烂了。”

“他有可能还活着。我们要去确定他已经死了。也许不久后，尸体会浮出水面。”

“你要怎么做？”艾尔摩问，“开枪射他的尸体吗？”

希吉转过身看艾尔摩，瞪了他一眼，吓得比他高大不少的艾尔摩向后退了一步。“没错。”科尼利厄斯·希吉说，“这就是我的打算。”他对着戈尔丁大吼：“去把汤普森、马格纳和那个船医带过来。我们要先把医生牢牢绑在冰塔上，接着艾尔摩、汤普森和我去找克罗兹，而你必须一面照顾马格纳，一面把雷恩与高达尔的身体切成小块，让我们方便带着走。”

“由我来肢解他们？”戈尔丁大叫，“你告诉过我，我们抓古德瑟就是要他来做。应该是他负责动刀，不是我。”

“古德瑟将来会帮我们肢解尸体，罗伯特。”希吉说，“不过今天晚上你得自己解决。在我们把他带到几英里外的同伴那里之前……我们还不能信任他。做个好孩子，去把医生带回来，用你最擅长的结把他牢牢绑到一个冰塔上，叫马格纳把那两个人的尸体带过来让你切割。到古德瑟的工具袋去找刀子，也到我带过来的袋子里去找些大型刀子和木匠锯。”

“哦，好吧。”戈尔丁说，“不过我还是宁愿和你们一起去。”他辛苦地找路走出冰塔原。

“从你开枪射他的地方走到这里，船长少说也流掉身上一半的血，科尼利厄斯。”艾尔摩说，“除了掉进水里，他不可能躲在任何地方而不留下痕迹。”

“你说得完全没错，我亲爱的理查，”希吉带着诡异的笑容说，“如果他不是在水里，或许他可以勉强爬行，但是他伤得那么重，不可能停止流血。我们要继续搜寻，直到确定他既不在水里，也不是缩着身体躲藏在冰塔后面，最终因为失血过多而死亡。你们从冰穴南边开始搜寻，我来负责北边。我们顺着时针找。如果看见任何迹象，即使只是一滴血，或是冰上的刮痕，就大叫并且停下来，我就会过来。要小心哪！我们可不希望这个快死的贱货现在从阴影中跳出来抢走我们的枪，对吧？”

艾尔摩很惊讶，并且开始警觉：“你真的认为他这么强壮？我的意思是，他被手枪打中三次，身上有那么多霰弹枪碎片，还能活下来？他身上没穿外套，应该过不了多久就会死掉。现在天气比先前冷很多，而且风也变强了。你真的认为他正躺在某个地方等我们吗，科尼利厄斯？”

希吉露出微笑，并且朝着黑色池塘点了个头：“不，我认为他死了，是淹死的，而且就在那池子里。但是我们要百分之百确定这件该死的事。我们确定之前不会离开，即使得一直搜寻到该死的太阳再次出现。”

月升月落，他们在月光下搜寻了三个小时。在冰穴附近、冰塔林内、冰塔林外、在朝各个方向延伸的空旷冰原里；在北方、南方及东方的高耸冰脊上，都没有克罗兹走过的迹象：没有血迹、没有脚印，也没有身体拖行的痕迹。

罗伯特·戈尔丁足足花了三个小时，才把约翰·雷恩和威廉·高达尔的身体劈砍成希吉想要的大小。不过这个男孩把现场弄得一团糟。肋骨、头、手、脚、一段段脊椎，全散放在四周，好像屠宰场里刚发生了一场爆炸。年轻的戈尔丁身上也沾满了血，希吉和其他人回来时，他看起来就像一个全身涂黑反串黑人的白人。艾尔摩、汤普森，甚至马格纳·门森看到这位年轻学徒的外貌时，都吓得退了几步。希吉却大笑了很久。

粗麻布袋里装着的肉块，已经用他们事先带来的油布包裹起来。不过那些麻布袋会漏血。

他们将古德瑟解开，他因为寒冷或震惊而不断发抖。

“我们该走了，船医。”希吉说，“其他人在西边十英里外的冰原上，等着欢迎你回家。”

古德瑟说：“德沃斯先生和其他人不会放过你。”

“不！”科尼利厄斯·希吉的声音透露出十足信心，“在他们知道我们现在至少有三把霰弹枪及一把手枪后，他们就不会。而且前提是，他们得发现我们曾经到过这里，而我认为他们根本就不会发现。”接着他对戈尔丁说，“请我们的新成员也扛一袋肉吧！”

古德瑟拒绝从戈尔丁手中接下鼓鼓的麻布袋，马格纳·门森就把古德瑟打倒在地，几乎把船医的肋骨打断了。戈尔丁第四次要把滴着血的布袋交给古德瑟，也就是在他又被更猛力地揍了两回之后，他接下了袋子。

“走吧！”希吉说，“这里的事办完了。”

54
德沃斯

解救营

一八四八年八月十九日

八月十九日礼拜六早上，大副查尔斯·德沃斯和他的八个人回到解救营时，忍不住露齿微笑。事情终于有了转机，他有好消息要带给船长和营地的人。

海峡中的堆冰已经成为零散的浮冰和可航行的水道，离这里只有四英里远，而且德沃斯和手下还多花了一天的时间去探勘水道，直到看见海峡已成为一整片开放水域，直通阿德雷半岛，而且几乎可以肯定会继续向东绕过半岛，延伸到通往贝克河的峡湾。他们沿着堆冰走到最南端，还爬上一座冰山往南看。德沃斯亲眼隔着十二英里的未结冻海水看到阿德雷半岛上的低矮丘脊。他们因为没有小船，所以无法继续往南前行。当时大副德沃斯笑得合不拢嘴，现在他露齿微笑。

每个人都可以离开解救营，现在还在这里的人都有存活的机会。

还有一个更好的消息：他们花了两天的时间，在海峡中新形成的未结冻水域边缘的浮冰上猎杀海豹。一连两天两夜，德沃斯和手下狼吞虎咽地吃了许多海豹肉和皮下脂肪。他们的身体非常渴望脂肪，好几个礼拜都只吃船上的饼干和陈年腌猪肉条后，油腻的食物让他们不断呕吐，他们却愈吐愈饿，还边吐边大笑，而且又马上大吃起来。

他们照着竹竿的标示穿过最后一英里岸冰回到营地，德沃斯手下八个人身后各拖着一只海豹尸体。解救营里四十六个人今晚都可以吃得相当饱，几个凯旋的侦察队员也可以再饱餐一次。

他们走过几艘小船，爬上铺满石粒的海滩高声欢呼，向营地的人问候，德沃斯心里想的是：除了年少的戈尔丁因为肚子痛而在第一天自己先回营地之外，这趟探索任务几乎可说是完美。几个月来，甚至是几年来，克罗兹船长和其他人第一次有了值得庆祝的好消息。

他们全都可以回家了。如果今天就出发，身体健康的人将生病的人放在小船里，沿着德沃斯小心做好标记的蜿蜒路，穿过冰脊走仅仅四英里路，三四天内小船就可以在海里航行，在一个礼拜内到达贝克的“大鱼河”河口。而且，有可能开放的水道现在又比两三天前更接近这里的岸边！

肮脏、衣衫破旧、无精打采的“动物们”从帐篷里冒了出来，他们放下手边的例行琐事，盯着德沃斯这群人。

德沃斯这些人——胖艾力克斯·威尔森、弗朗西斯·珀克、约瑟法·古雷特、乔治·凯恩、罗伯特·强斯、托马斯·泰德曼、汤姆·麦康维，以及威廉·马克，看到眼前这些人阴沉、僵硬、凝重的表情，顿时停止欢呼。营地里的人也都看到他们拖回来的海豹了，但是毫无反应。

二副考区和大副托马斯从帐篷里出来，走下碎石海滩，站在解救营这群活似幽灵的人前面。

“谁死了？”查尔斯·费垂克·德沃斯问。

二副爱德华·考区、大副罗伯特·托马斯、大副查尔斯·德沃斯、“幽冥”号的底舱班长约瑟·安德鲁斯，以及“恐怖”号的主桅台班长托马斯·法尔，挤在原本当成古德瑟医生医护站的大型帐篷里。他们告诉德沃斯，被截肢的人不是死了，就是已经被送到别的小帐篷里去和其他病患同住。

这天早晨在帐篷里的五个人，就是整支约翰·富兰克林探险队最后几个还有一点指挥权的军士官——至少他们还在解救营里，还能走路。法尔不抽烟，他们所剩的烟草刚好只够另外四个人抽烟斗。帐篷里弥漫着蓝色的烟雾。

“你们确定冰原上那场大屠杀不是冰上那个东西干的？”德沃斯问。

考区摇头：“我们刚开始也是这么以为，事实上那是我们最初的假设。但是我们发现了骨头、头颅及残留的肉块……”他停了下来，并且狠狠咬了一下烟斗柄。

“上面有刀子的切痕。”罗伯特·托马斯帮他把话说完，“雷恩和高达尔被人分尸了。”

“不是人，”托马斯·法尔说，“只是长得像人的卑劣生物。”

"希吉。"德沃斯说。

其他人点点头。

"我们必须去追他以及跟他在一起的凶手。"德沃斯说。

大家有一阵子没有说话。接着罗伯特·托马斯问："为什么？"

"让他们接受审判。"

五个人中四个人面面相觑。"他们现在有三把霰弹枪了，"考区说，"而且船长的雷管手枪肯定也在他们那里。"

"我们的人数……枪支……火药、子弹以及霰弹枪的弹药都比他们多。"德沃斯说。

"没错，"托马斯·法尔说，"但是，其中有多少人会在与希吉和他十五个食人族对干时死掉？托马斯·强森没有再回来过，你知道的。他只是负责去跟踪希吉那伙人，确定他们真的照他们所说的离开了。"

"简直难以置信。"德沃斯把烟斗从嘴里拿出来，搅动了一下烟草，"克罗兹船长和古德瑟医生呢？你们难道打算放弃他们，让科尼利厄斯·希吉随他高兴处置？"

"船长已经死了。"底舱班长安德鲁斯说，"希吉没有任何理由要让克罗兹活命……除非是把他留下来折磨、拷打。"

"所以我们更该派一支解救队去追。"德沃斯坚持。

其他人一时之间没有回应，蓝色烟雾在周围盘旋。托马斯·法尔解开帐篷门上的绳索，将门再打开些，让外面的空气进来，里面的烟雾出去。

"外面冰原上的惨事已经发生两天了，我们派出去的追击队要找到希吉那群人并且和他们作战，少说也会是好几天后，更何况我们有可能根本找不到。那个恶魔只需要往海中或往内陆稍微移一点，就可以把我们甩掉。风在几个小时内就可以模糊足迹，甚至是雪橇痕迹。假设弗朗西斯·克罗兹还活着，虽然我很怀疑这点——你真的认为他在五天或一个礼拜后还可能活着或还成人样，等我们去救他吗？”

德沃斯嚼着烟斗柄：“那么，谈古德瑟医生好了。我们需要船医。照常理判断，希吉会让他活着。古德瑟医生很可能就是希吉和那群共犯回来的主要原因。”

罗伯特·托马斯摇摇头：“科尼利厄斯可能会因为自己是个食人魔而需要古德瑟医生，但是我们已经不需要他了。”

“你说的是什么意思？”

“我的意思是，我们的这位好医生大多数药品及医疗器具都还留在这里，他只带走了随身工具袋。”法尔说，“而他先前的助手托马斯·哈特内知道什么病要用什么药，也知道分量要多少。”

“真正要动手术时怎么办？”德沃斯问。

考区悲哀地笑了笑：“老兄，我们的旅行都已经到这地步了，今后如果还有人需要动任何手术，你真的以为他们会有存活的机会吗？”

德沃斯没有回答。

“万一希吉和他的人根本就没有离开附近呢？”安德鲁斯问，“而且从来就没打算要离开？他回来杀死船长，掳走古德瑟，并且把约翰·雷恩和比尔·高达尔像动物一样肢解，根本就是把我们看成他的牲口。如果他藏身在丘脊或冰脊后面，等着要来攻击我们的营地，那要怎么办？”

“你把这位副船缝填塞匠说成妖怪了。”德沃斯说。

“是他自己变成那样的。”安德鲁说，“但他不是妖怪，是恶魔，真正的恶魔，他和他那只被驯服的怪兽马格纳·门森都是。他们出卖了自己的灵魂，因而得到了黑暗的力量，可恶！大家要牢记我的话。”

“我还以为任何一支北极探险队碰上一只怪兽就已经够倒霉了。”罗伯特·托马斯说。

没人笑得出来。

“其实全都是同一只怪兽。”爱德华·考区终于说话了，“而不是我们当中出现了一只新怪兽。”

“那么你们的建议是什么？”在大伙儿沉默一阵子之后，德沃斯问，“是不是要我们逃离那五英尺高的恶魔副船缝填塞匠，而且明天就带着小船往南走？”

“我提议今天就出发。”约瑟·安德鲁斯说，“把想要带走的东西装到船上后就出发，连夜在冰上拖着小船走。运气好的话，等到月亮升起来了，就会有足够的月光让我们看见路。即使没有月光，也可以用事先保留起来的燃料来点亮提灯。是你自己说的，查尔斯，路标的细竹竿现在还在那里。但是等到一场真正的暴风雪到来，可就不见得还在了。”

考区摇头：“德沃斯几个人已经很累了，营地的人则士气低迷。我们今天晚上大吃一顿吧，查尔斯，把你带回来的八头海豹都吃掉，接着在明天早上出发。用海豹油烹煮食物，并将灯火点亮，饱餐一顿并且好好睡一觉之后，我们会觉得比较有希望。”

“但是夜里还是要有人担任守卫。”安德鲁斯说。

“哦，当然。”考区说，“我会自己担任守卫。反正我没那么饿。”

“还有指挥权的问题。”托马斯·法尔说。在穿过帆布渗入帐篷的微光中，他的目光从一张脸移到另一张脸。

当中几个人在叹气。

“查尔斯是总指挥。”大副罗伯特·托马斯说，“在罗伯特·沙金被杀之后，约翰爵士亲自把他升成旗舰的大副，所以他是资深军官。”

“但是你是‘恐怖’号上的大副，罗伯特。”法尔对着托马斯说，“你也是资深军官。”

托马斯坚决地摇头：“‘幽冥’号是指挥舰。沙金还活着的时候，大家都知道他可以在我之上指挥整支探险队。查尔斯现在接下了沙金的工作，所以他是总指挥，我一点也不介意。德沃斯先生是比我优秀的领导者，而且我们需要有人全权指挥。”

“我真不敢相信克罗兹船长就这么走了。”安德鲁斯说。

五个人当中有四个人更用力地抽烟。没有人说话。他们听到外面有人在谈论海豹，有人在笑。更远的地方还传来冰层裂开发出的破裂声及类似枪响的爆裂声。

“理论上，”托马斯·法尔说，“探险队现在的总指挥应该是乔治·亨利·哈吉森中尉。”

“哦，我应该把一根烧红的拨火棒插进乔治·亨利·哈吉森中尉的屁眼里。”约瑟·安德鲁斯说，“如果那只小黄鼠狼现在还敢偷偷爬回来，我会亲手掐死他，并且在他的尸体上撒尿。”

“我非常怀疑哈吉森中尉还活着。”德沃斯轻声地说，“我们是不是已经达成共识，现在我是探险队的总指挥，罗伯特是副指挥官，而爱德华第三？”

“是的。”帐篷里的另外四个人回答。

“那么，请记住，我还会持续征询你们四位的意见，因为我们必须做一些决定。”德沃斯说，“我一直很希望成为自己的船舰的船长……但并不是在今天这种他妈的状况下。我很需要你们的协助。”

每个人都在各自的烟幕后面点头。

“在我们出去告诉船员们开始为今天丰盛晚餐及明天的出发预备之前，我有一个问题。”考区说。

因为帐篷内的高温而脱下帽子的德沃斯，往上扬了扬眉毛。

“那些病患怎么办？哈特内跟我说了六个人的状况，即使知道不走路就是死路一条，他们也无法走路。坏血病已经到最末期了，克罗兹船长的侍从乔帕森就是一例。黑帕门和工程师汤普森已经死了，乔帕森还在苟延残喘。哈特内说他连仰头喝水都没办法，他需要别人帮忙，但是他还活着。我们要带他走吗？”

德沃斯看着考区，接着又看了看另外三个人的脸，希望得到他们没说出口的答案。但是他们的表情没告诉他答案。

“即使我们真的带着乔帕森和其他垂死的人走，”考区说，“我们是把他们当成什么？”

德沃斯并不需要问这位二副。他的意思是：我们是将他们当成同伴，还是当成食物，才拉着他们走？

“如果把他们留下来，”德沃斯说，“他们注定会成为食物，如果希吉果真如你们预期回来的话。”

考区摇头说：“这不是我在问的问题。”

“我知道。”德沃斯说。他深深地吸了口气，因为吸进烟斗的浓烟而几乎咳了出来。“好吧，”他说，“这是我成为富兰克林探险队的新总指挥后做的第一个决定。明天早上我们把小船拉到冰原上，每个能自己走到小船那里背起挽具——或是只要能爬进其中一艘小船的人，都可以和我们一起走。如果他死在半路上，我们再来决定要不要继续拖着他的尸体走。到时候我会决定。但是，明天只有能走到小船旁边的人可以离开解救营。”

其他人都没说话，但是有人在点头。没有人迎上德沃斯的目光。

“我会在大家吃过晚餐后告诉他们。”德沃斯说，“你们四个人各自选一个值得信赖的人和你们一起担任今夜的守卫，爱德华会排出值班表。别让那些人吃到把事情都忘了。在我们平安进入开放水域前，我们需要保持清醒，至少有些人得清醒着。”

四个人都点头表示同意。

“好了，去告诉你们的人今天晚上要吃大餐吧！”德沃斯说，“这里的讨论结束了。”

55
古德瑟

一八四八年八月二十日

哈利·古德瑟医生的私人日记：

八月二十日礼拜日

恶魔希吉似乎得到了约翰爵士、菲茨詹姆斯中校及克罗兹船长这么多个月、这么多年来一直得不到的所有好运。

他们并不知道我无意间将日记放进我的医疗工具袋里。或许不然，他们可能已经知道了，因为两天前那夜我被俘虏后，他们就仔细地搜索过我的工具袋，只是他们并不在乎。他们让我独自睡在帐篷里，帐篷里除了哈吉森以外，没有其他人。他几乎和我一样处在拘禁状态，不过他并不在意我在黑暗中写字。

我到现在还是无法相信，我的同伴雷恩、高达尔和克罗兹已经被残忍杀害了。要不是礼拜五晚上我们回到雪橇营——就位于离我们先前搭设的河边营不远的海冰上——亲眼看到希吉这群人中半数的人在大啖人肉，我还是无法相信他们会做出野蛮人的行为。

希吉这群可恶的人当中，并不是每个人都已经屈从于吃人肉的诱惑。希吉、门森、汤普森和艾尔摩等人当然是迫不及待地想吃人肉。水兵威廉·奥瑞恩、次阶军官助理威廉·吉伯森、炉工路克·史密斯、船缝填塞匠詹姆斯·布朗，以及他的副手丹恩也参与其中。

但是有人和我一样，还是克制住自己的冲动，包括莫芬、贝斯特、杰瑞、沃可、斯特里克兰、席立，当然还有哈吉森。我们全靠着发霉的饼干勉强维生。在禁戒自己不吃人肉的人当中，我怀疑只有斯特里克兰或莫芬，以及哈吉森中尉还能持续抗拒诱惑。希吉这些人在沿着岸边往西走的旅程里只猎杀了一只海豹，不过它的油已经够让他们点燃一座火炉了，而烤人肉的味道真的非常诱人。

希吉到目前都还没有动手伤害我，即使前两天晚上我一直拒绝吃人肉，也不同意在将来帮他们肢解尸体。目前为止，雷恩先生和高达尔先生的肉块暂时满足了他们的胃，让我不需要马上在“成为食人族的大厨”或“自己的肉被割下来切块”之间做选择。

不过，除了希吉先生、艾尔摩先生或汤普森先生——后两者已经成为了新拿破仑（也就是我们的矮小副船缝填塞匠）手下的中尉，没有人可以去碰霰弹枪，而马格纳·门森本身就是武器，只有一个人——如果这个还算是个人的话，可以使用他去瞄准敌人并攻击对方。

我说希吉的运气很好，并不只是指他的邪恶本质让他幸运地得到新鲜的肉。我指的是：今天，就在我们河边营的旧址——布瑞金就是在那里走失的——西北方离岸约两英里的地方，我们发现有条没结冻的水道沿着岸边一直向西延伸。

希吉那群堕落的船员立刻把侦察船从雪橇上搬下来，装上帆具，把物品装进小船里，将船推入海中，从那时开始，我们快速地往西航行及划行。

也许你会问，十七个人怎么可能挤进一艘长二十八英尺、原本只适合搭载八到十二人的无盖小船？

答案是，我们非常拥挤地紧靠在一起。虽然只载了帐篷、枪支、弹药、水桶、我们自己，以及那些可怕的食物，船却还是沉重到让海水升高到两侧船舷，尤其是当水道宽到让小船全靠风力航行时。

今天晚上我们靠岸搭设帐篷时，我听到希吉和艾尔摩两个人的对话。他们并没有太刻意放低音量。

有些人得被除掉。

前面是开放水域，路上没有任何阻碍，他们也许可以一路航行回到恐怖营，甚至到“恐怖”号，就如先知科尼利厄斯·希吉上个月在那尚未命名的海湾与克罗兹对峙时坚称的那样。那场叛变后来是因为利铎那队人碰巧回来大喊发现开放水域而没发生。而现在看来，希吉和那些还跟他在一起的党羽很可能只需轻松航行三天就能回到恐怖营与“恐怖”号所在地。相较之下，我们先前辛苦拖着小船、反向地走同样的距离，足足花了三个半月。

不过现在他们已经不再需要拉小船的苦力了，那么哪些人将被牺牲而成为食粮，使小船在明天航行时的重量可以减轻些？

我在写这篇日记的同时，希吉、那位巨人、艾尔摩，以及几个领导者正在营地里巡行，蛮横地叫我们到帐篷外面去。虽然已经很晚了，夜又相当黑。

如果明天我还活着，我会回来多写一些。

56
乔帕森

解救营

一八四八年八月二十日

他们把他当老人对待，并且要把他留在营地里，因为他们认为他是老人，没有利用价值，甚至不久就会过世，不过这实在太离谱了。托马斯·乔帕森只有三十一岁。今天，八月二十日，他刚好满三十一岁。

今天是他的生日，但是除了克罗兹船长，没有人知道。因为某种不明原因，船长已经不再到病房帐篷看他了。他们把他看成老人，因为他的牙齿已经由于坏血病而掉光，大部分头发也莫名其妙地脱落了，牙龈、眼睛、发线及肛门都在出血，但他不是老人。他今天才三十一岁，而他们要把他留在这里等死，就在他生日这天。

乔帕森听见昨天下午与晚上大伙儿狂欢宴乐的声音。不过，他对于喧哗、大笑及烤肉香味的印象与意识却是断断续续，因为他昨天一整天在发高烧，意识时有时无。但是他确实一度在昏暗的光中醒来，发现有人用盘子装了一块油腻的海豹皮、几条还在滴油的白色脂肪，以及一条腥味很重、几乎没煮过的红色海豹肉，拿进帐篷来给他吃。乔帕森马上就吐了，但是没吐出什么，因为他已经一天或好几天没吃东西了。他把那盘让他不适的海豹杂碎从敞开的帐篷门口推出去。

昨天晚上稍晚，同伴们一个接一个进入他的帐篷，不发一语，甚至连脸也不想让他看见。每个人都带来一两个硬得像石头、接近绿色的饼干放在他的身旁，好像是为埋葬他而预备的白色石块。他当下就明白，他们要把他留下来了。他太虚弱，根本没办法抗议，有时还无法从梦境里脱身。不过，他已经明白，在忠诚地为海军、为皇家探索团、为克罗兹船长卖命这么多年后，这十数坨半熟却完全走味的粗劣面粉，是他能得到的所有回报。

他们要将他留在这里。

这个礼拜天早晨他醒来后发现，他的头脑比几天来，甚至几个礼拜来都还要清醒，却只听到同伴们正在为永远离开解救营做准备。

小船旁边传来一阵喧哗，盖住了船员们将两艘捕鲸船扶正、把两艘快艇绑到雪橇上、把物品装到四艘小船上时发出的声音。

他们怎么可以把我留在这里？乔帕森难以置信。克罗兹船长生病、情绪低落、全然醉倒时，他不是留在他身旁照顾过他无数次的吗？船长半夜呕吐时，他不是都默默地、没有丝毫抱怨地尽好侍从本分，将一桶桶呕吐的秽物从船长舱房提走吗？当这个爱尔兰酒鬼发高烧到神志不清，身上沾了排泄物时，他不是也都尽责地去帮他擦屁股吗？

或许这就是那可恶的家伙留我在这里等死的原因。

乔帕森强迫自己睁开眼睛，并且试着在浸湿的睡袋里翻身。这相当不容易办到。从他身体中心散发出来的虚弱，让他没有一丝力气。每当他张开眼睛，就感到头痛欲裂。地面让他感觉到身体正剧烈地上下颠簸，就像一艘在外海绕过岬角的船舰。他的骨头痛得要命。

等等我！他大喊着。他认为他已经叫出声来，但只不过是无声的思想。他必须做得更多……让他们知道，他能和他们当中最强壮的人一样去拉小船。他甚至可以把腥臭的海豹肉硬吞下肚，让他们知道他的身体没问题。

乔帕森无法相信他们竟把他当成死人。他是个有优秀海军军旅记录的活人，有非常丰富的侍从经验。即使在军职之外，身为女王陛下的平常百姓，他的忠诚度也从来不比探险队中任何一个人差，更不用说他还有家人和家在朴次茅斯了——如果伊丽莎白和他的儿子艾佛瑞还活着，而且也还没被屋主赶出去的话。那房子是他们用托马斯·乔帕森第一年的皇家探索团薪水六十五镑当中的预付款二十八镑租下来的。

解救营现在已经没什么人了，偶尔听得见一些微弱呻吟，可能是从附近帐篷传来的，也可能是刮个不停的风。平常皮靴踩在砂石地的声音、喃喃的咒骂声、偶尔的笑声、上哨与下哨卫兵的小声交谈、帐篷之间的喊声、锤子或锯子的回音、烟斗中的烟草味全都消失了。只有小船方向隐约传来愈来愈远的嘈杂声。这些人真的要离开了。

托马斯·乔帕森不愿意留下，也不愿意死在这冰冷、人迹罕至、鸡不生蛋鸟不拉屎的临时营地。

乔帕森使尽身上所有力气，以及一些他也不知道从哪里来的力气，把他的哈得逊湾牌毛毯睡袋拉到肩膀下，开始从里面爬出来。他必须先辛苦地把已经结冻的汗水、血及其他体液从皮肉或羊毛上撕掉，才能从毛毯里爬出来，并且往帐篷出口移动。

用手肘爬行了似乎好几英里后，乔帕森的上半身终于爬出了帐篷的帆布门，然后他趴倒在地上。他喘息着，感受外面寒冷的空气。他已经很习惯帆布过滤过的昏暗光线，以及帐篷里的窒闷空气，所以，帐篷外的空旷和炫目的光线，让他的肺几乎无法呼吸，让他半眯半闭的眼睛充满泪水。

乔帕森很快就发现太阳的光芒其实只是错觉。这天早晨不但相当黑暗而且有浓雾，一缕缕冰晶蒸汽在帐篷间飘移，好像被他们丢在路上的死人幽魂在营内走动。这一幕让船长侍从想起他们派利铎中尉、冰雪专家瑞德、哈利·培格勒及其他几个人，沿着最早发现的开放水道往前探勘的那一天。同样的浓雾！

去赴死亡之约，乔帕森心想。

他爬过饼干及海豹肉。其他人把东西带来他这里，好像他是某个可憎的外邦神祇，或者他本身就是献给众神的祭品。接着，乔帕森穿过帐篷的圆形出口，把他两只没感觉也没反应的腿拉到帐篷外面。

他看见两三座帐篷在附近，心中一时燃起希望：也许还能走路的人只是暂时离开了而已，可能只是在小船附近忙着处理一些事，不久就会回来。但是接着，乔帕森发现大部分的荷兰帐篷都不见了。

不，并非不见。他的眼睛已经适应了散射在浓雾裂缝之间的光线，他可以看见营地南侧，最靠近小船与海岸线的大部分帐篷都被弄垮了，上面堆了石块以免它们飞走。乔帕森自己也糊涂了。如果他们真的要离开，难道不把帐篷也一起带走吗？眼前的景象看起来好像他们是要到海冰上去，很快就会回来。到哪里去？为什么？这一切在生病而且最近常常产生幻觉的侍从眼里解释不通。

后来雾向左右漂移，并且略微上升，他可以看到在约五十码远的地方，船员们正从船的两侧推拉小船，要把船拖到海冰上。乔帕森估计每艘小船旁边大约都有十个人。意思是，营地里所有或几乎所有还活着的人都将离他和另外几个病重的人而去。

古德瑟医生怎么可以把我留在这里？乔帕森想着。他试着去回想上次船医扶起他的头与肩膀，喂他喝汤并且帮他擦拭身体是什么时候。昨天来的是年轻的哈特内，不是吗？该不会已经是好几天前的事了吧？他也记不得船医上次来看他或拿药给他是什么时候了。

"等等我！"他喊着。

只可惜那并不是喊声，连沙哑的嘎叫声也谈不上。乔帕森发现自己已经好几天，或许是好几个礼拜没有大声说话了。他刚才发出的声响，即使在他两只隆隆作响的耳中听来，也是含混的，甚至没有声音。

"等等我！"这次情况也好不到哪里去。他知道必须用手在空中挥舞，才能让他们看见他，也才能让他们转身回到他这里。

托马斯·乔帕森无法把任何一只手臂举起来。光是尝试就让他向前跌倒，脸撞到沙砾地上。

他唯一能做的就是朝着他们爬过去，直到他们看见他并且转头回来。他们不可能将一个还很健康、能跟在他们后面爬一百码进到海冰上的同船伙伴弃之不顾。

乔帕森用他已经破裂的手肘撑着身体，扭动着爬行了三英尺，然后再次脸朝下地趴倒在冰冷的沙砾地上。雾在四周翻搅，他甚至看不太见身后几步的帐篷。风在呻吟，或者在几个还没拆掉的帐篷里，有更多被抛弃的病患在呻吟。今天的寒意直接穿透他肮脏的羊毛衬衫和长裤，让他全身冷得发抖。他知道如果自己继续爬离帐篷，很可能不会有力气再爬回来，而会被外面的冰与湿气冻死。

“等等我！”他喊着，声音虚弱得像一只刚出生的小猫。

他爬着、扭着、蠕动着又前进了三英尺……四英尺……然后像只被鱼叉射中的海豹一样躺着喘气。他的两只手虚弱无力，垂在身旁，和海豹的鳍状肢一样没用……甚至更没用。

乔帕森试着把下巴抵在冰地上，让自己再前进一英尺或两英尺，却马上撞断了他所剩不多的牙齿中的一颗，不过他还是再次把下巴往下抵。他的身体实在太重，像被千百斤重物压在地上。

我才三十一岁而已，他激动、气愤地想着。今天是我的生日啊！

“等等我……等等我……等等我……等等我。”每一个音节都比前一个微弱。

乔帕森气喘吁吁地趴在地上，两只没有知觉的手瘫在身体两旁，所剩的几绺头发在小圆石上抹出几道血痕。他痛苦地把脖子仰起，脸颊撑在冰冷的地上，让自己可以看到正前方。

“等等我……”

浓雾在他身旁绕旋，然后逐渐散去。

他能看到一百码远。他的视线穿过原本排了四艘小船、现在却空无一物的空旷地，穿过由圆卵石铺成的沿岸沙砾地，再穿过杂乱的岸冰，看到海冰上的四十几个人和四艘小船正辛苦地往南走进海冰里。第五艘怎么不见了？即使距离这么远，船员的疲态还是看得一清二楚，他们的动作并不比乔帕森刚才辛苦爬行五码路来得更有效率或更优雅。

“等等我！”这声喊叫把他几乎消耗殆尽的精力全都唤了出来，不过音量和他平常说话的声音差不多。乔帕森可以感觉到自己身体核心的温热不断流进脚底下的冰冷砂石地。

“等等我！”这是他使尽力气的最后一声呐喊。这已经是男人的声音，不是猫咪的喵喵叫或海豹垂死时的吱吱叫了。

但是太迟了。船员和小船已经离他一百码，而且正在快速消失，只留给他一个映衬在无穷无尽的灰色中的、摇摇晃晃的黑色轮廓。冰的破裂声及风的呻吟声大鸣，连步枪的枪响也可以盖过去，更别说是一个被留在后面的人发出的单薄声音了。

在某一刻，雾突然散得更开，一道慈柔的光照亮了一切，仿佛太阳要出来把每处的冰都融化，把绿色的藤蔓、活着的生物以及重燃的希望全都带来。但是，雾马上又合起，并且在乔帕森周围盘旋，用它冰冷、蚌壳般的灰色指头遮住他的眼睛，将他绑住。

接着，船员及小船不见了。

好像它们从来没有存在过。

57
希吉

威廉王岛的西南峡角

一八四八年九月八日

副船缝填塞匠科尼利厄斯·希吉讨厌国王与女王。他认为他们都是在政治活动肥臀上吸血的寄生虫。

不过他发现，他并不反对自己当国王。

他原先计划航行与划行并用，一路回到恐怖营（甚至“恐怖”号），但是遇见了大阻碍：侦察船绕过威廉王陆块西南方的峡角后，碰上了朝他们直逼而来的堆冰。开放的水域变窄，成为没有出路的水道，甚至在前面不远处就封闭起来，让小船没有办法顺着往东北方延伸的海岸缓缓前进。

在更西边的海面上还有一些真正的开放水域，但是希吉不能让侦察船离岸太远，免得看不见陆地。原因很简单：船上还活着的人当中，没有人知道如何在海中分辨方向。

希吉和艾尔摩会好心地让乔治·哈吉森跟他们一起到这里，

甚至还主动引诱这位年轻的中尉跟来的唯一原因是：这个傻小子和所有海军中尉一样受过天文导航训练。但是在他们靠人力拉小船离开解救营的第一天，哈吉森就跟希吉坦承，他无法确定他们的所在地，也无法在海中导航回“恐怖”号，因为他并没有六分仪。探险队仅剩的六分仪都在克罗兹那里。

希吉、门森、艾尔摩和汤普森等人会折返，将克罗兹与古德瑟骗到海冰上，其中一个原因就是想弄到一个该死的六分仪。不过这次科尼利厄斯·希吉与生俱来的机灵没能发挥作用。他和理查·艾尔摩想不出令人信服的借口，让那只充当诱饵的山羊罗伯特·戈尔丁诱使克罗兹带着他的六分仪到海冰上。所以他们想出另一个方法：用严刑来折磨这高傲的爱尔兰浑蛋，让他传信叫营地的人把六分仪带出来。但是后来看见被他折磨的人真的跪倒在地时，希吉索性把他杀了。

所以，当他们发现开放水域时，年轻的哈吉森就毫无利用价值了，连留他下来拉小船也不需要。希吉很快地找个利落又不让对方太难堪的方法处决他。

有了克罗兹的手枪及多余的弹药，希吉轻易地解决了这件事。

艾尔摩和汤普森带着古德瑟和食物回来的第一天，希吉允许他们将拿到的两支霰弹枪留在身边，希吉自己还有离开解救营那天，克罗兹交给他的一支霰弹枪。但是他很快地想，最好还是把多余的武器都留在自己身边。于是他叫门森把另外两支霰弹枪丢到海里。这么做比较好：国王科尼利厄斯·希吉拥有手枪及唯一一支霰弹枪及弹药的掌控权，而马格纳·门森就在他身旁。

希吉知道，艾尔摩性格阴柔，喜好读书，善于谋反；汤普森则从来就是不能完全信任的酒鬼大老粗。这些都是希吉凭着直觉和他与生俱来高于常人的智力知道的。所以在九月三日，哈吉森的身体快要被吃完时，希吉就叫门森在这两个人的头上各敲一下，把他们绑起来，趁他们在半昏迷中拖到其他十来个集合的人面前。希吉开了一个简略的军事法庭，判决艾尔摩和汤普森犯了叛乱罪，说他们密谋对领导者及伙伴不利。然后在他们的后脑勺各射了一颗子弹，处决了他们。

哈吉森、艾尔摩及汤普森三个人，都为了众人利益而牺牲，但是那可恶的船医古德瑟却还是拒绝担任他们的解剖上将。

所以，他每拒绝一次，总指挥官希吉就被迫在顽固的船医身上割下一块肉来惩罚他。目前为止已经惩罚三次了，所以现在，当他们被迫再上岸时，古德瑟走得相当辛苦。

科尼利厄斯·希吉很相信运气，他自己的运气，而且他的运气一直很不错。即使好运偶尔不站在他这边，他也总是创造好运。

就目前状况来说，他们能靠风航行就靠风航行，沿岸水道变窄时就用力划桨。绕过威廉王陆块西南方的巨大峡角后，却发现前面是一整片结实的堆冰。希吉下令让船上岸，再次把侦察船放到雪橇上。

他并不需要提醒大家他们有多幸运。克罗兹手下的人现在几乎肯定已经死亡，或即将死在解救营，或即将死在解救营南方海峡里的堆冰上。但是希吉钦点的人，已经完成了回恐怖营取补给品这条漫长路程的三分之二，甚至四分之三。

希吉已经做出决定，身为统治富兰克林探险队的国王，他不需要跟其他人一起拉船。这些人心中肯定对他充满感激，而且只感激他一人，不会抱怨身上有病痛或没体力，所以在旅程的最后一段，他要坐在雪橇上那艘侦察船的船尾，让那十几个还活着的臣子——半跛的古德瑟例外——拉着他越过地上的冰雪与沙砾，绕行峡角北边的海岸线。

过去这几天，马格纳·门森也和他一起坐在侦察船上，不只是因为每个人都知道马格纳是国王的王妃、审判长兼执刑官，也因为可怜的马格纳肚子又开始痛了。

古德瑟虽然一跛一跛，却还留在世上，最主要的原因是希吉非常害怕疾病与传染病。解救营里及更早之前的病人生的病，尤其是会让人不断流血的坏血病，让这位副船缝填塞匠感到厌恶及恐惧。他需要有医生随行来照顾他，虽然到目前为止，还没有任何征兆显示出他自己也得了像瘟疫般流行在无足轻重的人之间的病。

希吉的雪橇队员——莫芬、奥瑞恩、布朗、丹恩、吉伯森、史密斯、贝斯特、杰瑞、沃可、席立、斯特里克兰——也没出现坏血病后期症状，因为现在他们的食物都是新鲜的或几近新鲜的肉。

只有古德瑟看起来像病人，也表现得像病人，因为这个笨蛋坚持只吃饼干及喝水。希吉知道再过不久，他就得坚持叫船医吃一些对身体较好的抗坏血病食物——大腿、小腿、上臂及下臂之类部位是最好不过的——让古德瑟不会因为顽固与倔强而丧生。医生应该最清楚才对。在没有其他东西可以吃的情况下，发霉的饼干和水也许可以让一只老鼠活下去，对一个人来说却不行。

为了确保古德瑟能活下去，希吉很早就拿走古德瑟医疗袋里的所有药品，由他自己看管，只有在他的严密监视下，古德瑟才能拿一点药来医治马格纳或其他人。他也确保船医拿不到刀子，而且当他们乘船在海上航行时，他总会派人负责看好古德瑟，免得他跳船。

不过到目前为止，还看不出船医有选择自我了结的迹象。

马格纳的腹痛已经非常严重，不仅让这巨人白天得和希吉一起坐在雪橇上的侦察船里，还让他一连几个晚上睡不着觉。希吉从来不知道他的朋友会有失眠问题。

那两颗子弹造成的小伤口当然是腹痛的主因。希吉逼古德瑟每天都要去照料这两处伤口，但船医坚持那只是表皮伤，而且伤口没有感染及扩散。古德瑟让希吉和那像小孩儿一样窥视自己伤口的马格纳——他把衬衫衣襟往上拉，紧张地偷看自己的肚子——看，马格纳肚子周围的肉还是粉红色的，而且看起来很健康。

“那他为什么会痛？”希吉追问。

“这和所有瘀青一样，尤其是肌肉深处的瘀青。”船医说，“可能还会痛几个礼拜。不过并不严重，更不会威胁到生命。”

“你能把那两颗拿掉吗？”希吉问。

“科尼利厄斯，”马格纳哭诉着，“我不要他把我那两颗拿掉。”

“我是指子弹啦，亲爱的。”希吉轻拍这大块头巨大的前臂，“那两颗子弹在你的肚子里。”

“也许吧。”古德瑟说，“不过还是别叫我试比较好，至少还在旅途上时别试。要动手术的话，就得把已经差不多愈合的肌肉再割开。门森先生还必须躺好几天等待康复……而且会有感染坏血症的风险。如果我们真的决定要动手术，我觉得在恐怖营，甚至在回到船上后才动刀比较有把握。那样的话，病人可以在床上躺几天或更长的时间康复。”

“我不要我的肚子受伤。”马格纳发出隆隆的声音。

“不会的，当然，你不会的。”希吉抚摸着他这位伴侣的大胸脯与肩膀，“给他一些吗啡，古德瑟。”

船医点点头，然后倒了一小份止痛剂在汤匙上。

马格纳向来就喜欢吃那一汤匙的吗啡，吃完后总是会坐在侦察船的船首，满意地微笑一两个小时，然后才因为剂量而昏睡过去。

所以，在九月八日礼拜五，希吉国王的国度里一切进展得很顺利。他那十一只拉车的动物——莫芬、奥瑞恩、布朗、丹恩、吉伯森、史密斯、贝斯特、杰瑞、沃可、席立、斯特里克兰——身体都很健壮，没有任何病痛，而且每天都很卖力在拉雪橇。马格纳大多时间都很快乐，他很喜欢像个军官一样坐在船首，并且回头欣赏他们走过的郊野景致；药瓶里还有足够的吗啡与鸦片酊剂，让他在到达恐怖营，甚至“恐怖”号之前都有药可吃。古德瑟还活着，跟在车队旁边一跛一跛走着，随时可以照顾国王和王妃。虽然已经愈来愈冷，但天气很不错。而且完全见不到先前屡次猎杀他们同伴的那只动物的身影。

虽然他们吃得很凶，但未来几天还是有足够的人肉——艾尔摩与汤普森的肉可以炖来吃。他们已经发现，人体脂肪也可以和鲸鱼的皮下脂肪一样当燃料，虽然火力没那么旺，燃烧的时间也比较短。等这些肉吃完之后，希吉计划好，如果在到达恐怖营之前还需要牺牲一个人，他们会进行一次抽签。

他们当然可以减少每日的粮食配额，但是科尼利厄斯·希吉知道，用抽签来决定生死，能把恐惧感灌输到十一个已经非常听话的拉车动物心里，并且重新让他们知道谁才是探险队的国王。希吉向来睡得很浅，睡觉时甚至还睁着一只眼睛，并且将手放在雷管手枪上。再公开牺牲最后一个人，并且由马格纳来执行对古德瑟的第四次公开处罚，因为船医大概还是不会服从解剖尸体的命令，这些应该会让拉车兽善变的心中残留的一丝丝反抗念头全被铲除。

就目前来讲，这是个美好的礼拜五，温度是宜人的二十几华氏度。顺着前进的方向，蓝色的天空愈往北愈蓝。沉重的小船高高架在雪橇上，雪橇滑板滑过冰地与砂石地时，发出刮磨声与沙沙声。在船首的马格纳刚服完药，正微笑着，双手摸着肚子，哼着轻松的歌曲。

他们都知道，现在距离恐怖营及约翰·厄文位于胜利角附近的坟墓不到三十英里，距离维思康提中尉在海岸边的坟墓更不到十五英里。拉雪橇的人都很强壮，每天可以前进两三英里。如果能再次吃到充裕的食物，还可以表现得更好。

为了做签，希吉从《圣经》上撕下一张空白页——他们离开解救营时，马格纳坚持找了几本《圣经》放在侦察船里，虽然这温和的白痴根本不识字。现在他正要把那张纸撕成十一小张等宽的小纸片。

希吉当然不用参加即将举行的抽签，马格纳和那该死的船医也不用。但是今天晚上，在他们停下来泡茶及炖肉时，希吉会叫每个人在纸片上写下自己的名字，或画上代表自己的记号，如此一来，抽签的准备就做好了。希吉会叫古德瑟去检查纸片，公开确认每个人都签上了自己的名字或画上了独特的记号。

接着这些写上人名的纸片会放进国王厚呢大衣的口袋里，等着举行严肃仪式的那天来临。

58
古德瑟

威廉王岛的西南峡角
一八四八年十月五日

哈利·古德瑟医生的私人日记：

一八四八年十月六、七日，也许是八日。

我已经把最后一剂喝下肚了，药效还要再过一阵子才会完全发作。在那之前，我得赶快写日记。

过去这几天，我不断回想起几个礼拜前，就在希吉射杀年轻哈吉森的前一晚，和我睡同一个帐篷的哈吉森多么信任我，跟我倾诉了许多秘密。

这名中尉轻声说："不好意思打扰你，医生，但是有些话我一定得找个人说。我很对不起大家。"

我也轻声回答他："哈吉森中尉，你不是天主教徒，我也不是该听你忏悔的神父。快去睡觉，也让我睡个觉吧！"

但是哈吉森相当坚持："我再跟你道歉一次，医生。但是我得跟人说，对于背叛了一直对我很好的船长，并且让希吉先生俘虏你，我感到非常抱歉。我真的非常后悔，非常抱歉。"

我静静躺在那里，一句话也没说，没给那男孩任何回应。

"约翰被杀之后，"哈吉森继续说，"我是指厄文中尉，他是我在炮兵学校的好朋友——我就认定是副船缝填塞匠希吉干的，我开始愈来愈怕他。"

"既然你觉得他是只怪兽，为什么还选择站在他那边？"我在黑暗中低声问。

"我……很害怕。我想站在他那一边，是因为他实在太恐怖了。"哈吉森也低声说。接着这男孩就哭了起来。

我说："你真丢脸。"

不过，我还是用手臂环抱他，在他哭泣时拍着他的背，直到他睡着。

隔天早上，希吉把所有人都聚集起来，并且叫马格纳·门森强迫哈吉森中尉跪在他面前。然后这位副船缝填塞匠挥动他的手枪宣布，他，希吉先生不会容忍任何人偷懒，而且再次解释，我们当中的好人能吃东西并且活下去，但是偷懒的人必须死。

接着他用那把长枪管的手枪抵在乔治·哈吉森头颅底部，开枪将他的脑浆轰到沙砾地上。

我必须说，这男孩临死前算是相当勇敢。那天早上他没有任何恐惧，在希吉的手枪发射之前，他的最后一句话是："你也该下地狱了。"

但愿我临死前也能这样勇敢。但是现在我已经很确定自己没这能耐。

希吉这场戏并没有随着哈吉森中尉的死而告一段落，也没有在马格纳·门森将这男孩衣服剥光、让他赤裸的尸体躺在大家面前时终结。

当时的景象让我感到胸痛。从医学专业的角度来说，我无法想象任何一个一刻钟前还活着的人，会比可怜的哈吉森还瘦。他的手臂只是骨头上包了一层皮，他的肋骨和骨盆向外撑着皮肤，几乎要将皮撑破。而且，这男孩身上都是瘀青的斑点。

不过，希吉把我叫到前面，给我一把大剪刀，坚持要我在众人面前解剖这位中尉。

我不同意。

他和气地再要求了一次。

我再次拒绝。

接着希吉命令门森从我手上拿走大剪刀，并且把我身上的衣服剥光，和躺在脚前的那具尸体一样。

我的衣服被脱光后，希吉就在大伙面前来回踱步，指着我赤裸身躯的各部位。门森拿着大剪刀站在一旁。

“我们这一群兄弟之中，不容许有偷懒的人。”希吉说，“我很关心你们，顾及你们每一位的健康，我们正需要这位船医，他必须受处罚，因为他拒绝为众人尽一分心力。今天早上他已经拒绝我两次，所以我们要从他身上割下两块肉，来表达我们的不悦。”

他一面说，一面走过来用手枪的枪管戳我身上的各个部位——我的手指、鼻子、阴茎、睾丸以及耳朵。

接着他把我的一只手抬起来。

“一个外科医生需要他的手，不然他对我们就没有用处。”他的口气很像在演戏，接着他放声大笑。“所以我们要把它留到最后。”

大部分的人都笑了。

“不过他并不需要他那一根阴茎或那两粒卵蛋。”希吉用非常冰冷的手枪枪管戳着他提到的部位。

大家又笑了。我想，他们很期待看好戏。

“但是今天我们要大发慈悲。”希吉说。接着他命令门森把我的两根脚趾剪掉。

“哪两根，科尼利厄斯？”大块头白痴问。

“你自己选，马格纳。”这场仪式的主席说。

在场的人再次笑出来。我可以感觉到，他们对最后只剪掉无足轻重的脚趾有些失望。不过我也感觉得到，他们对将我的脚趾的命运交由马格纳·门森来决定感到相当有趣。这也不能怪他们。在场这些人都没受过正式教育，所以很讨厌受过教育的人。

门森选择了我的两根大脚趾。

观众大笑并且鼓掌喝彩。

大剪刀剪得干净利落。在这件事上，门森力大无穷对我而言反倒是好事。

有人把我的医药袋拿过来，然后每个人都看着我把一些必须处理的动脉打好结，并尽我所能地止血。大伙儿还是笑声不断，显然对这事很感兴趣，我却觉得头晕目眩，不过，我还是为伤口做了初步包扎。

门森照着希吉的吩咐将我背回帐篷里。这次他很轻柔地对待我，好像母亲在照顾她生病的小孩儿。

也就是在这一天，希吉决定拿走我那几罐有效的药。不过在那天早上之前，我已经把大多数的吗啡、鸦片、鸦片酊剂、多佛粉末、有毒的甘汞，以及由曼陀罗花制成的药品，倒到一个不透明、不起眼、上面标示着铅糖的瓶子里，藏在了医药袋以外的地方。接着我加了一些水，让吗啡、鸦片，以及鸦片酊剂瓶内的液体高度看起来和原先一样高。

讽刺的是，我每次让门森喝的肚子痛药，其实是由超过八份的水配上两小份吗啡调成。不过，这个大块头似乎没发现药效变弱了，这也再次提醒我，在治疗过程中，病人本身的信念扮演着非常重要的角色。

在哈吉森中尉过世之后我还是继续拒绝听命，因而总共又失去了八根脚趾、一只耳朵及我的包皮。

最近这一次刑罚让聚集观看的人非常快乐，让人还以为是有马戏团到这里来为他们表演，虽然两具刚死掉的尸体就躺在他们面前。

我知道为什么希吉虽然不断威胁要把我的男性生殖器或睾丸割掉，却一直没动手。这个副船缝填塞匠已经见识过太多起船上的意外，知道这样的伤口经常会血流不止，尤其是现在流血的人就是船医自己，在必须动手术止血时，很可能失去知觉或休克，而希吉并不希望我死掉。

自从我的第七到第十根脚趾也被切掉后，我走起路来就非常困难。以前我从来不知道脚趾对保持平衡那么重要。随之而来的疼痛，也在过去这个月里对我造成极大的困扰。

如果我在这里说，我从来没考虑去喝那瓶由吗啡、鸦片、鸦片酊剂及其他药物混合而成的剧毒，偷藏起来准备当最后一剂饮下——这件事我已经计划好几个礼拜了，那么我就是犯了自傲的罪，更别说欺骗之罪了。

不过，我从来没有把瓶子拿出来。

直到这一刻。

我必须承认，它的作用并没有我原先预期的快。

我的脚已经失去知觉——这真是件好事——我的腿至膝关节处都已经麻木了。不过，以目前的速度至少还要十分钟，药效才会到达我的心脏及其他重要器官，让它们停摆。

我刚刚又多喝了一些“最后一剂”。我猜我是个懦夫，所以才不敢一开始就一口气全喝下。

纯粹是为了科学上的理由，我在这里坦承，如果将来有人发现这本日记的话——这样的混合液不仅效力很强，也让人非常兴奋。如果在这黑暗、暴风雪来袭的下午有人还活着——除了希吉先生（可能再加上门森先生）还在御用侦察船上——他们应该会看到，临终前我不断在摇头晃脑，像醉鬼一样露齿而笑。

不过，我不建议别人重复这实验，除非真正碰上不得不使用这种药来治病的严重状况。

接下来就是我真正的忏悔。

在我担任医生的生涯里，我第一次、也是唯一一次没有尽全力来服务我的病患。

我所指的当然就是可怜的马格纳·门森先生。

我一开始对他身上两个弹孔的诊断是骗人的。那两颗子弹的口径很小没错，但是那支小手枪却装填了很多火药。我第一次检查时就很清楚了，两颗子弹穿透大块头白痴的皮肤、表层肉、肌肉层以及腹腔里层。

我第一次问诊时，就知道那两颗子弹已经进到门森的肚子、脾脏、肝脏或其他重要器官，也知道他能否存活要看我是不是找得到子弹，并且动手术取出来。

但是我说了谎。

如果有地狱，那么我将要，也应该要被丢到最底层一圈、最恐怖的波吉亚区。但我早就不相信了，因为这块土地及其中某些人本身就是十足的地狱。

我不在乎。

我应该留在这里——现在我的胸部是冰冷的，我的手指……手指也开始变得冰冷。

一个月前，暴风雪刮起的时候，我感谢上帝。

那时候我们几乎要到恐怖营了，希吉看起来要获胜了。我相信我们距离那里不到二十英里，而且一天还可以前进三或四英里，天气也接近完美。结果，那不止息的暴风雪就挥拳打了过来。

如果有上帝的话……我……感谢您，亲爱的上帝。

雪。黑暗。恐怖的风白天、晚上不停歇。

连能走的人也拉不动小船了。挽具被丢在路上，帐篷被吹倒吹走，温度下降了五十华氏度。

冬天像上帝的大槌子一样打了下来，希吉唯一能做的，就是在他的御用侦察船旁边，用防水帆布搭个侧棚，并且射杀一半的人，来喂另一半的人。

几个人跑到大风雪中，结果死在里面。

几个人留下来，结果被射死。

有人被冻死。

有人吃其他人，但也死了。

在大风中，希吉和门森坐在船里。我猜，不过并不确定，门森已经死了。

我害死了他。

我也害死了被留在解救营的人。

我很对不起。

我很对不起。

在我的一生，我哥哥知，我希望他现在这，汤马知道，我一直很喜柏拉图，还有苏格拉的对话录。[1]

就像伟大的苏格拉底一样，不过，我不那么伟大。毒药，我应得的，在我的体内发作，我的四肢都僵掉了，我的手指，医生的手指，已经全硬掉了，而且

我很高兴
写好放在我胸前的些字

请吃哈利·古德瑟伊生的尸，如果你想的话，
他骨子和肉里的毒，也会使你丧命

解……营的人
汤马，如果他们看到这些字
我很对不起
我尽力了，但……没

马纳先生，我并不

上帝保佑……其他……些人

1　此处及前后部分原文语序、词句是混乱的。

59
希吉

威廉王岛的西南峡角

一八四八年十月十八日

从过去几天或几个礼拜的某一刻开始，科尼利厄斯·希吉发现自己已经不再是国王了。

他现在是个神。

事实上——他怀疑，但还不确定，不过他强烈怀疑，几乎到了可以确定的地步——科尼利厄斯·希吉已经变成神了。

他身旁的人一个个死去，但他还活着。他不再感到冷，也不再感到饿或渴，当然也就不需要去克制食欲。当夜愈来愈长、逐渐迈向永夜时，他还是可以在不断向他逼近的黑暗中看到东西。狂吹的雪与呼啸的风，对他灵敏的感官也没有任何妨碍。

帐篷被风撕破且吹走之后，平凡的人需要靠小船及雪橇上的防水帆布来遮蔽身体，大伙儿仿佛一群羊，彼此挤在一起，把毛茸茸的屁股对着风，然后慢慢死去。但是希吉却还能舒舒服服地坐在侦察船船尾的宝座上。

在他们因为大雪、狂风，以及陡降的气温而有三个礼拜无法前进之后，那几只拉车的动物已经虚弱无力，一直跟希吉讨食物，希吉这才像神一样从小船来到他们当中，把肉和鱼分给他们吃。

他射杀斯特里克兰来喂席立。

他射杀丹恩来喂布朗。

他射杀吉伯森来喂杰瑞。

他射杀贝斯特来喂史密斯。

他射杀莫芬来喂奥瑞恩……或者全都倒过来。希吉已经不想去记这些细节了。

但是，现在吃了他所给的充裕食物的人也都死掉了，他们在毛毯睡袋里被冻成硬块，或者在痛苦中扭曲成恐怖的爪形。不过也有可能他已经对这些人感到厌烦，而把他们全部射死。他隐约记得，在过去这一两个礼拜里，他切下来吃的顶级人肉部位的数量，比他射杀来喂其他人的人数还多——他那时还需要吃东西。不过，也许他只是一时兴起。他已经不记得细节了，那一点都不重要。

当暴风雪结束时——现在希吉知道，他随时都可以命令它止息，只要他想——他也许会叫几个人从死里复活，叫他们将马格纳和他拉到恐怖营去。

那该死的船医死了，他饮毒自尽，躺在离侦察船及公共坟场只有几码远的小防水帆布篷里，身体被冻成硬块。不过希吉选择不去理会，这只是件不尽如他意的小事。即使是神，也会有害怕的东西，而科尼利厄斯·希吉向来就很害怕毒药或毒物污染。他先看了一眼，并且从帆布篷的入口对着尸体开了一枪，以确定船医不是在装死，之后新神希吉就离开了，不想和中毒的家伙和已经受毒物污染的遮蔽篷有任何接触。

几个礼拜以来，马格纳经常从他最喜欢的船首特区发出痛苦的呻吟及抱怨，但是这一两天却异常安静。在暴风雪稍缓时，一道了无生气的冬日阳光照亮了侦察船、旁边被雪埋住的帆布篷、他们所在的矮丘、西边的结冰海岸，以及再过去那片无尽的冰原。那时门森做了最后一个动作——他张开嘴巴，像是要向他的爱人和神请求。

但是他没有把话说出来，连再发一声抱怨也没有，热血就充满他的嘴巴，并且像间歇喷泉一样涌出，沿着他长满胡须的下巴往下流，染红他的肚子及轻轻合起的手掌，最后就在他皮靴旁边的船底汇集成一摊血。那些血还在，不过已经成为结冻的波浪与涟漪，就像《圣经》中某个先知的波浪形褐色胡子，但是覆盖着冰。马格纳从那天之后就没再说话了。

伴侣短暂的沉睡并没带给希吉太大的困扰。他知道，他随时可以再叫醒他。但是过了一两天之后，门森那两颗不断盯着他的眼睛、大开的嘴巴及那道结冰的血流，开始让这位神不好受了。每次醒来就看到这幅景象，让他特别难以忍受，而且门森的眼睛还结了霜，成为白色、冰冷、不会眨动的两颗圆球。

于是希吉从他船尾的宝座上起身，向前爬，经过斜靠在船舷的霰弹枪及弹药袋，经过几袋个别包好的巧克力——如果饿的感觉还会再回来，他可能会将就着吃；经过锯子、钉子和几卷薄铅板；翻越过小船中间的横板，然后踩跨过整齐堆放在马格纳浴血双脚旁的毛巾与丝质手帕；最后再把他这位朋友放在身边、像矮墙般隔在希吉与他之间的几本《圣经》踢开。

但是马格纳的嘴巴无法闭起来。希吉连把那道结冻的血流折断或打碎都办不到。他的白色眼睛也闭不起来。

“对不起，我的爱人。”他轻声说，“但是你该知道我不喜欢一直被人盯着看。”

他用船刀把那两颗结冻的眼球挖出来，远远丢到呼啸的黑暗里。等到他叫马格纳从死里复活后，他会再把眼球装回去。

最后，暴风雪遵照他的命令逐渐变小，然后完全止息，呼啸声也停了。在这艘被雪橇架高的侦察船西侧，也就是迎风面，堆积了五英尺高的雪；在背风面，那死人篷幕下方的空间也被雪填满。

天气非常寒冷，而希吉的超自然视力能看见更多黑云正从北方逼近，但是今天晚上会很宁静。他看到太阳在南方落下，并且知道再过十六或十八个小时，太阳才会再次在南方升起。而且再过不久，太阳就不会再升起了。那时就是黑暗的时代，一万年的黑暗。不过，这刚好如科尼利厄斯·希吉的愿。

但是今天夜里，天气寒冷而没有风雪，星星相当明亮。有人教过希吉几个夜空上冬日星座的名字，但是现在他连找出北斗七星都有困难。他很满意地坐在小船的船尾，厚呢大衣和瞭望帽让他相当温暖，他把戴着手套的手扶在船舷上，目光移往恐怖营，甚至锁定更远处的船舰方向，等到他决定要让那几只拉雪橇的动物及他的王妃复活时，他就可以到那里去。他回想过去几个月及几年间发生的事，觉得最终将自己变成神的奇迹实在非常奇妙。

希吉对先前身为人类时发生的每一件事没有丝毫后悔，他做了他该做的事。他已经跟曾经瞧不起他的自大恶棍算过账了，并且让其他人稍微见识到他的神性光辉。

突然间，他感觉西边有东西移动。天气实在太冷了，希吉头转得有点辛苦，然后望向那片冰冻的海。

有东西朝他走来。或许是他的听觉最先侦测到它走在裂冰上的声音。现在他的听觉不但异于常人，而且有超自然的力量。

某个体形巨大的东西用两只脚站立，朝他走来。

希吉看到星光照射在它蓝白色的毛皮上。他露出微笑，欢迎它的造访。

冰原上那个东西已经不足为惧了。希吉知道，它现在不是以掠食者的身份，而是以崇拜者的身份到来。此刻，他和那只动物的地位甚至不对等。科尼利厄斯·希吉可以下令叫它消失，或者是用他戴着手套的手轻轻一挥，把他放逐到宇宙中最遥远的地方。

它继续走过来，有时候放低身体、四脚并用地大步向前走，更多时候像人一样，用两只巨大的后腿站立起来走路，即使走路的动作一点也不像人。

希吉感觉到原本心里的平和，被莫名的不安惊扰了。

在快要接近侦察船及雪橇时，那个东西突然消失在他的视线之外。希吉可以听见它在帆布篷附近走动，在布篷底下用它的长爪撕裂里面几具冰冻的尸体。刀子般大小的利牙不断咔嚓咬合，不时大口呼出气息。但是他看不见。他发现自己很害怕。

他直视前方，和马格纳少了两颗眼球的眼眶彼此对望。

接着那个东西的身体突然浮现在船舷上方，它的上半身比小船高出六英尺以上，而这艘放在雪橇上的小船本身就已经比地面高六英尺了。

希吉觉得他的气卡在胸中。

在星光下，拥有绝佳崭新视力的希吉，发现这只野兽比他从前所见到的还恐怖，也比任何他所能想象到的东西还恐怖。正如他，科尼利厄斯·希吉经历过一场美妙且可怕的转变，这只动物也转变了。

它巨大的上半身从船舷上方俯身下来，在希吉与船首之间吐出一片冰晶雾。副船缝填塞匠闻到了腐肉味，仿佛是一只千年食腐动物的呼吸。

如果希吉当时还能动，他一定马上双膝跪地，上前去敬拜，但是他根本已经冻僵在原处了，连头都没办法转动。

那个东西闻了闻马格纳·门森的身体，它那长长的，大得难以想象的口鼻，反复嗅闻着覆盖在马格纳身体前方的一片褐血冰瀑布，巨大的舌头轻轻舔着那道已经结冻的褐色血流。希吉想要跟它解释，这是他爱妃的身体，必须保存下来，让他——不是副船缝填塞匠希吉，而是完成转变的全新的“他”——可以在某天把爱人的眼睛装回去，将生命的气息再吹进他体内。

突然间，几乎是不经意地，那个东西把马格纳的头咬了下来。

头骨被咬碎的声音非常恐怖，如果希吉能将他两只戴着手套、靠在船舷上的手举起来的话，他一定会捂住耳朵。不过，他无法移动他的手。

那个东西甩动一只更甚于马格纳粗腿的毛茸茸前臂，把死人的胸部打凹，他的脊椎及围成笼状的肋骨，顿时变成白骨碎片炸散开来。希吉曾经看过马格纳将好几个比他弱小的人的背部或肋骨打断，但是希吉知道，这只东西打断马格纳骨头的方式不一样。它打碎马格纳身体的方式，比较像人打碎一个瓶子或瓷偶。

想要找个人的灵魂来吃，希吉想，他不知道自己为什么会有这念头。

希吉的头现在连一英寸也移动不了，所以没有别的选择，只能眼睁睁看着从冰原来的那个东西把马格纳·门森身体里的各部位挖出来吃掉，并且像希吉从前嚼冰块那样，用巨大的牙齿咬碎。那个东西接着从马格纳冰冻的骨头上撕下结冻的肉来吃，把骨头咬裂、把骨髓吸光后，才将吃剩的骨头散弃在侦察船船首。风开始刮起，在小船及雪橇四周呼啸着，发出很独特的乐音。希吉想象有个从地狱上来的发疯神怪，穿着一件白色毛皮外套在吹奏骨笛。

接着，它要找上门了。

它先是恢复四脚着地的姿势，从希吉眼前消失——这比看得见它更令希吉觉得恐怖。接着，它像冰脊上升一样，垂直挺身出现在船舷边，遮住希吉全部的视野。那双黑色、不眨眼、非人类、完全不带情感的眼睛，距离副船缝填塞匠圆睁的双眼不到几英寸。它呼出的热气包围着它。

“哦。”科尼利厄斯·希吉说。

这是希吉这一生说的最后一个字。与其说是一个字，不如说是一小段受惊、说不出话来、拖长的吐气声。希吉觉得自己最后的一股温暖气息正从身上流出，从他的胸部出来，上升到喉咙，经过张开而紧绷的口，穿过断裂的两排牙齿中间，发着嘶声，冲出他体外。不过他马上就明白，正要永远离开他的不是他的气息，而是他的精神、他的灵魂。

那个东西把他这股气吸进体内。

但是，接着那只动物喷出一口气，向后退开，摇摆着它巨大的头，好像被某种脏东西污染了。它再次四脚着地，永远离开希吉的视野。

所有东西都永远离开了希吉的视野。星星从天空走下来，像冰晶一样附在他还注视着前方的眼睛上。大乌鸦化身为一片黑暗，落在他身上，吞噬了他那具连冰原怪兽通拔克也不愿意去碰触的身躯。最后，希吉的瞎眼因为寒冷而粉碎，不过他还是没有眨眼。

他的身体还是僵硬地端坐在船尾，双腿张开，皮靴牢牢踩在那一堆他掠夺来的金表和一叠他从死人身上搜刮来的衣物旁边。两只戴着手套的手被冻结在两侧船舷上，右手几根手指距离装好子弹的霰弹枪枪管只有几英寸。

隔天早上天还没亮，暴风雪的前沿抵达，天空开始呼啸，接下来整天整夜，雪开始堆积在副船缝填塞匠绷紧的、张开的嘴巴里，并且在他深蓝色厚呢大衣、瞭望帽、恐怖僵凝的脸，以及碎裂但仍张开的眼睛上，盖上一层雪白裹尸布。

60
克罗兹

他现在知道了，死亡的美好在于没有疼痛，也没有自我意识。

他现在知道了，死亡的不幸在于里面会有梦——他先前多次考虑自杀，后来却又打消念头，就是因为害怕这点。

不幸中的万幸是：这些梦不是自己的。

克罗兹漂浮在一个温暖、浮力很强的非自我意识之海里，聆听不属于他的梦。

如果过渡到愉快的死后漂浮状态之后，他仍然拥有生前的分析能力，那么老弗朗西斯·克罗兹可能会质疑自己正在“聆听梦”的想法不合常理。事实上这些梦比较像是在听另一个人咏唱，虽然其中不牵涉语言，没有文字，没有音乐，也没有实际的咏唱，而不像生前那样“看见梦”。虽然在“聆听梦”之中，还是会出现一些视觉影像，但是它们的形状及颜色，克罗兹在死亡帘幕另一面的世界里不曾经历过。而正是这种既无声音、也非咏唱的叙事方式，充斥着他的死后之梦。

有个美丽的爱斯基摩女孩叫席德娜，她和父亲一起住在一间远比其他爱斯基摩村落更北边的雪屋里。关于这女孩美貌的传言传开了，许多年轻男子长途跋涉，越过浮冰及荒瘠的土地，来向她灰发的父亲致意，并向席德娜献殷勤。

但女孩并没有因为任何一个追求者的甜言蜜语、英俊面貌或强健体格而动心。在那一年晚春，冰雪开始融化时，她独自一人出发，走向更远的浮冰，以躲避隔年又一批长着圆脸的追求者。

这件事发生在动物们与人类还能对话的年代，所以一只飞过正在融化冰海的鸟，用歌声来追求席德娜。“和我一起到众鸟栖息地吧，那里每件东西都和我的歌声一样美丽。”那只鸟唱着，“和我一起到众鸟栖息地吧，那里食物不虞匮乏；你的帐篷一定用最美丽的驯鹿皮制成；你只会睡卧在用最细最柔的熊皮与驯鹿皮制成的毯子上；你的油灯里永远装满油。我的朋友和我会把你想要的任何东西都带来给你，而且从那天起，你穿戴的一定是我们最美丽、最鲜艳的羽毛。”

席德娜相信这只求婚鸟的话，并且照着真人民族的传统跟它结婚，然后和它一起在海上及冰上长途跋涉，到达鸟民族居住的地方。

但那只鸟欺骗了她。

它们的家并不是用最棒的驯鹿皮制成的，而是用腐烂鱼皮拼搭成的悲惨窝。寒冷的风随意吹进屋子里，并且用呼啸声嘲笑她的天真、易骗。

她并不是睡卧在最细柔的熊皮上，而是躺在令人不敢领教的海象皮上。她的油灯里也没有油。其他的鸟不把她放在眼里，而且她穿的还是结婚时穿的那套衣服。她的新郎只带回冰冷的鱼给她吃。

席德娜不断跟她冷漠的丈夫说，她非常想念父亲。终于，鸟同意让她的父亲来看她。为了来看她，那老人必须驾着脆弱的小船航行好几礼拜。

她的父亲到达时，席德娜假装过得很快乐。直到两人单独待在黑暗、充满鱼腥味的帐篷里，她才向父亲哭诉她的丈夫如何虐待她，以及她失去了多少东西——青春、美貌、幸福——只因为当初嫁给鸟，而不是嫁给真人的年轻男子。

席德娜的父亲听了吓坏了，于是帮她想出一个杀夫计划。隔天早晨，当鸟丈夫带冰冷的鱼回来给她当早餐时，女孩和她父亲扑到它身上，取出从她父亲那艘小皮艇上拿来的鱼叉与桨，把它杀掉。接着父女两人逃离了鸟民族的居住地。

他们向南，朝真人的居住地航行了好几天。但是，鸟丈夫的家人与朋友非常气愤，开始奋力振翅往南飞，声音大到连几千英里外的真人也听得见。

席德娜和她父亲在海上花了一个礼拜航行的距离，数千只飞鸟只消几分钟就飞越了。他们俯冲向那艘小船，宛如一片由鸟嘴、利爪及羽毛构成的怒气腾腾的乌云笼罩在他们头上。他们拍翅的动作激荡起一阵可怕的暴风，在海上吹起一波波大浪，几乎要将小船淹没。

父亲决定把女儿当祭品送还给鸟，于是把她丢出船外。

但席德娜死命抓住船舷，手抓得非常紧。

于是父亲拿出刀子将她手指的第一指节切掉。指节落入海中，变成第一批鲸鱼。指甲则变成海滩上常见的白色鲸须。

不过席德娜还是攀在船边。她的父亲从她的第二指节把手指切断。

指节落入海中，成为海豹。

席德娜还是攀在船边。当这吓坏的父亲将她最后一节手指也切断时，它们落入海中或落在漂过的浮冰上，变成了海象。

没有指头，她的手只剩几根弯起的手指残肢，就像她死去鸟丈夫的爪子。席德娜终于落入海中，沉到海底。直到今日，她还待在那里。

这就是席德娜，所有鲸鱼、海象及海豹女主人的故事。如果真人让她心情好，她就派动物到他们那里，让海豹、海象和鲸鱼被他们抓到杀死。如果真人让她不快乐，她就要鲸鱼、海象、海豹和她一起待在漆黑的深海里，让真人受苦、挨饿。

这是什么乱七八糟的故事啊？弗朗西斯·克罗兹想。是他自己的声音打断了这缓慢、没有自我、纯粹在聆听梦境的意识流。

好像受到召唤一般，疼痛冲回他身上。

61
克罗兹

我的手下！他喊着。但是他累到喊不出声，累到没办法大声说出这几个字。他累到连这几个字的意思也不记得。我的手下！他再次喊，听起来就像是一声呻吟。

她在折磨他。

克罗兹不是一下子醒过来的，而是经过一连串痛苦挣扎，才得以将眼睛睁开，把分散在几小时甚至几天中的意识碎片——这些意识总是被疼痛及四个无声的字“我的手下”从他的睡眠之中驱散——缝缀在一起，直到意识终于清晰到能够想起自己是谁，并且了解自己身在何处，和谁在一起。

她在折磨他。被他称为沉默女士的爱斯基摩女孩不断用一把锐利、发烫的刀割他的胸部、手臂、身侧、后背，以及腿部。疼痛没有间断，而且难以忍受。

他挨着她躺在一个狭小的地方——并不是厄文跟克罗兹描述过的雪屋，而是将毛皮撑在弯曲棍棒或骨头上搭成的帐篷。帐篷里几盏小油灯发出摇曳的火光，照亮女孩赤裸的上半身，以及他自己。当他往下看时，看见赤裸、撕裂、还在流血的胸部、手臂及肚子。他想她一定打算把他割成一条条小肉条。

克罗兹想尖叫，却再次发现自己虚弱到无法尖叫。他试着用手把她正在折磨他的手臂与拿刀的手拨开，但是他虚弱到连手臂都举不起来，更别说去阻挡那女孩的手臂了。

她的褐色眼睛注视着他的眼睛，注意到他又活了过来。接着就回头继续去研究她的刀子在切、割及折磨他时产生了什么效应。

克罗兹终于发出最细微的呻吟。随后他又落入黑暗中，不过这次他并不是进入“聆听梦”及愉快的无我状态——其中细节他现在已经有点忘了——只是落入疼痛之海的黑色巨浪中。

她用一个想必是从“恐怖”号上偷来的葛德纳空罐头，盛了某种稀汤喂他吃。稀汤尝起来像是某种海洋动物的血。接着她用一支象牙柄的古怪弯刀切下几条海豹肉与皮下脂肪，用牙齿咬住海豹肉切片，将刀子贴近嘴唇往下切，然后把肉嚼碎，最后才塞进克罗兹龟裂、受伤的嘴唇。他想要吐出来，不想让人像喂小鸟一样对待，但是她接住每一小坨肥肉，再塞回他的嘴里。克罗兹敌不过她，只好花力气去嚼肉，吞下去。

接着，在呼啸的风哼唱的催眠曲中，他再度入睡，但是很快又醒过来。他发现自己全身赤裸地躺在毛茸茸的毛皮毯上，他的衣服，那许多层衣物全都不在这狭小的帐篷里，而且她已经替他翻身，让他腹部朝下，并在他身体下面铺上一层海豹皮之类的东西，以免从他裂伤胸部渗出的血，弄脏了铺在帐篷地面上的柔软皮革与毛皮。

克罗兹已经虚弱到无法反抗或自己翻身，他唯一能做的是呻吟。他想象对方正把他切成一片片的肉，并且煮来吃。他感觉她正把某种湿黏的东西贴在他背部的诸多伤口上，或者直接压进伤口里。

被折磨殆尽时，他再次睡着了。

我的手下！

一连许多天，克罗兹都感觉疼痛，他不断失去意识、恢复意识、又失去意识，还总以为沉默在将他切成一片一片的，终于他记起来他被射了好几枪。

他醒来时帐篷里几乎全黑，只有些许月光或星光透过绷紧的皮革渗入帐篷。爱斯基摩女孩睡在他身边，借他的体温取暖，就像他借她的体温取暖一样，而且两人都光着身子。除了动物对温暖的本能渴望之外，克罗兹心中没有一丝激情或肉体上的需求。他实在痛得太厉害了。

我的手下！我必须回到我的手下那里！去警告他们！

这是他第一次回想起希吉、那夜的月光，还有那几枪。

克罗兹的手臂原本横放在胸前，他挣扎着把手往上伸，去摸他被霰弹枪小弹丸射中的胸部与肩膀。他上半身的左侧有一整片弹痕与伤口，但是感觉上霰弹枪的小弹丸或任何跟着被射入皮肉里的衣物碎片，都已经被细心挖出来了。较大的伤口里塞了些柔软的、类似潮湿苔藓或海草的东西。克罗兹有把它挖出来丢掉的冲动，但是他没力气去做。

背部上半部比他裂伤的前胸更痛。克罗兹想起沉默用刀子在那里割挖时的痛楚。他也回想起希吉扣下扳机、弹药还没来得及爆炸前，霰弹枪发出的微弱嘎吱声。因为火药老旧且潮湿，两发弹药击发时可能都没有完全爆炸。不过他仍然记得，那团逐渐散开的弹丸云外围撞到他身上时，还是让他整个人转了一圈，跌到冰上。他被霰弹枪从背后远距离射了一枪，另一发则射在正面。

爱斯基摩女孩已经把每一颗小弹丸都挖出来了？还有每一片被射进我皮肉里的脏衣服碎片？

克罗兹在昏暗的光中眨眼。他回想起自己曾经到古德瑟医生的病床区，听他解释病人的状况，当时他说，最终夺走船员性命的通常不是起初的伤势——不论是海战中受的伤，或是这次探险任务中船员们受的大多数伤，而是伤口后来受污、感染所引发的坏血症。

他缓缓把手从胸部移到肩膀。他现在已经记得他被霰弹枪击中后，希吉又用他的手枪朝他开了好几枪，而第一发子弹就是射在……这里。克罗兹的手指在二头肌上方的肉里摸到一个很深的凹槽，他的呼吸变得有些急促。凹槽里同样填满了湿湿黏黏的东西。碰触这伤口引起的疼痛，让他感到晕眩与不适。

在他左侧肋旁还有另一道子弹划过产生的凹槽。光是把手伸去碰触那伤口，就让他精疲力竭——他大声喘气，甚至一时失去意识。

等恢复部分意识后，克罗兹才发现沉默已经将一颗子弹从他腋下的肉中挖走，并且把她使用在他身上其他部位的异邦药膏贴在伤口上。从他呼吸时感受到的痛苦，以及背部疼痛与肿胀的状况来判断，他猜这颗子弹至少打断了他左侧一根肋骨，接着方向偏转，最后停在他左侧肩胛骨附近的皮肤底下。沉默应该是从那里取出子弹的。

他使用他所剩不多的力气，花了好一阵子才将手往下移，去摸让他痛得最厉害的伤口。

克罗兹不记得左腿曾被子弹射中，但是从膝盖上方与下方肌肉传来的疼痛，让他确信有第三颗子弹射穿了他，他几根发抖的手指可以摸到子弹射入及射出的孔。子弹只要再射高两英寸，就会射中他的膝盖，这等于夺走了他的腿；而且可以肯定，没有腿他不可能活得下去。那地方也同样用药膏包起来，虽然他可以感觉到那里已经结痂，但是血似乎没有流到那里。

怪不得我好像快被高烧烧死了。我即将死于坏血症。

接着他发现，他感受到的高温有可能不是身体发烧所致。毛皮毯的保暖效果极佳，而且睡在他身旁的沉默女士的赤裸胴体倾泻出大量的热，让他在……多久了？几个月？几年？……以来，第一次感觉到完全的温暖。

克罗兹花了很大的力气，才将盖住他们两人的毛皮毯最上端掀开，让一些冷空气进来。

沉默稍微动了一下，不过并没有醒来。在帐篷内昏暗的光线下，他盯着她看。她看起来像个小孩儿，也许像他表弟阿尔伯特几个才十几岁的女儿当中的一个。心中这么认定后，他还想起曾经和她们在都柏林的一片青草地上玩槌球。之后克罗兹再度进入梦乡。

她穿着毛皮外衣跪在他面前，两手张开相隔约有一英尺。一条用动物肌腱或肠胃制成的细绳，正在她张开的手指与大拇指之间舞动。她以肌腱为细绳，用手指在玩“猫之摇篮”的儿童游戏。

克罗兹面无表情地看着她。

在肌腱细绳繁复交叉的过程中，有两个图案反复浮现。第一个由三圈绳带组成，在上方构成两个三角形，就在她两根拇指内侧，不过这图案的中下部有个双重环圈，呈现出一个尖形圆顶。第二幅图案——她的右手往外拉得更远，几乎只有两条细绳延伸到左手，而且在那里的绳圈只缠绕过拇指和小指——是个由两条细绳形成的复杂环路，看起来像个卡通人物，有四只卵形的腿或鳍状肢，以及一个由绳圈表示的头。

克罗兹完全不知道这两个图形的意义。他缓慢地摇头，让她知道他并不想跟她玩。

沉默静静盯着他看了几秒，深色的眼睛正对着他的眼睛。接着她动作优雅地将两只小手合起来，让图案消失，并把细绳放进他喝汤的象牙碗里。一秒钟后，她就穿过盖在帐篷出口处的几层帐篷垂门爬了出去。

克罗兹被那几秒钟内吹进帐篷的冷空气吓了一大跳。他试着爬向开口，他必须看看自己到底在哪里。周遭的呻吟及迸裂声似乎在告诉他，他们还在冰原上，也许很靠近他被枪击的地方。克罗兹完全不知道希吉埋伏偷袭他们四人那件事是发生在多久以前，但是他很希望那只是几小时前，顶多一两天前。如果他现在离开，可能还来得及在希吉、门森、汤普森及艾尔摩出现在解救营并伤害更多人之前，回去警告他们。

克罗兹的头和肩膀可以移动几英寸，但还是没有力气从毛皮睡毯下面抽身，更别说是爬到出口，穿过驯鹿皮制的帐篷垂门往外看了。他再次入睡。

稍晚沉默把他叫醒，他甚至不确定是不是同一天，或者沉默是不是在他睡觉时进出帐篷好几次。透过驯鹿皮照进帐篷的光还是一样昏暗，帐篷还是靠那几盏燃烧皮下脂肪的油灯照明。地上用来当储藏区的冰雪凹槽里，有一片新鲜的海豹肉。克罗兹看到她把厚重的毛皮外衣脱掉，只穿着一件短裤。裤子有绒毛的那一面朝内，朝外的一面用皮制成，质感柔软，颜色比沉默的褐色皮肤淡一点。当她再次跪到克罗兹面前时，她的乳房晃动着。

突然间，细绳之舞再次在她手指间跳起。这次靠近她左手的小动物图率先出现，接着她放松细绳，重新纠扭，然后在她两手中央又出现了略尖的卵形圆顶。

克罗兹摇头。他还是看不懂。

沉默把细绳丢到碗里，拿出她短小的半圆形刀子，开始切海豹肉，那象牙制的刀把看起来和码头工人常用的铁钩把手很类似。

“我必须去找我的手下。”克罗兹喃喃地说，“你得帮我找到我的手下。”

沉默看着他。

船长并不知道从他第一次醒过来后，已经又过了多少天。他大多时间都在睡觉。偶尔清醒过来时，都在喝汤，吃沉默已经不需要帮他事先嚼过的海豹肉与皮下脂肪，不过她还是会帮他把肉送到嘴边，并且帮他换药及清洗身体。他躺的毛皮毯中间有一道裂缝，下面的雪地里装了一个葛德纳罐头。他基本的排泄必须在那里解决，并且由这女孩每隔一段时间拿到外面浮冰上倒掉，这让他感到相当屈辱。虽然罐头里的排泄物很快就会结冻，而且在这充满强烈鱼腥味、海豹味以及人味与汗味的小帐篷里，根本闻不出罐头里东西的味道，克罗兹还是没有因此觉得好过些。

“我需要你协助我回到我手下那里。”他再次用粗哑的声音说。他觉得他的手下很有可能目前仍然相当靠近希吉当初偷袭他们的地方，也就是离解救营不超过两英里的冰原上的冰穴附近。

他需要去警告其他人。

他困惑的是，不论什么时候醒来，透过驯鹿皮帐篷射进来的光线都同样昏暗。或许是因为某种只有古德瑟医生知道的生理作用，他总是在夜里醒来。也有可能是沉默在她的海豹血汤下了药，让他白天一直睡觉，以防他逃走。

“拜托你。”他轻声说。他只能希望这个野蛮人在皇家海军“恐怖”号上待过那么多月后学会了一点点英语，虽然她无法说话。古德瑟医生已经确认沉默女士的听力没有问题，虽然她没有用来说话的舌头。当她还在他们船上时，克罗兹见过她被突然而来的大声响吓到。

沉默继续盯着他看。

她不仅是野蛮人，还是个白痴，克罗兹想。如果他再开口乞求这个异邦原住民帮忙，他就是自取其辱。他现在该做的是继续吃，继续康复，并且积存体力，然后某天一把将她推开，自己走回营地去。

沉默眨了眨眼，然后转身用以皮下脂肪为燃料的小火炉去烤一片海豹肉。

他在另一天——或者是另一夜，因为光线还是一样昏暗——

醒来，发现沉默跪在他面前，又在玩细绳游戏。

第一个在她手指间出现的图案又是略尖的小圆顶。她的手指舞动着，接着出现两道垂直圈形，不过这次只有两只腿或鳍状肢，而不是先前的四只。她把手张得更开，图案看起来真的在动，从她的右手滑向左手，两圈气球形的腿在移动。她的手指飞舞着，图案就消失了，但卵形圆顶随即再次出现在她两手中间。不过，克罗兹慢慢发觉，它并不完全是同样的图案。圆顶尖端不见了，现在它是一条标准的悬链线。他还是准尉时，曾经花心思研究几何学与三角学的图形，所以对这种形状并不陌生。

他摇摇头。“我还是不懂。”他粗声说，“我不知道这该死的游戏有什么意义。”

沉默看着他，眨眼，把细绳丢到一个兽皮制的袋子里，然后开始将他从毛皮毯里拖出来。

克罗兹还是没力气抵抗，不过也没有用他已经恢复的一点力气去配合。沉默将他扶起来，在他的上半身套上一件驯鹿皮制的薄衬衣，接着再为他穿上一件很厚的毛皮外套。克罗兹非常讶异这两件衣服竟然如此轻盈。过去三年来，他到船外做事时穿的许多层棉质与毛质衣物，合起来就超过三十磅重，而且难免会因为渗入里面的汗水和水汽结冰变得更沉重。但是他估计，现在他身上穿的爱斯基摩上衣重量还不到八磅。他感觉这两层衣服在上半身非常宽松，但是脖子与手腕部位却非常合身，每一个可能散热的地方都束得紧紧的。

克罗兹有点难为情，这次相当配合地帮她把一条很轻的驯鹿皮长裤拉起来，盖住自己裸露的下半身，长裤的材质和沉默女士在帐篷里仅穿着的短裤完全一样，只是比较大些。接着再穿上驯鹿皮制的高筒长袜，不过他的手指还是不太听使唤，甚至是帮倒忙。沉默把他的手推开，然后干净利落、不带任何感情地帮他把衣物打点好，大概只有母亲和护士为人穿衣服的效率能与之相比。

克罗兹看着沉默将两只用草编成的皮靴内衬套在他脚上，然后往上拉紧，罩住他的脚及脚踝。这些内衬的主要功用应该是隔冷，他很难想象她或其他女人要花多少时间才能将干草编织成长又密实的袜子。沉默为他穿在草袜外的毛皮靴长度足以盖住他先前穿好的部分毛皮裤。他注意到，皮靴的靴底是用衣物中最厚的皮革制成的。

最初在帐篷里醒来的时候，克罗兹很惊讶帐篷里有这么多毛皮毯、毛皮外衣、毛皮、驯鹿皮、锅子、肌腱、看似皂石制成的海豹油灯，以及弯刀和其他工具。接着他就发现答案其实很简单：掠夺八个被哈吉森中尉与法尔杀死的爱斯基摩人尸体及财物的人，就是沉默女士。至于剩下的物品——葛德纳罐头、汤匙、刀子、鲸鱼肋骨、木材、象牙，甚至是现在成为帐篷骨架一部分的旧木桶板条，一定是从“恐怖”号上或被弃置的恐怖营里搜罗来的，再不然就是沉默这几个月来单独在冰原中生活时捡到的。

克罗兹穿好衣服后，趴倒在地上，用一只手肘撑着身体，喘着气。“你现在要带我回到我的手下那里吗？”他问。

沉默为他戴上连指手套，把他那顶有白熊毛饰边的连衣帽翻起来，盖住他的头，然后牢牢抓住他下面的熊皮，拖着他穿过帐篷的垂门走到帐篷外。

冷空气袭击克罗兹的肺，他开始咳嗽，但是他很快就发现身体非常温暖。他可以感觉到，在这身不透气衣物包住的密闭但宽松的空间里，体热正在其中流窜。沉默在他身旁忙了一分钟，然后把他拉起来，让他坐在折叠成一堆的毛皮上。他猜她并不希望他躺在冰上，即使下面还有一层熊皮，因为坐着的时候，被体温加热的空气会在怪异的爱斯基摩服装衣服里循环，流经他的皮肤，让他觉得更温暖。

仿佛是要证实他的理论没错似的，沉默突然把冰上那张熊皮抽起来，折好，放在他正坐着的那叠毛皮旁边的另一叠毛皮上。令人难以置信，不论是冰原的寒意或周遭的湿气，似乎都无法穿透他穿的厚皮靴底以及内衬的软草靴。相较之下，在过去三年里，克罗兹每次上到甲板或到外面冰原时，他的脚都是冰冷的，而且在他离开“恐怖”号后，他的脚甚至每分钟都是又湿又冷的。

沉默开始动作熟练地把帐篷拆下来，克罗兹环顾四周。

现在是夜里。她为什么要在夜里把我带到外面？事情有这么紧急吗？从周遭的声响判断，正被她快速拆下的驯鹿皮帐篷应该位于堆冰上，四围的冰塔、冰山与冰脊反射着从雪层间隙射下来的几许星光。克罗兹看到一池黑色海水——在一个冰穴里，离他原先在帐篷里躺卧的位置不到三十英尺。他的心跳开始加速：我们并没有离希吉伏袭的地方太远，这里离解救营还不到两英里。我认得从这里回去的路。

接着他发现这冰穴比罗伯特·戈尔丁领他们过去看的那个要小得多。这一池未结冻的黑水还不到八英尺长、四英尺宽。周遭被冻结在堆冰上的冰山，看起来也不太对劲，比他被希吉伏袭之地的冰山还要高得多，数目也多得多。而且这里的冰脊也比较高。

克罗兹眯着眼看向天空，只看到少许星星。如果云能散去，而他有六分仪、对照表及地图，也许就能算出他的所在地。

如果……如果……

他唯一能辨识的几颗星，比较像是属于冬日的星座，而不该在八月中旬或下旬出现在这里的北极星空。他知道自己是在八月十七日夜里被枪击的；在罗伯特·戈尔丁跑回营地之前，他已经记录好当天的航海日志了。他无法想象从那次偷袭到现在已经过了这么多天。

他急忙朝各个方向的海平面望去，希望在杂乱冰原后面看到日头刚落下或即将升起的一些微光，而那个方向就会是南方。不过，这里只有黑夜、啸风、矮云，以及一些颤抖的星星。

亲爱的基督啊……太阳到底在哪里？

克罗兹仍然不觉得冷，但是他颤抖摇晃得很厉害，不得不用他仅有的力气抓着折叠在一起的毛皮，免得整个人翻倒。

沉默女士正在做一件非常奇怪的事。

她很有效率地卸下用兽皮与骨头搭成的帐篷。即使在昏暗的光线下，克罗兹也看得出最外层的帐篷罩是用海豹皮做的。她现在正跪在其中一张海豹皮帐篷罩上，用她那把半月形刀子从中间将它切成两半。

接着她把两半张海豹皮拖到冰穴，用一根弯曲的棍子把两张皮放入水中，让它们完全浸湿。然后她回到几分钟前帐篷所在的位置，从帐篷原本的冰槽储藏区里拿出一些冰冻的鱼来，然后敏捷地沿着即将结冻的两片帐篷罩各一侧，把鱼头尾相接地排成一列。

克罗兹完全不知道这姑娘到底在玩什么把戏。看起来她很像是在愈刮愈大的夜风中、星光下、在外面进行疯狂的异教仪式。但问题是，克罗兹想，她把他们的海豹皮帐篷罩割破了。即使她还能用散落一地的弯曲棍子、肋骨与兽骨把驯鹿皮的帐篷搭起来，新的帐篷也无法抵挡住强风和冰雪了。

沉默没理他，径自将两半张海豹皮帐篷罩卷起来，把两列鱼包裹在里面。她一面卷一面拉扯，使海豹皮卷得更紧实。克罗兹觉得有趣的是她让两根海豹皮卷的一端各突出半条鱼，而她现在正忙着把突在外面的两个鱼头稍微向上扳。

两分钟后，她已经把两根七英尺长、包着鱼的海豹皮卷抬起来。它们被冻得硬邦邦，像是两根细长的橡木柱，顶端各有一条头往上扬的鱼。她把它们平行放在冰上。

现在她把一小块兽皮放在她的双膝下面，然后跪上去，用一些肌腱与皮绳把几根中等长度的鹿角和象牙（帐篷原先的框架）绑在两根长七英尺，包着鱼的长柱上，成为两者间的横梁。

“我的老天。”弗朗西斯·克罗兹的声音沙哑。包着鱼、被冻成柱子的海豹皮卷是滑板，鹿角是中间的横梁。“原来你他妈的在制造雪橇啊！”他喃喃地说。

他呼出的气变成冰晶，悬浮在夜里空气中，但他的兴奋却突然变成惊惶。在八月十七日之前，天气并没有这么冷！而且温度差得很远，即使是半夜也没这么冷！

克罗兹估计沉默顶多只花了半小时，就做好了那部“鱼串海豹皮滑板驯鹿角支架雪橇”。之后他却坐在那叠毛皮上等了一个半小时，甚至更久，看她进一步整理雪橇的滑板。他手中没有怀表，很难测量时间的流逝，更何况他坐在那里边等还边打盹儿。

首先，她从“恐怖”号的一个帆布袋里拿出一些类似泥巴与苔藓混合物的东西。她用空的葛德纳罐头从冰穴盛了几罐水过来，把泥巴苔藓揉成拳头大小的球形，接着把泥块放到临时赶制出来的滑板上，徒手拍打，并且均匀地涂在滑板上。克罗兹很纳闷儿她的手为什么不会结冻？虽然她经常停下片刻，将手伸到毛皮外衣里，贴着没穿任何衣服的肚子取暖。

沉默用刀子将冰冷的泥巴刮平滑，像个雕刻师在雕刻黏土模型上修饰着。接着她从冰穴里拿来更多水，倒在已经结冻的泥巴上，制造出一层覆盖在泥巴上的冰衣。最后她把一口水喷洒在一张熊皮上，然后用这张湿毛皮顺着两根滑板的走向，上下摩擦结冻的泥巴，直到最外面那层冰变得非常光滑。克罗兹在星光下看着那部已经被翻过来的雪橇，那两根滑板在两小时前还只是几条鱼及两张海豹皮而已，现在却像极了两根闪亮的玻璃柱。

沉默把雪橇翻正，检查皮绳与绳结有没有系好，然后整个人站到绑得很牢靠的驯鹿角及短木条上，将最后两根鹿角——长而弯的鹿角原本是帐篷主要支柱——立在雪橇后方绑好，当成简便的扶手。

接着她在横跨雪橇的鹿角上铺了几层海豹皮与熊皮，然后扶起克罗兹，协助他走近雪橇。

他甩开她的手，试着自己走路。

他对自己怎么一头栽倒在雪里毫无印象，不过，当沉默扶他到雪橇上，将他的脚拉直，让他的背稳稳靠在一叠堆放在鹿角把手前方的毛皮上，并在他身上盖了几层厚毛毯时，他已经恢复视力和听力了。

他看到她在雪橇前系上几条长皮带，并且把它们的另一端编织成可以套在腰上的挽具。他想起她的“指头细绳”游戏，终于明白她一直想表达的事：帐篷（尖尖的卵形）要拆下来；他们两个人要离开（细绳上两个在移动，像是在走路的图形，虽然这天夜里克罗兹显然没在走路）；到另一个卵形却没有尖顶的圆顶建筑。（另一个半球形的帐篷？一间雪屋？）

克罗兹周围堆了更多毛皮、帆布袋，以及用皮革包起来的锅子与海豹油提灯。每件东西都装上雪橇后，沉默就套上挽具，开始拉着雪橇穿越冰原。

雪橇滑板滑得相当有效率，比从“恐怖”号与“幽冥”号载运小船过来的雪橇要平顺得多，而且几乎没发出声响。克罗兹很讶异他到现在还觉得温暖；两个多小时来干坐在浮冰上，并没有让他感到寒冷——除了鼻尖以外。

头顶上的云层非常厚实。任何一个方向的海平面上都没有日出的迹象。克罗兹完全不知道这女人要把他带去哪里。回到威廉王岛？向南朝阿德雷半岛走？往贝克河？走向更远的海冰？

“我的手下。”他哑着嗓子对她说。他想尽办法提高音量，好让对方在风咽、雪嘶，以及脚下厚冰呻吟的干扰下还能听见。“我必须回到我的手下那里，他们正在找我。小姐……女士……沉默女士，拜托你。看在上帝慈爱的分上，请你带我回解救营去。”

沉默没有转头看他。他只看得见她的连衣帽后面及在昏暗的星光下闪着微光的白色环状熊毛领。他完全不清楚她如何在黑暗中前进，也不明白这个小女孩怎能如此轻易地拉动他和雪橇。

他们无声地滑行着，走进前方黑暗杂乱的冰原中。

62
克罗兹

大海底部的席德娜会决定要不要叫海豹冒着被其他动物或真人猎捕的风险到海面上。但是从某个真实的角度来看，是海豹自己决定要不要被人猎杀。

从另一个真实的角度来看，这世界只有一只海豹。

海豹就和真人一样，各自都有两个灵魂。一个是会随肉体死亡而死亡的“今世灵魂”，另一个是在肉体死亡时会离开肉体的“永世灵魂”。可以活得比较久的灵魂塔尼克，仿佛一颗内含空气及血液的小泡泡，藏在海豹体内。猎人可以在海豹的内脏里找到它，而且它的形状就和海豹一样，只是比海豹小很多。

一只海豹决定让自己被捕获并且吃掉，在它死掉时，它的永世灵魂会从身上离开，再以完全相同的形式附在这只海豹后代的婴儿海豹身上。

真人知道，一个猎人在他的一生中会反复捕捉及杀死同一只海豹、海象、熊或鸟。

当真人中某个人的今世灵魂随着身体死去时，同样的事也会发生在他的永世灵魂上。他的伊努阿——永世灵魂，会带着所有的记忆与技能（不过是被隐藏起来的）附在家族后代某个男孩或女孩身上。这就是不论小孩儿有多吵闹或鲁莽，真人从来不会去管教小孩儿的一个原因。小孩儿的身体里除了有小孩儿的灵魂外，还有一个大人的伊努阿——一个父亲、伯父、祖父、曾祖父、母亲、姨妈、祖母或曾祖母的灵魂，而且还带着它身为猎人、女家长或巫师的一切智慧，这伊努阿当然不该被斥责。

海豹不会随便将自己交给一个真人猎人。那猎人必须去赢得它们，不只是靠着奸巧、骗术、技能，而是该凭借自己的勇气与伊努阿。

这些伊努阿——真人、海豹、海象、白熊、驯鹿、飞鸟、鲸鱼的灵魂——在这片古老的大地出现之前就已经存在了。

在宇宙的第一个阶段中，大地是一块悬浮在天空下的盘子，由四根柱子支撑着。大地下面的黑暗空间是灵魂们居住的地方，而且到现在，大多数灵魂都还住在那里。这片早期的大地，大多数时间都沉在水里面，上面没有任何人类——真人或其他人种——直到两个人，阿古鲁酋西和乌马尼特克，从大地中的圆丘里爬出来。这两个人就成为最早的真人。

那个时期没有星星、月亮、太阳，这两个人以及他们的后代，必须在完全的黑暗中生活及打猎。因为那时候还没有巫师教导真人生活技能，所以人类的能力很有限，只能猎捕最小的动物：野兔、松鸡，以及偶尔出现的乌鸦；而且他们不知道如何过像样的生活。他们唯一的装饰就是偶尔戴着安瓜克，一种用海胆壳制成的护身符。

在宇宙的这个时期，女人已经出现在大地上两个男人的身边了。男人们是从大地里出来的，女人们却是从冰河来的，但是她们不能生育。所以她们不是终日沿着海岸线走，不断望向海中，就是成天往地里挖，一心一意要找到小孩儿。

在一只狐狸与一只乌鸦经历过一场漫长而艰苦的争战后，宇宙的第二个循环出现了。四季在那时候出现，接着，生命及死亡也出现了。在四季来临后不久，一个新阶段开始了，人类的今世灵魂会和肉身一起死亡，而他们的伊努阿灵魂则旅行到别的地方。

那时候的巫师们已经掌握了一些有关宇宙规律的奥秘，并且开始帮助真人们学习如何好好生存下去。他们定下一些规范来禁止乱伦、近亲通婚、谋杀或其他违反事物规律的行为。巫师们也能回顾阿古鲁酋西和乌马尼特克从大地里爬出来之前的事，并且向人类解释宇宙中伟大的灵魂“伊努阿特”的起源，例如月亮的灵魂，或是纳酋克——意识本身的灵魂，或是西拉——空气的灵魂，同时也是所有古老精神力量中最重要的一个。西拉创造万物，渗透万物，并且提供能量，她还会借着狂暴风雪来表达她的愤怒。

真人也差不多是在这个时期知道席德娜的故事。在其他几个寒冷地区，她有时被称为尤尼古马犹图，或者是努里亚酋。巫师的解释是，所有人类——真人、住在更南方的那些肤色较红的原住民，甚至是更晚才出现的脸色苍白的人，都是席德娜——尤尼古马犹图——努里亚酋与一只狗交配之后所生。这也解释了为什么狗也可以有名字及一个“名字灵魂”，甚至能分享它们主人的伊努阿。

阿宁给（月亮的伊努阿）曾经和他的姐妹希克尼克（太阳的伊努阿）乱伦，要不然就是欺负了她。阿宁给的妻子乌立拉娜克则喜欢把猎物——动物或真人——的内脏挖出来，而且她很不喜欢巫师管灵界的事，常会处罚他们，让他们无法克制地大笑。到今天巫师有时还是会无法自制地大笑，还常常因此而死。

真人很喜欢知道关于宇宙中三个最有力量的灵魂之事：渗透万物的空气之灵、控制所有住在海洋或靠海而生的动物的大海之灵，以及三者当中的最后一个，月亮之灵。但是这三个原始的伊努阿特的力量太大，根本不把真人或任何一种人类看在眼里。因为这些终极的伊努阿特比许多其他灵界力量的地位要高得多，而次等灵界力量的地位又比人类高得多，所以真人不会去敬拜这三个神灵。巫师们也很少去和这些伟大的神灵——例如席德娜接触，他们只要能确定真人不会去触犯会让大海之灵、月亮之灵或空气之灵生气的禁忌，就很满足了。

但是慢慢地，过了许多世代后，在真人中被称为安卡库伊特的巫师，已经知道更多关于这隐藏世界及次等伊努阿特灵魂的秘密。好几个世纪后，某些巫师已经拥有梅摩·摩伊若所谓的第二视觉：千里眼。真人把这样的能力称为阔马尼克或安卡库娃。就像人类曾经驯服了野狼——他们的表亲灵魂——将它们变成能够分享主人伊努阿的狗，那些拥有“聆听思想”或“发送思想”等特异功能的安卡库伊特，也学着去驯服他们遇见的一些较小的灵魂，除掉它们的野性并加以掌控。这些小助手精灵被称为图恩盖，不仅能帮助巫师看到肉眼看不见的灵魂世界，回溯到人类出现之前的世界，也能帮助他们看到其他人类的心灵，知道当真人违背宇宙规律时，他们到底犯了什么错。它们还会教安卡库伊特他们的语言，小灵魂的语言，也就是所谓的伊瑞那流提，让巫师可以直接向自己的先祖说话，也可以跟宇宙中更强而有力的伊努阿特说话。

当巫师学会助手精灵图恩盖的语言伊瑞那流提后，就可以帮助人类承认自己的不当行为或错误，以便治疗他们的疾病，让混乱的人间事物重新恢复秩序，并促使世界的秩序恢复。巫师传承下来的规范与禁忌系统，其复杂程度可以和真人女性直到今日还经常在手指间操弄的细绳交叉图案相比。

巫师也扮演保护者的角色。

有些次等邪灵在真人当中徘徊，缠扰他们，并且带来坏天气，不过巫师已经学会如何制作一把圣刀，并使之神圣化，来杀死这些图皮赖。

要让暴风雪停下来，安卡库伊特有一把世代相传的特殊镰刀，能割断希拉吉克撒图克——风的静脉。

巫师也能飞到空中，成为真人和其他精灵之间的灵媒，但他们经常辜负人们对他们的信任，使用伊立希克希尼克的强力咒语挑起嫉妒与对立，甚至产生极深的仇恨，让真人没来由地去杀害其他人，借此伤害人类。巫师也经常会管不住助手精灵图恩盖。当这种状况发生却没能及时补救时，无能巫师就会像一块大铁石，把夏日的闪电全吸到自己身上。这时候真人没有太多选择，他们只能把巫师绑起来抛弃在野地，或是将他杀死——割下他的头，并且身首分开放置，以免巫师后来又让自己复活过来，反过来追杀他们。

大多数稍有能力的巫师都会飞行，医治个人、家庭及整个村落（其实他们只是帮助人们在承认自己的过错后重新取得平衡，从而自己医治好自己），灵魂出窍到月亮或到海底（几个最强神灵伊努阿特可能居住的地方），并且在使用伊瑞那流提施咒语、吟唱及击鼓之后，变身成动物，例如白熊。

虽然大多数没寄居在动物身上的精灵，都很安分地住在精灵世界里，但还是有怪兽的伊努阿灵魂选择附身在一些化外之境的动物上。

这些怪兽当中有些体形较小的，被称为图皮烈克，它们在几百年或几千年前被一些叫作伊立希图克的人带到这世界。伊立希图克人不是巫师，而是一些邪恶的老男人和老女人，他们学会并拥有巫师的许多技巧与能力，却把这些能力用在玩弄法术上，而不是用来医治病人，带给人们信仰。

所有人类，尤其是真人，都是靠吃灵魂而存活，他们都很清楚这点。打猎说穿了不就是一个灵魂在追捕另一个灵魂，想叫它最后臣服在死亡之下吗？举例来说，海豹同意被猎人杀死时，那猎人必须在它被杀死却还没被吃掉之前，为它举行一个简短的饮水仪式（因为它算是水中生物），来对这只同意被他杀死的海豹的伊努阿表达敬意。有些真人猎人在棍子上装一些小杯子，但是最年长、最优秀的猎人还是习惯用自己的嘴把水送进死海豹口中。

我们都是吃灵魂的人。

但是邪恶的伊立希图克老男人与老女人却是灵魂恶棍。他们会施咒语来控制猎人，而猎人随后就会带着家人离开原本的村落，到遥远的海冰上或内陆的深山里生活，及死亡。这些灵魂恶棍受害者的后代被称为吉维托克，每个人都过着比人类还野蛮的生活。

当一些家族及村落开始怀疑老伊立希图克的邪恶本性时，这些交鬼者经常会创造出一些小个头的邪恶动物图皮烈克来跟踪、伤害及杀死敌人。图皮烈克一开始是和两三根手指差不多大小的无生物，但是被伊立希图克的巫术赋予生命后，可以生长到它想要的大小，形状变得可怕、难以形容。但是在白天，这些怪兽想伤害的对象很容易就可以看见它们并且逃跑，所以偷偷摸摸的图皮烈克通常会选择化身成真实动物的形状，或许是只海象，或者是只白熊。接着，被邪恶伊立希图克诅咒的没有防备的猎人，就会成为猎捕的对象。当凶残的图皮烈克被派出来杀人时，人类很难逃离它们的魔掌。

不过在现今世上，邪恶的老伊立希图克交鬼者已经所剩无几。其中一个原因是，如果图皮烈克没能达成任务杀死被指派去杀的人——有巫师介入阻止，或者猎人聪明到靠自己的办法避开伤害——图皮烈克就只能回头将它的创造者杀死。老伊立希图克一个接一个地沦为自己所创造的怪物的手下牺牲者。

接着到了某天，在数千年前，大海之灵席德娜开始对她两个神灵伙伴——空气之灵及月亮之灵——不满。

为了要杀死和她一起构成宇宙三大基本力量的另外两位，席德娜创造了她自己的图皮烈克。

被神灵赋予生命的杀人机器非常恐怖，它甚至有自己的名字灵魂，成为一只被称为“通拔克”的活物。

这只通拔克可以在精灵世界及人类居住的大地世界来去自如，而且可以随心所欲地变成任何形状。它所变成的每一种形状都很恐怖，连精灵们正眼看到也会吓破胆。席德娜将它的力量完全集中在带来浩劫与毁灭上，它的力量就是纯粹的恐怖。不仅如此，席德娜还赋予她的通拔克指挥散居在各地的无数小邪灵伊克西奇库克的权力。

光靠一对一较量，通拔克就可以杀死月亮之灵，或是空气之灵西拉。

通拔克虽然在各方面都很恐怖，但在隐匿性上却比不上较小的图皮烈克。

当它在精灵世界跟踪空气之灵西拉时，能量充斥在整个宇宙的西拉就感觉到这杀手的存在。她知道自己可能会被通拔克毁灭，也知道如果她被杀死，宇宙就会再次变得一团混沌。于是西拉请求月亮之灵帮助她打败这只动物。

不过，月亮之灵没兴趣过来帮助她，他对宇宙的命运也不在乎。

西拉接着恳求意识之灵纳酉克来帮助她。纳酉克和西拉一样，是年纪最大的伊努阿“深灵”之一。在很久很久以前，当逐渐成长、象征秩序的绿色芦苇区开始与宇宙的混沌状态分离时，他们就已经出现了。

纳酉克同意帮助她。

西拉和纳酉克并肩打了一场长达一万年的仗，才击退恐怖的通拔克。这场战役在精灵世界中留下许多坑洞、裂缝及真空。

就像没能完成暗杀任务的图皮烈克，通拔克回头去毁灭它的创造者……席德娜。

但是席德娜早就在艰困中学到，甚至早在她父亲背叛她之前就已经吸取了教训。她在创造通拔克之前，就知道它可能会对她造成威胁。所以，她自己用灵界的语言伊瑞那流提吟唱咒语，来启动她事先就安置在通拔克身上的弱点。

没多久，通拔克被放逐到大地表面，无法再回到精灵世界，无法再回到海底深处，也无法再以纯灵魂的形式生活在这两个地方。

席德娜安全了。

但是另一方面，大地及大地之上的所有居民从此不再安全。

那时地上已经住了很多人，席德娜将通拔克放逐到最寒冷、最空旷的地区，靠近北极终年结冻的区域。她会选择最北边，而非远方的其他冰冻区域的最主要原因是，只有北方——对于许多伊努阿特神灵而言，它是大地的中心——有些巫师有一点点对付愤怒恶灵的经验。

通拔克的怪兽灵魂虽然已经被夺走，但在本质上它还是一只怪兽。它很快就改变外形，就和所有的图皮烈克一样，把自己转变成在这世上所能找到的最可怕的动物形状。它选用世界上最聪明、最神祕且最致命的掠食者——北极白熊——的外形与内在。但是就体形与狡猾程度来说，它之于普通白熊，好像白熊之于真人养的狗。通拔克猎杀凶暴的白熊并且吃掉它们，吞食它们的灵魂，就和真人猎捕松鸡一样容易。

对灵魂掠食者来说，动物的伊努阿灵魂愈复杂，味道就愈甜美。通拔克很快就发现，它喜欢吃人更甚于吃纳努克，那些白熊。它喜欢吃人类的灵魂甚于海象的灵魂，甚至喜欢吃人胜过吃大型、温和、有智慧的杀人鲸的伊努阿灵魂。

一代又一代，通拔克大啖人类。北方那一大片曾经村落密布的雪地，曾经有皮艇成群出现的海域，以及曾经充斥数千个真人笑声的庇护所，现在都因为人类往南逃离而成为无人居住之境。

不过人类根本不可能逃离通拔克的追击。席德娜最杰出的图皮烈克在游冰、奔跑、思考、跟踪、打斗的功力，都胜过世界上任何一个人。它命令伊克西奇库克邪灵将冰河往南移，叫冰河尾随已经逃到绿地的人类，以便让有着白色毛皮的通拔克可以藏身在寒冷的冰天雪地里，舒舒服服地继续吃人类的灵魂。

真人村落派出数以百计的猎人去猎杀那个东西，但是没有一个人活着回来。有时候通拔克会将猎人的部分尸骸送还给他们的家人，有时候还会把好几个猎人的头、手臂、躯干和腿全混在一起，让他们的家人无法举行像样的葬礼，借此来嘲弄他们。

席德娜创造的吃灵魂怪兽，像是要把大地所有人类灵魂吃光。

但是，正如席德娜所期望的那样，居住在冰冷北方的几百个真人聚落的巫师轮流传递口信，然后大家在安卡库伊特巫师的零散据点会面，向所有友善的精灵说话及祷告，并且与助手精灵商量，最后终于想出对付通拔克的计划。

他们无法杀死“像人一样行走的神”。即使是空气之灵西拉与大海之灵席德娜，也无法杀死塔里培克·通拔克。

但是他们可以将它遏制起来，阻止它到南方来杀死所有人类及所有真人。

这些最优秀的巫师——安卡库伊特——挑选了他们当中拥有“聆听思想”与“发送思想”，具备千里眼能力的最优秀的男女巫师，用他们来繁衍下一代，就像真人们今天为雪橇狗配种，以求得更优秀、更强壮、更聪明的下一代。

他们把拥有超越巫术的千里眼能力的孩童，称为西珊尤阿，或是“空中精灵的掌管者”，并且派他们和他们的家人一起去北方阻止通拔克继续残杀真人。

西珊尤阿能够直接和通拔克沟通，而不像一般的巫师必须透过图恩盖助手灵魂的语言来沟通。他们可以直接触及通拔克的心灵与生命灵魂。

这些空中精灵的掌管者学会用喉咙的歌声召唤通拔克。因为他们一心在乎与通拔克沟通，所以同意让这只可怕、嫉妒心强的动物，夺走他们与人类同伴说话的能力。为了让这只图皮烈克杀人动物不再猎杀人类灵魂，空中精灵的掌管者答应这位像人一样行走的神：他们——人类及真人——不会再居住在最北方专属它的冰雪区。他们答应这位像人一样行走的神，除非得到准许，他们不会再在它的国度捕鱼或打猎，以此来表达对它的敬意。

他们还承诺，他们每一代的子孙都会继续帮忙，让像人一样行走的神的贪婪食欲可以满足。西珊尤阿以及其他的真人会去猎捕鱼类、海象、海豹、驯鹿、野兔、鲸鱼、野狼，甚至是通拔克体形较小的表亲白熊，带去让它大吃一顿。他们也承诺，不会再有人类的皮艇或小船侵入像人一样行走的神专属的海域，除非是来送食物给它，唱喉音歌安抚它，或是来向杀人兽表达敬意。

根据西珊尤阿预先看到的未来，他们知道通拔克的地盘最终被那些白人卡布罗那入侵时，末世就来临了。身体受到卡布罗那苍白灵魂的毒害后，通拔克会生病，然后死去。真人会忘记他们的生活方式与他们的语言，家里会充满醉酒及绝望；男人会忘记他们的温柔，而去打他们的妻子；孩童的伊努阿会变混乱，真人也会失去他们的好梦。

通拔克因为卡布罗那带来的疾病而死亡时，空中精灵的掌管者知道它那冰冷、雪白的国度将会因为温度升高而融化。白熊将会找不到浮冰来当家，它们的小熊会死掉。鲸鱼和海象也没有地方可以进食，鸟类会绕圈飞行，并且向乌鸦求助，因为它们繁殖的地方不见了。

这就是他们看到的未来。

西珊尤阿知道，通拔克虽然非常恐怖，但是少了它，也少了冰冷世界，未来会更糟糕。

不过，在这样的光景没有到来之前，年轻、有千里眼、身为空中精灵的掌管者的男人与女人，用一种只有席德娜及其他神灵能够使用的方式跟通拔克说话，从来不使用声音，总是直接心灵对心灵。这个还活着、像人一样行走的神就听从他们的提议与承诺。

就像所有伟大的伊努阿特神灵，喜欢被娇宠的通拔克同意了。它将吃他们的贡物，而非他们的灵魂。

一代又一代，西珊尤阿千里眼一直只和拥有同样特异能力的人交配。在年纪还很小的时候，每个西珊尤阿小孩儿就必须放弃他（或她）与人类同伴说话的能力，来让像人一样行走的神知道，他们一心一意只想要跟它——通拔克，说话。

一代又一代，西珊尤阿小家族住在距离其他真人部落非常遥远的北边——真人仍然非常害怕通拔克会来找他们。他们总是把家建造在终年被雪及冰河覆盖的土地及堆冰上。他们开始被看成“神人”，甚至连他们会说话的家人使用的语言，也变得像是由真人各种方言混合而成的一种怪异语言。

当然，除了阔马尼克与安卡库娃的“千里眼预言”“发送思想”及“接收思想”之外，西珊尤阿本身不会说任何语言。不过他们还是人类，仍然爱他们的家人，并且属于一个大家族，所以当他们要向其他真人说话时，西珊尤阿男人就使用特殊的手语，西珊尤阿女人则使用母亲教她们的细绳图案。

还没离开我们的村庄，
到遥远的海冰上，
去找那个我必须嫁的男人——
我父亲和我常梦到的男人。
那时，船桨还很干净，
我父亲拿了一块黑石，奥玛，
在每根船桨上刻字。

他知道他不会活着，
从海冰上回来。
在我们的西珊尤阿梦里，
在唯一真实的梦里，
我们都看到——
他，我亲爱的亚加，
会死在那里，
死在一个白人手中。

离开海冰，上到陆地之后，
我就一直在找寻那块石头，
在小山中，
在河床上，
但我没找到它。

等到我回到我的族人那里，
我会去找那支
上面有奥玛灰色记号的桨。
桨叶末端的一条短线
代表出生；
代表死亡的一条长线，
平行地画在它上方。

再回来！大乌鸦叫着。

63
克罗兹

克罗兹醒来时头痛欲裂。

这几天早上醒来时，他几乎都是头痛欲裂。他的背部、胸部、手臂、肩膀都被霰弹枪的弹丸打得千疮百孔，身上至少被子弹射伤三处，他醒来时应该会注意到才对。但是事实上，他身上的伤痛已经舒缓许多，所以他首先注意到的是可怕的头痛。

这让克罗兹回想起他每天晚上喝威士忌、隔天早晨才后悔的那些年月。

他有时醒来时会像这天早晨，疼痛不堪的头颅里回响着一些毫无意义的字符串与音节。那些字听起来咔咔嗒嗒，就像孩童为了找出能配合跳绳歌的正确音节数，发出带有重元音的咯咯声。不过，在他完全清醒前那痛苦的几秒钟里，这些声音似乎有某种意义。这些天来，克罗兹在心理上一直很疲倦，好像他每天都在熬夜读荷马的希腊文原著。弗朗西斯·罗登·摩伊若·克罗兹一生从来没试着去读希腊文，他也不想。他总觉得这种事该留给学者，或像老助理布瑞金那样的可怜书痴。

在这黑暗的早晨，他在雪屋里被沉默叫醒。她用在她手指间移动的细绳图形告诉他，他们又该出去猎海豹了。她已经穿好她的毛皮外衣。跟他传达完信息后，她马上就消失在雪屋的入口通道之外。

知道今天不会有早餐，昨天晚餐也没剩下什么冰冷的海豹皮下脂肪，克罗兹有点不高兴。他穿好衣服，并把他的毛皮外套与连指手套穿上，然后顺着面向南方的背风入口通道，往下爬到雪屋外。

在外面的黑暗中，克罗兹小心翼翼地站起来——有时他的左脚在早晨还是会拒绝承载他的重量——四处观望。他们的雪屋微微发亮，因为在离开雪屋时，他们会留下一盏皮下脂肪油灯燃烧，以维持屋内温度。克罗兹还清楚地记得那趟长途雪橇之旅。他也记得好几个礼拜前，当时还非常虚弱的他坐在雪橇上的毛皮堆中，带着近乎敬畏的心情，看着沉默花几个小时的时间把雪挖出来，建造这间雪屋。

雪屋盖好后的前几个小时，克罗兹心中的数学家就待在这舒适的小空间里，躺在毛皮毯下，欣赏雪屋优美的悬链线弧度，并且暗自夸赞这位先前在星光下切割雪砖，堆砌出内倾雪墙的女子所达到的精准度。

不过，当他在那漫长的夜（或暗无天日的白天）里，躺在毛皮毯下欣赏雪屋时，他心里想，我就和公猪的乳头一样没用。他还忍不住担心这间雪屋会垮下来。雪屋顶端的雪砖几乎是水平靠在一起。她最后切割的几块雪砖是梯形，而最后一块雪砖（关键砖）甚至被她先从里面往外推挤出去，修边之后，再从里面拉到定点。后来沉默还走到雪屋外面，爬到呈悬链线状、近似圆顶建筑的雪砖上，攀爬至顶部，然后在上面蹦跳几次，才再顺着侧边滑下来。

克罗兹刚开始以为她只是像小孩儿一样在玩耍——她有时候看起来就只是个小孩儿。但是接着就发现，她是在测试新家的强度与稳固性。

隔天，另一个没有阳光的日子，那个爱斯基摩女人用油灯将雪屋内墙表面融化，然后让它自行结冻，使墙面上多了一层薄薄的却非常坚硬的光亮冰面。接着她把原本是帐篷罩、后来被当成雪橇滑板的两张海豹皮上的冰融掉，然后在内墙及天花板上钻孔，将几条筋腱穿进去，再利用它们将海豹皮悬挂在离内墙表面几英寸的地方，成为雪屋的内衬。克罗兹马上就注意到，这样可以让雪屋内部不至于因为温度升高而滴水。

克罗兹很惊讶雪屋竟然能让他感到这么温暖，他估计温度至少比外面高上五十华氏度，温暖到两人从毛皮毯底下出来时，经常只穿着驯鹿皮短裤。入口处右侧的雪棚架上有个煮食区，那里有个用鹿角与木头制成的架子，不仅可以架起各种锅具，放在海豹油火炉上方加热，也可以充当晒衣架。等克罗兹能自己爬行，并和她一起到雪屋外面之后，沉默就利用她的细绳语言及手势告诉他，从外面进入雪屋里，一定要记得先将外衣弄干。

除了入口处右侧的煮食平台，以及左侧可以当长椅的雪棚外，雪屋后半部还有个可供他们睡卧的宽阔平台。平台边缘是用沉默带来的一点点木材围成的。这些被冰冻在平台里的木材让平台不至变形。沉默接着就从帆布袋里拿出最后一些苔藓铺在雪棚上，或许是当成隔热材料，然后细心地将驯鹿皮及白熊皮铺在雪棚上。然后，她让他知道他们该头朝着门睡觉，并且把已经干了的衣服折叠起来当枕头。他们所有的衣服。

刚开始的几天或几个礼拜，虽然沉默女士每天晚上都光着身体睡，克罗兹坚持要穿着驯鹿皮短裤躺在毛皮毯下睡觉。但他很快就发现，那样会让他温暖到不舒服。还好他身上的伤势仍让他相当虚弱，情欲对他而言根本不构成试探，所以他很快就习惯光着身体钻进毛皮毯里睡觉，早上起床时才穿上没有汗味的短裤及衣服。

每次克罗兹在夜里醒来，发现自己光着身体、温暖地躺在沉默旁边，他就会试着回想在“恐怖”号的日子。那时他总是觉得又湿又冷，主舱里也一直都昏昏暗暗，不时滴水，到处结着冰框，还弥漫着煤油与尿液的臭味。住在荷兰帐篷的光景就更可悲了。

到了外面，他把带有绒毛边圈的连衣帽往前拉，将脸与外面的严寒隔离，然后四处张望。

当然，外面一片黑暗。克罗兹过了很长一段时间才愿意接受以下事实：从被枪击到第一次意识到自己与沉默在一起，他已经昏迷了（或是死了？）好几个礼拜。在他们长途跋涉地拉乘雪橇来到这里的旅程中，只有些许非常短暂、非常微弱的阳光出现在南方，所以这时至少已经是十一月了。他们来到雪屋后，克罗兹开始试着数算日子。但是屋外一直是黑漆漆的，而在屋内，他们睡觉与醒来的周期又相当怪异。他猜他们有时一次就睡上十二个小时，甚至更长，他不太能确定到这里之后，又过了多少个礼拜。何况外面的暴风雪经常将他们困在屋里不知几天几夜，让他们只能靠冰藏在屋里的鱼肉与海豹肉维生。

今天的天空非常晴朗，也因此，天气相当寒冷。在天空中移动的星座是冬天的星座。空气很冷，星星在天空中舞动摇摆，和克罗兹这些年来从“恐怖”号（或他曾经搭乘到北极的任一艘船）甲板上看到的一样。

现在唯一的差别是：他不觉得冷，也不知道自己身在何处。

克罗兹跟随沉默的足迹绕过雪屋，走向冰岸与冰海。他其实并不需要跟她的脚印走，因为他知道，那道被冰雪覆盖住的海岸就在雪屋北边一百码左右，而她向来都是到那里去猎海豹的。

虽然他知道这里的一些基本方向，但还是不知道自己身在何方。

不论是对解救营，或是对他们沿威廉王岛南岸搭建的营地来说，那道结冻的海峡总是在他们的南方。所以，他和沉默现在有可能是在威廉王岛南方的阿德雷半岛上，隔着一道海峡与威廉王岛对望；也有可能仍然在威廉王岛上，只不过位于没有任何白人到过的东岸或东北岸。

克罗兹完全不记得他中弹之后，沉默是如何将他送到帐篷里的。也不记得在他回到活人世界之前，她的帐篷搬移过多少次。在她搭建雪屋之前，那趟用海豹皮包裹鱼来当滑板的雪橇之旅到底花了多少时间，他也只有非常模糊的记忆。

他们现在有可能是在任何一个地方。

即使她是带着他往北走，也没有什么道理可以推断出他们目前是在威廉王岛上。也有可能是位于威廉王岛北边的詹姆斯·罗斯海峡里的某个小岛上，或是在布西亚半岛的西岸或东岸外，某个从来没人到过的岛。在有月光的夜里，克罗兹可以从雪屋看到内陆的山丘——不是山岭，但是比这位船长先前在威廉王岛上所看过的都来得高大。而且，与他及手下曾经找到的任何营地（包括恐怖营在内）比较起来，这里的地形屏障遮挡风雪的效果最为理想。

克罗兹踩过海滩的雪地及沙砾地，走到杂乱的海冰上，他想到过去这几个礼拜，他曾经数百次试着告诉沉默，他需要离开这里，找到他的手下，并且回到他们那里。

她总是面无表情地看着他。

他现在相信她其实知道他的意思。即使听不懂他的英语，至少能感受到隐藏在他请求背后的情绪。不过，她从来没有用表情或细绳图案来回答。

克罗兹认为，她对事物的了解几乎是超自然的，他也愈来愈能了解在她两手手指间舞动的细绳图案代表的复杂概念。有时候他觉得自己和这奇怪的原住民小女孩非常接近，甚至当他夜里醒来时，会一时分不清哪个身体才是他的。还有些时候，他可以听到她隔着黑暗的冰原叫他快一点到她那边，或者是要他多带上一根鱼叉或绳索或工具……虽然她没有舌头，而且从来没在他面前发出过声音。她懂很多，有时候克罗兹甚至认为，他现在每天夜里所做的其实都是她的梦，并且怀疑她每晚也在分享他的梦，梦到他要领受圣餐时，穿白色法衣的祭师突然浮现在他面前。

但是她不会将他带回他手下那里。

克罗兹曾经三次趁着她在睡觉（或只是假装在睡觉）时，自己爬出雪屋的通道，身上只带了一袋海豹的皮下脂肪当食物，以及一把刀子防身，然后离开。不过三次他都迷了路，两次在内陆迷路，另一次则是在海冰中走失。这三次，克罗兹都是走到无法再走下去，也许走了好几天才停下来，昏倒在地上，并且准备接受他应得的、既公正又恰当的惩罚（身为船长的他竟然任由手下们自生自灭！）——死亡。

每一次，他都被沉默找到；每一次，她都把他捆在一张熊皮上，在他身上盖上一些毛皮，然后默默地拖着他，在寒冬中走许多英里路回到雪屋。在雪屋里，她会和他一起躺在毛皮毯底下，用她赤裸的腹部让受冻的手脚再次温暖。在他啜泣时，她的眼睛总是看着别的地方。

现在，他发现她就在离他几百码的海冰上，弯腰注视着一个海豹换气孔。

克罗兹曾经想试着自己去找那些可恶的换气孔，却从来没找到半个。他猜想，他即使在夏季的白天里也找不到，更别说是在月光下，或是像沉默现在这样在完全的黑暗中。这些臭海豹很聪明，而且很狡猾。他和他的手下在冰原上待了这么多个月，却只猎杀了几只海豹，而且没有一只是在它的换气孔里被捉到的，他一点也不觉得讶异。

透过沉默的细绳语言，克罗兹已经知道，海豹在水面下只能屏息七八分钟，或者顶多十五分钟。（沉默是以心跳为单位来跟他解释，但是克罗兹认为他已经成功地把它换算成分钟。）如果他对沉默的细绳图案的解读没错的话，海豹也有地盘的概念，就和狗或狼或白熊一样。即使在冬天，海豹也必须捍卫自己的地盘，以确保位于冰层下的国度里有足够的空气。海豹会找一个冰层最薄的地方，从那里的冰层下方往上挖，挖出一个足以容纳它整个身体的圆罩形换气区，最后才在圆罩的最顶端——附近的冰已经被刮得很薄——真正凿出一个非常小的孔，让自己可以换气。沉默曾经指着一只死海豹鳍状肢上的几根利爪给他看，并且拿它们刮冰，让他见识到海豹爪子多么适合刮冰。

沉默用细绳告诉克罗兹，一只海豹的地盘里可能会有数十个换气孔。克罗兹相信她，但是他很生气自己竟连一个也找不到。她用细绳图案清楚呈现换气孔的圆顶，她也真的轻易地在杂乱的冰原中找到它们。但是对克罗兹来说，它们却不露痕迹地隐藏在冰塔、冰脊、大冰块、小冰山，以及冰隙之间。他很确定，他已经从这可恶的东西上面走过上百次了，从来没发现它们，只以为它们是冰上常见的小坑洞。

沉默这时就蹲在一个换气孔旁边。克罗兹离她十几码时，她用手势叫他不要出声。

根据沉默的细绳图案，海豹是最小心谨慎的动物之一，所以猎海豹时，保持沉默非常重要，而且必须偷偷摸摸的。在这里，沉默女士真的是人如其名。

她怎么会知道它们在哪里？在接近换气孔之前，沉默把几块方形的驯鹿皮放在冰上，两只穿着厚靴的脚就踩在毛皮上前进。每走一步就把前一片捡起来，以免靴子在冰雪上产生任何声响。等摸黑走到圆顶形换气孔旁边，她就用慢动作把几根分叉的鹿角轻轻插在雪地上，再把她的刀子、鱼叉、绳索及其他打猎用的小玩意儿放在上面，这样当她要拿东西时就不会发出声响。

在离开雪屋前，克罗兹照着沉默先前示范过的，用筋腱缠绑手臂与腿，以免衣服被风吹得嗖嗖响。但是他知道，再靠近那个洞一点，他这笨手笨脚的白人肯定会发出声音，而且对下面那只海豹来说（假设下面真的有海豹），听起来就像是堆了很高的锡罐塔垮了下来，所以他费力地盯着脚下的冰雪表面，找出沉默事先为他铺在那里的二英尺见方的厚驯鹿皮，然后缓慢小心地跪在毛皮上。

克罗兹知道，在沉默发现换气孔之后到他到达前的这段时间，她已经小心缓慢地用刀子将洞上面的积雪移开，并且用装在鱼叉杆身底部的骨制凿子将洞弄得更大。接着她检查那个洞，确定它刚好是在一条很深的冰中隧道正上方，否则——他现在已经知道——鱼叉很难完美地戳刺进海豹的身体里。接着她在换气孔上方重新堆起一个小雪冢。因为风雪正刮着，她在洞上面铺了一片窄而薄的兽皮，以免洞被雪填塞住。然后她用一条很长的细肠线，将一个非常薄的骨制尖片牢牢系绑在另一根骨头的尖端，用作海豹现身的指示标。她让这根细棍滑进换气孔里，再将它的另一端架放在分叉的鹿角上。

现在她在等待，克罗兹在观看。

几个小时过去了。

风愈来愈大。云开始遮住星星，雪从他们身后的内陆越过冰地吹刮过来。沉默站在那里，弯着背，低头注视着换气孔。她的毛皮外衣和连衣帽上面渐渐盖上一层雪。她用右手拿着有象牙矛尖的鱼叉，鱼叉后端就架在雪地上的叉状鹿角上。

克罗兹还见过她用别的方式猎捕海豹。其中一种是，她先在冰中凿两个洞，接着想办法将海豹诱骗到她那里，克罗兹则负责拿着另一根鱼叉在一旁帮忙。她跟他提过，海豹很可能是动物王国中最谨慎的动物，但是它有个致命的弱点：它很好奇。克罗兹那根特别设计的鱼叉前端靠近沉默的冰洞时，只要轻微地上下摆动鱼叉，两小块装着分叉羽毛杆的骨头就会在鱼叉前端振动。最后，海豹敌不过它的好奇心，会冒出头来查看。

月光充足时，克罗兹常会瞪大眼睛看着沉默佯装成一只海豹，肚子贴着冰面在冰上移动，并且双手模仿鳍状肢的动作。往往在他还没注意到海豹从冰洞中探出头之前，沉默的手臂就猛地动了一下，接着那根用长绳系在她手腕上的鱼叉就被她拉回来。绳子另一端拖回来的，几乎都是一只已死的海豹。

但是，在这黑暗的“夜日”，他只需要留意海豹换气孔。克罗兹在他那块皮毛上待了好几个小时，看沉默弓着背站在几乎无法识别的冰中圆罩旁边。大约每过半个小时，她就缓缓地把手伸到几根鹿角枝上，去拿一样奇怪的小工具——一根长约十英寸、上面装了三根鸟爪的弯浮木，轻轻地搔刮换气孔上方的冰，力道小到在几英尺外的他也听不见。但是海豹一定听得相当清楚。即使它是在另一个换气孔那里（或许离这里好几百码），终究会被为它带来厄运的好奇心打败。

另一方面，克罗兹不知道沉默是如何发现海豹并射中它的。在盛夏、晚春或初秋的阳光下，或许她看得见冰洞里的海豹身影，也看得见它的鼻子出现在小换气孔下方……但是，在星光下呢？等到她特制的警示棒开始晃动时，海豹可能早就转身潜到冰层下面了。或者，她可以在它游上来时闻到它的味道？或者她有别的方式侦测？

沉默那根用骨头与羽毛制成的侦测器想必已经晃动过了，只不过那时他快被冻僵了——他躺在驯鹿皮上，而不将身体坐正的后果——而且正在打瞌睡。

她突然采取行动，他马上醒了过来。在克罗兹还没来得及眨眼让自己完全清醒前，她就已经把鱼叉尾端从鹿角架上提起来，并将鱼叉直接往下射进换气孔里。

克罗兹挣扎着站起来，并且尽他所能跛行到她身边。他的左腿痛得不得了，一点也不想支撑他的体重。他知道这是猎海豹时最难处理的地方，如果它只是受了伤，必须在它挣扎着从有倒钩的象牙制鱼叉尖端脱逃之前将它拉上来，或者它已经死了，要在它卡在冰里或滑落进深水里之前，将它拉上来。这印证了皇家海军不厌其烦反复告诉他的：速度最重要。

他们俩合力与那只大家伙奋战。沉默用一只出奇有力的手臂拉绳子，另一只手拿着刀砍冰，要把洞弄得更大。

那只海豹已经死了，但它的身体比克罗兹所见过的东西都还滑。他将戴着连指手套的手伸到海豹鳍状肢底部，小心避开鳍状肢尾端的利爪，利用杠杆原理将动物的死尸撬到冰上。他边喘气，边骂脏话，边大笑，终于不用再保持沉默了。不过沉默女士还是沉默，只是偶尔发出轻柔的喘息声。

等到把海豹安全地放在冰上，克罗兹退后几步站着，他知道接下来会发生的事。

低矮的云层疾掠而过，只有几丝星光穿过云朵间的缝隙泻下，在这微弱的光线下，克罗兹隐约看到海豹躺在地上，黑色的眼睛一眨也不眨，隐约露出些苛求意味，一道看似黑色的血从它张着的嘴流到蓝白色的雪上。

还在因为刚才剧烈动作而喘气的沉默，这时跪到冰上，接着四肢着地，最后整个人趴在冰上，脸刚好就在死海豹旁边。

克罗兹又默默向后退了一步。奇怪的是，他现在的感觉，和儿时在梅摩·摩伊若的教堂的感觉几乎完全一样。

沉默伸手从毛皮外衣下面拿出一个塞住的小巧象牙制扁瓶，喝了一口水，并把水含在嘴里。那小瓶子一直贴放在她的胸部，藏在毛皮下面，所以里面的水还保持液态。

她倾身向前，将自己的嘴唇对着海豹的嘴唇，做出类似亲吻的怪异动作，甚至像妓女与男人接吻时那样将嘴巴张开。

但是她没有舌头啊。他提醒自己。

她把液态的水从自己嘴里送进海豹嘴里。

克罗兹知道，如果那还活着、尚未离开身体的海豹灵魂，觉得杀死它的鱼叉及有倒钩的象牙矛尖造型很美、工艺水平很高，而且对沉默的耐心、隐蔽工夫和打猎技巧也感到满意，特别是也非常享受从她口中喝到的水，它就会去告诉其他的海豹灵魂，叫它们来这猎人这里，让自己有机会喝到这么新鲜清冽的水。

克罗兹不知道自己怎么会知道，沉默从来没有用细绳图案或手势告诉他。但他知道这是真的，这知识仿佛来自每天早晨纠缠着他的剧烈头痛。

仪式结束后，沉默站起来，拍掉裤子和大衣上的雪，把她那些宝贝的仪器与鱼叉收起来，然后两个人一起拖着海豹尸体，走两百码左右的路程回到雪屋。

整个晚上他们都在吃东西。对于肥肉与皮下脂肪，克罗兹似乎怎样也吃不饱。到后来，两个人的脸都油腻得像个沾满油污的猪屁股。克罗兹指着自己的脸，又指着沉默同样油腻腻的脸，放声大笑。

当然，沉默从来不会笑出声音，但是克罗兹认为，在她从入口通道爬到雪屋外之前，他确实看到了一丝丝微笑，回来的时候也是。她只穿了一条驯鹿皮短裤，两手抓着一些雪。他们先用雪把脸上的油脂抹去，最后才用软驯鹿皮把脸擦干净。

他们喝冰水，烘烤并吃下更多海豹肉，再喝水，然后到雪屋外各自找地方方便，把湿衣服披在晾衣架上，用皮下脂肪烧小火来烘干，再次洗手和脸，用手指及缠绕着细绳子的细枝条刷牙，然后光着身体爬进毛皮毯里。

克罗兹快要睡着时，感觉到沉默的小手正摸在他的鼠蹊部及生殖器上，顿时醒了过来。

他的生殖器当下有了反应，勃起且变硬。其实他并没有忘记先前身体上的疼痛，以及不该与这爱斯基摩女孩发生关系的种种顾虑。但是，当她短小却带着激情的手指握住他的阴茎时，这些细节一下子被他抛到脑外。

他们的呼吸都很急促。她将一条腿跨过他的大腿，然后上下摩擦。他用双手捧起她的乳房——实在非常温暖——接着双手在她背后往下伸，用力抓着她的臀部下方往上拉，让她的胯部紧紧靠在他的大腿上。他的阴茎硬得非常夸张，而且不断搏动。肿胀的龟头每次滑过她温暖的皮肤，就会像羽毛一样振动。他的身体就和好奇的海豹一样，虽然有智慧的天性，却很快就浮出情欲的表面。

沉默把他们身上那张毛皮毯甩开，骑坐在他身上，双手迅速得就像她在掷鱼叉，往下抓住他，调整他的位置，将他滑进她的身体里。

“哦，耶稣啊……”当他们两人成为一体时，他喘着气。他可以感觉到他绷紧的阴茎受到阻挡，但是那阻力却在他们两人的剧烈动作下投降了。他还知道——非常震惊地——他是在和一个处女同床；或者说，一个处女和他同床。“哦，上帝啊！”当他们的动作开始更剧烈时，他大喊着。

他把她的肩膀往下拉，试着去亲吻她，但是她把脸转开，用脸贴着他的脸颊、脖子。克罗兹已经忘记，爱斯基摩女人不知道怎么接吻——这是每一位英国极地探险队员听老前辈们传授的第一课。

但这并不重要。

一分钟后，甚至还不到一分钟，他就在她的身体里爆发了。但感觉上已经过了很久。

沉默还继续在他身上躺了一会儿，她两个汗水淋漓的乳房平压在他满是汗水的胸膛上。他可以感觉到她快速的心跳，也知道她感觉得到他的。

当他可以思考时，他才开始想床上会不会有血。他不希望漂亮的白毛皮毯被弄脏。

不过，沉默又开始移动臀部。她又直起身来，还是坐在他身上，黑色的眼睛盯着他。她的深色乳头就像另一对不眨眼的眼睛在盯着他。他在她体内的那部分还是硬的，而她的动作竟然不可思议地——不论是在英格兰、澳大利亚、纽西兰，南美洲及其他地方，在弗朗西斯·克罗兹与妓女们接触的经验里，从来没有发生过这种事——让他又复苏过来，变得更硬，开始移动臀部来配合她在他身上的缓慢碾磨。

她把头往后仰，将她强而有力的手压上他的胸膛。

他们做了几个小时的爱。她曾经一度离开睡觉的平台，不过只是去拿悬置在烘衣火炉上方的小葛德纳罐头里的融雪水回来让他们两个人喝。两人喝完水后，她草草把大腿内侧的一小抹血清理掉。

接着她仰躺着，两腿张开，用强壮的手抓着他的肩头，把他拉向她。

因为没有日出，所以克罗兹不知道在那漫长的北极夜里他们是不是一直在做爱，也许他们做了几天几夜不眠不休（到他们睡觉时，他确实有这种感觉）。不过最终他们还是躺下来睡觉。他们的汗水与呼吸形成的热气，在雪屋内墙表面凝结，然后滴垂下来。屋内非常温暖，在他们刚入睡的前半个小时，他们根本没盖毛皮毯。

64
克罗兹

他到陆地上后，
当时世界上还是一片黑暗，
图龙尼轨克，大乌鸦，听到那两个男人梦见了光。
但是那时并没有光。
一切皆是黑，一如既往。
没有日头，没有月亮，没有星辰，没有火焰。

大乌鸦往内陆飞，直到他发现一间雪屋，
里面住着一个老人和他的女儿。
他知道他们
偷藏了一点点光，
于是他进入雪屋里。
他顺着入口通道往上爬，
然后从卡塔克里往上看。
两个皮袋挂在那里，

一个里面装着黑暗，
另一个里面装着光。

那人的女儿醒着坐在那里，
她的父亲则在睡觉。
她是个瞎子。

图龙尼轨克用他的“思想传送”，
让女儿突然有了玩兴。
“我们来玩球。”女儿大声喊。
把那老人叫醒。
男人醒来，把装着日光的袋子拿下来。
包裹着日光的驯鹿皮袋，
摸起来温温热热的，
因为里面的光一直很想跑出来。

大乌鸦用他的“思想传送”
让女孩把日光球推向卡塔克。
“不！”那父亲大叫。
太迟了。
那颗球掉进卡塔克里，然后
在通道内壁弹撞着、向下掉。

图龙尼轨克在里面等着，
他接到那颗球。

他从通道里跑出来，
带着日光球往前跑。

大乌鸦用他的尖喙，
把皮制的球啄破。
他啄着日光。
雪屋里的男人追着他，
穿过柳林与冰雪地，
但是这个日光人不是人，
他是一只隼。
“皮特魁妥阿克！”这只游隼尖叫，
“我会杀了你，你这骗子！”

他飞向大乌鸦，
不过大乌鸦已经把皮球啄破了。
曙光乍现，
阳光溢在每个地方。
库阿葛阿，西拉！黎明来了！

“乌努克普阿克！乌努克普阿葛门！黑暗！”
隼尖叫着。
“库阿葛阿！到处都是阳光！”
大乌鸦大喊。

“夜晚！”

“日光！”

“黑暗！”

“日光！”

“夜晚！”

“亮光！”

他们继续叫嚣。

大乌鸦大喊——

“为大地带来阳光！”

“把阳光带给真人！”

如果我们只有黑暗，没有光亮，

那是不好的。

所以，大乌鸦把日光带到某些地方。

游隼却还是让其他地方保持黑暗。

不过，动物开始彼此战斗。

那两个男人也在战斗。

他们用光亮与黑暗互相丢掷对方。

白天与夜晚最终达到平衡。

夏天之后是冬天。

事物分成两半。

光亮与黑暗互补，

生命与死亡互补，

你与我互补。

在外面，那只通拔克在夜里巡行，
我们所接触的地方，
却有光亮。

一切事物皆平衡。

65
克罗兹

几个月后，太阳终于再次在正午时分略显迟疑地在南方地平线上出现短短几分钟。之后不久，他们开始收拾行囊，准备另一趟长途雪橇之旅。

不过克罗兹知道，真正决定他们的动身时机，也逼他尽快做出最后决定的，并不是太阳终于回来了。真正让沉默认为时候已到的，是一天中剩下的二十三个半小时的时间里不断闪现于天际的奇异景象。当他们驾着雪橇，要永远离开雪屋时，他们头顶的天空上摇曳闪烁着各式彩色光束，时而蜷曲、时而伸张地舞动，就像原本握成拳的手指忽然张开又急速攥紧。每日每夜，在黑暗的天空里，北极光的活动愈来愈剧烈。

为这次更长的长途旅程制作的雪橇，比前一个更讲究。前一次他还无法走路，沉默为了载送他而用海豹皮卷鱼当滑板临时打造的雪橇只有六尺长。现在这部雪橇几乎是它的两倍。这部雪橇的滑板是他们用心地将一些短小木材切割成适当的形状，再利用海象的象牙连接起来制成的。滑板表面不是只贴上一层泥炭，而是包覆着鲸鱼骨和扁平的象牙。不过，沉默和克罗兹还是一天好几次去为滑板加上一层冰衣。雪橇的横板是用鹿角和最后一点木材（躺着睡觉的木板）做的，雪橇后方的立柱则是由几根牢牢绑好的鹿角及海象牙构成的。

这一次，雪橇的挽具被设计成可以两个人一起拉，除非当中有一人受伤或生病，否则不会有人坐在雪橇上。但是克罗兹知道，沉默用心打造这个雪橇，其实是希望在这年结束之前，雪橇可以改由雪犬队来拉。

她怀孕了。她并没有用细绳、眼神或其他视觉图像告诉克罗兹。但是他知道，而且她也知道他知道。如果一切顺利，他估计婴儿应该会出生在他过去称为“七月”的月份。

雪橇上载着所有的毛皮毯、兽皮、煮食器具、工具，以及几个用皮封起来、盛装着融化雪水的葛德纳罐头，以及一些冰冻的鱼、海豹、海象、狐狸、野兔与松鸡。但是克罗兹知道，其中某些食物其实是为了可能根本不会到来的时候预备的——至少对他而言。而且另一些可能会用来当礼物，一切都取决于未来的冰况及他将来的决定。他知道——就看他做出何种决定——他们两个人可能很快就会开始禁食。虽然照他的估算，真正必须禁食的只有他一个人。但是沉默一定也会和他一起禁食，因为她现在是他的妻子，只要他不吃东西，她也不会吃。不过，如果他死了，她就会带着食物和雪橇回陆地上去过自己的生活，并且继续尽她该尽的职责。

一连好几天，他们沿着海岸线往北旅行，绕过悬崖及陡峭的山丘。有好几次，崎岖的地形逼着他们下到冰海，不过他们并不想长时间待在冰海里。至少目前还不想。

有些地方的海冰已经开始裂开，不过只形成很窄的水道。他们没有停下来在水道旁捕鱼或在冰穴旁驻足。他们只是继续向前走，一天拉至少十小时的雪橇，而且一有可能就把雪橇拉回陆地上，即使这意味着包覆在雪橇滑板上的几层冰衣会磨损得更快，更常需要翻修。

第八天晚上，他们停在一个山丘上，俯视着由一些发光圆顶雪屋构成的聚落。

在接近小村落时，沉默非常谨慎，刻意选择走在下风侧，不过，还是有一只系在冰上木桩上的狗开始狂吠。还好，其他狗没有随之起哄。

克罗兹看着发光的建筑物，其中一座是由一间大雪屋与四间小雪屋（雪屋之间有通道相连）构成的多重圆顶。光是想到这样的社区，就让克罗兹感到心酸，更别说是亲眼见到了。

人们的笑声穿过雪砖与驯鹿皮，从他下方远处的村落传到他耳中。

他知道可以现在走下去，请这群人帮他找回解救营的路，接着找到他的手下。克罗兹知道，他们在威廉王岛的另一面屠杀八个爱斯基摩人时，有个巫师逃脱了，而这就是那个巫师族人的村落。广义来说，沉默和八个被杀的男人与女人一样，也是这家族的成员。

他可以下去请求帮忙，而且他知道沉默会跟他一起去，并且会用细绳图案为他翻译。她是他的妻子。他也知道，除非他在冰上照着他们的要求去做，否则不管他是不是沉默的丈夫，也不管这些人是多么尊敬、畏惧或喜爱沉默，这些爱斯基摩人非常可能会先用微笑、点头，甚至是欢笑迎接他，然后趁他吃东西，睡觉或没有防备时，突然用绳索紧紧捆住他的手腕，并且用兽皮袋罩住他的头，然后不断用刀刺他，女人也会和猎人一起刺他，直到他断气为止。他曾经梦见他鲜红的血流在白雪上。

也有可能不会。或许沉默还不知道将会发生什么事。即使她也曾梦见那样的未来，至少她没有用细绳告诉他结局，也没有和他分享那样的梦境。

反正他现在也不想知道未来会如何。这村落、这一夜、明天，在他还没决定另外一件事之前，都不是他即将面对的，不论他的未来及命运到底如何。

在黑暗中他向她点了个头，然后他们转身离开村落，继续拖着雪橇沿着海岸往北走。

在这趟旅程的日间与夜里，他们两人蜷缩在毛皮毯下睡觉的几个小时里，只有一大张从雪橇后侧鹿角立柱上悬垂下来的驯鹿皮，能充当他们的保护罩。在这些时刻，克罗兹有很多时间可以思考。

过去几个月里，也许是因为没人可以讲话——至少没有一个可以发出真正言语来回应他的对话者——他已经学会让自己心灵的不同层面彼此对话，就好像有几个持不同论点的灵魂一同住在他心里。其中一个灵魂，一个较老、较累的灵魂，知道他是个十足的失败者。一个男人可能接受的任何考验，他都没有通过。他的手下，那些相信他能带领他们到达安全之地的人不是已经死了，就是分散在各地。在脑袋里，他希望有些人还活着；但是在他心里，在他心中的灵魂里，他知道那些四散在通拔克所居之地的人全都死了，他们的骨头已经将某个不知名海滩，或将某块空无一物的浮冰块漂白了。他对不起他们每一位。

不过最起码，可以去找他们。

克罗兹现在还不知道自己身在何处，不过他愈来愈怀疑他们是在威廉王岛东北方某座大岛屿西岸的某个峡角上过冬，那里的纬度和恐怖营及“恐怖”号的所在地差不多，虽然那两个地点在他们西边一百多英里外。如果他想要回“恐怖”号，就必须往西越过一大片结冻的冰海，或许还要越过更多岛屿，然后再穿过威廉王岛的北部，最后再在海冰上走二十五英里，才能到达十个多月前他弃置在冰海上的船。

只是，他并不想回“恐怖”号。

在过去几个月里，克罗兹学会了很多生存技能，他认为自己可以找到回解救营的路。只要给他足够的时间，他甚至可以走到贝克河，沿途打猎维生，当无法避免的暴风雪来袭时，可以搭建雪屋或皮帐篷充当庇护所。他可以在今年夏天，在船员们被他抛弃十个月后，出发去找他失散的手下，并且真正找出他们的踪迹，即使要花上好几年。

沉默会跟他一起去，只要是他选择的路，即使意味着她将会失去她的自我，也得放弃生活在这里所背负的使命，她也会跟随他。他知道她会。

但是他不会要求她。如果要往南去找船员，他会自己一个人去。虽然他已经学会许多新的生存知识与技能，他还是怀疑自己会在寻找的途中死亡。即使没死在海冰上，也会在沿着那条河往南走的路上受伤。即使途中没有因为那条河、外伤或疾病而死亡，还是很可能会遇上带有敌意的爱斯基摩人，甚至是住在更南边、行径更野蛮的印第安人。英格兰人——尤其是极地老手——喜欢告诉别人：爱斯基摩人虽然很原始，但他们是爱好和平的民族，不容易生气，总是尽量避免战事与争吵。但是克罗兹已经在他的梦中看到真相：他们也是人类，和其他种族一样行为难以预测，而且经常用战争及杀戮来解决问题；在最糟的情况下，甚至会有食人的行为。

与往南走比较起来，路程较短、风险也较低的获救方法，就是在夏天堆冰融化之前（如果真的会融化的话），从这里往东越过冰海，沿途打猎或设陷阱捕捉动物维生，接着翻越布西亚半岛到东岸去，再往北前走到怒气海滩或先前的探险队搭营的旧址。一旦到了怒气海滩，就只要在那里等待捕鲸船或搜救船了。往这个方向走，存活下来并且获救的机会非常大。

如果他真的能回到文明世界……回到英格兰？自己一个人？他永远会被称为“让手下全部死掉的船长”。受军事法庭审判会无可避免，而且结果可想而知。不论法庭最后给他什么判决，他也会受到一种终身刑罚——内心的谴责。

不过，这并不是让他放弃向东或向南走的原因。

他身旁的女人怀着他的骨肉。

在他的所有失败之中，让他受伤最深、也最令他挥之不去的，就属他身为弗朗西斯·克罗兹的失败。

他将近五十三岁，之前只恋爱过一次，向一个被宠坏的刻薄的女孩求婚，而对方却戏弄他，像他手下的水手们利用码头边的妓女那样利用他。不，他想，就像我利用那些妓女。

现在，他每天早上（经常也在夜里）分享沉默的梦，并且知道她也分享了他的梦。之后醒过来时，沉默都睡在他身旁。他可以感觉到她身体的温暖，也感觉到自己对那温暖有反应。每天他们都到寒冷的冰上，一同为生存而奋斗，使用她的技艺及知识去猎捕其他灵魂、吃其他灵魂，好让他们两人的今世灵魂能共同生活得久一点。

她正怀着我们的孩子。我的孩子。

这和他接下来几天必须做的决定，还是没有关系。

他已经快五十三岁了，现在却得相信某件荒谬透顶的事，光是想到就会发笑。如果他对细绳图案及梦的解读没错（而且他确信，几经波折后，自己终于弄懂了其中意思），他被要求去做某件非常可怕且痛苦的事。即便那种经历不会将他弄死，至少也会让他发疯。

他必须相信他该去做这件违背常理的蠢事。他必须相信他的梦——只是梦而已——而且相信他对这女人的爱应该足以让他放弃一生坚持的理性，而成为……

成为什么？

成为另一个人，另一种东西。

天空满布狂野的色彩，他在沉默身旁拉着雪橇。他提醒自己，弗朗西斯·罗登·摩伊若·克罗兹不相信任何事。

如果他相信任何事的话，那就是霍布斯的《利维坦书》。

人生是孤独、可怜、险恶、粗暴且短暂。

没有任何一个有理性的人会否认。虽然弗朗西斯·克罗兹做过许多梦，经常头痛欲裂，现在还异常决意要去相信某件事，但他还有理性。

如果一个穿着便服抽烟、待在他伦敦大宅的图书室里享受煤炭火炉带给他温暖的人，都知道人生是孤独、可怜、险恶、粗暴且短暂，那么，一个在北极夜里，在近乎疯狂的彩色天空下拉着一部堆满冰冻的肉及毛皮，要穿越一个不知名的岛，朝着一片方圆一千英里内没有任何文明人居住的冰海而去的人，当然更不可能否认。

摆在他前面的命运，可怕到令他不敢想象。

沿着海岸拉雪橇的第五天，他们到达了岛的尽头，沉默领着他们朝东北方走到海冰上。在这里有许多冰脊和漂移的浮冰，他们的速度变慢了，拉起雪橇来也更费劲。他们放慢速度的另一个用意是避免把雪橇撞坏。他们用燃烧皮下脂肪的火炉将雪融化来喝，不过尽管沉默发现了许多个换气孔圆罩，他们并没有停下来猎捕海豹。

太阳现在每天升起三十分钟左右。克罗兹还是不太能确定时间。在他被希吉枪杀、然后被沉默救起……不管她是怎么办到的……之后，他的表就和他的衣服一起消失了。沉默从来没告诉他，他是如何被救活的。

那是我第一次死亡。他心想。

现在他必须再死一次——让过去的自己死掉，以便成为别的东西。

有多少人能像他一样有第二次机会？有多少个船长在看着他们的探险队的一百二十五个人死亡或消失之后，还会希望自己有第二次机会？

我可以消失。

克罗兹每天晚上脱光衣服，爬进毛皮毯睡觉前，都会看到手臂、胸膛、肚腹及腿上的许多疤痕，他也感觉并且想象得到，他背部的子弹及霰弹枪弹丸的伤疤也同样严重。这些伤疤可以当成他从此绝口不提过去的好理由与借口。

他可以向东走，越过布西亚半岛，然后在东岸较温暖、生机盎然的水里打猎与捕鱼。他必须留心不要被皇家海军及英国搜救船发现，一心只等待美国的捕鲸船经过。即使要等上两三年才会有美国捕鲸船，他也能活到那时候。这点他现在很有把握。

接着，他不会选择回英格兰。英格兰曾经算是他的家吗？他可以跟救他的美国朋友说，他完全不记得自己到底经历了什么事，或者自己先前属于哪一艘船，他还可以让他们看他身上那些可怕的伤痕来佐证，最后，在捕鲸季结束后，他会和他们一起回美国。他可以在那里展开新人生。

有多少人到他这年纪还有机会展开新人生？应该会有很多人很羡慕。

沉默会和他一起去吗？她能忍受船员们的打量与嘲笑吗？她能忍受纽约或新英格兰都市里“文明的”美国人用更尖锐的目光打量她，并在她背后说些闲言闲语吗？她会用毛皮去交换棉布洋装和鲸骨束腹吗？她很清楚，在那块终究是异乡的土地上，她永远会是个异乡人。

她会跟他一起去。

克罗兹对这点比其他事都确定。

她会跟他去，也会很快就死在那里。她会因悲凄而死，因隔阂而死，也会因不断涌入她体内的恶意、卑劣、孤立及不受管束的思想而死，就像葛德纳罐头里那些看不见、恶劣、致命的毒物被倒进菲茨詹姆斯的体内使他丧命一样。

这点他也很清楚。

不过，克罗兹可以在美国独自将他的儿子抚养长大，并且在这几近文明的国家展开新人生，也许可以在一艘私人帆船上当船长。身为皇家海军及皇家探索团的船长，身为军官，甚至身为绅士——好吧，他从来就不是个绅士——他都可说是失败透顶，但是美国人不需要知道。

不行，不行。只要搭载他的是一艘有点规模的帆船，就有可能把他带到有人认识他的地方及港口。如果他被任何一位英国海军军官认出来，他就会被当成逃兵而绞死。不过，如果只是一艘小捕鱼船……只是在某个新英格兰小渔村的外海捕鱼的渔船，而且有个美国妻子在渔港等他……在沉默死后，他们两人可以一起把他的小孩儿抚养长大。

一个美国妻子？

克罗兹看了正在他右边和他一起卖力拉雪橇的沉默一眼。暗红、鲜红、紫色、白色的北极光，从天空伸下画笔，在她的毛皮连衣帽及双肩上肆意彩绘。她并没有转头看他。但是他很确定，她知道他心里在想什么。即使她现在还不知道，等到夜里他们蜷曲在一起睡觉并且做梦时，她肯定会知道。

他不能回英格兰。他也不能到美国去。

但是，另外一个选择……

他想到就开始发抖，不自觉地将连衣帽往前拉，让脸两侧的北极熊毛皮将更多体温及热气留在身上。

弗朗西斯·克罗兹不相信任何事。人生是孤独、可怜、险恶、粗暴且短暂。在无疑是悲惨、陈腐无奇的世事背后，没有任何计划、目的，也没有任何隐藏的奥秘。过去这六个月来他学到的事，也没有任何一件能让他改变自己的想法。

是这样吗？

他们两个人一起拉着雪橇，要到更远的堆冰上去。

在第八天，他们停了下来。

这地方看起来和前一个礼拜越过的堆冰大同小异。也许较平坦些，也许大型的冰丘与冰脊较少些，不过基本上都只是堆冰。克罗兹看得见远处有几个小冰穴，冰穴中的黑水看起来就像是整片白冰中的小污块，而且多处的冰已经裂开，形成几道暂时开放的小水道。即便并非事实，但至少看起来，今年春天的雪融提早两个月到来了。不过，在过去的极地探险经验里，克罗兹已经看过很多次伪春融了。他知道，至少要等到四月底或更晚，堆冰才会真正散裂开。

现在他们看见好几摊未结冻的水和许多海豹换气孔，他们甚至很有机会猎捕到海象或独角鲸，但是沉默没有兴趣打猎。

将近中午时，南方天际出现了一道短暂曙光，日光暂时露出脸。他们把雪橇停下来，两人从挽具下走出来四处张望。

沉默走到克罗兹面前，脱下他的连指手套，接着把她自己的也脱掉。风非常冷，手不能暴露在外面超过一分钟，但是在这一分钟里，她将他的手握在自己手里，双眼注视着他。她先看向东方，再看向南方，然后再回过头看着他。

克罗兹很清楚她所问的问题。克罗兹觉得自己的心怦怦跳。在他印象中，长大成人后从来没有任何一刻像现在这么害怕——当然不会是希吉埋伏袭击他的那一刻。

“是的。”他回答。

沉默把她的连指手套戴上，然后开始把雪橇上的东西拆卸下来。

克罗兹帮她把东西卸到冰上，接着把雪橇某些部分也拆下来，同时再次想：她是怎么找到这地方的？他知道她虽然有时候会利用星星与月亮来导航，但大多数她都只是用心地观察地形。即使在看似光秃一片的雪原上，也会准确地计算被风吹刮形成的雪脊与雪冢数目，并且留意丘脊的走向。克罗兹也开始不再用天数，而是用算睡眠的次数来测量时间。只注意他们停下来睡了几次，而不管到底过了几天几夜。

在这里的冰海上，他比以前更能体会小冰丘、旧冬冰、新冰脊、厚堆冰及危险的新成冰等各自微妙的特性，或者说，他分享了沉默的体会。现在他可以在几英里外就发现一条水道，只因为他看到它上方的云朵略呈黑色。他现在也能很自然地避开表面上几乎看不出来危险的龟裂冰及松软冰，而且无须刻意提醒自己要小心。

但是他们为什么要选择这地方？她怎么会知道该到这地方来做他们即将要做的事？

我就要做了。他明白现在的状况，而且心跳得更厉害了。

但是时间还没到。

在很快又开始变暗的昏光下，他们将雪橇上的一些板条与几根垂直立柱拆下来，连接在一起，构成一个小帐篷的粗略框架。他们只会在这里待几天——除非克罗兹要永远留在这里——所以他们没去找雪堆搭建雪屋，也没花太多力气将帐篷搭得很华丽。只要能遮风挡雪就够了。

一些兽皮被架设起来当帐篷的外墙，大部分兽皮还放在帐篷里。

克罗兹在帐篷内铺设要当地毯及睡毯的毛皮时，沉默在外面又快又有效率地从附近的一座大冰岩上切割下一些冰砖，在帐篷的迎风面筑了一道矮墙。这多少能挡掉一些风。

进入帐篷里后，沉默就到铺了驯鹿皮的玄关去帮克罗兹，把可以用来烹煮食物的皮下脂肪油灯及鹿角框架装设好，并且融雪来喝。他们还会把外衣搭在架子上用火焰烘干。强风将雪吹来，开始堆积到仅剩两条滑板的废弃雪橇四周。

接下来三天，他们两个人禁食。什么都没吃，只是偶尔喝水，让肚子不会一直咕噜咕噜叫。他们每天花很长的时间到帐篷外活动筋骨及释放压力，即使下雪也不例外。

克罗兹轮流将两支鱼叉及两支鱼标掷到一座冰雪岩块上。鱼叉和鱼标是沉默从几位死于大屠杀的家族成员身上取回来的，几个月前她才为他们两人各自整理出一支沉重、系上长绳的鱼叉，以及一支较轻、适合投掷的鱼标。

现在，他用极大的力道射出了鱼叉，鱼叉没入冰岩中达十英寸深。

沉默走近他，翻开她的连衣帽，在瞬息万变的北极光中盯着他。

他摇摇头，试着要挤出微笑。

他没有表现出“你们不就是这样对付你们的敌人吗”的态度，而是用一个笨拙的拥抱来向她保证他不会离开她，也不计划在短期内就使用鱼叉来对付任何东西或任何人。

他从来没看过这样的北极光。

不论日夜，瀑布般连绵不绝的彩色帘幕，从海平面一侧舞动到另一侧，头上的天空正是这场绚烂表演的中央舞台。克罗兹在北极与南极探险这么多年，从来没看过足以与眼前北极光迸裂四射的炫目景象相媲美的景象。每天中午出现长约一小时的虚弱日光，丝毫不影响这场空中极光秀的精彩度。

除了视觉上的烟火表演，还有充足的音效配合演出。

在他们四周，冰海受到各种压力发出咆哮、断裂、呻吟、碾磨的声音。此外，还有一长串爆裂声从冰海下面传来，一开始只像是零星的火炮声，但很快就演变成停不下来的隆隆轰炸声了。

一直为即将到来的事而心神不安的克罗兹，因为脚下堆冰的移动和噪声而受到严重干扰。他现在都穿着毛皮外衣睡觉，而且睡眠期间总是会因为他们所在的浮冰就要裂开了，而离开帐篷到海冰上五六次。

虽然在距离帐篷五十码内的海冰上确实出现了不少裂缝，而且缝隙延伸的速度比人在看似结实的冰上跑步的速度还来得快，但是浮冰并没裂开。裂缝很快就会合起来，并且完全消失。不过，爆裂声持续不断，天空中的激烈极光秀也持续上演。

在他这一生中的最后一夜里，克罗兹睡得断断续续。禁食带来的饥饿让他感到极度寒冷，连沉默的体温也无济于事。他梦到沉默在唱歌。

冰的爆裂声最后演变成规律的鼓声，来为她高亢、甜美、哀伤、迷失的歌声伴奏：

阿雅，雅，雅帕皮！
阿雅，雅，雅帕皮！
亚加—加，亚加—加—加……
亚吉，杰，加……
告诉我，大地上的生命非常美好吗？
我在这里充满喜乐，
每当曙光从地平线上升起，
每当伟大的太阳
滑升到天空。
但是，就在你所在的地方，
我全身颤抖地躺着，害怕
成群的蛆和许多害虫，
或是没有灵魂的海中生物，
会将我锁骨凹洞里的肉全吃光，
并且把我的眼睛挖出来。
亚吉，杰，加……
亚加—加，亚加—加—加……
阿雅，雅，雅帕皮！
阿雅，雅，雅帕皮！

克罗兹颤抖着醒来。他看到沉默已经醒了，用她深色、不眨动的眼睛盯着他。在这一刻，他被一种比恐怖更深植入骨的“纯粹恐怖”攫住，他发现，为他唱“死者之歌”的——照字面解读，是一首已死之人唱给生前自我听的歌——其实不是她，而是他尚未出生的儿子。

克罗兹和他的妻子起身，默默穿上衣服，准备共赴某个典礼。帐篷外也许已经是早晨了，但还是像夜里一样。只不过这是个特别的夜，上千条倏然划过天际的彩色光束，交织在繁星抖动的夜空里。

冰的破裂声听起来还是很像鼓声。

66

现在剩下的路，只有投降或死亡。或者两者皆然。

他全部的生命——五十年来他曾经是，也一直是的男孩与男人——宁死不投降。现在的他也是宁死不投降。

不过，死亡是什么？难道不就是终极的投降吗？在他胸中燃烧的蓝色光焰，无法接受这两个选项。

过去几个礼拜来，在他们住的雪屋里，在毛皮毯下面，他学会了另一种形式的投降。某种死亡。从身为一个人，变成既不是“自我”也不是“非自我”的东西。

如果两个如此不同、连一点共同语言也没有的人都能做同样的梦，或许——把他所有的梦及信念先摆在一旁——其他的实体也能融合成一体。

他非常害怕。

他们离开帐篷时，只穿着靴子、短裤、绑腿，以及有时会穿在毛皮外套底下的驯鹿皮薄衬衣。今天晚上非常冷，但是中午太阳短暂现身后，就没有再刮风了。

他不知道现在是什么时刻。太阳已经落下好一阵子了，但是他们还没有就寝。随着鼓声持续催逼，冰层受到强烈压力而裂开。附近开始形成新的水道。

北极光从繁星点点的天顶，往冰白的海平线洒下各色光帘，将闪烁的微光送往北边、东边、南边及西边。一切事物，包括那白人及那褐色女人，都被交替地染成红色、紫色、黄色及蓝色。

他双膝跪地，把脸仰起来。

她站在前方，上半身微倾，像在低头注视一个海豹换气孔。

他照着沉默教他的，将双臂放在身侧，但是她紧紧握着他的上臂。在寒冷中，她并没有戴手套。她把头放低，嘴巴张得很开，他也张开他的嘴，他们的嘴唇几乎相触。

她深深吸了一口气，把她的嘴罩在他的嘴上，然后开始把气吹进他张开的嘴里，让它经过他的喉咙往下走。

这正是他们在漫长黑暗的冬天里不断练习的过程中，最令他困扰的一件事。呼吸另一个人呼出的气，让他有快淹死的感觉。

他的身体僵硬。他努力集中注意力，让自己不被噎住，也不要把嘴转开。他在想着——投降。

卡塔杰克。皮尔库瑟图克。尼帕库希特。这些全都是他依稀记得在梦里听过、声音咔咔嗒嗒的名字。全都是住在这世界北极圈附近真人在谈他们做的事时，会提到的名字。

一开始，她先发出一系列节奏性很强的音。

她吹奏着他的声带，仿佛是木管乐器的一排簧片。

最低的几个音在冰原上升起，与冰受压迸裂的声音及不断搏动的北极光混合在一起。

她又重复有节奏性的旋律，但是，这次她在音符之间加上短暂的休止。

他把她先前吹进他肺里的气汇集起来，再加上自己的气息，吹回她张开的嘴里。

她没有舌头，但是她的声带完好无缺。他们发出的音受到他呼出的气的驱动，听起来既高亢又纯净。

她从他的喉咙吹奏出音乐，他也从她的喉咙带出音乐。起头的旋律节奏开始加快，重叠，一声快似一声。音域与音色愈来愈复杂，有时像长笛，有时像双簧管，也像清晰的人声，又像其他声音。在这片被北极光涂上五彩的冰原上，从几英里外就能听见这首喉音之歌。

在前半个小时，他们每隔三分钟左右就会停下来喘喘气。事前练习时，他们经常会在这时候笑出声来。经过她用细绳图案解说，他知道，如果只把这当成女人的游戏，让另一个喉音歌者发笑的确很有趣。但是，今天晚上绝对不能笑。

音乐又重新开始。

这首歌听来像是一个人在独唱，却能同时发出低音乐器的低音与长笛的高音。他们借着将气吹在对方的声带上，发出单字的声音——现在她正在夜里用歌里的字词来说话。她在演奏他的喉咙与声带，好像它们是复杂的乐器，然后发出一些字词的声音。

他们开始即兴演奏。当一个人改变节奏时，另一个人就配合着继续演奏下去。他现在知道，这点很类似于做爱。

他已经发现在声音之间换气的秘诀，所以他们可以维持更久而且发出更宽广、更纯净的乐音。节奏加速到几乎是最高潮的点，然后缓慢下来，接着又再次加速。这无非是一场“请你跟我这样做”的游戏，由他们两人轮流当引导者，当一个人改变律动与节奏，另一个人就配合，就像爱人在回应对方；然后换另一个人来引导。他们就这样用对方的喉咙唱了一小时的歌，接着唱两小时，有时一连唱上二十分钟没停下来喘气。

他横膈膜的肌肉感到疼痛，喉咙好像着了火。现在的乐音与节奏，和由十几种乐器合奏的乐曲一样复杂，也和奏鸣曲或交响曲的渐强乐段错综交织，并且不断盘升。

他让她来引导。两人发出的人声独唱，以及说出的声音与字词，都是她的，他的身体只是她的工具。他已经投降了。

最后她终于停下来，跪在他身边。两个人累到无法继续仰着头。他们喘着气、呼着气，像刚跑了六英里路回来的狗。

冰原静了下来，风也不再嗡嗡作响，头上北极光的变幻也逐渐趋缓。

她摸摸他的脸，站起身来离开他，进到帐篷里，把帐篷的门紧紧关上。

他还有足够的力气站起来，把身上剩下的衣服都脱掉。光着身子，他并不觉得冷。

离他们演奏音乐的地方不到三十英尺处，出现了一条水道。他现在正朝它走去。他的心跳还是非常快。

在距离水道边缘六英尺处，他再次双膝跪地，仰脸朝天，并且闭起眼睛。

他听见那个东西正从离他不到五英尺的水里升起来。当它从海里爬到冰上时，他听得到它的利爪在冰上扒刮的声音、它沉重的呼气声，以及冰承载它的重量后发出的嘎吱声。但是他没有把头低下来，也没有张开眼睛去看它。还不是时候。

它从海里上来时溢出的水漫到冰上，拍打着他光溜溜的膝盖，几乎要把他冻结在他跪下的所在。他还是没有移动。

他闻到它身上的湿毛皮、湿血肉以及海底恶臭的味道，并且感觉到它在北极光下的阴影正笼罩在他身上，但是他没有张开眼睛去看它。还不是时候。

一直到那巨大身躯已经环绕他，让他汗毛竖立、起鸡皮疙瘩，而它肉食者的口臭也让他几乎透不过气来时，他才张开双眼。

它的毛皮滴着水，就像祭师那件湿透而黏在身上的法衣一样在滴水。在白袍中央有烧伤的皮肉疤痕。它的牙齿及黑色眼睛离他的眼睛不到三英尺。这双掠食的眼睛能看到他的心灵深处，在搜寻他的灵魂……要搜寻看看他有没有灵魂。那个巨大呈三角形的头垂了下来，遮住还在悸动的天空。

他要投降的对象，是他愿意与之共度一生的人，以及他愿意成为的人，不是通拔克，也不是一直想熄灭他胸中那股蓝色火焰的宇宙。他再次闭起眼睛，把头向后仰，张开嘴巴，伸出舌头，完全照着梅摩·摩伊若教导他领受圣餐的指示去做。

67
塔里瑞克图

北纬六十八度三十分，西经九十九度

一八五一年五月二十八日

他们第二个小孩儿（女孩）出生的那年春天，他们到以老巫师艾西犹克为首的“神人”部落，去拜访西娜的家人。那时一位名叫伊努皮犹的猎人刚好也在。他跟他们说，在南方远处，有某个真人部落寻获了许多艾图瑟克（礼物），是已死的卡布罗那（白人）留下的木器、金属及宝物。

塔里瑞克图先打手势给艾西犹克看，再翻译成口语问伊努皮犹。听起来那些宝物正是“幽冥”号及“恐怖”号几艘小船上的刀、叉与器具。

艾西犹克轻声跟塔里瑞克图与西娜说，伊努皮犹是个夸未克——字义是“南方来的人”，但是在伊努克提特语言中也有愚笨的意思。塔里瑞克图点头表示知道了，还是继续用手势提问，请不太情愿的巫师将它们翻译给露齿傻笑的猎人听。塔里瑞克图知道伊努皮犹有些不自在，因为从南方来的猎人从来没有和西珊尤阿（灵魂掌管者）打过交道，不确定塔里瑞克图与西娜到底是不是人类。

听起来伊努皮犹提到的器具是真的。塔里瑞克图和他的妻子回到客居的伊格鲁，她在那里喂奶，他则是继续低头想事情。当他抬起头时，她正在用细绳图案跟他说话。

我们应该往南走，她手指间的细绳说，如果你想的话。

他点头。

最后，伊努皮犹同意当向导，带领他们往东南方的村落走。艾西犹克也决定和他们一起去。这件事相当不寻常，因为这个老巫师近来很少远行。艾西犹克还带着他最疼爱的妻子海鸥、年轻的挪雅、阿目库（大胸脯），她身上还带着三年前与卡布罗那正面对决时留下的伤疤。在那场大屠杀中，只有她和艾西犹克侥幸存活下来，但是她对塔里瑞克图并没有恨意。她只是很想知道，三个夏天前，穿过冰原朝南走的最后那批卡布罗那的命运如何。

“神人”部落中有六个猎人也想和他们一起去。他们大多是出于好奇，同时也考虑到可以沿途打点猎，因为今年春天海峡里的冰很早就开始裂开。最后，他们乘坐几艘小船出发，因为沿岸已经出现了不少水道。

塔里瑞克图、西娜和两个小孩儿选择乘坐他们那艘加大的长形夸亚克。另外四个猎人也是。但是艾西犹克已经太老而且地位崇高，不宜再去划夸亚克。他和挪雅坐在一艘宽敞、没有遮篷的乌米亚，让另外两个年轻猎人为他们划桨。没有风力帮助小船前进时，大家都不介意停下来等乌米亚，因为这艘三十英尺长的船载了充足的新鲜食物，让他们在途中不需要停下来打猎或捕鱼，除非他们想。而且如此一来，他们也可以把卡马提（雪橇）运过来，以便在穿越冰地时使用。伊努皮犹、南方来的猎人，和另外六只克伊米克（狗）也坐在乌米亚上。

虽然艾西犹克很慷慨地邀请西娜和她的小孩儿，一起坐到他那艘已经有点挤的乌米亚上，西娜还是用细绳图案告诉他自己喜欢留在夸亚克。塔里瑞克图知道他的妻子不愿意让她的小孩儿在局限的空间里靠近那几只凶恶的狗，尤其是才两个月大的卡娜尤。他们两岁大的儿子图嘎克——“大乌鸦”——倒是一点也不怕狗，但是没有人会去问他的意见。他坐在夸亚克的凹槽里，夹在塔里瑞克图和西娜中间。小婴儿卡娜尤（她的西珊尤阿秘密名字是阿娜路克），则被放在西娜的阿毛提克（一种大到可以承载婴儿的帽兜）里。

他们离开的那天早晨，天气寒冷，但相当晴朗。他们将小船推离沙砾海滩时，“神人”部落里剩下的十五个人咏唱了“期待再相会”的歌：

艾——耶伊——亚伊——亚——那

耶——希——耶——耶——伊——亚恩——也——亚——夸那

艾——耶——伊——亚伊——亚那

第二天晚上，就在他们即将离开安吉拉克·克伊吉塔克，或“最大的岛”，也就是詹姆斯·罗斯多年前称为威廉王岛的那座岛——跟他提到这座岛的原住民都一直称它为克伊吉塔克、克伊

吉塔克、克伊吉塔柯——顺着水道往南划行及航行前的最后一夜，他们在离解救营旧址不到一英里的地方扎营。

塔里瑞克图独自一人走向解救营。

他已经回来过一次了。两个夏天前，在大乌鸦才出生几个礼拜时，他和西娜就来过。当时，距塔里瑞克图的“前身”被手下背叛、伏袭，并像狗一样被射倒在地的事件还不到一年，但是这里已经几乎看不出曾是住了六十几个英国人的重要营塞。除了一些帆布碎片还冻结在沙砾地里，荷兰帐篷已经完全破碎并被吹走。这里只剩下篝火圈，以及一些帐篷的石块围圈。

还有一些骨头。

当时他曾发现一些长长的骨头、几节被啃过的脊椎，以及一个头颅，下颚已经不见了。两年前的那个夏天，他手里拿着头颅时，心里其实在向上帝祷告：希望这不是古德瑟医生！

他把被纳努克咬过、散在各处的骨头收集起来，和头颅一起埋在一个小石坟里，并且将一根他找到的叉子塞进石块中，就像这年夏天他来拜访“神人”和其他真人时常做的，把一些有用的工具及死者生前最喜欢的物品，和死者一起送到魂灵世界。

他一面做，一面想，伊努特人一定会觉得他平白浪费了一些宝贵金属。

接着他尝试去构思一段可以在心里默念的祷词。

他在之前三个月里听到的用伊努克提特语念诵的祷词都不合适。不过，在那个夏天，他还笨拙不堪地在学习这语言时——即使他从来无法读出任何音节——他就曾经试着把主祷文翻译成伊努克提特语，把这当成余兴活动。

那天傍晚，站在埋着同船伙伴骨头的石堆旁，他心里想着经文：

我们在天上的父，愿人都尊你的名为圣。

两年前的夏天，他只翻译到这地步，但是他觉得够了。

现在，在将近两年后，他独自一人从比先前更空芜的解救营——叉子已经不见了，石堆也被南方的真人挖开，并且搜刮一空，连骨头也四散得无影无踪——走回他妻子那里，塔里瑞克图只能苦笑，他已经渐渐明白，即使他能活到《圣经》所应许的七十岁，也无法学好真人的语言。

那语言的每个字，即使是最简单的名词，似乎都有许多种变化，而且语法的复杂程度，对一个自男孩时期就到海上航行、连拉丁文都没学过的中年男子来说完全无法掌握。感谢上帝，他并不需要大声说这语言。当他神经紧绷地想要理解一连串喀因里喀拉的字句时，就会产生西娜刚开始与他分享梦境时经常会经历的头痛。

就以大熊（普通白熊）为例。“神人”和过去两年内碰到的真人都称它纳努克，这再简单不过了。但是他也听过好几种变型，大致上可以写成——用英文写，因为真人并没有书写的文字——nanoq,

nänuvak,

nanuraluk,

takoaq,

pisugtooq以及ayualunaq。现在，从伊努皮犹，从南方来的猎人（他已经知道这人并不如艾西犹克坚称那么笨）的口中，他又多学到一点：许多居住在南方的真人部落把大熊称作托纳苏克。

刚开始几个月里，他痛苦难堪。当时他还在等待舌根的伤口痊愈，并且重新学习吃东西与吞东西。对于自己没有名字，他处之泰然。艾西犹克部落里的人开始称他为塔里瑞克图（意思是“强壮手臂”），因为在第一个夏天的某次猎白熊行动中，三个猎人与好几只狗无法把一只死熊尸体从水里弄上来，他却能独自一人用一只手臂把它拉上来（他知道，这并不是因为他有超乎常人的臂力，而是因为只有他一个人发现鱼叉被某块突出的冰卡住了），从此他就得到这称谓。他并不在意，虽然他还是觉得，先前没有名字时过得比较快乐。艾西犹克跟他说，他身上现在带着某个先前被卡布罗那所杀的“强壮手臂”的灵魂记忆。

二十来个月前，他和沉默来到伊格鲁村落，好让部落的女人帮忙接生大乌鸦。当他得知他妻子的真人伊努克提特语名字叫“西娜”时，并不特别讶异。他看得出她身上同时有空气女神“西拉”以及大海女神“席德娜”的灵魂。至于她秘密的西珊尤阿精灵掌管者名字，她不会、也不能用细绳图案或梦告诉他。

他知道他自己的秘密名字。在通拔克咬断他的舌头、夺走他原有人生的痛不欲生的夜里，他梦见他的秘密名字。但是他不会告诉任何人，包括西娜在内。当他在与她做爱或分享梦境，传送思想时，他仍然称她沉默。

名叫塔罗优克的村落大约有六十个居民。许多帐篷散布村落中，其中点缀少数几间雪屋。还有些覆盖着白雪的草屋盖在峭壁边缘，夏天来临时，草屋的屋顶会变成草绿色。

这里的居民称为欧利卡塔利人，他猜意思是“穿披肩的民族”，虽然在他看来，披在这些人肩膀上的兽皮与其说像披肩，倒不如说像英格兰人喜欢围的羊毛围巾。他们的首领年纪和塔里瑞克图相仿，长得还算英俊。不过他已经没有牙齿了，所以看起来比实际年龄大。他的名字叫伊帕华克。艾西犹克告诉他，这名字的意思是“脏鬼”，但是就塔里瑞克图看起来、闻起来，他并不比其他人脏，甚至还比某些人干净。

伊帕华克的妻子希吉拉克比他年轻很多，艾西犹克傻笑着告诉他，这名字的意思是“冰屋”。但是希吉拉克对待陌生人一点也不冷漠；她和她丈夫热忱地欢迎塔里瑞克图这群人，并且拿出许多热食与礼物招待。

他发现他永远无法完全了解这些人。

伊帕华克、希吉拉克，以及他们的家人拿出乌名玛（母麝香鹿的肉排），当大餐请他们吃。塔里瑞克图非常喜欢这道食物，但是西娜、艾西犹克、挪雅，以及其他几个人却吞咽得很辛苦，因为他们是内希利克人，“海豹民族”。在欢迎仪式及大餐结束后，他利用手势，通过艾西犹克的翻译，把话题带到卡布罗那的宝物上。

伊帕华克坦承“穿披肩的民族”确实发现了这些宝物。不过在拿宝物出来给访客看之前，他请西娜和塔里瑞克图施展魔法给村落里每一个人看。虽然伊帕华克几十年前就认识西娜的父亲亚加，但是这村落里的大多数欧利卡塔利人，这辈子从未遇见过西珊尤阿。伊帕华克很客气地请西娜和塔里瑞克图绕着村落飞一下，或许还可以顺便变身成海豹（而不是白熊）给他们看。

西娜用她的细绳图案告诉他们（由艾西犹克帮忙翻译），这两个“空中精灵掌管者”并不想做，但是他们两人愿意让好客的欧利卡塔利人看自己被通拔克咬断的舌根，她的卡布罗那西珊尤阿丈夫还愿意破例让他们看他身上的伤疤……几年前在一场与恶灵激战中留下的疤。

伊帕华克和他的族人相当满意。

在这场“狗与小马杂耍暨伤疤秀”结束后，塔里瑞克图想办法叫艾西犹克把话题再带回到卡布罗那的宝物上。

伊帕华克当下就点头，拍了拍手叫几个男孩去把宝物拿来。东西就顺着他们围成的圆圈传下去，让大家轮流欣赏，包括：

各式木制器具，以及一根精美穿索针的断片。

一些金纽扣，上面有皇家探索团的海军船锚图案。

一件衬衣的残片，上面的刺绣交织着亲人的深情。

一只金表、一条可能是表链的链子，以及几枚金币。金表背面刻着“CFDV”——查尔斯·德沃斯英文姓名的缩写。

一个银制铅笔盒，盒内的姓名缩写是“EC”。

一枚海军总部颁给约翰·富兰克林爵士的金质奖章。

一些银叉子与银汤匙，上面刻印着富兰克林手下一些军官的徽章。

一个小瓷盘，上面用彩色瓷釉写着“约翰·富兰克林爵士”。

一把手术刀。

一个桃花心木制的便携式写字台。现在手里正拿着它的人认得出这台子，因为他正是它从前的主人。

我们真的将这些废物放在船里，拖行了好几百英里的路来到这里？克罗兹想，而且，在那之前我们还已经远从英格兰航行了好几千英里？我们当时是怎么想的？他感觉自己快要吐出来了，只得把眼睛闭上，等待恶心感过去。

沉默握住他的手腕。她已经感觉到他身体内的自我开始倾斜，并且飘移出去。他注视着她的眼睛，向她保证他还在这里，虽然之前他确实一度离开了。其实也不算是！他并没有完全离开！

他们沿着海岸向西划行，朝向贝克河的河口而去。

伊帕华克的欧利卡塔利人在谈到他们发现卡布罗那宝藏的地点时，一直含糊其词，甚至言辞闪烁。有人说，是在一个叫作吉努那的地方发现的，听起来像是威廉王岛南方的海峡里一系列小岛其中之一。但是大多数猎人的说法是，他们是在塔罗优克西边一个叫作库格路克图的地方（艾西犹克翻译成“落水之地”）发现这些宝物。

对克罗兹而言，这听起来很像是从贝克的大鱼河河口逆流而上时会遇上的第一个小瀑布。他在贝克的书中读过这地点。

他们花了一个礼拜在那里搜寻。艾西犹克、他的妻子以及三个猎人待在乌米亚里，留在河口处。但是克罗兹、沉默、他们的小孩儿、仍然相当好奇的猎人伊努皮犹，以及另外三个猎人，划着他们的夸亚克逆流而上走了三英里左右，到达第一个低矮的瀑布。

他在那里发现几根大木桶的侧边木条，以及一只皮靴的靴底，上面有些原本应该是拴着螺丝的小孔。他还在河岸的泥沙里发现一条长约八英尺、略呈弧形、原本该是相当光亮的橡木，很可能是从一艘快艇的船舷上脱落下来的。如果欧利卡塔利人先前就发现它，肯定是如获至宝。此外没发现别的东西。

他们有点气馁地离开，顺流划到海岸边。在那里他们遇见一个老人、他的三个妻子，以及四个流鼻涕的小孩儿。三个妻子的背上背着帐篷和一些驯鹿皮。根据老人的说法，他们是到这条河来捕鱼的。他从来没看过卡布罗那，更别说是一次碰上两个没有舌头的西珊尤阿精灵掌管者了。他非常害怕，但是和克罗兹在一起的一个猎人安抚了他的情绪。那老人名叫普托瑞克，他是真人的魁吉塔裘克族的一员。

他们交换食物，并且愉快地彼此问好后，老人问他们，为什么要从北方“神人”的土地远道来这里。其中一个猎人解释说，他们是要来找一些可能来过这里的（活着或死了的）卡布罗那，或者是他们留下来的宝藏。普托瑞克说，他在这条河上从来没听过有卡布罗那出现的消息。不过，他在大口吃着他们送他的海豹肉时，嘴里却喃喃地说：“上一个冬天我看到一艘很大的卡布罗那船，和冰山一样大，上面突出三根长杆，卡在离乌丘利克岸边不远的冰海里。我觉得它的肚子里面应该有些卡布罗那死人。我们当中一些年轻人进到里面，他们必须用‘星遗’斧在旁边砍出一个洞来。但是他们没有把木头制及金属制的宝藏拿出来，因为他们说那个有三根长杆的房子里有鬼。”

克罗兹看着沉默。我没有听错吧？

没错。她点了点头。这时卡娜尤哭了起来，西娜把她的夏季毛皮外衣打开，让这个小婴孩吸她的奶。

克罗兹站在峭壁上，远眺着冰上的船。那是皇家海军“恐怖”号。

他们花了八天的时间，才从贝克河河口往西走到乌丘利克的海岸。透过看得懂他手势的几个“神人”猎人的翻译，克罗兹向普托瑞克表示，如果这老人愿意带着家人和他们一起走，领他们到那艘屋顶上突出三根长杆的卡布罗那船那里，他一定会回赠他许多好东西。但是这个魁吉塔裘克老人并不愿意再跟闹鬼的三长杆房屋有任何牵连。虽然他去年冬天并没有和年轻人一起进到船里，但是他看得见那东西已经被皮菲撒克——经常盘踞在不干净地方的“鬼魂精灵”——给污染了。

乌丘利克是个伊努特地名，指的是克罗兹在地图上看到的阿德雷半岛西岸。他们沿着向南可以通到贝克河的峡湾往西没走多远，未结冻水道就消失了，那条变窄的海峡已经成为结实的冰堆。他们只好爬到海滩上，把夸亚克及艾西犹克的乌米亚藏起来，然后由六只狗拉着那部笨重坚固、长十三英尺的卡马提继续前进。沉默使用克罗兹自知永远也学不会的内陆推测定位法，带领他们走了约二十五英里路，穿过半岛内部较狭长的地方，直接到达半岛西岸，也就是普托瑞克说他看见船的地方……他甚至坦承自己也曾经站在船的甲板上。

他们必须开始越野跋涉时，艾西犹克非常不愿意离开他那艘舒服的小船。要不是西娜，“神人”中最受尊敬的精灵掌管者之一，很诚恳地请求他和他们一起去，否则艾西犹克很可能会叫几个猎人把他带回家。西珊尤阿对巫师的任何请求，其实就等同于命令，不论那位巫师有多乖戾。结果他骑坐在卡马提上，用毛皮盖住身体，有时甚至会朝死命拉雪橇的狗投掷小石头，并且在要它们往西时大喊：“嚯！嚯！嚯！”要它们往东时则大喊：“唧！唧！唧！”克罗兹怀疑这个老巫师是在重温儿时坐在雪橇上由雪犬队拖着旅行的乐趣。

现在是第八天的傍晚，他们由上往下看着皇家海军“恐怖”号。连艾西犹克也被眼前的景象慑服了。

关于这间有三根长杆房屋的准确位置，普托瑞克的最佳描述是，“从某个峡角往西走大约五英里后，会碰到一个大岛”，船就被冻结在大岛附近的冰海里，他和他那支狩猎队在“从那个峡角开始走，沿途越过几个小岛、到达那个大岛之后，还必须往北穿越平滑的海冰走大约三英里，才能到达那艘船。他们可以从大岛北端的一个峭壁上看到那艘船”。

当然，普托瑞克并没有使用“英里”“船”或“峡角”这些词。老人所说的是，那间有乌米亚船身的三杆卡布罗那房屋，位于提克夸——意思是“两根手指”，真人用来称呼乌丘利克附近海岸线上的两个细长峡角——西边，离这大约有几个小时的路程，就在那里的一座大岛北侧不远处。

克罗兹以及与他同行的十个人——从南方来的猎人伊努皮犹在路况变艰难后，依然与他们在一起——从“两根手指”往西穿过一片剧烈起伏的海冰，再经过两个小岛，然后才到达一个比较大的岛。他们发现那个大岛北边有一道凸起在堆冰上方、将近一百英尺高的峭壁。

距离峭壁两三英里外的海冰上，三桅的皇家海军“恐怖”号以某个倾斜角度伸入低矮的云中。

克罗兹希望他手上有只旧望远镜，不过他凭肉眼就可以辨认出他曾经指挥过的军舰船桅。

普托瑞克说得没错。和介于大陆与小岛间的杂乱岸冰与堆冰比起来，最后这段路上的海冰平滑许多。克罗兹船长看得出为什么在这块十五至二十平方英里大小的区域的东方与北方有一系列小岛，构成一道天然的防波堤，让这里不会受到常见的西北风侵扰。

但是，“恐怖”号最后怎么会来到这里？它被冻结在“幽冥”号附近将近三年，现在却出现在“幽冥”号南方两百英里远的地方。这就远超过克罗兹的理解了。

他没有时间再多想。

几个年复一年活在活怪兽阴影下的真人，包括“神人”在内，已经开始带着焦虑走向那艘船。普托瑞克谈及鬼魂与恶灵的那番话，显然在他们身上产生了效应，连艾西犹克、挪雅，以及没有当场听到老人谈话的几个猎人也受到影响。他们走到海冰上时，艾西犹克口里喃喃念着咒语、驱鬼歌，以及祈求保佑平安的祷词，不过这并没有办法增加大家的安全感。克罗兹知道，当一个巫师开始紧张，每个人也都会跟着紧张起来。

唯一敢和克罗兹一起走在队伍最前头的人是沉默。她带着两个小孩儿。

“恐怖”号向左舷倾斜二十度，船首朝向东北方，船桅向西北方倾斜，右舷侧一大半船身裸露在海冰之上。船竟然出人意料地下了锚，左舷船首船锚的锚索没入厚冰里。克罗兹非常吃惊，因为他估计这里的海底至少有二十英里深，或许还更深，而且沿着他身后那些岛的北侧有不少小海湾。除非碰上暴风雪，一个谨慎的船长在寻找安全的避风港时，再怎么说也一定会把船开到他们刚刚才离开的大岛东侧的海峡里，将锚下在大岛（它的峭壁可以挡强风）和东边三个岛长不及两英里的小岛中间。

但是“恐怖”号却在这里，在大岛北边两英里半的地方，船锚抛在深海里，整艘船暴露在从西北方而来的暴风雪威胁下。

他绕着船走一圈，再从较低的西北侧爬上甲板观察，就解开了普托瑞克的狩猎队为什么必须在升高的右舷船身上凿一个洞（也许那里原本就已经破裂、受损，本身就像个裂口）才能进到船舱内的谜团：甲板上所有舱口都盖起来而且封死了。

克罗兹回到洞那里。先前那群人在饱经风雪侵袭的船身上凿出的洞，一次约可容许一个人进入。他想他应该挤得进去。他记得普托瑞克说过，那些年轻猎人是用“星遗”斧劈砍船身才进到船里面。他不禁露出会心的微笑，虽然他也感受到心中一波波汹涌起伏的痛苦情绪。

真人把流星称为“星遗”，这个词也用来指他们从冰地上的流星陨石上取得的金属。克罗兹听艾西犹克谈过，乌路瑞阿克——阿诺克托克，意思是“从天上掉下来的星遗”。

克罗兹很希望手边有一把星遗刀或星遗斧，但现在他身上唯一的武器是一把通用刀，刀刃是用海象的象牙制成的。卡马提上有几支鱼叉，但不是他的。一个礼拜前，他和沉默把鱼叉留在夸亚克上。他也不想只是为了进到船里时手中有武器，而去跟别人借鱼叉。

在他们身后四十英尺处的雪橇里，克伊米克——几只有着令人毛骨悚然的蓝黄色眼睛、身上也住着它们主人灵魂的大型狗——不断龇牙咧嘴，对着彼此以及任何靠近的人狂吠、咆哮、作势攻击。它们不喜欢这地方。

克罗兹对着沉默叹了一口气。用细绳问艾西犹克，有没有人要和他一起进去。

她很快就完成了，不过她手指上并没有套上细绳。即使如此，老巫师还是能很快知道她的意思，比了解克罗兹笨拙的手势要容易得多。

没有任何一个真人想钻过那个洞。

我几分钟后就会回来，克罗兹用手势跟沉默说。

她真的露出笑容。别傻了，她用手势回答，你的孩子和我都会跟你进去。

他挤身进到船内，沉默在一秒钟后也跟了进去。她双手抱着大乌鸦，把卡娜尤放在她有时会用皮带吊在胸前的软皮革婴儿袋。两个孩子都在睡觉。

里面非常黑暗。

克罗兹知道普托瑞克那几个年轻猎人凿的洞通到下舱。他们算是相当幸运，如果他们当初是在船中段再往下一点点的地方凿洞，他们就会碰到底舱的煤炭间及储水槽的铁板而无法凿穿船身，即使他们的斧刃是用星遗制的。

从船身的洞往船内走十英尺，就已经暗到看不见任何东西了。所以克罗兹全凭记忆来找路。他牵着沉默的手，两人一起顺着倾斜的舱板向前走下去，接着再转身走向船尾。

在眼睛适应黑暗后，渗进船里的微弱光线足以让克罗兹发现，烈酒房及更靠船尾的弹药储藏室那两道加重锁的门已经被撞开了。他不知道这是不是普托瑞克那些人干的，不过他怀疑不是。这两道门一直上着锁是有原因的。这两个地方是任何一个回到“恐怖”号的白人，第一个会想去的地方。

装朗姆酒的木桶是空的。他们弃船下到海冰上时，船上的朗姆酒多到他们必须把一些木桶留下。但是，装火药的木桶、装子弹的箱子与桶子，以及装霰弹枪弹药的帆布袋，里面的东西倒还都在。将近两个舱壁长的一整排毛瑟枪还靠放在枪架的凹槽里，他们当初没办法带走这么多枪。两百把刺刀依然吊挂在设于船椽与船梁上的置放架。

光是这房间里的金属，就足以让艾西犹克部落里的真人成为真人世界最富有的人。

剩下的火药及子弹，足以让十来个规模不小的真人部落整整二十年衣食无虞，并且让他们成为公认的“北极大亨”。

沉默碰了一下他没戴手套的手腕。这里相当黑暗，她没办法靠细绳与他沟通，所以她直接传送思想。你感觉得到吗？

克罗兹听到时吓了一大跳，这是她第一次用英语传递思想。若不是她在做他的梦时，涉入的程度比他预期的还深，就是她居住在船上的时间花了不少心思在聆听。这是他们第一次在醒着的时候，直接用依附在某种语言里的思想来沟通。

呀。他回传思想给她。是的。

这地方很糟。记忆像恶臭一样盘踞在这里。

为了纾解这里的紧张气氛，他领着她往前朝船首走去，并且利用思想传递，把位于下一层船舱的船首缆索间的图像传给她。

我一直都在等着你。她回传她的思想。几个字听来如此清晰，让他几乎以为那真的是她在黑暗中大声说出的话。不过，两个小孩儿都没被吵醒。

他的身体开始因为她刚传给他的思想而激动得发抖。

他们从主梯道爬上主舱。

这里比下舱明亮得多。克罗兹发现阳光终于从穿透甲板的普雷斯顿专利天窗射了下来。弧形的玻璃因为结了冰而不透明，但是总算没被积雪及防水帆布盖住。

主舱看起来空空荡荡。船员们的吊床都被折叠好、收藏起来，餐桌也被升到头顶上的横梁边，各人的海员箱也被推向舱壁、整齐地收好。在船首船员起居区的大型费兹尔专利火炉冰冷又黑漆。

克罗兹试着去回想，身为船长的他被引诱到冰上并且被枪击时，狄葛先生是否还活着。这是这么久以来他第一次再度想到这名字——狄葛先生。

我已经很久没有用自己的舌头来思想了。

想到“用自己的舌头”一词，克罗兹不禁会心一笑。如果真的有个像席德娜这样掌管世界的女神，她真正的名字就应该是“反讽女神”。

沉默拉着他向船尾走去。

他们看了几间军官舱房和军官用餐房，里面都是空的。

克罗兹发现自己在想：谁有可能走到“恐怖”号那里，将船航行到这里?

德沃斯及他那些在解救营的伙伴?

他几乎可以确定，德沃斯先生和其他人会继续乘坐小船朝大鱼河走。

希吉和他的同伙?

如果是因为古德瑟医生，他希望是如此，但是他不觉得是这样。除了哈吉森中尉——克罗兹怀疑他在那群暴徒当中没活太久——那一帮人中没有人知道如何让“恐怖”号在海中扬帆航行，更别说控制航向了。他甚至怀疑这些人连他给他们的那艘小船都不会驾驭。

这么一来，只剩下三个离开解救营走陆路的人——鲁本·梅尔、罗伯特·辛克烈，以及撒母耳·哈尼。一个水手舱班长、一个前桅台班长，和一个铁匠，有办法让皇家海军“恐怖”号穿过迷宫般的水道，向南航行两百英里来到这里吗?

再次想到船员们的名字和脸，克罗兹觉得头晕，有点想吐。他几乎可以听到他们的声音。他可以听到他们的声音。

普托瑞克说得没错：这地方已经成为皮菲撒克留下来缠扰活人的哀怨鬼魂的居所了。

弗朗西斯·罗登·摩伊若·克罗兹舱房的卧铺上躺着一具尸体。

他没有把提灯点亮，也没再下到底舱与下舱去查看。这是他们在船上发现的唯一一具尸体。

他为什么会选择死在我的卧铺上？克罗兹有点纳闷儿。

这个人和克罗兹差不多高。死的时候穿着厚呢大衣、瞭望帽及毛质长裤，并且盖着毛毯。确实相当奇怪，因为他们航行的时候应该在盛夏。从衣服辨认不出他的身份。克罗兹也不想去搜他的口袋。

这个人的两只手、裸露的手腕及脖子都呈褐色，而且已经因为木乃伊化而变得干瘪。不过看到他的脸时，克罗兹突然很希望头上方的普雷斯顿专利天窗没让那么多光照进来。

死人的眼睛已经成为褐色的大理石。他的头发和胡子长而乱，看起来很可能是在死后又继续长了几个月。他的嘴唇因为受到伸张与收缩的肌腱拉扯而向后缩，离牙齿与牙床很远，甚至看不见嘴唇。

最令人作呕的是这人的牙齿。他的前排牙齿没有因为坏血病而掉光，反倒相当齐全。那些牙齿非常宽，呈象牙色，并且特别长，至少长达三英寸，就像野兔或野鼠的牙齿那样长（除非它们去咬坚硬的东西来将牙齿磨短，否则牙齿向内弯而把自己的喉咙切断）。

死人会有啮齿类动物般的牙齿，这实在是不可能，但是，靠着从旧船舱的半球形天窗照射进来的晴朗、灰色的黄昏之光，克罗兹真的目睹了这景象。他知道，这不是过去这几年来他所看到或经验到的第一件不可能的事。他猜，这也不会是最后一件。

我们走吧。他向沉默做了手势。他并不想使用“思想传递”，因为这里有东西在聆听。

他不得不用一把防火斧将已经用钉子钉牢的封闭主舱口劈开，才能从那里爬上甲板。他并没有问自己：“是谁把它封起来的？”“他为什么这么做？”或者问“主舱口被封死时，下面那个人还活着吗？”而是直接把斧头抛在一旁，开始往上爬，并且帮沉默爬上梯子。

大乌鸦被惊醒，但是沉默摇摇他的身体，他又轻轻打起呼噜来。

等等。他做了个手势，然后又下到主舱。

他先把那部很重的经纬仪及他的几本旧手册搬上来，很快地测量了一下太阳的位置，然后把他的相对位置草草记在那本盐渍书的空白处。接着，他把经纬仪和手册搬回主舱，随意丢在一旁。他知道他一辈子都在做一些没用的事，而最后一次测量出这艘船的位置，或许是这些没用的事中最没有用的一件。但是他也知道他必须做。

他接下要做的事也是。

在下舱黑暗的弹药储藏室里，他一连打开三个火药桶，把第一桶火药倒在下舱，并且顺着舱梯倒进底舱里（他可不想亲自下去）；第二桶火药倒在主舱各处，尤其是他自己那间没关上的舱房；第三桶火药则倒在倾斜的甲板上（沉默和他的小孩儿还在那里等），形成一道道黑色的火药线。艾西犹克和待在冰上的几个人已经来到船的左舷，现在正从三十码外看着他。几只狗还在咆哮，奋力要挣脱绳索，但是艾西犹克或是其中一个猎人已经将它们绑在冰上的桩上。

即使下午的阳光已经变微弱，克罗兹很想留在能呼吸到新鲜空气的甲板上，他还是强迫自己再到下舱去。

他拿着船上最后一盏油灯，在三层舱板上都倒了一道油迹，并且特别在自己舱房的舱门及舱壁上多倒了一些油。只不过，当他站在大会议室的入口，看到数百本书的书背正回瞪着他时，他有一点点迟疑。

亲爱的上帝啊，我只从这里带走一些书，让接下来的几个黑暗冬天比较容易打发，这样会有什么不妥吗?

但是这艘死船的黑暗伊努阿已经附着在书上了。他几乎是含着泪水，将灯油泼到它们身上。

他把最后一些油倒在甲板上后，把空油桶远远丢到冰上。

我下去巡查最后一次。他用手指做手势向沉默保证。带着孩子们到冰上去，亲爱的。

三年前，他留在书桌抽屉里的路西法牌火柴还在原处。

有那么一下下，他很确定他听到卧铺嘎吱作响，床铺上那冰冷的毛毯窝也微微晃动——身后那个已经变成木乃伊的东西正要过来抓他。当那死人将他褐色的手缓缓举起，细长的褐色手指与过长的黄色指甲随着伸向空中时，他可以听到死人手臂里的枯干肌腱在伸展，并且发出断裂声。

克罗兹没有转身，没有逃跑，也没有回头看。他带着火柴，慢慢离开他的舱房，跨过一条条黑色火药线及洒了鲸油的舱板。

他必须顺着主梯走到下舱去丢第一根火柴。这里的空气非常差，火柴几乎无法点燃。终于，火药轰的一声着了火，把一面被他浸了油的舱壁点燃了，火在黑暗中顺着火药的路迹往船首及船尾窜去。

在这片北极荒原停留六年后，船上的木材已经干燥到非常易燃。他知道下舱这些火就足够了，但他还是花了一些时间把主舱里及甲板上的几条火药路线点燃。

接着他直接从船的西侧往下跳，落在十英尺下的冰坡道上，还因为他那只一直无法完全康复的左脚带来痛苦而咒骂了几声。他其实应该沿着绳梯爬下去才对。沉默刚才就聪明地知道要这样。

克罗兹跛着脚，朝着等在冰海上的那群人走去，提早露出他的老态。

船烧了将近一个半小时后，才沉下去。

那场大火极为壮观，就像是北极圈上的烟火节。

他在观看大火时才明白，他根本就不需要火药及灯油。梁木、帆布及木板里的水汽早就蒸发干了，整艘船像迫击燃烧弹一样燃烧起来。

即使他现在不做，等到几个礼拜或几个月后，这里的冰一融化，“恐怖”号还是难逃沉没的命运。船侧用斧头劈开的洞是它的致命伤。

这并不是他把船烧掉的主要原因。如果有人问他——事实上当然不会有人问——他不会说出必须把船弄沉的原因。他知道自己不希望搭乘英国船舰来的“救援者”仔细审视这艘弃船，然后把故事带回去吓英格兰那些食尸鬼般的人民，并且让狄更斯先生或丁尼生先生写哀戚之作的天分得以大肆发挥。他也知道，除了带回许多关于这艘船的传说之外，这些“救援者”还会把别的东西带回英格兰。已经占据这艘船的恶灵，就和瘟疫一样有传染性。克罗兹的灵魂之眼已经看到这点，他的所有人类及西珊尤阿感官也都这样告诉他。

燃烧起来的船桅终于倾倒时，几个真人大声欢呼。

他们全都被迫后退了一百码。“恐怖”号的火在冰上烧出一个大洞，着火的船桅与索具倒下来后不久，这艘燃烧的船开始发着嘶声、冒着水泡，缓缓沉到深海里。

大火燃烧发出的声音把孩子们吵醒了，而且空气灼热到让所有人都把最外面的外套脱掉，堆放在卡马提上。

火焰表演结束后，船沉了下去，太阳也朝南方沉落，将他们的身影在逐渐变成灰色的冰上拉得细细长长。但他们还留下来，评论及欣赏着升上天空的蒸汽，并且因为一些燃烧的残骸持续散落在各处而惊呼。

最后，这群人终于转身走向大岛，接着走向三个小岛。他们打算穿越冰原回到大陆，然后才搭篷过夜。阳光会在午夜过后才消失，让他们的路好走许多。他们都希望在几小时的昏暗及完全的黑暗降临之前，能走出海冰，远离这里。在经过几个小岛、返回陆地的路上，连狗都停止吠叫及咆哮，似乎比先前更卖力地拉雪橇。在雪橇上，艾西犹克躺在毛皮毯下睡觉打鼾。但是两个小婴孩已经醒来，等着开始玩耍。

塔里瑞克图左手抱着扭来扭去的卡娜尤，右手环绕在沉默身上。还被母亲抱在手上的大乌鸦焦躁地拍打着她的手臂，想逼她放他下来，让他自己走。

塔里瑞克图并非第一次在想：一对没有舌头的父母要如何管教一个任性的男孩？但接着他记起（也非第一次）：他现在是世界上少数几个不觉得要去管束任性男孩或女孩的民族中的一员。大乌鸦身上已经住了某个重要人物的伊努阿。身为父亲需要做的，就是等着看他到底有多重要。

还在塔里瑞克图体内活着、而且过得很好的弗朗西斯·克罗兹的伊努阿，对于“什么是人生”并没有任何幻想，人生只不过是可怜、险恶、粗暴且短暂。

不过，或许不一定要孤独。

他将手臂环绕着西娜，试着忘掉巫师的刺耳鼾声，忘掉小婴儿卡娜尤刚刚才在她父亲最棒的夏季外衣上撒尿，也忘掉他那任性的儿子正焦躁地乱拍及哇哇哭闹。塔里瑞克图——克罗兹继续朝东，越过冰海走向陆地。

（全书完）

参考文献及致谢

我要感谢以下书籍文献，提供我许多写作《极地恶灵》用的参考资料。把这时期的北极探险写成一部小说的想法，来自雷诺夫·费恩斯爵士在《Race to the Pole: Tragedy, Heroism, and Scott's Antarctic Quest》（Hyperion, 2004）一书中谈到富兰克林探险队的一小段注解（几乎只是个注脚）。那本书谈论的极地其实是南极。

在刚开始的资料研读阶段里，对我特别有帮助的三本书是：Scott Cookman, Ice Blink: The Tragic Fate of Sir John Franklin's Lost Polar Expedition (John Wiley & Sons, Inc., 2000)；Owen Beattie/John Geiger, Frozen in Time: The Fate of the Franklin Expedition (Greystone Books, Douglas & McIntyre, 1987)；Pierre Berton, The Arctic Grail: The Quest for the Northwest Passage and the North Pole, 1818-1909 (Second Lyons Press Edition, 2000)。

这些书引导我进一步去查阅他们的宝贵参考文献，包括：

Narrative of a Journey to the Shores of the Polar Sea (John Murray, 1823); Narrative of a Second Expedition to the Shores of the Polar Sea (John Murray, 1828)；Richard Cyriax, Sir John Franklin's Last Arctic

Expedition (ASM Press, 1939) ; Chris Ware, The Bomb Vessel (Naval Institute Press, 1994) ; F. L. M'Clintock, A Narrative of the Discovery of the Fate of Sir John Franklin (John Murray, 1859) ; In Quest of the Northwest Passage (Longmans, Green & Co, 1958) ; Peter Sutherland, Journal of a Voyage in Baffin's Bay and Barrow Straits, in the Years 1850–51, Performed by H. M. Ships "Lady Franklin" and "Sophia" Under the Command of Mr. William Penny, in Search of the Missing Crew of H.M. Ships "Erebus" and "Terror" (Longman, Grown, Green and Longmans, 1852) ; Elisha Kent Kane, Arctic Expeditions in Search of Sir John Franklin (T. Nelson & Sons, 1898)。

此外，我也经常参考下面这些书：

Pierre Berton, Prisoners of the North: Portraits of Five Arctic Immortals (Carroll & Graff, 2004) ; Fergus Fleming, Ninety Degrees North: The Quest for the North Pole (Grove Press, 2001) ; William Laird McKinlay, The Last Voyage of the Karluk: A Survivor's Memoir of Arctic Disaster (St. Martin's Griffin Edition, 1976) ; Dean King, A Sea of Words: A Lexicon and Companion for Patrick O'Brian's Seafaring Tales (Henry Holt & Co., 1995) ; Jennifer Niven, The Ice Master: The Doomed 1913 Voyake of the Karluk (Hyperion, 2000) ; Jill Fredston, Rowing to Latitude: Journeys Along the Arctic Edge (North Point Press, a Division of Farrar, Straus and Giroux, 2001) ; Chauncey Loomis, Weird and Tragic Shores: The Story of Charles Francis Hall, Explorer (Modern Library Paperback Edition, 2000) ; David G. Campbell, The Crystal Desert: Summers in Antarctica (Mariner Books, Houghton Mifflin, 1992) ; Roland Huntford, The Last Place on Earth: Scott and Amundsen's Race to the South Pole

(The Modern Library, 1999) ; Alvah Simon, North to the Night: A Spiritual Odyssey in the Arctic (Broadway Books, 1998) ; Valerian Albanov, In the Land of White Death: An Epic Story of Survival in the Siberian Arctic (Modern Library, 2000) ; Peter Matthiessen, End of the Earth: Voyages to Antarctica (National Geographic, 2003) ; Ken McGoogan, Fatal Passage: The Story of John Rae, the Arctic Hero Time Forgot (Carrol& Graf, 2001); Apsley Cherry-Garrard, The Worst Journey in the World (National Geographic, 1992, 2000) ; Roland Huntford, Shackleton (Fawcett Columbine, 1985)。

我也参考了下面这些书：

Nancy Bonvillain, The Inuit (Chelsea House Publications, 1995) ; KajBirket-Smith, Eskimos (Crown, 1971) ; Sam Hall, The Fourth World (Knopf, 1987) ; Tom Lowenstein, Ancient Land: Sacred Whale – the Inuit Hunt and Its Rituals (Farrar, Straus and Giroux, 1993) ; Charlotte and David Yue, The Igloo (Houghton Mifflin, 1988) ; Jonathan Waterman, Arctic Crossing (Knopf, 2001) ; Wally Herbert, Hunters of the Polar North – the Eskimos (Time-Life Books, 1981) ; Ernest S. Burch Jr., The Eskimos (University of Oklahoma Press, 1988) ; Raymond Brousseau, Inuit: When Words Take Shape (Editions Glenat, 2002)。

我非常感激凯伦·西蒙斯帮我找到……并且帮我归还……前述的许多文献。

网际网络上的资料多到列举不完，不过有些还是值得在此一提。

Aujaqsquittuq Project: Documenting Arctic Climate Change; Spiritism On Line; The Franklin Trial; Enchanted Learning: Animals –

Polar Bear (Ursus martimus); Collections Canada; Digital Library Upenn; Radiworks.cbe; Wordgumbo–Canadian Inuit–English Dictionary; Alaskool English to Iupia; Inuktitut Language Phrases; Darwin Wars; Cangeo.ca Special Feature–Sir John Franklin Expedition; and SirJohnFranklin.com.

网际网络也是我查阅原始资料的主要途径，包括剑桥大学斯考特极地研究所的：

Francis Crozier Collection;

Sophia Cracroft Collection;

Sophia Cracroft correspondence;

Notes for the Memoir of Jane Franklin。

此外，还有英国海军部、皇家海军及皇家海军陆战队的记录中关于船员名录、日期，及官方文件的一些细节记载；英国内政部的记录；英国最高法院关于葛德纳罐头瑕疵状况的一些正式调查报告。

一些很有参考价值的图片及地图：

Harper's Weekly (April 1851),

The Athenaeum (February 1849),

Blackwood's Edinburgh Magazine。

最后，我要诚挚地感谢我的经纪人理查德·柯提思，我在“小布朗”的第一位编辑迈克尔·梅茨，现在的编辑里根·阿瑟，以及凯伦和简·西蒙斯，她们一如既往地鼓励我继续向前走，并且当我还在做非常漫长的极地探险时，耐心地等着我回来。

图书在版编目（CIP）数据

极地恶灵 /（美）丹·西蒙斯 (Dan Simmons) 著；
左惟真译. -- 南京：江苏凤凰文艺出版社，2018.5
（读客外国小说文库）
书名原文：The Terror
ISBN 978-7-5594-1657-5

Ⅰ. ①极… Ⅱ. ①丹… ②左… Ⅲ. ①长篇小说—美
国—现代 Ⅳ. ① I712.45

中国版本图书馆 CIP 数据核字 (2018) 第 043277 号

图字：10-2018-080 号

书　　名　极地恶灵

著　　者　（美）丹·西蒙斯
译　　者　左惟真
责任编辑　丁小卉　姚　丽
特邀编辑　唐正瑛　刘　雨　徐奥林
责任监制　江伟明
策　　划　读客文化
版　　权　读客文化
封面设计　读客文化　021-33608311
出版发行　江苏凤凰文艺出版社
出版社地址　南京市中央路 165 号，邮编：210009
出版社网址　http://www.jswenyi.com
印　　刷　三河市吉祥印务有限公司
开　　本　890mm x 1270mm 1/32
印　　张　28.5
字　　数　631 千
版　　次　2018 年 5 月第 1 版　2018 年 5 月第 1 次印刷
标准书号　ISBN 978-7-5594-1657-5
定　　价　128.00 元

如有印刷、装订质量问题，请致电 010-87681002（免费更换，邮寄到付）